이혼 후애
愛

DAHYANG
ROMANCE STORY

이혼 후애
愛

마담로그인 장편 소설

Contents

1. 할슈타트의 추억 7
2. 비엔나의 추억 31
3. 첫 키스 57
4. 꽃 같았던 그녀 84
5. 심장의 주인 134
6. 할슈타트 워낭 159
7. 무산된 계획 221
8. 아름다운 사랑을 하는구나? 275
9. 그런데도 행복하다 338
10. 힘들 때 생각나는 사람! 400
11. 이혼후애(愛) 449

외전 1. 내 남자의 질투 504
외전 2. 어찌 사랑하지 않을 수 있을까! 512
외전 3. 간절한 소원 523
외전 4. 그 후로도 오랫동안 532

작가 후기 542

1. 할슈타트의 추억

바닷가 절벽 위에 위엄을 빛내며 자리하고 있는 마린 블루는 삼면이 유리로 되어 있어 시선이 닿는 어느 곳에서든 바다를 바라볼 수 있는 풍광 좋은 레스토랑이다. 탁 트인 바다 조망의 마린 블루는 한창 바쁜 점심시간을 맞고 있었다.

"매니저님! 5번 테이블 손님이 와인 추천을 원하시는데요."

손님을 좌석으로 안내하고 돌아오는 효진에게 다급한 음성이 전달됐다.

"알겠어요. 가서 일 봐요."

효진은 포스로 가 테이블의 메뉴를 확인한 뒤 5번 테이블로 향했다.

"안녕하십니까. 매니저 박효진입니다. 와인 추천을 원하셨다고요."

환하게 웃는 미소도 일품이었지만 시폰 원피스가 몸에 흐르듯 차르르 떨어지는 모습은 금방 런웨이에서 내려온 모델이라고 해도 가히 손색없는 외모였다.

"어떤 와인을 함께하면 좋을지 몰라서요."

"프티 필레 스테이크에는 87년산 샤토 카스테를 추천해 드리고 싶습니다. 향이 훌륭한 보르도 와인입니다."

신뢰가 가는 음성에 반듯한 자태만으로도 둘러앉은 남자들은 효진의 말에 매료당한 듯 보였다.

"그럼 그걸로 부탁합니다."

만족해하는 그들의 시선을 뒤로하고 돌아서 나온 효진은 크루에게 와인을 준비하도록 지시하고는 무언가 필요한 듯 두리번거리는 13번 테이블로 빠르게 발걸음을 옮겼다.

그런 효진에게 집요하게 따라붙는 시선은 조금 전 5번 테이블 남자들의 것이었다.

"처음 보는 얼굴인데?"

효진이 와인을 추천할 때 그녀의 가슴을 노골적으로 들여다보던 인사의 말이었다. 그는 이 지역 둘째가라면 서러운 집안의, 그러나 상대적으로 밀려 어쩔 수 없이 첫 번째 손에는 꼽힐 수 없는 그런 집안의 망나니 셋째 아들 강정호였다.

"여기 온 지 3개월은 넘었을걸? 지난번 집사람이랑 왔을 때 있었으니까."

"그래? 어디서 뭐 하던 여잔데?"

"집사람 말로는 서울에서 왔대. 딸린 식구는 없고."

"오우! 솔로야?"

"그렇다는데. 30대 초중반은 돼 보이지? 저 나이에 혼자면 한 번 갔다 온 거 아니겠어?"

"저 얼굴에 한 번만 갔다 왔겠어? 아우…… 아주……."

남자들은 눈부시게 환한 미소를 지으며 능숙하게 손님을 대하고 있는 효진에게서 시선을 떼지 않은 채 그녀의 몸을 훑고 있었다.

* * *

"할머니! 지금은 점심시간이어서 진료를 받으실 수 없으시다고요."

어린 간호사의 카랑카랑한 목소리가 복도에 울려 퍼졌다.

"아니, 사람이 있는데 왜 진료를 못 받아? 그냥 좀 봐 줘. 나 버스 타고 한참

왔단 말이야."

"어우! 할머니! 원장님이 안 계셔서 진료를 못 본다고요. 20분만 여기 앉아서 기다리시라고요."

얼마나 실랑이를 했는지 간호사의 음성엔 짜증이 깊게 배어 있었다.

"밥도 안 먹고 왔는데……."

"우리도 밥 먹는 시간엔 좀 쉬어야죠."

말이 안 통하는 노인이란 생각이 잔뜩 묻은 어투는 할머니의 아들이나 손자가 들었다면 당장 간호사에게 따지고 들고도 남을 법했다.

"장 간호사! 어르신 안으로 모셔요."

갑자기 들려온 재욱의 목소리에 장 간호사의 얼굴에 당혹감이 서렸다.

"워…… 원장님! 아직 점심시간인데요."

"멀리서 식사도 거르고 오셨다잖습니까. 어르신, 이쪽으로 들어오시죠."

재욱은 장 간호사에게 보였던 얼굴과 판이한 온화한 미소로 할머니를 바라봤다.

"어디가 불편해서 오셨습니까? 어르신."

걸려 있던 가운을 걸치며 재욱이 할머니에게 물었다.

진료 테이블 앞에 앉은 할머니는 그런 재욱을 찬찬히 바라보며 헤아리기도 어려운 눈빛을 빛냈다. 작고한 젊은 날의 남편을 바라보는 듯 애수에 찬 눈빛은 지나온 세월만큼이나 깊고 깊었다.

훤칠한 키에 떡 벌어진 어깨로 몸이 아주 실해 보였고 적당히 헝클어진 머리를 대충 쓸어 넘긴 사이로 반듯한 이마와 진한 눈썹이 일품인 얼굴이었다.

"의사 양반! 결혼은 했수?"

"하하하! 제가 비록 혼자이지만 연상의 여인은 좋아하지 않습니다. 어르신."

"아이쿠! 호호호호…… 젊은 양반이 아주 재미지네. 내가 아무리 주책없는 늙은이라지만 언감생심 이리 잘난 남잘 탐하려고? 떽!! 어른 데리고 장난치면 못써요!"

"하하! 자, 어디가 불편하십니까?"

"늙은이가 어디가 아프겠어. 삭신이 다 아프지. 그래도 오늘은 허리 때문에 왔수. 우리 동네 이 씨가 여기서 허리 치료받고 많이 좋아졌다고 해서 아침 일 서둘러 정리하고 오는 길이라우."

"그런 분을 우리 막내 간호사가 자꾸 기다리시라고 했던 거군요. 그래도 어르신, 간호사들도 힘들게 일하고 점심시간에는 좀 쉬고 싶어 그런 거니까 너무 미워는 마세요. 다음에 오실 때는 버스 한 대 더 보내고 타고 오시면 딱 맞겠습니다. 아셨죠?"

"아이, 그러면 되겠네. 알겠어요. 알겠어."

"오늘 허리 사진 한 장만 찍고 찜질도 하시고 저주파도 하시고 편히 누워 쉬시다가 가시면 되십니다."

동해시 외곽에 위치한 재욱의 정형외과 수(秀)는 올여름으로 개원한 지 만 1년이 되었다. 서울 반포에서 나름대로 자리를 잡고 잘나가고 있던 병원을 접고 귀향한 건 아이들 때문이었다.

아내와 이혼을 하고도 큰 불편함은 없었다. 평소에도 아내를 못마땅히 여겼던 도우미는 아내보다 더 아이들을 잘 챙겼으니까. 물론 시시때때로 두둑이 챙겨 주는 금일봉의 힘이었겠지만…….

그럼에도 피하고 싶었던 동해행을 선택한 건 아이들에게 향하는 동정의 시선이 싫어서였다. 잘못은 그와 아내가 했는데 그 피해를 아이들이 고스란히 받아야 한다는 사실이 받아들이기 버거웠다. 어쩌면 그 동정의 시선이 자신을 향하고 있단 생각에서 비롯된 그릇된 망상이었는지도 모르겠다.

이곳으로 와 개원을 하겠다고 했을 때 부모님은 듣던 중 반가운 소리라며 두 손을 들고 환영했다. 이혼 후 아이들 문제가 걸린다며 당장 동해로 오라고 재촉한 부모님 입장에선 그럴 만도 했다. 핑계는 아이들이었지만 당신들의 가장 큰 관심사는 재욱의 재혼 문제라는 걸 모르지 않았으므로 동해행을 극도로 꺼렸던 그였다. 어찌 됐든 이곳으로 온 이상 부모님의 압박을 견뎌 내야 하는 부담감이 없지 않았지만, 아이들을 위한 선택에는 후회 없었다. 그리고 이제는 이혼과 함께 찾아온 두 번째 인생인 만큼 부모님 뜻에 따르지 않을 생각이다.

"이만 퇴근들 하세요. 주말 잘 쉬고!"

가운을 벗고 로비로 나온 재욱이 간호사들에게 먼저 인사를 건넸다.

"원장님! 내일 행사에 오실 거죠?"

무섭게 생긴 수간호사의 질문에 재욱은 잠시 답을 망설였다.

"이렇게 후미진 곳에 개원해 놓고 홍보도 안 했는데 그런 자리 가셔야 해요. 동해시 병원 원장님들 다 오실 텐데 원장님만 안 오시면 우리 병원 왕따 된다고요!"

안 갈 생각인 건 또 어떻게 알았는지 수간호사의 잔소리가 연이어졌다.

"좁은 동네라 말 한번 퍼지면 순식간이라고 몇 번을 말씀드려요. 이러다 병원 문 닫아요."

"문 닫을 정도는 아닙니다."

그다지 큰 소리로 자신 있게 말할 수 있는 상황은 못 되는지라 재욱의 목소리도 살짝 풀이 죽었다. 그에 반해 수간호사의 눈빛에는 살기마저 감돌았다.

"알겠습니다. 내일 잠깐 들르죠. 그럼 퇴근들 하세요."

재욱의 모습이 사라지자 수간호사는 고개를 절레절레 흔들었다.

석양의 붉은 기운을 잔뜩 머금은 하늘 풍경을 뒤로하고 언덕 위 저택으로 재욱의 차가 미끄러지듯 들어왔다. 타이머에 의해 들어온 정원의 불빛이 전부인 집은 으리으리하지만 쓸쓸해 보였다. 주차를 마친 재욱이 집으로 걸어 들어갈 때마다 센서 등이 하나씩 켜졌다 꺼지기를 반복했다.

텅 빈 집으로 들어선 재욱은 매일 반복되는 일상인 듯 어둠 속에서도 익숙하게 움직였다. 침실로 들어가 옷을 갈아입고 거실을 지나 주방으로 향하더니 냉장고를 열어 맥주 캔 하나를 꺼내 바다가 보이는 넓은 창가로 와 소파에 몸을 묻었다. 캔 따는 소리가 울려 퍼지자 잠들었던 거실이 그제야 적막을 깨며 깨어나는 것 같았다.

불을 켜지 않는 건 그래야 바다가 더 잘 보이기 때문이었다. 마땅히 불을 켜야 할 이유도 없고.

맥주를 양껏 들이켠 재욱은 잠시 바다를 바라보다 문뜩 테이블 서랍을 열어 무언가를 꺼냈다.

'딸랑' 방울 소리가 청아하게 울렸다. 빨간 가죽끈에 매달린 워낭 소리였다. 가만히 워낭을 바라보는 재욱의 눈가에 의미를 알 수 없는 씁쓸한 미소가 잠시 머물렀다.

"간절히 원하면 이루어진다더니. 후……!"

'Hallstatt' 라는 글자가 새겨진 워낭을 한 번 흔들어 소리를 들은 재욱은 다시 테이블에 가만히 올려놓고는 맥주를 들이켰다.

＊ ＊ ＊

"아빠!"

아침 햇살이 가득 드는 거실로 들어서는 재욱에게 두 꼬마가 달려와 와락 매달리며 안겼다. 한 녀석은 가랑이를 잡고 늘어지고 한 녀석은 벌써 목에 대롱대롱 매달렸다.

"강아! 너 대체 얼마나 잘 먹는 거야? 어우, 이 엉덩이에 살 붙은 것 좀 봐."

"아빠! 형이 내 닭 다리까지 다 먹어서 난 날개만 먹었어요."

재욱은 한 손으로 제 다리를 붙잡고 있는 산을 마저 안아 올려 양팔에 두 아들을 다 안고 소파로 왔다.

"어쩐지 강이는 무겁고 산이는 가볍더라. 강이 너 동생이랑 사이좋게 나눠 먹어야지 그 맛난 닭 다리를 혼자 다 먹었단 말이야?"

"날개도 맛있잖아요. 산이는 나보다 키가 작으니까 조금 작은 걸 먹어야죠."

나름은 합리적인 이유를 들어 제 아빠를 설득해 보려는 강이 귀여운 듯 재욱은 강의 코를 슬쩍 잡아당겼다.

"작으니까 더 크라고 큰 다리를 줘야지. 형님이 아우를 챙기는 거라고 몇 번을 말해."

두 아들 강과 산을 양쪽 무릎에 앉혀 놓고 대화를 나누고 있을 때 양 여사가 거실로 나왔다. 외출하려는 듯 잔뜩 멋을 부린 모습이었다.

"넌 왜 그러고 왔어? 오늘 행사 안 갈 참이니?"

"전 애들이랑 집에 있을 테니 두 분 다녀오세요."

"너 아니어도 우리 집에 애들 봐 줄 사람 많아. 괜한 핑계 대지 말고 같이 가."

"가기 싫습니다."

"가! 그런 데 얼굴을 비쳐야 사업이 번창한다."

양복을 잘 차려입은 김 회장이 근엄한 목소리를 내며 거실로 나왔다.

"회장니임!"

산이 제 할아버지를 보자 달려가 안겼다.

"산아! 할아버지한테 회장님이 뭐야."

어린애 입에서 회장님이란 소리가 나온 게 못마땅한 재욱이 양 여사를 향해 눈을 흘기며 말했다.

"할머니가 회장님이라고 하니까 나도 회장님이라고 불러야죠. 회장님이 선생님보다 높은 거지요? 그렇죠, 회장님?"

김 회장은 손주의 재롱이 어여쁜 듯 눈꼬리를 휘며 함박웃음을 입에 물었다.

"행사 끝나고 지역 인사들 따로 초대했으니까 그 자리도 같이 가. 너 병원 개원할 때 아무것도 못 하게 해서 네 뜻대로 우리 가만히 있었다. 이제 너도 우리 뜻 따라 줘도 되잖아. 병원 문 닫을 거야?"

짐작은 했지만, 박 간호사와 양 여사가 내통을 하는 게 분명한 듯싶다.

한 번은 얼굴을 내밀어야 이 잔소리도 끝이 나지 싶어 재욱은 하는 수 없이 부모님을 따라나서기로 했다.

동해에서 나고 자랐지만, 동해를 피하고 싶었던 건 부모님 때문이었다. 동해서 대대로 살고 있는 부모님은 이름만 대면 모르는 이가 없는 동해시 유지 중 유지다. 김 회장이 가지고 있는 사업체만도 줄줄이고 우스갯소리로 김 회장 땅을 밟지 않고는 동해로 들어갈 수 없다는 말이 공공연했다.

그런 그들의 아들로, 3대 독자로 사는 일은 만만한 것이 아니었다.

이곳에 개업을 하며 부모님에게 재욱은 신신당부를 했다. 딱 1년만 혼자 힘으로 운영하고 싶으니 소문내지 말고 조용히 지낼 수 있게 해 달라고. 말도 안 되는 소리 집어치우라고, 소문 안 내면 모르겠냐고, 노발대발이었지만 그러지 않으면 다른 지역으로 가겠다고 으름장을 놓은 덕에 암암리에 약속이 이루어졌다. 지난 1년간 약속대로 조용히 숨죽이고 지내 주신 것만으로도 깊이 감사해야 할 판이다.

한껏 차려입은 사람들 사이에서 소매를 접어 올린 셔츠만 입고 덩그러니 서 있는 재욱을 박 간호사가 알아보고 다가왔다.

"잘 오시긴 했는데 의상이……!"

맘에 안 들겠지. 이러고 있는 자신도 썩 마음에 들어서 있는 거 아니라고 한 소리 해 주고 싶었지만, 그냥 참았다.

"후원금도 잊지 마시고요."

"네! 알겠습니다."

때론 마누라보다 잔소리가 더 심한 사람이 박 간호사가 아닐까 하고 생각한다. 그래도 심성이 고운 사람이라 참고 견딘다.

지역 발전을 위한 자선 모임이었다. 물론 주체의 가장 윗선에 부모님이 계신다. 부모님이 주체한 자선 모임에 나와 얼굴 알리고 거짓 미소 지어 가며 병원을 홍보할 마음은 하나도 없다. 대충 시늉만 하다 조용히 이곳을 빠져나가는 게 재욱의 소심한 계획이라면 계획이었다. 적어도 30분은 비비고 있어야 재욱을 봤다는 사람들이 좀 있겠지 싶어 연신 손목의 시계만 살피며 시간이 흐르기만을 기다렸다.

북상 중인 태풍 때문인지 9월 초지만 바람이 꽤 선선하고 좋아 그런대로 버틸 만했다. 그때 저 멀리서 두리번거리던 양 여사가 재욱을 발견하곤 손을 높이 들어 흔들었다.

하아……! 가고 싶지 않은데.

마음과 달리 얼굴에 미소를 물고 양 여사에게 가겠다는 듯 신호를 보내고는 앞으로 발걸음을 옮길 때였다.

"아얏!"

시선을 애먼 곳에 향하고 걷다 그만 누군가의 발등을 제대로 밟았다.

"죄송합니다. 괜찮으십니까?"

얼마나 아팠는지 순간 허리까지 굽히며 휘청이는 여자를 재욱이 덥석 잡았다.

"아우…… 발을 제대로 밟으셨어요. 하아……."

때마침 불어온 바람이 그녀의 온몸을 휘감아 돌았고 긴 머리카락이 휘날리며 재욱에게 넘어왔다. 그리고 서로의 얼굴을 확인한 두 사람은 잠시 말을 잃었다.

혼돈 속에서 침묵을 먼저 깬 건 재욱이었다.

"고소영?"

"장……동……건!"

* * *

〈2년 전 겨울〉

새벽같이 숙소를 나선 효진은 비엔나 중앙역으로 발길을 재촉했다. 유럽의 크리스마스이브 새벽은 이국적인 향을 물씬 풍기며 여과 없이 설렘을 증폭시켰다.

혼자! 그것도 해외로 여행을 온 건 처음이라 떠나오기 전부터 만반의 준비를 했다. 기차표도 일일이 인터넷으로 예매했고 혹시 모를 경우를 대비해 몇 차례나 확인을 했다.

처음 할슈타트(Hallstatt)의 아름다운 풍경을 접했던 건 한참 일에 몰두해 살았던 스물여덟 때였다. 기필코 살아서 저 나라, 저 마을에 다녀오리라 다짐을 하며 그 풍경을 가슴에 담고 열심히 살았다.

하지만 삶이 그리 녹록지만은 않았다. 결혼을 하고 여유가 생기면 더 기회가 많아질 거라고 생각했지만 오히려 그 반대였다. 결국, 이혼을 하고 이렇게 혼자 여행길에 오르게 될 거라곤 상상도 해 본 적 없었다. 그것도 꿈이 시작되었던 시절로부터 딱 10년 만에…….

할슈타트에 가까워져 오자 설경이 펼쳐지기 시작했다. 알프스의 눈으로 온통 하얗게 뒤덮인 마을을 바라보는데 가슴이 벅차올라 숨이 쉬어지지 않았다. 한 장면도 놓치고 싶지 않아 연신 핸드폰으로 사진을 찍어 댔다.

크리스마스이브였지만 할슈타트를 찾은 사람은 생각보다 많았다. 좋았던 건 가이드를 끼고 우르르 몰려오는 한국인 중국인 관광객이 없었다는 점이었다.

이혼을 한 뒤, 색안경을 끼고 바라보는 사람들 틈에서 벗어나고 싶었던 효진으로선 아는 이 하나 없는 먼 나라로의 여행 자체로 힐링이었으니까.

배를 타고 마을에 도착하면서부터는 입을 다물 수 없는 순간의 연속이었다. 마침 눈까지 내리고 있어 기대 이상의 풍경을 얻을 수 있게 되어 더할 나위 없이 좋았다. 골목골목을 조용히 거닐었다. 조용한 카페에 들어가 커피를 마시며 몸도 녹였고 다시 나와 푸니쿨라를 타고 전망대에 올랐다. 아무도 밟지 않은 하얀 눈길에 발자국을 남기며 걸었고 떨어지는 눈을 받아 입 안에 넣어 보기도 했다. 알프스의 설경을 가슴속에 담았고 코끝이 시린 찬 공기를 마음껏 들이마시며 탁해진 폐 속을 청량한 공기로 깨끗하게 정화시켰다. 정말이지 영원히 잊을 수 없는 시간이었다.

다시 푸니쿨라를 타고 내려와 기념품 샵으로 들어온 효진은 이 아름다운 곳을 기억할 만한 기념품을 꼭 하나 장만하고 싶어 천천히 샵을 둘러봤다. 그러다 딱 눈에 들어온 물건이 있어 이끌리듯 다가가 잡으려던 순간, 다른 손이 조금 빨랐다.

"에고."

저도 모르게 튀어나온 목소리와 동시에 손을 확 회수해 오며 그 손의 주인을 쳐다봤다.

와우! 동양계의 아주 완벽하게 잘생긴 남자였다. 정신이 번쩍 들 만큼!

남자도 좀 놀랐는지 손을 급히 치웠다.

무슨 정신이었는지 그 잘생긴 남자를 앞에 두고도 효진은 이때가 기회다 싶어 다시 얼른 그 물건을 집어 들었다. '딸랑' 소리를 내며 효진 손에 들어온 물건은 붉은 가죽에 매달린 워낭이었다. 하필 딱 하나밖에 남지 않아 본의 아니게 경쟁이 치열했던 참이다.

효진은 좀 미안하고 뻘쭘했지만, 뒤도 돌아보지 않고 계산대로 가 계산을 했다. 어이없다는 듯 효진을 쳐다보던 남자는 계산대로 다가와 종업원에게 물었다. 유창한 영어 실력으로 묻는 남자를 응대하던 종업원은 애석하게도 이게 마지막이라는 말을 전하는 것 같았다. 잘 알아듣지는 못했지만 대략 그런 뉘앙스였던 것 같았다.

'되게 미안하네.'

하지만 미안한 마음과 달리 걸음은 슬금슬금 기념품 샵을 빠져나가고 있었다. 돈 주고 사는 건데 죄인 되는 기분이 드는 건 뭘까. 하필 하나밖에 남질 않아 갑자기 희소가치가 높아진 물건을 손에 넣어서 좋았던 건지, 아니면 갖고 싶은 그 종을 손에 넣어 좋았던 건지, 잠시 그 저의도 잊었다. 그저 손에 넣은 워낭이 맘에 들어 들여다보고 또 들여다보며 즐거워했다.

관광객들의 발길이 잘 닿지 않는 곳까지 천천히 다 돌아보던 효진은 핸드폰의 배터리가 방전 직전임을 알게 됐다. 보조 배터리를 꺼내려고 가방을 열었는데 배터리가 보이지 않았다. 그럴 리가 없다는 생각에 뒤지고 또 뒤졌지만 역시나 배터리는 없었다. 아차 싶었다. 충전한다고 꽂아 놓고 챙기지 않은 모양이었다. 모든 예약 현황과 현지 지도와 정보, 그리고 기차 QR코드까지 모두 핸드폰으로만 확인할 수 있는데 배터리가 나가면 낭패를 볼 터였다.

가까운 상점을 찾아 들어갔지만 짧은 영어 실력으로 핸드폰을 충전해야 하는 긴박한 상황을 설명하기엔 역부족이었다. 게다가 다시 비엔나로 가는 기차를 타려면 지금 배를 타러 나가야 하는데……. 여러모로 암담했지만 일단 승선부터 했다. 인상 좋아 보이는 사람에게 보조 배터리 충전을 부탁해 볼 요량이었다. 하지만 인파로 붐비는 배 안에서 인상 좋은 사람을 찾는 건 좀 어려웠다. 이렇게 된 이상 기차역에 도착하면 찾아봐야겠다고 단념하며 핸드폰 전원을 껐다.

기차가 도착하려면 10분 정도 남은 시간, 예정대로 인상 좋은 사람을 물색했다. 레이더망에 포착된 젊은 아가씨! 효진은 천천히 다가가 짧은 영어 실력으로 배터리 충전을 5분만 해도 되겠는지 물었다. 하지만 생긴 것과 다르게 아가씨는 상당히 방어적이고 날카로운 모습으로 단박에 거절했다. 간절함이 부족한 자신의 잘못이라 생각하고 이번에는 더 불쌍한 눈빛을 장착하고 젊은 커플에게 다가갔다. 뭐라고 뭐라고 말을 하는데 아마 그들도 배터리가 얼마 남지 않아서 도와줄 수 없다는 것 같았다. 아주 정중하게 거절 의사를 밝혀 왔다.

저 멀리서부터 기차 경적이 들려왔다. 큰일이다. 무조건 저 기차를 타야 하는데. 일단 승차하면 무슨 수가 생기지 않을까 싶어 도착하는 기차에 몸을 실었다.

추운 날씨에 발을 동동 구르며 애를 태워 그런지 따뜻한 기차 안에 들어오니 온몸이 노곤해졌다. 앉아서 좀 쉬고 싶었지만 당장은 핸드폰이 문제이니 그럴 수도 없는 노릇이었다.

열차 복도를 천천히 걸으며 핸드폰을 충전 중인 인상 좋은 사람을 찾느라 눈을 부릅떴다. 서너 번 부탁했고 그 마지막까지 거절을 당하자 속이 상해 돌아서는데 검표원과 딱 맞닥뜨렸다. 무섭게 쳐다보는 검표원을 앞에 세워 두고 효진은 잠시 기다려 달라고 말한 뒤 핸드폰 전원을 켰다. 하지만 핸드폰이 켜지지 않았다. 분명 배터리가 조금은 남아 있었는데.

"Hold on please. 어떡하지. 하아……."

기다려 달라고 짧은 영어로 말은 했지만 기다린다고 별 뾰족한 수가 생기는 건 아니었다. 등골로 식은땀이 주르륵 흐르는 것 같았다. 머릿속은 하얘지고 얼굴은 붉게 달아오르는 것만 같았다. 외국에서, 말도 안 통하는 이곳에서 대책 없는 동양인이 되어 다음 역에서 쫓겨나듯 내려야 하는 건 아닐까? 내린 역에는 경찰이 기다리고 있다가 무조건 경찰서로 끌고 가는 건 아닐까? 그곳에서 비엔나까지는 또 어떻게 가야 하지? 상상도 하고 싶지 않은 생각들이 자꾸만 머릿속을 어지럽혔다. 그때 누군가 검표원을 불렀다.

"I will charge her cell phone battery and have her ticket checked again."

그는 기념품 샵에서 워낭을 놓고 경쟁했던 바로 그 숨 막히게 잘생긴 남자였다.

그의 말에 검표원이 질문했다.

"Can you charge the battery?"

"Of course."

그가 보조 배터리를 흔들어 보였다. 모르긴 해도 그가 도움의 손길을 확실하게 뻗어 줄 모양이었다. 휴!

"O.K."

둘의 대화는 일단 잘 끝난 듯 보였다. 검표원이 효진을 지나쳐 다음 칸으로 넘어갔으니까.

깊은 한숨을 내뱉은 효진은 자신을 살려 준, 아니 도와준 그 남자에게 시선을 보냈다. 남자는 비어 있는 자신의 옆자리에 앉으라는 듯 손짓을 했다. 일단 감사의 뜻은 전해야 맞고 또 그의 보조 배터리가 절실히 필요하니까 입에 어설픈 미소를 장착하고 그에게 다가갔다. 옆자리에 풀어 놓은 고가의 카메라를 옆으로 치우며 남자가 자리를 만들었다.

"Thank you very much."

입에 붙지 않는 어눌한 영어 실력에 형편없는 콩글리시 발음으로 일단 감사의 뜻을 전했다. 그리고 검표원과 어떻게 이야기가 된 거냐고 묻고 싶어 번역기를 돌리려고 핸드폰을 보는데 아차 싶었다.

배터리가 없었지……!

문명의 이기를 100%, 아니 10,000% 활용하며 생존 중인 현시점에서 핸드폰의 부재는 실로 암담하기 그지없었다.

"이걸로 일단 충전부터 합시다."

헉! 갑자기 들려온 우리말에 효진의 눈이 휘둥그레졌다.

"배터리 충전 후 다시 체크하라고 말해 뒀으니 한 바퀴 돌고 다시 올 겁니다."

어리둥절한 모습으로 남자를 계속 쳐다봤다.

"한국 사람이라서 되게 반갑죠?"

"아…… 네……."

격하게 고개까지 끄덕이며 반가움을 표시했다. 내내 혼자여서 좋았고 아는 이 없어서 좋았다. 어쩌다 마주치는 동양인을 보면 제발 한국 사람이 아니기를 바라기까지 했다. 도망쳐 온 곳의 기억을 되새기기 싫어서. 그런데 그의 말처럼 지금, 이 순간, 그가 한국인인 게 너무나 반가워 눈물이 다 날 지경이었다.

"보조 배터리를 안 챙겨 온 겁니까?"

"네."

남자는 자신의 보조 배터리를 효진의 핸드폰에 연결해 끼우며 말을 이었다.

"어디까지 가십니까? 저는 비엔나까지 갑니다."

"저도 비엔나요."

여전히 얼떨떨하고 상기된 얼굴의 효진을 가만히 보던 남자는 가방에서 보온병을 하나 꺼냈다.

"따뜻한 커피 한 잔 하시겠습니까? 많이 추워 보이는데."

"아…… 감사합니다."

보온병 뚜껑에 따라지는 커피에서 하얀 김이 모락모락 올라왔다. 그도 새벽에 숙소를 나섰을 텐데 어떻게 아직도 이렇게 보온병 안 커피가 따뜻한지 참으로 궁금했지만 그런 사소한 질문을 할 만큼 마음이 여유롭지 않았다.

커피가 몸속으로 퍼지자 얼어붙었던 심장까지 다 녹는 기분이었다.

"하아……!"

남자는 뚜껑에 커피를 조금 더 따라 주었다.

"혼자 여행 중입니까?"

"네."

남자의 목소리는 낮지만 다정했고, 말투는 딱딱했지만 표정은 온화했다. 하지만 효진은 낯선 사람에 대한 경계를 늦추지 않겠다는 듯 그가 물어 오는 질문에 그저 단답형으로 대꾸만 할 뿐이었다.

"나 나쁜 사람 아닌데."

눈치를 챈 건지 남자는 서운함과 억울함을 드러내며 뚜껑을 받아 보온병을 닫았다.

"제가 사람을 잘 못 믿어서요. 미안해요."

그때 검표원이 다가오는 게 보였다.

"검표원이 옵니다. 8% 충전이면 확인은 가능할 것 같은데."

효진은 핸드폰 전원을 켜고 QR코드를 열었다. 효진의 승차표 확인을 마친 검표원은 남자를 향해 윙크하며 엄지손을 척 하고 올리곤 사라졌다.

하여간 남자들이란…….

여행지에서 만나 곤경에 처한 상황에서 도움을 준 이 여자와 잘해 보라는 소리겠지. 그 의미가 얼추 맞았는지 남자는 어색한 미소를 지어 보이곤 이내 그의 시선을 외면해 버렸다. 정말 나쁜 사람 같지는 않았다.

"비엔나까지 두 시간은 넘게 가야 하는데 서로 이름 정도는 알려 줘도 되지 않을까요?"

이 말에도 효진은 썩 달가워하지 않는 눈치였다. 입을 달싹이던 효진이 한참 만에 입을 열었을 때 남자는 풋 하고 웃고 말았다.

"고소영이요."

이름도 알려 주기 싫다는 뜻이 다분히 보여 남자는 웃음을 참으려 기침까지 하고 난 뒤에 진정하고는 자신의 이름도 당당히 말했다.

"장동건입니다. 난."

두 사람은 뭐라고 말은 하지 않았지만 한참 동안 웃었다.

* * *

"발 괜찮습니까? 제대로 밟은 것 같은데."

걱정하는 음성과 함께 그의 시선은 효진의 눈동자를 집요하게 응시하고 있었다. 반가움도 담겨 있는 것 같았고 원망도 담겨 있는 것 같은 읽을 수 없는 눈빛이었다. 효진은 그의 깊은 시선을 애써 외면하려 괜히 발을 보며 딴청 했다.

"제대로 밟으셨어요. 지금 발을 디딜 수가 없거든요."

효진은 발이 아픈 것에 정신이 뺏긴 듯 무의식적으로 재욱의 팔을 꽉 붙잡고 있었다.

"사진 한 장 찍읍시다."

"네?"

효진이 놀란 눈으로 되묻자 재욱도 오래전 기억이 떠오른 듯 피식 웃고는 말을 이었다.

"엑스레이 찍어 보자는 말이었습니다."

공유한 기억 속 한 장면이 떠오른 두 사람은 잠시 서로를 바라보며 말이 없었다.

"토요일이라 진료하는 곳이 없을 텐데요. 그냥 제가 알아서 할게요."

효진은 그를 잡고 있던 팔을 놓으며 걸음을 옮기려다 다시 한번 휘청했다. 발목에 힘이 들어가지지 않았다. 그런 효진을 가만히 지켜보던 재욱은 도저히 안 되겠던지 그녀에게 바짝 다가섰다.

"잠깐 실례 좀 하겠습니다."

"네? 아악!"

재욱은 순식간에 효진을 번쩍 안아 올렸다.

"저기요. 뭐 하시는 거예요."

"병원 갑시다."

"그냥 저 좀 내려 주시겠어요."

재욱은 그녀의 말에 아랑곳하지 않고 주차를 해 놓은 곳으로 성큼성큼 갔다. 행사장에 모여 있던 사람들이 그 두 사람을 쳐다보며 웅성거렸다. 효진은 그들의 시선 때문에 온몸이 홍당무처럼 달아올랐지만, 재욱은 하나도 신경 쓰이지 않았다.

1년 넘게 그리워했던 그녀와의 재회에 심장이 불규칙하게 뛰어 대는 중이었고 이성이 위태롭게 선을 넘으려 하고 있었으니까.

자동차 앞에 와서야 그녀를 내려 준 재욱은 차 앞문을 열며 타라고 했다.

"어딜 가려고요?"

"병원 가야 합니다."

"주말이라 응급실은 동인병원뿐일 텐데 거기까지 못 가요. 시간이 없어서요."

"시간이 얼마나 있습니까?"

"30분 정도."

"충분합니다. 타요."

효진은 쉽게 차에 오르지 못하고 그를 빤히 봤다.

"여전히 사람을 못 믿는군. 타요. 시간 갑니다."

하는 수 없이 차에 오르자 문을 닫고 서둘러 운전석으로 건너온 재욱이 시동을 걸고 행사장을 빠져나갔다.

병원 앞에 차가 멈추자 재욱이 효진을 향해 고개를 돌렸다.

"내릴 수 있겠습니까?"

밖을 쳐다보던 효진이 정형외과 간판을 보며 난감한 표정을 지었다.
바다가 보이는 한적한 곳의 정형외과라니. 영업이 되기는 하는 곳일까?
"문 닫았을 텐데요."
"닫힌 문은 열면 되는 거고."
차에서 내린 재욱이 차 앞으로 돌아와 조수석 문을 열었다.
"몸을 돌려서 두 발로 내디뎌요. 자, 내려요."
그러면서 손을 그녀에게 내밀었다.
대체 닫힌 문은 어떻게 열겠다는 건지, 무슨 일이 벌어지고 있는 건지 모르겠지만 발목이 욱신거려 이대로는 도저히 안 될 것 같아 효진도 말없이 그의 뜻에 따르기로 했다.
그가 내민 손을 잠시 바라보던 효진은 조심스럽게 그의 손을 잡았다.
마주 잡은 손으로 그녀의 온기가 재욱의 심장까지 빠르게 번지는 것 같았다. 마주 잡은 손으로 그의 다정함이 효진의 뼛속까지 스며드는 것 같았다.
끙 소리를 내며 의자에서 일어나자 재욱이 다시 그녀를 안기 위해 몸을 숙였다.
"자…… 잠깐만요. 그냥 걸어가 볼게요."
"보는 사람 없습니다."
"그래도요."
"그럼 팔이라도 잡아요."
하필 셔츠를 접어 올려 드러난 그의 굵은 팔이 눈에 들어왔다.
남자와의 신체적인 접촉은 2년 전 겨울, 그러니까 이 남자가 마지막이었다.
효진은 조심스럽게 셔츠가 감겨 있는 팔 부분을 살짝 잡았다. 재욱은 그런 효진을 보며 짧게 한숨을 몰아쉬더니 이내 한쪽 팔을 그녀의 허리에 감고 다른 한쪽 팔은 그녀의 팔을 잡으며 부축했다. 효진이 불편한 듯 벗어나 보려 몸을 틀었지만, 그의 힘을 당해 낼 재간은 없었다.
"차라리 안고 가는 게 훨씬 수월할 것 같은데."
"그때나 지금이나 신세만 지네요."
"이번에도 말없이 도망치려고 계획 중입니까?"

"이번엔 발목을 제대로 잡으셨는데요."

그녀의 눈동자가 반짝 빛이 났던 건 그만의 착각이었을까. 이번에는 도망치지 않겠다는 말로 들려 괜히 심장이 덜컹거렸다.

비밀번호를 누르고 들어가는 재욱을 따라 병원 안으로 들어온 효진은 상황 파악이 필요했다.

"여기 잠깐 앉아 있어요."

재욱은 꺼진 불을 일제히 켜며 서둘러 방사선실로 가는 것 같았다.

소파에 앉아 천천히 병원을 둘러보던 효진의 시선에 그의 사진이 붙은 원장 소개 간판이 보였다. 그제야 그가 거리낌 없이 이곳으로 데려온 이유를 알 것 같았다.

'이 사람도 의사였구나. 게다가 이곳 사람이었다니. 세상 참 좁네.'

2년 전에는 알지 못했던 그의 신상을 알게 되어 효진도 생각이 깊었다.

'김재욱!'

그 이름을 바라보며 상념에 빠져 있을 때 그의 목소리가 들려왔다.

"김재욱입니다. 내 진짜 이름."

그렇게 말한 재욱은 효진을 뚫어지게 봤다. 이제 당신도 당신 이름을 밝혀도 되지 않겠냐는 시선으로 느껴졌다.

"박효진입니다. 내 진짜 이름."

그의 말을 그대로 따라 했다.

"이름…… 예쁘네."

혼잣말처럼 읊조리는 그의 얼굴에 씁쓸함이 번졌다.

2년 내내 원망했다. 그때 이름이라도 물어봐 놓을걸. 그랬으면 다시 한국으로 돌아와 동명인을 다 찾아 헤매서라도 그녀를 찾았을 텐데. 어디 사는지라도, 직업이 뭐인지라도 물어봐 놓을걸. 왜 바보같이 그리 허망하게 그녀와 이별을 했는지 어리석은 자신을 내내 원망했다.

"들어갑시다. 사진 찍어야죠."

다가선 재욱이 그녀를 잡아 세웠다.

"아까보다는 조금 나아진 것 같긴 해요. 좀 걸어 볼게요."

"그래도 잡고 걸읍시다."

그의 단단한 손이 효진의 팔과 허리를 여전히 잡고 있었다.

"원장님이 직접 엑스레이도 찍어요?"

"방사선과 선생을 부를 수는 없잖습니까. 토요일인데."

"잘 찍을 수 있냐고 묻는 건데요."

"잘 못 찍어도 방법 있습니까?"

"그렇긴 하네요."

"이대로 있어요."

재욱은 유리문 안으로 들어가 버튼을 눌렀다. 그리고 나와 효진의 발 위치를 바꿔 주곤 다시 유리문 안으로 들어가 버튼을 눌렀다.

'이렇게 저 여자 사진을 갖게 되는군.'

그녀에 대한 그리움이 사무칠 때마다 재욱은 핸드폰 속 사진을 열어 그녀를 기억해 내려 애썼다. 그래 봐야 뒷모습이 담긴 사진이 전부였으면서.

원장실로 와 화면에 조금 전 찍은 사진을 띄운 재욱은 이리저리 확대해서 보고 또 보더니 안도의 숨을 내쉬었다.

"그냥 인대가 늘어난 정도인 거죠?"

"의사 해도 되겠습니다."

"난 크게 걱정 안 했는데. 걱정 많이 하셨나 봐요."

"188cm에 80kg입니다."

키가 큰 줄은 알았지만 이렇게 큰 줄은 몰랐다.

"이번엔 저도 제 키와 몸무게 말해야 할 차례인가요?"

많이 아플 텐데 농담을 던져 주는 그녀가 예뻤다.

"밟을 때 느낌이 좋지 않아서 등에서 식은땀까지 흘렀다고. 하아……."

"그럼 전 이제 어떻게 하면 되나요? 당장 일하러 가야 하는데 걸어도 되는 건가요?"

"걷는 건 당분간 안 됩니다. 오늘은 반깁스를 해 주겠지만 월요일부터 병원에 와서 도수치료 받아요."

"깁스요? 안 돼요."

효진은 발끈하며 몸서리를 쳤다.

"지금도 많이 부었고 심지어 오늘 밤은 좀 아플 겁니다. 그러니 내 말대로……."

"아뇨. 오늘 중요한 일이 있어요. 걸을 수 있으니 일단 이대로 가야겠어요."

"안 됩니다. 얼마나 중요한 일인지 모르지만, 그 상태로 일했다간 오늘 밤 고생합니다. 도수치료 두어 번 받으면 많이 좋아지니까 그렇게 합시다."

시계를 본 효진은 마음이 급해진 듯 자리에서 일어났다. 그의 도움을 받지 않더라도 서둘러 이곳을 떠나겠다는 의지가 역력해 보였다.

"알았어요. 일단 지금 가야 할 곳이 어딘지 말해요. 내가 데려다줄게요."

"일단? 그럼 그다음은요?"

"그건 가면서 얘기합시다."

이 남자와 자꾸만 엮이는 게 마음에 걸렸지만, 지금은 다쳤고 시간이 없으니 그의 뜻을 따르는 것 말곤 방법이 없었다.

재욱의 차가 마린 블루 주차장에 멈춰 섰다.

"일하는 곳이 여깁니까?"

"네. 오늘 중요한 행사가 있어요. 아. 아까 행사장에 왔으니까 알겠네요."

"여기서 무슨 일을 합니까?"

"여기 총매니저예요. 내가 왜 아픈 다릴 이끌고 와야 했는지 이제 아셨어요?"

"후! 계속 서 있어야 하는 일이군. 일 몇 시에 끝납니까?"

"김재욱 씨가 가해자로서 할 수 있는 일은 여기까지인 것 같은데요."

꼬치꼬치 묻는 그의 저의를 모르는 바 아니어서 이쯤에서 끊어 내야 할 것 같았다.

그녀의 말에 재욱의 미간에 주름이 잡혔다. 저 다리로 이 지역 인사들의 수발을 들어야 한다고 생각하니 쓴 물이 넘어오는 것 같았다. 거기다 자신의 도움은 받지 않겠다는 듯 확고하게 선을 긋는 그녀 때문에 기분이 영 좋지 않았다.

"우리가 피해자, 가해자 말고는 할 말이 없는 사이입니까?"

갑자기 날아온 그의 낮고 과묵한 음성에 효진이 잠시 멈칫했다.

그녀의 미세한 떨림을 감지한 재욱은 이러는 자신이 좀 못났단 생각이 듦과 동시에 깊은 한숨을 내뱉었다.

"가해자로서 할 수 있는 일이 아직 끝나지 않은 것 같아서 이러는 거니까, 일 끝나면 꼼짝 말고 있어요."

"저는 시간이 없어서 그만 가 봐야겠네요."

효진은 답을 주지 않은 채 차에서 내렸다.

육안으로도 부은 게 확인되는 그녀의 다리 상태는 썩 좋지 않아 보였다.

저 여자는 그렇게 헤어지고도 그립지 않았던 건가? 아니, 궁금하지도 않았었나? 한 해가 지나고도 두 계절이 더 지나서 재회했는데 너무 아무렇지 않아 보이는 그녀 때문에 재욱은 잠시 멍했다.

간절히 원해서 찾아온 이 운명 같은 필연을 이번에는 절대 그냥 흘려보내지 않을 생각이다. 핸드폰을 들어 버튼을 눌렀다.

— 너 어디로 도망간 거야. 그새를 못 참고 내빼니?

"어머니! 오늘 마린 블루 행사는 몇 시에 끝나죠?"

— 그건 왜?

"언제 돌아오시는가 해서 그럽니다."

— 공식 행사는 3시에 마무리야. 어! 박 매니저! 왜 이제 와요. 지금 손님들 착석 중이시잖아요. 박 매니저 없어서 정신이 하나도 없었네.

아까 내려서 들어갔는데 이제 눈에 띈 걸 보면 발목 상태가 예상보다 더 안 좋은 것 같았다.

— 얘! 너도 그러니까 지금이라도 와. 오늘 도지사님도 오시고 시장님도 오신다고.

이미 전화를 끊은 재욱은 그대로 주차장을 벗어났다.

강원도 지역 주요 인사들이 모두 모인 마린 블루는 그야말로 초긴장 상태였다.

재욱에게 발이 밟혔을 때 양 여사를 만나고 황급히 레스토랑으로 향하던 길이었다. 한 시간 늦게 도착한 효진은 턱없이 부족한 시간에 쫓기어 마무리 체크를 놓쳤다. 그나마 어제 미리 모든 체크를 끝내 놓아 별 무리 없이 행사가 진행되었지만 늦게 나타났다는 사실만으로도 일을 완벽하게 해내지 못했다는 자책에 시달렸다. 일에 있어 늘 완벽을 추구해 온 효진에게는 실로 자존심 상하는 일이었다.

오후 2시 25분. 모든 손님이 레스토랑을 빠져나갔다. 양 여사는 마지막까지 남아 효진과 총주방장을 불러 오늘의 노고를 위로하고 마린 블루를 떠났다. 그녀가 사라지는 모습을 확인하자마자 효진은 근처 의자로 쓰러지듯 앉으며 앓는 소리를 냈다.

"매니저님! 괜찮으세요?"

다리를 만지고 있는 효진의 손에 시선을 준 크루 미애가 놀라며 소리쳤다.

"아니! 다리가 왜 이렇게 부으셨어요?"

"미애 씨! 미안한데 얼음 팩 좀 가져다줄래요?"

"네! 조금만 계세요."

미애가 주방으로 달려가자 그제야 통증이 밀려온 듯 효진의 얼굴에 깊게 인상이 잡혔다.

"다리를 이쪽으로 올려요."

언제 온 건지 재욱이 의자를 하나 끌고 오더니 효진의 다리를 잡아 올렸다.

"아얏!"

"아프겠지. 참 미련하고 독한 사람이군요."

그가 가져온 가방에서 약과 물병을 꺼내 내밀었다.

"이거 먹어요."

"뭔데요?"

"죽는 약 아니니까 먹어요. 소염제입니다."

효진은 아파 죽겠는데 위로는커녕 쌤통이라는 듯 말하는 그를 보고 있자니 약이 올랐다.

"재밌나 봐요?"

"그럴 리가!"

"그런데 왜 고소해하는 표정처럼 보이죠?"

"의사 말 안 들으면 어떻게 되는지 몸소 체험하는 중인 환자는 다 이렇게 봅니다. 요즘 사람들 다들 너무 똑똑해서 의사 말 잘 안 듣거든."

이번에는 가방에서 얼음 팩을 꺼내 효진의 발목에 고정을 시키고 있었다.

대체 저 가방 안에 얼마나 많은 걸 바리바리 싸 들고 온 건지 궁금했다.

"어! 원장님!"

다가오던 미애가 재욱을 알은체했다.

"대표님 방금 가셨는데요."

"압니다. 대표님 뵈러 온 거 아닙니다."

"우리 대표님과 친분 있으세요?"

두 사람의 대화가 하도 친근하게 느껴져 물은 효진의 질문에 미애가 빙그레 웃으며 대답했다.

"대표님 3대 독자 아드님이 원장님이신데요. 그런데 두 분은 어떻게 아세요?"

그 말에 효진의 표정이 확 굳었다.

이 무슨 운명의 장난인가!

"보면 모르겠습니까? 의사와 환자 아닙니까."

"왕진까지 오시는지는 몰랐는데요."

미애의 말에 효진이 풋 하고 웃었다.

"내가 가해자라 고소당할까 봐 이러는 겁니다. 일어날 수 있겠어요?"

자리에서 일어난 재욱이 효진에게 손을 내밀었다.

효진은 그가 내민 손을 무시하고 의자를 짚은 채 힘겹게 자리에서 일어났다.

"미애 씨! 매니저님 자리 비운다고 오늘 마린 블루 안 돌아가는 거 아니죠?"

"네? 아…… 그렇긴 하겠지만……."

"상황 봐서 알겠지만, 이 다리로 오늘내일 일하기 힘들 겁니다."

"네. 그래 보이세요."

"지금 뭐 하시는 거예요?"

효진이 끼어들며 재욱을 저지했다.

"내 일은 내가 알아서 해요."

"어떻게 알아서 할 계획입니까? 잠시 쉬었다 브레이크 타임 끝나면 다시 이리저리 활보하며 일할 겁니까? 그리고 내일 또 아무렇지 않게 나와서 일하고?"

효진은 자신의 계획을 꿰뚫고 있는 그의 말에 잠시 멍했다.

"아마 지금부터 쉬어도 내일 아침 다리가 두 배로 부어 있을 겁니다. 나와서 일하고 싶어도 일 못 한다고."

"네! 매니저님! 그럴 것 같아요."

"누구 때문에 이렇게 됐는데 큰소리죠?"

다 맞는 말만 하는 그라는 걸 알겠는데, 상황을 이렇게 만든 것 또한 그라는 생각에 이르자 괜히 화가 났다.

"그러니까 미안해서 이러는 거 아닙니까. 한 번만 더 실례합시다."

"뭐라고요? 엄마야!"

재욱은 그대로 효진을 안아 올리더니 출입구로 걸어갔다.

"내려 주세요. 이대로 못 가요."

"가야 합니다."

"매니저님, 가서 쉬세요!"

두 사람의 실랑이에 미애가 효진을 안심시키려는 듯 소리쳤다.

"하아! 미애 씨! 오늘 밤 태풍 지나간다고 했으니까 문단속, 주변 단속 잘하고 내일은 예약 없으니까 평소처럼 준비해요. 일 생기면 전화하고. 알았죠?"

문이 닫힐 때까지 고래고래 소릴 지른 효진 때문에 재욱은 귀가 다 멍했다.

"원래 이렇게 남을 사람 걱정이 많은 사람이었습니까?"

"네?"

"그럼 그때도 말이나 좀 해 주지, 왜 그렇게 아무 말 없이 가 버린 겁니까?"

심장 저릿하게 고백인지 원망인지 알 수 없는 말을 던져 놓고 이 남자는 그저 무표정하게 저벅저벅 주차장으로 향했다.

2. 비엔나의 추억

〈2년 전 겨울〉

"커피에 약 탔어요?"

"네?"

"왜 이렇게 졸리죠?"

재욱은 그녀의 말에 기가 찼다. 두 시간 넘게 가는 길, 대화나 좀 하자고 통성명하잤더니 절세미인 고소영이라고 하지를 않나, 개인적인 대화는 사절하겠다는 뜻으로 받고 이번 여행에 관해 물으니 낯선 남자를 어찌 믿고 이러쿵저러쿵 얘길 하겠냐며 선을 긋지를 않나. 춥고 힘들어 보여 내민 커피는 잘도 홀짝이며 받아 마시더니 뭐? 약을 탔냐고? 헉! 기껏 물에 빠져서 건져 줬더니 이젠 보따리를 내놓으라 한다는 속담이 딱 이럴 때 쓰는 말이구나 싶었다.

"졸리면 좀 자요. 갈아타는 역에서 깨울게요."

"내가 장동건 씨를 어떻게 믿죠?"

"믿지 않으면 방법 있습니까? 고소영 씨! 지금 눈꺼풀 덮이기 일보 직전인 것 같은데."

졸려 죽을 것 같았다. 추운 곳에서 내내 떨었으니 그럴 만도 했지. 그도 졸리긴 마찬가지일 것 같은데 남자라 그런가? 체력이 아직은 방전되지 않은 것처럼 보였다.

이른 새벽에 출발해 늦은 밤 도착하는 일정이니 기차 안 대부분의 사람들이 피곤에 절어 있었다. 그래도 타국에서 낯선 이를 덜컥 믿어 버리는 건 있을 수 없는 일인 것 같아 효진은 필사적으로 버텼다. 죽을힘을 다해 버텼는데, 아니 버텼다고 생각했는데 어느새 그의 어깨에 기대어 정신없이 자고 있었다. 그리고 깨워 주겠다던 그도 효진의 머리에 자신의 머리를 기대고 잠이 들어 버렸다.

효진이 눈을 떴을 땐 열차가 이미 갈아타야 하는 역을 막 출발하고 있었다.

"일어나요. 장동건 씨! 우리 못 내렸어요."

효진의 호들갑에 잠에서 깬 재욱은 서둘러 핸드폰으로 검색을 했다. 다음 역에 내려 비엔나로 돌아가는 방법을 찾아보는 듯했다.

모든 교통편을 서울에서 예매하고 와야 할 만큼 현지 사정에 문외한인 효진은 그저 묵묵히 그의 결정을 기다려야 했다. 같이 잠이 들면 어쩌냐고, 깨워 주겠다던 호기는 다 어디 갔냐고, 따지고 싶었지만 지금은 그럴 상황이 못 되었다.

"다음 역에서 반대쪽 열차 타고 되돌아가면 비엔나행 열차 탈 수 있겠습니다."

"그렇겠죠."

"미안합니다. 깨우겠다고 해 놓고 잠이 들어서."

"그러게요."

"지금 원망하는 겁니까?"

"네!"

"하아!"

"되돌아가면 예약한 열차는 놓치겠죠? 역에서 비엔나행 열차표를 다시 예매해야 하는 거 맞죠?"

"그래야 할 겁니다."

"……."

"내가 하겠습니다. 나 때문에 열차를 놓쳤으니까요."
"그건 좋은 생각인 것 같아요."
"하!"
예의상 거절이라는 것도 있는 게 인지상정인데 어째 이 여자는 옳고 그름에 관한 원칙을 나름 철저히 세워 놓고 사는 사람 같았다.
"하? 무슨 뜻이죠? 너무 냉큼 받아먹어서 어이없다 뭐 그런 뜻인가요?"
속이 보이나? 어떻게 저리 정확하게 알지?
"영어가 짧아서 모든 게 두려울 뿐이에요. 돈은 내가 내요. 비엔나로 돌아갈 수만 있다면."
이런! 거기까지는 생각 못 했다. 그저 계산이 철저하고 상황 판단에 이성적인, 아니 이기적인 사람이라고 생각했는데 오해였나 보다. 좀 미안한데…….
"그러고 보니 오해할 만했네요. 내가 한 가지에 꽂히면 다른 생각을 잘 못해서. 뭐, 그렇다고 미안해하실 건 없고요. 일단 무사히 비엔나로 데려다만 놔 주세요."
대화할수록 어째 이 여자의 마수에 빠져드는 것 같지. 매력 있네. 이 여자!

다행히 비엔나행 열차표를 구할 수 있었고 두 사람은 예정보다 한 시간 늦은 비엔나행 열차에 올랐다.
"휴우!"
나름은 무척이나 신경 쓰였던지 열차에 올라 좌석에 앉자마자 재욱의 입에서 저도 모르게 긴 한숨이 흘러나왔다.
"많이 걱정했나 봐요?"
누구 때문에 이 걱정을 했는데 아무것도 모른다는 듯 천진하게 묻나 싶었다.
"제가 부담을 많이 줬죠."
"혹시 직업이 무당은 아니죠? 뭐 심리 상담가나……."
"네?"
"사람 속마음을 빤히 들여다보는 것 같아서……."
입장 바꿔 생각해 보기가 몸에 밴 직업 정신 때문에 이런 소릴 종종 들어 왔던 효진이었다. 그런데 그게 결혼 생활에서는 쉽게 적용되지 않았었다.

"배고프지 않아요? 저녁 살게요."

열차를 타기 위해 동분서주하며 애태운 그에게 이 정도는 해야 서로 민폐 끼쳤다는 말은 안 할 것 같아 경계심을 내려놓고 한 말이었다.

"같이 밥은 먹어도 되겠습니까?"

"좀 재수 없게 보였겠지만 그냥 좀 봐주세요. 낯선 곳이고 낯선 사람이잖아요. 서로서로."

한마디를 하면 그 저의를 정확히 간파한 후 답을 내놓는 여자였다. 어떤 대화를 해도 예상한 대로 흐르지 않는 묘한 매력을 지닌 여자였고.

재욱을 대하는 대부분의 여자들은 하나같이 비슷비슷했다. 건장한 체구에 좋아하는 운동들 덕분에 잘 잡힌 근육질 몸을 가진 그를 대하는 여자들은 일단 호감을 표현했다. 외모로 높은 평가를 받고 나면 의사라는 직업을 듣고 많이들 놀라워했다. 의사에 대한 편견이 심해서인지, 그가 의사를 하기에는 어울리지 않는 외모를 가졌다고 생각하는 것인지는 지금도 잘 모른다. 다만 외모에 직업까지 평가가 끝나고 나면 성격이 어떻든 심성이 어떻든 상관하지 않고 들이댔다.

의견을 나누고 싶어 대화를 이끌어 가면 무조건 재욱의 의견에 동감할 뿐 그들의 생각, 그들의 의견 따위는 없었다. 5년을 함께 산 아내 역시 그런 부류였다. 어차피 부모님 소개로 만난 사람이었지만 그래도 자기 생각, 자기주장이 확고한 사람이었으면 사는 게 그리 피곤하지는 않았을 것 같다는 생각을 이혼 후로도 줄곧 했다.

그런데 지금 앞에 있는 이 여자는 자기 생각, 자기주장이 확고하다 못해 그 속을 걷잡을 수조차 없다. 여행지라는 상황과 서로의 신상에 대해 전혀 모른다는 점이 어쩌면 훨씬 더 자유로운 사고를 하게 하는지도 모르겠단 생각이 들었다.

"그래서 밥 먹겠다고요. 안 먹겠다고요."

"먹읍시다."

식당 칸으로 자리를 옮겨 앉은 두 사람은 음식 한 가지씩과 맥주 한 병씩을 옆에 놓고 허기진 배를 채우느라 아무 말이 없었다. 얼마 동안 그저 음식을 흡입하는 소리만 들릴 뿐이었다. 그러다 맥주를 진하게 한 모금 넘긴 재욱이 먼저 입을 열었다.

"오스트리아에만 온 겁니까? 아니면 독일에서 오는 길입니까?"

"체코에서 왔어요."

"그럼 크리스마스 마켓 제대로 즐기고 왔겠군요."

"예쁘더라고요. 우리나라하고는 차원이 다르게. 물론 빈 마켓도 어마어마하긴 했지만 아기자기하고 예쁜 건 체코 쪽인 듯해요."

"내일은 문 여는 관광지도 없고 문 여는 식당도 많이 없을 텐데 알고 있습니까?"

"네. 크리스마스니까요."

"그러고 보니 우리가 크리스마스이브를 함께하고 있군요."

"그렇게…… 됐네요."

"계획 있습니까?"

"내일이요?"

"네! 내일."

"글쎄요. 지금 같아선 그냥 종일 자고 싶을 것 같은데……."

"성 피터 성당에서 파이프 오르간 연주를 합니다. 시간만 맞춰 가면 들을 수 있을 겁니다."

"그래요?"

진짜 파이프 오르간 연주를 들을 수 있다고 생각하니 괜히 흥분됐다.

"같이 갈까요?"

재욱은 무척 용기를 내 한 말이었다. 그 용기 역시 여행지여서 가능했다는 걸 모르지 않았다. 20대 때 배낭 하나 짊어지고 떠나왔던 유럽 여행과는 판이한 이 상황이 조금 우스웠지만 그래도 용기를 끄집어내는 데는 그리 오랜 시간이 걸리지 않았다. 기민하고 조심성 많아 보이는 저 여자가 흔쾌히 오케이를 할 것 같지는 않았지만 그래도 말도 꺼내 보지 않고 헤어지면 어쩐지 후회가 남을 것 같았다.

잠시 재욱을 물끄러미 바라보던 효진은 이미 표정에 거절 의사를 가득 채우고 입을 열었다.

"그냥 쉬는 게 좋을 것 같아요."

예상한 답변이지만 거절은 역시 아무렇지 않은 척 받아들이는 게 쉽지 않았다.

다음을 거절당하고도 비엔나까지 오는 동안 재욱은 비엔나 맛집과 꼭 가 봐야 할 곳에 대한 설명을 해 주었다. 어떻게 그렇게 자세히 아느냐고 효진이 묻자 대학 합격하고 입학하기 전에 30일간 유럽으로 배낭여행을 왔었다고 대답했다. 기껏 열심히 설명한 그는 종국에 20년이 훨씬 넘은 기억이니 100% 신뢰할 수 없다는 단서를 붙여 효진은 또 한참을 웃었다.

예정보다 한 시간 늦게 비엔나 중앙역에 도착한 두 사람은 짧은 인연과의 헤어짐을 앞에 두고 잠시 멈칫했다.

"오늘 감사했어요. 미아 될 뻔했는데."

"숙소 들어갈 때 내일 먹을 비상식량은 사서 들어가는 게 좋을 겁니다."

마지막까지 안위를 걱정해 주는 그가 참 인상적이었다.

"좋은 분인 거 알겠네요."

"하! 그걸 이제 알았습니까?"

"남은 여행도 즐겁게 보내세요."

"고소영 씨도 그러길 바랍니다."

효진은 미련도 없다는 듯 뒤돌아 지하철역으로 향했다.

그런 그녀를 바라보는 재욱의 얼굴엔 아속함과 아쉬움이 묻어났다. 어쩐지 그녀와는 재미있게 여행할 수 있을 것 같았는데.

돌아서 지하철역까지 정신없이 걸어온 효진은 매표 기계 앞에 도착해서야 밭은 숨을 내쉬었다. 그의 시선이 등 뒤로 따라붙는 것 같아 온몸이 경직되어 걷는 게 쉽지 않았다. 그녀 역시 아쉽고 미련이 남았지만, 끝끝내 걸음을 멈추지 않고 걸었다.

모든 걸 알아서 하고 스스로 해야 했던 효진의 삶에 그처럼 모든 걸 먼저 알아서 해 주는 사람은 처음이었다. 먼저 손 뻗어 도움을 주고, 배려해 주고, 거추장스럽고 버거운 낯선 이였을 텐데 싫은 내색 한 번 짓지 않고 마지막까지 책임감 있게 마무리 지어 주었다. 일면식도 없는 사람인데.

'저 남자와 함께 여행하면 뭐든 척척 다 알아서 해 주겠다.'

그럼 정말 편하고 안전할 것 같았다. 인생에 단 한 번도 없었던 편안함과 안정감을 짧은 시간 맛보았다는 생각에 가슴이 다 벅찼다. 함께 하자는 그의 유혹이 달콤하지 않았던 건 아니다. 다만 이제 막 벗어난 남자와 결혼에 대한 거추장스러움과 이제 막 혼자가 되었다는 해방감을 뺏기기 싫은 경계심이 그를 거절하게 했다.

'아쉽지만 우리 인연은 여기까지인 걸로…….'

크리스마스 아침.

아파트를 렌트한 효진은 배에서 나는 꼬르륵 소리에 놀라 잠에서 깼다. 그의 조언대로 비상식량을 좀 사 왔어야 했는데. 몸이 천근만근이어서 그냥 들어온 게 이제 막 후회되기 시작했다. 밥을 사 먹자고 나가야 한다 생각하니 괜히 짜증이 밀려왔지만, 이왕 이렇게 된 거 성 슈테판 대성당에서 치러지는 크리스마스 미사나 한번 볼까? 하며 마음을 고쳐먹었다.

성당 주변은 넘쳐 나는 사람들로 정신이 하나도 없었다. 게다가 천주교 신자가 아니면 출입을 할 수 없다는 말에 일부러 트램을 타고 그라벤 거리까지 나온 게 허사가 되어 난감했다.

그때 문뜩 어제 그가 말했던 파이프 오르간 연주가 떠올랐다. 이곳에서 가까운 거리에 위치해 있음을 그녀는 모르지 않았기에 이왕 이렇게 된 거 뭐라도 하나 건져서 가야지 하는 마음으로 걸음을 옮겼다. 그렇게 찾아간 성 피터 성당에서는 다행히 13분 뒤면 파이프 오르간 연주를 시작한다는 희소식을 접할 수 있었다.

조용히 성당 내부로 들어와 자리를 잡고 앉았다. 사람들도 연주를 들으려는지 하나둘 자리를 메꾸고 있었다. 그리고 잠시 후 크리스마스트리가 아름답게 장식된 성당 안에 파이프 오르간 소리가 울려 퍼지기 시작했다.

종교를 가진 건 아니지만 18세기에 재건된 성당에서, 그것도 그 옛날에는 귀족들만 출입할 수 있었다는 이 아름다운 성당에서 크리스마스에 파이프 오르간 연주는 듣는다는 사실만으로도 힐링이 되는 것 같았다.

실로 경이로웠다. 대체 곡이 언제 끝나고 언제 시작되는 건지 알 수 없었지만 총 3곡의 연주가 연이어 진행되는 동안 효진은 넋을 놓고 심취해 있었다. 아담하지만 그 내부가 참으로 화려한 성 피터 성당의 매력에 흠뻑 빠져들었다. 그러는 동안 연주가 끝나고 사람들이 하나둘 성당을 빠져나가는 게 보였다. 그런데도 효진은 오래도록 더 앉아 있고 싶었다. 그때 그의 목소리가 들려왔다.

"다음 연주까지는 네 시간 더 기다려야 합니다."

놀라 돌아보니 그가 효진을 바라보며 의자 끝에 서 있었다.

"혹시 나 만나려고 왔습니까?"

너무 멍을 때리고 있었던 걸까? 남자의 말에 효진은 벌어진 입을 다물지 못한 채 잠시 그를 바라봤다.

"농담입니다. 농담."

"정말 아름다웠어요."

겨우 입을 땐 그녀의 첫마디였다.

"안 왔으면 후회할 뻔했잖아요."

"왔으니 다행이군요."

"네. 그러니까요."

"하!"

효진의 반응은 이번에도 역시 예상을 뛰어넘었다. 그녀의 모든 행동은 예측 불가였다.

"밥 먹었어요?"

"점심을 말하는 겁니까? 저녁을 말하는 겁니까?"

"아침이요!"

재욱은 그저 웃음밖에 나오지 않았다.

재욱의 안내로 함께 레스토랑에 들어온 두 사람은 이번에도 재욱의 추천대로 음식을 주문하고 기다렸다.
"장동건 씨 말을 좀 들어야 했는데 내내 자다가 배가 고파서 깼어요."
"그럴 것 같더라."
"성 피터 성당의 감동을 선물하셨으니 이 밥도 내가 살게요."
"밥은 됐고 그걸 양보하는 건 어때요?"
"?"
효진이 놀라 그의 시선이 향하는 곳으로 고개를 돌렸다. 효진 가방에 매달려 있는 할슈타트에서 산 워낭이었다. 그에게 가졌던 호의가 갑자기 싹 거둬진 듯 눈을 가늘게 뜬 효진이 그를 무섭게 바라봤다.
"계획적이었죠?"
"뭘 말하는 겁니까?"
"이 워낭을 갖고 싶어서 기차 안에서부터 도운 거야."
"하! 설마요."
"그것도 모르고 지금 감동받고 있었는데."
"아닙니다. 그런 거. 하지만 그 워낭이 마음에 들었던 건 사실입니다. 물건이 더는 없다고 해서 기념품 샵 몇 곳을 더 돌기도 했는데 없더라고요."
"그러니까. 그래서 이게 탐났다는 거잖아요."
"그 비싸지도 않은 워낭이 탐나서 할슈타트에서부터 여기까지 고소영 씨를 쫓아다녔다고 주장하고 있는 거 맞습니까?"
듣고도 믿기지 않는다는 듯 그녀의 행태를 되짚어 주었다.
자신의 장난에 꼼짝없이 넘어온 이 남자가 웃겨 효진은 결국 웃음을 터트리고 말았다. 갑자기 웃어 대는 여자 때문에 재욱은 잠시 넋을 놓았다. 눈물까지 찔끔 흘리며 웃는 바람에 그제야 이 상황이 뭔지 알아차린 재욱은 허탈한 듯 뒷목을 잡았다.
"어머! 혹시 혈압 있으세요?"
"아닙니다."
"밥 살게요. 워낭은 절대 안 되고요."
"밥 사요. 그냥은 절대 못 넘어가겠네."

오늘의 식사 자리는 어제보다 훨씬 부드럽고 유쾌했다. 경계의 끈을 놓은 효진은 어제보다 더 많이 웃었고 더 많은 말을 했다. 정보가 많은 남자는 또 다른 정보들을 쏟아 놓으며 남은 여행에 대한 기대치를 높여 주었다.

* * *

효진의 집 앞에 차를 세운 재욱은 핸들을 잡은 채 생각이 깊은 숨을 내쉬었다.

"언제부터 여기 살았습니까?"

"그건 왜요?"

효진은 여전히 경계를 풀지 않은 채 답을 회피했고 재욱은 어떤 기억을 더듬더니 입을 열었다.

"음…… 6개월쯤 됐겠네."

"그걸 어떻게 알아요?"

"일단 내립시다."

결국 이번에도 재욱에게 안겨 집 안으로 들어온 효진은 어서 빨리 이 불편한 상황을 마무리 짓고 싶었다.

"월요일에 병원으로 가서 도수치료 받을게요. 원하신다면 치료비도 전부 내주셔도 되고요. 그럼 가해자로서 도리는 다하신 것 같아요."

"그 워낭은 잘 있습니까?"

"네?"

"할슈타트에서 샀던 워낭 말하는 겁니다."

"아…… 네…… 뭐……."

그의 물음에 대충 얼버무리고 보니 지금 이런 대화를 할 때가 아니란 생각이 번뜩 들었다.

"저기, 이제 그만 돌아가세요."

"나는 많이 궁금했는데. 박효진 씨는 궁금하지 않았습니까?"

"이런 대화 별로 유쾌하지 않은데요."

"궁금하지 않았습니까?"

말을 돌리려는 효진의 노력이 무색하게도 그는 물러날 기색이 없어 보였다. 집요하게 물고 늘어지는 그의 눈빛에 효진은 잠시 숨을 멈췄다 입을 열었다.

"궁금하지 않았어요."

"왜입니까?"

"이유가 있어야 하는지 몰랐네요."

"지구 반 바퀴를 돌아 먼 이국땅에서 그저 오다가다 차나 한잔 마신 사이는 아니니까."

그의 눈빛은 그때나 지금이나 거부할 수 없는 깊이로 효진을 바라보고 있었다.

그래, 그저 차나 마시고 밥이나 같이 먹은 사이는 아니지. 그래서 뭐. 그때의 일을 곱씹으며 이제 와서 사랑 놀이라도 하게?

"그때는 그쪽도 나도 그저 좀 외로웠던 거예요. 그게 동기가 됐을 뿐이고. 어차피 여행지에서의 로맨스로 끝났어야 할 일이었고."

"하! 여행지에서의 로맨스라."

"우리 두 사람 다 어린애 아니잖아요. 설마 그때의 일을 들춰내서 뭘 어쩌자는 건 아니죠?"

정색까지 하며 발끈하는 그녀를 보는 재욱의 심장은 날카로운 송곳으로 찔린 듯 아파 왔다.

짧게 스친 인연이었지만 분명 그녀에게서 희망을 보았다. 아내로 인해 받은 사람에 대한 상처가 어쩌면 저 여자로 인해 치유될 수도 있겠다 생각했었다. 그저 서로 맞지 않는 사람을 만나 결혼하는 바람에 성공적이지 못한 결혼 생활을 했던 거라고 받아들이며 나름 새로운 삶을 살아갈 수도 있겠구나……! 자신했었다. 어쩌면 인생 최악의 순간인 지금 저 구원 같은 여자를 만나려고 이 먼 곳까지 떠나온 건지도 모르겠다고……. 그렇다고…… 생각했는데. 그녀는 전혀 아니었던가 보다. 혼자 1년이 넘게 그녀를 그리워했다는 사실을 확인하고 보니 입 안에 쓴맛이 돌았다.

재욱은 가져온 얼음 팩을 그녀의 집 냉동실에 집어넣고, 소염제와 온찜질용

팩을 테이블에 올려놓고는 멍하니 앉아 있는 그녀 앞에 우뚝 섰다.

"약은 하루 세 번 식사 후에 챙겨 먹으면 되고 내일 아침부터는 온찜질을 해요. 되도록 그 다리는 딛지 말고 출근은 당연히 하면 안 됩니다. 혹시 결근이 어려우면 내가 양 여사께……."

"아뇨. 내가 알아서 해요."

"후. 그래요. 주변에 도움 청할 사람은 있습니까?"

"네."

"됐습니다. 그럼."

단호한 그녀의 말이 끝남과 동시에 어색한 공기가 주변을 감쌌고 무거운 침묵이 흘렀다.

"신경 써 줘서 고마워요."

이제 그만 가 주었으면 하는 뉘앙스를 담고 있었다. 그 뜻을 모르지 않는 재욱은 씁쓸한 미소를 입에 문 채 돌아섰다.

"월요일에 꼭 치료받아요."

"……네."

들릴 듯 말 듯 한 그녀의 대답을 뒤로하고 현관을 빠져나온 재욱은 허공에 대고 한참 동안 한숨을 뿜어냈다.

자동차 앞에 와 허탈하게 고개를 돌려 올려본 곳은 그녀의 집과 바로 지척에 있는 그의 저택이었다.

"옆에 두고도 6개월을 몰랐다니."

동해로 와서도 집과 병원만 오고 갔던 생활이 고스란히 증명되는 순간이었다. 하긴 그렇다고 이웃과 소통을 하며 지낼 만큼 마음의 여유가 있는 건 아니었다. 서울에서부터 담을 쌓은 사람에 대한 마음은 이곳에 와서도 별반 달라지지 않았으니까.

집으로 돌아온 재욱은 다시 어둠 속 소파에 파묻혔다. 지난밤 꺼내 놓아 테이블 위에 그대로 놓여 있던 워낭이 눈에 들어오자 가만히 들어서 흔들어 보았다. 흔들리며 나는 앙증맞은 종소리가 오늘따라 유난히 쓸쓸하게 들렸다.

그때 핸드폰 문자음이 울렸다. 대학 동기들 모임을 알리는 단체 대화방의 문자였다. 대화방에서 탈퇴하면 다시 불러들이고 다시 불러들여 어쩔 수 없이 명맥만 유지하는 중이다.

이혼 후, 아니, 아내의 외도 사실을 알게 된 후 바로 동기들 모임에서 빠져나왔었던 그다.

* * *

〈2년 전 가을〉

수요일은 야간 진료가 있는 날인데 그날따라 몸이 좋지 않았다. 지난주 학회와 연이은 협회 모임 때문에 제대로 쉬지 못하고 몸을 혹사한 탓이라고 생각했다. 단풍놀이 철이라 다행히 환자가 적어 오전 진료를 일찌감치 마무리하고 집에서 잠시 눈이라도 붙일 요량으로 점심도 먹지 않고 집으로 향했다.

아이들은 유치원에 가고 없을 시간이니 잘하면 한 시간은 편히 쉴 수 있겠다는 나름의 계산이 있었다. 하지만 현관문을 열고 들어서며 낯선 남자 구두를 발견한 순간부터 등골에 소름이 돋으며 좋지 않은 예감이 밀려들었다.

희미하게 들려오는 아내의 교성을 따라 발길이 향한 곳은 침실이 아닌 그의 서재였다. 찾아오는 이가 전혀 없을 거라는 확신에 찬 듯 아내는 문도 닫지 않은 채 야릇한 앓는 소리를 여과 없이 내지르고 있었다. 그것도 재욱의 책상 위에 벌거벗은 채 엎드려서. 더 기가 막혔던 건 아내를 미친 듯 취하고 있는 남자가 재욱의 동기 상호였다는 사실이다.

아이 둘을 출산하고 볼품없어진 가슴 때문에 우울증에 시달리던 아내는 가슴 성형을 하고 싶다고 했다. 재욱은 지금도 나쁘지 않다고 위로했지만, 아내의 마음은 확고해 보였다. 그래서 역삼동에서 성형외과를 개원해 꽤 오래 운영하고 있는 믿을 만한 친구 상호에게 아내를 보냈었다.

거실 소파로 돌아와 그들의 정사가 끝나기를 기다리며 재욱은 생각해야 했다. 어디서부터 잘못된 것일까.

아내를 사랑하지는 않았다. 꼭 사랑해야만 결혼하는 것은 아니라고 생각했으니까. 부모님의 선택이니 서로 검증된 집안끼리 안정된 삶을 영위할 수 있는 조합이라고 확신했다. 그러면 행복은 자연스럽게 따라오는 게 아닐까도 생각했다.

해 본 적 없는 결혼, 살아 본 적 없는 미래에 대해 모든 것이 불투명했지만 이런 결혼이라면 이 불투명한 미래에 조금은 확신을 가질 수 있을 거라고 믿었다. 그리고 부모님의 선택에 큰 불만 없이 그녀와의 결혼을 결정했다.

여기서부터 잘못됐다. 그걸 눈앞에 펼쳐진 아내의 외도 현장을 목도하고서야 깨닫게 되다니……. 그래서였을까! 아내와의 이혼을 결정하는 데는 그리 큰 고민도 하지 않았고 그리 오랜 시간도 걸리지 않았다.

안타까웠던 건 졸지에 엄마를 잃게 된 아이들이었고 졸지에 10여 년을 함께하며 우정을 나눴던 친구들을 잃게 됐다는 사실이었다. 보고도 믿기지 않는 일을 벌인 건 그들이었지만 그 배후의 책임은 본인에게도 있다고 느꼈으므로 그 누구를 탓할 수는 없었다.

그때부터였던 것 같다. 사람을 믿지 못하고 사람에게 마음을 주지 못하게 된 건.

그런 마음으로 여행길에 올랐고 그런 마음으로 그 추운 겨울을 춥게 돌아다녔다. 그러다 비슷해 보이는 그녀를 만났고 비슷한 아픔을 공유했다는 걸 직감적으로 알았다. 그런 그녀가 마음을 다잡고 새 출발을 할 수 있다면 그도 그럴 수 있을 것 같단 생각을 했었다. 만일 그 출발점에 함께 서자고 한대도 그럴 수 있을 것 같단 생각까지 했었다. 하지만 그녀는 말없이 사라졌다. 정말이지 긴 여행 중에 지쳐 잠들었다가 꾼 단꿈처럼 흔적도 없이 사라져 버렸다.

* * *

상념에 잠겨 있던 재욱을 현실로 돌아오게 한 건 울리는 핸드폰 소리였다.

"네, 어머니."

— 너 집이니? 왜 이리로 안 오고 집으로 갔어?

"전화 미리 못 드려 죄송합니다."

— 어디 아프니?

"아니요. 그런 거 아니에요."

— 그럼 너 마린 블루 좀 다녀와라.

"왜요?"

— 오늘 밤 태풍이 이쪽으로 지나간다잖니. 그런데 매니저가 반 차를 냈어. 발을 다쳤단다. 일 똑 부러지게 하는 사람인데 하필 이럴 때 자릴 비워서…….

"알았어요. 제가 나가 볼게요. 걱정 말고 계세요."

"미애 씨! 별문제는 없어요?"

소파에 앉은 채 전화를 하는 효진의 얼굴에 근심이 들어찼다.

"태풍이 동해 쪽으로 관통한다는데 걱정이네요. 외부에 내다 놓은 집기들 전부 안으로 들였죠?"

— 네, 매니저님. 걱정하지 마세요. 이런 일 자주 겪어서 아주 이골이 났거든요.

"미안해요. 이런 날 같이 못 있어서."

— 푹 쉬시고 얼른 나오셔야죠.

집에 이러고 있는 게 영 바늘방석이었다. 하지만 차도 마린 블루에 있고 발도 이 모양이라 별 뾰족한 방법도 없이 그저 속만 태워야 하는 게 더 화가 났다.

비바람이 얼마나 매섭게 불어치는지 오래된 집의 창문들이 덜컹거리며 요란한 소리를 냈다. 그러고 보니 레스토랑도 문제지만 이 집도 문제인 것 같았다.

창문에 테이핑이라도 해 둬야 하는 게 아닐까? 하는 생각에 이르자 가만히 앉아 있을 수 없었다. 이사 때 쓰고 남은 박스 테이프를 찾아와 엉거주춤하게 서서 창문에 테이프를 붙였다. 이미 심한 바람에 창이 덜커덕거려 이러다 유리창이 다 깨져 버리는 건 아닐까 걱정이 될 지경이었다.

안방 쪽 유리창만 붙이는데도 혼자 불편한 다리로 하려니 한참 걸렸다. 다리를 껑충거리며 건너에 있는 방으로 가 그곳 역시 힘겹게 테이프를 붙였다.

그냥 시내에 있는 작은 원룸을 얻어 살 걸 그랬나……! 하는 후회가 막 밀려온 순간이었다. 괜히 바다가 보이는, 그리고 사람이 없는 곳에 살고 싶어 외딴 곳의 오래된 집을 얻었단 생각에 한숨이 절로 났다.

이제 거실 창문만 붙이면 얼추 일이 끝나겠다 싶어 안도하며 거실로 나오던 순간이었다. 창밖이 환해지더니 이내 천둥이 무섭게 큰 소리로 울렸고, 마치 그 천둥 때문에 벌어진 일인 것처럼 거실 창문이 와장창 소리를 내며 깨져 거실 안으로 쏟아져 들어왔다. 악! 소리조차 지를 틈 없이 벌어진 일이었다. 그나마도 막아 주고 있던 유리창이 깨져 버리자 거센 비바람이 거실 안으로 사정없이 밀려 들어왔다.

"하아! 어떡해!"

벌어진 상황에 잠시 사고가 멈춰 버린 효진은 이러지도 저러지도 못하고 멍하니 이 황당한 상황을 바라만 보고 있었다.

마린 블루에 가려고 막 집을 나서던 재욱은 그녀의 집 앞을 지나다 유리창이 깨지는 순간을 목격하고 말았다. 번개 때문에 사위가 환해졌을 때 벌어진 일이라 어두운 밤이었지만 안 보려야 안 볼 수도 없는 상황이었다.

'하아! 젠장.'

그녀의 집에서 돌아서 나올 때 그녀는 소파에 앉아 있었다. 만일 움직이기 힘들어 소파에 그대로 누워 잠이라도 들었다면 유리 파편에 크게 상처를 입었을 터였다.

재욱은 황급히 그녀의 집으로 뛰어갔다. 내리는 비를 몽땅 맞으며 깨진 거실 창문 앞으로 달려온 그는 다행히 멀찌감치 떨어져 선 채 넋을 놓고 있는 그녀를 발견했다. 거실 창틀을 넘어 들어온 재욱이 눈앞까지 오도록 그녀는 정신이 나가 있었다.

"괜찮습니까?"

"……."

"괜찮아요? 어디 다쳤습니까?"

"차…… 창문이……."

"압니다. 다친 데는 없어요?"

"네. 어떡하죠. 집주인한테 연락해야 할까요? 아니…… 이 비를 다 어떡하죠?"

재욱은 열어 두어 깨지지 않은 창문에 테이프를 붙이고 서둘러 그 창문을 닫아 일단 들이치는 비를 막았다. 여기저기로 튄 유리 파편을 보며 쓸어 모을 도구가 있나 살피는데 안방에서 계약서를 들고나오는 그녀가 보였다.

"뭐 하는 겁니까?"

"집주인한테 일단 전화해 보려고요."

재욱은 난감한 듯 말문을 열지 못했다. 너무 기막힌 일을 겪으면 잠시 이성을 잃는다. 지금 효진이 그런 상황이라고 생각한다.

"이건 내 잘못이 아니잖아요. 일단 상황을 알리고 보상을 받아야죠. 아니, 보상이 아니라 유리창 다시 끼워 달라고 해야죠. 튼튼한 거로. 집이 너무 낡았잖아요."

"전화는 천천히 해도 될 것 같은데요."

"아뇨. 지금 당장 해야 해요. 이렇게 낡은 집을 세놓으면서 수리도 하나 안 해 주고……. 정말 고약한 집주인이잖아요."

"아니, 지금 한다고 당장 뭘 어떻게 해 줄 수 있는 상황이……."

그때, 재욱의 핸드폰이 울렸다. 재욱은 난처한 듯 전화를 받지 못하고 있었다.

"난 괜찮으니까 전화받으세요."

효진이 전화한 집주인도 신호는 가는데 계속 전화를 받지 않자 기다리며 그에게 어서 전화를 받으라는 신호를 보내곤 몸을 돌렸다. 도움을 주려 달려온 자신에게 환하게 미소까지 머금고 배려하는 그녀였다.

재욱은 주머니에서 핸드폰을 꺼내 화면에 뜨는 핸드폰 번호를 봤다.

'이게 저 여자 번호군. 후.'

"여보……세요……."

"늦은 시간에 실례합니다. 저는 언덕 위 집 세입자인데요."

"네!"

"방금 태풍 때문에 유리창이 깨졌거든요. 지금 비가 들치고 난리도 아니에요."

"그렇군요."

"여……보……세요?"

등 뒤쪽에서 들리는 남자의 목소리에 이제야 뭔가 눈치를 챈 듯 효진이 몸을 돌렸다.

재욱은 어깻숨을 크게 내쉬었다.

"왜……?"

"내가 이 집 주인입니다."

"왜 진작 말하지 않았어요?"

"서로 불편할 것 같아서 그랬습니다."

틀린 말은 아니다. 그가 집주인이란 사실을 알고부터 안 그래도 불편한 사이가 더욱 불편해지려고 하고 있으니까. 그러고 보니 그가 이 시간에 여긴 왜 온 걸까? 집 걱정이 됐던 걸까?

"아하! 집이 워낙 허술하니 이 태풍에 집이 걱정돼서 온 거군요."

지금 그녀는 눈앞에 벌어진 일들로 기분이 몹시 언짢으니 무슨 말을 해도 그냥 들어 줘야 맞는 것 같았다. 괜히 사사건건 맞대응하면 크게 싸움이라도 날 것 같은 일촉즉발의 상황이었다.

"네! 맞습니다. 그러니 우선 여기서 좀 나갑시다."

"가긴 어디를 가요. 집이 이 모양인데. 비가 더 들치기라도 하면 어쩌려고요."

"여기서 잘 수는 없잖습니까."

"여기서 안 자면 뭐 어디 모텔이라도 가 있으라는 말이에요?"

효진의 음성은 이미 짜증과 분노로 가득 차 있었다.

"비 그치면 수리도 하고 피해 보상도 다 하겠습니다. 그러니 오늘 밤은 호텔로 가요."

"싫어요. 그냥 여기 있을래요."

효진은 이혼 후 사람들로부터 받아 온 수많은 오해와 질타 중 유난히 듣기 싫은 말이 헤프다는 말이었다. 친절에 고마워 웃어도, 배려에 감사해 베풀어도, 여자가 혼자라 저런다고 뒷말을 해 댔다. 그런 사람들의 손가락질이 싫어 인생 전부를 살아왔던 서울을 버리고 이곳 동해로 왔는데, 집을 구하기 전까지 모텔에서 머물던 시간 동안 수많은 소문이 이 작은 동네에 퍼졌었다.

그 어느 누구에게도 말하지 않았는데 이혼한 여자라는 소문은 공공연하게 돌았고 급기야 '모텔이나 드나드니 이혼당할 수밖에' 라는 말이 돌고 돌아 효진의 귀에까지 들어왔다. 딱 2주 모텔에 머물렀을 뿐인데 그사이 효진이 이혼하고 도망쳐 와 모텔을 전전하는 질 나쁜 여자가 되어 있더란 말이다. '헤프다' 는 말 이후 사람을 비참하게 만드는 말이 '모텔 드나드는 여자' 라는 말이었다. 그런데 또 호텔로 가라고?

"호텔도 모텔도 안 가요. 그런 곳은 가기 싫다고!"

"후!"

"그만 돌아가세요. 날 밝으면 아까 말한 대로 처리해 주시고요."

"호텔이 싫으면 내 집으로라도 갑시다."

"네?"

마음이 다급해 갑자기 튀어나온 말이었다. 뱉어 내고도 재욱은 스스로에게 놀랐다.

"아니면 갈 만한 지인 집으로 가요. 태워다 줄 테니."

"그러면 되겠네요. 내가 연락해서 부르면 되니까 그만 돌아가세요."

"지금 전화해요. 당신 가는 거 확인하고 돌아갈 생각이니까."

"그렇게까지 할 필요 없어요."

"세입자에 대한 주인으로서의 의무감입니다. 나중에 딴소리하면 골치 아프고."

효진은 기가 막힌다는 듯 재욱을 노려본 뒤 핸드폰을 들었다. 선화라면 지금 당장 달려와 줄 것 같았다. 선화 덕분에 여기 동해까지 오게 됐고 동해에서 유일무이한 인맥이니까. 늦은 시간이지만 이해해 주리라 생각하며 전화했다.

"어, 선화……."

— 야! 박효진! 큰일 났다. 우리 그이 사무실 유리창이 다 깨져서 지금 난리도 아니야. 너 집에 꼼짝하지 않고 있지? 이번 태풍 장난 아니다. 아주 사람 잡겠어.

"어…… 그……래애……."

— 이쪽 일 수습되면 내가 다시 전화할게.

폭격을 맞은 듯 순식간에 훅 지나간 통화였다. 말도 못 꺼내 보고 통화는 끝이 났고, 흥분한 선화의 목소리는 엄청나게 컸다. 옆에서 고스란히 지켜본 재욱은 더는 양보할 수 없다는 눈빛이었다.

"집을 이대로 두고는 못 가요."

그 눈빛을 알아차린 효진은 단호한 목소리로 말했다.

"밤새워 지켜볼 수 있을 테니 걱정 말아요."

"그게 말이 돼요? 집을 떠나서 어떻게 밤새워 지켜봐……."

재욱의 집으로 들어온 효진은 기가 막혀 말이 나오지 않았다.

그녀를 안고 들어와 내려 준 방의 창문 너머로 그녀의 집이 그대로 다 내려다보였다.

"오늘은 이 방에서 자요. 자, 당신 집 잘 보이죠?"

"어떻게……."

"너무 몰아세우지는 맙시다. 나도 몰랐던 일이니까."

무섭게 내리꽂는 빗줄기 아래 흉흉하게 변해 버린 효진의 전셋집이 보였다.

"내 방은 아래층입니다. 혹시 내려와야 할 일이 있거나 도움이 필요하면 아까 그 번호로 전화해요. 불러도 되겠지만 이 빗소리에 아마 소리가 묻힐 겁니다."

잠시 아무 말이 없던 효진이 기어들어 가는 소리로 입을 뗐다.

"……고마워요."

"아까는 죽일 듯 보더니."

"아까는 상황이 그랬으니까."

"밤에 아플 겁니다. 찜질팩 떼지 말고 자고."

"네. 그럴게요."

재욱이 나가고 효진은 침대에 털썩 주저앉았다. 오늘 하루가 참 길고 험난했다는 생각이 막 밀려들었다.

침대의 폭신함이 너무 아늑해 천장을 보고 누운 지 얼마 되지 않아 잠이 들었던 것 같다. 발이 욱신거려 인상을 쓰며 눈을 떴을 때 그가 언제 다녀간 건지 다친 발 아래로 쿠션을 잔뜩 넣어 발이 높게 올려져 있었다. 주변을 두리번거렸지만, 그는 없었다.

언제 다녀갔지? 시간이 얼마나 됐지? 비는 좀 그쳤나? 그런 생각들로 머릿속이 가득했던 것 같은데 다시 눈을 떴을 땐 녹은 얼음 팩은 사라지고 다시 새 얼음 팩이 묶여 있었다.

대체 이 남자, 잠은 자는 건가? 여자 혼자인 방에 왜 자꾸 들락거리는 건데! 하지만 눈을 부릅뜨고 참아 보려 해도 밀려드는 졸음을 참을 길은 없었다. 할슈타트에서 비엔나로 돌아가던 그날처럼.

＊ ＊ ＊

〈2년 전 겨울〉

“밥은 잘 얻어먹었으니 디저트는 내가 사죠.”

“디저트 맛집도 있나 봐요?”

“그래도 여기까지 왔는데 젤라또는 먹어 봐야 하지 않겠습니까?”

재욱은 능숙하게 효진을 이끌고 젤라또 가게로 왔다.

먹고 싶은 걸 골라 주문하고 콘을 하나씩 든 채 다시 거리로 나왔다.

“추운데 안에서 먹고 나올 걸 그랬습니다.”

“사람 너무 많고 복잡해서요. 난 걸어 다니면서 먹는 거 괜찮은데 싫으세요?”

“싫다기보다는 익숙지가 않아서…….”

“아는 사람도 없는데 뭐 어때요.”

하긴 맞는 말이지. 체통 없이 음식을, 그것도 아이스크림을 쪽쪽 빨며 거리를 걷는다고 누가 뭐랄 것도 아닌데 무슨 눈치를 보고 있었던 건지 모르겠다. 이곳은 낯선 땅이고 지금은 일상에서 벗어나 여행 중이지 않나. 그녀 덕분에 황당한 것에 용기를 내어 본다.

“맛있네요. 상큼하고. 근데 좀 춥긴 하다. 훗.”

“다 먹고 따뜻한 커피 마셔야겠습니다. 좀 우습지만.”

그때 빨간 코트를 입은 웬 잘생긴 오스트리아 남자가 두 사람에게 다가왔다. 그러곤 대뜸 'Korean?' 하며 묻는다.

어디 써 놓고 다니는 것도 아니고 태극 마크를 붙이고 있는 것도 아닌데 어떻게 대번에 알아본 건지 정말 궁금했다. 아니면 대충 찍었나?

"어떻게 알았죠? 우리가 한국 사람인 거?"

놀라서 재욱에게 물었는데 재욱도 그게 좀 신기했던 모양인지 그에게 우리가 한국인인 걸 어떻게 알았냐고 되물었다. 그리고 그로부터 돌아온 답은 정말 허를 찔렀다.

"Only Koreans eat ice cream on the streets on this cold day."

이 추운 날 거리에서 아이스크림을 먹는 사람은 한국 사람뿐이란다. 그렇지. 한국 사람들은 이열치열 이한치한 하는 사람들이다. 그러니 추울 때 아이스크림을 먹고 더울 때 삼계탕을 먹지. 듣고 보니 또 맞는 말이라 두 사람은 서로를 마주 보며 웃었다.

다가온 빨간 코드의 남자는 실내악 공연 표를 판매하는 직원이었다. 일종의 호객을 하는 중에 두 사람이 딱 걸려든 셈이었다.

마땅히 다음 계획이 없던 효진은 실내악이라는 말에 관심이 갔다. 빈에 와서 공연 하나쯤은 보고 가야 또 다녀간 의미가 있는 게 아닐까? 하는 생각도 들고.

"미안하지만 공연 예매 좀 해 줄래요. 저 남자가 설명하는 것도 좀 알려 주고요."

영어 잘하는 재욱에게 부탁을 하면서도 효진은 굳이 함께하자는 말은 하지 않았다. 그에게 부담을 주기 싫어서였지만 어쩌면 그가 자신과 함께하기 싫어서 그런다고 오해할지도 모르겠단 생각을 안 한 건 아니었다. 그래도 애초부터 이 여행의 주제는 홀로 떠나는 여행이었으니까.

재욱은 능숙하게 남자와 대화를 하더니 시간대를 확인하고 효진에게 어느 시간대가 좋은지 물었다. 그리고 좌석표를 보여 주며 어느 자리 정도가 좋겠는지도 물었다. 마지막으로 비용을 지불할 때 재욱은 효진에게 조심스럽게 물었다.

"내가 함께해도 괜찮습니까?"

남자와 이야기하는 내내 재욱이 두 사람을 들먹였던 걸 안다. 그냥 표를 끊어 놓고 같이 가자고 해도 막지 않았을 텐데 재욱은 결정을 함에 있어 효진에게 의사를 물어 주었다. 참 반듯한 남자란 생각이 들었다.

"그럼요."

빨간 코트의 남자는 크게 인심을 쓴다면서 B석 가격으로 A석 표를 발급해 주었다.

그와 헤어지고 둘만 남았을 때 재욱이 웃으며 입을 열었다.

"저 빨간 코트가 뭐라고 한 줄 압니까?"

헤어지기 직전에 그는 재욱의 귀에 대고 뭐라고 뭐라고 속삭였다. 뭐라고 하는지 궁금했지만, 남자들이 다 그렇듯 또 일행인 여자에 관한 얘기겠거니 생각하고 말았던 참이었다.

"뭐라고 하던가요?"

"자기가 본 한국 여성 중에 최고 미인이라고 하네요. 그래서 좌석도 업그레이드시켜 준 거라고."

사실 빨간 코트의 남자는 너무 예쁜 사람은 탐하는 이도 많으니 애인 건사 잘하라는 말도 덧붙였다. 그 말을 들을 때 저도 모르게 시선이 효진에게 향했었다. 황당하고 재미있고 어디로 튈지 모르는 여자라고만 생각했는데 그의 말을 듣고 보니 그녀는 참 예쁘게 생긴 얼굴이었다. 동서고금을 막론하고 예쁜 사람은 다 알아보는구나 싶었다.

"고소영인데 당연하죠."

재치 있는 대답에 재욱은 고개를 절레절레 저었다.

실내악 공연은 저녁 6시 시작이었다. 그때까지 두 사람은 영화 비포 선라이즈로 유명해진 몇 곳을 돌아보기로 했다. 물론 그 또한 제안은 효진이 하고 위치를 찾거나 교통편을 찾는 건 재욱이 했다.

두 주인공이 탔던 트램의 노선을 그대로 따라 타고 한동안 주변을 둘러봤고 빈 국립 오페라 극장 앞에서 소시지와 맥주를 사서 마시며 그 난간에 기대었던 청춘들처럼 그들만의 시간을 즐겼다.

"이렇게 알찬 일정의 여행을 하게 될 줄은 몰랐어요."

"나 역시 그렇습니다."

"원래 오늘 계획이 뭐였어요?"

"성 피터 성당 들렀다가 점심 겸 저녁 배부르게 먹고 숙소에 있는 바에 가 술이나 한잔 마시려고 했죠."

"이런, 아주 평화로운 크리스마스를 보낼 뻔했는데 내가 다 망쳤네요."

"그렇게 생각 안 합니다. 덕분에 흥미로운 크리스마스를 보내는 중이라서."

"솔로예요?"

맥주 때문이었을까. 내내 개인적인 질문은 서로 피해 왔는데 효진이 불쑥 그의 신상에 관해 물었다.

"어! 이거 규칙 위반 아닌가?"

"유부남이구나……!"

그가 대답을 회피한다고 판단한 효진은 그가 유부남이라 그런 거라고 억측해 버렸다. 하지만 재욱의 답변이 빠르게 날아왔다.

"지금은 아닙니다."

그를 빤히 보던 효진이 빙그레 웃더니.

"나도 지금은 아닌데."

라고 훅 자신의 신상에 대해 털어놓았다.

"어쩐지 동질감이 찐하게 느껴지더라니."

재욱은 맥주 캔을 들어 그녀의 캔에 짠 부딪히곤 벌컥벌컥 들이켰다.

"난 이혼이요. 장동건 씨는요?"

"나도 이혼입니다."

"아……."

"아?"

"상처한 줄 알았거든요."

"왜 그렇게 생각했습니까?"

"좀 슬퍼 보여서?"

"내가 슬퍼 보입니까?"

"조금! 나는 어때 보였어요? 유부녀인 줄 알았어요?"

"긴가민가했습니다. 미혼 같기도 하고 아닌 것 같기도 하고. 그런데 좀 외로워 보였습니다."

"혼자 여행하니까 그래 보였겠죠."

"그런 거 아닌 것 같은데."

"그래요? 안 외로운데. 아, 조금 두렵긴 해요. 낯선 곳에 혼자니까. 그런데 장동건 씨 덕분에 어제오늘은 두렵지 않은 시간을 보내고 있네요."

"이제 공연장으로 가야 할 것 같습니다."

제법 친해진 모습의 두 사람은 서둘러 자리를 정리하고 이동했다.

공연장까지 인터넷으로 지도를 보며 찾아와 착석하고 보니 기대가 밀려왔다. 오기 전까지는 그냥 시큰둥했던 것 같은데 막상 작지만 품격 있어 보이는 공연장에 들어서니 어쩐지 이 밤의 공연이 의미 있을 것 같단 예감이 들었다. 아마도 혼자가 아니어서 그런 게 아닐까? 효진은 잠시 곁에 앉아 여전히 핸드폰으로 정보를 검색하는 그를 물끄러미 바라봤다.

연주는 다행히 귀에 익숙한 음악들로 구성되어 있었다. 요한 슈트라우스의 아름답고 푸른 도나우강이 연주될 때는 이 연주회에 정말 잘 왔다는 생각을 했고, 베토벤의 월광이 연주될 때는 이런 경험을 못 하고 갔다면 얼마나 억울했을까 싶었다.

이 모든 게 옆에 앉은 이 남자 덕이라는 생각에 이르자 괜히 가슴이 뭉클해지기까지 했다. 이 먼 나라까지 와서 이렇게 다정한 사람을 만나게 되다니. 38년 인생에 단 한 번도 누군가의 넘치는 사랑과 도움을 받아 본 적 없는 팍팍한 삶이었는데 하필 다 싫다고 도망치듯 떠나온 이곳에서 저런 사람이라면 다시 사랑해도 좋겠단 생각이 드는 인생 최고의 남자를 만나게 되다니. 운명의 장난 같았다.

* * *

벌써 1년이 훨씬 지난 일인데 베토벤의 월광 소나타가 들려오는 것 같았다. 놀라 눈을 번쩍 떴을 때 창문 가득 따가운 햇볕이 내리쬐고 있어 다시 한번 더 놀랬다. 지난밤 태풍 때문에 그 난리가 났던 게 맞나 싶을 만큼 하늘은 푸르렀고 세상은 고요했다. 집 안 가득 울려 퍼지는 월광 소나타가 문틈을 비집고 들어올 만큼.

몸을 일으키는데 발의 통증이 진하게 느껴졌다.

"아으윽!"

그의 말대로 자고 나니 발은 더 많이 아팠다. 그래도 그가 밤새 얼음 팩을 바꿔 가며 묶어 둔 덕에 부기는 많이 가라앉은 상태였다.

화장실이 가고 싶은데 과연 이 상태로 갈 수 있을까? 하는 의문이 막 들던 때 방문이 열리며 그가 들어왔다.

"아, 미안합니다. 아직 자는 줄 알고 노크도 안 했는데. 왜요? 일어나려고요?"

"화장실을 좀 써야 할 것 같아서요."

이 난감한 상황이 무척 싫었지만, 생리적인 현상을 어쩌겠는가.

얼굴을 붉히는 효진을 재욱이 부축해 일으켜 주었다. 화장실 앞까지 도와주고 그는 매너 좋게 아래층으로 내려갔다.

'그때도 그렇게 다정하고 매너 좋더니 하나도 안 변했네. 저 남자는.'

3. 첫 키스

〈2년 전 겨울〉

“숙소는 어느 쪽입니까?”

실내악 공연이 끝나고 극장 밖으로 나온 재욱이 효진에게 물으며 몸을 돌렸을 때였다. 방향을 잡지 못하고 두리번거리던 효진이 돌아서는 그와 딱 부딪혔다. 본의 아니게 몸이 맞닿았고, 긴장한 두 사람의 숨결은 닿을 듯 가까운 거리에서 뜨거운 열기를 뿜고 있었다. 찰나의 순간 아찔한 그의 체향이 효진의 비강을 자극했고, 찰나의 순간 그녀의 온기가 재욱의 온몸에 스며들었다. 공연 내내 애써 외면했던 그녀의 향기에 정신이 다 아찔해졌다.

“도…… 도나우 운하 건너편이요. 2번 트램이 다녀요. 아파트형 게스트 하우스. 그쪽은요?”

먼저 이 상황을 정리한 건 효진이었다. 한 발 뒤로 물러서며 자연스럽게 입을 열었다.

“하얏트에…… 묵습니다.”

“와우! 돈 좀 있으신가 봐요. 엄청 비싸던데. 성수기라 방 잡기도 어렵고.”

“숙소까지 바래다줄게요. 물론…… 괜찮다면.”

"?"

"시간도 늦었고, 2번 트램 다니는 곳까지 한참 가야 하고, 게다가 길도 잘 모르잖습니까."

사실 헤어지기 싫어서 핑곗거리를 찾는 중이었다. 공연이 끝나기 전부터, 아니 그녀를 다시 만났을 때부터 내일도 이 여자를 만날 방법이 무얼까 고민했었다. 하지만 내일은 뭐 할 거냐는 질문이 쉽게 나오지 않았다. 그래서 바래다주며 기회를 엿볼 생각이었다.

"그 비싼 호텔 바에서 한잔하는 건 어때요?"

튀어나올 뻔한 탄성을 겨우 목구멍으로 욱여넣고 재욱은 어색한 미소를 지어 보였다.

"부담되면 말고요."

"아…… 아니요. 부담될 리가."

뭐 또 말까지 더듬고 그래. 모양 빠지게. 하아!

풋 하고 웃는 소리가 들렸다.

"긴장했어요?"

"뭐…… 조금……."

"술 한잔 하자는 건데 뭐 긴장까지 하고 그래요."

"절세미인 고소영 아닙니까."

"자! 이제 어디로 가면 돼요?"

피식 웃고는 걸음을 재촉하는 그녀였다. 심장이 벌렁거려 미치겠는데 저 여자는 아무렇지도 않은 모양이었다. 말 그대로 그저 술 한잔 하자는 건데 설레는 자신이 이상한 건가? 정상적인 사고를 하는 것 자체가 어려웠다.

재욱은 가만히 방향을 잡아 걷기 시작했다. 아무 말 없이 뒤따르는 그녀의 발걸음 소리가 참 듣기 좋았다. 12월의 거리는 스산하고 추웠지만, 어쩐지 그의 가슴은 따뜻해지는 것 같았다.

사람을 좀처럼 마주할 수 없었던 아파트와 달리 호텔은 크리스마스를 즐기는 사람들로 붐볐다. 쓸쓸한 숙소로 돌아가는 것보다 이곳에서 술 한잔 하기로 한 건 탁월한 선택이었단 생각이 들었다.

"어떤 술 좋아합니까?"

"술이야 소맥이 최고죠."

"네?"

"술 별로 안 좋아하나 봐요. 이쪽 동네 맥주가 싸서 좋긴 한데 하도 먹으니 이제 좀 물린단 생각이 들어서요. 이럴 때 소주 딱 한 잔만 섞어서 먹으면 좋을 것 같지 않아요?"

"한인마트에 가면 소주 있을 겁니다. 내일은 한식당 가서 소주에 김치찌개 먹죠. 그럼."

"내일도 우리 만나는 거예요?"

이런! 마음속 바람을 술술 잘도 말해 버렸다. 젠장. 빤히 바라보는 그녀의 눈동자에 숨이 멎을 것만 같았다.

"같이 있는 거 나쁘지 않으면 또 만나도 좋지 않겠습니까?"

"와인 마실까요?"

용기 내 한 재욱의 말에 효진은 대꾸도 하지 않은 채 술을 골랐다. 좋다는 건지 싫다는 건지 그 속을 알 수 없어 재욱은 답답했다.

"이혼만 하고 나면 살 것 같았는데, 막상 이혼하고 나니 주변 사람들이 전부 적군이 돼 있더라고요."

이미 와인을 두 병 해치우고 보드카로 주종을 바꾼 두 사람은 소파에 몸을 반쯤 누이듯 널브러져 앉아 있었다.

"나는 정말 아무렇지 않은데 다 날 불쌍하게 보고 안쓰럽게 보는 거예요. 주인한테 버려진 강아지처럼!"

"무슨 뜻인지 압니다. 그거."

"알죠? 그쵸? 그저 같이 살던 사람과 분리된 것뿐인데 그게 뭐 그렇게 안 된 일인가? 같이 사는 게 더 힘들었다는데?"

"아직 우리 사회가 이혼을 유연하게 받아들이지 못하고 있어서 그럽니다. 정신 상태가 아직 다 후진국적이야."

"내 말이! 내 말이 그 말이에요. 뭐 좀 아시네!"

이미 술이 거나하게 취한 두 사람은 몸과 마음이 반쯤 풀어졌다. 그때 웨이터가 다가와 정중하게 문 닫을 시간임을 알려 주었다.

"술이 이렇게나 많이 남았는데 가야 해요?"

효진은 웨이터에게 불쌍한 눈을 하고 우리말로 애원하듯 얘길 했다. 웨이터는 알아듣지도 못하는 말에 어깨만 으쓱하곤 매정하게 돌아가 버렸다. 그런 효진의 모습이 신기하기도 귀엽기도…… 지독하게 예쁘기도 했다. 술을 너무 많이 마셨나. 앞에 앉아 있는 그녀의 향기에 취한 건지 술에 취한 건지도 알 길이 없었다.

"어우! 인정사정없는 것들!"

"갑시다. 숙소까지 바래다줄게요."

"아니에요. 혼자 갈 수 있어요. 어차피 택시 타면 다 가는 거. 안 그래요?"

"혼자 택시 태워서 보낼 수는 없습니다. 술도 많이 마셨고."

"싫어요. 이렇게까지 민폐 끼치기는 싫다고요."

"민폐 아닙니다. 걱정 정도는 해 줘도 될 만큼은 가까워진 것 같은데. 아닙니까?"

재욱의 말에 그를 깊은 눈으로 바라보던 효진이 뜻밖의 말을 꺼냈다.

"그럼 장동건 씨 방에 가서 남은 술 마저 먹는 건 어때요?"

순간 재욱이 마른침을 꿀꺽 넘기는 걸 다행히 효진은 보지 못했다. 만일 봤다면 대체 무슨 상상을 하는 거냐는 둥 너무 엉큼한 것 아니냐는 둥 한 소리 했을 테니까. 하지만 재욱으로선 상당히 위험한 그녀의 제안에 잠시 동공이 흔들렸다. 아무렇지 않았다면 거짓말이지.

"그럽시다. 올라가요."

재욱은 손을 들어 계산을 요청했다. 그러는 사이 효진은 남은 술을 병째 들고 일어나 바를 빠져나가고 있었다.

잔과 얼음을 챙겨 테이블로 돌아오는 재욱의 시선에 카메라를 유심히 살피는 효진의 모습이 들어왔다.

"사진작가예요?"

"그것도 규칙 위반 아닌가?"

"아님 말고!"

재욱은 피식 웃고 말았다. 이번엔 당신 꾐에 쉽게 넘어가지 않겠다는 듯 말을 아꼈다.

"찍은 사진 좀 볼 수 있어요?"

재욱은 다가와 카메라를 받아 들고 화면을 띄웠다. 옆에 착 붙어 재욱의 행동을 유심히 살피는 그녀 때문에 갑자기 온몸이 경직되는 것 같았다. 그녀는 지금, 이 상황이 얼마나 아찔한 상황인지 모르는가 보다. 차라리 그녀가 경계의 끈을 풀지 않았을 때가 훨씬 나았다는 생각마저 들었다.

"이렇게 누르면 하나씩 넘어갑니다."

혼자 품은 음탕한 생각 때문에 목소리가 갈라져 나왔다. 카메라를 받아 든 효진은 그가 찍은 사진을 하나씩 넘기며 보았다.

"사진작가 맞네. 사진 엄청 멋있어요. 풍경 사진 전문가인가 보네요."

"마음에 듭니까?"

"네. 몇 장 공유할 수 있어요?"

"……돌아가면 인화해서 줄게요."

재욱은 무심한 듯 또 다음을 기약했다. 그 말의 뜻이 뭔지 아는 효진이 고개 들어 그를 바라봤다. 짧은 침묵과 함께 두 사람의 시선이 허공에서 맞닿았다. 그녀의 대답을 기다리는 재욱의 속은 새까맣게 타들어 가는 것 같았다. 그리고 영영 답을 않을 것 같던 그녀가 입을 열었다.

"할슈타트에서 찍은 사진이면 더 좋을 것 같아요."

하아! 이 찰나의 순간이 억겁 같았다.

"그래요. 그럽시다. 할슈타트 사진으로……."

효진은 미소 지으며 소파로 가 앉았다. 맑게 웃는 그녀의 미소가 재욱의 심장에 파고들어 재욱은 한동안 자리에서 움직일 수 없었다.

"왜 이 추울 때 여행을 온 겁니까?"

"그러는 장동건 씨는요?"

두 사람은 작은 소파에 나란히 앉아 있었다. 주먹 한 개 정도가 들어가는 공간만 남겨 두고 아슬아슬하게 붙어 있었다. 그녀로 인해 정신이 몽롱해 죽겠는데 물리적인 거리까지 더해져 대화에 온전히 집중하는 게 쉽지 않았다. 뭐라도 말을 해야 이 상황을 모면할 것 같아 던진 질문이었는데 되레 효진이 그 질문을 받아쳤다. 잠시 고개를 떨구었던 재욱이 술을 한 모금 들이켜고 입을 열었다.

"그대로 있으면 미쳐 버릴 것 같아서!"

"와우!"

"와우?"

"나도요. 나도 딱 그랬는데. 어쩜 이렇게 똑같죠?"

"와우!"

"거봐, 와우가 절로 나오죠? 딱히 뭘 크게 잘못한 것 같지도 않은데 자꾸 죄인이 된 기분이 들었어요. 인생을 실패한 것 같고 인생을 잘못 산 거 같고 지금껏 죽자고 달려온 시간을 전부 부정당하는 것 같았어요. 억울하잖아요. 정말 열심히 살았는데."

"그렇네. 딱히 뭘 크게 잘못한 것 같지 않은데 죄인이 돼 있더군요. 나도."

"그러니까요. 그래서 그냥 그대로 있으면 곧 돌아 버리겠구나 싶더라고요. 그래서 무작정 체코행 비행기표를 끊었어요."

지금도 그 기억이 아련한 듯 아픈 듯 깊은 눈동자를 하고 있는 효진을 가만히 보던 재욱이 다감한 목소리로 입을 열었다.

"아주 잘했습니다. 용기가 가상해요."

재욱은 잔을 들어 내밀었다. 서로를 위해 건배하자고. 그런 재욱을 물끄러미 바라보던 효진의 눈가에 갑자기 눈물이 들어차는 게 보였다. 당황한 재욱이 뭔가 실수를 했나 싶어 미간을 좁히는데 효진이 갑자기 다가오며 재욱의 입술에 입을 맞췄다. 촉 소리가 나며 순식간에 그녀의 입술이 스치고 지나갔다. 이 상황이 뭔가 잠시 넋을 잃은 듯 앉아 있을 때 효진이 풋 하고 웃으며 입을 열었다.

"놀랐죠. 내가 미쳤나 봐요. 아니다. 술을 너무 많이 마셨구나. 미안해요. 너무 감격해서…… 아무도 잘했다고 해 주지 않아서 속상했거든요. 아무도 내 선택에 동조해 주지 않아서 서운했거든요. 그런데 장동건 씨가 방금…… 으읍!"
재욱의 입술이 그녀의 입술을 베어 물었다. 탁 소리를 내며 잔을 내려놓음과 동시였다. 가벼운 입맞춤도 없이 훅 밀고 들어온 그의 혀에 효진의 눈이 휘둥그레졌지만, 점점 뜨거워지는 키스에 스르르 눈이 감겼다. 그리고 맺혀 있던 눈물이 후드득 흘러내렸다. 독한 보드카 향을 잔뜩 담고 있는 그녀의 입 속을 정신없이 헤집었다.
당황한 그녀가 몸을 뒤로 빼려고 하자 그는 그녀의 허리와 목뒤를 그러잡으며 더 세게 자신에게 끌어당겼다. 숨이 막힐 듯 길어진 키스 끝에 목을 잡은 손에 힘을 빼며 잠시 떨어진 두 사람은 받은 숨을 토해 냈다. 그 뜨거운 숨이 고스란히 서로에게 전달되도록 둘은 가까운 채였다. 복잡한 시선이 한데 엉켰지만, 재욱은 다시 그녀의 입술을 집어삼킬 듯 덮쳐 물었다. 그의 키스는 부드러웠지만 집요했고, 뜨거웠지만 달콤했다.
하아! 이런 키스가 진심이 담긴 키스이지 않을까?
심장이 터질 듯 뛰어 대 온몸이 화끈거렸다. 자꾸만 소파 등받이로 밀어붙이는 그의 힘에 온몸이 소파 속으로 파묻힐 것 같았다. 하지만 그 키스가 황홀해 저도 모르게 그의 목을 끌어안고 있었다.

* * *

차가운 물로 세수를 연거푸 했다. 거울 속에 비친 저 자신이 한심해 보였다. 벌써 다 지난 일을 떠올리며 다시 온몸에 열기가 고이다니……! 이미 그와는 그 겨울에 끝난 인연이다. 허탈하게 미소를 짓고 수건걸이를 봤는데 수건이 없었다.
딸깍 문이 열리고 효진이 천천히 걸어 나오자 문 앞에 재욱이 수건을 들고 서 있었다.
"혼자 살아서 여기까지 올라와 화장실을 쓰지 않거든요. 여기 수건."
"원래 이렇게 다정한 분이군요."
그때, 유독 자신에게만 다정한 게 아니었다고 치부하고 싶었다. 익숙하지 않은 친절과 배려에 말이 곱게 나가지 않는 그녀의 습관이기도 하고.

"모두에게 그렇지는 않습니다."

그의 목소리가 낮게 가라앉아 있었다. 아차 싶어 바라보니 그의 시선은 효진을 향하고 있었다.

"또 안을 겁니다. 아래로 내려갈 거라서."

"아니…… 그냥……."

거절하려는데 그의 눈빛이 하도 뜨거워 더는 말을 이을 수 없었다.

"밥을 여기까지 들고 오길 바라는 건 아닐 텐데."

"걸어서 내려갈게요."

"그건 가해자이자 의사로서 원하는 바가 아니고."

참 할 말 없게 만드는 사람이란 생각을 막 할 때 그가 효진을 번쩍 안아 올렸다. 요 며칠 잘 못 먹고 다녀 얼마나 다행인지…….

문득 그날 밤이 떠올랐다. 그의 품에 안겨 그의 뜨겁고 진득한 키스를 받아내던 그 밤.

"너무 그렇게 빤히 보는 거 부담스럽습니다."

엉뚱한 생각을 하느라 그를 빤히 쳐다본 탓이었다. 숨결이 맞닿을 듯 가까운 거리에 그의 입술이 하필 눈에 딱 들어왔다.

궁금하지 않았냐는 그의 질문에 궁금하지 않았다고 답한 건 거짓말이었다. 궁금하기만 했을까? 사무치게 그립기까지 했다. 어쩌면 지금껏 살아 낼 수 있었던 건 그와의 짧았던 기억 때문이었는지도 모른다. 힘들 때, 외로울 때, 혼자서 버거울 때…… 늘 그때의 일을 곱씹곤 했으니까. 그런 그가 믿을 수 없게 눈앞에 나타났을 때 숨을 쉬고 있는 게 맞나 싶었다. 발이 아픈 것도 서둘러 레스토랑으로 가야 하는 것도 잊을 만큼 정신이 나가 있었다. 하지만 그와의 연은 거기서 끝났다는 생각에는 변함이 없었다. 서운한 마음이 오래도록 남아 괴롭혀 왔으니까.

그렇게 그를 마음속에서 밀어내고 그저 여행지에서의 로맨스가 아름다웠다는 추억만 가지고 버티며 살아왔다. 그런 첫사랑 같은 그를 다시 만난 게 행운인지 운명인지 아니면 비껴가야 할 고통일지 알 수 없어 헷갈렸다.

"내 말 듣고 있습니까?"

상념이 길었다. 그가 뭐라고 했는지 듣지 못할 만큼.

"미안해요. 뭐라고 했어요?"

"낮에 공사업자가 올 겁니다. 그때 집 보여 주고 전반적으로 수리할 생각입니다."

"전반적으로요?"

"집이 오래되고 낡았는데 세를 놨다고 세입자가 불만이 많은 것 같아서……."

"그건 어제 상황이 좀 안 좋아서 그런 것뿐이에요. 사는 데 지장 없으니 유리창만 두꺼운 거로 바꿔 주면 좋겠어요."

"애들 데리고 동해로 내려와 살던 집입니다. 오래전부터 내 소유의 집이긴 했지만 내내 세를 주다 막상 들어가서 살아 보니 낡고 추워서 못 살겠더군요. 그래서 이 집을 새로 지었습니다."

"그럼 애들 키 잰 것도……?"

"맞아요. 강이와 산이 키 잰 겁니다. 이곳으로 와서 훌쩍 컸습니다."

"애들 이름이 강! 산! 이에요?"

"일곱 살, 여섯 살입니다. 남자애들. 후!"

"육아가 힘든가 봐요? 한숨을 다 쉬고."

"내가 돌보지 않는데 힘들 게 있겠습니까. 부모님 집에 있습니다. 두 녀석 다. 못 돌보는 아빠라 미안해서 나온 한숨이라고 쳐 둡시다."

재욱은 능숙하게 밥상을 차리며 말을 이었다.

"그 집, 새로 지으려고 했는데 병원 개원하고 좀 바빠서 그냥 방치했던 겁니다. 그러다 그대로 쓰겠다는 사람이 나섰다고 세놓겠냐는 연락이 와서 아무 생각 없이 세놓은 거고. 그러니 고쳐 주는 게 맞습니다. 그 집에 누군가 살겠다고 할 줄 예상 못 했거든요."

"바다도 보이고 창도 넓고 마당도 있고……. 난 참 좋던데."

재욱이 효진을 물끄러미 바라봤다.

"너무 그렇게 빤히 보는 거 부담스럽다고 하던데……."

"나도 그래서 그곳이 좋았습니다. 그 집을 팔지 않고 가지고 있는 이유도 그거고. 식사합시다. 차린 건 없지만."

대화하는 새 차려진 밥상을 보며 효진은 좀 놀랐다. 차린 게 없다고 했지만 갖가지 밑반찬에 소고기뭇국까지 족히 12첩 반상은 돼 보였다.

"양 여사님이 챙겨다 주신 겁니다. 설마 이 많은 걸 내가 했다고 상상하는 건 아니길 바랍니다?"

"이런 밥상을 언제 받아 봤나 싶네요."

"들어요. 국 식겠다."

"애들도 어린데 왜 재혼 안 해요?"

또 훅 날아온 그녀의 질문에 재욱은 수저질을 멈췄다.

"언제나 규칙 위반을 하네. 박효진 씨는."

"우리 사이에 지금 규칙이 있나요?"

"우리 사이? 우리가 어떤 사이인데?"

그의 시선이 효진의 눈동자를 집요하게 파고들었다. 효진은 그 시선이 자신의 심장까지 치밀고 들어오는 것 같아 저릿했다. 당신의 진심을 듣고 싶다는 의지가 가득 담긴 눈빛이란 걸 안다.

"1년이 훌쩍 지나 만나 집주인과 세입자가 된 사이죠."

재욱의 입에서 낮은 한숨이 새어 나왔다. 원하는 답이 나오지 않은 것에 대한 원망 서린 한숨이었다.

"대답하기 싫으면 안 해도 돼요."

효진은 그제야 숟가락을 들었다.

"누굴 못 잊어서 이러고 있습니다."

두 사람의 뜨거운 시선이 허공에서 뒤엉켰다.

* * *

〈2년 전 겨울〉

소파 위에서 서로의 몸을 탐하는 두 사람의 열기로 룸 안이 한껏 뜨거워졌다. 풀어 헤쳐진 셔츠 사이로 그녀의 하얀 속살이 언뜻언뜻 드러났고, 이미 셔츠를 벗어 던진 그의 몸은 단단하게 굳어 핏줄이 도드라지고 있었다. 목덜미를 집어삼킬 듯 빨아 당기던 그의 입술이 서서히 그녀의 가슴으로 향하자 성급해진 두 사람의 손길은 서로의 바지 앞섶을 풀기 시작했다.

"하아……! 잠깐만요!"

깨어나는 감각에 정신이 다 혼미해질 지경이었던 효진이 힘겹게 입을 열었다. 이 뜨거운 순간에 그녀 입에서 또 어떤 놀라운 말이 튀어나올지 재욱은 순간 긴장됐다.

"정말 솔로인 거 맞아요?"

"하아! 맞습니다."

"정말이죠?"

"아니면 지금 별수 있습니까? 이렇게 몸이 달아올랐는데."

"그래도 불륜을 저지르고 싶진 않아요."

"그건 나도 같은 생각입니다. 이혼 신고하고 비행기 탔습니다. 이제 됐습니까?"

"피…… 피임은요."

"안 해도 됩니다. 내가."

"아……."

큰 눈을 끔벅이던 그녀가 마른침을 꿀꺽 삼키더니 그대로 그의 목을 잡아당겼다. 그에 응하듯 재욱은 그녀의 입술을 집어삼켰다. 그리고 이내 허리를 꽉 끌어안으며 묵직하고 단단하게 파고들었다.

"하읏."

그의 목을 끌어안은 그녀의 손끝이 바르르 떨렸고 맞물린 입 속에서 그의 신음이 넘어왔다. 숨 막히는 긴장감의 최고조에서 밀고 들어온 그는 잠시 그 안온함을 느끼는 듯 멈춰 있었다. 어쩌면 이 순간의 황홀감을 느끼고 있는지도 모르겠단 생각이 들었다. 효진 또한 이 순간이 미치게 황홀했으니까. 그리고 그는 이내 다시 한번 무자비하게 밀어붙였다.

"으읏."

소파로 목을 젖힌 효진의 눈앞이 뿌예졌다. 비싼 호텔 방의 은은한 간접 조명이 이 순간의 몽롱함을 더욱 가중하는 듯했다.

원래 섹스가 이렇게 흥분되는 것이었나? 그동안 남편과의 섹스는 왜 이런 느낌을 주지 않았던 걸까? 이 남자가 특별한 걸까? 이 순간이 특별한 걸까?

"하윽."

그와의 뜨거운 교류가 지속될수록 효진의 머릿속은 점점 더 흐릿해졌다. 남자의 몸은 단단했지만 그 움직임은 부드러웠고 체향은 은은했지만 그 숨소리는 거칠었다. 효진은 저도 모르게 그에게 더 깊이 닿기 위해 버둥거렸고 그 맘을 아는 듯 그 또한 더 강하게, 더 거세게 그녀를 안았다.

이러다 우주 밖 어떤 세상으로 날아가 버리는 게 아닐까 하는 순간 걷잡을 수 없는 통증과 함께 말로 표현할 수 없는 쾌락이 온몸을 관통했다. 몸에 경련이 이는 듯 찌릿했다. 몸이 녹아내리는 듯 뜨거웠다. 그리고 남자의 뜨거운 정액이 몸속을 가득 채웠다. 그의 등에 맺힌 땀방울과 그녀의 가슴에 맺힌 땀방울이 서로 같은 쾌감의 결과물이었다.

"하아…… 하아…… 하아……."

두 사람의 거친 숨소리가 방 안을 가득 채웠다.

* * *

재욱의 말에 얼음처럼 굳은 효진을 그의 진득한 시선이 뜨겁게 따라붙었다.

"그러는 박효진 씨는 왜 아직 재혼 안 했습니까?"

딱히 할 말이 없었다. 당신 때문에 여태 허상에 빠져 살았다고 어떻게 말을 할까. 당신과의 그 짧았던 시간들 때문에 다른 사람은 보이지 않았다고 어떻게 말을 할까. 당신을 원망하고 당신을 그리워하고, 그러다 다시 당신을 잊으려 노력하며 그렇게 이 시간들을 지나왔다는 걸. 그날의 일들을 곱씹으며 일어나지 않을 일을 헛되이 상상하지 않으려 애쓰며 지나왔다는 걸 어떻게 말을 할까.

깊은 생각에 빠져 혼란스러워하는 효진을 바라보던 재욱은 아차 싶었다. 무슨 자격으로, 무슨 권리로 이 여자를 이렇게 몰아붙이고 있지!

"미안합니다. 그냥 괜한 오기가 생겨서……. 주제넘었습니다."

"……."

"어서 먹어요."

재욱은 밥을 반도 비우지 않고 일어나 나가 버렸다. 효진도 더는 밥이 목구멍으로 넘어가지 않았다. 그와의 엇갈려 버린 과거를 자꾸만 들춰내는 게 버겁고 힘들었다.

한 발로 껑충거리며 거실로 나올 때 그가 목발을 들고 들어오는 게 보였다. 그의 요술 가방에 들어가지 못한 목발은 차에 있었던가 보다.

"일단 이걸 씁시다. 서 봐요. 높이 조절 좀 해 보게."

효진은 목발을 짚고 섰다. 그가 몸을 숙여 그녀의 키에 맞게 조절해 주는 모습을 그저 가만히 내려다보았다. 다부진 손놀림과 집중하는 모습이 가슴 시리게도 멋져 보였다. 그리고 여전히 자신을 위해 배려하는 그라는 게 믿기지 않았다.

"자, 몇 발짝 걸어 봐요."

효진이 어설프게 몇 걸음 움직일 때 그의 핸드폰이 울렸다. 공사업자의 전화였다.

"지금 도착했다는데 혹시 같이 갈 겁니까?"

"네. 가야죠."

"그럼……."

"이 목발 짚고 가 볼게요."

또 부축하려는 그를 일찌감치 저지했다. 언제까지 그에게 민폐를 끼칠 수는 없는 노릇이었으니까. 게다가 그와의 잦은 신체 접촉이 편하지만은 않았다. 자꾸만 혼자 설레서 미칠 것 같았다.

소파에 앉은 효진은 재욱과 업자의 얘기에 가만히 귀 기울였다.

"창틀을 모두 바꾸면야 당연히 튼튼하고 좋죠."

"그럼 모두 바꿔 주시죠."

"네. 그럼 조명도 싹 바꾸고 바닥도 원목 마루로 재시공하고 도배, 도장 싹 새로 하라는 말씀이죠."

"싱크대도 바꾸죠. 아! 그리고 화장실에 도기들도 새로……."

"저기…… 잠깐만요."

두 사람의 대화를 듣던 효진은 문제의 심각성을 인지했다. 유리만 새로 끼우면 끝나는 일을 족히 몇천만 원은 깨지고 2주는 넘게 걸리는 대공사가 돼 가도록 일을 벌이고 있는 것 같았다.

"지금 집 리모델링하시게요?"

"집이 워낙 낡았으니까 고쳐 주려는 겁니다."

"나중에 다른 세입자 들일 때 하세요. 전 지금 이대로 살겠습니다아!"

"아니, 집주인이 다 고쳐 주신다는데 왜 마다하세요? 세입자는 이럴 때 가만히 있는 겁니다. 하하하……."

업자가 끼어들며 한 소리 했다.

"아뇨. 공사하는 기간 동안 시끄러운 것도 싫고요. 싸게 나온 전세라 들어온 건데 집주인한테 그런 민폐도 끼치고 싶지 않아요. 그냥 유리만 끼워 주세요."

"그냥 집주인의 성의라고 생각하면 안 되겠습니까?"

"그냥 집주인의 성의가 아니니까 이러죠."

효진의 단호한 말에 말문이 막힌 재욱과 업자는 멀뚱히 효진만 바라봤다. 말을 뱉은 효진은 아차! 싶었다. 너무 생각이 앞서 나간 것 같았다.

"사장님. 저희 둘이 잠시 얘기 좀 하겠습니다."

업자는 고개를 갸웃거리며 밖으로 나갔다.

"집주인의 성의가 아니면 뭐라고 생각하는 겁니까?"

업자의 모습이 사라지기 무섭게 재욱이 효진을 돌아보며 단도직입적으로 물었다.

이럴 땐 돌아가지 않고 바로 꼬리를 내리는 게 상책이다.

"미안해요. 말실수했어요."

"실수 아닌 것 같은데."

"실수예요."

"……."

말해도 믿지 않는다는 걸 안다. 빙빙 둘러 갈 필요 뭐 있다고. 그냥 말해 버리지 뭐.

"오래전 인연에 대한 미안한 마음! 뭐 그런 거잖아요."

"미안한 마음이라고 했습니까. 지금?"

"네!"

"내가 왜 미안해야 합니까?"

말없이 떠난 건 그녀였다. 돌아오지 않는 그녀를 찾기 위해 도나우 운하 건너 2번 트램이 다니는 길가에 있는 아파트형 게스트 하우스를 죄다 뒤졌었다. 그런데 왜! 왜 내가 미안해야 한다는 거지? 정색하며 내뱉는 재욱의 말에 오히려 효진이 난감했다.

"그런 게 아니라면…… 오해해서 미안해요."

어쩌면 이 남자는 오래전에 모든 걸 잊었는지도 모른다. 그를 다시 만나고 설레고 떨리고 가슴 시렸던 건 온전히 혼자만의 것이었던가 보다. 그래 놓고 왜 물어. 궁금하지 않았냐고 왜 묻냐고!

"그래도 집수리는 오래 걸리지 않았으면 해요."

효진은 이 말을 남기고 소파에서 일어나 마당으로 나가 버렸다.

마당으로 나온 효진은 괜히 화가 치밀었다. 그가 저러는 건, 그러니까 가해자니 집주인이니 하며 자꾸 자신의 주변에 맴도는 건 그때의 일을 그냥 잊어버릴 수 없었기 때문이라고 짐작했다. 자신이 그러하니 그도 그러겠거니 했던 거다. 어쩌면 바람이었는지도……. 하지만 혼자만의 착각이라고 생각하니 괜히 코끝이 찡했다. 차라리 이렇게 만나지지 말았어야 했는데. 그러면 그때의 일을 곱씹으며 남은 생 아름답게 살아갈 수 있었을 텐데. 그가 나타나는 바람에 이제 추억할 일도, 그때를 기억하며 힘겨운 상황을 버텨 낼 수도 없게 되었다.

효진은 핸드폰을 꺼내 미애에게 전화했다.

"미애 씨!"

— 매니저님, 괜찮으세요?

"거긴 어때요? 바쁘죠?"

— 바쁘지만 괜찮아요. 그리고 다들 걱정해요.

"부탁이 있어서 전화했어요."

— 말씀하세요.

"내 차가 거기 주차장에 있거든요. 내일 출근하려면 차가 필요한데……. 어맛!"

— 매니저님? 매니저님?

"뭐 하는 거예요?"

효진의 핸드폰을 빼앗아 끊어 버린 재욱에게 효진이 쏘아붙이며 물었다.

"지금 그 다리로 운전을 하겠다는 겁니까?"

"네! 그게 왜요?"

"하! 이 사람 큰일 낼 사람이네. 그 다리로 운전하다 무슨 사고를 치려고 이럽니까?"

"사고를 치다니 그게 무슨 말이에요?"

"운전 못 합니다. 발목에 힘도 못 주는데 페달을 어떻게 밟아! 애먼 사람 잡을 일 있습니까?"

효진에게서 깊은 한숨이 새어 나왔다.

"일어서서 걷는 것도 하지 말라고 할 판인데 운전은 더더욱 안 됩니다."

"그렇다고 통화 중인 전화를 그렇게 막무가내로 끊어 버리는 법이 어딨어요."

효진은 손을 내밀었다. 핸드폰을 내놓으라는 뜻이었다.

재욱은 그녀의 손에 핸드폰을 순순히 올려놓더니 이내 그녀의 어깨를 둘러안았다.

"뭐…… 뭐 하는 거예요."

"병원에 갑시다."

"일요일에 무슨 병원이요?"

"버티지 말고 잘 걸어요. 안 그러면 또 안고 갑니다."

당최 걷잡을 수 없었다. 이런 사람은 아니었던 것 같은데 지난 시간 동안 그에게 무슨 일이 있었길래 변한 걸까.

운전 중이던 재욱이 생각이 깊은 효진을 한 번 보더니 입을 열었다.

"공사는 최대한 서둘러 끝내 달라고 부탁했습니다. 일주일에서 열흘 정도 걸린다고 했으니까 번거롭더라도 조금만 참아요."

"……."

"집이 불편하면 어제 잤던 방에서 머물러도 상관없습니다. 어차피 비어 있는 방이고 내 집 때문에 고생하는 거……."

"아니요. 괜찮아요."

후! 선을 확실히 긋네. 또.

말이 채 끝나기도 전에 거절 의사를 밝히는 효진 때문에 차 안에는 어색한 침묵이 흘렀다.

병원에 도착하니 이미 병원 문이 열려 있었다. 그가 미리 연락해 도수치료사를 불렀고 일요일인데도 그는 환하게 웃으며 재욱과 효진을 맞아주었다.

"쉬는 날 불러서 미안합니다. 윤 선생님!"

"아닙니다. 급한 환자분이면 응당 돌봐 드려야죠."

뭐지? 이 분위기. 너무 비현실적인 원장과 직원의 대화에 효진은 잠시 말문이 막혔다.

"어이쿠! 다리를 다치신 모양이네요. 일단 제가 좀 만져 보겠습니다."

윤 선생이라는 사람은 얼핏 봐도 50은 넘어 보이는 중년의 신사였다.

침대에 앉은 효진의 발목을 살짝 잡아 돌리고 만져 보더니 누우라고 했고, 발목이 아닌 허벅지와 종아리 어딘가를 손으로 조금 아프다 싶을 정도로 누르고 주무르고 비틀고 하더니 발목을 움직여 보라고 했다.

"어! 안 아파요."

"그렇죠? 안 아플 겁니다. 몇 번 더 만져 보겠습니다."

정말 그는 몇 번 더 반복해 만져 주었고 두 번째 움직임은 처음보다 훨씬 더 좋아졌다.

"신기하네요. 어떻게 감쪽같죠?"

"그래도 함부로 사용하시면 안 됩니다. 두어 번 더 오셔서 치료받으시고 조심해서 디뎌야 해요."

"네! 그럴게요. 너무 다행이에요. 발을 쓸 수 있게 돼서."

"다행이라시니 좋습니다."

참 점잖고 예의 바른 사람이란 생각에 절로 미소가 흘러나왔다.

"끝났습니까?"

언제부터 있었던 건지 재욱의 심드렁한 목소리가 들려왔다.

"네! 오늘은 이쯤 하면 되겠습니다. 원장님!"

윤 선생이 치료실을 나가고 둘만 남게 되자 재욱의 불만 가득한 시선이 효진을 향했다. 자신에게는 그렇게 틱틱거리고 냉정하게 굴더니 윤 선생에게 싱글거리며 웃어 주는 게 영 못마땅했다.

"얘기 들었죠? 두어 번 더 나와서 치료받으라고."

"네."

"갑시다. 이제."

"고마워요."

돌아서던 재욱이 걸음을 멈추고 효진을 봤다. 그의 시선은 여전히 뜨겁고 깊어 마주하면 숨이 멎을 것 같았다.

"주말 진료는 할증이 붙는데 쉬는 분 불러 치료하게 했으니 특별 수당이라도 지급해야 하는 거 아니에요? 나 때문에 여러 가지로 고맙고 미안해요."

"일하지 말란다고 출근 안 할 사람 아닌 것 같고! 괜히 출근했다가 발목 덧나면 가해자로서 피해 보상 범위가 더 커질 것 같아서!"

참, 말 밉게 한다. 윤 선생과 대화하는 모습만 봐도 그가 어떤 원장인지, 어떤 사람인지 알 수 있다. 쉬는 주말, 아무리 원장이지만 오란다고 흔쾌히 와서 그것도 저리 환하게 웃으며 환자를 봐 주는 사람이 현실적으로 가능한가? 그가 직원들에게 베푸는 심성을 보지 않아도 짐작이 되고도 남았다.

그런 그가 효진에게 계속 툴툴거리고 있다. 그건 효진이 그에게 진심으로 대하지 않기 때문이라는 것도 잘 안다. 그래도 말은 그리 밉게 하지 말지. 다정했던 그가 자꾸만 더 그리워지려고 했다.

"알았어요. 그래도 아무튼 고마워요."

"그럼 밥 같이 먹읍시다. 나 배고픕니다."

효진의 황당한 시선이 그의 뜨거운 시선과 맞닿았다.

재욱의 차가 멈춘 곳은 삼척에 있는 허름한 식당이었다.

"무슨 점심 먹으러 이렇게 멀리까지 와요?"

"이 집 백반이 난 참 맛있더라고요. 한번 먹어 봐요."

백반을 먹자고 이 먼 곳까지 왔다니 믿기지 않았다. 가게 안은 밖과 달리 사람으로 넘쳐 났다. 빈자리를 찾아보기 힘들 정도로 많은 사람이 생선과 된장찌개를 놓고 맛있게 식사를 하고 있었다. 얼핏 봐도 밑반찬이 식탁을 가득 채우고 있을 정도로 가짓수도 어마어마했다.

그가 왜 이 먼 곳까지 밥을 먹으러 왔는지 이제 조금 이해가 됐다. 물론 그의 속 깊은 뜻을 모르는 바 아니었다.

주문도 받지 않았는데 사람이 앉자 기계적으로 밑반찬이 착착 세팅됐다.

"여긴 따로 주문 안 합니다. 백반 한 가지거든요."

"좋네요. 선택해야 하는 번거로움이 없어서."

효진은 동해와 삼척 사람들이 죄다 이 집에 모인 게 아닌가 싶은 생각을 하며 주변을 두리번거렸다.

사실 재욱은 그녀와 조용히 얘기하고 싶어 이 먼 곳까지 차를 몰았다. 못 와도 한 시간은 족히 달려와야 하는 거리니 오고 가는 동안 그간 하지 못한 얘기들을 좀 해 볼까 하는 심사였다. 하지만 오스트리아에서 처음 만났을 때처럼 그녀를 향해서는 입이 쉽사리 떨어지지 않았다. 게다가 지금은 그녀가 재욱에게 좋지 않은 감정까지 가지고 있는 터라 더더욱 그랬다. 그걸 증명이라도 하듯 그녀 역시 차를 타고 오는 내내 한숨만 몇 번 조용히 내쉴 뿐 입을 열지 않았다.

"왜 말을 하나도 안 합니까."

"이제 와서 무슨 말을 해야 할까요. 우리가."

이번에도 효진은 단답형으로 말을 마치곤 시선을 외면해 버렸다. 잠시 고민하던 재욱은 용기 내 입을 뗐다.

"난 강이 산이 얘기했는데. 그럼 상응하는 얘기 한 가지쯤은 해 줘도 되지 않겠습니까? 우리의 규칙대로라면."

그 말에 생각 깊은 눈으로 재욱을 응시하던 효진이 짧게 숨을 몰아쉬고 입을 열었다.

"아이 얘기라면…… 난 아이가 없어요. 남편이 키우는 게 아니고…… 아이를 낳지 못했어요."

순간 두 사람 사이에 무거운 침묵이 흘렀다. 이런 상황을 만들려던 건 아니었는데……. 그녀의 마음을 다치게 한 것 같았다.

"미안해할 필요 없어요. 이미 다 지난 일인걸요."

이번에도 그의 마음을 꿰뚫어 본 그녀의 대답이 선수를 치고 말았다.

"이런 분위기를 만들려던 건 아닙니다. 미안해요."

"된장찌개 오네요. 맛있겠다."

사과할 기회조차 주지 않는 그녀가 야속했다. 얼굴이 화끈거리고 심장이 뜨거워졌다. 갑자기 뜨거운 뚝배기가 앞에 놓여서 그런 것인지 그녀에 대한 마음이 그런 것인지는 알 수 없었다.

식사하는 내내 가슴에 무언가 턱 걸린 듯 답답하고 더부룩했다. 맛있다며 밥 한 그릇을 깨끗이 비워 낸 그녀를 바라보며 말없이 떠나 버린 그녀를 원망하고 지낸 세월에 죄책감이 들었다. 얼마나 큰 아픔이 있었는지 헤아리지 못하고 그저 새로운 사랑에 대한 기대감에 부풀었던 그때의 자신이 참 어리석었단 생각에 이르자 어디서부터 어떻게 그녀와의 실타래를 풀어 가야 할지 더더욱 방법이 떠오르지 않았다.

돌아오는 차 안에서도 내내 아무 말도 할 수 없었던 재욱의 마음을 그녀가 먼저 헤아린 듯 조용히 입을 열었다.

"뭐 그렇게 심각해요. 아이 있고 없는 게 뭐 그리 큰 문제라고."

"하아……!"

저도 모르게 튀어나온 한숨이 너무 컸다.

"이혼한 사람들 얘기가 다 그렇죠. 잘 살아서 이혼한 사람은 없으니까."

"당신에 관해 아는 게 없으니 답답해서 그럽니다."
"동해 사람 대부분 알 텐데 나 어떤 사람인지."
"그건 또 무슨 소립니까."
"여기로 오고 딱 2주 만에 소문 쫙 퍼지던데요. 사거리 바다모텔에 서울서 이혼하고 도망쳐온 여자가 달방 쓰더라!"
재욱은 기가 차 말이 안 나온다는 듯 효진을 봤다.
"진짠데. 정말 놀랍더라고요. 어디 가서 이혼했단 소린 정말 단 한 번도 한 적 없거든요. 그런데 어떻게들 귀신같이 아나 몰라요. 딱 보면 표가 나나 봐요."
"괜히 여자 혼자 모텔에 묵으니 말 만들기 좋아하는 사람들이 만들어 낸 헛소문입니다."
"그러니까요. 만들어 내도 어여쁜 아가씨가 죽으려는지 혼자와 방을 얻었더라! 라고도 할 수 있는데 왜 하필 딱 이혼한 여자냐고!"
재욱은 더 기가 찼다.
"죽으려고 했습니까?"
"풋! 아니요. 말이 그렇다고요."
여전히 농담을 빨리 알아채지 못하는 그였다. 괜히 워낭으로 놀려 먹었던 그때가 떠올라 씁쓸한 미소가 지어졌다.
"나는 원래 동해에서 나고 자랐습니다. 그래서 동해로 온 거지만 효진 씨는 연고가 있습니까?"
"없어요. 전혀. 친구 하나 믿고 왔어요. 마린 블루가 좋아서."
"마린 블루를 어떻게 알았습니까?"
마린 블루를 어떻게 알았냐고? 처음 집으로부터, 시어머니로부터 도망쳐 차를 몰고 무작정 달려온 곳이 동해였다. 친구 선화가 결혼해 터를 잡고 살고 있던 곳.

* * *

〈3년 전 봄〉
프랜차이즈 패밀리레스토랑 슈퍼바이저인 효진은 논현점 리뉴얼 재오픈으로 정신없는 시간을 보내고 있었다.

"박 팀장님! 신메뉴 배너는 어느 쪽에 놓으면 좋을까요?"

점장이 포스 점검 중인 효진에게 다급하게 달려와 물었다.

"고객 대기선 앞에 놓으시고 여분 하나 더 온 거 있죠? 그건 저기 화분 앞에 놔 주세요. 고객 동선 바로 앞이요. 네, 거기요."

점심시간 오픈을 맞추느라 모두가 바빴다. 그때 효진은 아랫배에 통증을 느꼈다. 결혼 3년 만에 어렵게 가진 아이가 막 15주에 접어들던 때였다. 요 며칠 야근과 외근으로 몸이 많이 피곤했던 차라 아랫배가 뭉쳐서 아픈가 보다 했다.

하지만 효진이 정신을 잃었다 눈을 떴을 땐 병원 응급실 침상이었다. 에탄올 냄새가 강하게 비강을 자극했다. 연락을 받고 응급실로 내려온 민준은 겨우 정신을 차리며 눈 뜨는 효진의 손을 꽉 움켜잡았다.

"효진아! 정신 들어?"

"여기가 어디예요? 나 왜 이러고 있어?"

현기증이 났다. 몸을 일으키려 했지만 일으켜지지 않을 만큼 힘이 하나도 없었다.

"뭐야? 어떻게 된 건데요? 민준 씨! 어떻게 된 거예요?"

묻고 있었지만 이미 예감은 좋지 않았다. 민준은 눈물을 뚝뚝 흘리는 효진의 얼굴을 닦아 주며 가만히 안았다.

"효진아. 아이는 다시 가지면 돼. 너 지금 몸이 많이 망가졌대. 몸부터 추스르자."

그렇게 첫 아이를 떠나보냈다. 아니, 마지막 아이였다고 해야 할까? 몸을 추스르고 건강해진 후 다시 임신을 시도했지만 좀처럼 아이는 부부에게 찾아오지 않았다.

시어머니는 효진에게 직장을 그만두라고 종용했었다. 손이 귀한 집안 대 끊을 일 있냐며 대놓고 나무랐다.

사실 결혼 전부터 효진을 마뜩잖아했다. 가진 것 없는 집안에서 하나뿐인 아들이 의사가 됐는데, 자신들처럼 가진 것 없고 별 볼 일 없는 며느릿감이 성에나 찼을까. 마음에 들지 않는 며느리가 그나마 임신을 해서 한시름 놓는가 싶었는데 그 아이마저 놓쳐 버리고 만 꼴이었다. 퇴원하고 돌아오는 효진을 붙잡고 시어머니의 잔소리가 끊이지 않았다.

4년 전부터 투석을 시작한 친정 엄마에겐 걱정할까 봐 알리지도 않았는데 시어머니는 엄마에게까지 전화해 효진의 유산 소식을 알리고 원망과 탓을 했다. 유산도 출산과 똑같이 몸이 망가진다고 보양식을 바리바리 싸 들고 집으로 찾아온 친정 엄마를 보며 효진은 펑펑 울었다. 아이를 놓친 것도 슬픈데 12년간 커리어를 쌓아 온 직장까지 그만둬야 하는 이 상황이 억울하고 분하고 속상했다.

'효진아! 넘어진 김에 쉬어 가란다는 말도 있잖아. 조금만 쉬자. 김 서방도 쉬라고 한다면서. 좋게 생각하자.'

친정 엄마는 효진을 안아 주고 달래 주었다. 하지만 시어머니의 끊임없는 간섭과 참견은 효진을 힘들게 했다. 유일한 방패막이였던 민준은 그 누구의 편도 들지 않고 침묵했다. 그의 침묵이 시어머니의 잔소리보다 더 무서웠다. 그때 쪽지 한 장 남겨 두고 홀연 집을 떠나 동해로 향했다.

선화는 효진의 기분을 풀어 주기 위해 맛좋은 음식을 사 먹이고 분위기 좋은 카페로 데리고 다니며 애써 줬다. 그날 선화가 효진을 데리고 왔던 곳이 마린 블루였다. 탁 트인 바다 절벽 위에 자리한 마린 블루에 앉아 효진은 하염없이 울었다.

단 한 번도 허투루 시간 보내지 않고 이를 악물고 달렸다. 바람피우는 아버지와 일찌감치 이혼한 엄마는 홀로 효진을 뒷바라지하며 살았다. 그런 엄마를 위해, 그리고 그런 자신을 위해, 눈을 가린 경주마처럼 앞만 보고 뛰었다.

직장을 구하고 자리를 잡으며 이제 고생은 끝났다고 생각하며 밝은 미래를 꿈꿨는데 결혼은 효진에게 또 다른 시련이었다. 아니, 민준과의 사랑이 시련의 시작이었는지도 모른다. 결혼 생활을 실패로 끝낸 엄마를 위해서라도 잘 사는 모습을 보여 주고 싶었는데……. 딸은 엄마의 인생을 닮는다는 그 말이 듣기 싫어 보란 듯 잘 살고 싶었는데……. 그게 잘 되지 않았다.

원 없이 울고 나니 숨이 쉬어졌고 파란 바다를 보고 나니 속이 트이는 것 같았다. 그래서 마린 블루가 좋았다.

* * *

"동해에 처음 왔을 때 친구가 데리고 가 줬어요. 마린 블루에. 그때 첫눈에 반했죠."

"그럼 원래 하던 일이 이런 일이었습니까?"

그가 하는 질문에 하나하나 대답을 해 주다 보니 그의 질문이 점점 많아지고 있었다. 효진은 마지막 질문에 답을 하지 않고 그를 물끄러미 바라봤다. 그 시선을 의식했는지 재욱이 효진을 슬쩍 쳐다보고는 입에 미소를 물었다.

자동차는 어느새 집 앞에 다가서고 있었다.

"궁금해서 그럽니다. 그냥 얘기해 주면 안 됩니까? 이제는 이웃사촌까지 됐는데 우리 인연도 보통은 아닌 것 같지 않아요?"

싫다 좋다 뭐든 말이 나와야 하는데 효진은 아무 대답이 없었다. 왜 그런가 싶어 쳐다보는데 효진이 놀란 눈으로 앞쪽을 주시하고 있다. 그 시선을 좇아가 보니 웬 남자가 효진의 집 앞에 차를 세워 두고 핸드폰을 하고 있었다.

"아는 사람입니까?"

"마린 블루 셰프요."

차에서 내리는 효진을 발견한 석호가 핸드폰을 내렸다.

"셰프, 여긴 어떻게……."

"발 많이 다쳤다면서요."

석호가 걱정이 가득한 얼굴로 효진에게 성큼 다가서며 그녀의 발목을 살폈다. 효진은 갑자기 다가선 그를 피할 새도 없이 발목을 내어 줘야 했다. 차에서 내리던 재욱은 그런 두 사람의 모습에 저도 모르게 미간을 좁히고 있었다.

"이제 많이 좋아졌어요. 오늘 치료를 받았거든요. 내일부터는 출근할 거예요."

"걷는 것도 아직 자연스럽지 않은데 출근을 한다고? 그냥 쉬어요. 사장님께는 내가 잘 말씀드릴게요."

"아니요. 일할 수 있어요. 이틀이나 쉬었는걸요."

"흠!"

둘 사이에 끼어들 틈도 없어 보여 재욱은 어설프게 마른기침을 했다. 순간 효진은 아차 싶었다.

"셰프! 이쪽은."

……이라고 해 놓고 막상 뭐라고 소개를 해야 할지 난감해 잠시 뜸을 들이는데 답답했던 재욱이 먼저 석호에게 손을 내밀었다.

"김재욱입니다."

"압니다. 사장님 3대 독자 되시는 김 원장님. 저는 최석호입니다. 마린 블루 총주방장이고요."

젠장. 그놈의 3대 독자 소리는 어디를 가나 따라다닌다. 이런 자리에서 굳이 그 3대 독자란 소릴 해야 하나? 되게 구리고 되게 마마보이 같아 짜증이 확 밀려왔다.

"어떻게 다들 그렇게 잘 압니까? 난 마린 블루 딱 세 번 갔는데."

"여기 사람들 중에 김 회장님, 양 사장님 모르는 사람 없잖습니까. 그러니 김 원장님도 다들 알 수밖에요. 그런데 왜 두 분 같이 옵니까?"

석호의 시선이 효진을 향했다. 그 눈빛은 짐짓 근엄하면서 엄중하기까지 했다.

뭐야, 저 자식. 오빠야? 아버지야? 아니면 자기 여자라도 돼? 재욱은 그 눈빛이 영 마음에 들지 않았지만 머뭇거리는 효진이 더 맘에 들지 않아 먼저 입을 열었다.

"같이 밥 먹었습니다. 그러는 최 셰프는 여기까지 무슨 일입니까?"

"효진 씨 차를 가져왔습니다."

대답하면서도 그걸 왜 네가 물어? 라는 눈빛으로 재욱을 쏘아봤다.

"고마워요. 셰프. 쉬어야 할 시간에 미안해요. 타요. 마린 블루까지 데려다 줄게요."

"운전은 할 수 있겠어요?"

석호는 화색을 띠었지만 걱정스러운 투로 물었다. 그때 운전석으로 향하는 효진의 팔을 재욱이 탁 잡았다.

"가긴 어딜 갑니까. 그 다리를 하고. 내가 아직 운전은 안 된다고 분명히 말했을 텐데!"

석호의 시선은 효진의 팔을 잡고 있는 재욱의 손에 닿았고, 효진의 시선은 그걸 바라보는 석호의 시선에 닿았고, 재욱의 시선은 오로지 효진만을 향했다. 잠시 그들 사이에 어색한 정적이 흘렀다.

결국, 마린 블루로 돌아가는 차는 재욱의 차였다.

운전하는 재욱도 말이 없었고 효진과의 시간을 박탈당한 석호도 말이 없었다. 긴 침묵을 깬 건 재욱의 유치한 질문이었다.

"최 셰프는 나이가 어떻게 됩니까?"

"마흔둘입니다."

한 살 아래라는 사실에 괜히 어깨가 쫙 펴지는 것 같았다.

그게 뭐라고…….

"그러는 김 원장님은 어떻게 됩니까?"

"마흔셋입니다. 한 살 위네요. 내가."

동물의 왕국은, 그러니까 수컷들의 왕국은 일단 서열 정리를 끝낸 듯싶었다.

어쩐지 우위를 뺏긴 것 같아 석호는 짜증이 확 밀려들었다. 그리고 이내 그 역시 우위를 선점하기 위한 유치한 말을 꺼내 놓았다.

"저는 돌싱이지만 아이는 없습니다."

헉! 그래서 뭐. 애 있는 게 뭐. 순간 재욱의 심기가 확 불편해졌다. 의도가 확실한 말이었음을 모르지 않았다.

'어차피 이혼남인 건 다 똑같잖아. 딸린 식구 없다고 유리하단 거야 뭐야.'

참으로 봐 주기 힘든 수컷들의 세계였다. 효진이 없었기에 망정이지 함께였다면 당장 차 세우고 내려 달라고 했을 터였다.

끼이익! 소리와 함께 드리프트까지 해 가며 주차장에 들어선 재욱의 차가 거칠게 멈춰 섰다. 차가 멈추어 섬과 동시에 황급히 문이 열리고 석호가 튕겨 나오듯 내렸다. 석호가 땅에 발을 디뎠다 싶을 때 재욱은 다시 가속 페달을 밟으며 주차장을 벗어났다.

덩그러니 주차장에 남은 석호도, 미련 없이 돌아서 가는 재욱도, 불혹의 중년들이 맞나 싶을 정도로 유치하기 그지없었다.

석호를 내려 주고 돌아오며 재욱은 괜히 웃음이 났다. 지금 대체 혼자 무슨 상상을 어디까지 하고 있는 건지, 그런 자신이 황당하고 어이없어 헛웃음이 다 났다. 그녀에게 진심도 말하지 못하고 또 그녀의 진심도 알지 못하면서 왜 이러고 있는 건지 답답했다. 그리고 더 늦기 전에 그녀와 지난날의 일에 관하여 이야기를 해야겠단 생각이 들었다. 마음이 급해진 재욱은 속도를 높였다. 그녀에게 더 빨리 가고 싶었다.

4. 꽃 같았던 그녀

집 앞에 차를 세운 재욱은 황급히 효진의 집으로 향했다.

빵빵.

그때 뒤쪽에서 자동차 클랙슨 소리가 들려왔다. 놀라 돌아본 곳에 막 멈춰 서는 양 여사의 자동차가 보였다.

하아! 그녀에게 당장 달려가 물어야 하는데…….

"재욱아! 어디 갔다 오니?"

"어머니……!"

"아빠아!!"

아이들이 차에서 내려 재욱에게 달려왔다. 주말인데 내내 아이들과 있지 못했다는 사실이 이제야 번뜩 뇌리를 스쳤다.

"대체 어디서 뭐 하고 다니는 거야. 레스토랑에도 안 가 보고 연락도 통 안 되고."

"일이 좀 있었어요."

말은 하면서도 시선은 효진의 집을 향했다. 그런 그의 시선을 의식한 양 여사가 생각난 듯 물었다.

"참! 어제 그 태풍에 저 집은 괜찮았다니? 집이 낡아서 얼른 부숴 버리고 새로 짓든지 해야 하는데."

"들어가요, 어머니. 얘들아, 들어가자."

재욱은 아쉬운 듯 집으로 들어가면서도 내내 그녀를 향한 시선을 떼지 못했다.

직접 만든 스파게티를 먹이고 블록 쌓기에 권투로 한바탕 난리를 친 뒤 욕조에 물을 받아 물총 싸움까지 해 가며 샤워를 시키고 난 후에야 아이들은 양 여사와 함께 돌아갔다. 평소 같으면 주말 내내 아이들과 함께 지내고 일요일도 부모님 집에서 아이들과 함께 잔 뒤 바로 출근을 해야 했지만, 오늘은 어쩐지 그러고 싶지 않았다. 그건 눈앞에 있는 그녀 때문이었다.

오늘은 왜 같이 할아버지 집으로 안 가냐고 묻는 아이들에게 재욱은 두 번째 거짓말을 했다.

'아빠가 집에서 할 일이 좀 있거든. 의사 선생님은 늘 공부를 열심히 해야 한다고 했지?'

아이들은 입을 삐죽 내밀면서도 재욱의 입장을 나름 이해하는 것 같았다. 두말하지 않고 양 여사의 손을 잡고 돌아갔으니까. 그 어린 녀석들이 아빠를 이해한다는 게 믿기지 않았지만, 아이들도 이제 변화된 생활에 적응해 가는 듯 보여 안쓰럽기도 한편으로는 다행이란 생각이 들기도 했다.

아이들에게 처음으로 거짓말을 했던 건 아내와 이혼할 때였다. 강이가 왜 아빠랑 엄마랑 함께 살 수 없냐고 물었을 때였다.

'아빠가 엄마를 힘들게 해서 엄마가 마음에 병이 들었어. 아빠랑 같이 있으면 엄마는 계속 아플 거야. 엄마가 아픈 건 싫지?'

강이가 다섯 살, 산이가 네 살 때의 일이다.

아이들이 떠난 집은 다시 적막이 스며들었다. 지난밤 그녀가 잠들었던 방에 올라가 어둠 속에서 그녀의 집을 내려다봤다. 재욱의 집과는 달리 환하게 불이 켜진 집은 마치 따뜻한 온기를 내뿜는 듯 보였다. 그것도 다 그녀가 그곳에 있기 때문이란 걸 안다. 그녀를 만나야 한다. 손목의 시계는 9시를 향해 가고 있었다. 더는 지체할 수 없다는 생각에 재욱은 서둘러 방을 빠져나갔다.

문 두드리는 소리에 집 안 정리를 하던 효진이 서둘러 현관으로 나와 문을 열었다. 잠깐 들르겠다던 선화가 온 거라고 생각했다.

"왜 이제 와."

하지만 문 앞에 서 있는 건 재욱이었다.

그녀의 환한 미소를 보게 될 줄은 미처 몰랐다. 너무 환하게 웃으며 문을 열어 주어 하마터면 와락 달려들어 안을 뻔했다. 저리 예쁜 미소를 가진 여자가 어째서 다시 만나고는 단 한 번을 웃어 주지 않는지……!

"누구 올 사람 있었습니까?"

"이 시간에 무슨 일이에요?"

"얘기 좀 합시다."

또다시 그의 깊은 눈빛이 효진을 파고들었다. 효진도 직감했다. 이제 두 사람의 지난 이야기를 나눠야 할 때가 되었다는 걸.

* * *

〈2년 전 겨울〉

이미 밝아 오는 창 너머 침대 위는 두 사람의 거친 숨소리로 가득했다. 실오라기 하나 걸치지 않은 두 사람의 열띤 몸짓은 이미 절정에 이르고 있었다.

"하아…… 으음……."

강하게 밀어붙이는 재욱의 등과 엉덩이에 진하게 근육이 잡혔다. 효진의 어깨와 머리를 끌어안고 주체할 수 없는 황홀감에 점점 속도를 높이고 있는 그에게서도 신음이 터져 나왔다. 그에게 더 깊이 닿기 위해 무릎을 접어 올린 효진 또한 허리를 뒤채며 극강의 오르가슴에 이른 듯 앓는 소리를 내지르고 있었다. 누가 먼저랄 것도 없이 서로에게 더 깊고 강하게 밀어붙이던 두 사람은 이번에도 역시 말로 표현할 수 없는 진한 감동을 느끼며 만족스러운 섹스를 끝냈다.

침대 위로 돌아누우며 밭은 숨을 뱉어 내는 재욱의 심장이 정신없이 뛰어 댔다. 처음은 술에 취해, 분위기와 서로의 마음이 외롭다는 것에 동해, 실수처럼 나눈 섹스라고 생각했다. 하지만 연이어 그녀를 가지며, 그리고 그녀에게 자신을 내어 주며 지금껏 가져 보지 못한 안온함과 만족감에 스스로도 놀랐다. 충분히 만족할 만큼 취하고 표현조차 할 수 없는 절정까지 맛보았지만 품에 안은 그녀로 인해 이내 갈증이 솟구쳤다.

미친 게 아닐까! 겨우 이틀밖에 안 된 사이인데. 이름도 모르고 나이도 모르고 하다못해 직업도 사는 곳도 모르는 사이인데. 너무 오래 외로웠나? 별의별 생각이 다 들었지만, 그녀를 또 갖지 않고는 견딜 수가 없었다.

"믿기지가 않네. 하아……!"

"하아…… 뭐가요……?"

아직도 숨을 고르는 그녀의 목소리도 가빴다.

"지금, 이 순간 말입니다. 우리 한숨도 안 잤습니다."

"알아요."

"내가 왜 이러는 건지 모르겠고."

"나도 마찬가지예요."

"그런데……."

"……?"

"계속 안고 싶다는 겁니다. 당신을."

효진은 풋 하고 웃고는 그의 품으로 파고들었다.

"나도 장동건 씨 품이 좋네요. 따뜻하고 푸근해서. 여기가 너무 춥기도 하고, 우리가 너무 외로웠나 봐요."

그녀의 입에서 나온 '우리'라는 말이 듣기 좋았다. 외로웠던 것도 사실이었지만 이 알 수 없는 감정의 정체가 재욱은 궁금했다.

"아! 목말라."

"물 마실래요?"

"네."

재욱은 침대에서 일어나 냉장고로 향했다. 그의 아찔한 뒷모습을 가만히 바라보는 효진의 입가에 저도 모르게 미소가 번졌다. 침대 시트를 끌어다 몸을 덮으며 그의 행동을 고스란히 지켜봤다.

"이런! 물이 없습니다."

하긴 밤새 숨을 헐떡이며 서로의 몸을 탐하느라 냉장고 속 생수를 모두 비우고도 남았지.

"잠깐 있어요. 나가서 물하고 먹을 것 좀 사 올게요."

재욱이 옷을 주섬주섬 껴입으며 말했다.

"아니에요. 그냥 조금 기다렸다 아침 먹어요. 우리."

"우리라는 말 참 듣기 좋네."

그의 말에 효진이 얼떨떨하다는 듯 그를 봤다. 성큼 다가온 재욱은 그녀의 볼을 두 손으로 잡고는 이마에 입을 촉 소리가 나게 맞췄다.

"꼼짝하지 말고 있어요. 이불 밖은 추우니까. 얼른 갔다 올게요. 한식당은 문 열려면 두 시간은 더 있어야 하니까. 두 시간 후에 김치찌개 먹으러 갑시다. 우리!"

모든 건 내가 다 알아서 할 테니 당신은 편히 쉬고 있어요! 라고 말하는 그가 너무 든든했고 좋았다. 아니 지금, 이 순간이 꿈같았다. 효진은 이런 융숭한 대접이 감격에 겨웠지만 그저 고개만 끄덕였다. 입을 열면 저도 모르게 울먹이는 목소리가 나올 것 같아서…….

외투를 걸친 재욱은 금방 돌아와 다시 볼 거면서도 방을 나서는 게 아쉬운 듯, 다시는 보지 못할 사람인 듯, 몇 번이고 뒤를 돌아본 후에야 문을 닫고 사라졌다.

그리고…… 다시는 그녀를 보지 못했다.

* * *

테이블에 올려진 머그잔에서 뜨거운 김이 올라왔다. 얘기 좀 하자고 밀고 들어와 놓고 재욱은 한동안 입을 열지 못했다. 어디서부터 말을 꺼내야 할지 몰랐고 또 자칫 그녀가 재욱의 질문에 멀찌감치 도망칠까 봐 두렵기도 했다. 하지만 오늘이 가기 전에 기필코 진실을 알고 싶었다. 왜 아무 말도 없이 사라져 버렸는지! 심호흡을 하고 입을 달싹이는데 효진이 조금 더 빨랐다.

"선화가 올 거예요."

"?"

"저를 이곳 동해로 오게 만든 친구요."

그러니 긴 대화는 불가할 것 같다는 뜻이었다. 당신이 망설이며 힘들어하는 그 대화는 지금 할 수 없을 것 같다는 뜻이기도 했다.

"얼마나 걸립니까. 시간이."

"몰라요. 집 상태 보고 나면 길어지지 않을까 싶어요."

"기다리겠습니다."

"여기서 기다리는 건 추천하지 않아요."

왜냐는 듯 바라보는 재욱의 시선을 그대로 받으며 말을 이었다.

"좁은 동네이고 소문도 빠르잖아요. 선화는 말이 좀 많은 친구이기도 하고요."

소문 따위는 두렵지 않다. 그딴 게 두려웠다면 행사장에서 그녀를 안아 들고 걸어 나오지도 못했을 터였다. 하지만 그녀는 그런 소문이 싫은 듯 보였다. 모텔에서부터 따라다니던 소문들로 마음이 상해 있는 그녀였으니까.

"그럼 다시 오겠습니다. 한 시간 뒤면 되겠습니까?"

"내가 전화할게요."

아쉬움을 뒤로하고 막 자리에서 일어설 때였다. 현관문이 벌컥 열리며 호들갑스러운 여자의 목소리가 들려왔다.

"미안미안. 많이 기다렸지. 유리창이 완전히 박살 난 거야? 다친 데는 없는 거니. 너? 엄마야!"

놀라는 선화의 시선과 당황한 효진의 시선, 난감한 재욱의 시선이 복잡하게 엉켰다.

"원장님 아니세요?"

"아……! 우리 병원 환자십니까? 못 알아봬서 죄송합니다."

"아니요. 병원엔 아직 간 적 없어요. 양 사장님 3대 독자. 수 정형외과 김 원장님이시잖아요."

하아! 동해에서 이렇게 단숨에 유명 인사가 될 줄은 몰랐다. 내년엔 출마라도 해야 할 지경이었다.

"그런데 두 사람 어떻게 알아?"

효진을 바라보며 질문하는 선화의 눈빛은 요상했다. 두 사람 무슨 사이? 어떤 사이? 벌써 아는 사이? 하는……?

"집주인……."

"어머! 여기가 김 원장님 집이었구나아! 세상에, 인연도 어쩜 이런 인연이……."

효진은 '인연? 무슨 인연? 막 그렇게 갖다 붙일래?' 라는 듯 쳐다봤다. 선화라면 그러고도 남을 사람이니까.

이혼 후 동해로 오고부터 효진의 남자 친구를 물색하고 나선 게 선화였다.

'이혼이 죄니? 네가 뭐 죄인이야? 넌 이제 자유의 몸이야. 프리하다고 프리! 내가 좋은 사람 물색 중이니까 넌 딱! 기다려. 김민준 싹 잊고 새 출발 하자. 이 푸른 동해에서!'

돌아올 이몽룡을 기다리는 춘향이도 아닌데 왜 즐기지 않고 사냐고, 왜 자유를 뿌리치냐고, 잔소리를 쫓아다니며 해 댔다. 불과 며칠 전까지만 해도 왜 여태 골프를 안 배웠냐며 라운딩 함께 할 남자가 줄을 섰는데 어쩔 거냐고 성화였다. 버젓이 가정적이고 한결같은 남자를 남편으로 두고 살면서 어찌 그리 친구 연애사에 관심이 많은지 도무지 이해되지 않는 심리였다. 그런 선화의 레이다에 재욱이 포착됐으니 이 상황을 조용히 넘길 리 없어 효진은 난감하기 그지없었다.

"태풍에 유리창이 깨졌다고 해서 방문했습니다. 그럼 두 분 말씀 나누시죠."

효진의 표정을 읽은 재욱은 예의 바르게 인사를 건네고 조용히 빠져 주었다.

"대박! 대박!"

그의 모습이 사라지기가 무섭게 선화는 유난을 떨어 댔다.

"1번이다. 저 사람이 1번이야."

"그게 무슨 소리야?"

"네 남친 후보 1번이라고."

"뭐?"

"동해 최고 갑부 집 외아들에 피지컬 좋지, 직업 훌륭하지, 나이도 네 살 차이 딱이지, 저만한 후보가 어딨니?"

"너 내가 왜 이혼했는지 벌써 잊었어?"

"아니…… 뭐…… 의사라고 다 그런가? 게다가 저쪽도 이혼남이야! 어차피 초혼도 아닌데 의사 아들 뒀다고 유세하겠니?"

"유세해! 의사 자식 둔 부모들 다 똑같아. 게다가 3대 독자라며? 얼마나 귀한 아들이겠니."

"뭐야. 너도 뒷조사 좀 한 거야?"

"뒷조사는 무슨. 가만히 있어도 정보가 술술 들어오더라."

"하긴 양 사장님이 보통 분은 아니지. 안 되겠다. 벌써부터 진 빠진다, 얘."

그래. 안 될 말이다. 그렇게 당해 놓고 또 같은 삶을 반복하겠다고? 새로 시작하는 삶은 그 어떤 슬픔도 그 어떤 아픔도 그 어떤 구애도 없는 삶이기를 바라고 바랐다. 몸에 맞지 않는 옷을 입고 힘들었던 삶은 지난 4년으로 족하다. 그건 그에게도 다르지 않을 거라는 확신이 들었다.

띵동.

벨 소리에 놀라 인터폰 화면을 본 재욱은 저도 모르게 얼굴이 환해졌다. 친구가 돌아가면 전화하랬더니 직접 집으로 찾아온 그녀였다.

"전화하라니까 왜 직접 옵니까. 다리도 안 좋은데."

"얘기 나누기에는 어수선한 우리 집보다 이 집이 훨씬 좋을 것 같아서요."

"앉아요. 차 내올게요."

재욱은 서둘러 주방으로 갔고 효진은 거실을 천천히 돌아보다 소파에 가만히 앉았다. 새로 지은 집이라 그런지, 아이들이 함께 있지 않아 그런지, 집은 어딘가 쓸쓸하고 허전하고 추워 보였다. 아직 자리를 잡지 않은 집 같았고 아직 마음을 다 주지 못한 집 같았다.

그때 재욱이 머그잔을 양손에 들고 다가왔다. 향긋한 꽃 내음이 그와 함께 따라왔다.

"향이 참 좋네요. 꽃향기가 나."

"당신 생각날 때마다 마셨던 찹니다."

훅 달려든 그의 고백에 심장이 저릿했다.

"당신은 사라졌는데 당신 향기는 그대로 남아 있더라고. 내 방에."

그럴 리가. 향수 하나를 쓰지 않는 효진이었다. 냄새에 민감해 그저 샴푸와 비누 말고는 화장품 하나도 향이 진하지 않은 것을 찾아서 쓰는 효진이었다. 그런 그녀가 향기를 남겼을 리가.

"향수도 쓰지 않는데 향이 남았을 리 없어요."

억지 부리지 말라는 투로 한 말이었지만 말끝에 쓸쓸한 미소가 묻어났다. 그런 효진을 가만히 보던 재욱 역시 쓸쓸하게 읊조렸다. 마치 그날 텅 빈 방 안을 기억해 낸 듯.

"꽃 같았나 보지. 당신이."

그의 뜨거운 눈빛에 금방이라도 온몸이 녹아내릴 것 같았다. 심장이 너무 뛰어 대서 말을 제대로 뱉을 수가 없었다. 그때 재욱이 참아 왔던 말을 끄집어냈다.

"왜 아무 말 없이 떠났습니까?"

이 질문을 1년 하고도 9개월을 넘게 궁금해하며 가슴속에 묻고 살았다. 대체 왜 아무 말도 없이 홀연 사라져 버린 걸까. 분명 사랑이라고 느꼈는데. 그래서 모든 걸 털어놓고 다음을 기약하고 싶었는데.

* * *

〈2년 전 겨울〉

재욱이 호텔 방을 나가고 효진은 가운을 걸치며 핸드폰을 집어 들었다. 충전이 완료된 핸드폰을 막 켜는데 몇 개의 메시지가 한 번에 울어 대기 시작했다. 좋지 않은 예감에 순간 등골에 소름이 돋고 머리털이 쭈뼛 서는 것 같았다. 그리고 이내 메시지를 확인하던 효진의 얼굴이 사색이 되었다.

[강선희 님 투석 중 심장 쇼크로 현재 중환자실로 이동하였습니다. 보호자님 병원으로

와 주세요.]

평소 엄마에게 유독 친절해 효진이 늘 감사해하는 병원 투석실 이 간호사의 메시지였다.

어떻게 호텔을 나왔고 어떻게 숙소까지 왔는지, 또 어떻게 공항까지 갔는지 기억도 나지 않았다. 탑승 게이트 앞에 앉았을 때야 그가 떠올랐다. 하지만 그에게 어떻게 연락을 해야 할지 막막했다. 잠시 고민을 하던 효진은 호텔로 전화를 했다. 막상 전화했지만 그의 방이 몇 호였는지 기억나지 않았다.

엘리베이터에서 8층을 눌렀던 기억, 그리고 복도 갈림길에서 '815~820'을 가리키는 안내표를 보고 따라갔던 기억이 전부였다. 두 번째 문이었나? 세 번째 문이었나?

효진은 호텔 직원에게 어눌한 영어로 더듬더듬 817호 연결을 부탁했다. 하지만 방이 비어 있는지 통화가 되지 않아 메시지를 남겨 달라고 부탁했다. 이렇게 영어 실력이 짧은 것이 한탄스러운 적이 없었다. 기껏 허접한 영어 실력으로 남길 수 있었던 건 그녀의 핸드폰 번호가 전부였다.

그렇게 비행기에 올랐고 스무 시간 만에 서울에 도착했다. 하지만 그에게서는 전화도 문자도 오지 않았다. 메모가 전달되지 않았나? 방 호수가 틀렸나? 이런 의심도 걱정도 할 수 없었다.

효진이 돌아왔을 때 이미 엄마는 세상을 떠났고 임종을 지키지 못한 효진은 상을 치르는 동안 거의 실신 상태였으니까. 상을 치르고도 몇 달은 제정신이 아니었다.

효진의 이혼을 유일하게 응원하고 찬성해 준 사람이 엄마였다. 당신이 이혼을 당하고 산 세월이 그토록 힘들고 아팠으면서, 그래서 딸만은 그런 삶을 살지 않았으면 하고 매일을 기도하며 살았으면서, 효진의 이혼 앞에 온화한 미소를 지어 준 사람이 엄마였다.

'엄마! 이대로 살다가는 나 죽을 것 같아.'

'효진아! 이혼하자. 이혼해. 죽을 것 같은 삶은 그만 살자.'

그런 엄마의 부재는 효진의 마음을 멍들게 했다. 유일한 내 편이 사라졌다는 박탈감은 꽤 오랫동안 효진을 아프고 힘들게 했다.

* * *

“아무리 생각해 봐도 이해가 되지 않았습니다. 쪽지 한 장 남기지 않고 거짓말처럼 사라져 버렸으니까.”

결국, 방 호수를 잘못 기억했던가 보다. 그는 효진의 핸드폰 번호를 받지 못했던 거였고, 그래서 연락을 할 수 없었던 거였다. 그런 줄도 모르고 연락 한 통 없는 그를 원망했었다. 차라리 잘된 일이다. 여지를 남기지 않을 수 있게 됐으니.

“내가 너무 바보 같더라고요. 대체 여기서 뭘 하는 건가. 이혼한 지 얼마나 됐다고 또 남자 품으로 파고들었나……. 정신이 번쩍 들었어요. 그래서 도망쳤어요.”

거짓말이라는 걸 안다. 재욱은 무슨 이유인지 그녀가 자신을 버젓이 앞에 두고 거짓말을 하고 있단 생각을 거둘 수가 없었다. 그럴 리가 없다. 그날 두 사람은 단순히 몸만 나눈 게 아니었으니까. 분명 진심을 느꼈고 그 마음과 사랑을 느꼈다. 두 사람은 믿기지 않게도 사랑을 나누었다.

“정말입니까?”

“네!”

“내 눈 피하지 말고 대답해요.”

머그잔만 바라보던 효진이 어려울 것 없다는 듯 고개를 들어 재욱을 봤다. 그녀의 깊은 눈동자가 한 치의 흔들림도 없이 그를 바라보고 있었다. 그 눈동자에 하염없이 빠져든 재욱만 지금 심장이 저릿하다. 그리고 그녀는 그 무구한 눈동자를 하고서 매정하고 매몰차게 거짓을 말하고 있다. 독한 여자!

“정말이에요. 이제 와서 거짓말을 뭐 하러 해. 그러니까 이제 그때 일은 그냥 기억 속에서 지워요. 우리 인연은 2년 전 그때 그곳에서 끝났어요.”

표정도 눈빛도 읽을 수 없었다. 분명 무언가 감추고 있는데 그게 무언지 알 길이 없었다. 효진이 성급히 일어나려고 할 때 재욱이 그녀의 팔을 잡았다.

“알았으니까 차는 다 마셔요.”

“…….”

"당신 뜻 알았다고. 그러니까 향 좋은 이 차는 다 마시고 돌아가라는 말입니다."

두 사람은 아무 말 없이 향 좋은 그 차를 마셨다. 효진은 소리 없이 파고드는 그의 숨결 때문에 목이 메었다. 행사장에서 그를 다시 만나게 되었을 때가 떠올라 자꾸 목이 메었다. 얼마나 기뻤는지, 얼마나 놀랐는지, 그리고 얼마나 반가웠는지…….

하지만 그가 의사라는 사실을 알게 되던 그 순간의 절망감도 기억해 냈다. 그걸로도 모자라 양 여사의 귀한 3대 독자라는 사실까지 알게 됐을 때의 암담함이 온몸을 죄어 왔다. 그와의 재회는 피해야 할 고통이라는 사실을 숙연하게 받아들여야 했다. 그리고 이제 그에게 그 어떤 여지도 남겨서는 안 된다. 이웃으로도, 피해자와 가해자로도, 의사와 환자로도, 집주인과 세입자로서도……. 그리고 2년 전 겨울 뜨거운 크리스마스 밤을 함께 보냈던 그 인연으로도……! 참 쉽지 않은 관계의 늪에 빠져 버렸다.

효진이 떠난 후로도 재욱은 한동안 자리를 뜨지 못했다. 꽃차는 모두 마셔 버려 잔이 비었는데 여전히 그 자리엔 꽃향기가 머물고 있었다.

재욱은 생각하고 또 생각 했다. 그녀가 원한다면 과거의 인연은 2년 전 겨울 그곳에서 끝내 주면 된다. 그리고 이제는 새로운 인연을 시작하면 되는 거고. 이웃으로, 피해자와 가해자로, 의사와 환자로, 집주인과 세입자로…… 그렇게!

목발 없이 걸을 수 있다는 게 그저 신기했다. 출근 준비를 하는 내내 두 발이 자유로운 게 얼마나 감사한 일인지 새삼 느끼며 일요일 기꺼이 치료해 준 윤 선생에게 마음으로 경의를 표했다.

밤새 잠을 설쳐 얼굴이 부스스했고 눈두덩이는 부었다. 그를 그리 모질게 잘라 내고 왔으니 잠이 올 리 만무했다. 그래도 그러는 게 맞다고 자신을 다독이려 노력했지만 흐르는 눈물은 어쩌지 못했다. 어차피 만나지 못할 인연이라고 단념하고 살았잖아. 그래 놓고 뭐 그리 슬퍼하는 건데. 또 아픈 사랑을 반복할 거야? 힘든 관계를 반복할 거냐고. 바보야?

밤새 자신에게 몇 번이고 되뇌었던 말이다. 그렇게 맞은 아침인데 여전히 바보가 되어 있는 기분이었다. 거울 속 그 모습이 그 사실을 증명이라도 하듯 보여 주고 있었다. 생전 하지 않던 아이섀도까지 꺼내 발랐다. 좀 가려졌을까? 부은 눈두덩이는 가려졌겠지. 하지만 구멍 난 가슴은 뭐로 메우지? 뻥 뚫려 버린 심장은 뭐로 메우냐고. 출근 준비를 하는 아침이 이리 속 시끄러웠던 적은 없었던 것 같았다.

우울한 기분을 가려 보려고 다른 날보다 조금 더 화려한 원피스를 입고 대문을 막 나서는데 집 앞에 재욱이 서 있었다. 놀라는 효진을 확인하고 재욱은 손목의 시계를 봤다.

"9시 10분이군요. 집을 나서는 시간이. 이러니 6개월 동안 단 한 번을 못 마주쳤지."

"뭐 하는 거예요?"

"보면 모릅니까? 출근시켜 주려고 기다리고 있었습니다."

"그러니까 왜요?"

"그 다리로 운전하면 안 된다고 벌써 몇 번째 말한 것 같은데."

"윤 선생님의 치료가 너무 훌륭해서 이렇게! 이렇게 멀쩡하거든요."

"아직 완벽히 나은 거 아니니 당분간 조심해야 한다는 윤 선생님 말씀은 기억이 안 나나 봅니다?"

한 발짝도 물러서지 않겠다는 듯 그도 그녀도 서로를 뚫어지게 봤다. 순간 불어온 9월의 바닷바람이 그녀의 머리카락과 원피스 치맛자락을 가볍게 흔들고 지나갔다.

"하아! 미치게 예쁘네."

가슴속에만 담아 놓기엔 그녀가 아찔하도록 예뻐 저도 모르게 튀어나와 버린 말이었다.

그의 말에 심장이 덜컹거리고 온몸에 열기가 고였다. 하지만 효진은 표정 관리를 철저히 하며 어이없다는 듯 핸드폰을 꺼내 어딘가로 전화했다.

"용정동 언덕길에서 마린 블루 갈 거예요. 택시 보내 주……."

다가온 재욱이 핸드폰을 가져갔다.

"죄송합니다. 취소 부탁합니다."

"김재욱 씨!"

"타요."

재욱은 조수석 문을 열었다. 효진은 그런 재욱을 입을 앙다문 채 노려봤다.

"당신 말대로 2년 전 겨울의 인연은 거기서 끝냅시다."

"……?"

"지금부터 나는 당신을 9월 어느 날, 동해시 자선 행사장에서 발을 밟아 알게 된 한 여자로 생각할 겁니다. 그리고 3월 내가 아끼는 집에 세 들어온 세입자로 생각할 거고, 내 병원을 찾는 환자로 생각할 겁니다. 그럼 된 것 아닙니까?"

심장이 뛰어 댔다. 그는 마치 지난밤 자신의 마음속에, 아니, 머릿속에 들어왔다 나간 사람처럼 말을 하고 있었다.

"타요. 9시 반까지 가려고 나온 거 아닌가?"

효진이 자신의 차로 가려고 몸을 틀었지만 재욱이 이내 그 앞을 막아섰다.

"고집 그만 부리고 어서 타요. 당신의 안전만 생각해서 하는 말 아니니까."

두 사람의 생각 깊은 눈동자와 뜨거운 숨결이 복잡하게 엉켰다.

재욱의 차가 마린 블루 주차장으로 들어와 멈추자 성급히 안전띠를 풀며 차 문을 열려고 하는 효진의 팔을 재욱이 다시 잡았다.

"이번엔 뭐요!"

날카로운 효진의 목소리가 재욱에게 날아가 꽂혔다.

"휴! 무서워라!"

"……."

"이틀은 더 도수치료 받아야 합니다. 브레이크 타임 맞춰 데리러 올 겁니다."

효진은 대답을 하지 않은 채 재욱을 노려봤다.

"설마 치료 안 받고 도망갈 생각 하는 건 아니겠죠? 그래 봤자 본인만 손해라는 걸 모르지 않을 테니까."

"지금 상당히 오바하시는 거 아세요?"

"오바라고 하니 되게 섭섭하네. 친절, 배려, 뭐 그런 거로 생각할 수는 없는 건가?"

"전 늦어서 이만!"

효진은 그의 말에 대꾸하지 않은 채 휙 차에서 내려 버렸다.

"참 버릇없네. 항상 사람 말을 씹어! 내가 한참 오빠 같은데."

그런 그녀의 뒷모습을 보는 재욱은 저도 모르게 입가에 미소가 번졌다. 마음은 섭섭한데 그런 그녀를 보는 눈은 즐겁다. 마음 같아선 그녀를 붙잡고 어디든 데려가 꼼짝 못 하게 앉혀 놓고 진짜 속마음을 털어놓으라고 다그치고 싶었다. 하지만 지금은 찬바람 쌩 일으키고 가는 그녀를 지척에 두고 있다는 것에 만족하기로 한다. 그러니 미소가 지어질 수밖에.

'미쳤구나. 김재욱!'

"저 좀 나갔다 옵니다."

"원장님!"

갑자기 나갔다 온다는 재욱 때문에 놀란 박 간호사가 토끼 눈을 하고 재욱을 불렀다. 진료 시간 중인데 어딜 가냐는 뜻이었다.

"지금 환자 없잖습니까. 30분 후면 오니까 걱정하지 말아요."

"아니 그래도……. 어? 원장님!"

그녀의 애타는 부름에도 아랑곳하지 않고 재욱은 바람같이 병원을 나가 버렸다.

15분을 달려 그가 도착한 곳은 마린 블루였다. 딱 브레이크 타임 시작 10분 후 도착하는 참이었다. 더 일찍 와 주차장에서 기다리고 싶었는데 마지막 환자까지 보고 오느라 좀 늦었다. 서둘러 핸드폰을 들어 전화했다.

"접니다."

재욱의 목소리를 확인했을 텐데 아무 대답이 없자 재욱은 다시 입을 열었다.

"주차장이니까 어서 나와요. 병원 갑시다."

— 병원으로 가고 있어요.

"뭐라고요?"

— 지금 병원으로 가는 중이라고 했어요.

"운전하고 있다는 겁니까?"

— 곧 도착하는데 원장님 진료는 못 받고 도수치료만 받아야 하겠네요.

정말이지 말을 안 듣는 여자다. 데리러 오겠다고 분명히 말했는데! 이러는 건 보란 듯이 성의를 무시하겠다는 뜻인 거지. 그런다고 물러설 줄 알고?

통화를 마친 재욱은 요란한 소리를 내며 주차장을 빠져나갔다.

20분 만에 돌아온 재욱을 박 간호사가 맞았다.

"생각보다 빨리 오셨네요."

황급히 들어오던 재욱은 박 간호사의 말이 하나도 들리지 않았다. 대기 의자에 앉은 효진을 발견했기 때문이었다. 그게 효진만 있었다면 이렇게까지 표정이 굳지는 않았을 텐데, 그녀와 함께 앉아 있는 최 셰프를 발견하자 저도 모르게 입에서 긴 한숨이 쏟아져 나왔다.

"환자 들여보내세요."

툭 튀어나온 말이 하필 너무 무뚝뚝하게 들렸고 하필 너무 차갑게 들렸다. 그러려던 건 아니었는데 나란히 앉은 둘을 보고 저도 모르게 톤 조절이 되지 않았다. 효진이 자리에서 일어나자 최 셰프가 따라 일어나며 효진을 부축했다.

"괜찮아요. 혼자 갈 수 있……."

"환자 혼자 들어와요!"

효진의 거절이 채 끝나기도 전에 날아온 재욱의 목소리였다. 들어간 줄 알았더니 끝까지 효진과 최 셰프를 지켜보고 있었던가 보다. 재욱의 말에 효진도 최 셰프도 놀라 돌아봤지만 가장 많이 놀란 건 박 간호사 같았다.

가운을 걸치며 자리에 앉을 때 효진도 책상 앞에 앉았다.

"내가 데리러 가겠다고 한 말 무시하는 겁니까?"

"지나친 배려라고 생각해요."

"최 셰프랑 사귑니까?"

효진은 말을 잇지 못하고 멍하니 그를 쳐다봤다. 딱 봐도 최 셰프 혼자 몸이 달아 있다는 건 알 수 있었다.

"최 셰프의 배려는 지나치다고 생각 안 합니까?"

"직장 동료니까요."

"직장 동료에게는 여지를 줘도 나에게는 못 주겠다는 건가?"

"……!"

"최 셰프보다는 내가 훨씬 더 당신과 가까운 것 같은데!"

"앗!"

재욱은 바퀴가 달린 효진의 의자를 훅 잡아당겨 자신의 허벅지 사이 코 앞까지 끌어다 놨다.

"이렇게!"

그의 뜨거운 열기가 그대로 효진의 얼굴을 확 덮쳤다. 넘어온 그의 숨결로 머릿속이 아찔했고 심장이 튀어나올 듯 심하게 뛰어 댔다.

의도한 바였지만 훅 다가온 그녀의 체향에 숨을 쉴 수 없었던 건 오히려 재욱이었다.

처음 행사장에서 마주쳤던 그 순간부터 그녀를 안고 싶었다. 단둘이 있는 그 많은 시간들 속에서도 몇 번이고 그녀로 인해 머릿속이 텅 비어 버렸다. 벌써 까마득히 오래전의 일이지만 여전히 그녀가 그의 몸속 깊은 곳에 남아 있는 것 같은 착각이 일 정도였다.

그런 그녀와 숨이 섞일 만큼 가까이 마주하고 있으니 눈앞이 캄캄했다. 그리고 그녀의 입술만 보였다. 놀라 살짝 벌어진 그녀의 입술 새로 비집고 들어가고 싶어 미칠 것 같았다.

참아야지. 아직은 참아야지. 이를 악물고 버텨 내는 중이었다. 그런데 그때 효진이 지극히 경계의 눈빛을 띠며 도망치려는 듯 상체를 뒤로 빼는 게 보였다. 그리고 하필 마른침을 삼키는 그녀의 목울대를 보고 말았다.

'하아! 꼭 참아야 할까?'

그 순간이었다. 그의 오랜 인내가 무너져 내린 건. 바로 눈앞 그녀의 볼을 두 손으로 잡아 쥐고 달려들 듯 키스하고 말았다.

놀란 그녀의 몸이 경직되고 두 손이 그의 두 팔을 걷어 내려 움켜잡았지만, 재욱의 갈망이 그녀의 거부감보다 깊었다. 그리고 이내 알았다. 그녀 또한 거부할 마음이 없다는 것을…….

그녀의 신음을 삼키며 입술을 놓아주지 않던 재욱은 그녀의 촉촉한 속살을 빠짐없이 어루만졌다. 자신의 두 팔을 세게 붙잡고는 있지만 그녀가 밀어 내지 않는다는 것을 알았고 이미 감긴 그녀의 눈썹이 부드럽게 떨리고 있다는 걸 알았다.

얼마나 오랫동안 기다려 온 순간인지 모른다. 꿈결에라도 나타나 주기를 그토록 바랐는데 그녀는 단 한 번도 찾아와 주지 않았다. 그날 밤을 떠올리며 저도 모르게 몸이 뜨거워졌던 날이 숱했다. 이제야 그날의 일이 꿈이 아니란 걸 확인하는 것 같았다.

"하아…… 하아…… 하아……."

놓아주기 싫었지만, 그의 키스를 버거워하는 그녀란 걸 알기에 하는 수 없이 놓아주었다.

"뭐 하는 짓이에욧!"

얼굴이 붉어진 그녀는 키스를 하기 전보다 더 예뻤다.

"확인 좀 했습니다."

"무…… 무슨 확인을 이렇게 해요?"

"꿈인지 생시인지……!"

"하!"

"연기처럼 사라져서 꿈인 줄 알았거든. 처음부터 없었던 사람처럼 사라져서……. 그런데 꿈 아니었네. 여전히 설레고 좋아."

"김재욱 씨! 사람 말 잘 못 알아들어요?"

"나 머리 좋아서 의사 된 겁니다. 그런 의심은 기분 나빠요."

"그 머리 좋으신 분이 사람 마음, 사람 진심은 잘못 알아보나 봐요."

살짝 부어오른 그녀의 입술이 자꾸만 눈에 밟혀 집중할 수가 없었다. 하지만 발끈하며 바득바득 대드는 그녀의 모습도 놓치고 싶지 않아 최대한 정신을 차리고 그녀에게 집중하려 노력했다.

"사랑은 머리로 하는 게 아니더라고!"

"!"

"심장이 자꾸 뜨거워지는데 별수 있습니까?"

효진은 더는 앉아 있기 힘든 듯 자리를 박차고 일어났다. 하지만 이내 그에게 팔목을 잡혔다.

"앉아요. 진료 안 끝났습니다."

"아뇨! 다른 병원으로 가 봐야 할 것 같네요."

"내 여자 뺏기고 싶지 않은데."

"헛!"

"아! 미안합니다. 내 환자라고 한다는 게."

효진은 기가 차서 말도 안 나왔다.

"동해에서 우리 병원만큼 치료 잘하는 병원 아직 못 봤습니다."

재욱은 두 손으로 그녀의 양팔을 잡아 앉혔다.

"윤 선생님, 도수치료계 전설 같은 사람입니다. 이미 받아 봐서 알잖습니까."

맞는 말이다. 그의 치료에 경이로움까지 느낀 게 오늘 아침 일이다.

"뭣 때문에 자꾸 날 밀어내려는 건지 모르겠지만 박효진 씨도 머리 말고 가슴이 하는 말에 귀 기울여 봐요. 그럼 사는 게 한결 편안해질 겁니다."

재욱은 효진의 발목을 이쪽저쪽으로 만져 보았다. 그가 만지는 발목이 조금 아팠지만, 그것보다 그의 말이 심장에 박혀 사고가 정지되어 버렸다.

치료를 받으며 효진은 내내 그의 말을 되뇌었다.

머리 말고 가슴이 하는 말! 그 머리 말고 가슴이 하는 말 때문에 그녀의 결혼은 실패했다.

* * *

〈7년 전〉

점장과 전월 매출 관련 이야기를 나누고 있을 때 직원 한 명이 점장에게 달려왔다.

“점장님, 16번 테이블에 좀 가 주세요.”

“왜?”

“음식 추천을 원하시는데 손님 한 분이 투석 환자래요. 먹을 수 있는 게 많지 않으시다고…….”

“제가 가 볼게요.”

“박 과장이?”

효진은 투석 환자라는 말에 자리에서 일어났다.

“삶은 달걀과 삶은 콩이 들어간 샐러드를 추천해 드립니다. 크리스피 치킨을 추가로 하시면 스테이크는 1인분만 주문하시고 함께 나눠 드시면 환자분께 적당한 섭취가 될 것 같습니다. 음료는 탄산은 뺀 레모네이드로 준비하겠습니다.”

“어떻게 그렇게 잘 아세요? 저도 잘 모르는 우리 엄마 식단인데.”

효진의 말을 듣던 손님이 놀라 물었다.

“저도 엄마가 투석하시거든요. 즐거운 시간 되세요.”

상냥하게 말하고 돌아서는 효진을 테이블의 손님들은 감격에 겨운 듯 바라봤다. 그때 누군가 효진을 불렀다.

“실례합니다!”

남자는 효진을 아는 듯한데 효진은 그가 누군지 기억해 내지 못했다.

“섭섭한데요. 누군지 모르는 것 같네.”

“죄송합니다. 손님. 제가 어디서 뵈었을까요?”

“가운을 벗어서 몰라보나?”

순간 어렴풋한 기억이 스쳤다.

“강선희 환자분 따님 맞죠?”

“네! 아! 선생님! 몰라 봬서 죄송해요.”

“많이 섭섭할 뻔했어요.”

그는 엄마와 함께 몇 번 병원에 갔을 때 봤던 담당 의사 민준이었다.

"투석 환자 식단을 너무 잘 알고 있어서 어떤 사람인가 궁금해서 엿들었는데……. 하하하……. 제 환자의 보호자여서 엄청 뿌듯했어요. 이곳 직원인가요?"

"아뇨. 제가 관리하는 레스토랑이에요."

그렇게 효진과 민준의 인연이 시작됐다.

앞만 보고 달려온 효진에게 엄마는 가슴의 응어리였다. 서럽고 힘든 삶을 산 것도 불쌍한데 병까지 얻어 투석을 시작하게 되자 하늘이 무너지는 것 같았다. 돈 많이 벌어 같이 여행도 다니고 맛있는 것도 먹으러 다니자고 약속했는데 그 약속을 지킬 수도 없게 병이 와 버렸으니까. 하루걸러 한 번씩 투석을 하러 가야 하는 엄마가 안쓰러웠지만, 직장 생활을 하는 그녀로선 그런 엄마 곁을 내내 지킬 수도 없는 노릇이었다.

그런 그녀와 선희에게 민준은 더없이 살가웠고 더없이 친절했다. 민준이 의사여서 믿음이 더욱 갔고 그런 그가 효진을 지극하게 사랑해서 더할 나위 없었다. 의사인 그와 연애를 시작함에 있어 고민이 없었던 건 아니었다. 내세울 것 하나 없는 집안이었지만 아들을 의사로 키워 낸 집안이었고 의사 아들에 대한 기대가 만만치 않은 집안이었다. 민준이 결혼 얘기를 꺼냈을 때 효진이 흔쾌히 답하지 못했던 것도 다 그런 이유였다.

사랑보다는 이성이 먼저였던 효진은 그에게 이별을 통보했고 그는 그 이별을 받아들이지 않았다. 그의 지극한 구애가 이어졌고 결국, 가슴이 하는 말을 따라 그의 청혼을 받아들여 축복받지 못한 결혼을 했다. 민준이 그의 부모님을 이겨 먹고 한 결혼이었다.

* * *

가슴이 말하는 대로 선택한 첫 번째 인생을 실패로 끝냈다. 지금은 그때보다 더 어른이 되었고 더 생각이 많아졌고 더 두려운 게 많아졌다. 그런데 또 가슴이 하는 말을 따르라고? 안 될 소리다.

그는 2년 전 겨울, 효진의 몸을 갖고 마음을 가져간 남자이긴 하지만, 지금의 그는 양 여사의 3대 독자이고 힘들었던 인생의 걸림돌이었던 의사! 다. 차라리 아무것도 몰랐던 그때였다면…… 2년 전 그때였다면…… 이 사랑이 그리 어렵지는 않았을 텐데…… 짧았던 그와의 인연이 못내 아쉬웠다. 그래서 자꾸만 목이 메었다. 그런 효진의 속도 모른 채 설레는 말들을 무차별적으로 내뱉은 그를 떠올리며 메이는 목을 꾹꾹 눌러 참느라 아팠다.

마린 블루로 돌아가는 차 안에서 석호는 효진의 눈치를 살폈다. 무슨 생각을 하는지 병원에서 나오면서부터 줄곧 말 한마디가 없었다.

"효진 씨! 관광호텔에 이탈리안 레스토랑 생긴 거 알아요?"

"네, 들었어요."

"손님이 제법 든다고 하던데 한 번 가 봐야 하지 않을까요."

"아…… 거기까지는 생각을 못 했네요."

"이번 주 휴무일에 가 볼까 하는데……."

"좋은 생각이네요. 쉬는 날인데 업무의 연장 같아서 좀 그렇긴 하다."

"업무의 연장 아니게 할 방법도 있는데."

"그런 방법이 있어요?"

"같이 갈래요?"

"네?"

"효진 씨가 같이 가 주면 업무 아니고 데이트하는 기분 날 것 같은데 어때요?"

효진이 당황하며 잠시 말을 잇지 못하자 석호가 서둘러 말을 이었다.

"당장 답할 거 없고, 내일 알려 줘요. 내일 퇴근하기 전까지만. 부담 갖지 말고. 그냥 적군 염탐한다 생각하고 가는 거니까요. 하하……."

성격 좋은 석호의 말에 급 부담스러웠던 마음이 살며시 가벼워지긴 했다. 그래도 갑자기 데이트라는 단어를 듣게 되자 자동 반사적으로 몸과 마음이 경계 태세로 돌입한 건 사실이다. 이혼 후 유난히 남자의 접근에 민감해진 것 같다.

엄밀히 따지면 여행에서 돌아오고 엄마까지 세상에서 사라지고 난 뒤 오롯이 혼자 남았다는 생각을 가지면서부터 극도의 경계심이 몸에 배기 시작했다.

호의를 가지고 베푸는 성의를 이렇게 받으면 안 되는데 저도 모르게 온몸으로 긴장감을 표출하고 말았다. 상대방에게 미안하게…….

"생각을 좀 해 볼게요. 다리도 이렇고, 집에도 문제가 좀 생겼고 해서 좀 복잡하거든요."

"그래요. 생각해 봐요."

바쁜 저녁 시간이 지났을 때쯤 좀처럼 방문하지 않는 양 여사가 마린 블루에 모습을 드러냈다.

"사장님 나오셨어요."

"박 매니저 다리는 좀 어때요?"

"치료받고 많이 좋아졌습니다. 이제 한두 번만 더 치료받으면 아무 문제 없을 것 같고요. 걱정 감사합니다."

"어우, 이렇게 사람이 반듯해. 이래서 난 박 매니저가 참 좋더라. 호호호……."

양 여사가 하는 말의 대부분은 입에 발린 말이란 걸 알지만 듣기 싫지 않았다. 하지만 그녀도 잘난 아들 등에 업고 유세하는 어머니일 거라 생각하니 오늘따라 그녀의 말이 마냥 좋게 들리지만은 않았다.

이러면 안 되는데……. 어차피 이제는 엮일 일 없는 사람인데……. 한번 싫은 마음이 생기면 걷잡을 수 없어지는 게 사람 마음인데……. 이러지 말자. 이러지 말아. 스스로를 다잡으며 양 여사를 바라봤다.

"무슨 생각을 하는 거야. 내 말 들었어요?"

하아! 요즘 자꾸 상대방의 말을 놓친다. 그가 효진의 인생에 다시 들어오면서부터다.

"죄송합니다. 내일 저녁 7시라고 말씀하셨죠."

"그래요. 저기 25번 테이블. 난 저 자리가 제일 좋더라. 조용하고 아늑하고…… 저 자리 비워 두라고."

"몇 분 좌석으로 세팅할까요?"

"장 의원 딸하고 우리 아들 올 거야."

"?"

"사실 우리 아들은 가족 식사 자리인 줄 알고 올 거거든. 전에 말했잖아. 3대 독자 우리 아들. 그러니까 박 매니저가 안내를 잘 해 주고 혹시 발끈하면 알아듣게 설득 좀 해 줘요."

"그건…… 좀……."

"맞선 자리라고 하면 절대 안 나올 녀석이라서. 난 여기 있으면 안 되고. 분명 불똥이 나한테 튈 테니까. 그러니까 박 매니저가 좀 잘 구슬려 줘요. 내 체면 생각해서 처신 잘하라고. 응?"

엮이지 않으려고 발버둥 치는데 자꾸만 일이 꼬인다.

"음식도 추천 적당히 해 주고 와인은 제일 좋은 거로 그냥 하나 내줘. 내가 주는 거라고 하고."

"아…… 네……."

"한 번 이혼한 게 뭐 흠인가? 재혼하래도 대꾸도 안 해. 그러니 별수 있어. 내가 나서야지. 장 의원 딸은 미혼이야. 그런데도 우리 애랑 맞선을 보겠다고 했다지 뭐예요. 하긴 우리 애가 고등학교 때까지 동해에서 날렸지. 유명했다고. 호호……."

우리 애, 우리 애……. 양 여사의 아들 사랑이 어느 정도인지 보지 않아도 알 만했다.

"딱 두 시간만 붙잡아 둬. 그럴 수 있죠?"

"노력해 보겠습니다."

"아우, 안심돼. 왜 이제야 왔어. 박 매니저 같은 사람이 난 정말 필요했는데. 아니다. 이제라도 왔으니 다행이지. 안 그래요?"

"과찬이세요."

"그럼 난 박 매니저만 믿고 갈게요. 내일 잘 부탁해요."

양 여사가 떠나고 효진은 멍하니 창밖을 바라봤다. 어둠 속에서 조명 빛을 받은 절벽 아래로 하얗게 부서지는 파도가 보였다. 그 부서지는 파도를 보는데 명치가 아파 왔다. 그 아픔의 이유를 굳이 따지지 않았고 찾으려 하지도 않았다. 그저 세상은 순리대로 흘러가는 것이란 생각만이 머릿속에 가득했다.

미애에게 그녀의 차로 집까지 바래다 달라는 부탁을 하고 함께 주차장으로 나오면서 효진의 시선은 저도 모르게 그의 차를 찾고 있었다. 머리로는 접은 관계이지만 심장과 본능은 그를 원하고 있다는 걸 안다. 허탈한 웃음이 비집고 나왔다.

"미안해요. 미애 씨."

"아니요. 힘들 때 서로 돕는 거죠. 내일 아침에도 집 앞으로 갈게요. 걱정하지 마세요."

석호가 바래다주겠다는 걸 미애에게 이미 부탁했다고 거짓말을 했다. 그리고 서둘러 미애에게 도움을 청했던 참이다. 그녀가 흔쾌히 수락해 줘 얼마나 다행인지 모른다.

미애의 차가 언덕을 내려가 사라지도록 지켜본 효진은 그제야 마당으로 들어섰다. 마당에 늘어선 공사 자재들과 아직도 끼워지지 않은 창틀을 보며 답답하고 암담했다. 가뜩이나 대문도 없는 집인데 유리창도 안 끼워진 집에서 홀로 보내야 한다는 게 영 찝찝했지만 달리 방법이 없어 긴 한숨만 뿜어져 나왔다. 침실 문을 걸어 잠그고 불안하게 잠을 청하는 수밖에.

"기다렸습니다."

뒤에서 들려온 목소리는 재욱이었다.

"또 최 셰프가 태워다 준 겁니까?"

효진은 답을 하지 않고 묵묵히 그를 봤다. 그런 질문엔 답할 이유 없다는 듯한 그녀의 눈빛이 마음에 들지 않았지만, 지금으로선 별다른 방법도 없었다.

"이 집에서 자게 둘 수 없어서 기다렸습니다. 강 실장님께는 내가 뭐라고 좀 했습니다. 어떻게 여자 혼자 사는 집인데 임시 잠금장치도 안 해 놓고 갈 수 있냐고. 하! 생각이 없는 사람이질 않습니까."

"방문 걸어 잠그고 자면 돼요."

"그렇게는 안 됩니다."

"뾰족한 수가 있는 것도 아니면서 참 단호하시네요."

"우리 집으로 갑시다."

"아니요."

"수도도 잠갔답니다. 물도 안 나온다고. 고집부리지 말고 같이 가요."

그냥 유리만 끼워 달라니까 굳이 일을 벌여 이 지경으로 만들다니. 괜히 또 화가 났다. 짜증이 났다. 피하려고 노력 중인데 자꾸 눈앞에 나타나는 것도 싫었다. 어떻게든 좋은 여자 찾아 재혼시키려는 부모님 마음도 모르고 이렇게 들이대는 이 남자 때문에 속이 시끄러웠다. 이 대책 없는 남자 때문에 속이 시끄러워야 한다는 사실에도 성질이 났다. 한바탕 싫은 소릴 왕창 쏟아붓고 싶어 속이 다 답답했다.

"계속 이렇게 일방통행 할 거예요?"

누르고 누르고 또 누르다 뱉어 낸 말이었다. 하지만 그 말이 무색하게 그는 효진의 팔목을 확 잡고는 마당을 벗어났다.

"불편하면 내가 부모님 집으로 가서 자면 됩니다. 그러니 오늘은 여기서 자요."

재욱은 효진을 거실까지 들여놓고 차 키를 집어 들었다.

"냉장고에 먹을 게 좀 있으니 요기도 해요. 와인은 와인 셀러에 있습니다. 잠자기 전에 한 잔 마셔도 좋고. 편하게 써요."

말을 마친 재욱이 다급하게 집을 나서려다 멈칫 뒤돌아섰다.

"아! 현관 비밀번호는…… 1225입니다."

비밀번호를 훅 말해 놓고 잠시 말을 잃은 재욱은 그저 그녀를 멀뚱히 쳐다봤다.

그녀와 함께했던 밤, 하필 크리스마스 밤! 그 밤이 그날 이후 늘 그의 비밀번호였다. 강의 생일도 산의 생일도 아닌 그날이. 뻘쭘해져 휙 돌아서 나가려 할 때 효진이 재욱을 불렀다.

"김재욱 씨!"

"뭐…… 필요한 거라도 있습니까?"

돌아선 재욱은 자신을 바라보는 효진의 눈빛을 보았다. 거절하고 밀어내고 화를 내고는 있지만 고마움과 미안함을 가득 담은 눈빛은 숨겨지지 않았다.

"가지 말아요."

모질게 굴고 있지만 모질지 못한 사람이란 건 이미 2년 전 그때부터 알았다.

'저 여자는 하나도 안 변했네! 자꾸 설레게.'

"그렇게까지 할 필요는 없잖아요. 방도 많은데."

"당신이 불편해하는 것 같아서."

"집주인이 좀 과잉 친절을 베풀기는 하지만 주인 쫓아낸 집에서 혼자 편히 쉴 만큼 뻔뻔하지는 않거든요."

"그럼 안 나가도 되겠습니까?"

"네! 나가지 말아요."

그냥 가지 말고 있으라는 말일 뿐인데 이렇게까지 심장이 저릿할 건 또 뭐람. 갑자기 밀려드는 감동으로 재욱은 잠시 그녀를 바보처럼 바라봤다. 이번에는 그녀 말을 들을 참이다. 비엔나에서도 그녀 말대로 조금 기다렸다 함께 밥을 먹으러 갔더라면 그녀를 그리 허망하게 놓치지 않았을 거다. 그 시간을 수도 없이 곱씹으며 했던 후회 중 하나였다.

"그럼 전 올라가 볼게요. 쉬세요."

효진은 그에게 시선조차 주지 않고 2층으로 올라가 버렸다. 재욱 또한 그녀의 뒷모습을 씁쓸하게 바라볼 뿐 아무것도 할 수 없었다.

자정이 훌쩍 넘어가고 있는 시간, 수많은 생각들로 쉽게 잠을 이루지 못하는 효진은 침대 위에서 뒤척이고 있었다.

잠을 좀 자 둬야 하는데……. 오늘도 얼굴이 엉망이겠단 생각을 하니 짜증이 밀려왔다. 아니다. 사실 그가 오늘 밤 맞선을 보게 된다는 사실 때문에 양여사가 다녀간 뒤로 내내 짜증이 났었다. 인정하고 싶지 않았지만, 침대 위에 벌떡 일어나 앉는 순간 알아 버렸다. 이 모든 짜증의 근원은 그라는 걸!

순간 아까 그가 말한 와인이 떠올랐다. 그거라도 마시지 않으면 밤새 잠 못 이루고 뒤척이다 하얗게 뜬 얼굴로 출근을 해야 할 것 같았다.

숨죽이고 1층까지 내려온 효진은 아픈 발로 뒤꿈치까지 들고 와인 셀러 앞으로 향했다. 빼곡히 채워져 있는 셀러 안을 보자 한숨이 절로 났다.

"대체 어떤 걸 마셔야 하는 거야. 많기도 하네."

그때 어두운 거실 소파 쪽에서 그의 목소리가 넘어왔다.

"위에서 두 번째 칸 가운데 와인이 좋을 겁니다."

깜짝 놀라 돌아봤지만 그는 보이지 않았다.

"어…… 어디 있는 거예요. 숨어 있지 말고 나와요."

"하! 이제 살다 살다 별소리를 다 듣네. 내가 내 집에서 숨긴 왜 숨어."

기가 차서 혼잣말이라고 뱉은 소리인 것 같은데 효진에게까지 다 들렸다. 듣는 사람 민망하게. 그리고 창을 향해 돌려진 암체어에서 그가 일어섰다.

"부…… 불도 안 켜고 거기서 뭐 해요?"

"놀랐다면 미안합니다. 습관이라서."

어둠 속에서 저벅저벅 다가오는 그의 실루엣이 보였다. 긴 다리로 순식간에 그녀의 앞에까지 온 그가 효진을 향해 팔을 뻗어 와 효진은 순간 눈을 질끈 감았다. 훅 덮친 그의 체향에 코끝이 찌릿했다.

하지만 그는 와인 셀러 문을 열고 와인을 한 병 꺼내 들었다. 저도 모르게 눈을 감아 버렸단 사실을 뒤늦게 알고 민망함에 온몸에 열꽃이 피는 것 같았다. 어둠 속이어서 다행히 그는 보지 못했을 거라 생각하니 안도의 한숨마저 삐져나왔다.

"이겁니다. 마실 만할 거예요."

그에게서도 진하게 와인 향이 났다. 그도 잠을 이룰 수 없었던 걸까.

"그리고 이제 기습 키스는 안 할 생각입니다. 그러니 그렇게 놀랄 것 없어요."

이런 젠장! 보고 말았나 보다. 으윽! 창피해!!

"키스하면 좋을 줄 알았는데…… 더 힘들어지더라고."

재욱은 이런 아리송한 말을 남기곤 휙 돌아섰다.

효진의 시선은 다시 암체어로 돌아가는 그를 쫓았다. 어둠에 익숙해진 시야는 이제 달빛만으로도 의자 앞에 놓인 테이블 위 와인 잔이 보였다.

"와인 잔은 식탁 옆에 있습니다."

"내가 방해를 한 것 같네요. 미안해요."

'방해라고? 저 여자는 정말이지 내 진심을 하나도 모르는군!'

그녀를 한 집에 두고 잠을 이룰 수 없었다. 행여 비엔나에서처럼 소리 소문

없이 사라질까 봐 두려운 것도 한몫했다. 재욱은 목구멍까지 올라온 말을 애써 눌러 담고 애꿎은 와인만 한 번에 들이켰다.

효진은 조용히 와인을 한 잔 가득 따르고 다시 와인병을 와인 셀러에 넣은 후 발소리도 내지 않고 2층으로 돌아가 버렸다. 재욱은 미동도 하지 않은 채 의자에 앉아 있었지만, 그녀의 행동 하나하나에 귀 기울이며 뛰어 대는 심장을 억누르느라 애를 먹었다.

한 잔 같이 마시자고 하고 싶었지만 차마 그 말이 입 밖으로 나오지 않았다. 또다시 날아올 그녀의 거절이 두려워서였다. 아무리 굳게 먹은 마음이고 변하지 않을 마음이지만 예쁜 그 얼굴로 냉정하게 뱉어 내는 거절의 말은 심장에 유리알처럼 첨첨 박히는 것 같았으니까.

방으로 돌아온 효진도, 거실에 남은 재욱도 이 밤이 그저 형벌 같을 뿐이었다.

일부러 알람을 평소보다 한 시간이나 앞당겨 맞춰 놓고 잠을 청한 효진이었다. 그가 일어나기 전에 씻고 서둘러 집으로 돌아가려는 계획이었으니까. 하지만 이번 계획도 그의 치밀함 앞에 무너지고 말았다. 대체 언제 일어난 건지 그는 말끔하게 차려입고 식탁 위를 거하게 차려 놓았다. 도망치려고 계단을 살금살금 내려오던 효진은 주방에서 나는 딸그락 소리에 오늘 계획도 틀렸단 걸 직감했다.

"덕분에 편하게 잘 잤어요. 전 이만 가 볼게요."

휑하고 돌아서려는데 그가 일침을 놓았다.

"새벽부터 일어나 밥 차렸는데 성의 무시하면 안 됩니다."

"그러니까! 왜 이런 짓을 하냐고요."

답답한 마음에 휙 돌아서며 투덜거렸는데 재욱을 보는 순간 웃음이 빵 터지고 말았다. 잘 차려입은 모습 위로 꽃무늬 앞치마라니.

"왜 웃습니까?"

"미…… 미안해요. 그냥……."

"앞치마 입은 모습이 웃깁니까?"

"……."

"당신 때문에 서두르느라 옷까지 다 입고 나와서 하는 수 없이 멨습니다. 원래 안 한다고. 이런 거. 앉아요."

"원래 아침 잘 안 먹어요."

"이제 먹읍시다. 아침. 사람한테 아침이 얼마나 중요한데."

이제 먹자고? 마치 앞으로 죽 함께 먹자는 말로 들려 괜히 심장이 쿵 했다.

"옷을 산뜻하게 차려입었네요."

"오늘 저녁 식사 약속이 있습니다. 우리 집 꼬마들이랑."

그의 입가에 아빠 미소가 번졌다. 생소했지만 그 또한 멋있었다. 아이들과의 저녁 약속이 즐거운 저 남자, 저 다정한 남자가 내 것이 될 수 없다는 게 더욱 쓰렸다.

잔뜩 기대에 찬 그에게 진실을 말할 수 없다는 사실도 명치를 답답하게 눌렀다.

연한 핑크빛이 도는 셔츠가 저렇게 잘 어울리는 남자도 있구나!

가만히 그를 바라보고 있자니 자꾸만 코끝이 찡해지는 것 같았다.

"마린 블루로 갈 겁니다. 우리 꼬마들 보겠네. 효진 씨가."

효진은 그저 옅은 미소만 지을 뿐 아무 말도 하지 않았다.

"밥 먹고 준비하고 나와요. 바래다줄게요."

"데리러 올 사람 있어요."

"최 셰프가 옵니까?"

손을 멈추고 당장 답하라는 듯 바라보는 그의 시선에 심장이 저릿했다. 자꾸 이렇게 사람 마음을 잡고 흔드는 지금의 그가 미워서 죽을 것 같았다.

"미애 씨가 오기로 했어요. 그러니까 앞으로 내 출근 퇴근, 내 안위. 모두 다! 걱정하지 말아요. 부담돼요."

거참! 저렇게 독하게 말하지 않아도 되는 것을 꼭!! 또 가슴이 아프네.

"부담된다는 거. 그거 청신호입니다. 자꾸 신경 쓰이고 자꾸 생각한다는 거거든. 들을 땐 기분 좀 언짢지만 조금만 더 깊이 생각해 보면 그런 뜻을 담고 있는 말이란 소립니다. 그러니까 앞으로 그런 말도 아껴요. 내 생각! 많이 한다는 말로 해석하고 혼자 좋아서 미칠 것 같으니까."

저런 말을 어쩜 이리 아무렇지 않게 잘도 하지. 세상 진중하게 생겨 놓고 사실은 여자 여럿 후린 선수 아닐까? 그의 말에 혼자 심장이 춤을 춰 대니 진정을 할 수가 없잖아.

이 남자와 있으면 소리 소문 없이 이 남자의 온기가 몸속으로 스며드는 것 같다. 그래서 자꾸만 자꾸만…… 따뜻해진다. 이러면 안 되는데.

"음식이 맛있네요. 역시 집밥이 최고야."

그의 진심을 이렇게 또 무시하고 넘어간다. 비엔나에서부터 그랬던 그녀니까, 하나도 변하지 않은 그녀니까 재욱도 섭섭하지만, 그냥 넘어간다.

"20년 넘게 계시는 이모님 솜씨입니다. 설마 어머니가 요리를 하시겠습니까."

아! 그의 어머니. 순간 목구멍을 막 넘어간 밥알이 턱 걸리는 것 같았다.

'그럼 난 박 매니저만 믿고 갈게요. 내일 잘 부탁해요.'

양 여사의 목소리가 귀속에서 왕왕 울어 댔다.

브레이크 타임이 끝나고 저녁 식사 시간이 시작되자 마린 블루는 다시 생동감에 넘쳤다.

단정한 느낌의 베이지 톤 랩 드레스를 입은 효진은 다른 날보다 조금 긴장한 모습이었다.

"매니저님! 어디 불편하세요?"

역시 눈치 빠른 미애 눈에는 효진의 모습이 달라 보였던가 보다.

"아! 사장님 부탁 때문에 그러시는구나? 하긴, 김 원장님 아마 오늘 댁으로 돌아가시면 사장님께 엄청 뭐라고 하실 거예요. 여기 딱 세 번 오셨는데 한 번이 깜짝 맞선 자리였거든요. 자리에 엉덩이도 붙이지 않고 그 자리에서 인사하고 나가 버렸잖아요."

미애의 말을 들으니 양 여사의 부탁이 더욱 부담됐다.

두 시간을 붙잡아 둘 수 있을까?

그런데 이상했다. 미애의 말을 듣고 나니 요란하게 뛰어 대던 심장이 차츰

잦아드는 것 같았다. 이거 뭘까. 안심이 되고 있는 건가? 설마. 이율배반적인 이 감정에 효진 자신도 어이가 없었다.

정확히 7시에 장 의원의 딸이라는 여자가 마린 블루에 모습을 드러냈다. 맞선 자리라면 당연히 남자가 먼저 도착해 있어야 맞았지만, 사실을 모르는 재욱이 병원 마감도 마치지 않고 서둘러 이곳으로 향할 리 만무했다.

효진은 여자를 자리로 안내했다.

몸에 딱 붙는 검은색 시스 드레스를 입은 그녀는 도회적이고 단아했다.

"김 원장님은 아직 도착 전이십니다."

효진의 정갈한 말투에 여자는 잠시 효진을 돌아봤다. 처음 보는 얼굴에 좀 놀란 듯 보였다.

"고마워요."

"주문은 김 원장님 도착하시면 받도록 하겠습니다."

효진이 묵례를 하고 테이블을 벗어나도록 여자는 효진에게서 시선을 떼지 않았다.

그녀는 효진이 이곳 동해와 어울리지 않는 사람이란 생각이 들었는지 의외라는 시선을 감추지 못했다.

재욱은 10분이 조금 지나서야 마린 블루에 들어섰다. 늦게 도착했으면서 해맑은 미소를 잔뜩 물고 두리번거리고 있었다. 그러다 다른 테이블에서 주문을 받던 효진과 눈이 마주치자 그는 마치 서둘러 찾던 게 효진이었던 걸 증명이라도 하듯 반갑게 손을 들어 인사했다. 효진은 애써 그 시선을 외면하고 주문을 마저 받았다.

"어우, 원장님! 이렇게 늦게 오시면 어떡해요!"

미애가 재욱에게 다가가며 호들갑을 떨었다.

"모두 왔습니까? 일하다 보면 그럴 수도 있지 뭐 어때요. 우리 꼬마들 조용한가?"

재욱은 아이들을 만날 생각에 들떠 레스토랑 안을 죽 훑었다. 하지만 보여야 할 아이들이 보이지 않았다.

"아직 안 왔습니까?"

"자리 안내해 드리겠습니다."

다가온 효진이 예의 바르게 재욱 앞에 섰다. 재욱은 그녀가 자신에게 왔다는 사실만으로도 좋은지 미애는 거들떠보지도 않고 효진을 쫓아갔다.

"오늘 원피스 예쁩니다. 잘 어울려."

앞서가는 효진은 그의 말에 대꾸하지 않았다.

"이따 우리 강이, 산이, 인사시켜 줄게요. 좀 개구쟁이긴 해도 정말 귀엽습니다."

"김 원장님 도착하셨습니다."

재욱의 말이 허공에 묻혔다. 효진이 바라보는 곳으로 시선을 돌린 재욱의 표정은 무섭게 굳었다.

"뭡니까. 이 상황?"

"양 여사님께서 특별히 이 자리를 원하셨습니다. 잠시 후에 주문받으러 오겠습니다. 두 분 말씀 나누세요."

묵례하고 자리를 벗어나려는 효진을 재욱이 확 잡았다.

"이 상황 뭐냐고 물었습니다."

효진이 난처한 듯 그가 잡은 팔목을 조심스럽게 빼내려고 할 때 앉아 있던 여자의 목소리가 들려왔다.

"반가워요. 재욱 선배!"

알은체를 하는 여자 때문에 재욱도 효진도 그녀에게 시선을 돌렸다.

"우리 같은 중고등학교 다녔어요. 내가 5년 후배고요. 장하영이에요. 오늘 우리 맞선 보기로 했고요."

재욱이 놀라 쳐다보는 사이 효진은 그의 손아귀에서 벗어나려 버둥거렸다. 하지만 그는 손에 힘을 풀지 않고 그대로 효진을 쳐다봤다.

"맞선인 거 알았습니까?"

"놔 주세요. 원장님!"

"맞선인 거 알았냐고 물었습니다."

그의 눈빛이 무섭게 변해 가고 있었다. 지금껏 본 적 없는 분노가 눈동자 안에 서려 있는 것 같았다.

"네! 사장님 부탁이 있으셨습니다."

"하아!"

오늘 아침 들뜬 채 즐거워하던 그의 모습이 빠르게 스쳐 지나갔다.

그의 손에서 스르르 힘이 빠지는 게 느껴졌다. 겨우 그에게서 벗어났는데 심장은 차갑게 얼어붙는 것 같았다.

"기분 별로면 오늘은 그냥 갈까요? 선배!"

하영의 밝은 음성이 무거운 분위기를 순식간에 흐트러트렸다.

"아닙니다. 이렇게 된 거 식사나 합시다. 앉아요."

실망 가득한 시선으로 효진을 바라보던 재욱이 자리에 앉는 모습을 물끄러미 바라보는데 하영이 효진을 불렀다.

"메뉴판 가져다주세요. 배고프네요."

그의 시선이 마음에 걸려 넋을 놓고 있던 효진은 정신이 번쩍 들었다.

"알겠습니다."

어두운 창밖에 시선을 고정한 채 앉은 재욱을 뒤로하고 효진은 그곳을 다급하게 벗어났다.

하영은 새침해 보이는 외모와 달리 말도 잘하고 성격도 유쾌했다.

"많이 언짢으신가 봐요. 부모님들이 다 그렇죠. 언제나 자식 걱정! 그냥 편하게 생각하세요. 맞선이 뭐 별거예요? 사회생활 하다가 자연스레 만나지는 이성에 대해선 그리 민감하지 않은데 꼭 의미 부여해 만나면 불편해지잖아요."

"후배라고요."

"네. 중고등학교. 중2 때 선배 보고 반했어요."

훅 치고 들어온 그녀의 말에 재욱은 좀 난감한 듯 표정을 지었다.

"짝사랑이요. 그땐 다들 하잖아요. 선배가 좀 유명했어야죠. 잘생기기도 했고."

"그런가요?"

"꼭 저러더라. 잘생기고 멋진 남자들은 자기가 그런 줄을 잘 몰라. 여학생들 애타는 것도 모르고. 그때 여자 선배들 고백 많이 받았다고 들었는데. 맞죠?"

"어릴 때 일이라…… 기억도 안 납니다."

"전 시내에서 안과 개업한 지 3년 됐어요. 선배 병원은 외곽에 있더라고요."
"의사였군요."
"대학도 우리 같은 동네에서 다녔어요."
적극적으로 관심을 보이는 하영과 달리 재욱은 그저 답답하기만 했다.
"어쩌다 양 여사님 마수에 넘어간 겁니까? 나 애 딸린 이혼남인데."
"그게 뭐 어때서요. 이혼한 게 흠인가요? 오랜 짝사랑이 이뤄지는 건데! 그리고 난 이 나이 먹도록 시집도 못 간 노처녀예요!"
너무 아무렇지 않게 속마음을 드러내 놓는 여자가 좀 버거웠다. 한편으론 속마음을 꼭꼭 숨겨 두는 효진이 이 여자의 절반만 닮았으면 하는 바람이 들기도 했다. 그때 메뉴판과 와인을 들고 효진이 테이블로 왔다.
"양 여사님께서 두 분께 드리는 와인입니다."
와인을 내려놓고 메뉴판을 두 사람 앞에 하나씩 놓았다. 메뉴판을 훑는 하영과 달리 재욱은 꼿꼿하게 선 효진만 바라보고 있었다. 그 시선이 부담스러워 눈도 맞추지 않고 있는데 그가 효진을 향해 입을 열었다.
"박 매니저라면 오늘 같은 날 어떤 음식을 먹겠습니까?"
"……."
"남녀가 처음 만나 서로에 대해 알아 가 보려고 하는 이런 날 말입니다."
효진의 표정이 미세하게 굳는 게 보였다. 지금 자신이 얼마나 유치한지 잘 알지만, 맞선 자리가 준비되어 있단 걸 알면서도 한마디도 해 주지 않았던 그녀에 대한 원망 때문에 말이 곱지 않았다. 아니, 맞선 자리에 나가지 말라고 잡아 주지 않은 것에 대한 원망과 실망이 분노가 되어 있었다.
재욱의 말에 메뉴를 고르던 하영도 흥미로운 듯 효진을 봤다.

* * *

〈2년 전 겨울〉
비엔나 구석구석을 돌아보던 두 사람은 실내악 공연 전에 점심 겸 저녁을 먹기로 결정했다.

유명한 폭립 맛집이 있다며 재욱이 안내한 곳은 이미 식사를 하기 위해 줄을 선 사람들로 북적였다.

"휴! 여긴 여전히 줄을 서네."

"정말 맛집인가 보네요. 기다렸다 먹어요. 별로 길지도 않네."

그렇게 두 사람은 약 20여 분 줄을 섰다가 지하 동굴 같은 식당 안으로 들어올 수 있었다. 재욱의 추천으로 두 가지 맛 폭립을 시켰고 어마어마한 양의 폭립이 테이블에 놓이자 효진의 입이 다물어지지 않았다.

"이게 1인분이에요?"

"양 많다고 했잖습니까."

"그래도 너무 많다. 이걸 어떻게 다 먹지?"

"자! 배고픈데 먹어 볼까요."

30분쯤 지났을까? 이 많은 걸 어떻게 다 먹냐고 유난을 떨던 효진 앞의 폭립은 그릇 가득 가지런히 뼈다귀만 쌓였다. 너무 맛있어서 나이프고 포크고 필요 없이 손으로 잡고 뜯어 먹었다.

"못 먹을 것처럼 말하더니 아주 깨끗이 비웠군요."

"그러게요. 이게 다 들어가네요."

키득거리며 웃는 모습이 신선했다.

"그런데 이런 음식은 처음 만난 남녀가 같이 먹기엔 좀 별로예요. 이게 뭐야. 너무 게걸스럽게 먹었잖아. 서로를 알아 가야 하는 신중한 상황에 먹는 거로 다 들통났겠어요."

"이미 다 먹어 치워 놓고 그런 말 하는 거 좀 웃깁니다."

"배가 너무 고팠으니까요. 훗!"

경계를 풀어 버린 그녀는 참 잘 웃고 잘 떠들었다. 그 웃음이 너무 눈이 부셔 심장을 저릿저릿하게 한다는 걸 그녀는 전혀 모르는 눈치였다. 그 예쁜 모습을 사진에 담고 싶었다.

음식점에서 나와 거리를 걸으며 재욱이 카메라를 집어 들었다.

"사진 한 장 찍읍시다."

"네?"

"지금 배경 좋거든요. 가로등 불빛도 적당하고."

"우!! 싫어요."

"왜요? 흔적 남기는 것 같아 그럽니까?"

"뭐! 그것도 그렇지만 그것보다는 사진 찍는 거 싫어해요."

예쁜 여자가 왜 사진 찍기를 싫어해! 담아 놓고 종일 봐도 안 질리겠는데.

"사진 속 내 모습이 싫어요. 어릴 때 얼굴이랑 많이 달라 보이고 못돼진 것 같아서."

"그게 무슨 소립니까?"

"어릴 때 참 해맑고 예뻤던 것 같은데 나이 들면서 찍는 사진 속 내 얼굴은 해맑음이 사라져 가더라고요. 나중엔 너무 우중충한 얼굴로 슬프게 있을 것 같아서……. 그래서 사진 찍기 싫더라고요."

"지금 충분히 예쁩니다. 고소영 씨!"

"풋!!"

저도 모르게 튀어나온 진심이었는데, 말해 놓고도 수습을 어찌해야 하나 걱정이 됐었는데, 그녀가 웃어 버렸다.

"진짜 고소영이라고 착각하는구나! 장동건 씨!"

그러곤 카메라 앵글에서 멀어져 버렸다. 꼭 한 장 찍고 싶었는데. 그래서 서둘러 뒷모습이라도 찍어 봤다. 어두운 거리의 조명 그 빛 속으로 사라지는 뒷모습이라도!

* * *

"그래요. 매니저님이 추천해 주세요. 뭐가 좋아요?"

상념에 빠진 효진을 불러낸 건 하영이었다. 재욱도 같은 날의 기억을 떠올린 듯 묵묵히 그녀를 바라보고 있었다.

나쁜 사람. 하필 이런 상황에 그런 말을 꺼내다니. 미리 말하지 못한 건 정말 미안하지만 그래서 뭘 어쩌라고.

"꽃등심 스테이크와 채끝 스테이크를 권해 드립니다. 채소는 감자와 버섯,

브로콜리가 곁들여지고 주방장 특선 대파 조림을 추가로 하시면 느끼한 맛을 깔끔하게 정리해 줄 겁니다. 양 여사님께서 선물하신 와인과도 아주 잘 어울립니다."

"전 채끝 스테이크에 대파 조림 좋은데 선배는 어때요?"

처음 만나는 사이인데도 여자는 재욱에게 참 친근하게 대했다. 벌써 몇 달은 사귄 사이라고 해도 전혀 손색이 없을 만큼 두 사람은 잘 어울려 보였다.

"난 해산물 파스타 줘요."

기껏 질문해 놓고 뜬금없는 음식을 주문한 재욱 때문에 하영은 피식 웃었고 효진은 낮게 숨을 몰아쉬었다.

"스테이크 굽기는 어떻게 해 드리면 되겠습니까?"

"미디엄 웰던이요. 채소에 간은 하지 말아 주시고요."

"네. 그럼 채끝 스테이크와 해산물 파스타 준비하겠습니다."

효진은 끝까지 표정 하나 변하지 않고 그들을 응대한 후 자리를 벗어났다.

"어머니에게 화난 걸 왜 매니저한테 풀어요. 매니저가 무슨 잘못이라고. 사람 무안하게."

그녀가 무안했을까? 재욱은 어떻게든 그가 지금 그녀에게 화나 있단 걸 알리고 싶었다. 그게 잘못된 걸까? 속이 시끄러워 당최 진정이 되지 않았다.

음식이 나오기 전까지 하영은 재욱에게 이런저런 많은 이야기를 쏟아 냈다. 학교 때 이야기부터 어릴 적 동네에서 떠돌았던 소문까지……. 하지만 재욱은 그녀의 말이 하나도 귀에 들어오지 않았다. 레스토랑 안을 이리저리 돌아다니는 효진 때문에 집중할 수가 없었다.

"정말 싫은가 보다."

실컷 떠들다 재욱이 듣지 않고 딴청을 한다는 걸 안 하영이 결국 한 소리 했다. 그 말에 뜨끔한 재욱이 놀라며 하영을 봤다.

"이제야 시선을 맞추시네요."

"……!"

"그렇게 싫어요? 맞선 자리가."

"보다시피."

"그냥 선후배로 식사 한번 한다고 생각하는 게 뭐 그리 어려워요?"

"장하영 씨가 싫어서 그런 건 아니니까 오해는 하지 말아요."

"내가 싫진 않다는 거죠?"

그걸 또 그렇게 해석을 하고 받아들이나? 그때 효진이 음식 접시를 들고 다가왔다.

"그럼 그냥 좀 만나 보는 건 어때요? 우리!"

하필 음식을 테이블에 내려놓는 효진이 딱 들어 버렸다. 재욱은 그녀 때문에 화가 났으면서도 그런 말을 듣게 하는 게 마음 쓰여 선뜻 답을 내놓지 않고 있었다.

"우리 나름 잘 어울려요. 게다가 내가 선밸 좋아했다잖아요. 딱 세 번만 데이트해요."

무슨 큰 잘못을 한 것도 아닌데 괜히 효진의 눈치를 살피고 있는 재욱이었다.

근처 테이블에서 주방장 요청이 있어 홀로 나왔던 석호가 주방으로 들어가다 효진을 발견하고 다가서고 있었다.

"선배! 어때요?"

"즐거운 시간 보내세요."

하영의 보채는 말을 뒤로하고 효진이 서빙을 끝내며 묵례하고 자리를 뜨자 재욱은 시선으로 그녀를 좇았다.

"효진 씨!"

"네. 셰프!"

"내일 우리 점심 먹는 겁니까? 생각 좀 해 봤어요?"

효진은 아직 뒤로 그의 시선이 따라붙고 있단 걸 알았다. 그 시선이 너무 뜨거워 온몸이 타 버릴 것만 같았다. 그런데 석호의 목소리가 너무 컸고 효진은 지금 상황이 당혹스러웠다. 순간 어쩌면 이렇게라도 그를 따돌리는 것도 방법일지 모르겠다는 생각이 뇌리를 스쳤다.

"효진 씨!"

"아…… 네…… 그래요. 같이 먹어요."

석호의 얼굴에 화색이 돌았다. 그때 효진의 등 너머로 재욱의 목소리가 들려왔다.

"합시다. 데이트 세 번!"

"우! 화끈하시네. 우리 선배."

그녀 입에서 나오는 우리라는 말이 귀에 거슬렸다. 그 순간 지금 자신이 무슨 짓을 한 건가? 머리를 한 대 얻어맞은 것 같았다.

"그럼 내일 효진 씨 집 앞으로 갈게요. 12시까지. 괜찮죠?"

"네. 그렇게 해요."

잔뜩 들떠서 주방으로 돌아가는 석호를 바라보는 재욱은 가슴이 답답했다. 뒤도 돌아보지 않은 채 자취를 감춰 버린 효진 때문에 머릿속이 엉망이 됐다. 이게 아닌데. 홧김에 이러는 건 아닌데. 대체 지금 무슨 짓을 한 거지. 방금 벌어진 일에 밀려드는 후회로 깊은 한숨이 목구멍을 타고 넘어왔다.

집으로 돌아온 재욱은 냉장고에서 캔 맥주를 하나 꺼내 벌컥벌컥 들이켰다. 캔 하나를 순식간에 비우며 타는 속이 식기를 바랐건만 그걸로는 어림도 없었는지 비워 버린 캔을 우겨서 신경질적으로 쓰레기통에 집어 던졌다.

하영과 식사를 마치고 마린 블루를 나설 때까지 더는 효진의 모습을 가까이서 볼 수 없었다. 간혹 다른 테이블로 손님을 안내하거나 테이블에 문제가 생겼을 때 잠시 홀로 나왔고, 부러 그랬는지 그럴 만한 사정이 있었는진 모르겠으나 더는 재욱의 테이블로 오지 않았다.

재욱은 어느새 그녀가 머물렀던 방 안에 들어와 있었다. 향수도 쓰지 않는다는데 왜 이 방에서는 여전히 그녀의 향기가 진하게 느껴지는 건지 모르겠다.

어둠 속에서 들고 온 캔을 따 다시 들이켜는데 그녀의 집 앞으로 자동차가 한 대 다가와 멈춰 서는 게 보였다. 효진이 퇴근해 돌아올 시간이었다. 멈춰 선 차에서 석호와 효진이 내렸다.

"태워다 줘서 고마워요."

"자꾸 고맙단 말 안 하면 좋겠는데."

"……."

"너무 거리감 느껴져서 말입니다. 선 긋는 것 같고."

"그래요. 안 하도록 노력해 볼게요. 늦었는데 어서 가세요. 조심하시고요."

"사람 참! 너무 빈틈을 안 주네. 맥 빠지게."

효진은 그저 미소를 지을 뿐 더는 대꾸하지 않았다.

"먼저 들어가요. 이 동네 조용하긴 한데 너무 으슥해. 인적이 없잖아요. 여자 혼자 놔두고 갈 만큼 모진 놈 아닙니다. 어서 들어가요."

길어질 실랑이가 싫어 효진은 가볍게 묵례를 하고 뒤돌아섰다. 그런 효진을 보며 석호는 또 한숨이 났다.

"가란다고 또 단박에 가네. 대체 왜 저렇게 마음을 닫고 사는 건데?"

효진이 마당을 지나 현관문을 열고 들어가는 것까지 지켜본 뒤 석호는 차를 타고 그곳을 벗어났다.

그 모습을 고스란히 지켜보던 재욱은 손에 들고 있던 캔 맥주를 그대로 다 마셔 버렸다. 재욱의 호의와 배려는 죄다 무시하면서 석호의 친절은 그대로 받아들이는 효진이 야속했다. 오늘 맞선이 있을 거란 걸 알고 있었으면서도 아무렇지 않게 자신을 대했던 그녀의 속내가 뭔지 궁금해 미칠 것 같았다.

아무렇지 않은 건가? 혼자 그녀를 잊지 못하고 있는 건가? 그녀를 향해 다가서는 발걸음에 자신감이 떨어지는 것 같아 애가 탔다.

정오가 가까워질수록 재욱은 머리가 지끈거렸다. 분명 오늘 점심 약속이라고 했다. 지금쯤 그녀는 석호와 만나 그 누구에게도 보여 주고 싶지 않은 환한 미소를 지어 보이며 식사를 즐기고 있겠지.

오전 내내 입 안이 써서 오렌지주스도 마셔 보고 달큼한 커피도 마셔 봤지만, 여전히 입 안 가득 쓴맛이 돌았다. 그렇게 민감해져 있는 데 오전 진료가 끝나 갈 때쯤 핸드폰 문자음이 울렸다. 어제 그런 대형 사고를 조장해 놓고 내내 연락 한 통 없는 양 여사가 동태를 살피기 위한 문자를 보낸 거라고 생각했다.

하지만 미간을 잔뜩 찌푸리고 핸드폰을 확인하던 재욱의 표정이 이내 밝아졌다.

[의논드릴 일 있는데 오늘 점심 식사 어떠신가요?]

서린 갤러리 조 관장의 문자였다.

재욱은 오전 마지막 환자 진료를 마치자마자 부리나케 병원을 벗어났다.

"여깁니다. 원장님!"

조 관장은 재욱의 고등학교 후배다. 지역 사회가 다 그렇듯 혈연, 지연, 학연으로 안 엮이는 사람이 없었다. 먼저 도착해 있던 조 관장이 반갑게 재욱을 맞았다.

두 사람이 점심을 함께하기로 약속한 곳은 로컬들만 아는 막국수 맛집이었다.

"시간 딱 맞춰 오실 줄 알고 주문은 미리 했습니다. 선배님!"

"잘했어. 의논할 일이란 건 뭐야?"

"뭐 그리 급하십니까. 밥 먹으면서 천천히 얘기해도 됩니다. 그보다. 어제 장하영이랑 맞선 보셨다면서요?"

젠장. 이놈의 좁은 동네. 재욱은 너무 놀라 입이 다물어지지 않았다. 대체 어디서부터 어떻게 소문이 나는 걸까? 이 좁은 동네의 네트워크에 잠시 할 말을 잃었다.

"장하영 소원 성취했네. 걔가 학교 때부터 선배님 짝사랑했습니다. 아주 유명했어요. 어! 제수씨?"

침까지 튀어 가며 하영의 과거사 얘기를 해 대던 조 관장이 식당 안으로 들어서는 누군가를 보며 알은체를 했다. 재욱은 그의 시선을 따라 돌아보고는 또다시 입을 다물지 못했다.

"조 관장님! 여기서 다……. 어머, 김 원장님! 여기서 또 뵙네요."

재욱까지 알아본 그녀는 선화였다. 그리고 그 뒤를 따라 들어오는 사람은 효진이었고.

석호와 단둘이 오붓한 시간을 보내고 있어야 할 그녀가 왜 지금 동네 사람들만 아는 이 막국수집에 나타난 건지 재욱은 이해되지 않았다.

그리고 이내 얼굴 가득 미소를 짓고는 자리에서 벌떡 일어나 큰 소리로 말했다.

"이쪽으로 앉으시죠."

놀라며 인상을 구기는 효진을 재욱은 환하게 웃으며 바라봤다.

* * *

지난밤, 정리를 끝내고 마린 블루를 나설 때 효진이 먼저 석호에게 집까지 태워 줄 수 있는지 물었다.

재욱을 떼어 내기 위해 덥석 석호의 제안을 받아들였던 그녀였다. 미애가 태워다 주기로 이미 약속되어 있었지만, 지금은 석호와 단둘이 해야 할 말이 있었다. 석호는 흔쾌히 응했고 즐거운 마음으로 차를 몰았다.

"셰프! 미안하지만 내일 점심 약속은 못 지키겠어요."

막 마린 블루 주차장을 벗어났을 때였다. 들떠 있던 석호의 표정이 일순간 굳었다.

"무슨 일 있어요? 그럼 다른 날 가죠, 뭐."

"아뇨, 그런 게 아니라. 단둘이 만나는 게 부담스러워서요."

석호는 잠시 말을 잃었다.

"미안해요. 내가 아직 준비가 안 돼서 그래요. 여러 가지로."

결혼 3년 만에 이혼을 한 석호는 이혼남 딱지를 붙이고 산 지 벌써 7년이다. 그도 처음엔 다른 여자를 만나고 대하는 일이 쉽지 않았다. 그래서 효진이 이러는 이유를 모르지 않는다.

나름은 5개월 넘게 조용히 지켜보고 있다가 겨우 최근에야 용기 내어 다가서는 중이었는데 효진은 아직 새로운 사람을 받아들일 준비가 안 된 모양이었다.

"그래요. 알겠습니다. 그 마음 이해하고 남아요. 휴! 그래서 오늘 태워 달라고 한 줄도 모르고 괜히 신났잖아. 하하하."

이 남자는 사람 마음을 참 편하게 해 주는 사람이란 생각은 변함이 없었다. 그래도 여지를 남길 수 없어 매정하게 대했고 매정하게 돌아섰다. 상대의 마음이 어떨지 뻔히 알면서도 그래야 한다고 생각했으니까. 그건 석호에게든 재욱에게든 마찬가지였다.

그런데도 재욱과 하영이 나누었던 대화가 머릿속에서 계속 맴돌아 잠을 청할 수가 없었다. 이혼하기 전 몇 개월간 잠을 청할 수 없어 약을 먹어야 했고, 엄마가 세상을 떠나고도 한동안 잠을 청할 수 없었다. 동해로 와 불면증이 겨우 사라졌다고 생각했는데 재욱과의 재회 이후 다시 불면증이 도졌다.

날이 밝으면 시내에 나가 맥주와 와인을 좀 사다 놔야겠단 생각을 하며 밤을 하얗게 지새웠다. 그러다 동이 틀 무렵에야 겨우 잠이 들었는데 요란하게 울리는 핸드폰 소리에 하는 수 없이 눈을 떴다. 울어 대는 모양새가 딱 선화였다.

— 야! 너 쉬는 날이잖아. 뭐 해. 나 지금 너희 집 다 와 가. 같이 밥 먹으러 가자.

"뭐?"

— 얼른 준비해. 10분 뒤면 도착해.

"선화야. 나 그냥 좀 잘래."

— 죽으면 계속 자는 거 아깝지도 않냐. 하늘은 봤어? 지금 하늘이 얼마나 예쁜지 너 모르지. 이런 날 무슨 잠을 자!! 얼른 준비해.

전화는 이렇게 일방적으로 끊어졌다. 그리고 정말 10여 분 만에 선화는 효진의 집 앞에 차를 댔고 어서 나오라는 성화에 못 이겨 세수만 겨우 하고 추리닝 차림으로 집을 나서던 참이었다.

"어딜 가는데?"

"동해에 왔으면 딸부잣집 막국수는 꼭 먹어 봐야지."

"거기 갔었잖아."

"갔었어? 그럼 또 가. 나 오늘 그 집 새콤한 회막국수 먹고 싶다고."

"너! 셋째 가졌어?"

"야!! 무슨 그런 무서운 말을 해!"

"너 임신할 때마다 새콤한 거 찾았잖아."

"아냐. 이번엔 아냐. 절대."

"밥만 먹고 얼른 집으로 데려다줘. 나 다크서클 봐. 잠 한숨 못 잤다고."

"왜 못 자. 너! 불면증 도졌어?"

"그냥……. 집이 좀 어수선하잖아."

"어우, 이 날씨 좋은 날 그렇게 집구석에 처박혀 있고 싶냐. 멋대가리 없는 기지배."

그렇게 선화에게 있는 욕 없는 욕을 다 들어 가며 막국숫집에 도착했다.

한참 몰리는 시간 지나서 오는 거니까 사람 별로 없고 좋을 거라고 해서 추레한 차림임에도 서슴없이 따라 들어섰다. 그런데…… 하필…… 그 사람 생각 때문에 잠도 못 자서 얼굴은 퀭하고 머리는 부스스한 데다 옷은 추리닝인 이때! 떡하니 그와 이런 의외의 장소에서 마주칠 건 뭐람.

거기다 왜 또 합석!!

대뜸 합석하려는 선화의 옷을 슬쩍 잡아당겼다. 돌아보는 선화에게 눈빛으로 신호를 보냈다. 제발 따로 앉자고. 선화는 그 신호를 분명 읽었다. 그 정도 신호는 대학 때부터 이골이 나도록 주고받았었으니까. 그래서 안심했는데 그 순간 선화는 효진을 배신했다. 천벌받을 기지배.

"아직 주문 안 했어요?"

하며 너무 친근하게 다가가 떡하니 앉아 버렸다. 그 조 관장이라는 사람 곁에. 빈자리는 당연히 재욱의 옆자리뿐이었다.

재욱은 효진이 앉을 때까지 앉지 않고 기다렸다. 효진을 뚫어지게 바라보면서. 안 앉을 수 없게 부담감 팍팍 주겠다는 거지. 후!

그 따가운 시선을 받으며 하는 수 없이 자리로 와 앉으니 그제야 그도 따라서 앉았다.

"오늘 약속 있었던 거 아닙니까?"

숨도 돌리기 전에 날아온 그의 질문에 재욱을 뺀 세 사람이 모두 당황했다. 조 관장과 선화는 재욱과 효진을 번갈아 보느라 눈이 정신없이 바빠 보였다.

"두 사람 상당히 친한가 봐요?"

가만히나 있지 선화가 나서서 또 관계 성립을 위한 유추에 들어갔다. 효진을 처음 보는 조 관장만 세 사람의 관계가 궁금해 애가 타 보였다.

"오늘 병원은 안 옵니까? 오늘까지 치료받아야 할 텐데."

"아! 효진이 그 병원 다녀요?"

선화가 슬슬 정리를 시도했다.

"음식 주문해야지. 선화야."

"아. 사장님! 여기 비빔 하나 회 하나 주세요. 대체 두 사람은 얼마나 친한 거예요?"

효진이 선화를 표 나게 째려봤다. 제발 그만 좀 하라는 암묵의 경고였다.

"효진 씨, 다친 발목 제가 밟았습니다. 아주 제대로. 그래서 치료까지 해 주는 중입니다."

"대체 두 사람 인연이 왜 이렇게 깊어요?"

2년 전 겨울에서부터의 인연이라고 하면 아주 나가 뒤집어질 판이었다.

선화는 조 관장에게 효진을 대학 동창이라고 소개했다. 돌싱이니 좋은 사람 있으면 소개 좀 하라는 말을 할 때는 일부러 재욱에게 시선을 꽂아 두고 노골적으로 말해서 결국 효진이 그녀의 정강이를 걷어차야 했다.

조 관장은 선화의 남편 준기와 고등학교 동창이었다. 그것도 아주 친해서 한 달에 서너 번은 함께 밥도 먹고 술도 마시는. 참 좁고 좁은 동네였다.

조 관장은 뉴 페이스의 등장에 급 관심을 보이느라 재욱과 의논할 일은 다음으로 미루고 그녀들과의 대화에 집중했다. 재욱 또한 지금은 조 관장과 의논 따위를 하고 싶지 않았다. 일단 그녀가 석호와 점심 약속을 깼다는 사실이 흥분되게 좋았고, 어제 이후 만나서 이야기를 하고 싶었던 차에 그리 보고 싶던 그녀를 봤으니 마음이 쉽게 진정되지 않았다.

"이렇게 만난 것도 인연인데 자리 옮겨서 커피라도 한잔할까요?"

조 관장이 슬쩍 운을 떼자.

"아뇨! 전 그만 가 봐야 해서!"

"어머! 좋아라. 그럴까요?"

효진과 선화의 답이 갈렸다. 효진의 무서운 눈초리가 선화를 죽일 듯 내리꽂았다.

"오늘은 이쯤에서 헤어지는 게 좋을 것 같습니다."

구원 투수가 재욱이 될 줄은 몰랐다. 의외의 말에 효진은 안도의 한숨까지 내쉬었다.

그런 그녀를 보며 입가에 사특한 미소를 지은 재욱이 다시 입을 열었다.

"효진 씨는 나랑 같이 병원으로 갑시다. 오늘까지 치료받아야 합니다."

그럼 그렇지. 그가 순순히 이 자리에서 물러설 리 없었다.

"그거 참!! 좋은 생각이네요. 원장님! 효진아, 그럼 불면증용 와인이랑 맥주는 다음에 사러 가자. 어머, 시간이 이렇게나 됐네. 나도 애들 올 시간 돼서 이만 가 봐야겠어요."

말도 안 되는 소리를 막 지껄인 선화는 행여나 효진이 붙잡을까 봐 부리나케 식당을 빠져나갔다. 언제는 어머, 좋아라! 하더니, 뭐? 애들 올 시간 돼서 간다고? 기가 찼다.

"친구가 참 재밌네."

뭐가 좋은지 차에 오른 후 계속 싱글거리던 재욱이 먼저 입을 열었다.

속이 빤히 보이는 선화가 좀 창피했지만 좋은 애라 그렇단 걸 알아줬으면 했다.

"그래도 착한 애예요."

"나쁘다고 하지 않았는데."

"그런데 왜 자꾸 반말해요?"

약이 올라 있는 건 알겠는데 이런 식의 태클은 좀 웃겼다.

"내가 한참 오빠던데. 반말하는 거 기분 나쁩니까? 뭐 그렇다고 탁 까놓고 반말한 건 아닌데."

"내가 몇 살인 줄 알고……."

라고 말하다 문뜩 전세 계약서가 떠올랐다.

순간, 집주인이 몇 년생이었더라…… 막 떠올리려는데 그가 조금 빨랐다.

"나보다 네 살 어리더군요. 오빠 맞는데."

"그래도 반말하지 말아요. 그럴 정도로 친근한 사이 아니니까."

일부러 더 단호한 척 엄중한 목소리를 내려 한다는 걸 알고 있었다. 그 목소리마저 예뻐서 심장이 간질거린다는 걸 역시 그녀는 모를 거다.

"같이 밤을 보냈는데 그보다 더 친근할 수 있습니까?"

"헛!"

"근자엔 입도 막 맞추고 그랬는데. 그보다 더 친근할 수 있어요?"

"차 세워 주세요."

"안 세울 겁니다. 여긴 택시 잡기도 힘들고 당신은 병원에 가야 하고 난 당신과 함께 있고 싶으니까."

미치고 팔짝 뛰겠다. 밀어내고 밀어내고 또 밀어내도 이 남자는 포기를 모르는 것 같다.

"장하영 씨와 데이트 약속했잖아요. 그분에게 집중하셔야죠. 사장님께서 바라시는 것도 그거고."

"그래서 당신한테 신경 쓰지 말고 그 여자 신경 쓰라는 말을 하는 겁니까?"

"네."

재욱은 바다가 보이는 갓길에 갑자기 차를 세웠다. 예고도 없이 급정거를 해서 효진의 몸이 앞으로 쏠렸다.

"차는 왜 세워요? 이제 내려 주려는 거예요?"

"대체 왜 진심을 숨기는지 말해 주면 생각해 보겠습니다."

"?"

"당신 나 일부러 피하는 거잖아. 일부러 밀어내고 일부러 거짓말하고. 내가 모를 것 같습니까? 바보도 아니고! 하!"

효진이 안전띠를 풀자 재욱이 그녀의 팔을 잡았다.

"그만 도망치고 얘기합시다. 뭘 숨기는 겁니까? 아니면 아직 두려운 겁니까? 아니면 설마 내가 싫어서 그렇다 뭐 그런 말도 안 되는 핑계입니까?"

그가 잡은 팔을 타고 그의 온기가 스며들었다. 그냥 좁은 공간에 함께 있는 것뿐인데, 그냥 가지 말라고 잡은 것뿐인데 왜 또 심장은 주책없이 뛰어 대는지. 가만히 눈을 감았다 뜬 효진이 그의 팔을 걷어 내며 자세를 고쳐 앉았다. 얼마나 중차대한 얘기를 하려는지 심호흡까지 한 효진이 천천히 입을 열었다.

"이혼한 전남편도 의사였어요. 시부모님의 기대가 아주 컸죠. 하나뿐인 아들이 의사가 됐으니까요. 성에 차지 않는 며느리라 반대가 심했어요. 그런데 남편이 부모님을 설득해서 결혼이 성사됐죠."

저도 모르게 재욱의 입에서 깊은 한숨이 새어 나왔다.

"그 뒤는 말 안 해도 알겠죠? 반대하는 결혼에 부족한 며느리. 거기에 힘들게 가진 아이마저 놓쳐 버린 자격 미달 며느리! 그게 늘 날 힘들게 했어요. 이제 알겠어요? 내가 김재욱 씨와 엮일 수 없는 이유!"

"많이 힘들었군요."

자기는 다르다는 듯, 남의 일 얘기하듯 말하는 재욱이 어이없었다.

"네! 아주 많이 힘들었어요. 이제 더는 힘들고 싶지 않고요."

"내가 당신을 힘들도록 놔둘 것 같습니까?"

그의 자신감 넘치는 목소리가 듣기 좋았다. 자기를 믿지 못하냐고 항의하듯 바라보는 눈빛도 근사했다. 하지만 결국 이기지 못할 싸움이란 걸 알기에 그 모든 것이 아프기만 했다.

"장담하시네요. 사람 일은 모르는 거예요. 그리고 양 사장님, 애 둘 딸린 이혼한 아들을 처녀장가 보내고 싶을 만큼 욕심 많은 분이시고요."

"그러니까 지금 양 여사 때문에 나를 포기한다는 뜻인가?"

"……."

남의 속 타는 줄도 모르고 재욱은 싱글싱글 웃고 있었다.

"그래서 맞선을 봐도 아무 말 안 하고, 내가 자꾸 들이대도 무시했던 거고!"

"김재욱 씨! 요점은 그게 아니잖아요."

"하! 왜 이렇게 설레지."

재욱은 자신의 가슴팍을 부여잡고 정말 저리기라도 한 듯 몸을 움츠렸다.

효진이 그런 재욱을 봐 줄 수 없다는 듯 차에서 내리려고 도어 록을 풀자 재욱이 다시 도어 록을 잠갔다.

"왜 이래요."

"이거 큰일인데."

"?"

"당신 진심을 듣고 보니 더더욱 당신을 못 놓겠어."

"하!"

"나 장하영한테 관심 없습니다. 난 오로지 당신한테만 관심이 있다고."

"그런 사람이 데이트 세 번 호언장담을 했군요."

"그건 당신이 최 셰프랑……. 아니, 지금 그것 때문에 나한테 화난 겁니까?"

효진은 아차 싶었다. 이런 말을 하려던 건 아니었는데 저도 모르게 입 밖으로 튀어나오고 말았다. 그때 재욱의 핸드폰이 울었다. 효진은 이 틈에 그에게서 벗어나야겠다! 생각했지만 그는 핸드폰을 받지 않았다.

"이제 당신이 비엔나에서 왜 아무 말 없이 사라졌는지만 알면 될 것 같은데."

"전화받으세요."

"어서 말해요. 진실을."

"병원인 것 같아요. 2시가 훨씬 넘었다고요."

정말로 핸드폰 화면에 박 간호사의 번호가 찍힌 채 끈질기게 울어 대고 있었다. 화면을 뚫어지게 보던 재욱이 한숨을 쉬고는 효진을 쓱 한 번 봤다. 키스하고 싶어 죽겠는데 그녀의 경계심이 온몸을 감싸고 있는 게 보였다.

그의 시선이 자신에게 닿아 있다는 걸 느끼자 효진은 괜히 무릎을 딱 붙이고 두 손을 꽉 잡으며 마른침을 꿀꺽 삼켰다. 그때 그가 효진 앞으로 훅 다가왔다. 심장이 튀어나올 듯 뛰어오르는 순간 저도 모르게 숨을 멈추고 눈을 질끈 감아 버렸다.

딸깍.

안전띠가 채워지는 소리에 놀라 효진이 감았던 눈을 떴다. 순식간에 스치고 지나간 그의 체향에 머릿속이 다 아득해졌다.

"그럼 비엔나 일은 천천히 알아 가기로 하고 일단 병원으로 갑시다."

너무 두근대는 심장 때문에 늑골이 다 아팠다. 혹여 심장 뛰는 소리가 들리지 않을까 싶어 온몸이 긴장됐다. 그런 효진을 비웃기라도 하듯 재욱은 여상하게 차를 출발시켰다.

5. 심장의 주인

치료가 끝나 갈 무렵 효진은 어떻게 집으로 돌아갈지 걱정되기 시작했다. 차도 없이 왔고, 게다가 추리닝 차림이고, 그의 공간에서 그의 시선에 걸리지 않고 이곳을 무사히 빠져나갈 수 있을까……. 그렇게 복잡한 생각으로 또 넋이 빠져 있을 때 그의 목소리가 들려왔다.

"무슨 생각을 그렇게 골똘히 합니까. 사람이 부르는 것도 못 듣고."

도망칠 궁리 중에 들려온 그의 목소리 때문에 너무 깜짝 놀라 입이 다 벌어졌다.

"설마, 나 몰래 도망칠 궁리 합니까?"

"도…… 도망이라니요. 치료가 끝났으니까 집에 가려는 거죠. 내가 뭐 죄지었어요? 도망치게."

"그런 자세 아주 마음에 듭니다. 자신감 만땅이네. 나와요. 데려다줄게요."

"됐어요. 혼자 가요."

"거참! 말 정말 안 듣네. 부모님 속 엄청 썩이는 딸이었을 거야."

그 말에 효진의 표정이 굳었던 걸까. 재욱이 효진의 얼굴을 보며 또 난감해하고 있었다.

이제 다 무감해졌다고 생각했는데 또 그런 말에 저 밑바닥에 깔려 있던 죄책감이 스멀스멀 올라왔나 보다.

"나 또 뭐 실수한 겁니까?"

"네! 김재욱 씨! 나랑 정말 안 맞네요."

효진은 침상에서 내려와 재욱을 쓱 지나쳐 나갔다.

하아! 정말 아는 게 너무 없으니 자꾸 겉돌기만 하는 것 같고 안 해도 될 실수를 하는 것 같았다.

추리닝 주머니에 손을 꽂고 인적 드문 시골길을 터덜터덜 걸었다.

엄마의 임종을 지키지 못했다는 자책과 함께 여지없이 그 겨울 그와 함께했던 밤이 떠올랐다.

엄마가 사경을 헤매는 줄도 모르고 그와 침대에서 환락을 좇고 있었다. 그가 너무 좋아서, 그의 품이 벗어나기 싫을 만큼 좋아서, 잠시도 떨어져 있기 싫었던 기억이 다시 다 떠올랐다. 그렇게 이율배반적인 갈등 앞에서도 그가 다시 눈앞에 나타났다는 사실에 들떠 잠시 설레었던 기억이 떠오르자 괜히 눈물이 핑 돌았다. 눈물을 흘리지 않으려고 고개를 들었는데……!

'하 씨! 하늘은 오늘따라 왜 이렇게 예뻐.'

그때 그의 차가 옆으로 와서 멈춰 섰고 그가 차에서 내려 황급하게 다가왔다.

"미안합니다. 실수한 거 있으면 용서해요. 그리고 말해요. 어떤 부분을 어떻게 실수했는지. 그래야 사과를 하지."

"반말하지 말라고요……!"

"알았습니다. 그것도 미안해요. 그러니 타요. 데려다줄게요."

"싫어요. 그냥 버스 탈래요."

시선을 맞추지 않고 던진 그녀의 말끝에 눈물이 묻어 있어 재욱은 놀라며 그녀를 돌려 세웠다.

"왜 울어요. 하아! 뭣 때문에 웁니까. 내가 뭘 잘못했어요."

"……당신이 내 앞에 나타난 것부터가 잘못이에욧!"

성질이 나서, 너무 성질이 나서 소릴 빽 질렀는데. 그런데 참았던 눈물이 왈칵 쏟아지고 말았다. 재욱은 어린애처럼 우는 효진을 말없이 안았다. 품 안에 들어온 그녀는 서글픈 듯 가늘고 여리게 떨고 있었다.

'뭐가 그렇게 슬픈 건데, 뭐가 그렇게 힘이 들고 아픈 건데…….'

그녀의 마음을 알 길 없는 재욱은 답답해 미칠 것 같았다.

집에 가까워질 무렵에야 휴지로 코를 연신 풀어 대던 효진이 이제 조금 안정되는 것 같았다.

"병원에 다시 가 봐야 합니다."

"알아요."

"당신을 혼자 두고 가는 게……."

"여태도 혼자였어요."

그가 말을 다 마치기도 전에 효진이 뚝 자르고 대꾸했다.

"이제는 혼자 두지 않을 겁니다."

"누구 맘대로요."

"아무리 밀어내고 쏘아붙여도 포기 안 할 겁니다."

"내가 알 바 아니죠. 그건."

"참, 말 밉게 하네."

라고 했다가 화들짝 놀라며,

"요!"

라고 덧붙였다.

저도 모르게 효진에게 반말을 했다는 사실에 재욱은 놀랐고, 그 와중에도 자신의 기분을 살피는 그라는 걸 확인한 효진은 미안함에 움찔했다.

"태워다 줘서 고마워요."

효진은 차 문을 열고 미련 없이 내렸고 뒤도 돌아보지 않고 집으로 쏙 들어가 버렸다.

"휴! 대충 추리닝만 걸쳐 입었는데도 예쁘고 그래. 들여보내기 싫게."

새침하게 돌아서는 그녀를 하염없이 바라보다 현관문 안으로 그 모습을 감춘 후에야 재욱은 집 앞을 떠났다. 돌아가면 박 간호사의 잔소리가 한 바가지는 될 테지만 지금의 외출에 후회는 없었다.

집에 돌아온 효진은 침대 위로 널브러졌다. 잠을 못 자 머릿속은 몽롱했고 그와의 일로 가슴속은 터질 것 같았다. 거기에 거실과 주방에서 나는 공사 소음까지 더해 어차피 잠을 자기는 그른 것 같았다. 몸은 자꾸만 침대 속으로 꺼져 들어가고 맑지 못한 정신은 효진을 우울한 세상으로 끌어들였다.

해가 질 무렵에야 인부들이 철수하고 오롯이 혼자가 되었다. 그들이 북적일 때는 시끄러워서 싫더니 그들이 사라진 집은 적막해서 싫었다.

항상 그렇듯 불을 모두 켜고 거실에 우두커니 앉았다. 스르르 옆으로 누워도 보고 배를 깔고 엎드려도 보았지만, 쉽사리 잠이 오지 않았다.

나쁜 기지배. 술이라도 사 올 수 있게 도와줬어야 알코올 기운을 빌려서라도 한숨 자는 건데. 내일은 수면제라도 처방받아 잠을 청해 봐야겠단 생각을 하며 무릎 담요를 뒤집어썼다.

하지만 당최 잠이 오지 않았다. 어둠이 내리고 별도 달도 다 떴는데 큰일이었다. 잠을 좀 자야 일주일을 또 버틸 텐데…….

안대를 풀고 소파에서 벌떡 일어났다. 공사 때문에 엉망인 거실인 데다 먼지 쌓이지 말라고 씌워 놓았던 비닐까지 뒤로 제쳐 놓고 소파에 누웠던 참이었다.

비몽사몽 정신없는 상태로 거실을 오고 갔다.

다시 침대로 가 볼까.

침대에 살포시 누워 봤다. 아아……! 몸이 또 바닥으로 꺼지는 것 같다.

어디 전에 먹다 남은 약이 없을까?

효진은 서랍을 뒤지기 시작했다. 그때 문 두드리는 소리가 났다. 제발 선화가 낮의 일이 미안해서 와인을 좀 사 가지고 온 거였으면 하고 바랐다.

"선화니?"

"또 접니다."

곧 쓰러지게 생긴 효진이 실망 가득한 얼굴로 재욱을 바라봤다.

"왜……?"

말할 힘도 따질 힘도 없었다.

재욱은 손에 들고 있던 와인을 들어 보였다.

"아까 선화 씨가 불면증용 와인! 이라고 말한 것 같아서. 요."

오! 하느님! 감사합니다.

핏기라곤 찾아볼 수 없는 안쓰러운 그녀의 얼굴에 급 화색이 돌았다.

당장 그 와인을 내놓으라고 말하고 싶었지만, 이렇게 찾아온 그를 문전 박대하며 술만 뺏을 순 없었다.

"잠깐…… 들어올래요?"

예의상 한 말이었다.

"그렇지 않아도 공사가 얼마나 진행됐는지 궁금했습니다."

하지만 그는 대뜸 효진의 제안을 받아 물었다. 금방 들통날 핑계를 대면서.

효진이 비킬 새도 없이 밀고 들어온 재욱은 와인을 들고 소파로 가 앉았다.

그의 안하무인 태도가 맘에 들지 않았지만, 지금은 그딴 게 중요치 않았으니까. 효진은 오로지 그의 손에 들린 와인만 보였다. 저거라도 먹고 이 밤! 잠을 청할 수만 있다면 그의 뻔뻔함 정도는 그냥 눈감아 줄 수도 있을 것 같았다.

"휴! 집이 엉망이네. 이런 상태로 지내기를 바란 건 아니었습니다. 미안해요."

와인 잔을 들고 소파로 온 효진은 성급하게 그의 옆에 멀찌감치 떨어져 앉았다.

그녀가 들고 온 와인 오프너를 들고 능숙하게 와인을 딴 재욱은 두 잔에 와인을 따르면서 효진을 눈여겨봤다. 안색도 그렇고 기분도 그렇고 심리적 상태도 그렇고……. 어느 하나 신경 쓰이지 않는 게 없었다.

대체 왜 불면증용 술이 필요한 건지, 왜 불면증이 있는 건지, 그러면서 밤새 불을 켜 두는 이유는 뭔지……. 모든 게 다 궁금했다.

"불면증 있습니까?"

효진은 그가 따라 놓은 와인을 한 잔 훅 집어 들고 정신없이 마셨다.

"그래서 얼굴이 그 모양인 겁니까?"

잔을 다 비운 효진을 놀란 눈으로 보던 재욱은 문제의 심각성을 살짝 느끼기 시작했다.

"왜 못 자는 겁니까?"

"거참! 질문 그만하고 그 와인 이리 좀 줄래요?"

재욱은 병을 달라고 내미는 그녀의 손을 무시하고 빈 잔에 다시 와인을 따랐다.

"알았으니까 천천히 마셔요."

와인이 몸속으로 서서히 퍼지자 이제 조금 살 것 같았다. 수혈을 받은 환자처럼 안심이 되는 것 같기도 했다. 그게 와인 때문인지 곁에 있는 그 사람 때문인지 알지도 못하면서…….

재욱은 일부러 효진의 잔이 빌 때마다 천천히 조금씩 와인을 채웠다.

한동안 아무 말도 하지 않고 와인만 비워 대던 효진이 입을 연 건 여섯 잔을 막 비웠을 때였다.

"같은 와인으로 두 병 사서 갚을게요."

"이게 뭐라고 갚아……."

효진이 빤히 보자 섬뜩함을 느낀 재욱이 서둘러 입을 열었다.

"반말한 거 아니고 혼잣말한 겁니다."

"뾰족하게 굴어서 미안해요."

그녀의 사과에 괜히 감격한 재욱이 그녀를 빤히 봤다.

"사과는 하지만 그래도 달라지는 건 없어요."

"뭘 또 그렇게 선은 긋고."

"내가 이러는 걸 감사히 여겨야 할 거예요. 사람 마음이 그런 거거든. 여지를 주면 더 많은 걸 바라고 원해요. 그래서 더 많이 여지를 주면…… 심장까지 들어와 버려. 그땐 너무 늦어 버리거든요."

이 여자는 이미 그녀가 자신의 심장까지 들어와 버린 걸 여태 모르나 보다. 이미 그의 심장의 주인은 그녀라는 걸 모르나 보다. 재욱은 씁쓸하게 그녀를 바라봤다.

서둘러 마신 탓에 뒤늦게 퍼지기 시작한 와인의 취기로 얼굴은 붉어지고 몸은 따뜻해져 왔다. 불안정하게 뛰어 대던 심장도 이제 서서히 안정을 찾아 가는 것 같았다.

이런 기분, 이런 느낌……! 기억이 난다. 비엔나 그의 호텔에서 함께 술을 마셨던 날도 이런 기분, 이런 느낌이었다. 너무 편하고 너무 좋아서 저도 모르게 모든 경계를 풀어 버렸던 밤. 저도 모르게 그의 방까지 서슴없이 따라갔고 저도 모르게 그의 입술에 살며시 다가갔던 밤.

효진은 그때의 기억이 떠올라 문뜩 고개를 저었다. 참 묘하지. 왜 이 남자와 함께이면 마음이 편해지는 걸까. '내가 다 알아서 할 테니 당신은 그저 가만히 있어요!' 라고 말하고 있는 것 같은 저 눈빛은 그때나 지금이나 왜 다르지 않을까. 정말 이 남자는 모든 것으로부터 나를 지켜 줄 수 있을까?

또 상념이 길었는지 그의 말을 듣지 못했다.

"미안해요. 뭐라고 했어요?"

"소파에 좀 기대라고 했습니다. 지쳐 보여서."

"아……."

그저 기대라는 것뿐인데……. 그런데도 그의 말은 너무 편했고 안온했고 든든했다. 그래서 저도 모르게 소파에 깊숙이 몸을 기댔고 몸을 기대니 스르르 눈이 감겼다.

재욱은 가만히 일어나 간접 등 하나만 남겨 두고 모든 불을 껐다.

"불 꺼도 괜찮죠?"

"이미…… 꺼 놓고……."

나른해진 그녀의 음성이 참 듣기 좋았다. 자신의 품 안으로 파고들며 우리라는 말을 내뱉던 그때의 그 목소리 같았다.

효진은 생각했다. 그때도 자기 멋대로 실내악 공연 좌석을 두 자리 예약했으면서……. 그때도 가지 말라니까 나가서 결국 그렇게 헤어져 놓고…….

늘 배려하고 위해 주고 다정한 그였지만 결정적일 땐 늘 자기 멋대로였다고 생각했다. 밀어내는 중인데 자꾸만 더 다가서는 것도 자기 멋대로……. 이 관계는 성립될 수 없다고 부정하는 중인데 가슴 깊숙이 들어와 버린 것도 자기 멋대로…….

철벽 방어선을 세우고 버티고는 있지만, 그의 따뜻한 미소와 그의 따뜻한 온기에 그 방어선이 힘없이 무너지고 만다는 걸 그는 알기나 할까?

와인의 효과가 직방이었던지 스르르 잠이 왔다. 그렇게 자 보려고 애를 쓰고 용을 써도 오지 않던 잠이 와인 몇 잔에 맥없이 몰려왔다.

'와인에 약 탔어요?'

라고 그에게 물은 것 같은데…….

'쉬! 이제 그만 자요. 편하게.'

그의 달콤한 음성이 고막을 타고 온몸으로 퍼졌다.

'이렇게 달콤하기 있어요?'

'당신이 원한다면 얼마든지…… 언제든지…… 가능합니다.'

'말하는 건 완전히 선수야. 사람 설레게…….'

이건 꿈이구나……라고 생각했다.

꿈이 아니고서야 어찌 이런 일이 벌어질까.

꿈이 아니고서야 어찌 이리 그의 품에 안겨 있을까.

꿈이 아니고서야…….

그의 품에 안겨서 그의 온기를 느꼈던 2년 전 겨울의 새벽처럼.

얼마나 그리웠으면, 얼마나 아쉬웠으면 또 그의 품인 꿈일까.

이 미련이! 이 멍청이! 안 될 일이라고 몇 번을 말해!

의식이 깨어나며 눈 뜬 새벽, 효진은 잠시 패닉이었다.

현실 같은 꿈 때문인지, 꿈 같은 현실인 건지 그의 품인 것 같은 착각에 빠져 있다고 생각했다. 온몸을 감싸 안고 있는 게 무엇인가 생각해 내야 했다. 이 안온함과 이 따스함의 정체가 무엇인가 알아내야 했다.

헉!! 왜! 어째서! 그와 함께 소파에 누워 있는 걸까? 그것도 이렇게 서로를 꽉 끌어안은 채.

* * *

불을 끄고 돌아서는데 그녀가 소파로 기대어 눕는 게 보였다.

낮에 음식점에서 마주쳤을 때부터 그녀의 안색은 좋지 않았다. 그러다 불면증 때문에 술을 사야 한다는 두 사람의 말을 들었을 때 알 수 없는 벅참이 몸 저 아래서부터 스멀스멀 올라왔다.

원치 않는 맞선을, 그것도 그녀가 보는 장소에서 버젓이, 심지어 데이트를 세 번 해 보자고 호기롭게 떠들었던 상황이었다. 그 때문에 재욱 자신도 밤에 잠을 이룰 수 없었고 오전 진료 내내 딴 세상에 가 있는 사람처럼 불안하고 초조했다. 그런데 그녀도 잠을 이루지 못한다는 말을 들으니 어쩐지 둘의 마음이 같은 게 아닐까? 막 기대하게 됐다.

퇴근해 돌아온 재욱은 어둠이 내리자 여느 때처럼 집 안 구석구석 불이 밝혀지는 그녀의 집을 가만히 바라봤다.

'또 잠을 청하지 못하고 있겠구나!'

그녀가 궁금했다. 그러다 괜히 공사 중인 집이 궁금해지기 시작했다.

집 공사는 얼마나 진행된 거지? 오늘은 잠금장치가 돼 있나? 집주인이 이런 것쯤 궁금해도 되는 거잖아. 그래, 그래서 한 번쯤 찾아가서 확인할 수도 있는 거고. 암!

그렇게 와인을 한 병 들고 덜떨어진 놈처럼 그녀의 집으로 향했다.

문전 박대당하면 어쩌나 걱정이 돼서 와인병을 너무 꽉 움켜쥐고 있었던 것 같다. 테이블에 내려놓는데 손에 쥐가 다 날 지경이었으니까.

반가워하는, 아니, 엄밀하게 따져 술을 반가워하는 그녀를 보니 안쓰러웠다. 눈이 퀭하고 얼굴은 하얗게 떠서 정말 곧 죽게 생긴 모습으로 와인병을 바라보는데 품 안으로 당겨 안고 뭐가 그리 힘이 든 거냐고 묻고 싶었다. 이제 내 품에서 그 힘든 삶을 조금이라도 쉬어 가면 어떻겠냐고 말하고 싶었다.

하지만 어렵게 찾은 기회를 섣부른 행동으로 망칠 수는 없는 노릇이었다. 안고 싶고 키스하고 싶고…… 갖고 싶었지만 무조건 참는다.

그런데 그녀가 자기가 있는데도 눈을 감고 편하게 잠을 청하는 걸 보니 또다시 마음에 박하 향이 화하게 번지는 것 같았다. 저렇게 경계심이 많고 기민하고 조심성 많은 여자가 또 자기 곁에서 잠이 드는구나. 그녀에게 이런 안온함을 나눠 줄 수 있다면 기꺼이 숱한 밤을 그녀를 위해 내어 줄 준비도 되었다.

침실에서 얇은 이불 한 장을 들고나와 그녀에게 살포시 덮어 주었다. 베개를 베어 주었고 머리카락을 쓸어 넘겨 주었다.

작게 벌어진 입술 새로 그녀의 온기가, 와인의 달콤한 향을 머금은 그녀의 온기가 훅 하고 달려들었다. 그리고 이내 그녀의 작은 읊조림이 들려왔다.

"가지 말라니까…… 가 버리고…… 가지 말라니까……."

언제를 말하는 걸까? 혹시 그녀도 비엔나에서의 아침을 떠올리는 걸까?

"안 갑니다. 이제."

"뭐든지…… 자기 멋대로…… 이제 난…… 어떡하라고……."

"내가 당신 곁에 있을게. 당신이 날…… 붙잡으면."

잠에 취한 그녀의 잠꼬대인 줄 알면서도 재욱은 제 바람을 속삭였다. 정말 그녀가 자신을 잡으면 다시는 그녀 곁을 떠나지 않을 생각이었으니까.

듣지도 못하는 그녀라는 걸 알면서도 혹시나 하는 마음으로 뱉은 말에 본인 스스로 웃음이 났다. 뭐, 어차피 붙잡든 붙잡지 않든 곁에 있을 거지만 그냥 바람도 못 하나?

"대체 뭐 하냐, 김재욱!"

와인병과 와인 잔을 치우려고 일어나는데 문뜩 잡아당겨지는 옷깃을 느꼈다.

하아! 어떻게 미치지 않을 수 있을까.

그녀의 가녀린 손끝이 그의 셔츠 자락을 붙잡았다.

'이건 엄연히 당신의 선택이야. 난 분명히 말했어. 당신이 붙잡으면 곁에 있겠다고!'

재욱은 그대로 소파 위로 올라와 그녀를 안았다. 그녀는 마치 그를 기다리기라도 한 것처럼 그의 품으로 깊이 파고들었다. 드디어 그녀를 다시 품에 안았다는 감격으로 온몸이 저릿했다.

새근새근 그녀의 숨소리가 그의 가슴 안에서 울렸다. 그 온기로 몸이 뜨거워졌고 그 온기로 마음이 따뜻해졌다.

'이제는 절대로 당신을 놓지 않을 겁니다. 절대로!'

그녀를 안은 팔에 다시 한번 힘을 준 재욱은 이 밤이 그저 기적 같았다.

* * *

팟!

소파 위에서 눈이 떠진 효진은 무언가 좀 어리둥절했다.

미친 게 아닐까? 어떻게 그 사람 품에 안겨 있는 꿈을 꿀 수 있지?

그 품이 너무 따스해서 자꾸만 파고들었던 기억에 몸이 부르르 떨렸다.

분명 꿈인데 이 꿈 같지 않은 느낌은 뭐지?

어쨌든 눈 뜬 아침, 얼마나 푹 잤는지 몸이 다 개운하기까지 했다. 와인이 아니었다면 숙면을 취할 수 없었을 거란 생각에 이르자 그는 언제 돌아갔지? 난 언제 잠이 든 거지? 미쳤나 봐. 외간 남자를 집에 들여놓고 잠이 들었어? 잠이 들었어…… 그가 곁에 있어서…… 그 사람 때문에……?

여러 가지 생각들이 점철되며 혼란스러웠다.

샤워를 마치고 나온 재욱은 콧노래가 절로 나왔다.

동이 터 오는 새벽 그녀가 깨어나기 전에 잠에서 깬 재욱은 가만히 그녀 곁을 벗어나 집으로 건너왔다. 그녀 덕분에 참으로 오랜만에 푹 잔 탓인지, 그녀를 안고 잔 탓인지 이유는 불분명했지만, 그냥 기분이 좋았다.

사실 그녀를 품에 안고 과연 잠을 청 할 수나 있을까 걱정했었다. 하지만 기우였다. 그녀의 향기가 그녀의 온기가 정신을 산만하게 하긴 했지만 이내 안정을 가져다주기도 했다.

그리고 자신을 믿고 의지하고 곤히 잠든 그녀를 취할 만큼 몹쓸 인간도 아니었다. 오로지 지금 그녀가 자신의 품 안에서 잠이 들었다는 사실만으로도 좋아 미칠 것 같았다. 그래도 행여 반감을 갖고 무섭게 노려볼 그녀를 염두에 두고 일찌감치 그곳에서 벗어나기로 결정했다.

생각 같아서 깨어날 때까지 안고 있다 '이제 이렇게 됐으니 합칩시다.' 라고 말할까? 도 생각 안 했던 건 아니다. 하지만 그보다 그녀와 연애를 하고 싶다는 생각이 먼저였다. 당장 살림을 합치고 그냥 같이 사는 것도 나쁘지 않겠지만 우선은 그녀의 속내를 알아야 하고, 그녀의 허락을 받아야 하며, 그녀의 아픔을 치유해 줘야 하고, 그리고 그녀와 달달한 연애도 좀 하고 싶었다.

자신이 내어 준 품으로 자꾸만 파고드는 그녀가 예쁘고 설레 심장이 다 간지러웠다. 지난밤의 일을 혼자만의 비밀로 간직하려니 괜히 약이 올랐지만, 그녀가 비밀을 알아내고 다시는 여지를 내어 주지 않으면 큰일이니까 일단 아쉬운 대로 참아 보기로 했다.

끊임없이 흘러나오는 콧노래가 그의 집 안을 가득 메웠다.

오전 진료가 끝나 갈 무렵 화면에 뜬 마지막 환자 이름에 재욱은 미간을 좁혔다. 그리고 이내 노크 소리와 함께 하영이 진료실 안으로 들어왔다.

"놀랐어요?"

"좀 의외네요."

"데이트 세 번 하자고 해 놓고 어떻게 연락 한 번을 안 해요? 그래서 무작정 달려왔죠. 병원이 궁금하기도 했고."

"어디 불편한 곳이 있는 건 아닙니까?"

"네! 멀쩡해요. 팔목이 좀 아프긴 하지만……."

하영이 의자에 앉으며 재욱의 눈앞으로 팔을 쓱 내밀었다.

"직업병이겠죠?"

손목의 시계를 확인한 재욱이 일어나며 가운을 벗었다.

"나갑시다. 점심 같이 해요."

"네. 그러려고 왔어요."

참 당당한 사람이었다. 귀찮게 하지도 않고 신경 쓰이게 하지도 않고, 소리 없이 파고들어 표 나지 않게 스며드는 타입이랄까. 그런 그녀라면 다른 누구에게라도 사랑을 듬뿍 받겠단 생각이 들었다.

"차 가져왔습니까?"

"네. 하지만 이동은 선배 차로 해요. 이따 다시 여기로 와서 차 가지고 갈게요."

"두 사람 다 진료 시작 전에 복귀해야 하는데 각자 차로 이동합시다. 장하영 씨 병원 주소 알려 줘요. 근처에서 식사합시다."

"틈을 안 주네요."

"?"

"파고들 틈을 안 준다고요. 재미없게."

"내가 재미있는 사람은 못 됩니다. 병원 상호가 어떻게 됩니까?"

결국, 각자의 차로 시내까지 온 두 사람은 하영의 병원 근처 국밥집에서 다시 만나 점심을 먹었다. 하고많은 음식점 중에서 국밥이 뭐냐고, 그래도 데이트인데 형식은 좀 갖춰야 맞는 거 아니냐고, 하영이 투덜거렸지만, 재욱은 그딴 소린 하나도 들어오지 않았다. 식사를 마치고 커피를 마시며 그녀에게 해야 할 말만 머릿속에 되뇌느라.

카페로 자리를 옮긴 두 사람은 커피를 앞에 놓고 마주 앉았다.

재욱이 이제 확실하게 선을 그어야겠다고 마음먹고 입을 열려는데 하영이 조금 더 빨랐다.

"설마, 데이트 세 번은 없던 얘기로 하자고 그러려는 것 아니죠?"

"헛!"

"그러려던 거였네. 왜요? 그깟 데이트가 뭐라고. 그냥 지금처럼 밥 먹고 차 마시고 얘기 나누고……. 그런 거잖아요. 되게 까칠하시네요. 선배."

"그런 걸 별로 안 좋아해서 그럽니다. 미안합니다."

"역시!"

"?"

"마음에 둔 다른 사람이 있는 거죠? 어머니는 모르는 사귀고 있는 여자!"

정곡을 찔려 뜨끔한 표정을 짓자 하영의 얼굴빛이 변했다.

"뭐야! 나 그럼 이번에도 짝사랑으로 끝내야 한다는 거예요?"

"그 짝사랑이란 소리 좀 안 할 수 없습니까?"

"알았어요. 이젠 짝사랑 안 할래요. 나도 이제 그냥 사랑하고 싶거든요. 상대가 누구인지는 모르지만, 선배 어머니 보통 분 아니신데 그분 성에 찰 만한 그런 분 맞아요?"

최근처럼 양 여사의 존재감이 이리 커다랗게 느껴진 적은 없었던 것 같다.

이 여자 저 여자 할 것 없이 죄다 양 여사를 염두에 두고 있다는 사실에 확 짜증이 밀려왔다.

"연애, 사랑, 결혼! 그거 다 내가 하는 거 아닙니까? 어머니가 하는 거 아니니까."

"그런 멋진 말 해 놓고 지금 나더러 선배 포기하라는 거죠?"

"뭘 했다고 포기를 합니까. 그냥 서로 인사한 거로 만족합시다. 데이트 세 번은 없던 일로 하고. 다시 한번 미안합니다."

재욱은 여지도 주지 않고 자리에서 벌떡 일어났다.

하영은 다른 여자를 가슴에 두었다는데도 그가 포기되지 않아 약이 올랐다. 그리고 그 어떤 이를 갖다 붙여 놔도 이길 자신도 있었다. 단박에 가져지면 재미없지. 좀.

피식 웃는 하영은 거리로 사라지는 그를 하염없이 봤다.

병원으로 돌아온 재욱은 윤 선생의 치료실로 곧장 향했다.

환자를 치료 중이던 윤 선생이 놀라 재욱을 향해 무슨 일인지 눈빛을 보내자.

"그……. 박효진 환자 말입니다. 치료가 다 끝난 겁니까?"

윤 선생은 소리 나지 않게 피식 웃어 보이곤 대수롭지 않다는 듯 입을 열었다.

"그러잖아도 오늘까지 한 번만 더 나오라고 말씀드렸습니다. 나오실지는 모르겠고요."

재욱의 얼굴이 환해지는 걸 본 윤 선생은 입가에 미소를 물고는 침상 위 환자 치료에 정성을 들였다.

그의 답이 마음에 들었던 듯 재욱은 몸이 한결 가벼워져 진료실로 돌아갔다.

하루하루를 의미 없이 소중한 것 없이 사는 사람처럼 굴더니 얼마 전부터 달라진 모습을 보이는 재욱이 윤 선생은 너무 보기 좋았다. 그게 효진 때문이란 걸 그는 이미 알고 있는 눈치였다.

재욱은 화면에 뜬 다음 환자 이름을 보고 저도 모르게 함박 미소를 지었다.
이내 노크 소리가 들려오자 애써 웃음을 밀어내느라 애를 먹었다.
진료실로 들어오기 전, 효진 역시 힘든 발걸음을 옮기는 참이었다.
'원장님 진료 없이 도수치료만 받을 수는 없나요?'
'그렇게는 안 되는데요. 무슨 문제라도 있으세요?'
'문제는요. 그냥, 굳이 꼭 봐야 하나 싶어서…….'
'웬만하면 진료 보시고 치료받으세요. 그렇게 하셔야 하고요.'
그렇게 그를 건너뛰고 싶어 요청했다가 거절을 당한 상황이었다.
"어서 와요."
"안녕하세요."
이 뻘쭘하고 어색한 대화!
"다리는 좀 어떻습니까?"
"이제 완전히 좋아졌어요."
재욱은 몸을 훅 숙여 그녀의 발목을 잡았다.
'이 잡은 발목을 놓아 주기 싫은데, 이대로 잡고 버틸까?'
……하는 생각이 머릿속을 어지럽혔다.
"다행입니다. 크게 다친 게 아니어서."
몸을 바로 세운 재욱이 효진의 눈을 응시하자 효진은 그 시선을 피하기 바빴다. 지난밤 꿈이 생각나 그를 바로 보는 게 쉽지 않았음이다.
숨이 가빠지고 심장이 빠르게 뛰어 대고 있었다.
"왜 내 눈을 피합니까?"
"피하지 않았는데요."
"피하는데!"
"의사와 환자가 모든 순간 아이 컨택을 해야 하는지 몰랐네요."
"잠은 잘 잤습니까?"
"네? 헉…… 컥…… 콜록콜록!"
하필 그 대목에서 과호흡으로 사레들릴 건 뭐람. 기침이 나서 눈물까지 찔끔 흘렀다.

"뭐 꼭 공치사를 하고 싶어서 그런 건 아니고 와인 덕분에 잠을 청하는 것 같아서……."

"안 그래도 오늘 와인 사러 갈 거예요. 같은 거로 두 병 갚겠다고 했잖아요."

"그런 건 됐고. 일찍 끝나는 날 언젭니까? 저녁 같이 합시다. 데리고 가고 싶은 곳도 있고."

"싫은데요."

"그러지 말고 시간 좀 내요. 우리 서로에 관해 아직 너무 잘 모르잖습니까."

마치 둘이 연애라도 시작한 것처럼 말을 한다.

효진은 그저 고개만 절레절레 젓고는 자리에서 일어섰다.

"이제 도수치료 받으러 가도 되죠?"

"언젭니까?"

"이러지 말아요."

"기회를 줘요. 내가 어떻게 할 줄 알고 미리 포기야. 난 당시 포기 못 합니다."

"머리 좋은 분인 줄 알았는데 아닌가 봐요."

"또 그 소립니까?"

"포기하든 하지 않든 그건 그쪽 사정이니까 내가 참견할 바 아니죠. 대신 상대를 괴롭히지는 말아 줬으면 해요. 원래 짝사랑은 상대가 모르게 하는 거거든요."

이런 새침한 말을 하고 효진은 진료실을 나가 버렸다.

바짝 긴장하고 대하는데도 늘 그녀에겐 한 방 얻어맞는 것 같다.

그녀의 두려움의 근원을 원천 봉쇄해야 하는데…….

양 여사를 어떻게 구워삶아야 할지 고민이 됐다.

* * *

치료를 마치고 운전해 돌아가는 효진은 속이 시끄러웠다. 이 남자의 직진을 더는 피할 방법이 없는 것 같았으니까. 그리고 그로 인해 자꾸만 설레는 자신을 제어할 자신도 없었다. 어느 순간 정신을 확 놓아 버린 채 그에게 달려들어 제발 날 좀 꽉 붙들어 달라고 말하고 말 것 같았다.

이 난관을 어떻게 헤쳐 가야 할까, 이 문제를 어떻게 해결해야 할까…… 고민이 깊어 머리가 다 어질했다. 그때였다.

사거리를 막 지나는 효진의 차를 향해 정신없이 달려오던 자동차가 키이익! 소리를 내며 급정거를 했다.

하아! 무슨 일이 벌어진 거지.

딴생각을 하느라 신호등을 못 봤나?

순간 공황 상태가 된 효진은 브레이크 페달에 발을 얹은 채 멍하니 있었다.

효진의 차 옆구리 바로 앞에 딱 멈춰 선 차에서 문이 열리더니 운전자가 튀어나오듯 내렸다.

"대체 정신을 어디에다 두고 운전을 하는 거야!!"

성질난 남자의 음성이 넘어왔다. 효진은 그 소리에 번뜩 정신이 들었고 일단 상황 파악이 필요해 차에서 내렸다.

사거리는 차량 통행이 드물어 신호등이 없는 곳이었고 효진의 차는 이미 사거리 절반을 진입해 있는 상태였다. 남자의 차는 왕복 2차선 좁은 도로에서 우회전하며 효진이 가던 길로 진입을 하려던 모양이었다. 딱 봐도 남자가 과속으로 달리다 효진을 뒤늦게 발견하고 급정거를 한 모양새였다.

잠시 딴생각을 하느라 이 상황을 온전히 지키지 못한 잘못이 효진에게 있다는 건 인정하나 이렇게 큰소리치며 반말을 지껄일 상황은 아니란 건 알 수 있었다.

"급정거하셔서 많이 놀라신 건 이해하는데요. 지금 상황은 제 잘못 아닌 것 같네요."

"아니, 이게 누구야. 마린 블루 매니저님 아니신가?"

남자에게 고개를 빳빳이 들고 할 말을 마친 효진이 차로 돌아가려는데 남자가 효진을 불러 세웠다. 그녀의 뒤통수에서 날아온 말에 효진의 인상이 구겨졌다.

아뿔싸! 고객이었어? 하 씨!

그를 향해 돌아서는 효진은 조금 전과 판이하게 얼굴 가득 미소를 장착했다.
"저희 레스토랑 고객이신가 봐요."
"지난번 우리 테이블에 와인을 추천해 줬었거든요. 그쪽이."
그는 동해 제일가는 망나니 강정호였다. 지난번 와인 추천 때 너무 노골적으로 가슴과 몸을 훑었던 인사라는 걸 효진도 기억해 냈다.
"죄송합니다. 워낙 많은 고객님이 다녀가셔서 제가 기억을 못 한 것 같네요."
"못 알아볼 수도 있지 뭘. 그보다 안 바쁘면 차나 한잔할래요?"
사거리를 떡하니 막아선 채 훅 던진 그의 말에 효진은 기도 차지 않았다.
효진의 표정으로 거절의 뜻을 알아차린 정호는 갑자기 목뒤를 잡았다.
"상황이 어떻든 난 급브레이크 밟느라 뒷목이 뻐근하다고."
"사고가 난 것도 아니고 블랙박스가 없는 것도 아니고. 뒷목 불편하신 건 가까운 병원 가서 치료받으셔야 할 것 같네요. 전 영업시간 시작 전에 복귀해야 해서. 그럼!"
그의 억지에도 아랑곳하지 않은 효진은 그대로 차를 타고 사거리를 벗어나 버렸다.
혼자 남은 정호는 잡았던 목뒤를 놓으며 피식 웃었다. 오랜만에 먹음직한 사냥감을 발견한 듯 입맛을 다시면서.

* * *

"아빠!"
들어서는 재욱을 발견한 강이가 거실 끝에서부터 달려와 재욱에게 달려들었다.
"오늘도 할아버지 할머니 말씀 잘 듣고 있었어?"
"네!"
"동생은?"
"몰라요."

"이런! 동생이 어디서 뭐 하는지도 모르고 혼자 놀고 있었어?"

"산이는 늘 바빠요. 만화 보자고 해도 안 보고 장난감 가지고 놀자고 해도 안 놀고……."

"그럼 뭐 하는데."

"책이나 보죠."

"책이나! 본다고?"

"네."

후, 이렇게 바람직한 꼬맹이가 있나. 무슨 여섯 살짜리가 벌써부터 책만 읽어.

재욱은 강이를 안은 채 산이가 있을 방으로 갔다. 강이의 말대로 산이는 침대에 기대앉아 책을 읽고 있었다. 강이가 불러 젖히는 아빠라는 소리도 듣지 못한 것 같았다.

"산아! 아빠 왔는데."

"아빠아!!"

그제야 책을 내팽개치고 일어난 산이 재욱에게 달려와 안겼다. 산이는 강이와는 또 다르게 재욱의 목에 매달려 포옥! 안겼다. 마치 그리운 아빠 냄새를 맡으려는 듯, 그리운 아빠 체온을 느끼려는 듯. 아이들의 온기와 아이들의 냄새가 재욱의 비강을 자극하자 알 수 없는 평온함이 온몸에 퍼졌다.

"산이는 너 닮았어."

살짝 견제하는 양 여사의 목소리가 들려왔다.

"어쩐 일로 이리로 퇴근했어?"

"애들이랑 같이 저녁 먹으려고요. 아직 식사 전이죠?"

"응…… 뭐…… 그렇지."

맞선 사건으로 따지러 온 모양이라고 잔뜩 겁먹고 있는 듯 보였다.

아이들 숟가락에 생선을 발라 얹어 주고 입가에 묻은 밥풀을 떼어서 입으로 쏙 집어넣고…… 재욱은 천상 아이 둘 아빠였다.

그런 재욱을 보며 양 여사는 이해가 안 됐다. 대체 뭐가 싫어 애들 엄마랑은 잘 살지 못했을까…… 저렇게 다정하고 애들이라면 끔찍한 애가 왜 아내에게 살갑지 못했을까.

재욱은 아내 선영의 외도를 아무에게도 알리지 않았다. 그저 성격이 맞지 않아 함께 살 수 없다고만 말했고 양 여사와 김 회장은 둘이 뭔가 안 맞아도 많이 안 맞는가 보다……라고만 생각했다.

그래도 두 아이 엄마인데 그냥 참고 버티고 살아 보라고 했었다. 부부가 다 그런 거라고. 하지만 재욱이 완고했고 선영 또한 뜻을 굽히지 않은 채 둘은 이혼을 감행했다.

양 여사가 상념에 빠져 있을 때 재욱이 밥을 다 먹은 아이들을 거실로 내보냈다.

"무슨 생각을 그렇게 하세요?"

"어? 아…… 아니다. 애들은 벌써 다 먹인 거야?"

"어머니!"

묵직한 그의 음성에 양 여사는 몸을 부르르 떨었다. 올 것이 왔구나…… 하는 예감에 머리털이 쭈뼛 서는 것 같았다.

"왜 그렇게 불러."

"저 이제 다시는 맞선 안 봅니다."

"얘! 뭘 그렇게 단정을 지어. 너 아직 젊고 애들은 어려. 누구든 짝을 만나야 너도 살고 애들도 엄마 사랑받으며 살지."

"사람을 안 만나겠다는 건 아닙니다. 만나도 제가 알아서 만나고 알아서 하겠다는 뜻이고요."

"네가 뭘 알아서 해! 장 의원 딸 별로든? 난 참 예쁘고 싹싹해서 좋던데."

"제가 알아서 합니다. 마음에 둔 사람도 있고요."

"뭐?"

"그러니까 더는 그런 자리 만들지 마세요."

"누군데. 뭐 하는 여잔데? 어느 집 딸이야?"

"어머니!"

"궁금하지. 넌 안 궁금하겠니? 몇 살인데? 동해 여자니?"

"때 되면 제가 데리고 오겠습니다. 아직 그 사람 마음을 확인 못 했어요."

"세상에, 난 그런 줄도 모르고 혼자 애가 탔잖니. 다행이다."

"어머니! 저 결혼 한 번 실패하고 아이 둘 딸린 이혼남입니다."

"그래…… 알아. 네가 말 안 해도 너무 잘 알아! 그게 뭐?"

"다시 하는 사랑, 다시 하는 결혼은 제 뜻대로 하고 싶습니다."

"어…… 언제는 네 뜻 아니었니?"

"아니었죠. 두 분 뜻 따랐잖습니까."

집안도 좋고 성품도 좋다고, 비슷한 사람들끼리 만나 결혼해야 잘 산다고, 그렇게 정해 줘서 한 결혼이질 않습니까. 심지어 직업도 부모님 뜻에 따라 두 분이 원하는 의사가 됐지 않습니까. 내 꿈 버리고……! 라는 말들은 꺼내 놓지 않았다.

"그러니 이제 제 일에 두 분은 손 놓고 지켜봐 주세요. 부탁입니다."

재욱의 단호한 말과 진심이 담긴 표정에 양 여사는 말을 잃었다. 하나뿐인 아들의 안위를 걱정하는 거야 부모로서 당연한 것을, 이렇게 꼼짝 못 하게 옭아맬 줄은 예상 못 한 일이었다. 대체 어떤 여자를 만나기에 벌써부터 연막을 뿌리는지 오히려 걱정되기 시작했다.

현관문이 열리고 와인 두 병을 품에 안은 효진이 나왔다. 하지만 겨우 몇 발 걸어 나왔다 다시 현관문을 열고 들어갔다.

"뭘 가져다줘. 만나지면 그때 줘도 되지."

와인을 테이블에 올려놓고 그에게 가는 것을 포기하려 소파에 앉았다. 그리고 마시던 와인을 마저 따라 홀짝였다.

잠을 청해 보려 시작한 와인이었는데 한 모금 한 모금 마시다 보니 자꾸만 그에게 와인을 갚아야 한다는 생각이 슬금슬금 기어 올라왔다. 사악한 마음이 끊어 내야 하는 그를 보고 싶어 하고 있다는 걸 알고 있으면서도 와인병을 들고 자리를 박찼던 효진이었다. 그리고 이내 이성이 번뜩 정신을 차렸고 황급히 집으로 들어와 다시 와인과 마주했다.

그냥…… 나중에……. 나중에 주는 게 맞잖아.

그래도 빌린 건데 얼른 갚아야 개운하지 않겠어?

뭐 꼭 그래야 할까?
안 그러면 그가 먼저 갚으라고 핑계 대고 찾아올지 몰라.
하아! 갖다주자.
효진은 결국 사악한 목소리를 이겨 내지 못하고 현관문을 벌컥 열었다. 그리고 그 앞에 화난 얼굴로 막 문을 두드리려던 재욱과 딱 마주쳤다.
"어딜 갑니까?"
"여긴 왜 왔어요?"
두 사람 입에서 동시에 질문이 터져 나왔다.
"와인 갚으려고요."
"또 도망칠 생각입니까?"
또 동시에 답이 튀어나왔다.

아이들과 인사를 나누고 집으로 향하던 재욱은 부재중 전화를 확인하고 부동산 중개인에게 전화했다.
'원장님 옆집이요. 세입자가 나가겠다고 연락이 왔어요. 이번에 수리 싹 하셨다고요? 가격을 좀 올려서 내놓을까 하는데.'
이 기민한 여자가 결국 재욱으로부터 도망치는 것을 선택한 모양이었다. 이대로는 도저히 안 될 것 같아 재욱은 집 앞에 차를 세우고 그길로 효진에게 찾아오던 참이었다.

그의 말에 효진이 잠시 말을 잃었다.
"어디로 도망칠 생각입니까? 나를 그렇게 못 믿는 건가? 대체 그동안 어떤 사랑을 한 겁니까? 왜 사람 말을 듣질 않아."
"잠깐 들어올래요?"
화가 나서 막 쏟아붓는 재욱을 가만히 보던 효진이 몸을 비켜서며 그를 달랬다. 아니, 그냥 들어오겠냐고 물은 건데 그 목소리만으로도 재욱은 화가 좀 풀리는 것 같은 착각이 들었다.

거실로 들어서며 테이블에 놓인 와인을 발견한 재욱은 낮은 한숨을 가만히 삼켰다. 어서 빨리 그녀의 불면증도 없애 주고 싶었다.

"한잔할래요?"

"합시다."

"좀 앉아요."

효진은 주방에서 와인 잔을 들고나와 소파에 앉았다.

"지난밤, 고마웠어요. 김재욱 씨 덕분에 잠을 청했던 것 같아요."

"술을 마시지 않고는 잠을 못 자는 겁니까?"

"집 나가겠다고 한 것 때문에 온 거죠?"

그의 물음에 답은 않고 그가 찾아온 이유를 되물었다.

"그냥 있어요. 어차피 마린 블루와도 가깝고 여기가 좋다고 했잖습니까."

"맞아요. 이 집이 참 좋았어요. 직장도 가깝고. 그런데 여기 있다가는 직장마저 잃을 것 같아서요."

그녀의 말에 재욱은 움찔했다. 그 부분까지 염두에 두지는 못했다. 그녀가 자신을 자꾸만 밀어내는 이유에 그런 문제까지 들어 있을 거라곤 상상하지 못했다. 어차피 자기 여자가 되면 마린 블루에서 일하는 건 아무 문제 없다고 생각했으니까.

양 여사의 반대를 100% 장담하는 그녀의 행동과 말에 저도 모르게 미간이 찌푸려졌다.

"왜 무조건 안 될 거라고 단정 짓습니까?"

"양 여사님을 잘 아니까요."

"그럼 당신 감정이나 내 감정은 중요하지 않나?"

"스무 살 어린애 아니잖아요. 이제 감정 정도는 스스로 다스릴 줄 아는 어른 아닌가?"

"그런데 왜 잠을 못 자는 겁니까?"

"……불면증은 오래된 고질병이에요."

"하! 내 품에선 잘만 자던데……!"

효진의 눈동자가 흔들렸다. 꿈이 아니었단 사실이 자못 충격적이었다.

왜 그랬냐고 따져야 하는데 그 품이 안온했던 건 부정할 수 없었다.

"그 품이 편하고 따뜻했나 보죠. 이미 잠결이어서 모르기도 했고."

"그럼 나랑 키스할 땐 왜 밀어 내지 않았습니까?"

또박또박 그의 말에 대꾸하던 효진도 키스에 관해서는 할 말이 없었다. 그와의 키스가 너무 좋아, 속절없이 좋아 놓아주기 싫었으니까.

"너무 오래 외로워서 그랬어요. 그렇잖아요. 김재욱 씨도."

"그 거짓말을 믿으라고!"

"……."

"다른 건 몰라도 당신 키스는 거짓말을 못 해. 당신과 보냈던 그 밤을 난 생생하게 기억하거든."

효진은 말없이 고개를 저었다.

"겁먹지 말고 직시합시다. 내가 당신의 방패막이가 될 겁니다. 오늘 어머니께 얘기하고 오는 길입니다."

"뭘……요?"

"좋아하는 사람 있다고. 그러니 기다리라고."

놀라 물은 효진은 그의 대답을 듣고 크게 숨을 내쉬었다.

재욱은 그녀가 안도하는 것으로 생각했지만 그녀 한숨의 의미는 이내 알게 되었다.

"그게 저라고는 말 못 했군요."

"그건, 당신이 아직 진심을 말해 주지 않았으니 기다리는……."

"잘했어요. 하마터면 당장 해고당할 뻔했잖아요."

"효진 씨!"

"서울에서 도망치듯이 이곳으로 왔어요. 그리고 이제 겨우 자릴 잡아 가는 중이고요. 여기서 도망치면 더는 갈 곳도 없어요."

"그러니까 당신 진심을 말해요. 도망치지 말고."

내 진심? 당신이 그리웠다고, 너무나 그립고 보고 싶었다고, 그래서 늘 갈망했다고, 우연히라도 만나지기를 바라 왔다고 말하라고? 당신이 기억하는 그 12월 25일, 우리가 사랑을 나누었던 그 밤이 엄마의 기일이 되는 줄도 모르고 미쳐 있었던 나를 떠올리고, 당신을 안을 때마다 홀로 외롭게 떠난 엄마를 떠올려야 한다는 진실을 말하라고? 잘난 남편 때문에 그 힘든 4년을 보내고 다시는 돌아보지 않겠다고 돌아서 나온 내가 또다시 잘나고 귀한 남자를 앞에 두고 같은 삶을 살아야 하는 이 심정을 말하라고?

효진은 헛웃음이 났다.

"우린 안 돼요. 난 내 마음을 다스릴 거니까 당신도 당신 마음을 다스려요."

재욱의 집 거실 테이블 위에 그녀가 건네준 와인이 두 병 덩그러니 놓여 있다.

'그런 슬픈 눈을 하고 그렇게 매정하게 말을 하다니.'

집으로 돌아온 재욱은 소파에 몸을 묻고 쏟아지는 한숨을 푹푹 내쉬며 죄 없는 와인병만 째려보고 있었다.

이토록 그의 배경이 삶의 걸림돌이 됐던 적은 없었다. 관계를 맺음에 있어 신중한 그녀의 태도에 짐짓 숙연해졌다. 그렇다고 이 사랑을 쉽게 생각했거나 안일하게 받아들인 적은 결코 없지만, 그녀 말처럼 쉬운 일이 아니란 생각은 해 보지 않았다. 내가 살아 낼 내 두 번째 인생인데 더는 그 누구의 방해도 받고 싶지 않다는 바람대로 살아질 거라 생각했으니까.

다가설수록 멀어지는 그녀 때문에 재욱 또한 이 밤, 잠을 이룰 수가 없었다.

6. 할슈타트 워낭

"미애 씨! 나 먼저 퇴근해요."

"네! 내일 뵐게요."

일주일에 하루 마감 세 시간 전 이른 퇴근을 하는 날이다. 재욱이 물었던 그날.

마린 블루를 막 나서는데 자동차 라이트가 비쳤다. 짧은 순간 그일지도 모른다는 생각이 스쳤다. 하지만 차에서 내린 사람은 보기 드물게 잘 차려입은 선화였다.

"여긴 왜 온 거야?"

"너 일찍 끝나는 날이잖아."

"그래서?"

"같이 갈 데 있어."

"또 어딜?"

"일단 타! 가면서 얘기해."

"내 차는."

"이따 여기로 데려다줄게. 그때 가져가."

그렇게 납치당하듯 선화의 차에 올랐다.

선화가 효진을 태우고 간 곳은 외곽 한적한 산길에 자리한 서린 갤러리였다.
"갤러리? 여기 이런 곳도 있어?"
"너 동해 너무 무시한다. 여기도 나름 있을 건 다 있다고."
"전시회 해?"
"저번에 봤던 조 관장 갤러리야. 우리 남편 친구. 오늘부터 사진 전시회가 시작된대. 개인전이라는데 언제든 한번 오랬거든. 그래서 문화생활 좀 하려고 왔지."
"남편이랑 오지."
"너랑 오는 게 더 좋아."

개인전이라는데 작가 이름도 프로필도 없었다.
선화에게 이끌려 전시장까지 들어온 효진은 조 관장과 인사를 나누었다. 오픈일이라 손님이 많아 선화가 아는 얼굴도 많았다. 덕분에 효진은 조용히 혼자 사진을 감상하게 됐다.
여러 나라를 돌며 찍은 풍경 사진이 주를 이룬 전시였다. 사진 전문가는 아니지만, 사진을 바라보는 효진의 마음은 따뜻해지는 기분이었다.
'작가가 어떤 사람인지 모르겠지만 마음이 따뜻한 사람인가 보다. 도심 풍경인데 따뜻하고, 설산인데 따뜻하네.'
그렇게 사진에 심취해 이동하다 효진은 걸음을 우뚝 멈췄다. 칸막이로 나눠진 다음 방은 눈에 익은 풍경의 사진들로 가득 차 있었다.
설마…… 아니겠지…….
하지만 사진 한 장 한 장 확인할수록 확실해졌다.
'할슈타트!'
하아! 이 사진은…….
"같이 오고 싶었는데."
놀라 돌아본 곳에 재욱이 서 있었다.
"나한테는 시간도 내어 주기 아까운 것 같더니 선화 씨에게는 아주 후하네요."
"이 사진들……."

"맞아요. 내 사진들입니다. 하지만 비밀이에요. 서 관장만 알거든. 이제 효진 씨도 알게 됐지만."

"그 겨울에…… 찍은 사진들인가요?"

"네. 그 겨울에……."

그 겨울이라는 말에 두 사람 모두 아련한 추억 속으로 빠져드는 것 같았다.

'사진작가 맞네. 사진 엄청 멋있어요. 풍경 사진 전문가인가 보네요.'

'마음에 듭니까?'

'네. 몇 장 공유할 수 있어요?'

'……돌아가면 인화해서 줄게요.'

'할슈타트에서 찍은 사진이면 더 좋을 것 같아요.'

'그래요. 그럽시다. 할슈타트 사진으로…….'

효진의 얼굴에도 재욱의 얼굴에도 씁쓸함이 묻어났다.

그때, 입구 쪽에서 조 관장이 재욱을 향해 손을 흔들었다. 그쪽으로 좀 와 달라는 신호였다.

"그럼, 천천히 둘러봐요."

재욱이 자리를 떠나고 효진은 한동안 움직일 수 없었다.

"여기 있었구나. 사진 좀 봤어? 풍경 좋지? 제목 보니까 유럽 도시들이더라."

"응…… 나도 봤어."

"어머, 서영 엄마!"

선화는 잠시 효진 곁에 머물다 다시 사람들 속으로 사라졌다.

효진은 그의 말대로 천천히 사진들을 둘러봤다. 배터리가 없어 사진으로 담지 못한 할슈타트의 풍경들이 고스란히 있었다. 그의 사진기로 들여다봤던 사진들이 고스란히 있었고 그와의 기억들이 고스란히 남아 있었다. 다시 기차를 타기 위해 마을을 떠나는 배 위에서 찍은 듯 보이는 사진을 끝으로 할슈타트는 끝이 나고 다음 방으로 연결이 됐다.

다음 방은 가슴 시리게도…… 비엔나였다. 숨이 턱 막히는 것 같았다. 다리가 굳어서 움직여지지 않았다. 현기증이 일어 벽을 잡고 한참을 서 있은 후에야 겨우 움직일 수 있었다.

어떻게…… 어떻게 이래.

1년 하고 9개월이나 지난 일이잖아.

그런데 왜 아직도 이 남자는 그때 그 겨울 속이냐고……. 나처럼……!

화려한 성 피터 성당도 있었고 웅장한 파이프 오르간도 있었다. 크리스마스 분위기로 한껏 들떠 있는 거리도 보였고 빨간 코트를 입고 포즈를 취한 남자들도 있었다. 움직이는 트램 안에서 햇살 가득한 거리를 담은 사진과 광장 앞 스케이트장의 화려한 조명들도 눈에 들어왔다. 그리고…… 어두운 가로등 속으로 사라지는 한 여자의 뒷모습!

'하아! 나야!'

사진 한 장 찍자는 그의 말에 거절 의사를 밝히고 유유히 어둠 속으로 걸어가던 그날의 자신을 그가 담았다. 그리고 그 아래 제목은 '그녀' 였다.

코끝이 시큰해졌다. 그에게 그녀는 말 한마디 없이 사라져 버린 야속하고 비겁하고 무책임한 그녀였을 텐데……. 그런데도 그는 그녀를 내내 잊지 못하고 있었다. 긴 시간이 흐르는 동안 아련히 잊혔을 법도 했을 텐데 잊지도 못하고 버리지도 못하고 여기저기 그 흔적을 새기며 그녀를 그리워하고 있었던가 보다.

이런 남자를 꼭 외면해야 할까?

이런 남자를 꼭 떠나야만 할까?

꼭 밀어내야만 할까?

코끝을 시큰하게 하던 원인이 눈물이 되어 맺히고 급기야 볼을 스치지도 못한 채 후드득 떨어지고서야 그를 사랑하고 있다는 걸 인정하게 되었다. 눈물이 하염없이 흘러내려 효진은 더는 이곳에 있을 수 없었다. 이제 그를 놓을 수 없다는 걸 알아 버렸는데, 이미 너무 멀리 와 버렸다는 생각에 심장이 아려 와 이곳에 있을 수 없었다. 그길로 효진은 갤러리를 뛰쳐나갔다.

황급히 갤러리를 빠져나가는 효진을 선화가 발견하고 놀라 따라가려는데 재욱이 그녀보다 먼저 효진을 쫓아 뛰어나가는 게 보였다. 걸음을 멈춘 선화의 얼굴에 걱정과 우려가 담긴 미소가 번졌다.

"하아…… 하아……!"

갤러리를 뛰쳐나오니 9월 밤 숲의 찬 공기가 효진의 폐를 가득 채웠다. 하지만 답답한 속은 개운해지지 않았다.

"어딜 갑니까? 왜 그냥 가."

뒤도 돌아보지 못한 채 우뚝 선 효진은 들려온 그의 목소리에 다시 눈물이 그렁했다.

"다 본 겁니까? 그 사진들. 하나하나 천천히 본 거냐고."

다가온 그의 온기가 등 뒤에서 느껴졌지만 돌아설 수 없었다. 눈물이 들어찬 눈을 보여 줄 수 없었으니까.

"네. 다 봤어요."

"그런데 어떻게 그냥 갑니까."

"……."

"사진 본 감상 정도는 말해 줘야지. 그래도 추억이 있는 사진들인데……."

말끝에 섭섭함이 묻어난다는 걸 알았다.

그가 효진 때문에 마음 상하는 게 싫었지만, 지금은 달리 뭘 할 수도 없는 상황이었다.

이제 그만 말하고 놔주지.

이제 그냥 갈 수 있게 놔주지.

더 잡으면…… 더 잡으면…… 나도 더는 못 참을 것 같은데…….

"몇 장 공유하기로 했잖습니까. 그래서 사진 인화해 뒀는데……."

"……."

"사진이 별로였나! 좋아할 줄 알았는데."

"……."

"나 좀 돌아봐 주면 안 됩니까?"

재욱은 꿈꿔 왔던 일을 해내고 부푼 마음으로 첫 전시회를 열었다. 이름도 밝히지 못하는 전시회였지만 꿈을 이루었다는 것만으로도 기뻤다. 그 기쁨의 순간을 그녀와 함께하고 싶었고 그녀에 자랑하고 싶었다.

"사진 좋았어요."

내내 등을 보이고 섰던 효진이 몸을 돌려 세웠다. 고개도 들지 못하고 눈도 맞추지 못하고 들려온 그녀의 목소리에 재욱은 미소가 번졌다.

"그래요? 괜찮았어요?"

"네! 아주 훌륭했어요. 고생했겠어요. 준비하느라."

고개를 들지 않는 그녀가 야속해 그녀와 눈을 맞추고 싶어 몸을 숙이고 고개를 기울이다 어둠 속에서 가로등 불빛에 반짝이며 볼을 타고 흐르는 눈물을 보고 말았다. 순간 재욱은 두 손으로 그녀의 볼을 잡아 들었다.

"왜 웁니까?"

"잡지 말지……."

"뭐라고요?"

그제야 시선을 들어 눈물이 가득 들어찬 눈으로 재욱을 똑바로 바라본 효진이 어렵게 입을 열었다.

"보고 싶었어요."

"하아!"

"늘 그리웠고 늘 궁금했고 늘 생각했어요."

재욱은 이 믿기지 않는 고백에 심장이 멈추는 것 같았다.

"나…… 더는 당신 못 밀어낼 것 같아. 이제 어떡해요."

"당신 정말 바보네. 그걸 이제 알다니. 이제라도 알았으니 됐습니다. 이제 됐어."

재욱은 효진을 가만히 안았다.

뭐가 됐다는 걸까. 이제부터 힘든 난관들이 펼쳐질 텐데 뭐가 됐다는 걸까.

하지만 지금, 이 순간만큼은 그의 품이 좋았다. 그냥 이대로 그의 품에서 시간이 멈추어도 좋겠다 생각했다.

차를 몰고 집으로 돌아가는 효진의 뒤로 재욱의 차가 따라오고 있다. 어두운 길, 그의 차에서 나오는 불빛이 이렇게 위안이 될 줄은 몰랐다. 각자의 차를 타고 각자의 집을 향해 가고 있지만, 그가 그녀 뒤에서 든든히 버텨 준다고 생각하니 하나도 외롭지 않았다.

이런 게…… 사랑 아닐까?

집 앞에 효진의 차와 재욱의 차가 나란히 멈춰 섰다.

"내가 아침에 태워다 줘도 된다니까."

"나 태워 주고 출근하면 병원 지각하잖아요."

헤어지기 싫어서 재욱은 할 말도 없으면서 뻘쭘하게 그녀를 바라보고 섰다. 헤어지기 싫지만, 내일을 위해 얼른 각자의 삶으로 돌아가야 함을 아는 효진은 몸을 틀어 집으로 향했다.

"들어갈게요."

"오늘은 잘 잘 수 있습니까?"

어떻게든 붙잡고 싶은 다급한 마음은 이런 유치한 말들을 마구잡이로 쏟아 낸다.

효진이 걸음을 멈추고 그를 향해 돌아섰다.

"잘 자 볼게요."

"그냥…… 내가 좀 안아 주면 안 되나? 아주 잘 자던데."

그러고 싶은 맘 굴뚝이지만 아직 그와 풀어야 할 얘기들이 많다. 아는 게 별로 없고 앞으로 어떻게 이 상황을 극복할 건지에 대해서도 알 수 없고, 아이들 엄마와는 어떻게 정리가 된 건지 부모님은 어떻게 설득할 건지……. 암담한 생각들이 머릿속을 채우자 효진의 표정이 이내 굳었다.

"또 무슨 생각 하는 겁니까. 이렇게 헤어져 놓고 밤사이 또 사라질 궁리 하는 거 아니죠?"

"그렇게 불안해요?"

"그럼 안 불안하겠습니까? 전적이 있는데."

입을 슬쩍 내밀고 뾰로통한 얼굴을 만든 그도 멋있었다.

그의 아이들도 그를 닮았다면 저렇게 생겼을까?

재욱을 새겨 넣을 듯 꼼꼼히 바라보던 효진이 침묵을 깨고 입을 열었다.

"자고 갈래요?"

허걱! 심장이야! 저 여자가 정말 사람 여러 번 심장 떨리게 하네.

그녀의 말간 눈동자를 가만히 보던 재욱은 저벅저벅 걸어가 효진의 손을 덥석 잡았다.

"말 바꾸기 없습니다."
그러고는 현관 앞까지 걸어왔다.
"문 열어요."
그의 당당한 목소리가 여전히 듣기 좋았다. 저 당당함이 그녀를 지켜 줄 것만 같았으니까.
효진은 그가 보고 있단 걸 알면서도 번호를 눌렀다.
[1225]
'하! 이런 앙큼한 여자 같으니라고.'
재욱은 그녀도 자신과 같은 번호를 사용하고 있단 사실에 저 아래서부터 뜨거운 열기가 올라와 안지 않고는 못 배길 것 같았다. 집 안으로 들어서고 현관문이 닫히자 재욱은 그대로 효진을 뒤에서 안았다.
"날 왜 이렇게 애태웠습니까."
효진의 목덜미에 얼굴을 묻은 재욱은 인공호흡이라도 하듯 그녀의 향기를 마음껏 들이마셨다. 이제야 온몸의 숨구멍이 열리는 것 같은 착각이 일었다.
"들어가요. 우리…… 얘기 좀 해요."
차분한 그녀의 음성에 재욱은 무게를 느꼈다. 이제 서로의 마음을 막 확인했는데 뭣 때문에 저토록 무거운 음성일까.
소파에 나란히 앉은 두 사람 사이에 김이 올라오는 잔이 놓였다. 효진은 쉽게 입을 열지 못하고 잠시 잔에서 올라오는 김만 바라봤다.
"말해요. 무슨 말이 든 다 들을 준비 됐으니까."
"그래요. 말할게요. 이제 다 말하고 싶어요."
숨죽이는 재욱은 준비됐다고는 했지만, 그녀가 또 담을 쌓지는 않을까 도망치려고 연막을 뿌리는 건 아닐까 걱정되었다.
"12월 25일은…… 엄마 기일이에요."
방금 뭐라고 한 거지!
불쑥 끄집어낸 말에 재욱은 잠시 버퍼링에 걸린 컴퓨터처럼 멍했다.
"그날, 당신이 물 사러 나간 그날. 병원에서 문자가 들어와 있었어요. 엄마가 투석 중에 쇼크가 와서 응급실로 이동했다고. 그래서 정신없이 방을 나왔고 미친 듯이 서울로 갔어요. 그런데 내가 병원에 도착했을 땐 이미 엄마가 돌아가신 뒤였어요."

재욱은 아무 말도 하지 못한 채 그저 다가와 효진을 꽉 끌어안았다.

그런 줄도 모르고, 그런 일이 있은 줄도 모르고 그녀를 원망했었다. 다시 만나서도 혼자 애달파 있는 것 같아 투정 부렸고 혼자 그리워했던 것 같아 약올랐었다. 그런 줄도 모르고…….

"혼자 많이 힘들었겠다."

"네. 죽을 만큼 힘들었어요. 아무도 내 편 들어 주지 않을 때 엄마만 내 편이었어요. 산송장처럼 있으니까 여행이라도 다녀오라고…… 떠나던 날 용돈까지 챙겨 주면서 잘 갔다 오라고 했는데…… 그런 엄마를 혼자 쓸쓸하게 보냈어요."

재욱은 효진의 등을 토닥였다. 그 무슨 말도 그녀에게 위로가 될 순 없을 것 같았다.

"당신과 함께였던 그 순간이 좋아서 핸드폰도 켜 놓지 않고 밤새 침대 위였어요. 내가 핸드폰을 켜 뒀더라면 그래서 일찍 전화를 받거나 문자를 확인했더라면 임종은 지켰을 텐데…… 항상 자책했어요."

"당신이 행복했다면 어머니도 이해하셨을 겁니다. 사랑하는 딸의 안위를 위해서라면 외로운 길도 외롭다 느끼지 않으셨을 거고."

"……."

"그러니 보란 듯이 더 씩씩하게 살아야겠네. 더 행복해져야겠고. 내가 그렇게 해 줄게요. 이제 절대 혼자 두지 않을 겁니다."

재욱은 자신 있게 말했다. 주문을 걸듯…… 최면을 걸듯…… 그래서 마법처럼 위력을 발휘하길 바랐다. 이 여자의 아픔을 모두 보듬고 앞으로 벌어질 어떤 어려움으로부터 서로를 지켜 줄 힘이 되기를 바랐다.

소파에 서로를 꼭 끌어안은 채 앉은 두 사람은 불도 켜지 않고 계속해서 얘기 중이었다. 그간 나누지 못한 얘기들이 많기도 했고 앞으로의 일이 걱정되기도 했으니까.

"아이들 엄마와는 어떤 상태인 거예요? 가끔 만나기는 해요? 아이들 때문에라도……."

"안 만납니다. 면접 교섭권을 포기했어요."

"네?"

"이혼의 귀책사유가 애들 엄마에게 있었습니다. 내 친구와 외도를 했거든. 후."

"아……."

"문제 삼지 않고 조용히 이혼하는 조건으로 내 모든 요구 사항을 들어줬습니다."

"그래서 애들 면접 교섭권도 포기시켰어요?"

"아니요. 그건 그 사람 선택이었습니다. 나도 좀 놀랐지만. 아이들도 보고 싶지 않을 만큼 내가 싫었던 건지…… 나도 그게 의문입니다."

효진이 그의 허리를 꼭 끌어안았다. 가슴에 얼굴을 묻고 자신에게 안긴 그녀를 가만히 내려다보던 재욱이 신중하게 입을 열었다.

"부모님께 얘기합시다."

그의 말에 효진이 감았던 팔을 스르르 풀었다. 그러자 재욱은 그녀가 빠져나가지 못하게 더 꽉 잡았다.

"걱정되는 맘 이해합니다. 그래도 숨기고 싶지 않아요."

"조금만…… 시간을 줘요."

"어떤 시간이 필요합니까?"

"마음의 준비……!"

"음……."

"?"

"그래요. 우리 둘만의 시간을 조금만 가집시다. 그럼. 그 참에 난 당신을 더 깊이 알아 가야겠고 당신과 연애도 좀 하고 싶고 또……."

효진이 고개 들어 그를 올려다봤다. 정말 꿈에 부푼 얼굴을 하고서 골똘하게 생각하며 얘기하는 것 같았다.

"내가 웃깁니까? 난 이날만을 꿈꿔 왔는데."

"나도 믿기지 않아서요."

서로를 바라보는 눈빛이 애달프다. 이리 좋은 사람들이 어찌 외면한 채 그 아까운 시간을 보냈을까 싶었다.

"키스해도 됩니까?"

효진은 싱긋 웃어 보이곤 그의 입술에 자신의 입술을 가져가 촉 소리를 내며 입 맞췄다.

"내가 원한 건 이런 게 아닌데."

재욱은 그대로 효진의 입술을 베어 물었다. 품 안에 가득 안은 그녀를 세게 끌어당기며 집어삼킬 듯 키스했다.

두 사람의 입술이 맞물렸다 떨어지는 소리로 거실 안이 촉촉하게 젖어 들었다. 뜨겁게 달아오른 재욱의 거친 숨소리가 효진의 목구멍을 타고 흘러 들어갔다. 성마른 손길은 서로의 몸을 탐했고 갈급한 심정은 이미 맞닿은 몸을 서로 놓아주지 않고 있었다.

"하아…… 하아…… 하아……!"

"괜찮아요?"

긴 키스 끝에 겨우 떨어진 두 사람에게서 뜨거운 숨이 몰아쳐 나왔다.

"심장이 터질 것 같아요."

"난 이미 내 심장이 아닌 것 같습니다."

재욱은 다시 그녀의 턱과 목덜미에 키스를 퍼부으며 그녀의 셔츠 단추를 풀었다. 그녀의 뽀얀 속살이 드러나자 재욱은 조심스럽게 그녀의 젖가슴으로 손을 밀어 넣었다.

"하읏……!"

말캉하게 잡히는 그녀의 가슴을 속옷에서 끄집어낸 재욱은 허락을 구하는 듯 그녀와 시선을 한 번 맞추고는 살며시 빨아 당겼다. 효진은 허벅지를 꽉 붙이며 열리는 온몸의 감각을 억눌렀다.

"으읍……."

"두렵습니까?"

몸에서 힘을 빼지 못하는 그녀에게 재욱이 조심스럽게 물었다.

"아니…… 떨려서 미칠 것 같아……."

재욱은 효진의 손을 가만히 가져와 자신의 심장에 얹었다.

"봐요. 나도 엄청나게 떨고 있잖아."

그의 심장도 정신없이 뛰어 대고 있기는 마찬가지였다.

"이러다 우리 죽을 것 같아요."

"우리라는 말! 다시 들으니 좋네."

재욱은 이내 그녀의 젖꼭지를 부드럽게 혀로 애무했다. 그의 사랑을 여과 없이 받아 내느라 효진은 목을 젖히며 입술을 깨물었다. 그녀의 야릇한 모습을 바라본 재욱은 젖무덤을 베어 물었고 제어되지 않는 흥분에 휩싸여 사정없이 빨아 당겼다.

"아읏……!!"

효진이 허리를 휘며 신음을 토해 내자 재욱은 그녀의 가슴을 놓아 주었다. 붉은 자국이 선명하게 남은 그녀의 젖가슴이 보기 좋았다. 이 여자의 온몸 구석구석에 흔적을 남기고 싶었다. 자신의 여자가 되었다는 사실을 부정하지 못하도록 옭아매고 싶은 욕구가 강하게 솟구쳤다.

그녀의 등 뒤로 손을 넣어 브래지어 버클을 풀어 버리자 갇혔던 그녀의 풍만한 가슴이 재욱의 눈앞에 드러났다. 저도 모르게 쏟아지는 짙은 숨에 재욱 스스로가 더 놀랐다. 이렇게까지 그녀에게 목말라 있는 줄은 미처 몰랐으니까. 아랫도리가 묵직하게 차올랐다.

"당신을 갖고 싶습니다."

"나도 당신을 원해요."

그녀의 말에 재욱은 셔츠를 풀기 시작했다.

그 겨울, 충동적으로 서로를 탐했던 그때와는 다르게 두 사람은 신중했고 조심스러웠으며 감정을 하나하나 훑어 내렸다. 재욱은 효진의 몸 어느 곳 한 군데도 빼지 않고 소중히 어루만져 주었고 효진 또한 그에게 모든 것을 내어 주었다. 달빛이 드는 어두운 거실 안은 두 사람의 혼탁한 신음 소리와 꼭 맞물린 곳에서 나는 질퍽한 마찰음으로 가득했다.

"하윽…… 으읏……."

그녀의 앓는 소리에 놀란 재욱이 그녀를 바라봤다.

"하아…… 내가 아프게 했습니까?"

"아니…… 멈추지 말아요."

1년 9개월 만의 섹스였다. 그와의 밤을 끝으로 멈춰 버린 관능의 시간을 지금, 그가 다시 깨우고 있다.

그녀의 대답은 재욱의 욕정에 더욱 불을 지폈다. 그녀가 멈추래도 멈출 수 없을 만큼 깊이 그녀에게 빠져들고 있었다. 이제는 절대 그녀를 놓아줄 수 없음을 다시 한번 뼈저리게 확인했다. 재욱은 더욱 거세게 그녀를 밀어붙였다.

그녀가 자신의 등을 꽉 그러잡는 손길이 황홀했다. 그녀가 허리를 뒤채며 자신에게 더 가까이 닿기 위해 애쓰고 있다는 사실이 미치게 좋았다. 재욱은 그녀의 어깨와 머리를 끌어안고 완전히 빠져나온 물건을 다시 깊게 밀어 넣었다.

"아읏……!"

그녀에게 가는 길은 여전히 좁고 뜨거웠다. 숨을 헐떡이는 그녀의 가슴에 땀이 송골송골 맺혔고 그녀에게 더 깊이 닿고 싶어 허리를 뒤채는 그의 등골에도 땀방울이 주르륵 흘렀다. 목을 젖히며 앓는 소리를 삼키려 안간힘 쓰는 그녀의 모습이 죽여주게 색정적이었다. 더는 버틸 재간이 없었던 재욱은 있는 힘껏 그녀를 쳐올렸다. 그리고 이내 두 사람은 긴 시간 기다려 온 둘만의 안온함에 빠져들었다. 그에게서도 그녀에게서도 진한 신음이 동시에 터져 나왔다.

"재워 줄 것처럼 굴더니……."

"대화만 할 것처럼 군 게 누군데 그럽니까."

서로를 끌어안은 채 누운 두 사람의 대화였다.

"오늘은 우리 잘 수 있을까요?"

"글쎄! 장담 못 하겠습니다."

효진은 그의 품에 얼굴을 묻었다.

그녀의 미소가 가슴에서 퍼지는 게 느껴졌다.

"내 마음 변하기 전에 어서 눈 좀 붙여요. 지금은 여행 중인 것도 일탈 중인 것도 아니니까. 양보하는 겁니다."

"고맙네요."

속옷 한 장 걸치지 않은 채였지만 그의 온기가 고스란히 전달돼 따뜻했다.

맞닿은 속살의 감촉이 좋아 안겨만 있는데도 스르르 눈이 감겼다. 금방이라도 잠이 들것 같은 순간 효진은 그에게 꼭 하고 싶은 말이 떠올랐다.

"나 이제 사랑해도 될까요?"

"무슨 질문이 그래요. 사랑해도 되냐니."

"행복해도 되나 싶어서……."

그녀의 말이 가슴 아팠다. 그래서 품 안의 그녀를 더 꼭 안았다.

"당신 행복할 자격 충분합니다. 사랑받을 자격도 충분하고. 그러니 이제 우리 마음껏 사랑합시다."

"고마워요."

재욱은 그녀의 머리카락과 그녀의 어깨를 살며시 어루만졌다. 자신의 품 안에서 지친 그녀가 곤히 잠들기를 바랐다.

효진이 눈떴을 때 그는 없었다. 밤새 끌어안고 있었는데도 그의 부재는 어쩐지 허전했다. 그가 호텔 룸으로 돌아왔을 때 느꼈을 공허함과 허전함이 어떤 것인지 이제 조금 알 것 같았다. 그때 테이블 위 쪽지가 눈에 들어왔다.

[너무 곤히 자서 일부러 깨우지 않고 갑니다. 혼자 깨어나서 놀랄까 봐 쪽지 남기고! 출근 잘 하고 저녁에 봅시다.]

참 반듯하고 참 재미없는 쪽지였다. 그래도 그가 자신을 위해 이 쪽지를 쓰고 남겼다는 걸 생각하니 가슴이 푸근해졌다. 연기처럼 사라져 복수를 해도 모자랄 판에 혼자 남을 사람 걱정까지 하는 이런 남자가 자신의 남자라는 게 믿기지 않았다.

상쾌한 아침이었다. 그와의 뜨거웠던 정사로 온몸이 두들겨 맞은 것처럼 아팠지만 머릿속만큼은 맑고 개운했다. 그저 그와의 사랑을 받아들이고 인정한 것뿐인데 세상이 달라 보였다. 부딪쳐야 할 일들이 산재해 있지만 당장은 그런 문제로부터 자유롭고 싶었다. 그의 말대로 당분간은 둘만의 시간을 가져 보기로 했으니까. 그때 효진의 핸드폰에 문자음이 울렸다.

[잘 잤어요? 벌써 보고 싶네.]

[나는 병원 도착했습니다.]

[출근시켜 주고 싶었는데 아쉬워요.]

재미없는 쪽지를 남겼다고 투덜거린 게 무색할 만큼 그의 문자는 다정함을 싣고 연신 울어 댔다.

[아침은 먹었습니까?]

[아침도 챙겨 주고 싶었는데.]

대체 문자를 언제까지 보낼까…… 의문이 들기 시작했다. 곧 진료 시작일 텐데 일은 제대로 하는 걸까?

[자동차에 선물이 있습니다.]

[너무 놀라진 말고.]

[좋은 하루 보내요.]

여기까지가 그의 아침 문자였다.

둘만의 시간을 가져 보기로 한 건 참 잘한 선택 같았다. 어쩐지 이 남자와의 연애가 기대되기 시작했으니까.

준비를 마친 효진은 기분 좋게 마당을 가로질러 자동차로 왔다. 문을 열면서 의자 위를 봤지만, 그가 말한 선물은 보이지 않았다. 뒷자리에 뒀나? 싶어 뒷문도 열어 봤고, 설마 트렁크에 풍선 같은 거 막 넣어놓고 그런 거 아냐? 하며 트렁크도 열어 봤지만, 텅 비어 있었다.

'대체 선물을 어디에 뒀다는 거야…….'

출근이 늦어질 것 같아 운전석에 앉아 시동을 걸고 차를 막 출발시키는데 '딸랑' 종소리가 들렸다. 순간 효진은 숨을 쉴 수가 없었다.

한국으로 돌아와 그것도 엄마의 상을 다 치르고도 며칠이 지난 후에야 그를 떠올렸고 그때야 워낭이 사라진 걸 알았다. 정신없이 서울로 향할 때 어딘가에서 떨어져 잊어버렸다고 생각했었다. 그냥 워낭을 잃어버린 것뿐인데 그 사람을, 그 사람과의 기억을 통째로 다 잃어버린 것 같았다. 그와의 추억이 담긴 유일한 물건이었는데 그것마저 사라졌다는 사실에 한동안 많이 우울했었다. 그런데 그 워낭이 지금 룸 미러에 예쁘게 달려 있었다.

'……이게 어떻게……?'

* * *

〈2년 전 겨울〉

물을 사 들고 호텔 룸으로 돌아온 재욱은 텅 빈 룸 안을 보고 잠시 사고가 정지되었다. 연기처럼 사라져 버린 그녀를 어떻게 찾아야 하나 잠시 고민했던 그는 그길로 다시 호텔을 빠져나갔다.

지난밤 그녀의 말을 기억해 내고 2번 트램을 탔고 도나우 운하를 건너 하차한 후 핸드폰으로 아파트형 게스트 하우스를 검색했다. 그리고 한 군데 한 군데 찾아다녔다. 수도 없이 많은 게스트 하우스를 어둠이 거리에 가득하도록 뒤지고 다녔다. 하지만 끝내 그녀가 묵었던 곳을 찾지 못하고 다시 호텔로 돌아왔고 혹여 그녀가 메모를 남기지 않았을까 싶어 데스크에 문의도 해 봤지만 816호로 남겨진 메모는 없었다.

허탈하게 룸으로 들어와 지친 몸으로 소파에 털썩 주저앉는 순간 '딸랑' 방울 소리가 들렸다. 그 소리가 마치 그녀인 것처럼 반가워 획 돌아봤다. 그녀가 다시 돌아온 게 아닌가 착각이 일 정도로 반가웠다. 하지만 그녀는 없었고 소파 틈에 그녀의 워낭만 덩그러니 남겨져 있었다.

처음엔 가방에서 떨어졌나 보다……! 했다. 그리고 시간이 조금 지났을 땐 홀연 도망치듯 사라지면서 선물로 남겼나? 라고 생각했고, 다시 시간이 지났을 땐 매정한 여자, 이거나 먹고 떨어지라는 뜻이었어! 라고 생각했다. 그러다 종국에는 그녀가 그리울 때마다 꺼내 보는 추억의 물건이 되고 말았다.

* * *

재욱은 이른 아침, 그녀의 집에서 나와 돌아온 후 행복한 기분으로 출근 준비를 마쳤다. 그리고 잠든 그녀를 바라보며 지난밤 떠올렸던 워낭을 꺼내 들었다. 그녀의 집에서 들고나온 차 키로 문을 열고, 워낭을 발견했을 때 그녀의 표정을 떠올리며 행복하게 룸 미러에 워낭을 달아 놓았다.

"이제야 주인을 찾았구나."

1년 하고도 9개월간 그의 외로움을 달래 주었던 벗이었다. 그녀의 빈자리를 채워 주었던 벗이었고 힘든 날 헛헛한 날 그 마음을 달래 주는 벗이었다. 이제는 그녀에게 돌아가야 할 때고 이제는 그녀와 함께 공유할 수 있게 됐다. 그 사실만으로도 벅찼다. 그렇게 그녀의 차에 기가 막힌 선물을 남겨 두고 재욱은 즐겁게 출근길에 올랐던 참이었다.

— 전화를 안 할 수 없었어요. 미안해요.

운전 중인 효진이 결국 재욱에게 먼저 전화했다.

막 환자를 내보내고 전화를 받은 재욱의 입가에 알 만한 미소가 번졌다.

"마음에 듭니까?"

— 어떻게 이 워낭이 당신한테 있어요?

"당신이 내게 남기고 갔더라고. 그립고 보고 싶을 때마다 꺼내 보라고."

— 하아……. 호텔에 떨어트린 거예요?

"맞아요. 호텔 소파에 있었습니다. 어찌나 반갑던지. 당신은 그때 내 기분 모를 겁니다."

— 미안하고……. 고마워요.

"알았으니까 전화 끊고 운전에 집중합시다."

— 네……. 그럴게요. 이따 봐요. 우리.

"하아! 거참! 우리란 말 되게 듣기 좋네."

두 사람의 가슴에 봄도 아닌데 자꾸만 꽃이 피는 것 같았다.

* * *

"어서 오세요."

낭랑한 목소리로 양 여사를 반갑게 맞는 건 하영이었다.

"어머, 내가 늦었나 보네. 미안해요."

"아니에요. 제가 좀 일찍 왔어요. 시장하시죠. 이 집 음식 제가 잘 알아서 미리 주문했어요. 그래도 괜찮으시죠?"

"아우 그럼! 참 다부지기도 하지……."

재욱이 마음에 둔 여자가 있다고 해서 양 여사는 한시름 놓았다. 대체 어떤 여자이기에 저리 엄포를 놓나 궁금하긴 했어도 이제 자기 뜻대로 하겠다는 말 때문에 괜히 미안함에 주춤하기까지 했다.

그런데 하영에게서 전화가 왔다. 함께 식사하고 싶다는 말에 거절하려는데 동해에서 양 여사님과 친분 안 맺고 싶은 사람 어딨냐며 맞선과는 별개라는 뉘앙스를 풍겨 왔다. 하긴 장 의원, 다음에도 당선되려면 김 회장과 양 여사의 도움 없이는 힘들 테니까 이렇게라도 해서 포섭해 놓으려는 심사겠거니……. 생각하고 흔쾌히 식사 청에 응했다.

하영의 말대로 산해진미가 차례로 서빙되었다.

"재욱 선배, 제가 어릴 때부터 많이 좋아했어요."

해파리냉채가 아주 맛나서 한 젓가락 훅 떠 입에 막 집어넣는데 들려온 소리에 양 여사는 사레가 들었다.

"컥……. 억……."

"여기 물이요. 죄송해요. 그렇게 놀라시라고 드린 말 아니었는데."

"아니, 아니에요. 나일 먹으면 이렇게 사레가 잘 들리더라고."

"맞선 날 다시 보니 정말 좋더라고요. 한 6년 짝사랑했거든요. 중고등학교 시절 통틀어서."

"그랬구나. 하긴 우리 재욱이가 인기가 좀 있었죠."

"마음에 둔 여자가 있는 것 같더라고요."

어찌 알았나 싶어 놀라기도 했지만 그런 줄도 모르고 맞선 자리를 주선했단 타박을 하는 것 같아 바늘방석이었다.

"남자들이 다 그렇죠. 뭐. 마음에 둔 여자가 어떤 마음인지 모를 수도 있고 또 마음에 둔 여자가 너무 부족한 사람일 수도 있고요. 결국 연애 좀 하다 몸에 맞지 않으면 벗어 버리는 게 남자들이니까. 아니 다들 그렇죠. 여자도……. 호호호."

그러니까 뭐야. 재욱이 마음에 둔 여자가 있어도 기다리겠다 뭐 그런 소리야?

양 여사는 괜히 기분이 좋기도 묘하기도 했다.

"저 이 나이 먹도록 시집도 못 간 노처녀예요. 양 여사님! 이것도 흠이라면 흠이죠."

"아우……. 무슨 그런 말을. 이혼한 애도 있는데."

"아직 이혼한 지 2년도 안 됐죠? 마음잡고 정상적으로 사고하려면 시간이 더 필요할 거예요. 슬슬 애들 걱정도 해야 할 거고."

"결혼도 안 한 사람이 마음 씀씀이가 참 예쁘네."

"식사 마저 하세요. 식사 끝나고 맛난 커피까지 대접하려는 중이거든요."

하영은 양 여사의 마음을 들었다 놓기를 반복하며 굳히기에 들어가려는 듯했다.

* * *

효진의 차가 집 앞에 멈춰 서자 그녀의 집 마당 그네에 앉아 기다리던 재욱이 벌떡 일어나 달려갔다.

"이제 옵니까. 힘들었죠?"

"많이 기다렸어요?"

마린 블루로 데리러 가겠다는 재욱을 효진이 말렸다. 사람들 눈에 띄어 좋을 것 없기도 했고, 차를 놓고 움직이는 게 여러모로 불편했기 때문이었다.

"어서 차에 타요."

"어딜 가려는데 이래요."

"어서 타기나 합시다."

재욱은 소풍 가는 어린애처럼 들떠 효진을 조수석에 밀어 넣고 벨트까지 매어 준 뒤 운전석으로 가 차를 출발시켰다.

'At Seventeen'이 울려 퍼지는 재욱의 차는 9월 밤의 찬 공기를 가르며 바닷가 해안 도로를 달렸다. 열린 창문 사이로 들어오는 바람이 좋았고, 그 바람에 날리는 그녀의 머리카락이 좋았고, 그 바람과 함께 훅 달려드는 그녀의 향기가 죽여주게 좋았다.

이 순간을 이 시간을 얼마나 꿈꿔 왔던가를 생각하니 그저 꿈만 같았다. 혹시 이 꿈에서 깨어나 버리는 게 아닐까 두려움이 엄습하자 재욱은 그녀의 손을 살며시 잡았다. 밤공기와 그가 틀어 놓은 음악에 심취해 눈을 감았던 효진이 그의 손길에 놀라 그를 봤다. 마주한 순간 두 사람의 입가에 같은 미소가 번졌다. 같은 생각, 같은 기분에 빠져 같은 공간과 같은 시간대에 있다는 게 그저 좋았다.

차는 서린 갤러리 앞에 멈췄다. 불 꺼진 숲은 캄캄했고 문 닫힌 갤러리에는 어둠이 내려앉았다.

"여긴 왜 다시 온 거예요?"

"어제 제대로 못 봤잖아요. 나랑 같이 다시 봅시다. 하나하나 설명해 줄게요."

"문 닫혔는데요."

"닫힌 문은 열면 되는 거고. 내려요."

싱긋 웃어 보이며 차에서 내리는 그는 불가능을 가능케 하는 사람 같았다. 그의 그런 태도와 그런 말이 효진은 언제나 믿음직스러웠다.

그는 능숙하게 갤러리 문을 열었다. 그리고 금세 환하게 불을 밝혔다. 아무도 없는 텅 빈 갤러리가 따뜻한 빛을 내며 반짝이기 시작했다.

그는 넋을 놓고 쳐다보는 효진의 손을 살며시 깍지 껴 잡고 안으로 데리고 들어갔다.

"이 방은 오스트리아에 가기 전에 들렀던 독일입니다. 난 체코엔 가지 않았어요. 체코에 갔더라면 우리가 거기서 먼저 만나졌을까요?"

"아뇨. 우린 할슈타트에서 만나야 할 운명이었을 거야."

"왜 그렇게 생각합니까?"

"10년을 벼르고 갔던 곳이거든요. 할슈타트. 인생 최악의 순간에."

"아……!"

"그런데…… 인생 최고의 남자를 만나 버렸죠. 거기서 운명처럼!"

"하! 이 여자 정말 너무하네."

"왜요?"

"사람 마음 이렇게 들었다 놔도 됩니까? 안고 싶어지게."

효진은 음흉한 사람이라는 듯 그를 흘겨보고 쓱 옆으로 빠져나가려 했다. 하지만 그녀의 손을 그대로 잡아당긴 재욱은 원했던 대로 그녀를 품 안에 담았다. 그네에 앉아 기다리는 내내 그녀가 오면 당장 끌어안아야겠다는 생각을 백만 번이나 하고 있었지만 그러지 못했다. 차를 타고 이곳으로 오는 내내 그 생각을 지우지 못하고 애끓는 심장을 진정시키느라 혼자서 고생했다. 그런데 저런 심장 떨리는 말을 아무렇지 않게 훅 뱉어 내다니. 이건 뭐 그냥 안으라는 거지, 안고 만지고 키스까지 다 하라는 거지. 그래도 꾹꾹 눌러 참으며 그냥 안기만 한다.

"하아…… 안으니까 좋네. 이제 살 것 같아."

"사진 설명해 준다면서……."

"누가 그런 설레는 말 하랍니까."

"이제 거짓말 안 하려고요."

"좋아요. 그렇게만 해요. 우리 이제 솔직합시다. 계속."

"이제 좀 놔 줘요."

"조금만 더 이러고 있읍시다. 돈 드는 것도 아닌데."

그녀의 미소가 또 가슴에 번진다. 그 미소가 심장을 간질이고 몸을 뜨겁게 데워 준다.

'이렇게 그녀가 계속 웃을 수 있게 해 주고 싶다.'

재욱은 지금의 행복이 두 번째 삶의 첫 단추처럼 느껴졌다.

"아! 여기! 너무 사진으로 찍고 싶었는데 배터리가 없어서 못 찍었어요."

"그 배터리가 효자 노릇 했단 건 알고 있죠?"

"그러게요. 그 배터리가…… 어? 여기 빨간 스티커 붙은 건 뭐예요?"

"사진이 팔렸다는 겁니다."

"정말요?"

"내 사진을 좋게 보는 사람들이 생각보다 많다네요."

"거봐! 사진작가인 줄 알았다니까요."

"사진작가가 꿈이었습니다."

효진이 놀라 그를 봤다. 그런데 어쩌다 의사가 됐냐고 묻는 눈빛이었다.

"머리 좋다고 했잖습니까. 공부를 좀 잘했어야지. 휴!!"

효진이 들어 줄 수 없다는 듯 외면하고 돌아서려 하자 재욱이 다시 또 그녀를 잡아당겼다.

"알았어요. 진실만 말할게요."

"진작 그랬어야죠."

"부모님이 원한 일입니다. 의대 가기를 원하셨거든. 그땐 그래야 하는 줄 알았고."

"안타깝다."

"그뿐이 아닙니다."

"?"

"사랑 한 번 제대로 못 해 보고 결혼도 부모님 뜻에 따라 했다고."

그의 씁쓸함이 고스란히 묻어났다. 부모님 뜻에 따라 결혼을 했다는 대목보다 사랑 한 번 제대로 못 해 봤다는 말이 목에 걸린 가시처럼 아팠다.

'그 해 보지 못한 사랑! 이제 내가 다 해 줄게요.'

라는 말은 차마 꺼내지 못했다. 앞으로 어떤 일들을 겪게 될지 알 수 없으니까. 그의 심각한 얼굴을 빤히 보던 효진은 대신 실없는 소릴 끄집어냈다.

"하긴…… 그렇죠. 하나뿐인 3대 독자인데……."

"하, 거참! 3대 독자 소린 좀 안 하면 안 되나?"

그녀가 키득거리며 웃는다. 그 웃음이 또 심장에 와 박힌다. 오늘도 이 여자를 놔줄 수 없을 것 같다.

두 사람은 '그녀' 앞에 섰다. 효진은 어제의 감격이 또 고스란히 느껴져 눈시울이 뜨거워졌다.

"당신 그렇게 떠나고 보고 싶어 죽겠는데 사진 한 장이 없더라고. 하아……."

"겨우 이틀 함께 했을 뿐인걸요."

"유일하게 있는 사진이 이거 한 장이었습니다."

재욱은 주머니에서 지갑을 꺼내 지갑 속 깊숙이 들어 있는 사진을 보여 주었다. 얼마나 자주 꺼내 봤던지 사진은 오래된 것처럼 낡아 있었다.

"이걸 지니고 다녔어요?"

"이거라도 갖고 있지 않으면 안 될 것 같았으니까."

효진은 가만히 그의 허리를 감으며 가슴에 기댔다.

이런 줄도 모르고 밀어내자고 그렇게 모질게 굴었으니 얼마나 속이 상했을까.

"어허! 이러는 거 좀 위험한데."

"가만히 있어요. 좀."

"진짠데."

그가 고마워서 그에게 미안해서 그 마음 안아 주려 가슴에 기댔건만 그의 몸은 속절없이 단단해지고 있었다. 위험하단 말이 틀린 말은 아닌 것 같아 효진은 서둘러 감았던 팔을 풀었다. 삐져나오는 웃음을 참으며 애써 고개 돌려 외면했다.

아랫도리가 부풀어 난감해진 건 그저 주책없는 재욱뿐이었다. 그녀의 향기가 비강을 자극하자, 그녀의 온기가 예고 없이 훅 밀고 들어오자, 저 아래 물건은 또다시 그녀의 속살에 파묻히고 싶은 듯 혼자서 꺼떡거렸다.

"나도 꽤 오래 외로웠거든……!"

어깻숨을 내쉬며 뱉어 낸 그의 말을 뒤로하고 효진은 옆의 사진으로 이동했다. 하지만 따라붙은 재욱이 효진의 허리를 감으면 안았다. 그의 몸은 조금 전보다 더 뜨거웠다.

"사람을 이 꼴로 만들어 놓고 도망칩니까."

"그게…… 내 잘못은 아니잖아요."

"당신 잘못 맞는데."

"아니에요. 난 그저 당신이 고마워서 안은 것뿐이라고요."

"그냥 고마워만 했어야지. 안기는 왜 안아."

재욱은 어이없어하는 그녀의 시선을 느끼며 그대로 그녀에게 키스했다. 가

냘픈 허리가 휘도록 끌어안은 채 퍼붓는 키스는 숨이 막힐 만큼 아찔했다.

그의 단단해진 물건이 효진의 배 위를 강하게 자극했다. 그의 강렬한 욕구만큼 효진도 몸이 달아오른다는 걸 알 수 있었다. 어쩐지 아래쪽이 흥건히 젖는 것 같았으니까.

"집으로 가요."

"거기까지 갈 자신 없는데."

"그래도……."

"여기 아무도 없잖습니까."

"여기서요……?"

"내가 못 참겠다고."

잠시 후, 갤러리 안에 그들의 뜨거운 숨소리가 울려 퍼졌다.

"하아…… 하아……! 이런 곳은 CCTV 있잖아요."

넓은 소파 위에서 그의 애무를 받으며 몸을 비틀던 효진이 문득 반짝이는 카메라를 발견하고 놀라며 물었다.

"그거 가짭니다. 하아……."

그녀의 젖가슴을 빨아 당기던 재욱이 발은 숨을 토해 내며 대답했다. 그러곤 싱긋 웃고는 이내 그녀의 원피스 치마 속으로 얼굴을 묻었다.

"하윽……."

"당신도 이렇게나 원했으면서 어떻게 집까지 가재."

순식간에 팬티를 벗겨 버린 재욱은 제대로 맛보지 못한 그녀의 음부를 향해 고개를 다시 묻었다.

"으읍……."

그의 집요한 혀가 그녀의 클리토리스를 부드럽게 유영하자 효진은 허리를 휘어 올리며 신음을 흘렸다. 그녀의 이런 정직한 반응이 재욱은 좋았다. 비엔나에서도 부끄러운 듯 얼굴을 붉히면서도 자신의 감각을 속이거나 감정을 감추지 않았던 그녀였다. 사랑과 섹스 앞에선 더없이 저돌적이고 솔직한 효진 때문에 재욱은 그녀를 그리워하지 않을 수 없었다.

그의 정성 어린 애무를 받아 내던 효진은 재욱의 머리카락 새로 손을 집어넣고 부드럽게 어루만졌다. 그리고 이내 그를 끌어 올리며 무릎을 접었다.

"넣어 줘요. 못 참겠어……."

이런 자극적인 말도 서슴없는 그녀 때문에 재욱은 빠르게 온몸이 끓어올랐다. 서둘러 바지 앞섶을 풀어 헤친 재욱은 배꼽까지 올라붙은 물건을 그녀 안에 깊숙이 찔러 넣었다.

"하읏……."

"하아……."

그에게서도 참을 수 없다는 듯 신음이 터져 나왔다. 이미 촉촉이 젖은 그녀의 몸은 그의 커다란 물건을 흡수하듯 빨아 당겼다. 숨 막히는 교류에 잠시 정신이 혼미해진 재욱은 아랫입술을 깨무는 그녀의 얼굴을 확인하곤 다시 한번 거칠게 밀어붙였다. 그녀 안에 파묻힌 물건은 그녀의 온기를 고스란히 느끼며 더욱더 뜨거워졌다. 그의 허리에 다리를 감으며 지금의 순간에 충실한 그녀의 몸부림에 빠르게 사정감이 몰려왔다.

재욱은 그녀의 목덜미와 가슴골에 정신없이 키스를 퍼부었다. 깨어나는 감각으로 온몸이 고통스럽기까지 한 것 같은 착각이 일었다. 그녀의 심장까지 닿고 싶어 밀어붙이고 또 밀어붙였다. 그의 힘에 자꾸만 밀려 올라가는 그녀의 어깨를 부여잡고 미친 듯 그녀를 취했다. 그리고 이내 두 사람은 숨이 넘어갈 듯한 고통 속에서 황홀경을 맛보았다.

소파 위에 널브러진 두 사람은 밭은 숨을 몰아쉬었다.

"우리 미쳤나 봐요."

"난 지금 기분 너무 좋은데."

"?"

"내 전시회장에서 내가 사랑하는 여자와 사랑을 나눈 거잖습니까. 기념비적인 날이야."

"설마 이것도 다 계획이었어요?"

"아닙니다. 나 그렇게 음흉하지는 못합니다. 당신이 날 안았잖아. 위험하다고 경고했는데도."

효진은 재욱을 흘겨봤다. 재욱은 그저 싱글싱글 웃을 뿐이었다.

"내 속옷 줘요."

재욱은 소파에서 일어나며 효진을 일으켰다. 흐트러진 머리카락을 잘 만져 주고 구겨진 원피스를 펴며 효진을 챙겼다.

"속옷 달라고요."

"이제 갑시다. 집에."

"?"

"어차피 집에 가면 또 벗어야 할 거…… 집에 가서 줄게요. 갑시다."

"김재욱 씨!"

재욱은 얼굴 가득 미소를 문 채 황당해하는 효진의 손을 잡아끌고 갤러리를 나섰다.

집으로 돌아가는 차 안에서 재욱은 지금 그녀의 치마 속 사정이 너무 야릇해 흥분이 쉽게 가시지 않았다. 조금 전 그녀를 가졌다는 사실이 믿어지지 않을 만큼 또다시 욕정이 치밀었다. 그리고 그의 말 대로 집으로 돌아온 두 사람은 재욱의 침실에서, 재욱의 욕실에서 식을 줄 모르는 사랑을 몇 번이고 나누고 확인했다.

이른 새벽, 효진은 살며시 일어나 침대를 벗어나는 재욱의 인기척에 잠에서 깼다.

"출근 준비하려고요?"

"안 깨우려고 했는데…… 왜 깼어요."

"그러게요. 언제부터 품에 안겨 잤다고 온기가 사라지니 금방 허전해지네요."

"겨우 네 시간 잤는데 그냥 더 자지."

"아침 준비할게요. 아침 꼭 먹는 스타일이잖아."

몸을 일으키려는 효진의 어깨를 재욱이 꾹 눌렀다.

"아침은 됐고."

"?"

"이왕 깼으니 조금만 더 안읍시다."

"네?"

"아까 말했잖아요. 안 깨우려고 했다고. 깨우면 또 안아야 할 것 같았거든. 그런데 이렇게 깨 버렸잖아. 이거 내 잘못은 아닌 것 같은데."

"그런 게 어딨어……요. ……으읍!"

부드럽게 덮쳐 온 그로 인해 더는 말을 이을 수 없었다. 입술은 이미 뜨거웠고 터질 듯 부풀어 오른 그의 아래쪽은 묵직하게 음부를 자극해 왔다.

"대체 그동안은…… 어떻게 살았어요…… 하앗……!"

이미 그녀 안 깊숙이 파고든 그의 물건은 잠에서 채 깨지 않은 그녀의 감각을 깨워 내고 있었다. 그의 침범에 놀란 듯 눈을 꾹 눌러 감았지만 그녀도 이미 젖어 있었다. 그게 또 너무 만족스러워 재욱은 입가에 미소를 물었다.

"그동안 참고 살아서 이러는 거 아닙니까."

밤새 몇 번이고 가진 그녀였지만 매번 그녀의 몸속은 부드럽고 따스했고 벗어나기 싫을 만큼 강하게 죄어 왔다.

매일 이런 아침을 맞을 수 있다면 그동안 애태웠던 시간들은 모두 깨끗이 잊을 수 있을 것 같았다.

* * *

마린 블루는 바쁜 저녁 시간을 맞고 있었다. 동해 고등학교 54기 동창회 단체 예약으로 다른 날 보다 부쩍 혼잡하고 정신이 없었다.

"어이! 총무!"

껄렁하게 소리치며 손을 들어 보이는 이는 막 마린 블루에 도착한 정호였다.

술 마시기를 좋아하는 동창들의 특성을 생각해 시내 우삼겹집을 예약했다가 정호의 연락을 받고 갑자기 장소를 변경하느라 애를 먹은 총무는 정호를 썩 달가워하지 않는 눈치였다. 하지만 그가 예상 비용의 초과 금액을 내겠다는 조건에 어쩔 수 없이 마린 블루로 장소를 정한 터라 무시할 수도 없는 상황이었다.

"이런 곳은 몇몇이 분위기 좋게 와인이나 마시러 와야지 단체 모임으론 좀 그렇잖아."

"무슨 소리야! 이런 곳이 뭐 별거야. 우리가 즐길 수 있는 곳이면 다 좋은 거 아닌가? 좋잖아. 분위기."

대수롭지 않은 듯 말을 하면서도 정호의 시선은 효진을 찾고 있었다.

"여기 매니저가 잘 챙겨 주나?"

"자식! 너 그때 그 매니저 때문에 여기로 잡으라고 한 거야?"

"반반이다. 어디 있어, 그 여자?"

차이나 칼라의 셔츠 드레스를 단정하게 차려입은 효진은 도착하는 손님을 좌석으로 일일이 안내해 주느라 정신없어 보였다.

"나는 어디 앉으면 됩니까?"

뒤에서 들려온 목소리에 놀라 돌아본 효진은 정호를 발견하고 얼굴이 굳었다.

"뭐야. 안 반가워요?"

너무 표가 났던가 보다.

"동창회 오셨습니까?"

"이 친구가 우리 동창회 회장입니다. 오늘 모임 장소를 여기로 하자고 한 것도 이 친구고."

총무가 끼어들며 밥값을 열심히 하는 중이었다.

"저희 마린 블루를 선택해 주셔서 감사합니다. 자리는 제가 안내해 드리겠습니다. 이쪽으로 오시죠."

"퇴근 몇 시예요?"

효진의 뒤태를 노골적으로 훑어 내리던 정호가 뜬금없이 물었다. 효진은 정호보다 몇 발 앞서 걸어가고 있었다. 그의 말이 들렸지만 듣지 못한 척 대답하지 않았다.

"거! 사람이 말을 하면 듣는 척이라도 해야지!"

정호가 효진의 팔을 거칠게 잡아 세웠다.

"지난번 일로 난 아직도 뒷목이 아프다고! 잘못을 했든 하지 않았든 사람의 도리라는 게 있는데 이거 너무 빡빡하게 구는 거 아닌가?"
"손님! 이 손 놓으시죠."
"하! 정말 재미없는 여자네. 내가 아직 목이 아프다잖아."
정호가 효진의 팔을 더 세게 잡으며 확 끌어당겼다.
"이거 놓으세요."
눈을 부릅뜨고 요구했지만, 정호는 건들거리며 웃을 뿐 손을 놓아 주지 않았다. 주변에 있던 동창들의 시선이 모두 두 사람을 향했지만, 어느 하나 중재하는 이는 없었다. 망나니 강정호는 웬만하면 건드리지 말자! 가 그들만의 철칙이었으니까.
"내 아픈 목 어떻게 할 건지 얘기나 좀 하자는데 뭐 그렇게 매정하게 굴어요."
효진이 정호가 잡은 손을 뿌리치려 안간힘을 쓸 때였다.
"목이 어떻게 아픈데? 목이 아프면 병원엘 가야지 왜 박 매니저한테 행패야."
다가온 재욱이 이내 정호의 손을 잡아채 효진을 놓게 했다.
"뭐야! 김재욱 아냐?"
"오랜만이다. 정호야."
강정호 잡는 김재욱의 출현에 일순간 마린 블루 안이 술렁였다.

몇 시간 전.
브레이크 타임에 겨우 엉덩이 붙이고 앉은 효진은 핸드폰을 열었다. 내내 들어오는 문자 때문에 핸드폰이 징징 떨어 댔지만, 너무 바빠서 확인할 틈이 없었다. 들어온 문자의 대부분은 재욱이었다.
'대체 일을 하긴 하는 건가?'
한 시간도 채 안 되는 간격으로 들어와 있는 문자들을 보며 싫지 않은 미소를 지어 보였다.
[목은 잘 가리고 출근했습니까?]
헉! 그렇게 안 된다고 하는데도 목과 가슴에 진하게 흔적을 남긴 그였다. 얼

굴을 붉히며 나무랐더니 목까지 올라오는 옷을 입으라며 만족한 미소를 물었다. 그 예쁜 목선은 자기만 보고 싶다나……!

[오늘은 말 좀 적게 하고 당신 생각을 많이 하고 싶은데…… 어르신들 오늘따라 할 말들이 많으신가 봅니다. 정신이 하나도 없네.]

학교 다닐 때 공부만 한 모범생처럼 생겨 가지고 문자 보내는 것 보면 참 개구쟁이 같았다.

[나 동창회 안 나가는 사람인데, 오늘 동창회 마린 블루에서 한다고 합니다. 가야 할까요? 가지 말아야 할까요?]

[왜 답이 없습니까?]

[많이 바쁜가? 나도 바쁜 중에 문자 하는 건데.]

[갈까요? 가지 말까요?]

[거참! 애태우는 방법도 여러 가지네.]

여기까지가 4시까지 온 그의 문자들이었다. 그에게 답장하기 위해 막 문자를 입력하는데 그새를 못 참고 핸드폰이 울었다.

— 많이 바쁩니까?

"이제 브레이크 타임이에요."

— 나, 가요? 가지 말아요?

"원래 동창회 안 가는 사람이라면서……."

이혼하고부터 친구들 모임엔 자연스레 발을 끊은 효진이었다. 친구들 모임뿐인가? 모든 모임, 모든 만남을 피해 왔다. 이혼이 도마 위에 오르는 게 싫었고 그들의 동정 섞인 시선을 받는 게 싫었으니까. 그도 다르지 않을 거라고 생각했다.

— 그럼 가지 말까요?

"참석하기 싫은 이유 있는 거잖아요. 괜히 싫은데 나 때문에 올 필요 없어요. 우린…… 집에서 보면 되니까."

집에서 보면 된다는 말이 또 왜 이렇게 심장 간질거리게 하는지……. 재욱은 그 말에 괜히 입가에 미소가 번졌다. 그렇게 결국 동창회 참석은 하지 않기로 결론을 짓고 퇴근 후 집에서 만나기로 약속까지 했다.

그런데 그가 마린 블루에 나타난 거다. 하필 효진이 딱 난처한 상황에 봉착했을 때.

집에서 보면 되는데……

퇴근하고 집으로 향하던 재욱의 차가 어느새……

마린 블루 앞이었다.

정말 의도한 바는 아니었는데 저도 모르게 차를 이쪽으로 몰았다. 주차하면서도 자신에게 놀라며 헛웃음을 지었던 그였다. 이왕 이렇게 된 거 그녀를 봐야겠다는 생각이 머릿속에 들어차 발길이 떨어지지 않았다. 이제는 본능이 움직이는 대로 무조건 따르기로 한다!!

두 남자의 성난 눈빛이 오묘하게 맞부딪혔다.

효진만의 느낌인지, 아니면 정말로 소리가 났던 건지 모르겠지만, 일순 마린 블루 안에 우려 섞인 탄성이 터져 나왔던 것 같다. 모두의 시선이 그걸 증명하는 듯 보였다.

"너 지금 내 손 쳤냐?"

하지만 그들의 대화는 우려와 달리 참으로 유치했다.

"박 매니저가 네 손길을 부담스러워하잖아. 몇 번 놓으라고 하던데 설마 못 들은 건 아니지?"

"하! 이 자식! 백만 년 만에 나타나 놓고 또 오자마자 지적질이네!"

"넌 강산이 두 번 바뀔 세월이 흘렀는데도 변하질 않았구나."

재욱의 넉살에 정호가 잠시 할 말을 잃은 틈에 종무가 끼어들며 둘 사이를 막아섰다.

"야! 김재욱! 너 정말 반갑다. 온다는 소리가 없어서 못 오는 줄 알았는데!"

"마린 블루라고 하길래 한번 와 봤다."

"아 참! 그래그래! 여기 네 가게지!"

"내 가게 아니고 어머니 가게. 나 신경 쓰지 말고 가서들 앉아."

재욱은 친구들을 외면하고 효진에게로 몸을 돌렸다.

"박 매니저 괜찮습니까? 팔 안 아파요?"

"네! 괜찮아요."

친구들은 저마다 자기 자리로 돌아가 앉았다.

"저 자식 얘기가 무슨 소립니까? 무슨 일이 있었길래 뒷목을 잡아요?"

"사고가 날 뻔했는데 사고는 나지 않았고 내 잘못 아니었어요. 내 차를 뒤늦게 발견하고 급브레이크를 밟은 건 저쪽이니까."

"다친 데는 없어요?"

재욱은 놀라며 물었다.

"다친 데 없어요. 아무 문제 없었고요. 그러니까 신경 쓰지 않아도 돼요."

"어떻게 신경을 안 씁니까. 내 여자 문젠데. 말 섭섭하게 하네."

효진은 누가 들을까 봐 주변을 살폈다. 몇몇 사람들이 두 사람을 주시하고 있는 게 보여 몹시 불편했다.

"그럼 전 이만!"

반듯한 효진의 태도에 재욱은 그녀를 막아서며 의상을 살폈다. 목까지 덮인 옷을 입은 게 아주 마음에 들었다.

"원피스 예쁘네."

효진은 그의 말에 슬쩍 눈을 흘겼다.

"당신은 이쪽 신경 쓰지 말고 다른 손님들 챙겨요."

"어서 자리로 가서 앉으세요. 손님!"

"내가 또 나서는 일 만들지 말고 이쪽으로 오지 말라고!"

잔소리 말라는 듯 단호한 목소리를 내는 효진을 그도 지지 않겠다는 듯 보며 엄중한 소리를 냈다.

"그냥 손님일 뿐이에요. 오바하지 말아요."

"오바 아닌 것 같은데."

"?"

"저 자식 눈빛 내가 알거든."

효진은 그를 외면한 채 막 들어오는 손님들을 안내하기 위해 그곳을 벗어났다.

멀리서 그런 둘을 지켜보던 정호는 씩씩거리며 투덜대는 중이었다.

"야! 저 자식 누가 불렀어."

"부르긴 누가 불러. 공지 올렸고 동해에 있고 그럼 오는 거지."

화난 정호 곁에 총무는 바늘방석이었다. 학창 시절 둘이 얼마나 앙숙이었는지 그 누구보다 잘 아니까. 동해 제일가는 집안의 3대 독자 재욱과 동해에서 제일이 되지 못해 늘 억울해하던 집안 망나니 셋째 정호는 절대 공존할 수 없는 관계였다.

"목이 많이 아픈 건가?"

정호가 앉은 테이블로 온 재욱이 그의 앞에 떡하니 앉으며 물었다.

"그걸 네가 왜 궁금해?"

"많이 안 좋으면 우리 병원에 들러. 제대로 한 번 만져 줄게."

"뭐? 제대로 만져 줘?"

"우리 병원 도수치료 선생님 실력이 아주 훌륭하시거든. 괜히 힘없고 죄 없는 여자 괴롭히지 말고."

"뭐?"

"아니 이게 누구야? 김재욱 아니야?"

정호가 열받아 한 소리 하려고 입을 달싹이는데 재욱을 알아본 동창이 조금 더 빨랐다. 재욱의 어깨를 치며 너무 반갑게 다가오는 바람에 끼어들 틈을 놓치고 말았다.

주방 상황을 체크하러 들어온 효진을 석호가 불렀다.

"팔 괜찮아요?"

"네? 아…… 어떻게……."

주문서를 정리하기 위해 잠시 홀로 나왔던 석호는 정호가 효진의 팔을 잡고 실랑이하는 모습을 보고 막 나서려던 참이었다. 그때 그보다 먼저 효진에게 다가서며 정호의 팔을 쳐 낸 사람이 재욱이었다. 재욱 덕분에 효진이 난처한 상황을 넘겼지만, 하필 그게 재욱이어서 기분이 언짢았다. 상황이 종료됐는데도 재욱과 효진이 한참 동안 마주 서 대화하는 모습을 보며 좋지 않은 예감이 스쳤다.

"강정호! 유명한 인삽니다. 웬만하면 저 인간이랑은 안 엮이는 게 좋아요."

"그래 보여요. 그냥 보기에도요. 고마워요. 셰프."

맑은 미소를 지어 보이고 돌아서는 효진을 석호는 씁쓸하게 쳐다볼 뿐이었다.

마지막까지 남아 있다가 모두가 마린 블루를 나설 때 어쩔 수 없이 따라나섰던 재욱은 2차를 가자는 친구들의 제안을 거절하고 집으로 향했다. 잠시 후면 마린 블루도 마감을 할 거고 그러면 그녀가 집으로 올 거니까. 얼른 집에 가서 그녀를 기다리고 싶었다.

막 샤워를 마치고 욕실에서 나오던 재욱은 거실에서 느껴지는 인기척에 얼굴 가득 환한 미소를 물고 허리에 타월만 두른 채 거실로 튀어나왔다.

"왔어요?"

"다 씻었니?"

"어머니!"

재욱의 환했던 표정이 급 어두워지며 벽에 걸린 시계를 쳐다봤다. 이제 정말 그녀가 올 시간이 다 되었는데. 맞닥뜨리면 그녀가 난처할 텐데.

"이 시간에 왜 오신 겁니까?"

"요 며칠 좀 바빠서 반찬 들고 올 시간이 없었잖니. 하평댁이 반찬 만들어 놓은 지 이틀 지났다고 하도 우는소릴 해서 어쩔 수 없이 지금 왔어. 얘! 근데 왜 따지듯 묻니. 내가 뭐 큰 잘못 한 것처럼."

"그냥 좀 피곤해서……."

양 여사는 잠시 생각에 빠졌다. 아차 싶었다. 여자가 있다고 했는데 눈치 없이 비밀번호까지 누르고 들어온 게 아닌가 이제야 인지를 했다.

"그…… 그러니까 너도 어서 결혼해. 그 여자 얼른 집으로 데리고 오란 말이야. 그래야 너도 덜 피곤하고 애들도 제대로 된 가정에서 살지."

"어머니!"

"알았어. 알았다고. 나도 반찬만 넣어 두고 가려고 했어."

재욱은 방으로 들어가 서둘러 옷을 걸쳐 입고 나왔다.

반찬 정리를 끝낸 양 여사는 이제 집으로 돌아가려는 듯 막 현관으로 향하고 있었다.
"가시게요."
"가라며."
"……."
현관문을 열고 마당을 걸어 나가는 양 여사 뒤를 재욱이 따랐다.
"참! 너 옆집 수리했다면서?"
하! 이 좁은 동네. 정말 비밀이 없다니까.
"부수고 짓자니까 수리는 왜 해?"
"이번 태풍에 집이 좀 망가졌어요. 그래서 고치는 김에 몇 군데 같이 손본 겁니다."
"세입자는 어떻든? 내가 통 신경을 못 썼네."
순간 재욱은 고민이 됐다. 이 대목에서라도 세입자가 그녀라고 말하는 게 좋지 않을까? 속이려는 건 아니지만, 말하지 않았다가 나중에 모든 게 밝혀지면 효진이 먹지 않아도 될 욕을 먹게 되는 게 아닐까.
"어머니. 저 집에 세 들어 있는 사람이……."
"아니, 박 매니저 아니야?"
막 집 앞에 차를 세우고 내리는 효진을 보고 말았다.
"어머니!"
하지만 이미 양 여사가 효진을 향해 다가서고 있었다.
"박 매니저!"
갑자기 들려온 양 여사의 목소리에 화들짝 놀란 건 효진이었다. 그에게 갈 생각에 들떠 있었던 건 효진도 마찬가지였으니까. 환했던 표정이 일순간 일그러졌다.
"사…… 사장님!"
"박 매니저가 이 시간에 여긴 무슨 일이야?"
"아…… 저…… 그게……."
순간 머릿속이 하얘졌다. 생전 더듬지 않던 말을 다 더듬을 정도로.
"이 집 세입자예요. 어머니."
"어머나, 세상에. 박 매니저가 이 집 세입자였어?"

"아…… 네……."

"여기 우리 아들 집이야! 세상에 이런 우연이 있나. 얘가 우리 아들! 둘은 그럼 벌써 알겠네? 태풍 때문에 집이 망가졌다면서! 얘! 그래서 잘 고쳐 준 거니?"

"네! 이제 마무리 단계예요."

"그래. 잘했다. 난 그런 줄도 모르고. 박 매니저 어렵고 힘들게 사는데 집 때문에 맘고생 했겠네."

"아닙니다. 사장님."

"아냐. 더 고쳐 줄 거 있으면 말해. 내가 우리 아들한테 말해서 다 고쳐 주라고 할게."

"거의 다 고쳐 주셨어요."

"얘! 박 매니저 불쌍한 사람이야. 마음 아픈 사람이고."

"어머니!"

"어머! 미안. 내가 주책이다."

"어머니! 늦었는데 그만 가시는 게 좋겠어요."

길어질 것 같은 상황을 재욱이 겨우 마무리를 지었다.

양 여사는 아무 의심도 하지 않은 채 서둘러 그곳을 벗어났고, 남은 두 사람은 양 여사의 반응에 잠시 할 말을 잃었다.

"어머니가 당신을 참 많이 좋아하는 것 같은데."

"많이 믿고 의지하시긴 해요. 박 매니저로."

"……."

"그리고 처음 알았네요. 절 많이 불쌍하다고 여기시는지는."

이 상황이 기뻐야 하는 건지, 일이 더 어려워진 건지 알 길이 없었다.

"하지만 며느릿감으론 생각해 보신 적 없을 거예요."

"음……."

"현실적인 문제가 이제 눈에 보이기 시작했어요?"

"당신의 걱정이 뭔지 압니다. 일단 지금 우리는 이런 현실들로부터 잠시 떨어져 나와 있는 중이란 것도 알고."

"맞아요."

"그러니 이 시간! 금쪽같이 씁시다."

재욱은 효진의 손을 꽉 잡고 집으로 향했다.

함께 침대에 나란히 누운 두 사람은 여전히 긴긴 대화 중이었다.

돌아가신 어머니는 왜 투석을 시작했는지 물었고, 바람피우는 아버지 때문에 속 썩고 산 엄마가 병을 얻어 몸이 망가지기 시작했다는 말을 해 주었다. 꿈이 뭐냐고 묻는 그에게 효진은 여행가? 탐험가? 라고 말하고 픽 웃었다. 왜 웃냐는 물음에 새로운 것에 도전하길 두려워하는 자신이 어떻게 그런 꿈을 가졌었는지 알 수 없다고 했다.

"그런데 나이를 먹으면서 꿈이 소박해졌어요. 아니다. 소박한 줄 알았어요."

"뭐였는데요?"

"행복한 가정을 꾸리고 사는 거."

"아!"

"지금 생각해 보면 그 꿈이 가장 어려운 꿈인 것 같아요. 가정을 이루는 게 쉽지가 않더라고요."

"그러네. 나도 잘하지 못했고 당신도 잘하지 못했고."

"두 번째는 잘할 수 있을까요?"

"결국, 마음먹기에 달린 거니까."

"?"

"행복의 기준이 상대적이잖습니까. 당신이 생각하는 행복, 내가 기대하는 행복. 그 기준, 그 생각을 조금만 낮추면 우린 다 행복할 수 있는 거니까."

그의 말이 맞았다. 그리 먼 곳에 있는 거 아니고 그리 어려운 것도 아닌데 기준을 너무 높게 잡았던 것 같다.

"우리가 그 행복의 기준을 바꿔 놓자고. 그리고 행복하게 삽시다. 괜찮죠?"

"네. 좋아요."

"그리고 난 지금 행복합니다."

"나도…… 그래요."

"거봐. 행복의 기준이 중요하다니까."

맞잡은 손을 타고 서로의 행복감이 전달되었다. 그리고 이내 그의 입술이 묵직하게 효진의 입술에 내려앉았다. 부드럽고 달콤하게 시작된 키스는 두 몸을 뜨겁게 달궜고 마침내 끈적하게 하나가 되었다. 누가 먼저랄 것도 없이 그저 본능이 서로를 원했고 순리대로 흐르듯 서서히 젖어 들었다.

그녀의 신음이 귓속에 울렸고 그의 신음이 그녀의 목을 타고 전달됐다. 부드럽지만 강하게 그녀를 안았고 거칠지만 사랑을 가득 담아 완전히 가졌다. 그에게 내어 주는 모든 것이 진심이었고 그에게 전해지는 모든 것이 사랑이었다.

* * *

〈5년 전〉

어두운 침실 안 협탁 위 전자시계가 막 새벽 2시 47분으로 넘어가고 있을 때였다.

연일 계속되는 야근으로 지친 효진은 민준이 들어오는 줄도 모르고 깊이 잠들어 있다가 침대가 흔들리는 기척에 잠이 깼다.

"이제 와요? 피곤하겠다."

"응."

"어서 자요."

효진은 떠지지 않는 눈으로 어렵게 인사만 전하고 이내 몸을 돌려 누웠다. 하지만 그녀의 속살로 파고드는 민준 때문에 효진은 고픈 잠을 이룰 수 없었다.

"하아…… 민준 씨! 나 피곤해요. 일주일째 야근이라고."

"나도 오늘 피곤해. 그래서 네가 더 필요하고."

"민준 씨는 오늘 하루 당직인 거면서."

하지만 이내 효진의 속옷이 벗겨졌고 이내 그의 단단해진 물건이 그녀의 질 속을 깊이 찌르고 들어왔다. 전희도 없이 무작정 자신의 물건을 밀어 넣은 그는 아직 깨어나지 않은 그녀의 몸 위를 여과 없이 짓눌렀고, 숨을 쉴 수 없을 만큼 찍어 누르며 자신의 쾌락을 위해 미친 듯 허리를 뒤채었다. 그리고 이내 만족의 신음을 토해 내며 파정하고는 아무 일 없었던 듯 침대 위로 돌아누워 이불을 끌어당겨 덮었다.

결혼하고 지금껏 효진은 오르가슴을 느껴 본 기억이 없었다. 병원 일로 늘 스트레스에 치이는 민준은 그 스트레스를 풀어 내듯 효진을 취하고 자기만의 쾌락에 이른 뒤 수마에 빠져드는 일상을 반복해 왔다. 온몸을 할퀴고 지나간 듯 끝난 섹스로 효진은 잠이 깨 버렸고, 이미 잠이 들기 시작한 민준을 바라보며 욕실로 향했다.

결혼 전엔 이렇지 않았는데…….

이런 일이 반복될수록 그가 결혼을 선택한 건 스트레스 해소용 섹스 파트너가 필요해서가 아니었을까……? 하는 의문이 들었다.

어떤 날은 빠른 쾌락을 누리기 위해 효진의 치마를 들쳐 올린 뒤 화장대를 붙잡게 하곤 그대로 뒤에서 그녀를 취했다. 젖기도 전에 밀고 들어오는 그의 물건으로 효진에게는 쾌락보다 고통이 먼저였고, 이를 악물고 정신없이 물건을 박아 넣은 그는 겨우 몇 번 만에 사정하기 일쑤였다.

부부간의 섹스란 이런 것일까?

결혼이란 이런 걸까?

모두가 다 그렇게 사는 거라 여기며 말없이 버티며 살았다. 그리고 문제의 심각성을 느껴 민준과 몇 번 대화를 시도했지만, 그때마다 효진의 말은 허공에 흩어질 뿐 그에게 각인되지 못했다.

* * *

해도 뜨지 않은 새벽.

"으음…… 하아……."

어두운 거실에 효진의 신음 소리가 나지막이 울렸다.

"시간…… 다 되어 가는 거…… 아앗…… 아니에요……? 으읏……."

강하게 밀어붙이는 그 때문에 말이 끊어져 나오는 효진은 그가 주는 쾌락에 감은 눈을 바르르 떨며 앓는 소리를 냈다.

"하아…… 아직…… 조금 남았습니다……."

효진의 젖무덤에 얼굴을 묻으며 끓어오르는 욕정을 주체할 수 없어 신음을 삼키는 재욱 또한 밀려드는 쾌감에 등에서부터 허벅지까지 진하게 근육이 잡혔다.

두 사람은 바다에서부터 떠오르는 해를 보자며 일찌감치 거실로 나와 소파에 자리를 잡고 앉았던 참이었다. 하지만 그보다 더 급한 용무에 애초의 목적은 잊은 듯 보였다.

"하아…… 하윽……."

그녀의 짙은 신음 소리에 밀려드는 사정감으로 재욱의 몸짓이 더욱 빨라졌다. 효진 역시 더는 견디기 힘든 듯 그의 등을 꽉 붙잡고 있는 힘껏 그에게 자신을 밀어 올렸다.

형언할 수 없는 오르가슴에 이르는 순간!

"해…… 떠요. 지금."

밭은 숨을 토해 내며 소파로 돌아앉은 재욱은 그녀의 어깨를 둘러 안으며 창밖으로 펼쳐지는 장관을 감상했다.

그 어느 때 봤던 태양보다 오늘의 태양이 더 아름답게 보였다. 아마도 내일의 태양은 오늘의 태양보다 더 아름다울 것이다.

내일을 기대하며 살았던 게 언제였던가 싶었다.

아! 행복하다.

아직 뛰어 대는 심장이 진정되지 않은 두 사람은 서로를 꽉 끌어안은 채 함께 떠오르는 태양을 바라봤다.

대기석에 앉은 환자들이 연신 원장실을 힐끔거리며 순서를 기다리고 있는 게 뭔가 심상치 않아 보였다.

"아이 오늘따라 왜 이렇게 진찰 시간이 길어!"

진료를 기다리던 할머니의 볼멘소리가 들려왔다.

"할머니! 조금만 기다리세요. 금방 끝나요. 자, 이거 좀 드시면서."

박 간호사가 할머니들의 불만이 더 새어 나오기 전에 요구르트에 빨대를 하나씩 꽂아 일일이 돌리며 진료실 쪽을 힐끗거렸다. 대충 짐작은 했지만, 그 의심을 합리화하게 되는 순간이랄까!

새벽에 뜨는 해를 보며 뜨겁게 사랑을 나누었건만 아침에 헤어질 때부터 언제 다시 만나나를 손꼽아 기다리던 그였다. 그런 그를 위해 효진은 브레이크타임을 이용해 일부러 병원을 찾았다. 물론 그가 보고 싶은 마음이 깊었던 거고. 물론 레스토랑에는 다리 치료를 위한 방문임을 명시했다.

갑자기 나타난 효진 때문에 재욱은 뇌에 과부하가 걸렸다. 진료 시간 중인데, 이대로 그녀를 보낼 수는 없는데, 하 씨! 어떻게 해야 하지?

하지만 효진은 보통 때처럼 다리를 보여 주고 엄지발가락에 힘을 줄 때 시큰거린다며 다 나은 게 맞는지까지 물었다. 자신 앞에 앉아 아무렇지 않게 발목을 내미는 그녀 때문에 정신이 혼미해지는 건 온전히 재욱만의 문제였다.

재욱은 가까이 앉은 그녀의 볼을 만지고 어깨로 넘어온 머리카락을 쓸어 넘겨 주었고 이러지 말라는 듯 아랫입술을 지그시 깨무는 그녀의 입술을 엄지손으로 부드럽게 어루만졌다.

"나 어서 나가야겠어요. 더 있으면 큰일 나겠어."

"가지 말아요."

일어서려는 그녀를 잡아 앉히곤 또다시 의자를 자신의 허벅지 사이로 바짝 끌어당겼다. 오른손으로 그녀의 목과 턱을 그러쥐고 빨려 들어가듯 그녀를 향해 입술을 가져가는데 효진이 몸을 뒤로 뺐다.

"이러지 말아요."

하지만 왼쪽 손은 이미 그녀의 허리를 부여잡고 있었다. 그리고 결국 다가온 그의 입술은 효진의 입술을 사정없이 베어 물었다. 안 된다고, 이러지 말라고 말은 했지만 집요한 그의 입술과 혀로 인해 효진은 금세 그의 품 안이었다.

애정 표현에 있어, 사랑을 표현함에 있어 한 치의 거짓도 망설임도 없는 이 남자의 직진이 효진은 가슴 설레게 좋았다. 이혼과 동시에 이 모든 것은 끝났다고 생각했으니까. 그리고 서른이 훨씬 넘고 곧 마흔을 바라보는 지금, 이런 사랑이 가능하리라곤 상상조차 해 본 적 없었으니까. 그동안 몰랐던 사랑의 맛을 이제야 알아 가는 것 같았다.

"으읍! 그만요!"

정신없이 빠져들다 놀라 자리를 박차고 일어난 효진이 서둘러 문을 향해 갔지만, 재욱 더 빨랐다. 그녀가 문손잡이를 잡기 전에 재욱이 먼저 그녀의 허리를 낚아챘다.

"이대로는 못 보냅니다."

"이따가요. 밤에 집에서 봐요."

"그건 그때고."

문밖 사정을 알 리 없는 재욱은 아직 마치지 못한 키스에 미련이 남아 다시 그녀의 입술을 지그시 빨아 당겼다. 효진은 진료실 문에 등을 기댄 채 그의 열렬한 키스를 저항조차 하지 못한 채 받아 냈다.

"하아…… 하아…… 미쳤어요?"

행여나 소리가 밖으로 새어 나갈까 봐 효진은 목소리를 낮춰 재욱을 나무랐다.

"네! 미쳤습니다."

"하!"

"당신이 이렇게 깜짝 방문했는데 내가 안 미칠 수 있나?"

결국 그렇게 문 앞에 그녀를 세워 둔 채 재욱은 끓어오르는 욕정을 걷잡을 수 없을 만큼 뜨거운 키스로 대신했다. 숨이 막힐 듯 밀어붙이는 그로 인해 키스하다 죽겠구나 싶었을 때 그가 그녀를 놓아 주었다.

"이제 정말 나가야 해요. 너무 오래 있었다고요."

하지만 다시 그녀의 목과 가슴을 파고들며 덮친 그는 단단해진 물건을 그녀에게 밀어붙였다. 그의 몸이 이미 뜨거워진 걸 안 효진 역시 배꼽 아래로 열기가 고인다는 걸 알 수 있었다. 그의 격정적인 태도가 좋아 심장은 속절없이 뛰어 댔다. 그리고 생각했다. 다시는 이렇게 와서는 안 되겠다고. 이건 너무나 위험하다고.

"하아!"

그녀의 심장 언저리까지 키스를 퍼부으며 내려가던 그가 겨우 효진을 놓아

주며 안타까운 한숨을 쏟아 냈다. 본능과 이성의 아슬아슬한 줄다리기에서 어렵게 이성이 외마디 비명을 지르며 이겨 내는 순간이란 걸 알았다. 재욱은 그대로 효진을 품에 안았다.

"그냥, 내가 미친놈인 거로 합시다."

"……."

"당장 당신을 저 진료 침대 위에 눕히고 싶지만…… 하아! 참는 겁니다."

"……고맙네요."

재욱은 그녀의 입술을 손으로 다시 부드럽게 문지르며 놓아주고 싶지 않은 시선으로 뜨겁게 바라봤다.

"이제 가요. 다시 붙잡기 전에."

그의 열기 가득한 눈빛을 뒤로하고 효진은 서둘러 문을 열고 나왔다.

문이 열리는 소리와 함께 대기석에 앉아 있던 어르신들의 시선이 일제히 효진을 향했다. 순간 효진은 얼음이 되었다.

"박필녀 어르신! 이제 들어가실게요."

박 간호사의 카랑카랑한 목소리 덕분에 집중됐던 시선이 흩어졌지만 대신 박 간호사의 날카로운 시선이 효진에게 꽂혔다. 기다리던 어르신들을 위해 어깨를 만져 드리고 있던 윤 선생이 효진을 향해 미소를 짓고는 안으로 들어오라는 신호를 보냈다.

휴! 정말이지 이렇게 난감할 수가.

오늘의 이벤트는 아니한 만 못한 이벤트였다.

* * *

"아니! 양 여사님!"

"조 관장, 오랜만이야."

서린 갤러리에서 사진전이 있다는 소문이 동해 시내에 파다하게 퍼졌다. 하나뿐인 갤러리에서 전시회가 열리면 동해에서 내로라하는 여자들 입에 안 오를 수 없는 구조였다. 부녀회 회장이 전시된 사진이 너무 좋아 한 장 샀다는 말에 양 여사도 한 번 들러 본 참이다.

조 관장은 표정 관리에 애쓰며 양 여사 뒤를 따랐다.

"참! 재욱이는 혹시 왔다 갔나?"

"아! 선배님…… 하하…… 다녀가셨습니다."

"어머! 갠 참. 이런 건 나랑 같이 오면 좋잖아."

"하하…… 그러게 말입니다."

"아우! 이 사진 참 좋네."

양 여사가 좋다며 한참을 바라본 사진은 '그녀' 였다.

"이건 아직 안 팔린 모양이네? 나, 이거 한 장 사서 침실에 걸고 싶다."

조 관장이 난감한 표정을 지으며 양 여사를 봤다.

"사진작가가 저 여자를 사랑하는 게 분명해. 그러지 않고 어떻게 저리 애절하게 찍을 수 있겠어. 나 같은 비전문가가 봐도 딱 알겠네."

"아! 이 작품은 판매하지 않습니다. 양 여사님. 이 사진보다 옆방에 있는 알프스 풍경으로 찍은 마을 사진이 훨씬 아름답습니다. 할슈타트라는 마을인데요……."

"작가가 누구야? 누군데 이름도 안 밝히고 전시회를 해?"

"그냥 무명 아마추어입니다. 이름 밝혀도 모르는. 하하하……."

"그런 아마추어가, 고객이 산다면 다 팔아야지 뭘 또 안 판대?"

"작가들 저마다 사정이 있는 거니까요. 이해하십시오."

난처해 미칠 것 같았다.

"하여간 예술 하는 사람들 참 못마땅해."

양 여사는 아쉬운 듯 입맛을 다시며 다른 방으로 넘어갔다.

조 관장은 한숨이 절로 났다.

"어머! 양 여사님 아니세요?"

'하필 또 저 모녀를 만나네. 조용히 사진 감상 좀 하려고 했더니.'

하영과 하영 모, 강 여사를 마주한 양 여사는 애써 표정 관리를 하느라 애를 먹었다. 재욱과의 맞선 자리를 원한 건 강 여사였지만, 흔쾌히 받아들인 것은 자신이기에 썩 달갑지 않은 우연이었다.

“강 여사는 역시 이런 곳엔 걸음이 빠르세요.”

“양 여사님 오시는 줄 알았으면 제 차로 모시는 건데 그랬어요. 이런저런 얘기도 좀 나누면서.”

하영과 다정하게 팔짱을 끼고 전시장을 둘러보던 강 여사가 도도한 미소를 지어 보이며 양 여사에게 다가왔다.

“안녕하세요. 여사님! 여기서 또 뵙게 되다니…… 인연인가 봐요.”

하영이 제 엄마의 팔을 놓고 다가와 양 여사의 팔을 살짝 잡으며 다정하게 알은체를 했다. 참 살가운 구석도 있는 아가씨였다. 그게 가식적이든 우러나는 본심이든 말이다.

“모녀가 참 보기 좋네요. 난 딸이 없어서 이런 거 보면 너무 부럽더라.”

“며느리랑 하시면 되죠. 양 여사님!”

자신의 흠 하나 없는 딸을 며느리로 줄 테니 딴 데 정신 팔린 아들 어서 잡아다 놓으라는 말로 들려 가시에 찔린 듯 따가웠다. 맞선 후의 문제는 당사자들이 알아서 할 일이라고 치부해 버리고 싶은 맘 굴뚝이었지만 그리 간단하게 끝날 일은 아닌 것 같아 입 안이 썼다.

“다 둘러보신 거면 자리 옮겨 커피 한잔 같이 하실까요?”

강 여사의 적극적인 태도에 양 여사는 잠시 주춤했다.

‘제가 알아서 합니다. 마음에 둔 사람도 있고요.’

‘그러니까 더는 그런 자리 만들지 마세요.’

‘다시 하는 사랑, 다시 하는 결혼은 제 뜻대로 하고 싶습니다.’

재욱의 간절한 음성과 눈빛이 하필 뚜렷하게 각인되어 자꾸만 머릿속을 어지럽혔다.

어린 재욱이 대학 진학을 자기가 원하는 곳으로 하고 싶다는 말을 처음 꺼냈던 날, 김 회장의 단호한 말과 함께 실망하던 재욱의 얼굴을 양 여사는 지금도 잊지 못한다. 단 한 번을 속 썩이지 않고 착하고 바른 아들로 살아 준 재욱이란 걸 그 누구보다 잘 아는 양 여사는 며칠 전 재욱의 말에 가슴이 저렸다.

“오늘은 다른 일정이 있어서 힘들겠어요. 다음에 다시 자리 한 번 만들죠.”

양 여사는 정중하게 거절하고 먼저 자리를 떴다. 장 의원이 이곳에서 국회의원을 계속하는 한 절대 척을 져서는 안 된다는 것쯤은 양 여사도 강 여사도 너무 잘 알고 있다. 오죽하면 처녀인 딸을 재취 자리로 보낼 모진 결단까지 내렸을까!

자동차에 오른 양 여사는 창밖으로 시선을 던져 놓고 깊은 생각에 빠졌다.

* * *

병원에서 그렇게 헤어지고 재욱은 그녀가 집으로 돌아오기만을 손꼽아 기다렸다. 그리고 온종일 애태웠던 자신에게 보상이라도 하듯 그녀를 안았다.

"하읏……!"

창으로 들어오는 달빛만으로도 재욱의 등에 잡힌 잔 근육들이 보였다. 재욱이 허리를 뒤챌 때마다 달빛이 근육 잡힌 등골을 따라 흘렀고 효진의 신음은 점점 짙어졌다. 깍지 껴 잡은 손가락 마디가 하얗게 변하도록 힘주고 있는 두 사람은 쏟아지는 신음을 억누르며 절정에 이르고 있었다.

가쁜 숨을 몰아쉬는 효진의 이마와 입술에 입을 맞춘 재욱은 다시 목과 가슴에 차례로 입을 맞췄다. 더할 나위 없는 황홀감을 맛보게 해 준 그녀에 대한 경의의 표시였다.

효진은 그가 만들어 주는 후희의 전율 또한 허투루 보내고 싶지 않아 소중히 받으며 그의 머리를 가슴 안에 꽉 끌어안았다. 그로 인해 찾은 행복과 이 형언할 수 없는 감정의 소용돌이를 어떻게 감사해야 할지 알 수 없었다.

"아이들 보고 싶어요."

"강산?"

"네."

침대로 돌아누우며 그녀의 머리 아래로 팔을 넣은 재욱은 이불을 끌어 덮어 주며 난처한 표정을 지었다.

"왜요? 아직은 좀 이른가요?"

"그런 게 아니고."

"?"

"사실 나도 저번부터 셋이 만나게 해 주고 싶었는데, 생각해 보니 아이들이 집으로 돌아가 부모님께 뭐라고 말을 할까…… 싶더라고."

"아! 그러네요. 아이들에게 거짓말을 시킬 수도 없고."

"그래서 말인데……."

"?"

"주말에 애들 데리고 마린 블루로 가면 어떨까 합니다."

"나들이요?"

"외식!"

"아!"

"그럼 당신은 자연스럽게 우리 강산을 보게 되고! 강산도 당신과 자연스럽게 인사하고! 나는 매일 보고 싶은 당신을 당신 직장에서 보게 되고! 여러 가지로 좋은 생각 아닙니까?"

재욱의 말에 피식 웃은 효진은 그의 허리를 꽉 끌어안으며 미소 지었다.

"좋아요. 그러면 되겠네."

그녀가 자신을 한심스러워한다는 걸 눈치챈 재욱은 다시 이불 속으로 파고들며 그녀의 몸에 얼굴을 묻었다.

"아읏…… 이러지 말아요."

"당신 지금 나 비웃은 거잖아."

"아뇨…… 아니에요……."

아직 채 열기도 식지 않은 그의 물건이 말릴 새도 없이 다시 그녀 안으로 밀고 들어왔다.

"하아……."

"당신이 웃는 게 난 참 좋습니다."

"하읏……."

"물론 내 밑에서 우는 소리도 듣기 좋고……!"

"으음…… 정말…… 못 말려……."

그들의 갈망은 마르지 않는 샘 같았다.

평소보다 가족 손님이 많은 마린 블루는 뜨거운 한낮의 햇살을 받으며 주말 점심시간을 맞고 있었다.

효진은 재욱이 맞선을 보던 날보다 더욱 긴장한 모습으로 출입구를 주시하고 있었다.

"오늘 되게 포근해 보여요. 매니저님!"

미애가 지나가며 효진에게 한마디 던졌다.

그렇담 성공이다.

아이들에게 따스해 보이고 싶어 지난밤부터 의상을 고르느라 애를 먹었다.

* * *

〈지난밤〉

"그냥 아무거나 입어도 됩니다. 그 예쁜 목만 좀 가리면."

"어떻게 아무거나 입어요. 그래도 아이들과 첫인사인데."

"나중에 애들은 기억도 못 할 텐데 뭘……."

"똑똑했다는 분이 왜 이래요. 나중엔 기억 못 해도 첫 느낌, 첫인상은 영원히 남아요."

하긴, 할슈타트에서 워낭을 사이에 두고 그녀와 갑자기 경쟁하게 됐던 그날! 새까맣고 깊은 그녀의 눈동자에 넋을 잃어 집었던 워낭을 놓치고 말았었다. 그렇게 정신을 놓고 있을 때 그녀가 얼른 그 워낭을 집어 들고는 계산대로 가 버렸고. 서둘러 쫓아 나갔지만 느긋한 종업원 때문에 그녀를 놓치고 말았었다.

'그 첫인상! 잊을 수 없지!'

재욱이 그때의 일을 떠올리며 상념에 빠져 있을 때 스웨터 원피스를 발견하고 효진은 화색을 띠었다.

"어때요. 이거!"

재욱은 심드렁하게 고개를 돌리다 원피스를 입은 효진을 보고 잠시 넋을 잃었다. 뭐든 어떠냐고 말했지만, 털이 보슬보슬 일렁이는 연보랏빛 원피스는 따뜻하다 못해 포근해 보이기까지 했다.

"왜 말이 없어요?"
"하! 당신 말이 맞네. 느낌이 달라."
"그렇죠? 내 말이 맞다니까."
하지만 다가온 그는 효진을 와락 안았다.
"왜 이래요. 놔줘요."
"조금만 있읍시다. 이대로."
"나 아직 옷 못 정했어요."
"하아! 이거면 될 것 같아. 이거면."
"정말요?"
"당신 정말 따뜻한 사람이네. 나에게 너무 과분해."
"무슨 말이 그래요."
"이런 것까지 생각할 줄은 몰랐거든. 겨우 아이들 만나는 건데……."
"겨우 아이들이요? 당신의 전부인 아이들인데?"
갖고 싶은 자기 아이를 갖지 못한 그녀에게 내 아이들을 사랑해 달라고 부탁하거나 강요할 순 없었다. 그저 서로 사랑하면 아이들까지 사랑하게 되겠지…… 하고 바랐다. 그런데 아이들을 마주하는 그녀의 태도가 예뻐 가슴이 벅찼다.
"사랑합니다."
그는 그녀를 안은 채 가슴에서부터 올라온 말을 쏟아 냈다. 그녀와 재회하고, 아니 그녀와 연애를 시작하고도 꺼내 놓지 못한 말이었다. 사랑이 전부가 아니라고 생각했고 그깟 사랑이 뭐 대수냐고 생각했으니까. 하지만 지금, 이 순간 그녀에게 사랑한다는 말 말고는 달리 이 마음을 표현할 길이 없었다.
"정말 이 옷이면 되겠어요?"
하지만 효진은 여전히 아이들과의 첫 대면에 정신이 팔려 그의 고백을 듣지 못했다.
"사랑한다고! 박효진!"
엄중한 목소리에 그제야 그의 말을 들은 효진이 품에서 벗어나며 그를 바라봤다.
두 번째 인생을 시작하면서 이제야 진정한 사랑을 시작하고 있지만, 사랑한다는 말을 듣게 될 거란 생각은 하지 않았던 것처럼 놀란 눈을 떴다.

"당신은 아닌가?"

"그냥 좀…… 당황스러워서요."

"내가 당신을 사랑한다는 게 당황스럽습니까?"

"아니…… 사랑한다는 말을 듣게 될 줄 몰랐거든요."

"사랑한다고. 내가 당신을."

효진은 세상에 없을 것 같은 평온한 미소를 지으며 그의 품으로 파고들었다.

"나도…… 사랑해요."

사랑한다는 말을 읊조리는 목소리에 물기가 묻어 있었다. 재욱은 그런 효진을 세게 안았다. 그리고 그의 품에 안긴 그녀가 그의 가슴에 대고 속삭였다.

"강이도 산이도 당신만큼 사랑할게요."

하아! 이렇게 설레는 고백도 서슴없이 하는 여자라니까. 이 여자가!

재욱은 품에 안고도 성이 차지 않아 그대로 그녀를 안아 올렸고 침대에 누인 채 보슬보슬한 원피스를 단박에 끌어 올려 벗겨 버렸다. 당장 그녀를 갖는 것 말고는 이 벅차오르는 감정을 주체할 방법이 없었으니까. 그렇게 효진의 노력 끝에 선택된 의상이었다.

* * *

마린 블루 문이 열리고 재욱의 모습이 보이는가 싶더니 재욱보다 먼저 꼬맹이들이 쏙 달려 들어왔다. 효진은 뛰어 대는 심장 때문에 심호흡을 몇 번 하고는 그에게 다가갔다. 갑자기 아이들이 달려 들어와 그의 표정이 굳은 줄 알았는데 잠시 후 재욱 뒤로 양 여사가 함께 들어오는 게 보였다. 그의 상기된 표정의 원인은 그의 어머니였다.

이런……! 오붓한 가족 외식 작전은 실패인 모양이다.

짧은 순간 서로 눈빛을 주고받은 재욱과 효진은 이미 이 사태의 문제성을 인지했고 태세 전환에 들어갔다.

"사장님, 나오셨어요?"

"박 매니저. 우리 애기들 데리고 같이 왔어. 글쎄 난 쏙 빼놓고 자기네 세 식구만 여길 오려고 했다지 뭐야. 정말 아들이고 손자고 키워 봐야 소용 하나도 없다는 말 맞나 봐."

"지금이라도 함께 오셨으니 아드님께 맛난 거로 대접받으세요."

"그래. 그래야겠어."

효진의 안내를 받아 자리로 와 앉은 가족은 어디 하나 흠잡을 곳 없이 행복해 보였다. 그들 사이에 자기가 포함될 거라는 생각을 하자 가슴이 다 벅차 왔다. 열네 살 이후 가져 본 적 없는 단란한 가족의 모습이 그저 아름답게만 보였다.

재욱을 사이에 두고 양쪽에 앉은 강과 산은 코앞에 펼쳐진 드넓은 바다가 신기한 듯 넋을 놓고 있었다. 메뉴를 고르느라 여념 없는 양 여사와 재욱을 두고 효진은 아이들이 바라보는 바다를 함께 바라봤다. 메뉴를 고르던 재욱은 효진의 시선을 좇아 함께 바다를 보았다.

그때 효진은 누군가 자신의 옷을 쓰다듬는 걸 느꼈다. 가만히 고개를 돌려 보니 어린 산이 털이 보송하게 올라온 자신의 옷을 만지작거리고 있다가 눈이 마주치자 서둘러 손을 치웠다.

"부드러워?"

효진이 무릎을 접고 앉으며 산에게 물었다. 산은 대답 대신 고개를 끄덕였다. 효진이 산의 손을 잡아 자신의 팔을 쓰다듬을 수 있도록 해 주자 산은 얼굴에 미소까지 띠며 효진의 팔을 어루만졌다.

"부들부들해요."

"그렇지?"

재욱은 두 사람을 사랑 가득한 시선으로 바라봤다.

"산아, 그럼 못써!"

양 여사의 엄격한 목소리에도 산은 쓰다듬기를 멈추지 않았다.

"괜찮습니다. 사장님. 메뉴는 고르셨어요?"

효진이 미소 지으며 산을 보자 산도 효진을 예쁜 눈을 하고서 쳐다봤다.

스테이크를 잘게 썰어 강과 산의 접시에 올려 주는 재욱의 손길이 참으로 따뜻해 보였다. 먼발치서 그들의 식사 모습을 지켜보는 효진은 가슴이 촉촉하게 젖어 드는 것 같았다.

저렇게 따뜻한 아빠를 둔 아이들은 얼마나 좋을까.

저렇게 자상한 아빠를 둔 아이들은 얼마큼 행복할까.

그 따뜻하고 자상한 남자가 이제 자기 곁에 있는 사람이라고 생각하니 자꾸만 저 아래서부터 울컥 눈물이 치밀어 혼났다.

"참 단란해 보이네요. 매니저님!"

"응. 그래 보여."

"원장님 저런 모습은 처음 봐요. 완전 애 아빠잖아!"

언제는 아니었나?

효진은 그를 몰라도 참 모른단 생각에 웃음이 났다.

"아 참! 지난번 맞선녀요. 장 의원 딸!"

"?"

"아무래도 원장님이랑 성사가 될 모양이에요."

"응? 그게 무슨 소리야?"

"맞선을 원한 쪽이 그쪽이래요. 올 초에 장 의원 구설에 좀 올랐었거든요. 그래서 입지가 흔들리니까 그쪽에선 애가 탄 거지. 아무리 그래도 어떻게 결혼도 안 한 귀한 딸을 재취 자리로 보낼 생각을 하지? 도무지 이해 안 되는 족속들이야. 그쵸?"

어쩌면 일이 어려워질 수도 있겠다는 생각이 들었다. 둘만의 시간을 조금만 갖고 부모님께 천천히 말씀드리자고 했지만, 부모님께 말씀드리기도 전에 재욱의 두 번째 인생이 결정 나게 생겼다는 뜻 같아 보였다.

손을 씻고 흐트러진 몸가짐을 바로잡기 위해 거울을 본 효진은 다시 전의를 다졌다. 이번에는 무기력하게 자신의 것을 내어 줄 마음이 없다고 다짐했다. 그의 말대로 이제 자신의 인생을 살아야 한다.

입술을 꽉 물고 화장실을 벗어난 효진은 복도 끝 넓은 유리창 앞에 선 산이를 발견했다.

"산아! 혹시 자리를 잃어버렸니?"
자기 이름을 부르는 소리에 놀라 고갤 돌린 산은 효진을 발견하고 금세 표정이 밝아졌다.
"이름을 어떻게 알아요?"
아차! 그러네……!
"아까 할머니께서 부르는 소리 들었잖아."
"아……."
산은 의심도 않고, 다가온 효진의 치마를 쓱쓱 문지르기 시작했다. 옷을 정말 잘 골랐단 확신이 들었다.
"밥은 다 먹은 거야?"
"고기는 다 먹었어요. 검은색 밥은 먹기 싫어요."
"오징어가 쏜 먹물 공격을 받은 쌀이라 밥이 검은색인 건데. 용감하게 싸운 쌀들이 멋지지 않구나?"
"네? 쌀을 공격해요? 오징어가?"
"그래. 그래서 밥이 까맣잖아. 전쟁에서 이긴 쌀이니까 엄청 맛난데. 그걸 몰랐나 보다."
생각에 깊이 빠진 모습의 산은 귀여웠다. 그 아이의 모습에서 재욱의 모습이 담겨 있어 재밌었다. 역시 아이들이 모두 재욱을 그대로 닮았다.
"이제 돌아가서 그 검은색 밥을 좀 먹어 볼래?"
"네! 먹고 싶어요."
효진은 손을 내밀었고 산은 거침없이 그 손을 잡았다. 효진의 손에 들어온 산의 손은 너무 작고 말랑하고 따뜻했다. 가슴이 다 푸근해지는 것 같았다.
"어! 산이다!"
효진의 손을 잡고 오는 산을 제일 먼저 발견한 건 강이었다. 그 소리에 가족이 모두 돌아봤고 그들의 시선을 받은 효진은 갑자기 긴장됐다.
"화장실 앞에 혼자 있어서 데리고 왔어요."
일어나 다가오는 재욱에게 산의 손을 건네주며 말했다.
"고맙습니다."

산의 손을 건네받으며 슬쩍 그녀의 손을 잡아 본다. 소심하지만 찌릿한 전율이 전해지며 순간 온몸이 뜨겁게 달아올랐다.

"아빠! 나 검은색 밥 먹어 볼래요."

"먹기 싫다면서."

"오징어가 먹물로 공격해서 쌀이 까맣게 된 거래요. 용감하게 싸운 쌀이라 맛있을 거라고 했어요."

어른들은 모두 황당해하며 산과 효진을 번갈아 봤다. 산은 얼른 자리에 앉아 밥을 크게 한 숟가락 떠서 입에 욱여넣고는 야무지게 씹었다. 그런 산을 보고 강도 똑같이 밥을 퍼서 입에 넣고 오물대기 시작했다. 둘은 서로 경쟁이라도 하듯 오징어 먹물 리조또를 정신없이 먹어 댔다.

"우리 박 매니저가 제대로 한 건 했네."

양 여사는 흐뭇하게 효진을 봤고 재욱은 당장 안고 싶다는 눈빛으로 효진을 봤다. 효진은 가볍게 묵례하곤 자리를 벗어났다. 그의 뜨거운 시선을 더는 감당할 자신이 없어 도망치듯!

얼굴이 뜨거워져 뒷문을 이용해 밖으로 나온 효진은 심호흡을 했다. 바다에서 불어오는 바람이 그녀의 막힌 숨통을 뚫어 주는 것 같았다. 언제부터 이리 차가워진 건지 바람이 제법 쌀쌀해져 있었다. 난간에 기대어 먼바다를 바라보다 스며드는 바람에 양팔을 문지르는데 그의 목소리가 들려왔다.

"왜 도망칩니까."

효진이 놀라 돌아보니 이미 다가온 그가 자신의 외투를 벗어 효진의 어깨를 감싸 주고 있었다.

"왜 나왔어요. 누가 보면 어쩌려고."

"누가 보면 이젠 어쩔 수 없지."

자조 섞인 그의 말에 효진은 황당하다는 듯 눈을 부릅떴다.

"뭘 또 그렇게 무섭게 봅니까. 뭐 나쁜 짓을 하는 것도 아니고 그저 사랑 좀 하겠다는데."

"어서 들어가요."

효진이 등에 둘러진 재욱의 외투를 걷어 내 그에게 건네주며 등 떠밀었다.

하지만 그는 그런 효진을 그대로 안아 버렸다.

"이러지 말아요. 어서 놔요."

"나 아무래도 당신 때문에 바보가 된 것 같습니다."

"하아! 여기로 사람 많이 다녀요."

"내 시선이 자꾸 당신만 쫓는다고. 내 심장이 자꾸 당신한테 반응해. 미친 거지."

"여기서 이러고 있는 게 미친 짓이에요."

효진은 벗어나려 안간힘 쓰고 재욱은 놓지 않으려 안간힘을 썼다.

"산이 당신 바라보는 눈빛 봤어요? 그 녀석도 나랑 같은 마음인가 봐. 걔가 날 많이 닮았거든."

어처구니없었지만 그의 말이 좋았다.

그녀를 살며시 놓아준 그가 고개를 기울이며 효진에게 다가왔다. 그리고 달콤한 입술이 묵직하게 내려앉았다. 그냥 키스인데도 온몸을 끌어안은 그의 키스는 침대 위에서의 정사만큼이나 뜨겁고 열정적이었다. 집어삼킬 듯 효진의 입술을 빨아 당기던 재욱은 이번에도 역시 스스로를 제어하며 어렵게 그녀를 놓아주었다.

"하아! 이제 좀 살 것 같네."

그의 폭풍 같은 키스에서 빠져나오지 못한 효진은 여전히 눈 감은 채였다.

"아이들은 둘째 치고 내가 하루도 못 기다리겠어."

"처음부터 계획적이었던 거야."

"뭐라고 했습니까?"

"당신 할슈타트 워낭 때부터 모든 게 계획적이었죠? 아이들 엄마를 만들어 주기 위해."

안았던 팔을 살짝 풀며 재욱이 효진을 지그시 내려다봤다. 하지만 여전히 그녀를 놓아주지는 않았다.

"맞습니다. 다 계획이었어. 당신을 내 여자로 만들기 위한 치밀한 계획이었다고. 이제 인정했으니 나랑 결혼합시다."

"은근슬쩍 청혼이에요?"

얼른 풀어 주고 들어가라고 꺼낸 말이었는데 아예 결혼하잖다. 기가 차 말을 잃고 그를 흘겨보는데 인기척이 났다.

"헛! 누가 오나 봐요."

눈이 휘둥그레진 두 사람이 황망하게 서로를 보고 있었다.

"아니 얘는 대체 밥 먹다 말고 어딜 간 거야!"

이쪽으로 향하는 목소리의 주인은 양 여사였다. 몸을 피할 곳은 창고밖에 없는데 창고는 잠겨 있었다. 꼼짝없이 둘이 함께인 장면을 들키게 생겼다. 재욱이 이왕 이렇게 된 거 잘됐다고 생각하며 앞으로 나서려는데.

"사장님!"

"어! 최 셰프!"

"사장님 오신 줄 알았으면 특별식을 준비하는 건데. 미리 언질을 주시지 그러셨어요."

"아니…… 나도 오게 될 줄 몰랐지. 말이라도 정말 고마워."

"이쪽에 무슨 볼일 있으세요?"

"어, 우리 아들 찾아."

"제가 창고에서 나오는 중인데요. 그쪽에 아무도 없었습니다. 화장실에 간 것 아닐까요?"

재욱을 찾아 나선 양 여사를 석호가 다른 쪽으로 데리고 사라졌다.

메두사의 눈이라도 본 것처럼 굳어 있던 두 사람에게서 동시에 한숨이 터져 나왔다.

"최 셰프가 봤어요. 우리가 여기 있는 걸 알았다고요. 이제 어떡해요."

"뭐 어떻습니까. 차라리 잘됐지."

"네? 그런 말이 어딨어요?"

"최 셰프 사람 괜찮네. 빠르게 포기할 줄 아는 쿨한 남자야."

"뭐라고요?"

"솔직히 최 셰프랑 같은 공간에서 계속 부딪히는 거 신경 쓰였습니다."

"왜요?"

"그걸 모릅니까? 최 셰프, 당신 좋아한다고."

괜히 성질이 난 사람처럼 툭 말을 뱉어 내고 보니 자기가 참 유치하단 생각이 들었다. 효진이 잠시 말을 잃고 멍하니 자신을 바라보고 있다고 생각하자 미안함까지 몰려왔다.

"미안합니다. 그냥 성질이 좀 나서……."

"그럼, 당신은 장하영 씨! 어떻게 할 건데요."

"여기서 그 여자 얘기가 왜 나옵니까?"

"집안끼리 원해서 맞선 봤고, 집안끼리는 아직 진행 중인 얘기잖아요."

"진행 중 아닙니다. 내가 분명히 어머니께 말씀드렸고! 그러니 신경 쓰지 않아도 됩니다."

"여기 생각보다 말도 많고 소문도 빠른 동네잖아요. 이미 두 집안 혼사 문제 수면으로 올라오고 있는 것 같아요."

"그런 소릴 대체 어디서 듣는 겁니까. 나도 모르는 사실을."

"여기저기서 들려온다는 소린 사실에 가까워지고 있다는 뜻 아니겠어요."

자신감 하나도 없는 목소리로 말을 마친 효진은 가만히 돌아 바다를 향해 섰다. 그녀의 작은 어깨가 잘게 떨렸다. 재욱은 다가가 그녀를 살포시 안았다.

"미안합니다. 그런 소문이나 듣게 해서."

"아니요. 내가 시간을 달라고 했잖아요. 당신은 말씀드리겠다고 한걸."

"나도 당신과 둘만의 시간을 갖고 싶었습니다. 지금도 그 마음은 변함이 없고. 이 시간이 영원하면 좋을 것 같단 생각도 한다고. 하아……!"

재욱에게서도 안타까운 한숨이 새어 나왔다.

마린 블루를 나서는 재욱의 가족을 한발 떨어져 바라봤다. 아이들 손을 양쪽으로 나눠 잡고 효진을 바라보는 재욱의 시선은 애처로웠고, 그녀를 홀로 이곳에 남겨 두고 돌아가야 하는 발걸음은 천근만근이었다. 그런 그를 위해 효진은 환하게 웃어 주었지만 그래도 그의 표정은 어둡기만 했다.

"자, 인사하고 가야지."

재욱이 일부러 아이들을 효진 앞에 세웠다. 재욱에게 이끌려 효진 앞에 온 강과 산을 효진이 눈높이를 맞춰 앉으며 맞아 주었다.

"오늘 반가웠어요. 강! 산!"

"와! 우리 아빠랑 똑같이 부른다. 강! 산!"

듣고 있던 강이 놀란 토끼 눈을 하고 쳐다봤다.

"할머니는 꼭 강이, 산이, 그러시는데 아빤 꼭 강! 산! 하시거든요."

별것 아니지만 들켜 버린 것 같아 괜히 뜨끔했다.

그때 산이 효진을 와락 안았다. 갑자기 벌어진 상황에 효진도 재욱도 양 여사도 당황했다. 효진의 심장 소리를 듣기라도 하는 듯 눈까지 꼭 감은 채 효진의 가슴에 볼을 갖다 댄 산은 그렇게 한참을 있었다. 효진은 그런 산의 등을 꼭 감아 안고 토닥여 주었다. 어린아이가 얼마나 엄마 품이 그리웠을까. 잘은 알 수 없었지만, 산은 효진을 안고 그런 그리움을 달래고 있었던 것 같았다.

"산아! 다음에 또 놀러 와 줄래?"

그 말을 듣고서야 효진을 안았던 팔을 살며시 놓은 산이었다.

"네! 꼭 놀러 올래요. 아빠! 또 놀러 와도 돼요? 검은색 밥 또 먹으러요."

"그럼! 당연하지."

재욱은 산을 번쩍 안아 올렸다.

"매니저 아줌마 이제 일하시게 우리 그만 가자."

재욱에게 안긴 산은 효진에게 손을 흔들며 안녕을 고하곤 그대로 재욱의 목을 꼭 끌어안았다. 어린 산의 외로움이, 그 아이의 아픔이 어쩐지 효진의 심장에 와 박히는 것 같았다.

이 모습을 먼발치서 지켜보던 양 여사는 어린 손주의 행동에 가슴이 아팠다. 그런 아이의 응석을 말없이 다 받아 준 효진이 고맙기도 했다.

* * *

토요일은 그 어떤 날보다 마린 블루가 바쁜 날이다. 게다가 낮에 방문한 꼬마 손님들 때문에 평소보다 배로 긴장을 했던 탓에 집으로 돌아오는 효진은 녹초였다.

[우리 집으로 와요!]

우리 집!

그와 나의 집!

마감할 무렵 재욱에게서 날아든 한 줄기 빛 같은 문자였다.

집 앞에 차를 막 세우고 유리창 너머 그의 집을 바라봤다. 늘 어둡게 불이 꺼져 있어 사람이 사는 집은 맞나? 하고 생각했던 적도 있었던 그의 집은 효진을 만나고부터 불을 밝히기 시작했다. 정원의 흐릿한 불빛 말고도 그의 거실에서 흘러나오는 은은한 불빛도 있었고 그의 테라스를 밝혀 주는 외등도 있었다.

그의 집에 빛이 들듯 효진의 마음에도 빛이 들고 있다는 걸 그는 알까?

그냥 바라만 보는데도 가슴이 뜨거워졌다.

'그러니 보란 듯이 더 씩씩하게 살아야겠네. 더 행복해져야겠고. 내가 그렇게 해 줄게요. 이제 절대 혼자 두지 않을 겁니다.'

'나 이제 사랑해도 될까요?'

'무슨 질문이 그래요. 사랑해도 되냐니.'

'행복해도 되나 싶어서…….'

'당신 행복할 자격 충분합니다. 사랑받을 자격도 충분하고. 그러니 이제 우리 마음껏 사랑합시다.'

그가 효진에게 읊조렸던 말들이 새록새록 떠올랐다.

비밀번호를 누르고 집으로 들어온 효진은 불은 켜져 있는데 텅 빈 거실을 확인하고는 침실로 향했다.

고요한 거실과 달리 침실 문을 여니 욕실에서 물소리가 났다. 샤워기에서 떨어지는 물소리가 아닌 것으로 보아 욕조에 물을 받는 것 같아 조심히 다가갔다.

"뭐 해요?"

욕조에 물을 받고 있던 재욱이 효진의 목소리를 듣고 놀라며 돌아섰다.

"왔어요?"

"목욕하려고요?"

"당신 목욕하라고!"

"나?"

"오늘 많이 긴장했잖습니까. 다리도 아직은 완전히 나은 게 아닌데 보니까 종일 서서 동동거리고……. 혼자 쉬는 게 영 걸리더라고."

"하는 일이 그런걸요. 별걱정을 다 해."

"옷 벗고 들어와요. 물 따뜻하게 받아지고 있으니까."

효진이 그를 가만히 쳐다봤다. 그 마음 잘 알았고 너무 고마우니 이제 그만 나가라는 뜻이었다. 정확히 말한 건 아니지만 그 정도는 알아들을 만큼 눈치를 줬고 분명 그도 그 사인을 알아들었다. 하지만 재욱은 나갈 듯 일어서더니 이내 윗옷을 벗었다.

"그런 뜻 아닌 거 알잖아요."

"그런 뜻으로 받아들였는데."

"날 위해 따뜻한 물 받은 거라면서."

"우릴 위해 따뜻한 물 받은 건데."

"어릴 때 말썽 많이 피웠죠."

"나 모범생이었던 거, 동해 사람은 다 아는데 당신만 아직 모르나 보네. 3대 독자인 것만 아나 봐."

물러설 기색 없이 한마디 한마디 다 받아 내는 그가 얄미워 효진은 휙 몸을 돌렸다.

"그럼 편히 씻어요. 난 와인이나 한잔해야겠네."

하지만 역시 이번에도 재욱이 빨랐다. 나가려는 효진의 허리를 확 낚아챈 그는 그대로 품 안으로 끌어들였다.

"알았어요. 내가 졌다! 졌어. 그러니까 나가지 말아요. 장난친 겁니다. 장난."

"어우! 장난꾸러기. 대체 몇 살이에요?"

"그걸 알면서 또 그렇게 한마디를 안 집니까. 사나이 모양 빠지게."

"와인 좀 가져다줘요. 폼 나게 욕조에서 와인 한잔 마셔 보게."

이것 봐! 이 여자는 사람을 아주 가지고 논다니까.

그러니까 지금 와인 가지고 어서 오라는 거잖아.

하아! 어떻게 안 미치지.

"눈썹이 휘날리게 갔다 올 테니 딱 기다려요."

효진이 피식 웃는 소리를 뒤로하고 재욱은 서둘러 욕실을 벗어났다.

사실 그가 욕조에 물을 받고 있을 때부터 그의 마음을 알았다. 자신을 위해 정성 들여 준비하는 그 뒷모습에 눈물이 핑 돌아 한동안 인기척도 내지 못하고 그를 바라봤다. 그대로 그의 등에 기대어 '이제 당신 없이 못 살 것 같아요' 라고 말하고 싶었다. 하지만 치미는 감격을 꾹꾹 눌러 참고 여상하게 뭐 하냐고 물었다.

돌아서던 그의 환한 눈빛이 영롱하게 반짝이는 것 같았던 건 아마 혼자만의 착각이었을 거다.

이런 행복이 가능하리라곤 생각도 해 본 적 없었다. 그와 함께 그가 만들어 놓은 이 정성 가득한 온기를 누리고 싶었다. 당장 욕조로 뛰어들어 그의 품에 안기고 싶었다. 하지만 그의 애를 태웠다. 장난꾸러기는 재욱이 아닌 효진이었던가 보다.

재욱이 와인병과 와인 잔 두 개를 들고 욕실로 왔을 때 효진은 이미 욕조 안에 들어가 그가 만들어 놓은 온기를 느끼고 있었다. 나신으로 목을 뒤로 젖히고 눈을 살포시 감고 있는 그녀를 발견한 재욱은 숨이 멎는 것 같았다. 벌써 2주 넘게 그녀의 몸을 갖고 그녀의 모든 것을 빠짐없이 보았지만, 지금의 그녀는 또 새롭게 예뻤다. 아니, 정신 못 차리게 아름다웠다.

"입 좀 다물어요. 바보 같아."

"눈 감고 그걸 봤네."

"뭐 해요. 계속 그러고 있을 거예요. 안 들어오고?"

어이가 없다고 해야 할까, 기가 차다고 해야 할까, 좋아 죽겠다고 해야 할까! 재욱은 코웃음을 내뱉곤 그대로 바지를 풀어 내렸다. 입꼬리는 하늘 높은 줄 모르고 승천했고 그의 물건은 언제부터 부풀었는지 가늠도 할 수 없을 만큼 단단하게 올라붙어 있었다.

이런 설레는 경험을 했던 적이 있었나?

이런 가슴 벅찬 사랑에 심장이 저릿했던 적이 있었나?

이런 게 사랑이란 걸 불혹이 넘어서야 알게 되다니.

이게 다 이제야 나타난 효진 때문이라고 괜히 트집을 잡는다. 그러면서 괜히 그녀를 와락 안았고 그러면서 괜히 그녀의 입술을 삼켜 버릴 듯 덮쳐 물었다. 기다렸다는 듯 자신의 혀를 깊숙이 밀어 넣는 그녀 때문에 재욱은 저도 모르게 신음을 흘렸다.

이렇게 앙큼할 수가.

이렇게 사랑스러울 수가.

따뜻한 물속에서 따뜻한 온기처럼 그녀 안으로 서서히 파고들었다.

그냥…… 그녀의 피곤을 풀어 주려 계획한 일이었는데…….

그냥…… 그녀의 긴장을 녹여 주려 시작한 일이었는데…….

결국…… 또 두 사람은 서로의 깊은 사랑만 확인했다.

7. 무산된 계획

같은 샴푸로 머리를 감고 같은 바디 워시로 몸을 씻었는데도 품에 안은 그녀에게선 다른 향이 났다. 꽃 같은 그녀가 그 모든 향기를 자기 것으로 둔갑시킨 게 분명했다.

이놈의 현기증!

아무리 정신을 차리려고 해도 그녀 곁에선 그게 쉽지가 않았다.

언제쯤, 이 마법에서 깨어나려나.

침대 위에 나란히 누운 두 사람은 서로를 꽉 끌어안은 채였다.

"우리…… 이제 말씀드려요."

재욱의 품 안에서 효진이 조심스럽게 입을 열었다.

"하아……!"

그녀의 말에 긴 한숨부터 내쉰 재욱이었다.

"그렇게 암담해요?"

"우리의 행복이 깨지는 게 싫어서 그럽니다."

"고비만 잘 넘기면 이 행복 계속될 텐데 뭐."

"후! 단단해졌네. 박효진."

"날 지켜 주는 히어로가 있으니까."

"말도 참 예쁘게 하고."

"아이들 너무 안쓰러웠어요."

"아직 너무 어리니까."

"내 아이라 생각하고 키울게요."

"하아! 당신을 어쩌면 좋을지 모르겠다고. 이럴 땐 정말이지 내가 뭘 어떻게 해야 할지 모르겠어."

"뭘 어떻게 해. 내가 뭘 어쨌다고."

"이런 당신을 놓친 사람은 바보야. 그 덕에 내가 당신을 만났지만."

"사랑도 상대적이에요. 당신이 말한 행복처럼."

"……."

"그 사람에게는 나도 지금처럼 살갑지 못했어요. 그건 당신이 나를 이렇게 만들었다는 뜻이기도 해요."

"말씀드립시다. 하루라도 빨리 당신하고 살고 싶거든."

"지금 그거 설마 또 청혼이에요?"

"청혼은 무슨! 벌써 내 거 다 만들어 놨는데!"

"헛! 잡은 물고기란 거예요?"

"당연하지."

"하여간 남자들이란……!"

밀고 당기고 돌아눕고 돌려 안으며 티격태격했지만, 서로를 놓지는 않았다. 생전 해 본 적 없는 밀당 놀이에 밤이 깊어 가는 줄도 몰랐다.

* * *

브레이크 타임을 앞둔 4시가 다 되어 갈 무렵 쫙 빼입은 정호가 마린 블루에 모습을 드러냈다.

"곧 마감이라 주문받을 수 있는 메뉴가 많지 않습니다. 손님!"

아는 얼굴이면서 여전히 딱딱하게 대하는 효진이 달갑지 않았지만, 정호는 표정 관리를 했다.

"커피 마실 겁니다."

"자리로 안내해 드리겠습니다."

"주문하시겠습니까?"

"무슨 커피 좋아해요?"

"네?"

"곧 브레이크 타임인데 나랑 커피 한잔 합시다."

"……."

"그렇게 쳐다보지 맙시다. 그냥 커피 한잔 하자고 온 거니까."

효진은 짧은 순간 생각이 깊었다.

모두가 피한다는 강정호인데 이렇게 엮이는 거 괜찮을까?

지난번 동창회 일로 조금 불편한 마음은 있었지만 그렇다고 일하는 곳에서 이 남자와 커피를 마셔도 될까?

어차피 한 번은 알아듣게 잘라 내야 한다면 차라리 다른 곳보다는 여기가 더 안전하겠지.

결국, 생각은 여기서 멈췄다.

"저는 따뜻한 라떼 마시겠습니다."

"그럼 나도 같은 거로!"

"4시에 맞춰 준비하겠습니다."

주문까지 받은 효진이 사라지자 정호는 긴 숨을 몰아쉬었다. 그러곤 손목의 시계를 확인했다. 딴에는 잔뜩 긴장한 게 분명했다.

브레이크 타임이 시작되고 마린 블루 크루들은 각자 휴식 시간을 갖고 있었다.

커피를 사이에 두고 마주 앉은 효진과 정호의 테이블에만 묘한 긴장감이 흘렀다.

"내가 원래 투박하긴 해도 양아치는 아닙니다."

긴 침묵에 라떼를 한 모금 막 입에 물었을 때 날아온 그의 첫마디에 효진은 라떼를 뿜을 뻔했다.

"괜찮아요?"

"네. 괜찮습니다."

"결혼 두 번에 이혼 두 번! 딸린 아이 없이 혼자고."

"저기……. 그런 얘길 왜 저에게 하시는 거죠?"

지금까지 그가 보여 준 강압적이고 제멋대로인 행동들과 비교하면 오늘의 그는 그냥 순한 양이었다.

그가 그런 말을 하는 이유를 짐작하고도 남았지만 빠른 대화 종결을 위해서는 빠른 솔직함이 최선이므로 일부러 물었다.

"와인 추천해 주던 날부터 내가 눈여겨봤거든. 그쪽, 아니 박 매니저를."

하긴 그렇게 가슴을 뚫어져라 봤으니 그리 말할 자격 충분하다. 음탕한 사람 같으니라고.

"그런데요?"

"들어 보니 그쪽도 이혼하고 혼자라고……. 서로 외로운 사람끼리 한번 사귀어 보자는 뜻입니다. 흠될 것 없잖아요. 누가 뭐랄 사람도 없고."

"저…… 강정호 씨!"

"어! 내 이름 어떻게 알지? 하하하……. 그쪽도 나한테 관심 있었던 거네."

"휴! 모르려야 모를 수 없을 정도로 유명하시던데요."

"풋! 내가 좀 그렇지."

그게 또 칭찬인 줄 알고 좋아라 하는 그가 효진은 그저 안쓰러웠다.

생각보다 맑은 사람이네. 하긴 깡패 짓 한다고 다 나쁜 사람은 아니니까. 남자 체면에 소문 빠른 이 동네에서 이렇게 작정하고 찾아온 걸 보면 꿈수가 있는 건 아니란 뜻 같았다.

"저는 사귈 생각 없습니다."

"잠깐. 뭘 또 그렇게 단박에 거절을 해요. 생각할 시간이란 게 있는 거지."

"여지를 남기고 싶지 않아서요."

"뭐 그렇게 빡빡하게 굴어. 결혼하자는 것도 아니고 사귀자는 건데."

“사귈 마음이 없으니까요.”

정호는 재킷 안주머니에서 명함을 꺼내 테이블에 올려놓았다.

“관광호텔! 아버지 거지만 곧 내 거 됩니다.”

“?”

“그 1층에 얼마 전 이탈리안 레스토랑 개업한 건 알고 있죠?”

“!”

“그것도 내 거고.”

그래서 뭘 어쩌라고?

“나랑 사귀고 그러다 잘 되면…… 뭐 결혼도 하고 그 레스토랑도 다 그쪽 책임하에 운영하면 좋잖아요.”

스케일 한번 어마어마하시네.

다이아몬드 반지도 아니고, 레스토랑을 주겠다고 꼬시는 거야?

이혼 두 번 하면서 탕진한 재산도 만만치 않다고 들었는데 아직도 정신 못 차리셨네.

엉뚱한 그의 제안이 재미있기도 신선하기도 했지만 참 어이없었다. 그래도 이 남자의 순정에는 경의를 표하고 싶다.

“사랑하는 사람! 있어요.”

자신이 제시한 조건에 아주 흡족해하던 그의 얼굴에 갑자기 그림자가 드리웠다. 표정을 감추거나 숨길 줄 모르는 달팽이 같은 사람이었다. 자기가 먹은 음식 색의 배설물을 배설해 내는 거짓말할 줄 모르는 달팽이!

그녀의 말에 표정이 굳은 건 홀로 막 나서던 석호도 마찬가지였다.

“누…… 누굽니까?”

“그걸 말해야 할 이유는 없는 것 같고요.”

일순, 그의 얼굴에 안타까움이 보였던 건 효진의 착각인지도 모른다.

어쩐지 조금 미안한 마음마저 들었다.

그때 정호가 자리를 박차고 일어났다.

아이고! 깜짝이야!

다시 테이블 위 명함을 효진에게 쓱 밀어 놓으며.

"레스토랑 총매니저 자리 생각해 봐요. 사귀는 거 아니어도 스카우트하려던 참이었으니까."

"네?"

"여기보다 뭐든 더 좋은 조건으로 모셔 갈 생각이니까 생각해 보고 전화해요."

"저기……."

그는 마치 삐진 사람처럼 굴곤 휙 나가 버렸다.

쉬는 척 이쪽을 주시하던 크루들이 일제히 딴청을 하느라 분주했다.

"정말? 세상에! 대박!"

수많은 감탄사를 연발해 대던 막내 장 간호사가 통화를 끝내자 퇴근 준비를 하던 박 간호사가 매우 궁금하다는 듯 쳐다봤다.

"뭔데?"

"글쎄! 강정호가요. 마린 블루 매니저, 그 우리 병원 오는 박효진 환자요."

"응."

"그분한테 결혼하자고 했대요."

"뭐?"

"마린 블루로 찾아가서요!!"

"정말?"

"방금 뭐라고 했습니까?"

퇴근하려고 나서던 재욱이 하필 딱 그 대목을 듣고 말았다.

"원장님! 너무 놀랍죠. 다짜고짜 결혼하자고 했대요. 그 건달 강정호가!"

박 간호사가 장 간호사 옆구리를 쿡 찔렀지만 놀라운 소식으로 받은 충격 탓인지 감각을 잃은 듯했다.

"소문이 부풀려진 거겠지……."

박 간호사의 말 안 되는 뒷수습은 이미 의미가 없었다.

"소문이라니요. 오늘 낮에 있었던 일을 현장에서 목격한 제 친구가 직접 얘기해 준 건데."

뭘 또 이렇게 적나라하게 설명을 덧붙이나!
"다들 퇴근하세요. 저 먼저 갑니다."
무거운 목소리로 인사를 마친 재욱은 서둘러 병원을 벗어났다.
남은 박 간호사만 괜히 심장이 쫄려 발을 동동 굴렀다.
눈치는 채고 있었지만 양 여사에게조차 말하지 않고 그들을 응원하던 중이었는데, 강정호라는 복병이 낄 줄은 몰랐다. 그 말에 발끈해 정신없이 나가는 재욱을 보며 박 간호사는 어쩐지 연애하는 그들이 부러웠다.
"아이고! 나도 오늘은 우리 남편 불러내서 데이트나 해야겠다."
"남편이랑 무슨 데이트를 해요."
말을 해도 꼭!
누군 데이트를 남편이랑 하고 싶어 하겠니. 할 사람이 남편밖에 없으니까 그러지.

음식을 테이블에 서빙하고 돌아가던 효진의 주머니에서 핸드폰이 징징 울었다. 너무 바빠 확인도 하지 못한 채 다시 주방으로 향했다. 주문서를 확인하고 돌아 나오는데 다시 핸드폰이 울었다. 이 시간에 핸드폰 할 사람이 없는데…… 싶어 문자를 확인하는데 재욱이었다.
[주차장으로 나와요. 당장.]
[안 나오면 내가 들어갑니다.]
다짜고짜 나와라! 들어간다!
짧은 문장이었지만 어쩐지 화가 난 사람 같아 보였다. 뭔가 문제가 생긴 것을 직감했다.

어둠이 내린 주차장에 차를 세우고 안절부절 서성이던 재욱의 눈에 황급히 다가오는 효진이 보였다.
"무슨 일 있어요? 이 시간에 여긴 왜 왔어요?"
"강정호가 결혼하잡니까?"
"네?"

"강정호 그 자식이 찾아왔냐고."
"와! 이 동네 정말 무섭네."
"하! 사실입니까?"
"찾아왔어요. 커피도 사 줬고요. 명함까지 주던데?"
"지금 그 자식이 사 주는 커피를 마셨다는 겁니까?"
"자기랑 사귀면 호텔 레스토랑 나 준다던데요? 아, 호텔도 준다고 했던가?"
어둠 속이었지만 재욱의 황당해하는 시선이 고스란히 보였다.
"그래서 지금 퇴근하자마자 이리로 달려왔어요? 자기 여자 못 믿어서?"
"내가 그 자식 눈빛 잘 안다고 했잖습니까. 그래서 당신은 뭐라고 했는데."
"그 좋은 조건이 어찌나 달콤하던지……."
"박효진!"
"……사랑하는 사람 있으니 썩 꺼지라고 했어요."
"하아!"
재욱은 저도 모르게 내뿜은 안도의 한숨이 얼마나 컸는지 인지 못 했다. 그를 바라보는 효진의 눈에만 그의 마음이 보였다.
"어서 돌아가요. 손님 몰릴 시간이에요. 누가 보면 어쩌려고."
"조금 전에 한 말 다시 한번 해 봐요."
"무슨 말이요?"
"퇴근하자마자 이리로 달려왔냐고 하면서 한 말!"
효진은 재욱을 흘겨봤다.
"어서요."
"정말 유치한 거 알아요?"
"아니까! 어서 다시 말하라고."
효진은 입을 열지 않을 것처럼 뜸을 들이더니 이내 작은 소리로 읊조렸다.
"당신 여자라고요."
그녀의 말이 끝나기가 무섭게 재욱은 효진을 가만히 잡아당겨 안았다.
"얼른 말씀드립시다. 위험해서 안 되겠어."
"불안한 거 아니고요?"

"그것도 사실이고."

"놔요. 누가 봐요."

"이제 어차피 알게 될 건데 뭘 걱정합니까."

"그래도요. 놔 줘요."

"왜 항상 나만 애가 타는 겁니까?"

"겁 많은 내가 비굴해서요."

놓으라고 말은 했지만, 그의 품은 안온했다. 주차장은 춥고 어두웠지만, 그의 곁은 언제나 따뜻하고 밝았다.

"키스 한 번 하고 들여보내 주면 안 되나?"

"미쳤나 봐."

효진이 그를 밀어 냈다. 도망치려는 그녀의 손을 가까스로 잡은 재욱이 그녀의 손등에 입을 맞춘 후에야 아쉬운 이별식이 끝났다. 효진의 모습이 사라질 때까지 지켜보던 재욱은 그제야 시동을 걸고 주차장을 벗어났다.

"하영아! 먼저 왔네? 안 들어가고 뭐 해."

막 주차를 마치고 차에서 내리던 하영의 친구가 어둠 속에서 하영을 발견하고 알은체를 했다.

"들어가려던 참이야. 들어가자."

재욱과 효진의 눈물겨운 이별 장면을 그대로 다 목도하고만 하영의 입가에 쓴웃음이 번졌다.

* * *

효진은 옷을 챙겨 입는 그를 가만히 보고 있는 것만으로도 그저 흐뭇했다.

재욱은 거울 속에 비친 그녀가 미소를 짓고 있는 걸 보니 마음이 또 흔들렸다.

"나 오늘 그냥 병원 가지 말까요."

휙 돌아서며 어린애처럼 투정 부리는 재욱을 효진은 눈을 흘기며 다가서 그의 카디건 단추를 채워 주며 입을 열었다.

"학교도 아니고 무슨 병원을 땡땡이쳐요. 그것도 원장이."

"당신 쉬는 날인데 나만 나가서 일하는 것도 싫고, 오늘 저녁에 중요한 일 앞두고 심장이 뛰어 대서 일도 잘 안될 것 같고, 또……."

무책임한 사람도 아니면서 볼멘소리를 하는 그가 좋아 말없이 단추를 다 채운 효진이 그의 볼에 손을 가져가며 살짝 입을 맞췄다. 당신 마음 다 아니 그런 어린애 같은 핑계 그만 대라는 듯.

두 사람은 오늘 저녁 부모님 댁에 찾아가기로 했다.

'반대하실 겁니다. 두 분 욕심 많은 분이거든. 그래도 내 손 놓지 않겠다고 약속해요.'

그가 두 눈을 마주하고 나지막이 읊조리는 음성이 너무나 좋았다. 언제나 그는 효진에게 든든한 버팀목 같은 존재였다. 그 겨울부터 죽.

'나, 당신과 꼭 행복하고 싶어요.'

'그거면 됐습니다. 꼭 내 곁에 있어요.'

너를 내가 지켜 줄 테니 절대 내 시선에서 벗어나지 말라고 말하는 영화 속 남자 주인공 같았고, 내가 엄호할 테니 안전한 곳까지 뛰어! 라고 말하는 목숨을 책임진 전우 같기도 했다. 그런 그가 속절없이 좋아 밤새 그의 품을 놓지 않았었다.

"이러지 말라니까."

"네?"

"출근 준비 다 마친 사람한테 이러는 건 가지 말라는 거지."

"무슨 말이 그래요. 어맛!"

재욱은 효진을 그대로 안아 파우더룸 세면대 위에 앉혔다.

"나가서 아침 먹고 출발하려면 시간 없어요."

"아침 말고 다른 게 먹고 싶은데."

효진은 설마! 하는 눈빛으로 그를 봤지만 이미 그는 효진의 잠옷을 어깨까지 내리며 목과 어깨에 입을 맞추고 있었다. 앞쪽의 얇은 리본을 풀자 그나마도 버티고 있던 잠옷이 힘없이 흘러내리며 가슴이 드러났다. 목덜미에 머물던 그의 입술이 서서히 아래로 향했고 이내 탐스러운 젖가슴을 베어 물었다.

"하아……."

그녀의 감각이 깨어나는 소리는 언제 들어도 흥분됐다.

이내 다시 입술로 찾아든 그는 자신의 바지 앞섶을 풀기 시작했다. 바지 버클을 풀고 지퍼를 내린 그는 효진의 잠옷을 들치고 갈급하게 그녀 안으로 파고들었다.

"아읏……."

"이러는 거 싫습니까?"

"아니…… 하아……."

"침대로 갈까요?"

"아니요. 그냥…… 하읏…… 이대로……."

입가에 미소를 머금은 재욱은 그녀의 허리를 잡고 밀어붙이기 시작했다. 깊게 파고드는 그로 인해 효진의 목이 자연스럽게 뒤로 젖혀졌다. 재욱은 그 목에 키스를 퍼부으며 그녀가 뒤로 밀려 나가지 못하게 꼭 붙잡았다.

순식간에 치솟는 욕정에 눈앞이 아득해졌다. 이렇게까지 본능을 제어 못 하는 놈은 아니었는데 어쩌다 이 지경이 된 건지 재욱 자신도 납득이 되지 않았다. 하아! 하지만 지금, 이 순간이 숨 막히게 좋았다.

너무 세게 밀어붙여 효진에게 고통을 줄까 두려웠던 그는 한 손으로 거울을 짚고 힘을 조절하며 허리를 뒤채었다. 효진 역시 밀려나지 않으려 안간힘 쓰며 재욱의 허리에 다리를 감고 매달렸다. 꼭 맞물린 곳은 뜨겁게 달아올랐고 질퍽하게 젖었으며 음탕한 소리를 냈다.

밥 먹을 시간 30분을 출근 전 정사를 나누는 데 다 써 버린 재욱은 이날 아침 결국 빈 속으로 출근해야 했다. 그러면서도 입가에 미소는 지워지지 않았다.

* * *

노크 소리와 함께 강 여사가 진료실로 들어왔다.

"엄마!"

강 여사는 하영의 진료 테이블 위에 서류 봉투를 툭 하고 던져 놓았다.

"뭐야?"

"그 박효진인가 하는 여자 자료!"

하영이 대수롭지 않다는 듯 열어 보았다.

서류는 효진의 신상과 이력, 민준에 관한 정보, 그리고 몇 장의 사진들이었다.

"두 사람 거의 매일 한 집에서 지내더라."

하영의 미간에 주름이 깊게 패었다.

"오래된 관계는 아닌 것 같고 최근 급속도로 가까워졌어. 넌 대체 뭘 한 거니?"

얼핏 보기에는 남편의 앞길을 위해 그 어떤 일도 서슴없이 하는 내조의 여왕처럼 보이지만 사실 강 여사는 자기애가 강한 여자다. 나름 야망이 강한 그녀는 얼마 전 구설로 남편의 입지가 흔들린다는 걸 알고 김 회장과 양 여사의 힘을 등에 업기로 결정했다.

결정한 이상 그 어떤 희생도 감내해야 하는 거였고 그 첫 번째 희생이 하영이었다. 던진 미끼를 덥석 물어 주어 계획대로 잘 되어 가나 싶었는데 의외의 복병이 사정 급해 보이는 재욱이 될지는 몰랐다. 게다가 자신의 딸 하영이 그에게 그다지 매력적이지 않았다는 사실로 자존심이 상했다.

"그 여자 전남편도 대학병원 의사더라. 그것도 김재욱이랑 같은 대학."

"그래? 이혼 이유는?"

"아무것도 가진 것 없는 여잔데 그 남자 집안에선 좋아라 했겠니? 결혼 전부터 반대가 심했고 결혼 후엔 어렵게 임신한 아이를 유산까지 한 것 같더라. 그래서 관계가 더 나빠지고. 그 여자 불임이래. 그러니 이혼을 강요받았겠지."

하영은 사진을 봤다.

효진과 민준의 결혼사진 속 그녀는 눈부시게 아름다웠다.

"그런 여자가 뭐가 좋다고 남자들이 죄다 난린지 모르겠다."

"그건 또 무슨 소리야?"

“강정호가 그 여자한테 들이댔단다. 소문 못 들었니?”
“엄만 그런 소문은 또 어디서 들었어?”
“어쩌면 일이 순조롭게 풀리겠어.”
“왜?”
“그 전남편이란 사람도 이 여자 찾고 있더라.”
“찾다니?”

* * *

〈2년 전〉
“저기, 점장님, 손님이 찾아오셨는데요.”
엄마의 장례를 치르고 한동안 정신을 차리지 못했던 효진은 직장을 구하지도 않고 한 달여를 보냈다. 그러다 전 직장 동료의 소개로 작은 레스토랑 점장직을 맡게 되어 겨우 사람같이 살고 있을 때였다. 아무에게 알리지 않았는데 어떻게 알았는지 민준이 레스토랑으로 찾아왔다. 이혼 후 첫 대면이었다.
“여긴 어떻게 알고 왔어요.”
“많이 말랐네.”
“지금 근무 시간이에요.”
“알아. 언제 끝나.”
“언제 끝나면 왜요.”
“그냥 얘기 좀 하자고.”
효진이 불임 판정을 받자 시어머니는 일주일도 채 되지 않아 효진을 찾아왔었다.
‘요즘 세상 가슴으로 나았니 어쩌니 하면서 입양도 한다지만 난 그런 거 못 한다. 우리 민준이 장손이야. 애도 하나 없이 살게 둘 수는 없어.’
그래, 그 옛날은 아이 못 낳으면 소박도 맞고 했었다.
여자가 그 집안의 대를 끊기게 해서는 안 되는 거지.
으름장을 놓으러 온 건지 정말 이혼을 원한 것인지 그 의도를 알 수는 없었지만, 효진은 그런 시어머니의 방문 이후 바로 이혼을 결심했다. 그리고 민준에게 통보했다.

'더는 이렇게 살기 싫어요. 우리 이혼해.'

내가 잘할게, 이러지 마, 조금 더 생각해 보자…… 따위의 말도 없었다. 아마 그도 그 어머니에게 지독한 세뇌를 당했을 거다. 그래도 서로 사랑했고 서로를 원했고 그래서 결혼에 이르렀는데 함께 산 세월을 부정하는 그가 미웠다. 시어머니가 효진을 찾아오기 전에 막아 줄 수도 있었을 텐데, 시어머니가 효진에게 막말을 내뱉을 때 이러지 말라고 말려 줄 법도 했는데 그는 단 한 번도 효진의 편이 되어 주지 않았다.

그런 남자를 선택한 건 자신이었으니 그 어떤 원망도 필요 없었다. 그저 이런 삶을 여기서 청산하는 것 말고는.

퇴근 시간에 맞춰 다시 효진의 레스토랑 앞으로 차를 댄 민준은 효진을 태우고 한강으로 갔다.

"조금만 있어. 커피 사 올게."

늦은 시간 문 연 카페가 없어 한강으로 왔고 편의점에서 따뜻한 커피를 사 오겠다고 한 그였다.

그가 차 안으로 들어오자 커피 향이 진하게 감돌았다.

"어떻게 지내?"

"그냥…… 잘 지내요. 민준 씨는요?"

"늘 그렇지."

이미 시어머니가 예비 며느릿감을 줄줄이 줄 세워 맞선 자리를 만들고 있다는 소문을 익히 들어 알고 있었다.

"왜 장모님 돌아가신 거 안 알렸어."

"어떻게 알았어요."

이혼하며 그와의 연결 고리를 모두 끊어 내기 위해 투석하러 다니던 병원도 옮겼던 차였다.

"혼자 많이 힘들었겠다. 미안해."

"왜 만나자고 했어요."

"뭐 꼭 이유가 있어야 하나. 원해서 한 이혼도 아닌데 내가 널 보지 말아야 할 이유 있어?"

"이유야 충분하죠. 이혼했으니까. 이혼한 것만으로도."

"그러지 마. 난 이혼할 마음 없었어."

하나도 믿기지 않는 말을 정말 아무렇지 않게 하는 그가 어처구니없었다.

"집이 어디야? 집으로 가자."

"아뇨. 그냥 여기서 말해요. 할 말."

"할 말 없어. 그냥……."

"?"

"너를 안고 싶은 것뿐이야."

"민준 씨!"

"우리 나쁘지 않았잖아. 지금도 난 네가 필요하다고."

어이가 없었다. 또 병원에서 스트레스받는 일이 있었던가 보다. 아무리 그래도 이런 짓은 짐승이나 하는 짓이라고 생각했다.

효진이 커피를 내려놓고 차에서 내리려 하자 민준이 효진을 붙잡았다. 그의 손길을 뿌리치려 안간힘 썼지만 쉽게 빠져나갈 수 없었다. 그리고 그는 다짜고짜 효진의 입술을 덮쳤다.

"으읍! 뭐 하는 짓이에요!"

"그러니까 집으로 가자. 나, 이대로 너 못 버려."

"버려? 누가? 민준 씨가 나를 버려요? 헛! 착각하지 말아요. 당신과 당신 가족을 버린 건 나야!"

효진은 그대로 자동차에서 내려 달렸다. 그가 혹시라도 쫓아올까 봐 한참을 달려 겨우 멈춰 섰다. 그 겨울, 영혼까지 다 내어 주어도 아깝지 않았던 비엔나에서의 키스가 떠올라 괜히 눈물이 났다. 1월의 추운 밤거리를 한참 동안 울며 걸었다.

그 후로 민준이 두어 번 더 효진을 찾아왔다. 그날의 일은 실수라며 재결합을 생각하고 있으니 조금만 기다려 달라고 했다. 착각하지 말라고 못 박듯 말했지만, 그는 쉽게 단념할 것 같지 않았다.

민준 때문에 직장을 다른 곳으로 옮겨야 하나 고민이 될 때쯤 시어머니가 효진을 찾아왔다.

"너 서울 떠나라."

"네?"

"민준이가 너 찾아오잖아. 대체 왜 이혼한 애한테 연락하는 거니?"

할 말이 없었다. 길게 대화하고 싶지도 않았고.

"맞선 보고 결혼도 해야 하는 애 자꾸 흔들어 놓지 마라."

그러면서 봉투를 테이블에 턱 하니 올려놓았다.

"이게 뭐예요?"

"돈이다. 네 직업이면 다른 지방 가도 먹고살 수 있잖니. 이사비에 보태라."

한참 그 봉투를 쳐다보던 효진이 봉투를 쓱 가져와 주머니에 넣었다. 시어머니는 예상 밖이란 표정을 지어 보이더니 마른침을 삼켰다. 평소의 효진이라면 이런 것 필요 없다며 눈을 부릅뜰 거라 예상했을 거다.

"감사합니다. 이사비로 잘 쓸게요."

"그…… 그럼 서울 떠나는 거니?"

"네. 저도 더는 이곳에 있고 싶지 않아서요."

그렇게 시어머니는 떨떠름한 표정을 짓고 사라졌고, 그 일이 있은 후 효진은 서울을 떠났다. 그 누구에게도 알리지 않고 홀연 떠나온 효진은 더는 그들의 이름도 듣고 싶지 않았고 그들의 그림자도 밟고 싶지 않았다.

동해로 오고 한 달쯤 지났을 때 민준이 선화에게 전화했었다. 효진이 어디 있는지 아느냐고 묻는 그에게 선화는 생전 들어 보지도 써 보지도 않은 욕을 퍼부었다고 했다.

'이 미친 **야! 내가 효진이 어디 있는지 알면 이러고 있겠냐. 이 *자식아! 그리고 효진이가 어디 있는지 넌 알아서 뭐 하려고 그러는데 이 또라이**야! 내가 효진이 너 같은 **한테 보내면서 뷔페 음식 먹은 걸 생각하면 네 입 속에다 다 게우고 싶은 심정이야. 이 정신 나간 머저리 같은 **야! 여기가 어디라고 전화를 해. 이 **자식아! 한 번만 더 전화하면 달려가서 네 ***를 아주 박살 내 버릴 줄 알아. 이 덜떨어진 **아!!!'

* * *

“손을 좀 썼어.”

“손을 쓰다니. 어떻게?”

“기다려 봐. 그 여자 자동으로 떨어져 나갈 거니까. 급한 건 우리 쪽이니 별 수 있니. 안 되면 되게 해야지.”

하영은 엄마가 대체 무슨 말을 하는지 알 수 없었다. 그리고 경쟁 상대도 되지 않는 여자 때문에 엄마가 이리저리 발품을 팔고 다닌다는 것부터가 마음에 들지 않았다.

* * *

그냥 있다가는 저녁에 있을 일에 관한 생각으로 하루를 몽땅 써 버릴 것 같아 효진은 모처럼 집 대청소를 했다. 그가 아침에 먹지 못한 밥을 먹으러 점심에 들르겠다고 해 청소를 얼른 마무리하고 함께 먹을 점심 준비까지 하느라 여념 없었다.

그때 문 두드리는 소리가 들렸다. 막 1시가 지나고 있어 그가 일찍 도착했다고 생각했다.

“그냥 열고 들어오지 문은 왜 두드려요.”

“효진아!”

“여…… 여길 어떻게…….”

효진은 놀라 벌어진 입을 다물지 못했다. 문 앞에 서 있는 사람은 다름 아닌 민준이었다. 그는 눈부시게 아름다운 꽃다발을 들고 문 앞에 있었다.

“이 먼 곳까지 온 줄도 모르고 내가 널 얼마나 찾았는데.”

“왜……? 나를 왜 찾아요.”

“계속 이렇게 세워 둘 거야?”

황망하게 민준을 바라보고 서 있는데 민준의 등 뒤에서 인기척이 느껴졌다.

"박 매니저 집에 있어?"

하아! 이 목소리는…….

"사장님!"

"어머, 손님이 계셨나 보네."

양 여사의 예리한 눈매가 민준을 훑었다.

"안녕하십니까. 효진이 남편입니다."

착각이었을까. 순간 양 여사의 얼굴에 실망의 표정이 역력했다고 느낀 건.

온몸에 힘이 빠지고 등골을 타고 식은땀이 주르륵 흘러내렸다.

양 여사는 거실에 앉아 커피를 마시다 말고 자리를 박차고 일어났다.

'강정호가 박 매니저를 만나고 갔어요.'

미애의 연락을 받은 양 여사는 머릿속이 복잡했다.

한 달 전, 최 셰프를 강정호가 은밀히 불러내 만났었다는 얘길 들었을 때와는 또 다른 불안함이 몰려왔다. 효진이 마린 블루의 매니저가 되고부터 매출이 오른 건 차치하고 인사들의 칭찬이 줄을 이었다.

가뜩이나 지난 주말 마린 블루에서 아이들과 식사를 하고 온 뒤부터 자꾸 효진의 얼굴이 밟히던 차였는데 그런 소식까지 듣고 보니 가만히 앉아 있을 수가 없었다. 안쓰럽게 사는 사람, 면전에 대고 불쌍하니 어쩌니…… 했던 게 걸렸고, 그런 그녀가 아이들에게 다정하게 대하는 걸 본 뒤라 나이 먹은 사람으로 아픔 많은 사람에게 너무 생각 없이 행동했다는 자책에 내내 속이 시끄러웠다.

사연이야 어떻든 이혼하고 혼자 도망치듯 서울을 떠나온 건 이력서만 봐도 알 만했다. 가족도 하나 없이 혼자 그러고 사는 것도 서글플 텐데 엄마처럼 대해 주진 못할망정 괜한 동정심에 마음 상하게 하지는 않았을까 걱정되었다.

세 사는 집 사정도 살필 겸, 공사는 잘 해 줬는지 확인도 할 겸, 핑계 삼아 찾아가 지난날 일들을 사과하고 마음 흔들리지 말라고 부탁해야겠다고 생각하고 집을 나섰던 참이었다.

"아이코. 하필 이런 때 내가 주책없이 찾아왔네."

"사장님! 저…… 그런 게 아니고요……."

"아닙니다. 제가 연락도 없이 불쑥 온 겁니다. 급하신 용무면 저는 밖에서 기다리겠습니다."

예의 바른 모습에 양 여사는 민준을 더 꼼꼼히 살폈다.

"아우. 아니에요. 늘 보는 얼굴 급할 일 없어요. 멀리서…… 온 모양인데 내가 양보할게요. 호호호……."

머릿속이 까마득해지는 것 같았다.

양 여사는 효진에게 좋은 시간 잘 보내라는 듯 미소를 지어 보이기까지 하곤 자리를 벗어났다.

하필, 왜 하필 지금!

효진은 눈앞에 서 있는 민준이 원망스러웠다.

"너 이 시간에 집엔 왜 와?"

마당 밖에서 들려온 양 여사의 목소리였다.

그가 도착한 모양이었다.

"어머니가 여긴 왜……."

양 여사의 방문에 당황한 건 재욱도 마찬가지였다.

"박 매니저랑 커피나 한잔하려고 왔는데 손님이 오셨네."

"손님이요?"

"응. 전남편!"

"네?"

"쉿! 뭘 그렇게 놀라. 올 수도 있지. 꽃까지 사 들고 왔더라. 서로 싫어서 이혼한 게 아니었나 봐. 하긴 내 아들 이혼 이유도 모르는데 남 이혼 사정을 내가 어떻게 알겠니. 사람 예의 바르고 정중하네. 그나저나 넌 이 시간에 왜 집이야?"

"아…… 그게…… 점심 먹으려고요."

"왜? 식당 밥 싫어? 그럼 들어가자. 내가 차려 줄게."

양 여사가 대문을 열고 들어가는 모습을 뒤로하고 재욱은 황급히 효진의 집 마당 앞에 섰다. 막 남자가 안으로 들어서고 현관문이 닫혔다.

"하아!"

재욱에게서 답답한 한숨이 새어 나왔다.

싱크대에 손을 짚은 채 불안한 눈빛으로 전기 포트의 물이 끓기를 기다리던 효진의 핸드폰에 문자가 들어왔다.

[내가 그리로 갈까요?]

재욱이었다.

그냥 문자일 뿐인데 가슴이 따끈해지고 마음이 다 든든해지는 기분이었다.

[점심 같이 먹으려고 준비하고 있었는데 어떡해요.]

[지금 그게 문젭니까. 도움 필요한 거면 전화해요. 기다리고 있을게요.]

핸드폰 화면을 보면서 눈물이 또 그렁할 건 뭐람.

세상에 혼자가 아니라는 기분이 이런 거구나……!

이제야 알았다.

[사랑해요.]

효진은 덩그러니 사랑한다는 말만 남겼다. 그 어떤 말도 지금의 심정을 대신할 수 없을 것 같아서.

핸드폰 화면을 뚫어지게 보는 재욱의 심장은 정신없이 뛰어 댔다.

사랑한다는 네 글자가 이렇게 가슴을 저릿하게 할 줄은 몰랐다.

'딴 남자랑 있으면 이렇게 가슴 설레게 하기 있나! 나쁜 여자!'

"넌 핸드폰을 왜 그렇게 애달프게 보니? 뭔데?"

"그냥 두세요. 내가 챙겨 먹을게요."

"재욱아!"

식탁 앞에 와서 앉는 재욱을 양 여사가 나지막이 불렀다.

기억한다. 아버지 뜻에 따라 의대를 지원할 때도 어머니는 재욱을 이런 목소리로, 이런 눈빛으로 불렀었다. 아버지 뜻을 어길 수 없었던 자신의 마음도, 어머니의 마음도 아마 같았을 거란 걸 안다.

"왜 그렇게 부르세요."

"그 여자 데려와. 이번엔 정말 네가 원하는 결혼 해. 나도 그게 좋을 것 같아. 그러니까 어서 데려와서 보여 줘."

이런 젠장! 하필 이런 때!

막 넘긴 밥알들이 그대로 목구멍에 걸리는 것 같았다.

"조만간 데리고 갈게요."

오늘 밤 계획은 당분간 미뤄 둬야 할 것 같다. 효진의 전남편을 맞닥뜨린 지금 부모님 앞에 효진을 세울 수는 없는 노릇이었다.

"여긴 어떻게 알았어요."

"왜 이 먼 데까지 온 거야? 내가 조금만 기다려 달라고 했잖아."

"그 얘긴 이미 끝난 얘기예요. 난 재결합할 생각 없어요."

"우리 서로 나빠서 이혼한 것도 아니잖아. 난…… 너 많이 그리웠어."

"내가 그리웠다고요? 하아…… 잘 생각해 봐요. 내가 그리웠던 건지 내 몸이 그리웠던 건지."

"효진아! 너 왜 이래. 너든 네 몸이든 난 널 원한다고."

그럼 그때 왜 그렇게 방관만 했어요?

그럼 그때 왜 그렇게 타인처럼 굴었냐고!

따지고 싶었다. 사랑이 남아서, 미련이 남아서는 절대 아니었다. 그 아프고 두렵고 험했던 긴 터널을 왜 혼자 빠져나오게 했는지 궁금했을 뿐이었다. 사랑해서 결혼했는데 그 사랑은 왜 그렇게 일찍 소진되어 버린 것인지 궁금했을 뿐이었다.

그걸 누굴 탓해!

그때는 효진도 식어 버린 사랑에 지쳐 있었으니까. 아니, 사실 현실과 타협한 결혼이었다. 열네 살 이후부터 갖고 싶었던 온전한 가정에 대한 갈망이 부른 참사였다.

"다 지난 일 들춰내기 싫어요. 나 이곳도 떠나기 싫어요. 그러니까 더는 찾아오지 말아요."

"여기가 좋으면 여기 있어. 내가 다시 올게. 도망치지만 말아."

"민준 씨!"

"천천히 생각하자. 나 여태도 기다렸어. 널 찾으면서."

"당신 어머니는 당신 이러는 거 알아요?"

"알아도 이제는 어쩔 수 없을 거야."

"?"

"너 아니면 재혼 안 한다고 했으니까."

"왜요? 왜?"

진저리치며 묻는 효진을 가만히 바라보던 민준이 자리에서 일어나 효진의 소파 쪽으로 건너왔다. 옆으로 다가와 앉는 그와 거리를 유지하려 효진은 멀찌감치 떨어져 앉았다. 자신을 두려운 듯 피하는 효진 때문에 민준은 안타까운 한숨을 내쉬었다.

"미안하다. 내가 어리석었어. 그땐 나도 힘들었다고. 중간에서 뭘 어떻게 해야 할지 몰랐어. 분란 일으키고 싶지 않았고."

"그럼 지금도 그렇게 해요. 아무것도 하지 말고 있으라고."

"후회해! 후회하고 있다고. 내가 네 편이 돼야 했었어."

"이미 늦었어요. 나 사랑하는 사람 있어요. 그 사람하고 곧 결혼도 할 거예요. 그러니 민준 씨도 이제 새 출발 해요."

"알아. 힘들었겠지. 그런데 그거 사랑 아니야. 나도 다른 여자 만나 봤어. 외로우니까. 그런데 아니더라. 네 생각만 났어."

효진의 말을 믿지 않는 눈치였다.

"난 달라요."

"시간이 필요한 거 알아. 시간을 좀 갖자."

양 여사가 돌아가고 재욱은 2층 방으로 올라와 그녀의 집 마당을 주시했다.

손목의 시계가 1시 40분을 가리키고 있다는 건 그 남자와 30분 넘게 이야기를 하고 있단 거다. 혹시 무슨 일이 생긴 건 아닐까 걱정이 돼서 미칠 것 같았다. 재욱은 도저히 기다릴 수 없어 방을 뛰어나갔다.

현관 앞까지 달려온 재욱은 비밀번호를 누르기 위해 몸을 기울였다. 그때 문이 열리며 남자가 모습을 드러냈다.

"하아!"

안도의 숨을 뿜어내는 재욱과 마주한 민준은 좀 놀라는 기색이었다.

"재욱 씨!"

따라 나오던 효진이 재욱을 발견하고 놀라 불렀다.

"얘기 끝난 겁니까?"

"네."

"걱정돼서……."

"미안해요. 많이 기다리게 해서."

민준은 두 사람을 보며 알았다. 효진이 한 말이 거짓말이 아니라는 걸.

"뭐야. 너 진짜 연애라도 하는 거야?"

"그만 가요. 더는 찾아오지 말고요."

"효진아!"

"부탁이에요."

민준이 더는 말하지 못하게 효진은 시선을 돌렸다. 재욱은 그런 효진의 어깨를 둘러 안았다. 이 여자가 지금 더는 당신을 보고 싶어 하지 않으니 그만 돌아가라는 암묵의 신호였다.

믿기지 않는다는 표정의 민준을 그대로 세워 두고 두 사람은 집으로 들어갔다.

찻잔이 두 개였지만 입에도 대지 않은 차가 눈에 띄었다. 차도 한 모금 마시지 못할 만큼 긴장해 있었을 그녀를 생각하니 마음이 안 좋았다. 재욱은 테이블을 치우는 효진을 그대로 끌어안았다. 무덤덤한 척 굴었지만, 그녀는 몸을 잘게 떨고 있었다.

"날 부르지."

"하고 싶은 말 다 했어요. 속이 다 시원해."

"고생했습니다."

"궁금하지 않아요?"

"!"

"왜 아무것도 묻지를 않아."

"당신이 얘기해 주고 싶을 때 해요. 재결합하자고 찾아온 것만 아니면 됩니다."

"어쩌지……."

재욱은 눈을 동그랗게 뜨고 품에 안았던 효진의 얼굴을 내려 보았다.

"뭡니까. 설마……!"

"!"

"정말?"

"!"

"하아! 한발 늦었네. 내가 벌써 찜했는데."

효진은 그의 가슴에 얼굴을 묻었다. 안정을 주는 그의 체향이 고스란히 넘어왔다.

"어떻게 해요. 어머니가 그 사람을 봐 버려서."

"그러니까. 하필 오늘 꽃까지 들고 오고 말이야."

"오늘은 안 될 것 같죠?"

"오늘은 하지 맙시다."

재욱은 그녀의 이마에 살포시 입 맞췄다.

퇴근해 돌아온 재욱과 효진은 함께 저녁을 먹고 마당에서 차를 마시기로 했다.

그네 위에 어두운 바다를 향해 앉은 효진 곁으로 머그잔을 양손에 든 재욱이 다가와 앉았다.

"이제 우리 어떻게 할까요?"

오늘 낮의 일로 풀이 꺾인 효진의 음성은 안쓰러울 만큼 힘이 빠져 있었다.

"뭘 어떻게 합니까. 그냥 시간이 지나기를 조금만 기다렸다 예정대로 밀어붙이는 거지."

"내가 여기 있는 걸 어떻게 알았는지 모르겠어요. 아무에게도 알리지 않았는데."

"아쉬운 사람이 우물을 파게 돼 있거든. 당신이 정말 필요했나 본데! 큰일이군."

"뭐가 큰일이라는 거예요."

"경쟁자가 많아서. 내가 조금 더 분발해야겠어."

"네?"

"최 셰프 겨우 따돌렸나 싶었는데 생각지도 못한 강정호에 이젠 전남편까지 붙었잖습니까."

"지금, 이 상황이 재밌나 봐요."

"남자들의 세계를 잘 모르는 것 같아서 해 주는 말인데, 이거 자존심 걸린 일이거든. 이 치열한 경쟁에서 내가 이긴다면 난 아마 밤길 조심해야 할 거고."

"네에?"

재욱은 놀란 눈을 뜨는 그녀의 어깨를 가만히 안았다.

"내가 아주 괜찮은 놈인 것 같아서 기분이 상당히 좋습니다."

"……."

"모두가 탐내는 여자가 자기 입으로 내 여자라고 했는데 그런 생각 안 들겠습니까."

재욱이 흐뭇한 듯 입가에 미소를 머금고 커피를 한 모금 마셨다.

"키스해 줄래요?"

"이것 봐. 사람을 아주 쥐락펴락한다니까."

"키스해 달라는 게 뭘."

"키스하고 싶은 거 힘들게 참고 있는데 안 하고는 못 배기게 만들잖아."

효진이 말갛게 웃었다. 그 웃음이 또 한없이 예뻐 재욱은 가만히 그녀의 입술을 베어 물었다. 방금 마신 커피 향이 그의 입 속에서 부드럽게 넘어왔다. 감미롭게 시작한 키스는 그가 효진을 꽉 끌어안으며 점점 깊어졌고 자꾸만 몸이 뒤로 넘어가는 효진은 그의 목을 그러안고 버티려 안간힘 썼다.

"하아…… 여기 담장도 대문도 없는 우리 집 마당이에요."

겨우 놓아준 사이 숨을 헐떡이며 뱉어 낸 말이었다.

"먼저 키스해 달라고 한 건 당신입니다."

하지만 그는 그런 말 따윈 아랑곳하지 않고 다시 그녀의 목에 농염한 키스를 퍼부었다.

"안으로…… 들어가요. 우리."

안으로 들어가자는 말이 '당장 섹스하고 싶어요.' 라는 말보다 더 야하게 들릴 건 또 뭔지.

그녀의 목과 가슴 언저리를 연신 빨아 당기던 재욱은 힘겹게 그녀를 놓아주며 일어나 손을 뻗었다.

"들어갑시다. 돌아 버리기 전에."

낮게 가라앉은 채 갈라져 나오는 그의 목소리에 효진이 키득거리며 웃었다. 그녀의 웃음소리가 재욱의 심장에 잉크처럼 퍼졌다. 이미 꽉 들어찬 그의 앞섶이 눈에 들어오자 효진은 그의 손을 지그시 잡으며 일어섰다.

"들어가요. 추워요."

"걱정하지 말아요. 내가 춥지 않게 해 줄 테니까."

그의 성급한 발걸음 때문에 효진은 총총 뛰어야 했다.

침실로 들어온 재욱은 효진의 옷을 정신없이 벗겼다.

"춥지 않게 해 준다면서 왜 옷은 다 벗겨요."

그에게 몸을 맡긴 채 놀리듯 웃는 효진의 음성이 귀속으로 파고들었다. 웃으며 장난치고는 있지만 긴장한 그녀 몸의 솜털이 모두 일어서는 게 달빛에 비쳐 보였다. 재욱 역시 손끝에 닿는 그녀의 속살 때문에 온몸의 감각이 일어서고 있었다.

"다 벗고도 뜨거워지게 할 수 있다고. 내가."

효진의 귓가에 울려 퍼진 그의 목소리는 순식간에 몸을 뜨겁게 데웠다.

속옷만 걸친 그녀를 앞에 두고 자신의 옷을 벗어 던지는 재욱의 손길은 다급했다. 셔츠를 끌어 올려 벗어 던진 그의 상체는 이미 단단했고 팬티와 함께 바지를 끌어 내려 버린 그의 하체는 무섭게 부풀어 있었다.

그런 그를 보며 손을 뒤로해 브래지어 버클을 풀어낸 효진은 이내 팬티까지 끌어 내려 알몸이 되었다. 어둠 속이었지만 달빛에 반사된 그의 얼굴에 미소가 걸리는 게 보였다.

실오라기 하나도 걸치지 않은 두 사람의 실루엣은 뜨겁게 포옹하고 갈급하게 키스했다. 맞물리는 입술에서 물기 어린 소리가 새어 나오고 이내 서서히 침대에 기대었다. 그녀의 몸 구석구석을 애무하던 그의 입술이 어느새 가랑이 사이로 내려오고 이내 그녀의 신음이 방 안을 가득 채우기 시작했다.

허리를 휘며, 시트를 끌어 잡으며, 그가 주는 쾌락을 온몸으로 느끼는 그녀는 눈부시게 아름다웠다. 흥건하게 고인 애액을 전부 집어삼켜 버릴 듯 빨아들이던 재욱의 입에서도 연신 신음이 흘렀다.

"하윽…… 하아……."

"좋습니까?"

"으음…… 네…… 미칠 것 같아."

"아직도 추워요?"

"아니…… 너무…… 뜨거워…… 하읏……!"

엉덩이를 들썩이며 몸을 비트는 효진을 재욱이 일으켜 앉혔다. 온몸을 짜릿하게 애태우던 그의 애무가 갑자기 뚝 멈추자 효진은 놀라며 그를 봤다.

"멈추지 말아요."

"이제 당신이 올라와요."

"해 본 적…… 없어요."

"그럼 지금부터 해 봐요. 더 좋을 겁니다."

효진은 마른침을 꿀꺽 삼켰고 재욱은 나를 믿어 보라는 듯 미소를 지어 보였다. 호기심 가득한 그녀의 눈빛이 순간 기대감에 일렁였다.

재욱은 자신의 허벅지 위에 겁먹은 듯 조심스럽게 무릎을 꿇고 앉는 그녀의 어깨를 지그시 누름과 동시에 부푼 물건을 깊숙이 찔러 넣었다.

"아윽……!"

"아파요?"

"하아…… 깊어요."

질퍽한 그녀의 몸속은 이미 그를 받아들일 준비를 마쳤고 깊고 강하게 그를 죄어 왔다.

"천천히 느껴 봐요. 천천히……."

효진은 조심스럽게 모든 체중을 실어 그의 허벅지에 앉았고 입술을 지그시 깨물며 허리를 뒤채기 시작했다.

"아읏…… 하아……."

"으음…… 어때요?"

"하으……!"

그녀 몸속으로 깊이 박힌 물건 때문에 재욱에게서도 절로 신음이 났고 그의 질문에 답을 할 수 없을 만큼 황홀감을 느낀 효진은 그대로 그의 얼굴을 가슴에 안았다.

온몸에 찌릿하게 전기가 통하는 것 같았다. 재욱은 그녀의 가슴을 입 안에 넣고 빨았다. 혀로 유두를 핥고 젖무덤을 빨아 당기고 손으로 그녀의 엉덩이와 허리를 잡아 눌렀다. 그리고 허리를 쳐올리며 그녀에게 자신의 물건을 더 깊게 박아 넣었다.

"아읏!"

"싫어요?"

"좋아요. 너무…… 하아…… 좋아요……."

처음 느껴 보는 감각에 살짝 겁먹었던 효진은 어느새 고통보다 더 큰 쾌락으로 서서히 젖어 갔다. 조심스럽던 몸짓도 거친 요분질로 번져 갔고 옅은 신음도 울음 섞인 앓는 소리로 짙어졌다. 자꾸만 깊게, 더 깊게 그를 받아들일수록 그 쾌감은 배가 되었고 그를 놓아주기 싫을 만큼 중독성은 커져만 갔다.

"하아…… 나…… 느낄 것…… 같아요."

그녀의 말에 재욱은 더 세게 그녀 안으로 물건을 찔러 넣었고 그의 가슴에 손을 얹고 정신없이 요분질 하던 효진이 입을 앙다물며 오르가슴에 이를 때 그도 터질 것 같은 욕망을 분출하며 그녀 안에 파정했다.

힘없이 그의 가슴 위로 쓰러지는 그녀를 재욱은 꼭 끌어안았다. 두 사람의 심장이 미친 듯 뛰어 댔다. 춥다던 그녀의 몸은 불처럼 뜨거웠고 그녀의 숨결은 온기를 품은 채 그의 가슴에 여과 없이 쏟아졌다. 가쁜 숨을 몰아쉬는 그녀를 가슴에 그대로 안은 재욱은 거짓 없는 감정을 충실히 보여 준 그녀가 대견해 미칠 것 같았다.

“해 본 적 없다더니…….”

“어땠어요?”

“아주 잘했습니다. 훌륭해.”

그녀가 미소 짓는 게 느껴졌다.

“좋았어요?”

“좋기만 해? 황홀해서 기절하는 줄 알았습니다.”

이게 뭐라고 칭찬을 받으니 어쩐지 창피하기도 좋기도 해 효진이 그를 더 꽉 안았다. 재욱은 효진의 머리를 어루만지며 아직 끝나지 않은 오르가슴의 여운을 즐겼다.

* * *

진료가 끝난 재욱은 가운을 벗어 던지곤 서둘러 병원을 빠져나갔다.

“요즘 원장님 왜 저렇게 바쁘신 거예요?”

장 간호사가 뛰어나가는 재욱을 보며 박 간호사에게 물었다.

눈치가 없어도 저렇게 없을까 싶었지만, 차라리 모르는 게 약이다 싶어 박 간호사는 그저 어깨만 으쓱해 보일 뿐이었다.

며칠 전 양 여사의 전화를 받은 박 간호사는 처음으로 양 여사에게 거짓을 고했다.

‘김 원장, 여자 있다는 데 혹시 누군지 알아?’

‘여자가 있대요? 어머나!’

‘뭐야. 박간도 몰라?’

‘네! 전혀 눈치 못 챘어요.’

‘대체 여자가 있는 게 맞긴 한 거야? 맞선 보기 싫어서 괜히 둘러댄 거 아닌지 몰라.’

‘있다면 있는 거겠죠. 원장님이 그런 거짓말 하실 분은 아니잖아요.’

'그렇긴 하지?'

'그리고 원장님이 좋다고 하는 여자가 있다면 아마 좋은 여자일 거예요. 그러니까 너무 심려 마세요. 여사님!'

박 간호사가 감싼 사람이 재욱인 것처럼 보였지만 사실 효진이었다.

처음 효진을 본 건 그녀가 동해 사거리 바다모텔에 묵기 시작한 지 얼마 되지 않았을 때였다. 함께 있던 동네 여자가 호들갑을 떨며 저길 보라고 해서 바라본 곳에 효진이 막 모텔을 나서고 있었다.

'저 여자, 서울서 이혼당하고 도망쳐 왔대.'

'이혼하고 왔으면 온 거지 도망은 또 뭐야?'

'소문이 파다해. 질 나쁜 여자가 하필 이곳으로 올 건 뭐래. 동네 남자들 후리는 거 아닌가 몰라.'

'이혼하고 도망쳐 오면 다 그런 여자야? 무슨 말이 그래?'

'안 그럼 왜 도망쳐 숨어 살겠어. 저 얼굴 반반한 것 좀 봐.'

'무슨 사연이 있겠지. 하여간 여자들 남 말 하기 되게 좋아해.'

곱상한 얼굴에 야리한 몸매, 그냥 봐선 질 나쁜 여자로 보이진 않았다.

그리고 며칠 후 병원 식구들과 갔던 나이트클럽에서 다시 효진을 보게 되었다. 물리 치료실 선생들과 장 간호사가 하도 가자고 졸라 하는 수 없이 관광 나이트로 2차를 따라갔더랬다. 좁은 동네, 한 테이블 건너면 아는 얼굴 천지인 이런 곳에서 무슨 나이트를 가자고 난리들인지. 따라가기 싫은 걸 억지로 끌려와 앉아 맥주를 따라 마시고 있는데 입구 쪽에서 자기처럼 억지로 끌려 들어오는 효진을 보았다.

'어우! 왜 이렇게 힘은 세.'

'그냥 좀 들어가자. 맥주 한잔 하자는데 뭘 그렇게 뻗대.'

'선화야! 그냥 가자. 여기서 뭐 해. 춤출 것도 아니잖아.'

'그냥, 춤도 추고 한잔 마시고 놀자고. 너 그렇게 살면 죽어. 이혼이 뭐 죄야? 네가 뭘 그렇게 잘못했다고 죽은 듯이 살아. 이 멍충아!!'

친구의 손에 이끌려 어쩔 수 없이 들어온 그녀는 함께 온 친구 부부로 보이는 그들이 신나게 노는 모습만 가만히 앉아 바라보다 결국 조용히 그곳을 빠져

나갔다.

남 말하기 좋아하는 여편네들이 애먼 여자를 질 나쁜 여자로 만들었구나…… 싶었고, 그 친구의 말마따나 이혼이 뭐 죄도 아닌데 왜 저렇게 숙맥처럼 사나…… 안됐단 생각도 들었다. 그런데 그런 그녀가 재욱의 환자로 병원에 오기 시작했고 재욱에게 철벽을 치려 무던히 애쓰는 모습을 고스란히 지켜봤다. 누가 말을 해 준 것도 아닌데 둘의 관계가 하루 이틀 된 사이는 아닌 것 같다는 심증도 생겼고.

결혼하고 가정도 이루고 잘 살고 있지만 색안경 쓰고 세상을 바라보는 사람들에게 신물이 난 박 간호사는 어쩐지 그들의 사랑을 응원해 주고 싶었다. 게다가 여자의 적은 여자라는 말도 듣기 싫었고! 그래서 저도 모르게 그녀를 감싸고 있었다.

재욱의 차가 마린 블루 주차장에 들어와 멈췄다.

퇴근 무렵 양 여사의 전화를 받은 재욱은 일이 손에 잡히지 않았다.

'오늘 퇴근하고 마린 블루에서 좀 보자. 할 얘기가 좀 있어.'

집으로 오라는 것도 아니고 전화로 할 얘기도 아니고, 게다가 하필 마린 블루로 오라는 말에 느낌이 좋지 않았다.

먼저 말도 꺼내기 전에 벌써 어머니 귀에 두 사람의 관계가 들어간 것인가?

그렇다면 이거 일이 순조롭지는 않겠는데…….

아니다. 이렇게 된 거 예정대로 밀어붙이자!

결심하고 단단히 마음도 먹었지만, 효진에게는 말하지 않았다. 괜히 확실하지 않은 추측으로 그녀까지 바늘방석이게 할 필요는 없었으니까.

재욱이 들어서는 걸 본 효진은 얼굴이 굳었다. 양 여사가 와 있는데 그가 나타나 혹여라도 눈치를 챌까 봐 걱정되어 저도 모르게 표정이 일그러졌다.

"어서 오세요. 원장님……?"

"아! 어머니가 와 계실 텐데요."

그녀의 표정을 읽은 그가 먼저 그녀를 안심시키기 위해 방문 목적을 밝혔다.

"아! 네! 두 분 약속이 있으셨군요."
"얘! 재욱아."
"어머니."
"이제 오니? 배고프지? 박 매니저. 우리 저녁 좀 먹게 해 줘요."
"네. 어떤 거로 준비할까요?"
"그냥 알아서 줘. 지난번 우리 애들 잘 먹던 거 그거도 좋고."
"네. 준비하겠습니다."

양 여사의 행동과 말투로 보아 재욱과 효진의 문제로 보자고 한 것 같지는 않았다. 차라리 매를 빨리 맞는 게 낫지 않을까 생각했는데 그게 아닌 걸 확인하자 어쩐지 힘이 빠졌다.

"무슨 일이세요."
"일단 앉자."

양 여사는 재욱을 조용한 자리로 데리고 가 앉았다.

평소 같지 않게 얼굴이 굳은 양 여사였다.

"뭐 안 좋은 일 있으세요? 어디 편찮으신 것 같지는 않은데."
"아니야. 그런 거. 집엔 애들이 있어서 여기서 의논하는 게 좋을 것 같았어."
"뭔데 그러세요."
"산이 문제야."
"산이요?"
"유치원 원장한테서 전화가 왔었어. 산이한테 문제가 좀 있는 것 같다고."
"문제라니요."

낮잠 시간이 되어 아이들을 하나둘 잠자리에 들 수 있도록 돕고 있을 때 화장실에 간 산이 아직 돌아오지 않았단 걸 안 교사가 화장실로 산을 데리러 갔다.

화장실에 난 작은 창가에 쪼그리고 앉은 산은 멍하니 창밖을 바라보고 있었단다. 몇 번을 불러도 대답이 없어 다가가 어깨를 잡으니 그제야 인기척을 느끼고 교사 손을 잡고 돌아와 낮잠을 청했다고 했다.

처음엔 창밖 풍경이 좋아 그랬나 보다 했었단다. 하지만 같은 일이 그 후로도 여러 번 반복되었다고 했다. 그 일을 계기로 산의 행동을 유심히 지켜보던 교사가 산의 독특한 행동을 하나둘 발견하기 시작했다.

자유 놀이 시간에 아이들은 블록이나 장난감을 가지고 놀기 바쁜데 산은 책을 읽었다고 한다. 집에서도 늘 책을 읽는다고 하니 원장은 집에서도 계속 같은 책만 보냐고 물었다. 눈여겨보지 않아 몰랐던 양 여사는 그건 잘 모르겠다고 했지만, 교사는 산이 매일 같은 책만 반복해서 본다고 했다.

별일 아닐 수도 있지만, 이혼 가정이라는 특수한 상황을 고려해 볼 때 어쩌면 아이가 마음의 상처를 받았는지 모른다면서 원장은 양 여사에게 전문가의 도움을 받아 보라고 권했다.

"맞아요. 산이 집에서도 같은 책 보는 거 저도 몇 번 봤어요. 그래도 그게 문제 될 거라고 생각하지는 않았는데. 하아……."

양 여사의 말을 들은 재욱의 반듯한 이마에 주름이 잡혔다.

그저 말이 적고 생각이 많은 아이라고만 생각했는데 그게 마음의 병 때문일지도 모른다고 하니 가슴 한쪽이 아려 왔다.

근처 테이블로 손님을 안내하고 주문을 받던 효진은 심각한 대화를 나누는 두 사람을 보며 걱정이 쌓였다.

"동인병원 원장이 소개해 준 아동 심리 상담 전문가를 알아 뒀어. 내가 데리고 가서 상담받아 볼게. 어쩌다 이런 일이 생겼다니. 우리 애기한테."

"제가 갈게요."

"아니야. 바쁜데 뭘."

"아무리 바빠도 제가 합니다. 제 잘못이니까요."

양 여사는 자신의 잘못을 인정하며 고개 숙이는 재욱을 안쓰러운 시선으로 바라봤다.

"그러니까 어서 재혼해. 너 장 의원네 싫어서 나한테 거짓말한 거잖아. 그 집안 나쁠 것 없어. 어차피 이제 네 인생 네가 살 거잖아. 그 집 딸, 너 많이 좋아하더라."

"어머니!"

그때, 효진이 준비된 음식을 가지고 테이블로 다가왔다.

"식사 준비됐습니다."

"그럼 네가 말한 여자 데려와. 애들 언제까지 엄마 없는 애들로 둘 거야."

음식을 세팅하던 효진도 그런 효진을 바라보는 재욱도 움찔했다.

"하아…… 미안하다. 다른 사람도 있는 데서. 박 매니저 못 들은 걸로 해 줘."

"네. 그럼 식사하세요."

효진은 서둘러 음식을 내려놓고 몸을 돌렸다. 그때 재욱이 그녀의 팔을 탁 잡아 세웠다.

그에게 팔이 잡힌 효진도, 효진을 갑자기 잡은 재욱을 바라보는 양 여사도 놀라 눈이 동그래졌다.

"얘. 너 뭐 필요해?"

재욱은 갑자기 자리에서 일어서며 효진의 어깨를 잡고 돌려 세웠다.

"이 사람입니다."

"뭐? 뭐가 이 사람……!?"

"재욱 씨!"

순간, 시간이 멈춘 것 같았다. 이 안의 공기가 모두 빠져나가 버리는 것 같았고 머릿속은 아득해지며 온몸에 힘이 빠져나가는 것 같았다.

지금은 때가 아닌데, 이 남자가 왜 이런 무리수를 던지는 걸까.

멍해진 양 여사의 눈동자가 눈에 들어왔다. 재욱과 효진을 번갈아 보지만 믿을 수 없다는 눈빛이 역력했다.

"사장님…… 그게……."

"지금 뭐라고 한 거니? 너 다시 말해 봐."

"저 이 사람 사랑합니다. 어머니."

양 여사는 옆에 놓인 물잔을 들어 벌컥벌컥 마셨다.

주변을 오고 가던 크루들이 이쪽에서 벌어지는 기이한 상황을 지켜보느라 시선이 몰렸다.

"뭣들 해. 바쁜 시간에."

양 여사의 카랑카랑한 목소리가 마린 블루 안에 울려 퍼졌다. 이미 이성을 잃은 그녀가 이성적으로 행동하려 애쓰고 있다는 게 보였다.

효진이 서둘러 묵례를 하고 자리를 벗어나려고 하자 재욱은 의자를 빼고 효진을 앉혔다.

“사람들 눈도 많고 귀도 많은 곳에서 너 지금 뭐 하는 짓이야.”

“조만간 찾아뵙고 말씀드리려고 했습니다. 더는 숨기기 싫어서요.”

“재욱아!”

“오래전부터 사랑한 사람입니다. 허락해 주세요.”

“얘가 지금 무슨 소리를 하는 거야. 어떻게 두 사람이 오래전부터 사랑해. 설마, 여기 출근 시작하면서부터 만난 거니?”

양 여사의 눈이 자꾸만 더 커졌고 자꾸만 더 무서워졌다. 늘 미소를 잃지 않고 나긋한 음성을 유지하던 양 여사의 모습은 온데간데없었다.

“지금 여기서 이러는 건 아닌 것 같아요. 나중에 조용히 다시 말씀드려요.”

효진이 재욱에게 차분하고 정확하게 말했다.

재욱이 그런 효진을 뚫어져라 바라보는 시선이 너무 뜨거웠다. 양 여사는 그런 재욱을 본 적이 없었다. 아니, 제 아이들을 바라볼 때? 그래, 그때 본 적 있는 것 같다.

‘하아……. 저런 눈빛을 하고서 바라보네. 저 녀석이.’

단호한 효진의 말을 새겨들은 재욱이 또 그 말을 금세 수긍하고 효진을 놓아주었다.

“미안합니다. 내 생각이 짧았어요.”

“사장님! 죄송합니다.”

효진은 자리에서 일어나 깍듯이 인사를 하고 그곳을 벗어났다.

“죄송합니다. 어머니.”

거짓말 같지 않았다. 효진을 사랑한다는 말도, 오래전부터 사랑해 왔단 말도, 모두! 재욱은 거짓말을 하는 아이가 아니었으니까. 양 여사는 재욱이 효진을 바라보는 눈빛이 거짓이 아니란 걸 알아 버렸다.

주차장으로 나서는 양 여사를 재욱이 따라 나와 붙잡았다.

“어머니! 이렇게 가시면 안 돼요.”

"오늘은 아무 말도 하지 마. 나도 생각이란 걸 좀 하자."

"어머니도 저 사람 좋아하잖아요. 많이 믿고 의지하는 거 알아요."

"그걸 아는 녀석이! 꼭 이래야 했니? 박 매니저 아직 주변 정리 안 끝났어. 너도 봤잖아. 전남편 찾아온 거."

"끝났어요. 그 남자가 못 잊어 찾아온 거라고요."

"그러니까! 아직 정리 안 된 거잖아. 왜 하필 박 매니저야. 하고많은 사람 중에."

"저 사람, 아이들한테도 잘할 겁니다. 날 정말 사랑해요."

"한 번 결혼에 실패한 사람이야. 무슨 말을 못 하겠니."

"어머니!"

"나, 이대로 좀 둬. 지금도 머리 아파. 산이 문제만으로도 머리가 부서질 것 같다고."

"좋은 엄마가 될 겁니다."

"좋은 아내도 못 된 사람이 어떻게 좋은 엄마가 된다는 거얏!"

막 나와 버린 말에 양 여사도 놀랐지만, 재욱은 어머니에 대한 실망감으로 얼굴이 일그러졌다.

자식 일을 앞에 두면 이성을 잃는 건 동서고금 막론하고 모두 똑같다.

"그…… 그러니까 말 그만 시키라고. 흥분하니까 아무 말이나 막 나오잖아."

"어른스럽게 대처해 주시기 바래요. 어머니 믿습니다."

재욱은 양 여사의 차로 다가가 운전석 문을 열었다. 양 여사는 어처구니없다는 듯 차에 올랐고 이내 주차장을 벗어났다.

다시 마린 블루로 들어온 재욱은 효진을 찾았다.

침착하게 본연의 임무를 다하고 있는 그녀가 안쓰러워 미칠 것 같았다.

눈이 마주친 효진이 그에게 다가왔다.

"어머니 가셨어요?"

"놀라게 해서 미안합니다."

"나보다는 사장님이 많이 놀라셨죠. 어려운 상황을 만들었어요. 재욱 씨가."

"그러게. 내가 제정신이 아니었나 봅니다."

"산이 뭔가 문제 있는 거죠?"

"네. 하아…… 심리 상담을 받아 봐야 할 것 같습니다."

"어떡해…… 그 어린아이가……."

이 난리를 쳤는데도 그녀는 산 걱정을 한다. 어렵게 찾은 사랑이 손가락 사이로 빠져나갈지도 모르는 이 상황에도……! 어떻게 사랑하지 않을 수 있을까.

"나 때문에 직원들 눈치까지 보는 거 아닙니까."

"그 정도 견뎌 낼 내공은 돼요. 사건 수습! 어떻게 할지 생각이나 잘 해 봐요."

"이따 집에서 봅시다. 기다릴게요."

효진은 물끄러미 그를 봤다.

"왜 그렇게 봅니까?"

"좋아서요."

"내가 미운 게 아니고?"

"이따 집에서 보자는 말도 좋고, 기다린다는 말도 좋고."

"안고 싶어 미치겠네."

"그건…… 여기서 힘들 것 같아요."

말해 놓고 웃는 그녀가 눈이 부셨다.

그의 앞에선 아무렇지 않은 척, 담담한 척했지만, 앞으로의 일이 걱정이었다. 마린 블루를 계속 다닐 수 있을지도 걱정이었고 나아가 동해에서 계속 살 수는 있을까 걱정이었다.

재욱이 사라지는 모습을 확인한 미애가 얼른 효진 곁으로 와 섰다.

"뭐예요. 이거 실화예요? 매니저님?"

"미안. 미애 씨! 나중에……. 나중에 얘기해."

효진은 이 말만 남기고 자리를 떴다.

마린 블루 안 모든 직원이 오늘 벌어진 사건에 대해 관심도 많고 호기심도 많았지만, 석호만은 효진을 안타까운 시선으로 바라봤다.

그녀의 집 소파에서 태블릿 PC로 아동 심리에 관한 논문을 검색하던 재욱은 그녀가 돌아온 인기척에 일어나 현관으로 다가갔다. 그리고 막 현관으로 들어서는 효진과 눈을 맞추곤 이내 그녀를 품 안에 안았다.

서로 말은 하지 않았지만 그 포옹 하나만으로도 수많은 얘기를 대신했다. 재욱은 오늘 벌어진 일에 관하여, 자기가 얼마나 경솔했는지에 관하여, 효진을 너무 난처하게 만들었다는 사실에 관하여 사죄하고 싶었는데 효진은 다른 걱정이 우선이었다.

"산이 문제가 뭐예요?"

"당신은 지금 그게 제일 걱정입니까?"

"그 어린애가 걱정 아니면 뭐가 걱정이에요. 안쓰러워서 어떡해요. 강은 괜찮은 거예요?"

재욱은 효진을 안은 팔에 더욱 힘을 주었다. 품에 안고 있어도 다 가져지지 않는 것 같은 허전함 때문에 몸과 마음이 시렸다.

결국, 현관도 벗어나지 못한 채 재욱은 효진에게 키스했다. 그의 품에 안긴 채 살며시 찾아드는 그의 입술에 자신의 입술을 묻은 효진도 지금 그가 주는 안온함이 속절없이 좋아 그저 그의 목을 꽉 안았다. 집으로 돌아와 내내 자신을 기다렸을 그를 생각하니 가슴속이 따뜻하게 데워지는 것 같았다. 뜨거운 키스로 서로의 마음을 위로한 두 사람은 그러고도 한참 동안 꽉 끌어안은 채였다.

* * *

조금 이른 출근을 한 효진은 아무도 없는 주방으로 가 커피를 내렸다.

지난밤, 퇴근하는 효진의 핸드폰으로 양 여사의 문자가 날아왔다.

[내일 아침 9시까지 마린 블루로 갈게. 우리 잠깐 얘기 좀 해.]

하지만 재욱에게는 아무 말도 하지 않았다.

새벽, 쉽게 잠을 이룰 수 없었던 효진은 곤히 잠든 그의 얼굴을 보며 고민이 깊었다. 결국, 피하고 싶었던 현실을 맞닥뜨리게 되었단 생각에 깊은 한숨이 새어 나왔다. 하지만 이제 이 남자 없이는 살 수 없을 것 같아 답답한 가슴만 쥐어 잡아야 했다.

문뜩 눈이 떠진 재욱은 혼자 고민에 빠진 효진을 보았다. 그녀가 낮에 있었던 일로 또 고민이 깊어 이런다는 걸 모르지 않았다. 밤새 다짐을 하고 밤새 안심을 시켜 주었지만, 그걸로 끝날 일이 아니란 것도 잘 안다. 그래서 오늘 퇴근 후 어머니를 찾아가 그간의 일들을 다 말하려고 했다. 왜 이 여자여야 하는지, 왜 이 여자를 사랑하게 됐는지……. 하지만 효진에게는 말하지 않았다. 괜한 걱정을 사서 하게 두고 싶지 않으니까.

"잠 안 자고 뭐 합니까."

"왜 깼어요."

"당신이 안 자니까. 또 불면증이 도진 건가?"

"아니요."

"그런데 왜 그러고 있습니까. 이리 와요."

조금 떨어져 누워 그를 가만히 바라보던 효진을 재욱이 끌어당겨 품에 안았다.

그의 품은 여지 없이 따스했다. 그 품이 좋아 저도 모르게 그를 더 꼭 끌어안으니 그가 효진의 머리에, 이마에, 그리고 볼과 입술에 차례로 입을 맞췄다.

"하아…… 너무 감미롭잖아요."

"그래서 싫어요?"

"그럴 리가……."

"날 깨운 건 당신이니까 날 탓하지는 맙시다. 나도 당신 옆에 두고 힘들게 잠 청한 거였는데."

그녀의 고뇌가 깊어 보여 그저 품에 안은 채 잠을 청했던 차였다. 그러니 이 새벽, 눈떠진 이 새벽이 그에게 소소한 사투가 아닐 수 없었다.

"그러니까 어서 자요. 일하려면 피곤해요."

"뭘 잘 모르네."

"?"

"당신을 곁에 두고도 품지 않고 보내는 시간이 더 힘들어."

재욱은 그대로 효진의 몸을 덮었다. 볼과 턱에 키스하고 목과 심장에 키스를 퍼부으며 잠들었던 욕정을 하나하나 깨워 냈다. 그리고 이내 그녀 안에 자신을 묻었다.

그가 보여 주는 애정의 증거들을 하나하나 몸에 새기며 효진은 깊은 쾌락에 빠져들었다. 그가 만들어 주는 사랑의 묘약에 심취해 끝도 없는 황홀감에 빠져들었다.

심장이 부서질 듯 서로의 몸을 탐하고 서로의 사랑을 확인하고 나자 거짓말같이 잠이 왔다. 그와 격정적인 사랑을 나누고 나서야 수마에 빠져들 수 있었다. 이게 다 사랑의 힘이란 걸 그도, 그녀도 모르지 않았다.

김이 모락모락 올라오는 커피 잔을 사이에 두고 효진과 양 여사가 마주 앉았다.

고민이 깊었던 건 양 여사도 마찬가지였던지 하루 사이 안색이 말이 아니었다.

"죄송합니다. 사장님."

양 여사의 얼굴을 보니 그저 미안한 마음이 앞섰다.

"찾아뵙고 말씀드리려고 했는데 저희가 늦어서…… 심려 끼쳐 드렸어요."

"언제부터였는지 말해 줄 수 있어?"

"그게…… 재작년 겨울에…… 처음 만났어요."

양 여사는 예상 밖 소리에 좀 놀라는 눈치였다.

재작년 겨울이면 재욱이 막 이혼할 무렵이었다.

"설마, 박 매니저 때문에 재욱이 이혼한 거야?"

"아뇨. 아니에요. 두 사람 다 이혼한 후에 만나게 된 거였어요."

"아니, 어떻게……? 아니, 언제 그렇게 됐어?"

효진은 이해할 수 없다는 양 여사에게 자칫 오해될 소지를 남겨서는 안 될 것 같아 그해 겨울 여행지에서 만나게 된 얘기를 천천히 들려주었다. 어떤 상태와 어떤 마음으로 여행길에 올랐었는지, 그를 만나 어떤 사랑을 받았는지, 그리고 어쩌다 서로 연락처도 받지 못한 채 헤어져 이제야 만나게 됐는지에 관하여. 그러면서 남편과 왜 이혼을 하게 됐는지와 그날 남편이 동해까지 찾아온 건 이혼 후 처음 있는 일이었다는 것도 털어놓았다.

"사실 그날, 저녁에 댁으로 찾아가려고 했어요. 재욱 씨와 함께요."

"!"

"아이들 만나고 나니 더 빨리 합치고 싶어졌어요. 그래서 이제 그만 말씀드리자고 그 사람을 설득했고요. 그런데 말씀드리지도 못하고 일이 벌어졌던 겁니다."

가만히 효진의 얘기를 듣고만 있던 양 여사가 조심스럽게 입을 열었다.

"내가 박 매니저 얼마나 믿고 의지하는지 알지?"

"네. 알아요."

"강정호 대표가 다녀갔다고 해서 사실 나 마음 졸였어. 박 매니저 뺏길까 봐."

"아…… 그건……."

"말 안 해도 알아. 그 집 사람들 하는 짓 뻔해. 그렇게 내가 박 매니저를 믿었다는 소리야."

믿었던 사람에게 배신당해 그 마음이 더 아프다는 말을 하고 싶은 거였나 보다.

효진은 쉽지 않을 거란 건 알았지만 양 여사가 한마디 한마디 뱉어 낼 때마다 심장이 조금씩 조금씩 도려지는 것 같았다.

"우리 재욱이. 불쌍한 애야. 자기 하고 싶은 거 하나도 못 하고 우리 뜻 단 한 번을 어기지 않고 숨죽이고 살았어. 그래서 난 걔가 행복한 줄 알았다고. 그런데…… 이혼하겠다고 찾아왔을 때에야 알았어. 걔가 행복한 게 아니었단걸. 이런 내가 부모라고, 엄마라고 잘난 아들 둔 자랑하고 다녔어."

효진은 그저 고개 숙인 채 그녀의 처분을 기다려야 했다.

"부모 마음은 다 똑같아. 자기 자식 조금이라도 더 좋은 사람 만나기를 원하고, 조금이라도 더 나은 사람 만나기를 원해. 아마 돌아가신 박 매니저 어머니도 같은 마음이셨을 거야."

엄마 얘긴 꺼내지 말지…….

괜히 또 눈물이 치밀려고 했다.

효진은 테이블 아래로 주먹을 꽉 쥐고 솟아오르려는 눈물을 참았다.

"그런데 우리 재욱이는 마음이 아픈 것 같아. 그게 박 매니저에게 제일 미안해. 게다가 애가 둘이나 있잖아. 그건 박 매니저 어머니께 미안하고."

"?"

"물론 두 사람 다 상처가 있으니 서로를 더 잘 보듬겠지. 그러니까 그 녀석이 박 매니저를 그렇게 애틋하게 바라봤을 거야."

"사장님……!"

"재욱이 인생에 이제 끼어들지 않으려고. 우리 때문에 걔가 맘고생이 많았던 것 같아서."

"하아……!"

효진은 저도 모르게 두 손으로 입을 막았다. 새어 나오는 안도의 한숨이 혹시 이 일을 그르칠까 걱정되었다.

"하지만 박 매니저도 주변 정리를 잘 해 줬으면 좋겠어. 전남편 이곳에 나타나는 거 신경 쓰여."

양 여사는 가방에서 손수건을 꺼내 내밀었다.

"울지 마. 마음 아프게 왜 울어."

효진은 자기가 울고 있는지도 몰랐다. 그 손수건을 받아 드는데 양 여사가 가만히 효진의 손을 잡았다.

"그 시어머니도 당신 아들이 너무 잘나서 아까웠을 거야. 부모 맘이 다 그래. 그러니까 그냥 이해하고 용서해. 그래야 잊힌다. 박 매니저 똑똑한 사람이니까 나보다 더 잘 알 거야."

"감사……합니……."

울먹이는 목소리로 어렵게 꺼낸 말이지만 끝까지 맺지 못하고 울어 버렸다.

"회장님이 걸리긴 해. 알겠지만 장 의원네랑 사돈 맺고 싶어 했거든. 그건 내가 어떻게든 막아 볼게. 우리 재욱이 이제…… 그만 아팠으면 좋겠어. 내 말 무슨 뜻인지 알지?"

두 사람이 맞잡은 손이 뜨거웠다.

"어르신! 병원 빼먹지 말고 오세요. 학교다! 생각하고. 자꾸 이렇게 띄엄띄엄 오시면 아팠다 안 아팠다 반복됩니다."

"학교도 안 다녀 본 사람한테……."

"안 다녀 보셨으니까 지금이라도 열심히 다니시라고요."

"허허! 알았어!"

영감님이 나가고 다음 환자 차트를 살피던 재욱은 모니터에 뜬 효진의 이름을 보고 놀라 자리에서 벌떡 일어났다.

지난번 진료실에서의 일로 다시는 일부러 오지 않겠다고 으름장을 놨던 그녀였다. 지난밤, 잠도 못 자고 고민이 깊었던 그녀였고. 그런 그녀의 갑작스러운 방문에 등골에 식은땀이 주르륵 흘렀다.

"왜! 무슨 일 있어요?"

진료실로 들어서는 효진을 보고 재욱이 다급하게 물었다.

순식간에 눈물이 들어찬 효진은 그런 그에게 와락 달려들어 안겼다.

"무슨 일입니까. 왜 이래요."

"사랑해요!"

"그건 알고 있다고. 그런데 대체 왜 우는 건데."

답답해 죽겠는데 다짜고짜 사랑한단다. 그리고 다짜고짜 품으로 달려들어 펑펑 울어 댄다. 재욱은 그녀를 안고 등을 토닥이며 이유를 물어야 했다.

"사장님…… 아니…… 어머니 만났어요."

놀라 효진을 떼어 내며 눈을 마주친 그는 얼굴이 하얘져 있었다.

무슨 수모를 당한 게 아닐까.

어떤 망신을 주신 게 아닐까.

내 어머니지만 무슨 일이 어떻게 벌어질지 몰라 순간 머릿속이 하얘진 재욱이었다.

"어머니가 왜……. 아니 뭐라고 하셨는데 이렇게 울어요. 하아…… 내가 갈 건데 그새를 못 참고 왜!!"

"우리 허락하셨어요."

효진은 다시 그의 품에 안겼다.

"뭐라고 했습니까. 지금."

"어머니가 우리 관계 허락하셨다고요."

재욱조차도 이 사실이 믿기지 않는 듯했다.

시간이 좀 걸릴 거라고 짐작했다. 처음엔 무조건 반대부터 하시겠거니 했었다. 그런데…… 이렇게 선뜻 두 손을 들지는 몰랐다. 그러니 믿기지 않을 수밖에.

재욱은 효진을 품에 안고 어안이 벙벙한 듯 멍하니 등을 토닥였다.

그녀도 그도 그렇게 서로를 부둥켜안고 서서히 마음의 안정을 찾아 갔다.

* * *

효진을 사랑한다고 말하는 재욱의 눈빛에 이미 양 여사는 알아 버렸다. 말린다고 말려질 일이 아니란 걸. 게다가 자꾸만 효진이 밟혔던 이유가 할머니로서, 엄마로서 욕심 때문이었단 걸 알아 버렸다.

그런 자신이 참 속물이라고 생각했다. 애를 못 낳으니 다른 자식 문제로 걱정할 필요 없는 사람, 그런데도 애들을 그렇게 예뻐하는 사람, 게다가 넓은 품으로 재욱의 상처를 보듬어 줄 사람. 그런 것만 보였다.

집으로 돌아와 내내 생각하고 또 생각해야 했다. 어떤 게 재욱을 위하고 아이들을 위하는 일인지. 그리고 풍파 많은 결단을 내리고 효진에게 문자 했다. 내일 아침 좀 보자고!

그렇게 둘의 사랑을 허락한 양 여사는 마음이 급했다. 우선 장 의원네 사람들이 이 혼사를 당연하다고 여기고 있음에 재를 뿌려야 했고, 김 회장에게 이제 재욱을 그냥 두자고 설득해야 했다. 더 어려운 쪽을 나중에 만나야 한다는 결론을 내리고 강 여사와 먼저 약속을 잡았다.

연락을 받고 이제 슬슬 움직이려나 보다 짐작한 강 여사는 잔뜩 멋을 내고 카페에 먼저 도착해 있었다.

"먼저 오셨군요."

"제가 좀 일찍 왔어요. 근처에 일이 있었거든요."

양 여사가 들어서자 예의 바르게 일어서며 맞는 강 여사였다.

커피가 놓이고 두 사람 사이에 잠시 침묵이 흐를 때 강 여사가 먼저 입을 열었다.

"좀 이른 감은 있지만 그래도 해를 넘기지 않는 게 좋겠죠?"

차를 마시던 양 여사가 잔을 내려놓으며 눈을 겸손하게 아래로 깔았다.

이미 강 여사는 그녀의 태도로 이 결혼은 파투 났단 걸 직감했다.

"이 결혼은 없던 일로 해야겠어요."

"여사님!"

"아들 인생 쥐고 흔드는 거 이제 그만하려고 합니다. 이해해 주기 바래요."

"자식은 자기 앞가림 알아서 못 합니다. 죽을 때까지 부모가 나서 줘야 제대로 살아요."

"그런 줄 알았는데……. 그것도 정답은 아니더라고요. 예쁜 따님, 흠 많은 우리 아들한테 과분합니다. 제가 처음부터 이 혼사, 욕심을 내면 안 됐는데 욕심이 좀 났어요. 죄송합니다."

양 여사의 태도가 이미 되돌릴 수 없을 만큼 단호하단 걸 알았다. 괘씸하고 자존심 상했지만, 그 자리에서 구걸하고 싶지 않았다. 노선을 옮겨야겠단 판단이 섰기 때문이었다.

헤어지고 나오는 양 여사는 강 여사의 매서운 눈초리가 뒤로 따라붙는단 걸 알고 있었다. 가타부타 토 달지 않고 매달리지 않았지만, 그녀의 꼼수를 모르는 바 아니었다. 김 회장에게 직접 달려들겠지. 최대의 난관이 남았지만, 그도 결국 아버지고 할아버지고 그녀의 남편이니까. 희망을 걸어 보는 수밖에 없었다.

"강산!!"

현관문을 열고 들어오면서부터 아이들 이름을 힘차게 부르는 이는 재욱이었다.

저들 방에서 장난감을 가지고 놀던 녀석들이 아빠 목소리는 잽싸게 알아듣고 부리나케 달려 나와 재욱에게 안겼다.

"아빠아!!"

"올 거면 좀 일찍 오지, 막 밥 다 먹고 치웠는데."

양 여사는 여느 때와 다름없이 아들을 맞았고, 고맙단 말이 하고 싶어 저녁 조깅 코스를 일부러 이쪽으로 잡고 그 먼 길을 신나게 달려와 놓고 눈도 맞추지 않은 채 그냥 애들이나 보려고 왔다는 말을 여상하게 늘어놓는 재욱이었다. 참 모전자전이지.

"집에서부터 뛰어온 거야?"

"네. 뭐. 운동할 겸."

"해 떨어졌는데 위험하게……."

좋아서 입가에 미소가 걸린 걸 뻔히 아는데, 좋다는 것도 크게 내색하지 못하는 아들을 보는 양 여사의 심정은 괜히 찡했다.

"어우! 우리 아들들…… 한 번씩 들어 볼까?"

괜히 딴청하며 강을 한 번, 산을 한 번 번쩍 안아 올린 재욱은 아이들이 나날이 커 가고 있음에 새삼 놀라는 눈치였다. 이런 아이들에게 곧 진득한 사랑을 나눠 줄 엄마가 생긴다는 사실에 가슴이 다 벅찼다.

"애들 씻기려던 참이야."

"그래요? 그럼 내가 씻길게요."

"힘든데 뭘. 하평댁이 씻겨."

"아니요. 하나도 안 힘듭니다."

두 아이를 데리고 욕실로 향하는 재욱을 양 여사는 안쓰럽게 바라봤다. 이제야 제 뜻대로 사는 즐거움을 맛보는 아들이 안쓰러웠고, 이제야 얼굴 가득 행복이 들어찬 아들이 안쓰러웠다. 저런 걸 악으로 막고 강제로 막으면 또 얼마나 쓰린 삶을 살아야 했을까…….

욕실 안에서 들려오는 첨벙 물소리와 아이들 까르륵 웃음소리를 들으며 그저 지금, 이 순간의 행복에 감사할 뿐이었다.

아이들을 씻기고 책을 읽어 주다 보니 강산이 잠들었다. 조용히 일어나 두 아들의 이마에 쪽! 쪽! 입을 맞추고 살며시 문을 닫고 나왔다.

"애들 자니?"

"네. 잠들었어요."

"고생했다."
"고생은요."
하고 싶은 말이 참 많았는데 막상 어머니를 앞에 두니 아무 말도 나오지 않았다.
"그럼…… 전…… 갈게요."
뻘쭘하게 현관으로 나서는 재욱을 양 여사가 따라왔다.
"그냥 계세요."
"……."
있으래도 따라오는 양 여사를 운동화를 신고 선 재욱이 물끄러미 바라봤다.
"또 뛰어가니? 태워다 줄까?"
"운동하려고 온 건데 뛰어가야죠."
"위험할 텐데. 꼭 밤에 뛰고 그래…… 어머!"
갑자기 넓은 가슴으로 다가와 폭 감싸 안은 재욱 때문에 양 여사는 깜짝 놀랐다.
"어우! 왜 이래. 징그럽게."
"고마워요. 어머니."
아들 품에 안겨 눈을 가늘게 뜬 양 여사는 그제야 재욱의 등을 두 손으로 보듬고 안았다.
"으이그. 사랑하는 여자 허락해 주니 이제야 엄마를 한 번 안아 주니? 고얀 녀석!"
"다 큰 아들들 앞에서 어떻게 어머니를 안아요. 모양 빠지게."
"뭐? 여섯 살, 일곱 살이 다 큰 아들이면 넌 늙은 아들이니?"
"잘 살게요. 행복하게."
"그렇게 좋아?"
양 여사를 놓아 준 재욱이 눈을 맞추며 바라봤다.
"그 여자! 사랑합니다. 처음 만난 뒤로 지금까지 단 하루도 잊은 적 없는 사람이에요."
"그럼 서둘러 찾지 뭐 하느라 이제야 만나."

"내가 못나서……! 하하하……."

오랜만에 재욱의 호탕한 웃음소리를 다 듣는다.

"네가 좋다니까 나도 좋다. 박 매니저 좋은 사람인 건 나도 잘 알아. 둘 다 이제 상처 없이 잘 살면 좋겠다."

"아버지께는 제가 말씀드릴게요."

"그래. 네가 해. 나도 할 거지만. 네가 먼저 해."

"네."

걱정 가득한 두 사람의 시선이 불안하게 마주쳤다.

* * *

퇴근 후 자축을 하자고 약속하고 헤어진 효진은 퇴근 시간만 손꼽아 기다렸다. 집 앞에 멈춰 서는 자동차마저 흥겨워 보인 데는 그런 이유에서였다.

막, 차에서 내려 집으로 향하는데 뒤에서 자동차 문 닫히는 소리와 동시에 민준의 목소리가 들려왔다.

"효진아!"

정색하는 효진에게 민준이 천천히 다가왔다.

"다시는 보지 말자고 했는데요."

"오겠다고 했잖아. 포기하지 않겠다고."

"왜 멋대로 정해요. 내 의사는 안중에도 없어요?"

"나 안식년 신청했어."

"그래서요."

"너랑 다시 시작하려고. 우리 여행부터 가자. 너 유럽 가고 싶어 했잖아."

"왜 나한테 집착해요. 당신 가족 모두가 날 싫어했고 심지어 당신도 내 편이 아니었잖아. 그런데 이제 와서 왜 이러는 거예요?"

"집착? 그래, 그렇게 보일 수 있겠다. 결혼에 실패했다는 사실이 지금도 믿기지 않아. 내가 선택한 너를 그렇게 쉽게 놓았다는 게 받아들여지지 않고."

"벌써 2년이에요. 당신 어머니 원하는 대로 재혼하고 아이도 낳고 행복하게 살아요. 제발!"

"결혼하지 않겠다는 너를 내가 설득했어. 기억해?"

기억한다. 시어머니의 반대가 불 보듯 뻔했고 축복받지 못한 결혼으로 얼룩진 가정을 이루고 싶지도 않았다. 그런데도 시작했다. 그의 집요한 설득에 현혹되었고 안정된 가정에 정착하고 싶어서.

"내가 그런 너를 불행하게 살게 뒀어. 그러니 만회할 기회를 줘."

"난 괜찮다고 하잖아요. 이제 다 끝난 일이고, 다 잊었어요."

"네가 돌려준 돈! 그거 보면서 한 번 더 다짐했어. 널 놓지 않겠다고."

지난번 그가 찾아왔을 때 시어머니가 던져 준 이사비를 그에게 그대로 내밀었다. 오기로 받아 들고 왔지만 더러운 돈에 손도 대기 싫어 받을 때 그대로 서랍 깊숙이 넣어 두었다. 그때 그 어머니의 행태를 알려 주고 그런 시어머니와 더는 엮이고 싶지 않다는 말과 함께 돌려줬다. 그런데 그걸 보고 다시 다짐했단다. 기가 찼다.

"넌 그런 애야. 마음에 없는 말 할 줄 모르고 남을 속일 줄도 몰라. 언제나 진심이었는데 내가 그걸 잊고 있었어. 네가 힘들다고 보내는 신호도 무시하고 현실을 회피했어. 이제 그러지 않아. 우리 다시 시작하자."

같은 말이 반복되고 있었다.

그는 마음을 바꿀 생각이 없어 보였고 이대로 포기할 것 같지도 않았다.

"우리, 겨우 딱 6개월 행복했어요. 기억이나 해요?"

"!"

"난 이제야 진정한 사랑을 찾았어요. 그리고 지금…… 처음으로 행복해요."

"효진아!"

민준은 효진의 양팔을 잡았다.

그 아귀힘에 순간 두려움이 훅 엄습했다.

"이거 놓고 말해요."

"네가 그동안 많이 힘들고 외로워서 그래. 그래서 기댈 곳이 필요했던 거야. 나 만났던 그때처럼. 잘 생각해 봐. 잘못된 판단을 할 수도 있어."

"놔 줘요. 내 생각은 바뀌지 않아요. 난 그 사람! 사랑해."

"어떻게 사랑한다는 말을 그렇게 쉽게 해. 너 내 마음 받아 줄 때 얼마나 힘들게 했는지 잊었어?"

"아파요. 놔요."

"효진아! 천천히 생각해 보자."

"놓으라고!"

퍽!

짧은 순간이었다.

민준에게서 벗어나려 버둥거리며 악을 썼을 때 언제 나타난 건지 재욱의 주먹이 날아왔다.

"놓으라고 하잖아!"

그의 목소리가 잔뜩 격앙되어 있었다. 운동복을 입은 채 땀을 뻘뻘 흘리고 있는 재욱은 얼마나 달려왔는지 숨을 헐떡이고 있었다.

언덕을 달려 오르는데 멀리 효진의 차가 보였다.

반가운 마음에 얼굴 가득 미소를 품고 달려오는데 잠시 후 민준의 목소리가 쩌렁쩌렁하게 들려왔다. 순간 머릿속이 하얘졌다. 놓으라는 효진의 목소리까지 들려왔을 땐 심장이 타 버리는 줄 알았다.

"괜찮습니까?"

효진을 잡아 안은 재욱이 효진의 얼굴과 몸을 살폈다.

"괜찮아요."

"저 자식을……."

몸을 돌려 다시 민준에게 달려들 것 같은 재욱을 효진이 붙잡았다.

"재욱 씨! 그러지 말아요."

"!"

눈에 어린 살기가 금방이라도 민준을 어떻게든 할 것 같았다.

"뭐로든 엮이고 싶지 않아요. 그냥 보내 줘요."

"그냥 보내 주면 다시 또 올 겁니다."

"그래도! 그래도 그냥 보내 줘요. 네!"

입술이 터져 피를 흘리는 민준이 몸을 일으켜 다가왔다.

"당신 뭐얏!"

겨우 마음을 다잡고 있던 재욱은 등 뒤에서 날아온 목소리에 다시 울화가 치밀었다. 효진이 잡은 손을 순식간에 뿌리치고 민준에게 달려든 재욱은 그대로 그의 멱살을 틀어잡았다.

"왜 지저분하게 굽니까. 이 사람이 오지 말라고 부탁까지 했잖습니까."

민준도 지지 않고 재욱의 옷을 잡아 쥐었다.

"당신은 뭔데! 내가 아직 효진이랑 끝내지 않았다는데 당신이 뭔데 끼어들어!"

"무책임하게 떠났으면 조용히 찌그러져 살아야 맞는 것 아닌가."

"그래서 지금 책임지러 왔잖아!!"

"한 번 책임지지 못한 사람을 어떻게 다시 책임질 건데?"

퍽!

그때 민준의 주먹이 날아왔다. 얼마나 세게 쳤는지 때린 주먹이 아픈 듯 죽을상을 쓰며 손을 털어 냈다.

"말 너무 함부로 하는데. 내가 당신한테 맞아야 할 이유도 없는 것 같고."

입 속이 터졌는지 비릿한 쇠 맛이 났다.

"재욱 씨! 괜찮아요?"

"괜찮습니다."

재욱은 피가 묻어나는 입술을 손등으로 쓱 닦고 민준에게 다가섰다. 무서운 눈을 하고 다가서는 재욱의 기에 눌려 민준이 한 걸음 뒤로 물러났다.

"이제 서로 한 대씩 쳤으니 우리 둘 계산도 깔끔하게 끝난 것 같고! 겨우 상처 덮고 잘 살아 보려는 사람 앞에 나타나서 힘들게 하지 말고 다시는 이 사람 근처에 얼씬도 하지 말아요!"

그는 감아쥔 주먹이 부들부들 떨리고 있는 게 보일 정도로 심하게 분노해 있었지만 치미는 화를 어렵게 누르며 최대한 예의 갖춰 말했다.

"헛! 내가 왜 당신 말을 들어야 하지? 외로운 애 곁에서 얼쩡거리며 기회 엿보나 본데. 효진아! 잘 생각해. 이거 사랑 아니야."

재욱이 끓어오르는 분을 참지 못하고 다시 달려들려고 하자 효진이 그를 두 손으로 꽉 잡았다.

효진의 시선이 간절하게 부탁하고 있었다. 제발, 이대로 조용히 넘어가자고.

재욱은 거칠게 한숨을 몰아쉬고 멈춰 섰다.

"다시 한번 말하지만 나 이 남자! 사랑해요. 그러니까 더는 허튼짓하지 말아요. 당신도 다 잊고 제발 행복하게 살아!"

민준은 안타까운 듯 다가서려다 앞을 막아서는 재욱에게 막혀 걸음을 멈췄다.

"이 사람! 그만 힘들게 하고 이제 돌아가요. 부탁입니다."

낮게 가라앉은 목소리는 침착했지만, 그 눈빛은 강렬했다.

재욱은 효진의 어깨를 두 팔로 둘러 잡고 마당으로 돌아섰다.

"들어갑시다. 감기 들겠어."

재욱에게 몸을 기댄 효진은 민준에게 시선 한번 주지 않은 채 안으로 사라졌다.

소파에 앉은 효진의 등 뒤로 담요를 둘러 준 재욱은 아직도 두려운 듯 떨고 있는 효진이 안쓰러워 옆에 앉으며 꽉 끌어안았다.

"미안해요. 내가 조금 더 일찍 왔어야 했는데."

"아니요. 늦지 않았어요. 당신이 있어서 든든했고요."

"법원에 접근 금지 명령 신청합시다."

"이제 오지 않을 거예요. 그렇게까지 하고 싶지는 않고요."

"당신이 위험할 것 같아서 불안합니다."

아직도 피가 새어 나오는 재욱의 입가를 효진이 어루만졌다.

"입 속에 상처가 났나 봐요. 자꾸 피가 나."

"그 자식 우리 학교 선배던데."

"맞아요. 같은 학교. 혹시 알고…… 지냈어요?"

"아니요. 얼굴만 알아보겠더라고."

"엄마 주치의였어요. 투석 시작할 때부터."

"그랬던 거군."

"나쁜 사람은 아니에요. 더는 괴롭히지 않을 거고."

"그래야 할 텐데. 내가 손쓸 수 없을 때 찾아올까 봐 그게 걱정입니다."
두 사람의 걱정이 깊은 한숨이 되어 거실 안을 가득 메웠다.

* * *

딩동!
초인종 소리에 밖으로 나온 효진은 보안 회사 직원과 마주 섰다.
"박효진 씨 댁이죠?"
"보안 회사 부른 적 없는데요."
"남편 되시는 분이 신청하셨습니다. 김재욱 씨! 맞죠?"
"아……!"
남편이라는 말에 심장이 뭉클했다.
그리고 그가 결국 불안함에 이 일을 꾸몄다고 생각하니 저 아래서부터 뜨끈한 무언가가 온몸을 감싸고 올라왔다.
이렇게 사랑받고 보호받는 기분…… 정말 가슴 벅차구나.
이런 기분! 영원히 잃고 싶지 않단 욕심이 생겼다.

모든 설치를 마친 기사들이 테스트하고 있을 무렵 다급하게 들어오는 재욱이 보였다.
"벌써 설치 끝난 겁니까?"
"테스트 중입니다. 신청하신 김재욱 씨 되십니까?"
그를 빤히 쳐다보는 효진의 시선을 그대로 마주하며 재욱이 입을 열었다.
"네. 접니다. 이 여자 남편."
재욱은 씨익 웃었고, 효진은 어이없단 표정을 지었다.
"완료 확인 사인 좀 부탁드립니다."
"그럼요. 해 드려야죠. 테스트도 잘 끝난 거 맞습니까? 비상시 긴급 출동하는 거도 확실하고요?"
"이제 걱정 안 하셔도 됩니다."

"아우! 든든하네요."

재욱의 넉살에 효진은 할 말을 잃었다.

설치 기사들이 돌아가고 핸드폰으로 집 주변 상황을 살펴보는 재욱은 입가에 흐뭇한 미소까지 지었다.

"괜한 짓 했어요."

"당신 이젠 꼼짝 마라야."

"네?"

"한눈팔거나 딴짓하면 이제 나한테 딱 걸린다고."

"어머나. 그런 용도였는지는 몰랐네요."

재욱은 효진의 팔을 잡아당겨 품에 안았다. 품에서 벗어나려는 효진의 허리를 두 팔로 꽉 감아 안으며 단단해진 하체에 착 밀착시켰다. 그저 품에 가두고 몸이 닿았을 뿐인데도 온몸의 피가 한곳으로 쏠렸다.

"휴! 이젠 두 다리 뻗고 자겠네."

"점심은 먹었어요?"

"보다시피 달려오느라……!"

"점심시간에 집에 와서 밥 달라는 남편, 여자들 싫어하는데."

"나 밥 안 줘도 되는데."

"네?"

효진은 설마! 라는 듯 그의 품에서 벗어나려 했지만, 재욱은 말없이 침실로 향했다. 얼굴에 한가득 미소를 물고 그녀의 손을 묵직하게 잡고서. 그리고 이내 침실 문이 딸각 소리를 내며 닫혔다.

8. 아름다운 사랑을 하는구나?

모처럼 슈트를 말끔하게 차려입은 재욱이 비서를 따라 김 회장 방 앞에 섰다.

"회장님! 김 원장님 오셨습니다."

비켜서는 비서 곁을 지나 방으로 들어온 재욱은 아버지와 함께인 장 의원을 발견하고 표정이 굳었다. 분명 오늘 방문하겠다고 약속까지 잡고 오는 길인데 장 의원을 불렀다는 건 결혼에 대한 아버지의 생각이 확고하다는 뜻이다.

"손님 계신 거면 다시 오겠습니다."

"그냥 와서 앉아. 너 온다고 해서 일부러 장 의원도 오시라고 한 거다."

"반갑네. 김 원장. 김 회장님 얼굴보다 김 원장 얼굴 보는 게 더 힘들 줄은 몰랐어. 하하하."

재욱은 다가와 예의 갖춰 묵례했다.

단둘이 있는 자리도 아닌 곳에서 예의에 어긋나는 행동은 하지 않을 재욱이란 걸 아는 김 회장이 얕은수를 썼다.

재욱은 효진과의 사랑을 선택하며, 아니, 엄밀히 따지면 이혼을 결정하며 이제는 절대 부모님에게 휘둘리는 삶은 살지 않겠다고 다짐했다. 그동안의 재욱을 생각하는 아버지에게 이제 과거의 재욱은 없다는 걸 이 자리를 빌어 보여주는 게 어쩌면 더 확실한 방법일지도 모르겠단 판단을 했다.

"우리 하영이가 김 원장 얘길 아주 많이 하더군. 중고등학교 동문이라지?"

"네. 맞습니다. 저도 따님 만나 뵙고 알았습니다."

"한 동네서 나고 자란 인연이면 이보다 더 좋은 인연이 어디 있겠나. 안 그렇습니까. 회장님!"

김 회장은 그저 멍석만 깔아 줬을 뿐 파이프 담배를 문 채 말이 없었다.

"두 사람 결혼 서둘러 진행하시지요."

장 의원이 빙 두르지 않고 바로 본론부터 꺼냈다.

올 초, 입에 담기도 껄끄러운 추문으로 한바탕 소란을 일으켰던 장 의원이 꽤나 다급했던 모양이다.

재욱은 흘러나오려는 조소를 어렵게 참고 무릎 위에 단정히 올려놓은 주먹을 살짝 힘주어 잡으며 입을 열었다.

"그 결혼 저는 할 생각이 없습니다. 죄송합니다."

장 의원은 놀라 입이 벌어졌는데 김 회장은 대수롭지 않은 듯 평온했다.

"아니…… 김 원장, 무슨 그런 섭섭한 말을 하시는가?"

"한 번 결혼에 실패하고 하는 두 번째 결혼입니다. 그것마저 원치 않는 결혼을 하고 싶지는 않습니다. 무례를 용서하시고 이 결혼 없던 일로 해 주시면 감사하겠습니다."

"아니…… 저…… 그게……."

말을 잇지 못하는 장 의원은 김 회장과 재욱을 번갈아 봤다. 어서 저 상황 파악 못 하는 당신 아들에게 불호령을 내리라고 부탁하는 눈빛이었다.

"장 의원님은 오늘 이만 가시는 게 좋겠습니다. 나머지 얘기는 제 아들 녀석과 풀어 보도록 하겠습니다."

근엄한 목소리는 군더더기 없이 깔끔했다.

첫 번째 장애물이 실하지 못했음에 못내 아쉬운 듯 파이프 담배를 길게 빨았다.

그 모습을 아무 말도 하지 못하고 바라보던 장 의원은 끙 소리를 내며 쌩하니 방을 빠져나갔고, 두 사람만 남은 방 안은 담배 연기 때문인지 복잡한 심경 때문인지 혼탁했다.

"잡음 하나 없이 깨끗한 아이더구나. 너무 문제가 없어 여자를 좋아하는 게 아닌가 싶어 그쪽으로도 알아봤다. 다행히 그쪽도 아니었고."

"아버지."

"부족한 것 없이 귀하게 커서 너무 밝아 문제라면 문제지 흠잡을 곳 하나 없는 애였다. 싫은 이유를 모르겠구나."

"사랑하는 사람이 있습니다."

"허! 허허허……."

말 같지 않은 소리에 기가 찬다는 듯 헛웃음을 흘리는 김 회장에 질렸다.

대학은 원하는 과로 가고 싶다고 말했을 때도, 선영과의 결혼을 조금 미루자고 했을 때도 저런 웃음으로 웃으며 질리게 했었다.

"지금 나이가 몇인데 철부지 사랑 타령이야. 사랑해서 강이 애미와 결혼하고 강이 산이 낳았나?"

"그래서 이혼했잖습니까."

"사랑이 없어 이혼했나? 강이 애미가 천하게 굴어 이혼한 것을!"

재욱은 기함했다. 아무에게도 말하지 않은 두 사람만의 비밀이었다. 하지만 곧 수긍했다.

그래, 아버지라면 이혼 사유를 알아보고도 남으실 분이지.

그래도 부부간의 문제라 알아내지 못할 거라 생각했는데…… 바보 같은 기대였나 보다. 순간 대체 선영은 무슨 생각으로 뒤를 흘리며 다녔던 건가 싶은 원망이 들다 문뜩 그 사실을 알고도 아버지는 두 사람의 이혼을 반대했었다는 게 떠올랐다.

하아! 아버지는 자신이 알던 것보다 훨씬 더 무서운 사람이었다는 걸 새삼 실감했다.

"네가 말 안 하면 모를 줄 알았나? 못난 놈. 어떻게 안사람이 다른 남자를 집 안으로 끌어들이도록 몰라."

"그걸 아신다면 더더욱 이런 결혼을 계획하시면 안 되는 것 아닙니까? 사랑 없이 한 결혼으로 결국 그 사달이 났으니까요."

"같은 실수를 반복하는 건 금수나 하는 짓이다. 네가 같은 실수를 하지 않으면 되는 일이지."

"아버지가 같은 실수를 하시는 건 아닙니까?"

김 회장의 날카로운 시선이 날아왔다.

"아들의 인생을 아버지 손으로 움직이려 하는 것 말입니다."

빨아들인 파이프 담배를 쥔 김 회장의 손에 미세하게 힘이 들어갔다.

"저의 결혼이 아니더라도 이미 아버지는 원하는 걸 다 얻으셨잖습니까. 아버지 뜻에 따라 산 세월! 40년이면 족하다고 생각합니다."

"40년이나 뒤를 봐주며 따라와 줬건만 넌 아직도 손이 가는 녀석이야."

"두 분이 주신 관심과 사랑, 늘 감사하게 생각합니다. 이혼하면서도 원망은 하지 않았습니다. 어찌 됐든 선택은 제 몫이었으니까. 앞으로 40년은 그 누구를 탓하지도 그 누구에게 의지하지도 않는 온전한 제 삶을 살고 싶습니다. 아이들에게도 그런 아버지의 모습을 보여 주고 싶고요."

깊이를 헤아릴 수 없는 눈을 한 김 회장은 재욱의 말에 토 달지 않았다. 긍정도 부정도 하지 않는다는 건 상황이 더 나빠졌다는 뜻이다. 속에서부터 올라오는 한숨을 꾹 눌러 담고 재욱은 자리에서 일어났다.

운전 중이던 재욱은 조 관장으로부터 전화를 받았다.

— 선배님! 문제가 좀 생겼습니다.

"무슨 문제."

— 사진전 접으라십니다.

"그게 무슨 소리야."

— 그러니까요. 갤러리 일은 생전 관심도 안 가지시던 회장님이 직접 전화하셔서 저도 깜짝 놀랐습니다.

"아버지가?"

— 무슨 이유인지 말씀은 안 하시고 '지금 하는 사진전 당장 접어!' 하셨습니다.

알 만했다.

선영의 외도까지 알아낸 아버지다.

아무리 무명으로 전시회를 열었다 하더라도 그까짓 거 못 알아낼 위인도 아니지.

재욱의 일거수일투족을 모두 알고 있었다는 뜻이다.

손이 많이 간다고?

손 갈 일을 찾아다닌 건 아니고?

"알았어. 접자."

— 선배님! 아버지께 부탁하시면 되잖아요. 사실은 선배님 사진이라고 말하면…….

말하면? 이미 알고 작업 들어오신 분한테?

"아니. 그냥 접어."

— 겨우 2주 했는데……. 그리고 사진 나름 인기도 좋다고요. 아! 양 여사님도 사진 한 장 사셨어요.

"조 관장! 정리해. 고생했다."

— 에잇! 오래간만에 나도 재미가 쏠쏠했는데.

김 회장이 압박을 시작했다.

이 압박이 효진에게까지 닿지 않게 막아야 한다.

눈 덮인 알프스가 보이는 할슈타트 마을을 고즈넉하게 담아낸 사진을 흐뭇하게 바라보며 앉은 양 여사는 마치 창밖 풍경이 그러한 듯 우아하게 차를 한 모금 입에 대었다.

"아! 좋다."

"뭐 하고 있나?"

막 거실로 들어서던 김 회장이 양 여사를 향해 나무라듯 말했다.

목소리 톤으로 보아하니 재욱과 얘기가 원하는 방향으로 흐르지 않은 모양이었다.

결국, 아들 뜻을 꺾고 다 늙은 자기 욕심 채우겠다 마음먹은 거지.

50년을 이렇게 살았는데도 매번 남편의 독단으로 마음이 상하는 건 인이 박이지 않는다.

"아들하고 얘기가 잘 안 된 걸 왜 나한테 화풀이예요?"

"장 의원 안사람하고 얘기해서 결혼 날 잡아."

"당사자가 안 한다는 결혼을 어떻게 시키려고요. 재욱이가 하겠다고 하기 전까지 난 아무것도 안 해요."

"아니, 이 사람이!"

"저 사진 참 좋지 않아요? 저기가 오스트리아에 있는 할슈타트? 라는 마을이랍디다. 평생 강원도 바닷가를 벗어나 본 적 없어 그런가? 저 알프스에 눈이 너무 눈부시게 보여요."

"쯧쯧……."

김 회장이 혀 차는 소리가 마치 한심한 여편네라는 소리로 들려 괜히 기분이 상한 양 여사는 김 회장을 노려봤다.

"나도 저런 사진작가나 될 걸 그랬어. 원 없이 여행하면서 저렇게 아름다운 풍광도 마음껏 보고 얼마나 좋아!"

"저런 사진작가?"

"네! 저런 사진작가!"

"아들 녀석이 애먼 짓하고 돌아다니는 것도 모르고 사는 여자를 뭘 믿고 집안일을 맡기나 내가. 흣!"

"우리 재욱이가 무슨 애먼 짓을 한다고 그래요. 걔같이 착실하고 성실하고 올바른 애가 어디 있다고."

"당신 저 사진작가 이름도 모르지?"

"네! 몰라요. 원래 예술 하는 사람은 자기 이름 같은 거 중요하게 생각 안 하는 법이니까. 당신처럼 뭐 하나 할 때마다 나 김대길이오!! 하는 줄 알아욧."

한심하다는 듯 혀를 차던 김 회장은 방으로 향하며 쐐기를 박았다.

"올해 안에 식 올리게 준비해! 질질 끄는 거 딱 질색이니까."

다른 사람의 말은 씨알도 안 먹히는 사람이다.

다른 사람의 안위는 안중에도 없는 사람이고.

이번엔 기필코 자기 뜻과 재욱의 뜻을 관철시키고 말겠다는 굳은 의지는 양 여사의 주먹을 부르르 떨게 했다.

사진이 좋아 한두 점 더 사려고 갤러리에 들른 양 여사는 사진전이 마감되어 정리 중인 걸 보며 놀라 조 관장에게 물었다.

"이 전시 3주 한다면서. 왜 갑자기 내려? 사진이 잘 안 팔렸어?"

"아니…… 그런 게 아니고……."

"왜?"

"회장님께서 갑자기 접으라고 하셔서요."

"회장님이? 왜?"

"그 이유를 잘 모르겠습니다."

"그럼 사진 더 못 사? 그 무슨 궁전인가에서 찍은 언덕 사진 좋던데."

재욱의 사진전이 이렇게 끝난다는 게 못내 아쉬웠던 조 관장은 잠시 생각에 빠져 있더니 조심스럽게 입을 열었다.

"어머님!"

학창 시절 그렇게 집을 들락거리며 어머님, 어머님 하던 조 관장이 김 회장 갤러리의 관장직을 맡으며 입에 붙지도 않고 듣는 사람 귀에 붙지도 않게 자꾸 양 여사님, 양 여사님 해서 한동안 타박을 했더랬다. 그러고도 내내 양 여사님 소릴 접지 않던 조 관장이 참으로 오랜만에 어머님이라고 불러 양 여사도 놀라 그를 쳐다봤다.

"어쩐 일로 그렇게 불러?"

"사실…… 이 사진이요……."

"이 사진이 왜?"

"재욱 형 사진들입니다."

"뭐?"

* * *

"아빠!"

선생님의 손을 꼭 붙잡고 유치원 입구까지 나온 산은 재욱을 발견하고 환한 표정을 지으며 달려왔다.

"아직 밥도 안 먹었는데 집에 가요?"

"집에 가는 거 아닌데. 밥 안 먹고 나와서 속상해?"

"아니요. 그럼 우리 놀러 가요?"

아…… 놀러 가는 거 아닌데.

미안함에 말을 잇지 못했다.

"오늘은 아빠랑 멋진 박사님 만나러 가고 놀러는 다음에 가자."

"?"

"박사님 만나고 점심은 아빠랑 맛있는 거 사 먹고."

"네……."

좋으면 좋다, 싫으면 싫다, 표현을 해 줄 법도 한데 산은 그저 '네'라는 짧은 답만을 던져 주었다.

"산! 뭐 먹고 싶어? 먹고 싶은 거 사 먹자."

"……."

"피자 먹을까?"

"……."

"아니면 와플 먹으러 갈까?"

"아빠!"

"어! 그래. 뭐 먹을까?"

"오징어 먹물 공격받은 검은색 밥 먹으러 가요."

"어?"

재욱의 손을 잡고 물끄러미 바라보는 산의 눈동자는 검고 깊었다.

"그래, 그거 먹으러 가자."

재욱의 동의에 산의 표정이 밝아지는 것 같았다.

"먹물 리조또 먹고 싶었구나? 우리 산!"

산은 대답 대신 큰 눈을 끔뻑이며 고개를 주억거렸다.

"그럼 우리 박사님 만나고 마린 블루로 밥 먹으러 가자."

"네! 좋아요."

모처럼 좋다고 표현하는 산이 놀라워 재욱은 산을 물끄러미 봤다.

"그게 그렇게 먹고 싶었어?"

"매니저 아줌마…… 보고 싶어요."

이런!

심장을 송곳으로 찌르는 듯 따끔거리며 아파 왔다.

미루어 짐작은 했지만, 엄마 품이 그리워 병이 생긴 모양이다.

엄마의 사랑이 그리운가 보다.

하아…… 어린 산의 마음이 많이 아픈가 보다.

'이혼 가정 아이들이 흔히 겪는 일입니다. 크게 걱정하실 일은 아니에요. 하지만 산이가 아직 많이 어려서 자기 감정 표현을 못 하는 상태이니 언제든 자기 감정을 표현할 수 있도록 해 주어야 해요.'

산을 데리고 마린 블루로 향하는 재욱은 속이 시끄러웠다. 흔히 겪는 일이라지만 그렇다고 문제가 되지 않는다는 건 아니니까. 게다가 이 어린 녀석이 감정 표현을 하지 못한 채 지내고 있었다고 생각하니 가슴이 아릿했다.

커다란 문을 힘겹게 밀고 들어서는 산을 재욱은 따라 들어오며 살짝만 잡아 주었다.

한창 바쁜 시간이라 레스토랑 안은 분주했다.

들어선 산은 눈빛을 빛내며 열심히 둘러보더니 이내 총총걸음으로 달려가기 시작했다.

재욱은 그저 말없이 그런 산을 쫓았다.

"그럼 즐거운 식사 시간 되십시오."

효진이 묵례를 하고 테이블에서 막 벗어날 때 달려온 산이 효진의 허벅지를 꽉 끌어안았다.

갑자기 다리를 잡힌 효진은 자신을 끌어안고 있는 게 산이란 걸 알고 가슴이 뭉클했다.

오늘 재욱이 산과 함께 병원에 간다는 사실을 알고 있었다. 함께 가고 싶었지만 아직은 산에게 자신의 존재가 낯설 것 같아 선뜻 함께하겠다는 말을 꺼내지 못했던 차였다. 그런데 그런 산이 단 한 번 만났던 기억을 잊지 않고 이렇게 달려와 자신을 안았다는 사실에 효진은 코끝이 찡해져 잠시 말문이 막혔다.

"어머! 산아!"

효진이 환하게 미소 지으며 무릎을 접고 앉았다.

"아줌마하고 한 약속 지키러 왔구나?"

재욱은 두 사람을 물끄러미 바라봤다.

산이 대답 대신 고개를 끄덕이자 바라보는 재욱의 얼굴에도 안타까움이 스쳤다.

"오늘도 먹물 공격 검은 쌀밥 먹을래?"

"네."

"좋아. 아줌마가 특별히 그 먹물 쏜 오징어까지 가져다줄게."

"정말이요?"

효진은 새끼손가락을 산에게 내밀었다.

"어서 손가락 걸어. 그럼 약속을 꼭 지켜야 하거든."

산은 잽싸게 손가락을 걸었다.

효진이 환하게 웃자 산도 따라 환하게 웃었다.

"아줌마가 산이 좀 안아 줘도 될까?"

산이 고개를 끄덕이자 효진은 그런 산을 번쩍 안아 올렸다.

갑자기 키가 쑤욱 커진 산은 아빠와 눈을 맞추곤 이내 효진의 목을 꼭 끌어안았다. 아이 냄새가 효진의 코끝에 와 닿았다. 아이의 온기가 효진의 온몸으로 순식간에 퍼졌다. 눈물이 또 핑 도는 걸 억지로 참아 누르려 마른침을 꿀꺽 삼켰다. 그런 효진을 따라오는 재욱은 살며시 그녀의 허리를 감아 안았다.

효진의 냄새를 기억하려는 듯, 효진의 안온함에 묻히고 싶은 듯 꼭 안은 팔을 놓지 않고 두 눈을 감은 산을 바라보는 재욱은 명치가 아파 왔다.

창가 자리까지 걸어온 효진이 자리에 도착하고도 한동안 산을 안은 채, 눈을 감은 채, 내려놓지 못하고 서 있자 재욱이 어렵게 입을 열었다.

"산아! 이제 앉아서 용감한 검은 쌀밥 기다릴까?"

그제야 감았던 눈을 뜬 산이 효진의 목을 놓아 주었다.

부모의 잘못이 아이에게 얼마나 큰 상처를 주었는지 두 눈으로 똑똑히 본 재욱은 목이 잠겼다.

그런 그의 뜨거워진 눈시울을 본 효진은 산을 의자에 잘 앉혀 주고 돌아서며 재욱의 어깨를 지그시 잡았다. 그리고 재욱은 그런 효진의 손을 살며시 잡았다 놓으며 감사의 마음을 담아 그녀를 보았다.

"스테이크와 먹물 리조또 준비할게요."

"고마워요."

의자에 앉은 산은 바위에 부딪혀 하얗게 부서지는 파도에 시선을 뺏기고 있었다.

조금 전 벌어진 일로 죄책감에 휩싸인 아빠의 마음은 절대 알 수 없을 터다.

강산에게 하루빨리 효진을 엄마라고 부르게 해 주고 싶다는 생각이 간절했다.

— 너 어디야?

"집이에요."

— 혼자야?

"네."

— 나 좀 들어간다.

"네? 어디신데요?"

재욱의 질문이 채 끝나기도 전에 현관문이 열리고 양 여사가 모습을 드러냈다.

"어머니!"

"넌. 왜 비밀번호 안 바꿔?"

"네?"

"내가 갑자기 문 확 열고 들어오면 어쩌려고!"

"아……! 하……!"

"그래서 전화하고 들어온 거야. 나 이래 봬도 좀 트인 여자야. 눈치도 있고."

생각지도 못한 말에 재욱의 얼굴이 다 붉어졌다.

"이 시간에 왜 오신 거예요."

"산이 상황은 윤 박사님한테 얘기 들었다."

"생각보다 안 좋아서 걱정이에요."

"치료받으면 좋아질 거야. 새엄마 생기면 안정 찾을 것이고."

"저도 그렇게 생각해요."

"그러니까 너희 좀 서둘러. 애들 위해서라도."

"네. 그러고 싶어요. 저도."

걱정 가득한 재욱을 보던 양 여사가 침을 한번 꿀꺽 삼키곤 분위기를 확 바꿨다.

"그보다. 너! 어떻게 그래?"

"뭐가요."

"사진 말이야."

"?"

"서린 갤러리에서 전시했던 사진!"

뭔가를 안 건가?

알았다면 어디까지 안 건가?

재욱은 좀 난감했다.

조 관장의 언질이 없었기 때문이다.

"어떻게 넌 나한테 그런 걸 속이니? 정말 섭섭해. 그렇게 쫄 거 없어. 나 지금은 네 아버지 때문에 더 열받았으니까. 아버지가 전시회 접으라고 했다며? 조 관장한테 뭐라고 하지 마. 예뻐서 엉덩이라도 두드려 주고 싶으니까."

"어머니!"

"어떡할 거야. 네 아버지 뜻 쉽게 굽힐 것 같지 않더라. 이제 시작에 불과할 텐데."

"아직 뾰족한 수는 없어요. 그래도…… 그 사람한테까지 불똥이 튈까 봐 그게 걱정이에요."

"나도! 나도 그래."

그때 현관문 비밀번호 눌리는 소리가 들리고 이내 문이 열렸다.

아무 생각 없이 막 집으로 들어서던 효진은 재욱과 마주 앉은 양 여사를 발견하자 하얗게 질렸다.

"어…… 저…… 제가……."

"뭘 그렇게 놀란 고양이처럼 굴어. 못 올 데 온 것도 아니고."

양 여사의 말에 효진은 온몸이 다 새빨개지는 것 같았다.

어깨를 으쓱한 재욱이 자리에서 일어서며 효진에게 다가갔다.

"들어와요. 어차피 다 들켰어."

얼른 그에게 오고 싶은 마음에 주변 주차 상황을 살피지 못했다.

늦은 시간이라 당연히 그 혼자 있을 거로 생각했다.

"대화 중이셨으면 전 그냥……."

"도망가지 말고 어서 들어와. 나 따질 거 있어."

"네?"

재욱이 효진의 손을 잡아끌었다.

소파에 둘러앉은 세 사람 사이에 무거운 정적이 흘렀다.

양 여사의 표정은 암울하다 못해 참담해 보였다.

"속일 생각은 아니었어요. 사장님!"

"내가 모두에게 비밀로 한 일을 이 사람이 어떻게 말해요. 이 사람 탓하지 마세요."

"벌써 편드니? 정말 너무한다. 너."

재욱이 사진을 찍는다는 사실을 알게 된 것도 놀라운데 사진을 그렇게 멋지게 찍는다는 것도, 전시회를 열었다는 것도, 그 사실을 알고도 내내 모른 척하던 김 회장이 재욱의 결혼이 뜻대로 되지 않을 것 같자 압박 용도로 써먹고 있다는 것도 놀라웠다. 아니, 놀라움을 넘어서 화가 났다. 그런데 자신도 모르던 일을 효진은 알고 있었다고 생각하니 이 문제는 화가 나는 것과 차원이 다른 서운함이 몰려왔다.

"저도 며칠 전에야 알았어요. 전시를 할 만큼 멋진 실력을 가졌다는 것도,

전시를 한다는 것도요."

"박 매니저한테 화난 거 아니야. 재욱이한테 섭섭한 거지."

"어머니……."

"어머나! 세상에."

침울해하던 양 여사가 갑자기 놀란 토끼 눈을 하며 손을 맞잡았다.

"또 왜 그러시는데요."

"그럼 혹시 '그녀' 라는 작품 속 여자! 박 매니저니?"

부부의 연을 맺기도 전에 여자에게 빠진 못난 아들과 아들을 홀린 여우 같은 여자로 낙인찍히게 생긴 두 사람은 그야말로 난감했다.

"저는 그 사진이 존재하는지도 몰랐어요. 전시회 때 보고 깜짝 놀랐지 뭐예요."

"세상에…… 니들 정말……."

재욱은 어머니를 섭섭하게 한 거로 모자라 사진의 주인공조차 사랑하는 여자였단 사실을 인정하며 어머니를 두 번 상처받게 하는 것 같아 마음이 좋지 않았다.

"그게……."

"너무 아름다운 사랑을 하는구나?"

"네?"

"정말 부럽다. 젊음이 부럽고! 사랑이 예쁘다! 휴…… 낭만적이야."

"어머니……."

"나 이 전시 이대로 접게 못 둬."

"네?"

"조 관장한테 전시회 일단 접지 말고 놔두라고 했다."

"아버지가 가만 안 계실 겁니다. 그냥 접게 두세요."

"여기서 한발 물러서면 이제 계속 물러서야 해. 너 물러설 거니?"

"그럴 마음 없어요. 저도."

"그러니까 넌 내가 하자는 대로 해."

양 여사의 차가 어둠 속으로 사라지는 모습을 지켜본 재욱은 효진의 어깨와 팔을 보듬었다.

"춥죠. 들어갑시다."

"회장님이 반대하시는 거죠?"

전시회 얘기만 둘러서 했는데 효진이 눈치를 챘다.

"반대하실 줄 알았습니다. 어머니도 반대하실 줄 알았는데 너무 쉽게 허락해 주셨잖습니까."

"미안해요."

"무슨 말 하는 겁니까? 뭐가 미안해."

"꿈을 이룬 전시회잖아요. 나 때문에 일찍 접게 생겨서."

재욱은 몸을 돌려 효진의 허리를 감아 안았다.

"꿈만 이뤘나? 거기서 내 사랑도 찾았는데."

"!"

"그 전시회로 당신의 마음을 얻었으니 대만족입니다. 당장 접으래도 상관없다고."

"그런 게 어딨어요."

"아버지. 쉽게 허락 안 하실 겁니다. 어쩌면 당신에게까지 피해가 갈 거라고. 그때 내가 매번 사과해야 하는 거면 당신이 하는 지금의 사과 받을게요."

효진의 입가에 옅은 미소가 잡혔다.

재욱은 효진의 반듯한 이마에 입을 맞췄다.

"같이 이겨 내기로 했으니 이깟 일로 서로 사과하고 미안해하고! 그런 거 하지 맙시다. 알았죠?"

"내 생각이 짧았네."

"그렇게 생각합니까?"

"?"

"자, 그럼 들어갑시다."

"네?"

"내가 낮부터 당신 안고 싶어 미치는 줄 알았다고. 당신을 안고 있는 산이 어찌나 부럽던지."

"이것 보세요. 김재욱 씨!"

"그렇게 한심하다는 투로 불러도 소용없습니다. 어머니가 더 늦게 가실까 봐 얼마나 불안했는데."

재욱은 효진의 손을 깍지 껴 잡았다.

"들어가자고. 당장."

돌아서는 그의 입가에 번지는 미소가 환했다. 그 미소를 바라보는 효진의 마음도 환해졌다. 이 남자와 함께라면 그 어떤 역경도 이겨 낼 자신이 생기는 것 같았다.

"아윽……! 하아……!"

끊임없이 새어 나오는 신음은 효진의 것이었다. 침대 아래 무릎 꿇고 앉은 재욱은 그녀의 음부에 얼굴을 묻고 연신 그녀의 클리토리스를 맛보는 중이다. 그러면서도 그녀의 젖가슴을 손으로 부드럽게 감아쥐는 건 잊지 않았다.

그의 어깨 위로 올려진 다리에 자꾸만 힘이 들어가고 온몸으로 스며드는 쾌락에 몸을 비틀지 않고는 버티기 어려웠다. 그녀의 관능적인 움직임을 하나하나 눈으로 훑으며 재욱의 애무는 더 짙어졌다.

"하윽…… 미칠 것 같아……."

"좋다는 겁니까?"

"네에…… 으읏……."

"이렇게 좋을 거면서…… 왜 맨날 나만…… 애타는 사람 만드는 건데."

"으음…… 힘들어……."

애타 하는 효진의 모습을 내내 즐기던 재욱이 이내 그녀 몸을 덮으며 올라와 키스를 퍼붓기 시작했다. 목과 턱과 귓불을 빨아 당겼고 이내 입 속 깊숙이 혀를 밀어 넣으며 보드라운 입 안 속살을 빠짐없이 핥았다. 그녀의 신음이 빠져나갈 틈도 주지 않고 연신 그녀를 향해 갈급하게 덤벼들었다. 그리고 길게 참아 와 터질 듯 발기한 물건을 사정없이 찔러 넣었다.

"하읏!"

급하게 찾아든 희열에 재욱도 잠시 숨을 멈추고 그녀 몸속을 음미했다. 효진의 감긴 눈이 파르르 떨릴 때 온전히 빼낸 물건을 다시 한번 거칠게 밀어 넣었다.

"흣! 하아…… 아읏……."

고통과 함께 찾아든 쾌락에 입술을 깨물며 연신 앓는 소리를 내는 효진이 그를 깊게 죄어 왔다. 꽉 맞물린 곳에서 음탕한 소리가 끈적하게 비벼졌고 그가 그녀를 밀어붙일 때마다 풍만한 젖가슴이 아름답게 일렁였다.

두 사람의 열띤 교류는 재욱이 효진을 자신의 허벅지 위로 끌어 올리며 그 절정에 달했다. 서로를 꽉 끌어안은 두 사람의 몸이 뜨겁게 달아오르고 효진의 요분질이 점점 빨라지자 그녀를 향해 힘껏 허리를 쳐올리던 재욱에게도 벅찬 황홀감이 찾아왔다.

숨 가쁜 신음을 토해 내며 효진이 재욱의 가슴 위로 쓰러졌다. 절정에 이른 두 사람의 심장은 터질 듯 뛰어 댔다.

"하아…… 하아……."

재욱이 효진의 머리카락을 쓸어 넘겨 주자 효진이 고개 들어 그와 눈을 맞췄다.

"좋았습니까?"

"네…… 이렇게 좋은 건지 정말 몰랐어요."

"모든 남자가 다 나 같지는 않다고……."

"풋!"

"어? 진짠데."

"하아…… 나…… 배고파요."

뜻밖의 말에 재욱은 입가에 미소를 물었다.

모든 것에 늘 최선을 다하는 그녀는 사랑을 나눔에도 늘 최선을 다한다. 오늘의 섹스도 그녀는 열과 성의를 다했고, 그 마음이 온전히 전달돼 재욱의 몸도 빠르게 반응했다. 그런 그녀가 미치게 예뻤다.

"나가서 먹을 것 좀 사 올게요."

재욱이 일어나 옷을 입으려 하자 효진이 함께 일어났다.

"같이 가요."

"그냥 있어요. 피곤한데."

"그러다 나 또 사라지면 어쩌려고!"

"다신 당신 안 놓친다니까."

"같이 나가요. 우동 먹고 싶어요."

효진의 이마에 입을 살포시 맞춘 재욱이 그녀에게 손을 내밀었다.

"갑시다. 같이."

파도가 달려들어 요란한 소리를 내며 바위에 부딪히곤 하얗게 부서져 다시 바다로 간다.

두 손을 꼭 잡고 그 파도를 가만히 바라보며 산의 얘기를 주고받던 재욱과 효진의 테이블 위로 김이 모락모락 올라오는 우동이 두 그릇 놓였다.

"자! 산 얘기는 좀 있다 하고 먹읍시다."

"맛있겠어요."

"나름 맛집입니다. 소주 한잔 생각날 때 오는 집."

"그래도 여기서 6개월 넘게 살았는데 난 이런 곳도 모르고 뭐 했을까요."

"그러니까 말입니다. 이런 곳 알았으면 우리가 조금 더 일찍 만나졌을 텐데."

제법 차가워진 밤바람이 효진의 머리카락을 흐트러트리고 지나갔다. 재욱이 그녀의 머리카락을 어깨 뒤로 넘겨 주며 그 바람에게조차 내어 주기 아까운 시선으로 그녀를 바라봤다.

"어서 먹어요. 식어요."

"그럽시다. 얼른 먹고 빨리 집에 가고 싶네."

"네?"

"빨리 먹어요."

효진은 어이없어 젓가락을 든 채 멍하니 그를 보는데 재욱은 후루룩 소리를 내며 서둘러 우동을 먹었다.

거나하게 취해 포장마차 앞을 지나던 정호의 눈에 하필 딱 두 사람의 다정한 모습이 포착됐다.

"저기 저기…… 저거 김재욱이 아니냐?"

함께 가던 총무가 정호가 가리키는 쪽을 유심히 쳐다보곤 재욱과 효진을 발견했다.

"맞네. 김재욱."

"그 옆에 있는 여자 혹시 박효진 씨냐?"

"맞네. 박효진."

"아씨! 왜 저 자식이랑 나의 효진 씨가 같이 있는 거냐?"

정호가 비틀거리며 그들을 향해 가려는데 총무가 그런 정호를 붙잡았다.

"야! 너 지금 똑바로 걷지도 못해."

"그래서 뭐!"

"혀도 풀렸다고, 짜식아."

"그게 뭐어!"

"그 꼴로 저 여자 앞에 갈 거야? 재욱이 자식도 있는데?"

"그러니까…… 둘이 왜 같이 있는지 알아봐야 할 것 아냐!!"

"그건 내가 집사람한테 물어볼게. 지금은 일단 후퇴! 후퇴하자고!"

"하 씨! 놔! 가서 상을 엎어 버려야지."

"가자. 정호야. 지금은 너한테 너무 불리해."

그렇게 총무에게 뒷덜미를 잡혀 질질 끌려가면서도 시선은 효진에게서 떨어지지 않았다.

* * *

모니터에 뜬 환자명을 본 재욱의 입가에 묘한 미소가 걸렸다. 그리고 잠시 후 노크도 없이 문이 벌컥 열리고 정호가 모습을 드러냈다.

"왜 이제야 와? 아픈 목은 괜찮고?"

진료실 안을 가소롭다는 듯 둘러보던 정호가 진료 의자에 앉지도 않고 어슬

렁거리더니 진료 침대에 걸터앉았다.

집사람에게 물어본다던 총무는 재욱과 하영의 결혼이 진행 중이란 소문을 들이밀었다.

'그런데 왜 그 야심한 밤에 두 사람이 함께 있었던 건데?'

라고 물으니 아내가 되레 정말이냐고 묻더란다.

결국, 마음 급한 정호가 그 궁금증을 풀기 위해 재욱을 찾아왔다.

"너 서울에서 사고 치고 내려왔지?"

"사고?"

"그러지 않고서야 이런 후미진 동네에 병원을 개원할 이유가 뭐겠어?"

말 같지 않은 소리에 일일이 대꾸하지 않는 재욱은 가소롭단 듯 웃고는 질문을 던졌다.

"어디가 어떻게 아픈 건데?"

"하! 항상 이런 식이지. 사람이 말을 하면 대꾸를 안 해."

"나 조용히 살고 싶어서 여기로 온 사람이야. 그러니까 정호야! 나 좀 조용히 살자."

"헛! 조용히 살겠다는 자식이 감히 내 여자를 건드려?"

"뭐?"

"너 효진 씨, 언제부터 만났어? 나 그 여자 3개월 전부터 눈독 들이고 있었다고. 알기나 해?"

어디서 내 여자래. 정말 유치해지고 싶지 않은데……. 벌써 효진 때문에 유치한 짓 여러 번 했는데……. 이번엔 정호가 또 유치한 사람을 만들려고 한다. 진짜 모양 빠지게.

"남의 여자한테 침 흘린 건 내가 아니고 너 같다."

"뭐…… 남의 여자?"

"우리 만난 지 2년 됐어."

"뭐…… 우리…… 2…… 2년?"

재욱은 이제 어쩔 건데? 라는 듯 어깨를 한번 들어 보였다.

"웃기시네. 효진 씨가 여기 온 지 이제 7개월, 아니 8개월 됐나? 아무튼, 그런데 어떻게 네가 2년을 만나! 유치한 자식, 뺑을 치려면 제대로 쳐!"

어차피 유치해지는 건 마찬가지지만 언어 선택 좀 선별해서 하지…… 정말……!

재욱은 정호와 대화를 이어 갈수록 정신연령이 하향 평준 되는 것 같아 기분이 몹시 언짢다.

"그리고…… 나중에 알면 네가 크게 실망할 것 같아서 미리 알려 주는 건데!"

"?"

"우리 곧 결혼한다. 정호야!"

뻗대고 있던 한쪽 다리가 하필 그때 탁 꺾일 건 뭔지.

정호가 휘청거리며 자세를 고쳐 잡자 재욱의 입에서 저도 모르게 실소가 터져 나왔다.

잠깐 스친 낯빛이 슬퍼 보인 건 기분 탓이었을까?

학교 때부터 엉뚱한 구석이 있고 순진한 구석이 있는 녀석이었지만 여자 보는 눈이 이토록 높은 줄은 몰랐다.

하긴 이혼 두 번이면 이제 여자 보는 눈이 제법 쓸 만해지긴 했겠지.

매번 뒷북을 치더니 이번에도 다르지 않음에 그저 웃음이 났다.

그리고 생각했다.

다른 놈들이 더 꼬이기 전에 어서 빨리 이 여자가 내 여자라는 사실을 만천하에 알려야겠다고.

* * *

"와! 너무 좋아요. 얼마 만의 회식이에요. 그것도 동해 최고 레스토랑에서!"

재욱이 마린 블루 소유주의, 아니 동해 최고 유지이자 갑부의 아들이란 걸 뻔히 아는데도 단 한 번을 직원들을 데리고 오지 않았었다. 그럼에도 불만이 없었던 건 병원에서의 처우가 아주 훌륭하기 때문이었다. 쓸데없는 걸로 인심 안 쓰고 양질의 근무 환경을 만들어 주는 것이야말로 동해 유지의 아들이 보여 줄 수 있는 최선이라고 판단했으니까.

그런 그가 오늘 전 직원을 대동해 마린 블루에 나타났다. 그러니 직원들 모두 입이 쩍 벌어질 수밖에. 장 간호사의 호들갑이 하늘을 찌를 때 효진이 그들 앞으로 다가왔다.

"어서 오세요. 자리 마련해 놓았습니다."

병원에서 봤던 모습과는 또 다른 정갈한 모습의 효진을 장 간호사가 알은체하며 다가섰다.

"여기서 뵈니까 너무 멋있으세요."

"감사합니다."

효진의 해사한 미소를 보며 재욱은 그저 흐뭇할 뿐이었다.

정호가 병원에 다녀가고 재욱은 바로 박 간호사에게 오늘 저녁 회식을 제안했다. 모처럼의 회식에 모두가 긍정적인 반응을 보였고 그길로 재욱은 효진에게 전화해 예약을 잡았다.

그저 직원들 사기 진작을 위한 회식이라고 생각한 효진은 석양의 아름다움을 감상할 수 있는 최적의 자리로 세팅을 해 놓았다.

자리에 와 앉은 간호사들과 물리 치료 여선생들의 입에서 절로 탄성이 쏟아졌고 남자 선생들과 재욱은 그런 그들의 반응이 신기한 듯 고개를 저었다. 바닷가에 살면서 뭐 이렇게 유난들인가 싶은 모양이었다.

"원장님께서 미리 주문하신 음식으로 준비하겠습니다."

"주문까지 미리 하셨어요?"

재욱의 배려에 감격한 장 간호사는 오늘의 이벤트가 정말 즐거운 모양이었다.

이 자리에 깔린 모종의 계략을 눈치챈 건 박 간호사뿐인 듯 보였다.

직원들의 말에 일일이 대꾸하고 웃어도 주는 효진이 재욱과는 눈을 맞추지 않아 재욱은 또 혼자 애가 탔다.

누구 때문에 회식 장소를 이곳으로 잡은 건데.

뭣 때문에 간만에 회식까지 잡은 건데.

막 서운해지려고 할 때 효진이 묵례를 하고 돌아서며 찰나의 순간 재욱을 바라보며 미소 지었다.

그러자 또 그게 뭐라고 금세 얼굴이 환해지는 재욱을 가만히 지켜보던 박 간호사가 혀를 찼다.

"뭡니까. 그 표정."

"침 좀 닦으세요. 원장님!"

저도 모르게 손이 입가로 갈건 또 뭔지.

기가 찬다는 듯 재욱을 보는 박 간호사의 시선을 재욱은 그저 덤덤히 받았다.

"좋은 걸 어떡합니까!"

"대박! 창피하지도 않으신가 봐요."

"그게 창피할 일입니까? 나 솔로인데."

"그러게요. 그러고 보니 또 그러네요."

"어머니께 비밀 지켜 줘서 고맙습니다."

재욱은 알고 있었다. 그녀가 어머니와 내통(?)한다는 것을. 그리고 효진과 재욱의 관계를 그 누구보다 먼저 알아차린 것도. 하지만 그녀가 어머니께 일부러 알리지 않았단 걸 알고 마음속으로 감사하고 있었다. 언젠가 기회가 되면 반드시 감사한 마음을, 아니 꼭 이번 일이 아니어도 늘 감사하고 있었다는 마음을 전하고 싶었다. 그런데 하필 딱 지금 곁에 앉아 재욱을 덜떨어진 놈 보듯 쳐다보는 바람에 먼저 툭 말이 튀어나왔다.

"헛! 저 양 여사님과 그런 관계 아닌데요."

"아무튼! 그래도 고맙습니다."

"아…… 아니라니까요!"

재욱은 그저 눈을 지그시 감았다 뜨는 것으로 답을 대신했다.

"장 간호사! 술! 술은 시켰어? 나 폼 나게 와인 마셔도 되나?"

꼭 저런다.

마음 착한 사람들은 고맙단 인사를 받으면 참 많이 쑥스러워하고 미안하단 말을 들으며 참 많이 마음 아파한다. 그런 사람들이 재욱은 너무 좋다. 그런 사람들이 자신의 주변에 있다는 사실만으로도 가슴이 따뜻해진다.

재욱은 손을 들어 직원을 불렀다.

"네! 원장님. 뭐 필요하신 거 있으세요."

다가온 미애가 알은체했다.

"박 매니저 불러 줘요. 와인 추천받게."

"네!"

잠시 후 효진이 그들 곁에 다가섰다.

"와인 추천 원하셨다고요."

"와우! 원장님. 우리 와인도 마셔요?"

장 간호사가 또다시 호들갑을 떨었다.

"비싼 거로 추천해 주세요. 아주 맛난 거로요."

효진이 미소 지으며 입을 열려고 할 때 재욱이 효진의 허리를 팔로 감아 안으며 자신에게로 당겼다. 갑자기 벌어진 일에 효진도 놀랐지만, 테이블 앞 모든 이들이 놀라 눈을 동그랗게 떴다. 물론 박 간호사는 뭐 씹은 표정으로 그들의 애정 행각을 고스란히 지켜보고 있었고 윤 선생은 사람 좋은 미소를 물고 그들을 바라봤다.

"이 사람이 알아서 좋은 거로 골라 줄 겁니다."

이제야 재욱이 이곳으로 회식을 잡은 이유를 눈치챈 효진은 그런 재욱을 황당한 시선으로 바라봤다.

"지…… 지금 두 분! 뭐…… 하시는 거예요? 설마 두 분……."

"저희 곧 결혼합니다."

장 간호사의 버벅거림이 채 끝나기도 전에 재욱은 폭탄을 투하했다. 테이블에 앉은 사람들에게서 낮은 탄성이 흘러나왔다.

효진은 아직 회장님 허락을 받지 않은 그가 아무렇지 않게 떠벌리는 게 걱정돼 가늘게 뜬 눈으로 재욱을 쳐다봤지만, 그녀의 걱정이 뭔지 아는 재욱은 더 세게 그녀를 당겨 안으며 '나를 믿어요.'라는 눈빛을 보내왔다.

두 사람이 시선을 주고받으며 대화하고 있단 걸 안 박 간호사가 찬물을 끼얹고 싶었는지 입을 열었다.

"낮에 강정호가 병원에 다녀갔거든요."

효진에게 들으라는 듯한 소리였다.

그 덕에 효진의 눈이 더 커졌고 재욱은 괜히 미소를 지으며 효진 허리에 둘렀던 팔에 더욱 힘을 주었다.

"아! 맞아. 강정호가 프러포즈했잖아요?"

장 간호사의 말에 순간 테이블 주위가 또 어수선해졌다.

효진은 헛웃음이 나왔고 재욱은 어림도 없단 표정을 지었다.

"축하합니다. 두 분 참 잘 어울려요."

윤 선생의 말에 겨우 모두 정신을 차리고 현실을 직시하는 것 같았다.

"감사합니다. 윤 선생님 공도 큽니다."

"네? 내가요?"

재욱은 윤 선생에게 인사했지만 정작 윤 선생은 자신이 어떤 일을 했는지 잘 모르는 눈치였다.

효진은 윤 선생에게 미소를 지어 보이며 슬쩍 그가 두른 팔을 걷어 내려 했지만, 그의 힘을 당해 낼 재간은 없었다.

"어떤 와인이 좋겠습니까?"

여상하게 물었고.

"이거 좀 놓고 말해요."

작은 소리로 사정했다.

하지만 재욱은 그럴 마음이 없어 보였다.

장 간호사가 그런 두 사람을 눈여겨보고 있었으니까.

이제 장 간호사가 알았으니 동해와 삼척 일대에, 아니 강원도 북부 일대에 두 사람의 결혼이 공공연한 사실로 퍼지게 될 것이다.

오늘의 계략은 대략 성공!

식사하는 중간중간에도 재욱은 효진에게서 시선을 떼지 않았고 어쩌다 두 사람의 시선이 마주치면 그때마다 재욱은 눈에 띄게 애정 표시를 했다. 물론 효진은 그의 시선을 피하려 무던히도 애썼지만, 그의 레이더에서 쉽게 벗어나지지 않았다.

"휴!"

밖으로 나와 겨우 숨을 돌리는 효진이었다. 어쩐지 병원 식구들에게 선을 보이는 것 같은 기분이 들어 매장을 왔다 갔다 하면서도 내내 신경이 쓰였다. 그의 의도가 뻔하고 계획적이란 걸 알았지만 기분은 좋았다. 강정호의 방문이 그의 생각에 불을 당겼다는 사실도 웃겼지만 좋았다.

"여기서 뭐 합니까. 왜 자꾸 도망쳐."

"왜 또 따라 나왔어요."

"당신이 자꾸 날 피하니까."

"날 너무 난처하게 만들었잖아요. 얼굴이 빨개져서 거기 있을 수가 있어야죠."

다가온 재욱은 효진을 품에 안았다.

"이렇게라도 하지 않으면 온 동네 파리들이 꼬일 것 같았습니다."

"뭐라고요."

"정호는 아마 오늘 술 좀 들어갈 거고 장 간호사 핸드폰은 새벽까지 뜨거울 겁니다."

"회장님 귀에도 들어가겠죠."

"아버지 귀에는 벌써 들어갔을 겁니다."

그녀를 안은 재욱은 어떻게든 더 깊이 닿고 싶어 세게 죄어 오는데 효진은 어떻게든 벗어나려 몸을 뻗댔다.

"계속 이렇게 뻗대고 있을 건가?"

"여기 내 직장이에요."

"우린 사랑하는 사이이고."

"그래도 이러는 건 아니죠."

"얼른 가고 싶으면 그냥 한 번 안아 주지?"

"!"

"그럼 나 또 키스할 겁니다."

"아우, 진짜!"

재욱이 고개를 기울이며 다가오자 효진이 서둘러 그의 허리를 꽉 끌어안았다. 그의 넓은 가슴에 얼굴을 묻고 그의 넓은 품 안에 깊이 안겼다. 그의 체향에 빠져 안온함을 느끼는 건 덤이었다.

이게 싫어 그런가?

너무 좋아 죽겠는데.

다만…… 여기서는 이러면 안 될 것 같으니까.

그래서 그러는 거지.

그냥 한 번만 안아 달라더니 그의 몸은 어느새 단단해지고 있었다. 사랑의 반응이 이렇게 충실한 사람을 어떻게 사랑하지 않을 수 있을까.

"안고만 있으면 될 줄 알았는데…… 안 되겠네."

"뭐가요."

"키스도 해야겠어."

"미쳤나 봐."

"내가 말했지 않나? 나 미쳤다고."

결국, 재욱은 효진의 턱을 살며시 잡고 입을 맞췄다. 그의 입술이 묵직하게 내려앉자 효진도 자연스럽게 입술을 내어 주었다. 감미롭고 부드럽게 시작된 키스는 점점 깊어졌고 자꾸만 밀어붙이는 재욱 때문에 창고 벽에 등이 닿았다. 더는 갈 곳도 없는데 그는 숨이 막힐 정도로 더 깊이 그녀에게 파고들었다.

"하아…… 하아…… 하아……."

"하아……!"

정욕에 휩싸여 탁해진 그의 눈동자가 효진을 뚫어지게 봤다.

"몇 시간을 어떻게 기다리지."

창고 벽에 양손을 짚고 효진을 꼼짝 못 하게 가둔 재욱이 뱉어 낸 말이었다.

"나 좀 보내 줘요."

"이것 봐. 또 나만 애가 탔잖아."

"나도 지금 엄청 설레거든요."

"그런데 어떻게 도망칠 궁리만 하지?"

"최대한 이성적으로 행동하려고 노력하는 중이라고요."

"난 이성적이 안 되는데 당신 앞에선. 당신은 그게 되나 봐?"

효진이 억울하다는 듯 쳐다보는 재욱의 얼굴을 두 손으로 잡고 촉 소리를 내며 입 맞췄다.

"참고 기다려요. 서둘러 갈게요."

"거참. 서둘러 오겠단 말이 뭐라고 왜 이렇게 가슴이 저릿하냐고."

풋 하고 웃는 그녀의 미소가 또 재욱의 심장에 콕 박혔다. 정말 심장이 아프기라도 한 듯 그가 제 심장을 부여잡는 시늉을 해 보이자 효진이 소리 내어 웃었다.

"볼일 끝났으면 좀 비켜 주시죠."

깜짝 놀란 두 사람이 돌아본 곳에 석호가 서 있었다.

"물건 꺼내 오라고 애들 시켰으면 어쩔 뻔했습니까?"

"셰프……. 미안해요."

"뭐…… 사과받으려고 한 말은 아닌데……."

효진은 얼굴을 붉히곤 서둘러 안으로 들어갔다.

"기다린 김에 조금만 더 기다리지 뭘 또 분위기를 깹니까."

"보내 주기는 할 거였습니까?"

하긴, 그가 아니었다면 몇 분은 더 효진을 붙잡아 두고 있었을 터였다.

"지금 마린 블루가 많이 바쁜 시간이라서요."

석호가 재욱을 지나쳐 창고 문을 열었다.

"지난번 일은 고마웠습니다."

석호는 뭘 말하나 싶어 고개를 갸웃했다.

"지금은 어머니도 알게 되셨지만, 그때 아셨으면 상황이 더 나빴을 겁니다. 그리고 강정호 레스토랑으로 가지 않고 마린 블루에 남아 준 것도 고맙고!"

"전부 효진 씨 때문에 한 일들인데. 그래도 고마우려나 모르겠네요."

"그래도 고마운 건 고마운 거니까."

재욱은 손을 내밀었다.

비록 사랑을 쟁취한 건 나지만 '당신 참 멋진 남자야.' 라는 의미의 악수였다.

석호가 효진에게 가졌던 마음은 단순한 동정심은 아니었다. 비슷한 처지에 비슷한 아픔을 갖고 힘들게 살아가는 효진에게 막연한 동질감과 호기심이 생겼었다. 온종일 함께 있는 레스토랑에서 어쩌다 보게 되는 그녀는 고객들에게 보이는 미소가 찬란하게 예뻤지만 돌아서면 늘 무표정이었다. 저 자신도 이혼했을 때 저랬을까? 싶었다. 그래서 그저 친구가 되고 위로가 될 수 있는 사람이 돼 주고 싶었다. 석호 자신도 긴 외로움에 지치기도 했고.

그런 그녀가 누군가의 사랑을 받고 그 사랑을 받아들이고 이제 미소를 찾아가는 걸 보며 그녀에게 위로가 되어 줄 사람은 자신이 아닌 재욱이었단 걸 쓰지만 받아들일 수밖에 없었다.

재욱이 내민 손을 탁 쳐 버리고 싶었지만, 석호는 깊게 맞잡았다. 애초의 목적은 달성된 셈이니. 그게 비록 재욱에 의해 이루어졌지만……!

"행운을 빕니다."

얼마나 올라가야 정상일지 알 수 없는 가파른 산길을 오르고 오르다 지쳐 쓰러질 것 같을 때, 소리 없이 다가와 인사를 건네는 등산객을 만났던 순간의 기분을 기억한다. 그의 '힘내세요.' 한 마디가 얼마나 큰 힘이 되었었는지도 말이다. 재욱은 석호가 잡아 준 손과 석호가 던져 준 말이 어쩐지 큰 힘이 되는 것 같았다.

* * *

"아 참! 김 원장 곧 결혼하신다죠? 축하합니다."

술을 따르던 도지사가 어디서 들었는지 먼저 축하 인사를 해 왔다.

"애들도 어린데 혼자 살게 둘 수는 없는 노릇이라 좀 서두르는 중입니다."

"저는 장 의원과 사돈 되시는 줄 알았습니다. 은근 기대도 했고요."

이건 또 무슨 개 풀 뜯어 먹는 소리인가 싶었다.

장 의원 집안과 혼사가 틀어졌다는 게 대체 어디서 새어 나온 건지 잡아다 족치고 싶었다.

"며느리 자리는 누구입니까? 장 의원 손 놓고도 방법이 다 있으신 겁니까?"

가뜩이나 심사가 뒤틀리는데 도지사는 분위기 파악이 안 되는지 계속 채근했다.

그때 김 회장의 핸드폰이 울렸다. 화면을 들여다본 김 회장이 거를 수 없는 전화인지 도지사에게 양해를 구하고 전화를 받았다.

"어쩐 일로 전화를 다 주셨습니까."

— 회장님! 강건하십니까?

"그럼요. 협회장님은 어떠십니까?"

— 저도 항상 좋습니다. 다름이 아니라 아드님 병원 문제로 전화드렸습니다.

"네? 병원에 무슨 문제라도……."

— 신고가 들어왔어요.

일순 김 회장의 얼굴이 굳었다.

손 많이 가고 뜻대로 움직여 주지 않는 아들이지만, 하는 일에 걸림돌이 생기는 건 마뜩잖았으니까.

— 제가 손을 좀 쓰겠습니다.

"아니, 그러실 것 없습니다."

— 예?

"그냥 두세요. 하하하……. 이제 제 앞가림은 스스로 하게 둬야지요."

— 그냥 두면 타격이 클 겁니다.

"그것도 제 몫이지요. 신경 써 주셔서 감사합니다. 언제 골프 한번 하시죠."

— 네! 하하……. 알겠습니다.

* * *

직원들과 회식이 즐거웠던 건지, 아니면 모두에게 비밀을 폭로한 게 좋았던 건지 재욱은 유난히 술을 많이 마셨다. 한 번도 본 적 없는 취한 모습에 효진은 괜히 웃음이 났다.

"원장님! 우리 2차도 가야죠."

장 간호사의 말에 다들 동조했고 기분 좋은 재욱도 얼굴이 발갛게 달아올라 히죽히죽 웃고 있었다. 생각 같아선 효진을 데리고 얼른 집으로 가고 싶었지만, 그녀는 해야 할 일이 남아 있는 터라 방법이 없었다. 같이 퇴근하자고 조르면 오늘 이 일을 벌인 것만으로도 한 소리 들을 텐데 말도 안 되는 생떼를 쓴다고 또다시 한심한 놈 취급을 할 게 뻔했다. 지금으로서 재욱의 최선은 이 좋은 기분을 간직한 채 집으로 돌아가 그녀가 돌아오기를 조신하게 기다리는 것뿐이었다.

재욱은 카드를 꺼내 박 간호사에게 주었다.

“꼰대는 빠질 테니 즐거운 시간 보내시고 안전 귀가하십시오!”

술에 취하니 목소리는 한 톤 높아지고 미소는 한 바가지에 말이 좀 많아졌다. 불필요한 말은 침대 위에서 말곤 잘 하지 않던 그가 살짝 고삐가 풀리니 나름 귀엽기도 사랑스럽기도 했다.

“당신은…… 당연히 퇴근이 불가하지.”

“술 많이 취했네요.”

“아닌데. 나 하나도 안 취했는데.”

“풋! 알았어요. 안 취한 거로 하죠.”

“안 믿네. 당신이 여전히 예쁘고 당신이 여전히 사랑스럽다니까.”

조금 떨어져 있긴 했지만, 그의 말이 다 들려 버린 박 간호사는 귀를 후벼 파며 지금 들은 소리가 믿기지 않는다는 시늉을 해 보였다.

“쉿! 듣겠어요.”

“거짓말하는 것도 아니고 없는 소리 하는 것도 아닌데 누가 들으면 뭐 어때서요.”

말을 하면 할수록 손해였다.

그때 대리 기사가 도착했고 효진은 재욱을 붙잡고 함께 주차장으로 나왔다.

직원들은 재욱의 카드를 챙겨 들고 바쁘게 2차 장소로 이동하며 아주 큰 소리로 인사를 했다. 다들 술에 취해 재욱만큼이나 기분이 좋아 보였다.

“나, 가기 싫지만 갑니다.”

“네. 가요.”

“당신 오려면 한참 멀어서 기다리는 동안 많이 힘들 겁니다.”

“네. 알아요.”

“하지만…… 그래도 당신만 기다릴 겁니다.”

사랑 고백도 이보다 절절하진 않았던 것 같다. 기다리겠다는 그의 말이 또 가슴에 박혀 효진 또한 심장이 저릿했다. 당장 술 취한 그의 볼을 잡고 키스하고 싶었지만, 꾹 참았다. 소파에 앉지도 못하고 서성이며 자신을 기다릴 그의 모습을 상상하는 것만으로도 설레었다.

"용정동 언덕길로 가 주시면 돼요."

"아! 그 이층집이요?"

"네. 잘 부탁드립니다. 기사님!"

효진이 대리 기사에게 술 취한 재욱을 부탁하고 그를 차에 태웠다.

"나 술 안 취했다니까."

뒷창문을 내리며 재욱이 말했다.

자신을 챙기는 효진의 모습에 좋아서 자꾸 비실비실 웃음이 새어 나오면서도 말은 아니라고, 아니라고 하는 재욱이었다.

"알아요. 당신 안 취했어요. 그냥, 내가 걱정돼서 그래요. 우리, 그래도 되는 사이잖아요. 맞죠?"

"지금 그 말투! 기분 나쁩니다."

"왜요?"

"강산한테 하는 말투 같아."

안 취한 게 맞을까?

어떻게 이렇게 잘 알까!

"집 가면 쉬고 있어요. 알았죠?"

재욱이 팔을 뻗어 효진의 목을 그러잡았다. 그리고 순식간에 그녀의 입술을 베어 물었다. 앞에 대리 기사도 있는데 이러는 재욱 때문에 효진의 눈이 휘둥그레졌다. 하지만 재욱은 그녀를 충분히 맛보기 전까지 놓아주지 않았다.

"하아! 이제 살 것 같네."

"술 취했어요!"

"맞아요. 나 취했습니다. 이제 갈게요. 이따 봐요. 당신 집에서. 기사님! 죄송합니다. 이제 출발하시죠."

그 취한 와중에도 참 예의 바른 사람이지.

주차장을 빠져나가는 차를 한참 바라본 효진이 그제야 돌아서 레스토랑으로 들어갔다.

업무를 마감하고 모두가 마린 블루를 나섰다. 재욱이 돌아가고 한 시간이 흐른 뒤였다. 직원들이 하나둘 차를 타고 주차장을 벗어나는 모습을 일일이 지켜보던 효진의 시선에 재욱의 자동차가 들어왔다.

어두워서 잘못 본 걸까?

천천히 다가가니 분명 주차장을 벗어났던 그의 차가 맞다. 유리창 너머를 자세히 들여다보니 뒷자리에 재욱이 앉은 채 잠들어 있었다. 효진이 차 문을 열자 문도 잠그지 않은 상태였다.

석호의 차를 마지막으로 모든 직원이 주차장을 벗어나는 걸 확인하고 효진은 가만히 재욱을 바라봤다. 술 취해 평온하게 잠든 그의 얼굴에 괜히 미소가 잡혔다. 혼자 있을 그 잠깐도 싫어 이곳으로 돌아왔을 그를 생각하니 심장이 저릿하게 뛰어 댔다.

그런 그를 잠시 바라보다 문을 닫으려 돌아서는데 재욱이 효진의 팔을 잡았다.

"깜짝이야."

"이제 끝났습니까?"

"왜 여기 있어요? 설마 운전해서 왔어요?"

"도저히 발이 안 떨어져서…… 여기로 다시 데려다 달라고 했습니다."

"피곤한데 어서 가서 자야지. 이게 뭐예요. 내일 일 안 해요?"

"당신 없는 집은 집 같지 않고, 또 그새 보고 싶은데 어떡합니까. 아쉬운 놈이 우물 파야지."

어린애 같은 투정이 하필 또 마음을 설레게 해서 가만히 그의 볼에 손을 가져갔다. 그 따뜻한 손 위에 재욱이 자신의 손을 포갰다. 차가웠던 재욱의 몸이 순식간에 뜨거워지는 것 같았다.

"몸이 너무 차가워요."

"따뜻하게 해 줘요. 그럼."

"네?"

"당신을 갖고 싶다고."

그의 끈적한 시선이 효진의 시선과 맞닿았다.

"집으로 가요. 우리."

"지금 당신이 필요해."

"여기서요?"

"응! 여기서."

놀란 것 같았지만 효진의 눈동자도 흥분으로 일렁였다.

그리고 잠시 후, 10월의 차가운 밤공기는 온데간데없이 사라지고 싸늘했던 자동차 안은 뜨거운 열기로 후끈 달아올랐다.

텅 빈 주차장 구석진 자리에 세워진 재욱의 자동차가 쉼 없이 흔들리고 있었다.

"아읏……!"

효진이 목을 시트 뒤로 넘기며 앓는 소리를 냈다. 알코올 기운이 채 가시지 않은 재욱은 평소보다 더 거칠게 그녀를 몰아붙였다.

"하아…… 아픕니까?"

"으음…… 조금……."

"미안해요. 내가 지금…… 너무 흥분해서……."

그녀의 신음에 멈칫한 재욱이 효진의 볼을 어루만졌다. 효진은 고개를 저으며 욕정에 젖은 눈빛으로 그를 바라보더니 이내 다리로 그의 허리를 감으며 끌어당겼다.

"멈추지 말아요."

자신을 더 깊게 끌어당기는 효진 때문에 저도 모르게 강하게 사정감이 밀려왔다. 가까스로 참아 내느라 치골이 다 아플 지경이었다.

끌어 내려진 원피스 사이로 드러난 그녀의 젖가슴을 부드럽게 애무했다. 단단하게 도드라진 젖꼭지를 살며시 깨물고 핥고 빨아 당기자 효진이 허리를 휘며 신음을 뱉어 냈다.

그녀의 신음은 언제 들어도 자극적이었지만 지금은 시트를 흥건하게 적시는 그녀의 애액이 그를 더 미치게 했다. 이토록 자신에게 열렬히 반응하는 그녀를 온몸에 담고 싶어 미칠 것 같았다. 재욱은 다시 그녀 안에 부푼 물건을 강하게 밀어 넣었다.

"하윽!"

"하아……!"

은밀한 곳에서의 섹스라 그럴까. 오늘따라 유난히 사정감이 빠르게 밀려왔다. 그녀와 더 오래 사랑을 나누고 싶은데 지금의 그녀는 재욱에게 치명적이었다.

"이제 당신 차례야."

"네?"

재욱은 효진을 안아 몸을 돌려 자신의 허벅지 위에 앉혔다. 시트에 기댄 그의 얼굴 앞에 그녀의 가슴이 자리 잡았다. 손으로 잡아 쥐고 다시 혀로 애무하자 효진이 몸을 비틀며 신음을 흘렸다. 그리고 그녀의 허리를 지그시 누르며 자신의 물건을 그녀 깊숙이 박아 넣었다.

"으음!"

효진이 그의 어깨 위로 얼굴을 묻자 그녀의 뜨거운 숨이 그의 등을 타고 흘렀다. 그 열기가 마치 혈관 속으로 퍼지는 듯 짜릿했다.

"벌써 이렇게 힘이 빠지면 어떡합니까."

"하아…… 너무…… 좋아요."

"이제 시작인데."

"하윽!"

재욱이 다시 한번 쳐올리자 효진은 몸이 붕 떠오르는 것 같았다. 그가 효진의 어깨를 두 손으로 강하게 누르며 몇 번이고 받아 올렸다. 위로 쳐올려질 때마다 효진의 젖가슴이 물결처럼 일렁였다.

점점 밀려오는 절정을 느낀 효진은 그의 목을 꽉 끌어안고 허리와 엉덩이를 그에게 더 세게 밀어붙였다. 온몸이 단단해진 재욱도 그녀의 허리를 세게 잡아 누르며 자신의 물건을 더 깊이 그녀 안으로 밀어 넣었다.

그리고 숨이 막힐 듯 서로의 몸을 향해 밀어붙이던 두 사람에게 극도의 황홀경이 찾아왔다.

"우리 미쳤어요."

"하아…… 우린 2년 전 그 겨울! 이미 미쳤습니다."

뒷자리에 나란히 앉아 서로에게 기댄 두 사람의 대화였다.

"사랑해요!"

재욱은 효진의 사랑 고백에 다시 심장을 부여잡았다.

"방금 놔 줬는데 이러는 거 곤란합니다."

"사랑 고백에 꼭 이러고 싶어요?"

"이러고 싶지. 그야 당연한 거 아닙니까? 보고 싶고 안고 싶어서 가다가 차까지 돌려 온 사람인데."

효진은 그의 가슴에 기댔다. 그의 심장이 여전히 빠르게 뛰고 있는 게 느껴졌다.

"내가 당신보다 더 많이 사랑할걸?"

"피! 그런 게 어딨어요. 사랑이 다 똑같지."

"아닙니다. 원래 사랑은 항상 기울어."

"우린 그냥 똑같이 해요. 사랑. 누가 누굴 더 많이 말고, 그냥 똑같이."

"나야 그럼 좋지. 늘 당신이 날 애태우는 것 같거든."

"이제…… 집으로 가요."

"그럽시다."

그의 빠른 대답에 효진이 재욱을 바라보니 재욱은 또 씨익 웃어 보인다.

"아까는 술에 취해서……."

"그래서요?"

"씻고 침대에서 제대로 하자는 소리지."

"정말 못 말려!"

"행복한 비명이나 지르지 말라고."

운전석으로 가려고 문을 열려는 재욱의 손을 효진이 '탁' 쳤다.

"여기 꼼짝 말고 앉아 있어요. 운전, 내가 해요."

"당신이 때리는데도 왜 난 흥분되지?"

"헛!"

기가 막힌다는 듯 코웃음을 흘리고 차에서 내린 효진이 고개를 절레절레 저었다. 꼼짝하지 않고 앉은 재욱은 함박웃음을 물고 그 모습을 바라봤다.

아버지를 어떻게 설득해야 하나……! 머릿속이 복잡해졌다.

＊ ＊ ＊

"좋은 아침입니다! 원장님!"

화끈한 회식으로 분위기가 한결 밝아진 장 간호사의 인사를 받으며 병원으로 들어섰다.

장 간호사가 밥값을 잘했으려나?

재욱은 그녀에게 미소를 띠며 원장실로 향했다.

재욱을 따라 들어온 박 간호사가 책상 위에 카드를 올려놓았다.

"어젠 즐거웠습니까?"

"네! 또 나이트클럽까지 정 코스 밟았어요."

"잘했습니다."

"그리고 계획은 성공하신 것 같아요."

"계…… 계획이라니요?"

모르는 척 연기했지만, 엄청 표 났다. 한심하단 표정을 장착한 박 간호사는 혀를 한번 차고는 다시 입을 열었다.

"오늘 아침만 다섯 군데랑 통화하더라고요."

"정말입니까?!"

"헛!"

"아……! 하하……!"

"오늘 아침 다섯 곳이면 어젯밤은 얼마나 많이 전화했겠어요. 전화만 했겠어요. 톡이며 문자며…… 아주 핸드폰을 손에서 안 놓더라고요."

"거참…… 장 간호사도……."

말은 이렇게 했지만 재욱의 얼굴엔 웃음꽃이 만발했다. 그걸 또 박 간호사는 놓치지 않고 살핀다. 창피하게.

"이번 주 학회 있으신 거 아시죠? 오시는 분들께는 미리 말씀드려 놨어요."

"네…… 고마워요. 항상."

"별말씀을요. 비싼 와인 값 하는 거죠, 뭐."

또 박 간호사는 새침하게 말하곤 아무렇지 않은 척 사라졌다.

에이, 착한 사람 같으니라고.

아……! 그나저나 이번 주 학회가 있었다. 그것도 무려 제주에서 2박 3일. 병원 문 닫고 가는 학회가 걱정이 아니라, 효진을 볼 수 없단 생각에 얼굴 가득 수심이 고였다. 어서 결혼해서 집에 앉혀 두고 싶어 미치겠다.

* * *

"당신! 조 관장한테 대체 뭐라고 한 거얏?"

"어머! 당신! 재욱이 사진 전시 안 접은 걸 이제야 안 거예요? 요즘 일 설설 하나 보네."

"뭣?"

발끈하는 김 회장에게 양 여사 역시 발끈하며 얼굴을 들이밀었다.

"왜요? 뜻대로 안 돼서 열받아요?"

"아니, 이 사람이……."

"장성한 아들이 이제 겨우 자기 하고 싶은 거 좀 하면서 살아 보겠다는데 도둑질을 하는 것도 아니고 사기를 치는 것도 아닌데 옳거니 잘한다! 엉덩이 두드려 주지는 못할망정 초를 쳐요? 초를!"

"당신 못 먹을 것 먹었어? 오늘 왜 이래?"

"못 먹을 거 먹은 게 아니고, 이제 철들고 정신 차려서 이래요. 당신, 재욱이 불쌍하지도 않아요? 내내 당신 하자는 대로 다 하고 산 아이잖아요. 요즘 재욱이가 얼마나 행복한 얼굴을 하고 사는지 알기나 해요?"

"그동안 우리가 그 녀석을 불행하게 만들었다는 거야! 그 말은?"

"어머나! 이제 말귀를 좀 알아들으시네."

"헛! 당신이 이렇게 줏대 없이 흔들리니까 애가 그 모양이지."

"우리 재욱이 모양이 어때서요? 훤칠하고 잘생기고 머리 좋고 스윗하고! 당신 같은 남자랑 비교도 안 된다고요. 어떻게 그런 애가 나왔나 몰라."

"그래서 당신은 하라는 결혼 준비는 안 하고 쫓아다니며 재욱이 녀석 일 봐주나?"

"네! 그래요. 나 재욱이 위해 이 한 몸 바칠 생각이에요."

"그래? 그럼 오늘도 좀 바쁘겠군."

"뭐라고요?"

"나 오늘 늦어. 저녁 먹고 들어와."

"언젠 안 늦었어요? 이왕 늦을 거 그냥 들어오지 말든가!"

"아니 저 여자가 정말!"

김 회장이 현관문을 나서기 전에 양 여사가 먼저 그를 제치고 현관문을 열고 나가 버렸다. 잔소리야 늘상 듣는 거지만, 자기보다 먼저 문을 열고 나가 버린 것에 괜히 오기가 생겨 김 회장은 한참 동안 씩씩거리다 겨우 집을 나섰다.

* * *

"아니, 이게 뭐야?"

메일을 확인하던 박 간호사가 놀라며 소리쳤다.

"왜요? 뭔데요? 누구 스캔들 났어요?"

곁에 있던 장 간호사가 호들갑스럽게 다가와 화면을 들여다보더니 인상을 구겼다.

이미 박 간호사는 원장실로 향하고 있었다.

노크 소리에 재욱이 고개를 들자 박 간호사가 헐레벌떡 들어왔다.

"무슨 일입니까?"

"원장님! 우리 병원 신고 들어갔대요."

"네?"

"국민권익위로 신고가 들어가서 조사 나온다는 메일이 왔어요."

"하아……."

"누가 이런 짓을 하죠? 요즘 환자가 좀 늘었다 싶더니. 아! 시내 울림 정형외과인가? 거기 다니시던 환자분들이 많이 오셨거든요."

"일단, 조사에 응하세요. 잘못한 게 있으면 응당 벌받아야죠."

"원장님!!"

"학회 가기 전에 처리할 수 있도록 서두릅시다."

"그냥 회장님께."

"그만 나가 보세요."

재욱은 박 간호사의 말을 잘랐다.

어쩌면 아버지가 파 놓은 함정인지도 모른다. 물론 경쟁 병원에서 신고했을 수도 있다. 하지만 지금은 그 어떤 가능성도 열어 놓아야 하고 그 어떤 공격도 받아 내야 한다.

"강정호 아닐까요?"

원장실에서 나오는 박 간호사에게 장 간호사가 말했다.

"뭐?"

"그렇잖아요. 프러포즈한 여자를 뺏겼으니까."

"음……. 전혀 가능성이 없는 건 아니네. 강정호 그 양아치면 그럴 만도 해."

"괜한 사람 잡지 말고 감사 준비나 철저히 합시다. 아무리 우리가 투명하게 했어도 털어 먼지 안 나는 사람 없는 법이니까."

둘의 대화를 듣던 윤 선생이 한마디 던지곤 치료실로 갔다.

"그래, 윤 선생님 말씀 틀리지 않아. 준비나 잘 하자."

* * *

마린 블루에 앉아 있던 양 여사는 박 간호사의 연락을 받고 자리를 박차고 일어났다.

'그래서 당신은 하라는 결혼 준비는 안 하고 쫓아다니며 재욱이 녀석 일 봐주나?'

'네! 그래요. 나 재욱이 위해 이 한 몸 바칠 생각이에요.'

'그래? 그럼 오늘도 좀 바쁘겠군.'

오늘 아침 김 회장이 한 말이 문뜩 떠오르며 오늘의 사달이 전부 그가 꾸민 짓이란 확신이 들었다.

"이놈의 영감탱이를 진짜!"

커피를 들고 오던 효진이 깜짝 놀라며 양 여사를 봤다.

"괜찮으세요?"

"휴! 괜찮지가 않아."

"무슨 일 있으신 거예요?"

"재욱이가 박 매니저한테는 연락 안 하겠지."

"네? 무슨……."

"아…… 아니…… 재욱이 병원이 신고를 당했대."

"왜요?"

"모…… 모르지. 원래 그러잖아. 다른 데 잘되면 배 아프고. 동종 병원에서 신고했겠지. 우리 재욱이가 좀 잘 봐? 환자가 느니까 시샘하는 사람들도 생기고 그런 거니까 너무 걱정하지 마."

"사장님!"

김 회장의 반대를 숨기고 싶은 양 여사는 구구절절 말이 많았다.

그 마음이 고마워 효진은 또 괜히 가슴이 뭉클했다.

"저 괜찮아요. 쉽게 허락받을 거라고 생각 안 했거든요."

"그…… 그게 무슨 소리야. 박 매니저가 어때서."

"회장님이 저 반대해서 전시도 접게 하시고 병원도 신고하신 거죠?"

"아우! 아니야! 그 양반 걱정은 하지 마. 내가 다 생각이 있으니까."

"저 때문에 괜히 두 분 사이도 그렇고 부자지간도 그렇고 나빠질까 봐 걱정이에요."

"그런 걱정 하지 말라고 재욱이도 나도 말 안 한 건데. 하여간 똑똑해 가지고."

"커피 드세요. 식기 전에."

"그 녀석이 잘해 줘? 집에선 늘 무뚝뚝했거든. 나한테 하듯이 할까 봐 걱정이다."

"제 인생 최고의 사람이에요. 사장님."

"어머! 정말? 너무 부럽다. 그 나쁜 녀석이 박 매니저한테는 잘하는구나! 불행 중 다행이네. 호호호……."

가식이라 생각했던 양 여사의 웃음은 가식이 아니었다. 마음의 문을 걸어 잠그고 바라볼 때는 모든 게 삐딱하게 보였는데 그 문을 열고 보니 세상이 다 아름답다. 그녀에게 가졌던 비호감이 괜히 죄스러워 심장이 따끔거렸다.

"여기 박효진 있어요?"

따뜻한 마음으로 양 여사를 바라보고 있을 때 들려온 날카로운 목소리는!

하아! 시어머니, 민준 모의 목소리였다.

"여기까지 무슨 일로 오셨어요."

마주 앉은 효진과 민준 모 주변은 그 공기마저 갑갑했다.

"넌 예나 지금이나 참 예의라곤 없는 애구나."

"오신 이유 말씀하시고 어서 돌아가 주세요. 이곳은 제 직장입니다."

"그러니까! 넌 무슨 일을 이렇게 하니. 왜 내가 네 직장까지 찾아오게 만들어."

"!"

"민준이 이제 어떡할 거니?"

"그게 무슨 말씀이세요?"

"너 만나고 온 뒤부터 선도 안 보고 재혼도 안 하겠다잖아. 대체 애한테 무슨 짓을 한 거니?"

효진은 기가 막혀 말도 나오지 않았다.

이놈의 마마보이. 대체 언제까지 엄마 치마폭에 싸여 벗어나지 못할까!

"그리고 그 돈은 받아 챙겼으면 잘 먹고 떨어졌으면 됐지, 왜 돌려줘? 착한 며느리 코스프레하니? 왜 날 모진 시어머니 만들어?"

"그 돈 받고 물러나서 안심하셨던 거 아니었어요?"

"어머, 얘 말하는 것 좀 봐."

"떠나 달라고 해서 그 누구에게도 알리지 않고 도망치듯 떠나왔어요. 어떻게 알고 찾아왔는지 모르겠지만, 민준 씨한테 정신 차리고 잘 살라고 분명하게 말했어요. 더는 찾아오지 말라고 부탁도 했고요."

"그…… 그럼 우리 민준이가 너한테 매달린다는 거니? 기가 막히네. 걔가 모자란 게 뭐가 있어서 너 같은 애한테 매달리니? 네가 꼬리 치고 흔드니까 애가 어쩔 줄 모르는 것 아냐."

"여태 뭐 하시고 귀한 아들 재혼도 못 시키셨어요. 며느릿감 줄줄이 줄 세워 선보이셨다던데 그 안에 맘에 드는 며느릿감이 없었어요?"

"어머, 어머…… 너 은근히 비꼬니?"

"아니요. 대놓고 타박하는 건데요. 서둘러 온전한 가정 만들어 주셨음 민준 씨가 여태 저를 찾아다니지는 않았겠죠. 그 사람 때문에 저도 무척 난처하니까 이제 민준 씨 어머니께서 좀 말리시죠."

"뭐…… 민준 씨 어머니?"

"접근 금지 명령 받아 내기 전에 더 이상 제 근처에 얼씬하지 못하게 단속하시라고요."

"야! 너 말 다 했어! 어디서 애도 못 낳는 게 머릴 쳐들고 꼬박꼬박 말대꾸얏!"

그때였다. 좌악! 소리와 함께 민준 모의 얼굴로 찬물이 끼얹어진 건.

"어마얏!"

외마디 비명을 지른 민준 모와 놀란 효진의 시선이 동시에 향한 곳에 양 여사가 물컵을 들고 서 있었다.

"당신 뭐얏!"

"나? 애 시어머니 될 사람입니다."

"뭐…… 뭐얏?"

"사장님……!"

"내가 가만히 듣고 있으니 우리 애가 당신 같은 시어머니 밑에서 그동안 참 많이 힘들었겠단 생각이 듭디다."

"저 여편네가 지금 뭐라는 거얏!"

"내가 우리 애한테 그 모진 시어머니 다 잊고 용서하라고 타일렀는데 그 말

취소해야겠습니다."

비록 아침 드라마에서나 볼 법한 모습으로 물을 끼얹었지만 양 여사는 표정 하나 동작 하나 흐트러짐 없이 내뱉는 말 한마디 한마디에 힘을 주어 민준 모를 공격했다.

"우리 애가 당신 같은 여자를 그래도 한때는 가족이라 생각하고 의지하려, 보듬으려 애쓰며 지냈을 걸 생각하니 내 가슴에 천불이 납니다. 엄마도 없이 애가 얼마나 힘들고 외로웠겠습니까. 그런 아이 가슴으로 품어 주지는 못할망정 그리 못된 마음으로 대해서야 쓰겠습니까? 자식 키우는 사람이 그러면 못씁니다. 천벌받아요."

"아니 지금 누구한테 훈계얏!"

"썩 돌아가세요. 여기는 내 영업장이고, 당신 같은 사람은 단 몇 분도 앉아 있게 하고 싶지 않으니까."

민준 모가 어이없는 표정으로 여전히 자리에 앉아 있자 양 여사가 테이블에 놓인 다른 잔을 마저 집어 들었다. 그러자 벌떡 자리를 박차고 일어난 민준 모가 날카로운 눈빛으로 효진을 노려보더니 한 대 칠 듯 성큼 다가섰다. 하지만 그 앞을 막아서는 양 여사 때문에 민준 모는 멈칫했고, 물컵을 들어 올려 보이자 헛기침을 하곤 서둘러 마린 블루를 빠져나갔다.

민준 모의 모습이 사라진 걸 확인한 양 여사는 순간 다리에 힘이 풀려 의자에 풀썩 주저앉았다.

"아이고!"

"사장님!"

효진보다 먼저 달려온 미애가 양 여사를 부축했다.

효진은 물컵을 양 여사에게 내밀었다.

"그 여자 갔어?"

"네! 갔어요. 괜찮으세요?"

효진이 양 여사에게 물었다.

"어우 살 떨려. 다리 후달거려. 심장 뛰어 죽겠어."

"사장님! 정말 멋있으셨어요. 물 끼얹을 때 제 속이 다 시원했다니까요."

미애가 양 여사의 어깨를 주무르며 호들갑을 떨었다.

"정말? 나 좀 멋졌어?"

"네에!!"

"근데 박 매니저 얼굴은 왜 그 모양이야? 내가 좀 심했어?"

효진은 눈에 들어차는 눈물을 가리려고 고개를 돌렸다.

"미안해. 내가 너무 화가 나서. 그러면 안 되는 거였어?"

"아뇨. 아니에요. 너무…… 너무 잘하셨어요."

"근데 왜 울어. 미안하게."

"엄마도 하지 못한 말을…… 사장님이 다 해 주셔서요……."

"울지 마. 이제 행복하게 살라고 했잖아. 저런 여자인 줄 알았으면 내가 용서해 주라고 안 했을 거야. 해도 해도 너무하잖아."

양 여사는 효진의 어깨를 보듬어 안았다. 그 손길이, 그 품이 엄마 품처럼 따스하고 아늑했다.

소파에 앉아 연신 울고 있는 효진 때문에 재욱은 어찌할 줄을 모르고 안절부절못했다.

"그만 웁시다. 내가 뭘 어떻게 해야 할지 모르겠다고."

"흑흑흑…… 우리 애라고…… 사장님이…… 우리 애라고……."

자신을 대신해 궂은일도 마다 않고 덤벼준 양 여사가 너무 고마워 자꾸 눈물이 치미는데 우리 애라고 나서서 편들었던 순간이 떠올라 겨우 진정시킨 마음이 다시 벅차올랐다.

"우리 어머니, 요즘 자꾸 사람 놀래키시네. 생전 안 그러신 분이었는데."

"사장님…… 아니…… 어머니…… 너무…… 흑흑…… 따뜻한 분……이세요…… 흐흐흐……."

재욱은 눈물범벅이 된 효진을 꽉 끌어안고 등을 토닥였다. 그녀가 느꼈을 고마움이 어떤 것인지 감히 짐작되었다. 긴 외로움과 긴 쓸쓸함과 긴 박탈감이 그녀 안에 가득했던 삶이었을 터다. 자신의 사랑으로 메울 수 있는 건 겨우 한 부분이었겠지. 이제 나머지 자리를 부모님과 아이들로 채워 주고 싶단 생각이 강하게 밀고 올라왔다.

"사실 나도 오늘 좀 우울한데. 그래서 당신 위로받고 싶었습니다."

그 말의 효과였을까. 효진이 눈물을 멈추고 재욱을 봤다.

"미안해요. 병원 얘기 들었는데."

"허! 알고 있었으면서 전화 한 통을 안 합니까?"

"내가 전화하면 더 속상할 것 같았어요."

"당신이 울음을 멈춰서 이제 괜찮아요."

"어떡해요. 회장님이 그렇게 하신 거예요?"

효진이 재욱의 볼을 쓰다듬었다. 재욱은 그 손을 잡아 입을 맞추고 그녀의 향을 취했다.

심호흡하듯이.

"아버지가 그러신 거 아닐 겁니다. 계산적이고 냉정하신 분인 건 맞지만 치졸하진 않으시거든."

"그럼…… 누가 그런 짓을 해요."

"적이야 사방에 깔렸지."

"네?"

"강정호가 그랬다는 사람들도 좀 있고."

"정말이요?"

"울림 정형외과의 소행일 거라는 사람도 좀 있고."

"아……! 그럴 수도 있겠어요. 환자 뺏겨서."

"그런데 난 어쩐지 정호 그 자식 같거든."

"!"

"당신을 뺏긴 게 엄청나게 약 올랐을 거거든."

"정말 그 사람일까요?"

효진은 미안함과 걱정이 섞인 표정으로 물었다.

"그렇다 해도 어쩔 수 없지. 당신을 쟁취하기 위해 거쳐야 할 관문이라면 응당 그 대가를 치러야지."

"장난이 치고 싶어요? 난 미안해 죽겠는데."

"그럼 당신이 날 좀 안아 주든가."

"안아 주기만 하면 되겠어요?"

"허! 그 말 되게 위험한데! 그것 말고 다른 것도 해 주겠다는 소리로 들리는 건 내 착각인가?"

"뭘 원해요. 말만 해요."

"그 말 책임질 수 있겠습니까?"

재욱이 정색하고 묻자 효진은 마른침을 꿀꺽 삼켰다. 그리고 잠시 후 아직 눈물도 채 마르지 않은 눈을 하고서 그의 손에 이끌려 침실로 들어갔고 이내 침실 문이 스르륵 닫혔다.

"하!"

짧지만 굵은 흐느낌은 재욱의 것이었다. 침대에 걸터앉은 재욱의 두 손은 자신의 물건을 입 가득 채우고 애무하는 효진의 머리카락을 쓰다듬고 있었다. 처음이라며 방법을 알려 달라는 그녀에게 그저 살짝 팁을 줬을 뿐인데 그녀는 지금 재욱의 혼이 다 빠져나가도록 그의 물건을 정성 들여 빨아들이고 있었다.

"으읍!"

"아파요?"

"하아! 당신 정말 사람 미치게 만드는 재주가 있어."

"좋아요?"

"좋기만 해? 돌겠다고 지금."

"그럼…… 이렇게…… 하면요?"

"윽!"

"싫어요?"

"아니! 하아! 황홀……합니다."

어디서 배우지도 않았을 텐데 효진의 입 속은 형언할 수 없을 만큼 부드럽고 놓아주기 싫을 만큼 달콤했다. 속도를 높이는 그녀 때문에 급하게 밀려드는 사정감에 휩싸인 재욱은 아슬아슬하게 그녀로부터 물건을 빼냈다.

"하아! 나 미치는 줄 알았습니다."

"잘했어요?"

"아주 훌륭했어요. 이젠 내가 당신을 맛볼 차렌가?"

재욱은 효진을 안아 올려 침대에 눕히곤 그대로 그녀의 허벅지 사이로 파고들었다. 이미 흥건히 젖은 그녀의 은밀한 부분을 확인하자 저도 모르게 미소가 번졌다. 이렇게 늘 빠르고 정직한 반응을 보이는 그녀가 못 견디게 좋다.

가랑이를 벌리자 질퍽한 소리가 재욱의 귀에 와 엉겼다. 하아! 그것만으로도 페니스가 꺼떡거리며 그녀의 몸속을 갈구했다. 그녀의 애액을 모두 집어삼킬 듯 빨아들이던 재욱은 효진의 무릎을 접어 가슴에 안고 부풀 대로 부푼 물건을 강하게 밀어 넣었다.

"아윽!"

이미 몇 차례 사정감을 느낀 물건은 뜨겁게 과열되어 있었다. 과열된 물건은 좁고 깊은 그녀 안을 미친 듯 헤집었다.

아무 힘도 없는 시트를 부여잡은 효진이 그의 힘에 자꾸만 자꾸만 밀려 올라갔다. 가슴 앞에 모아 잡았던 다리를 풀어 주며 가랑이를 벌리고 다시 강하게 찔러 넣었다.

"하아……!"

그녀의 손을 깍지 껴 잡고 사정없이 넣었다 빼기를 반복했다. 효진의 신음이 점점 짙어졌고 재욱의 등과 다리에 진하게 근육이 잡힐 때 두 사람 모두에게 오르가슴이 찾아왔다.

뭐든 다 해 줄 것처럼 굴었던 그녀는 이미 그에게 모든 것을 다 내어 주고 있었다.

* * *

재욱은 공단의 조사를 받는 동안 학회를 가야 하는 상황이었다. 직원들에게 최대한 협조하라고 당부했지만 함께하지 못함에 그저 미안할 뿐이었다.

집을 나서는 재욱의 발걸음은 유난히 무거워 보였다.

"조심히 잘 다녀와요."

"당신은 무척 담담해 보이네."

"담담하지 않음 뭐 방법 있어요?"

"가지 말라고 하면 안 갈게요."

"헉! 김 원장님!"

"후! 난 지금 가기 싫어서 조금 전까지도 안 갈 궁리를 하는 중이었거든."

"이럴 땐 정말 딱 애들 같아. 학교 가기 싫은 꼬마."

"휴가 달라고 하고 같이 갑시다."

"말 안 되는 거 알죠? 그리고! 산이 상담 내가 같이 가기로 한 거 잊었어요?"

"다 알고 다 기억합니다! 그래도 함께 가고 싶은 게 내 마음이라는 소리를 그렇게 못 알아듣나? 서운하게."

"다 알죠. 나도 보내기 싫지만 보내는 거예요. 당신 없는 밤을 어떻게 버티나 벌써부터 걱정이라고요."

이제야 듣고 싶은 말을 들어 기분 좋은 듯 재욱이 살며시 웃었다.

"됐습니다. 그걸로."

"피! 뭘 또 그렇게 포기가 빨라요. 어머니한테 당장 전화해 휴가 달라고 할 것처럼 굴더니."

재욱은 효진의 코를 잡았다 놨다. 어차피 휴가를 준대도 산과 가는 상담을 선택할 여자란 걸 잘 아니까.

"둘이 너무 깨 쏟아지게 지내진 말고!"

"여자 의사들한테 시선 주지 말고요."

"그 말 듣기 좋네."

"너무 친절하게 굴지도 말고요!"

"또 당부할 말 없습니까?"

"보고 싶을 거예요."

효진은 그대로 그의 품으로 파고들었다.

"어허! 가야 하는 사람한테 이러는 건 아니지."

좋아서 이미 팔로 그녀를 꼭 안았으면서 말은 이렇게 한다.

선생님 손을 잡고 나오던 산은 효진을 발견하고 눈이 휘둥그레졌다.
"어! 매니저 아줌마!"
선생님 손을 휙 놓아 버리고 달려 나온 산이 효진에게 폭 안겼다.
아이의 사랑을 받는 기분! 이런 거구나……!
그저 산의 격한 포옹을 받았을 뿐인데 효진은 벌써부터 마음이 따뜻해졌다.
"오늘 박사님은 아줌마랑 만나러 가요?"
"응. 아빠가 일 때문에 멀리 가셔서. 오늘만."
"그럼 박사님 만나고 밥도 아줌마랑 먹어요?"
"응. 산이가 좋다고 하면."
"좋아요!"
잠시의 망설임도 없는 산의 대답에 효진은 울컥했다.
오늘 이 자리에 그를 대신해 오기를 참 잘했다고 생각했다.

산이 그린 그림을 놓고 박사와 마주 앉은 효진은 그림을 천천히 들여다봤다.
가족 모두가 손을 잡고 있는 그림이었다.
할아버지, 할머니까지 그려 넣은 그림 속 사람들은 모두 웃고 있었다.
"가족을 그렸네요."
"네. 그런데 지난번 그림과 좀 다릅니다."
박사는 처음 이곳에 왔던 날 산이 그린 그림을 내놓았다. 역시 가족을 그린 그림 같았지만, 엄마는 없었다.
"그러게요. 지난번 그림에는 엄마가 없었네요."
"이번 그림에도 엄마는 없습니다."
"네?"
"이 사람이 누구냐고 물으니 매니저 아줌마라고 대답하더군요."
그림 속 여자가 산이 그리워하는 엄마인 줄 알았는데…….
그러고 보니 여자는 보랏빛 원피스를 입고 있다.
심장이 저릿했다.
"오늘 산이는 저번보다 말을 훨씬 많이 했습니다. 살짝 흥분해 있기도 했고요."

"좋아지는 건가요?"

"산이 마음을 열기 시작한 것 같아요. 그 대상이 매니저 아줌마인 것 같고요."

"하아…… 어떻게……."

"지금 산에게는 엄마보다 마음의 안정을 주는 존재가 더 필요합니다. 여태 자기 감정을 드러내지 않은 아이거든요."

산과 함께 마린 블루에 앉은 효진은 밥을 야무지게 먹는 산을 물끄러미 바라봤다. 그런 효진을 본 산이 씨익 웃으니 검은 입술과 검은 이가 환하게 드러났다. 효진은 일부러 리조또를 한입 가득 욱여넣고 산처럼 이를 드러내며 웃어 보였다. 둘은 서로의 검은 이를 보며 한참을 웃었다.

그런 둘의 모습을 지켜보는 양 여사의 입가에도 미소가 잡혔다. 그리고 양 여사는 다짐했다. 하루빨리 김 회장을 설득해 효진을 집안으로 들여야겠다고!

— 이제 침대에 앉았어요. 당신은요?

"난 이미 오래전에 앉아서 당신 전화 기다렸습니다."

동해의 효진과 제주의 재욱! 그 1일 차였다.

— 산이 얘기부터 해요. 하고 싶은 말 있거든요.

"말해요. 하고 싶은 말 들어 봅시다."

— 산이가 가족 그림을 그렸는데요…… 거기에 나를 그려 넣었어요.

"그래요? 산이 그래요?"

— 아뇨. 박사님이 알려 주셨어요. 하지만 산이 그랬대요. 매니저 아줌마라고. 아, 그리고 보라색 원피스를 입고 있었어요.

"하아……!"

— 놀랍죠?

"감동이네."

— 박사님이 그러시는데 산이 절 좋아하는 것 같대요. 지금 제일 의지하고

싶은 사람인 것 같대요.

"다행입니다. 정말."

— 그렇죠? 나 당신하고 빨리 결혼하고 싶어요.

재욱은 편하게 기대 있다 갑자기 몸을 곧추세워 앉았다.

"뭡니까? 이거!"

— 왜요?

"날 사랑해서가 아니고 강산 때문에 빨리 결혼하고 싶다는 말로 들리는데."

— 둘 다요. 둘 다잖아요.

"거참! 되게 섭섭해지는데?"

— 지금 그런 말을 할 때가 아니잖아요. 산이 좋아지고 있다고요.

"난 당신과 함께라면 좋아질 줄 알았는데?"

— 네?

"난 산이 당신 좋아하는 거 벌써부터 알았다고."

— 너무 기뻐요. 내가 그 아이에게 힘이 된다는 게.

"당신은 내게도 힘이 됩니다."

— 사랑해요.

"허! 사람 또 미치게 만드네. 안지도 못하고 보지도 못하는데 그런 고백 하기 있습니까?"

효진의 웃음소리가 핸드폰을 타고 넘어왔다.

이 밤, 잠을 청하긴 그른 것 같다.

* * *

"집이 왜 이렇게 후덥지근해?"

막 들어서던 김 회장이 양 여사를 향해 물었다.

"사골국 끓여요."

"사골국을 왜?"

"여행 가려고요."

"뭐?"
"당신은 그것도 몰라요. 이 단풍놀이 철에 아내가 곰국 끓이면 여행 가려고 한다는 것쯤은 이제 다들 알던데."
"아, 그러니까 당신이 왜 여행을 가느냐고!"
"어머! 이 양반이 정말. 난 여행 가면 안 돼요?"
"안 되지! 내가 집에 있는데 당신이 어디를 가?"
"우리 각자 산 지 벌써 오래됐어요. 무슨 소리예요."
"하평댁 있는데 곰국은 뭐 하러 끓여."
"하평댁도 휴가 줬어요."
"뭐?"
"난 노는데 하평댁이라고 안 놀고 싶겠어요? 1년 365일 일해 주는데 이럴 때 좀 쉬라고 해야죠."
"아니 이 사람이!! 그럼 애들은?"
"당신이 언제부터 애들 걱정했어요? 애들 걱정인 사람이 며느릿감을 그런 애를 골라요? 쯧쯧! 정말 한심하네요."
"말 가려서 안 해?"
"말 가려서 하는 중인데요. 엄청나게 가려서 하는 건데!"
"이번 혼사 틀어지면 나한테 손실이 커! 당신은 대체 알기나 하는 거야?"
"당신 하는 일을 내가 어찌 알겠어요. 손해를 입어도 당신이 입는다니 다행이네요. 다른 사람이 손해를 입는 거면 얼마나 큰일이었겠어요?"
"아니, 저 여자가…… 어디 가서 말대답하는 걸 배우고 다니나!"
"아무튼! 난 여행 갈 거니까 당신 당분간 알아서 지내요."
"당분간? 대체 여행을 얼마나 오래 가려고 그래?"
"유럽으로 가면 보름은 있어야죠. 아! 할슈타트! 드디어 가게 생겼네요."
"뭐! 유…… 유럽!"
김 회장은 눈이 휘둥그레졌고 양 여사는 보란 듯 그의 시선 앞에서 사라져 주었다.

"그러니까 나 없는 동안 애들은 재욱이 집에서 하평댁이 돌볼 거야."
"정말 가시게요?"
마린 블루 테이블에 마주 앉은 양 여사와 효진이 심각하게 대화 중이었다.
"이번엔 절대 안 진다고. 평생을 떠받들고 살았어. 이젠 내 말도 좀 들어줘도 되잖아. 해도 해도 너무해."
"그런 마음은 접으시고 모처럼 좋은 곳 구경하러 갔다 온다 생각하시고 다녀오세요. 애들은 저도 함께 돌볼게요."
"정말 그래 줄래?"
"그럼요."
"나 정말 할슈타트 가 보고 싶어. 재욱이 사진 속 그 마을이 왜 그렇게 아름답니."
저도 꼭 그랬다. 그 마을이 그렇게나 아름다워서 너무나 가 보고 싶었다. 그리고 그곳에서 새로운 사랑을 만났다.
"아름다워요. 정말. 꼭 눈과 마음에 다 담아서 돌아오세요."
"그래. 그럴게. 나 벌써 설레."

효진은 잠시 콘퍼런스룸 밖 복도에 나와 있다는 재욱에게 어머니의 얘기를 전했다. 그가 핸드폰에서 흘러나오는 효진의 목소리를 듣느라 귀를 쫑긋 세우고 있을 모습이 보지 않아도 눈에 선했다.
"그냥, 이번 기회에 원 없이 행복한 여행 하셨으면 좋겠어요."
— 어머니가 큰 용기 내셨네.
"그런 거죠? 이런 적 없으셨죠? 괜히 문제 생기는 거 아닐까요?"
— 어머니에게도 이제 자유가 필요하니까. 괜찮을 겁니다.
"회장님이 걱정이에요. 혼자 어떻게 지내실까요?"
— 나도 좀 걱정은 되네. 그래도 뭐! 한 번쯤 이런 고생도 해 보셔야지 어머니가 얼마나 소중한지 아시겠죠. 재밌네.
"쉬는 시간 안 끝났어요?"
— 여기 일정 너무 빡세! 무슨 학회를 이렇게 하나 몰라. 쉴 틈을 안 줍니다.

"늦게까지 술 마셔서 힘든 건 아니고요?"

— 어허! 무슨 큰일 날 소리. 내가 힘이 든다면 그건 당신 생각 하느라 잠을 못 자서 힘이 든 겁니다.

"참, 말도 잘하세요. 김재욱 씨!"

— 거긴 괜찮고?

"안 괜찮을 거 있어요?"

— 뭐…… 괜히 강정호가 찾아오거나 하지는 않는가 해서.

"풋! 걱정이에요? 질투예요?"

— 둘 답니다.

"나도 당신 보고 싶어요. 언제부터 함께 지냈다고…… 당신 없으니까 잠도 잘 안 와요."

— 불면증 도졌습니까?

"아뇨. 그런 건 아니고, 그냥 허전해서…… 넓은 가슴도 그립고…… 당신 숨소리도 그립고…… 그래요."

— 아하……!

"왜 대답을 안 해요?"

— 그립단 말이 사랑한단 말보다 더 듣기 좋은 줄 이제 알았습니다.

"사랑해요."

— 나 이제 들어가야 합니다. 다시 전화할게요.

사랑한다고 말했는데 그는 대답도 하지 않고 전화를 끊었다. 먼저 사랑한다고 말하는 쪽은 늘 재욱이었는데 어쩐지 뚝 끊어져 버린 전화 때문에 기분이 묘했다.

브레이크 타임이 끝나고 바쁜 저녁 시간이 다 지나도록 다시 전화한다던 그에게서는 전화가 없었다. 혹시 시끄러워서 전화벨을 못 들었나 싶어 핸드폰을 열어 확인했지만, 부재중 전화도 문자도 남아 있지 않았다. 그게 뭐라고, 언제부터 그랬다고, 그의 전화가 없으니 섭섭한 생각마저 들었다.

집으로 돌아온 효진은 문뜩 생각했다. 어차피 내일이 휴무이니 제주도로 찾아가 그를 놀라게 해 주면 어떨까? 효진은 그길로 내일 아침 가장 빠른 비행기 표를 예매하고 짐을 꾸리기 시작했다.

그에게는 공항에 도착해 전화해야지! 얼마나 깜짝 놀라고 얼마나 좋아할까. 생각만으로도 가슴이 콩닥거렸다.

짐을 다 꾸리고 침대에 누울 때까지도 그의 전화가 없었다.

무슨 일이 생겼나? 걱정되어 효진이 먼저 그에게 전화했다.

"자요?"

— 안 잡니다.

"왜 전화 안 했어요? 기다렸는데."

— 많이 기다렸습니까?

너무 덤덤한 그의 목소리에 괜히 자존심이 상했다.

"아뇨…… 뭐…… 별로……."

— 그럼 다시 돌아가야 하나?

"네?"

— 집 앞에 다 왔는데 그냥 돌아가야 하는가 해서.

"그게 무슨 소리예요?"

효진이 놀라 창문 밖을 내다봤다.

집 앞에 막 택시 한 대가 멈춰 서더니 뒷문이 열리고 재욱이 내리는 게 보였다.

"뭐예요? 여길 온 거예요?"

— 보고 싶어서 도저히 안 되겠더라고.

"하아!"

— 어서 버선발로 뛰어나와요.

효진이 침실 문을 열고 나가 막 현관문을 열 때 재욱이 달려들며 효진을 끌어안았다.

"전화를 하지. 내가 가려고…… 으읍!"

효진이 말을 다 마치기도 전에 재욱이 그녀의 입술을 덮쳤다. 현관문이 닫힘과 동시였다.

효진에게 온몸을 밀어붙인 그의 몸은 단단하게 굳어 있었다.

숨이 막힐 듯 빨아 대던 그가 고개를 비틀 때 효진은 겨우 숨을 몰아쉬었다.

하지만 이내 다시 그의 입술에 포개졌다.

얼굴과 목을 부여잡은 그의 큰 손에 효진은 꼼짝도 할 수 없었다. 무자비하게 밀어붙이는 그의 키스에 효진은 온몸이 녹아내릴 것만 같았다.

정신이 다 혼미해지고 다리에 힘이 풀려 금방이라도 주저앉을 것 같을 때 재욱의 손이 효진의 팬티 속으로 밀고 들어왔다.

"으음……!"

입술을 빨아 대는 촉촉한 소리에 저 아래에서 들려오는 질퍽한 소리까지 더해져 효진의 집 현관은 금세 혼탁해졌다.

"하아……. 방으로 가요."

하지만 재욱은 대답하지 않은 채 바지 앞섶을 풀어 내기 시작했다. 그의 손길은 성말랐고 그의 눈빛은 정욕에 젖어 깊고 어두웠다. 버클을 풀고 단추를 풀고 지퍼를 내리는 그 짧은 순간 효진은 마른침을 삼켰다. 성급하게 풀어 헤친 그는 효진의 한쪽 다리를 들어 올리고 팬티를 옆으로 젖히며 그대로 자신의 부푼 물건을 찔러 넣었다.

"하윽!"

"하!"

잔뜩 긴장해 있던 그의 몸이 스르르 풀어지는 것 같았다. 길게 참고 기다려온 순간에 대한 음미를 온몸으로 하는 것 같았다. 그리고 이내 그는 빠르게 허리를 뒤채기 시작했다. 벽에 기댄 효진이 고통스럽지 않게 팔로 그녀의 허리와 등을 감싸 안았다.

"하아…… 하읏…… 흐읏……."

정신없이 그녀를 향해 자신을 밀어붙이던 재욱이 갑자기 그녀를 번쩍 안아 올렸다. 재욱의 허리에 다리를 감고 그의 목을 꼭 끌어안은 효진은 재욱에게 키스했다. 재욱 또한 그녀의 키스를 받으며 거실 소파로 걸어와 그녀를 살며시 소파에 누이곤 잠옷 속으로 손을 넣어 팬티를 벗겨 냈다.

"내가 미친놈 같습니까?"

"아니요."

"나름 자제하는 중이라고."

“자제하지…… 말아요.”

“하아! 이러는데 내가 어떻게 안 미쳐.”

재욱은 효진의 허벅지를 잡아끌어 소파 끝으로 당기곤 그대로 무릎 꿇은 채 그녀의 몸속으로 자신을 밀어 넣었다.

“하윽!”

팔을 뻗어 그녀가 밀려 올라가지 못하도록 어깨를 움켜잡고 재욱은 정신없이 물건을 넣었다 빼기를 반복했다. 은밀한 곳에서는 살이 비벼지는 소리가 음탕하게 들려왔고 효진에게서는 걷잡을 수 없는 신음이 쏟아졌다.

재욱은 스스로도 놀랐다. 자신에게 이런 짐승 같은 본능이 내재되어 있으리라곤 생각도 못 했던 일이었다.

그녀가 그리워서, 그녀가 보고 싶어서 일과를 마치고 부리나케 공항으로 향했다. 내일 늦은 아침 첫 일정이 있으니 어떻게든 돌아가면 된다는 생각뿐, 오로지 그녀에게 향하는 것에만 집중했다. 비행기를 타고 택시를 타고 오는 내내 그녀를 안을 생각에 온몸의 피가 빠르게 도는 것 같았다. 진정되지 않는 심장이 이러다 터져 버리는 건 아닐까 싶었다. 하지만 그녀를 보자 심장은 더 빠르게 뛰었고 피는 급속도로 뜨거워졌다. 그러니 미친놈처럼 안고, 미친놈처럼 그녀 안으로 파묻혔겠지. 그녀를 취하는 지금, 이 순간도 그녀에게 더 깊이 닿고 싶어 안간힘을 쓰고 있다.

“하아…… 하으…… 으읍…….”

효진이 점점 절정에 다가서고 있는 게 보이자 재욱은 소파 위로 올라가 그녀 몸을 덮으며 더 세게 밀어붙였다. 그녀 목에 키스하고, 그녀 입술에 키스하며, 그녀의 머리와 어깨를 감싸 안고 정신없이 뒤채었다. 효진이 재욱의 등을 꽉 움켜쥐며 오르가슴에 이를 때 재욱도 몸속으로 퍼지는 안온함을 느끼며 그녀 안에 사정했다.

함께 욕조 안에 들어앉은 두 사람은 여전히 몸이 맞닿은 채였다.

“힘들게 뭐 하러 와요.”

“그 말 진심인가?”

"……."

"누가 허전하고 넓은 가슴도 그립고 숨소리도 그립다고 하던데!"

재욱이 앞에 앉은 효진을 꽉 안았다. 물속에서 닿는 그녀의 속살이 말랑거리고 보드라웠다.

"사실 내일 첫 비행기로 가려고 예매해 뒀어요."

"정말입니까?"

"네. 내일 휴무잖아요."

"나는 왜 그 생각을 못 했지?"

"사고가 정지됐나 보죠."

"맞습니다. 당신 생각 때문에 다른 생각은 하나도 할 수가 없더라고."

"내일 같이 갈까요?"

"갑시다. 내일은 오전 일정이 다니까 같이 시간 보냅시다."

"나…… 제주도 안 가 봤어요."

"설마."

"진짜요. 그러면서 유럽은 갔다 온 거죠. 웃기죠."

"잘됐네. 그럼 제주도는 나와 처음 가는 게 되는 거잖아."

"그러네요."

"당신에게 처음인 그 무엇인가를 내가 한다는 게 벌써부터 설렙니다."

재욱은 효진을 꼭 끌어안고 목에 얼굴을 묻었다.

* * *

두 사람은 어두운 새벽 집을 나섰다. 이른 비행기를 타기 위해 차로 김포까지 운전했고 김포에서 8시 비행기에 몸을 실었다. 긴 시간 운전에 답답한 비행까지 피곤이 몰려오고도 남았지만, 그녀를 안았다는 만족감이, 밤을 함께 보냈다는 기쁨이, 그 피곤을 모두 상쇄시켰다. 비행기 안에서 손을 꼭 잡은 채 행복한 미소를 가득 물고 잠든 두 사람의 얼굴이 그걸 증명했다.

— 야! 박효진! 너 지금 어디야!

재욱이 세미나를 하는 동안 효진은 호텔 야외 카페에 앉아 그를 기다렸다. 이국적인 느낌 물씬 나는 해변에 앉아 마시는 커피는 그 느낌이 또 새로워 한껏 취해 있을 때 선화에게서 전화가 왔다. 발신자를 보는 순간 아차 싶었다. 일이 이 상황이 되도록 선화에게 한마디를 하지 않았으니 뒤늦게 알게 된 선화의 폭풍 잔소리가 이어질 게 뻔했다. 그렇지만 전화는 받아야 했다. 어차피 맞을 매 곁에 없을 때 맞는 게 더 났다는 판단이 섰으니까.

"넌 어딘데?"

— 나 네 집 앞이다. 쉬는 날이라 작정하고 왔는데 너! 없다! 집에?

"어…… 좀 나왔어."

— 누구랑?

"어? 그게……."

— 얏! 너 이실직고 안 해?

"미안. 재욱 씨랑 제주도야."

— 헐! 대박! 미친 거 아냐? 너 어떻게 나한테 이래? 너랑 김 원장 관계를 내가 왜 유치원 엄마들 입을 통해서 들어야 하는데?

"그러니까. 내가 미쳤나 봐. 너한테 왜 말을 안 했을까?"

— 얼씨구! 이것 봐라. 지금 장난해?

"정신이 없었어. 문제도 많았고. 아! 민준 씨가 찾아오고 민준 씨 어머니도 찾아오고…… 난리도 아니었어. 그래서……."

— 김 원장이 잘해 줘?

사죄하려고 싹싹 비는데 선화는 딴소리다.

기지배. 늘 걱정하면서 말은 꼭 무섭게 하고 그래.

"응. 잘해 줘. 날 엄청 사랑해."

— 궁금한 거 무지 많지만 일단 지금은 끊는다. 돌아오면 넌 내 손에 죽었어.

"아마, 그 사람이 그렇게 두지는 않을 거야."

— 어우! 이거! 입 산 거 보니까 정말 좋은가 보네.

"고마워!"

— 알면 됐다. 이것아. 끊어!
정말 툭 끊어졌다.
"누군데 그렇게 다정하게 말합니까?"
세미나가 끝났는지 재욱이 다가와 앉으며 물었다.
"선화요. 이제 알았나 봐요. 우리 둘 관계."
"어우! 그걸 어떻게 이제 알았지? 소문 엄청 빠른 사람 아니었나?"
"그러게요. 난 까맣게 잊고 있었네."
"절친에게 알리는 걸 잊을 정도로 나한테 빠졌던 겁니까?"
"네! 누가 밤이고 낮이고 가만 놔두지를 않아서요."
"흠! 그럼 오늘도 일단 호텔로 먼저 들어갈래요?"
"아우! 정말!"
"갑시다. 제주도 오면 꼭 들르는 맛집 있습니다. 거기서 밥 먹고 바다 보러 갑시다."
재욱은 일어나 효진에게 손을 내밀었다. 효진은 그가 내민 손이 너무 좋았다. 그 손을 잡으면 언제고 행복과 안락함이 따라오니까.

맛집이라면 응당 겪어야 할 긴 줄 서기를 하고 여행 온 사람들의 설렘을 가득 느끼며 맛있는 고기국수를 먹었다. 밥값보다 비싼 망고주스를 하나씩 사서 들고 해변을 걸었고 한적하고 풍광 좋은 해안 도로를 달렸다. 차 안에 울려 퍼지는 'Arthur's Theme'이 유난히 가슴을 적셨다.
"여긴 어디예요?"
"제주도에 왔으니 곶자왈은 봐야지."
재욱의 손에 이끌려 한 발 두 발 들어선 숲은 금방이라도 요정들이 나올 것 같이 환상적이었다. 뭐든 알아 가는 걸 좋아하고 호기심이 많은 그는 제주도 문화안내원처럼 효진에게 알아듣기 쉽게 설명도 해 주었다. 빈에서의 그가 문뜩 떠올라 효진이 풋 하고 웃었다.
"내가 설명하는 게 웃깁니까?"
"아니요."

"그럼 왜 웃는 건데."
"빈에서의 모습이 오버랩돼서요."
"아! 그땐 당신 꼬시려고 나 무진장 애썼는데. 아는 거 죄다 동원해서 잘난 척도 하고. 성 피터 성당에 꼭 같이 가고 싶었는데 결국 당신이 날 거절했잖습니까. 무안하게."
"꼬시려고 그랬던 건지 몰랐어요. 그냥 참 좋은 사람이구나…… 했었는데. 내가 너무 순진했네요."
"내가 순진했지. 대놓고 덤비지 못했으니까."
"내 키스 때문에 넘어온 거죠? 나한테."
"틀렸습니다."
"아니라고요?"
"그때가 아니라고. 당신한테 넘어간 거."
"그럼 언제예요? 이 여자다! 싶었던 거."
효진은 정말 궁금한 듯 걸음을 멈추고 재욱을 봤다. 재욱은 그런 효진의 손을 양쪽으로 나눠 잡으며 눈을 맞췄다.
"워낭 같이 잡았을 때!"
"네?"
"그때 당신 보고 숨이 멎는 줄 알았습니다. 그래서 할슈타트에서 내내 당신만 찾아다녔어."
"설마."
"그 좁은 마을을 몇 바퀴나 돌았는지……. 그런데도 못 찾아서 아쉽게 돌아섰는데 기차에서 또 만나질 줄 몰랐습니다."
"그랬으면 어떻게든 성 피터 성당에 같이 가자고 했어야죠."
"그래서 또 밤새워 후회했잖습니까. 내가."
"진짜?"
"성 피터 성당에서 만나진 게 우연인 줄 알죠?"
"우연이…… 아니었어요?"
"나 아침부터 기다렸습니다. 오르간 연주 시간마다 성당 안을 샅샅이 훑었다고. 혹시 당신이 올까 봐."

뒤늦게 듣게 된 진실에 효진은 가슴이 다 벅찼다. 그저 몇 번의 우연이 운명처럼 다가왔다고 생각했는데…… 그는 처음부터 효진을 찾아 헤맸단다. 효진은 재욱의 가슴으로 파고들었다.

"어허! 공공장소에서 이러면 안 됩니다."

"몰랐어요. 난 하나도 몰랐어."

"나 분명 경고했는데."

"왜 이제야 말해요. 처음 만났을 때 말하지."

"나 이제 못 참아요."

재욱은 효진의 이마에 입을 맞췄다. 그리고 콧등에 입 맞추고 입술을 살포시 머금었다. 제주도 곶자왈은 제주도의 특별한 야생의 숲이 아니라 그의 첫 느낌을 고백받은 감동의 장소가 되었다.

곶자왈 인근 인적 드문 숲길에 세워진 렌터카 안은 두 사람의 헐떡이는 숨소리로 가득했다. 20대에도 이렇게 열정적이지 않았던 그들에게 찾아온 이 가을은 평생에 가져 볼 수 없는 짜릿하고 흥분되는 계절이었다.

바다를 붉게 태우며 떨어지는 태양을 끼고 달리는 렌터카의 두 사람은 그 태양 빛에 반짝이는 바다를 보며 여전히 손을 꼭 맞잡았다. 셔틀버스에서 뛰어내려 공항 게이트로 달려 들어가는 두 사람 역시 맞잡은 손을 놓지 않았다. 뜨거운 사랑을 나누느라 비행기 이륙 시간에 임박해 도착한 그들은 공항 방송으로 이름을 불리고 탑승 게이트까지 정신없이 뛰어와 승무원들의 눈총을 받아 내야 했지만, 여전히 행복한 모습이었다.

9. 그런데도 행복하다

개량 한복을 정갈하게 입은 직원이 신선로를 내려놓고 곱게 인사하고 방을 나갔다.

김 원장의 태도에 기분이 언짢았던 장 의원은 얼굴 가득 여전히 불편한 심기를 드러내고 있었고 마주 앉은 김 회장은 그와는 판이하게 평온한 기색이다.

"들어요. 장 의원님."

"아…… 예……."

장 의원이 억지스럽게 젓가락을 들자 김 회장도 젓가락을 들었다. 행동에 변함이 없고 여전히 뻗대는 걸 보니 장 의원은 모르게 강 여사가 독단적으로 처리한 일 같았다.

"아이들 혼사 문제로 머리가 복잡합니다."

김 회장이 먼저 운을 띄웠다.

"예! 저 역시 그렇습니다. 하도 말씀이 없으셔서 전 접으시는 줄 알았습니다."

"접기는요. 그때도 보셨다시피 김 원장이 아직 결혼 의사가 없는 것 같아서 회유 중입니다."

“저희야 급할 것도 아쉬울 것도 없습니다만 그런 거절 의사를 듣고 기분 좋지는 않습니다.”

“하하하…… 그래서 영부인께서 그런 일을 하신 모양입니다.”

“그런 일이라니요?”

“그나마 병원 감사 결과가 아주 깨끗하다네요. 허허허…… 그 녀석 성격이 좀 그렇습니다.”

“그게 무슨 말씀이신지……?”

장 의원은 정말 모르는 일인 듯 의아한 표정을 지었다.

* * *

식사를 마치고 막 커피점에 들어선 박 간호사와 장 간호사는 커피 주문을 하고 있는 정호를 발견했다.

“카페모카! 크림 듬뿍 얹어서 부탁합니다.”

“네! 카드 받았습니다.”

막 주문을 마치고 돌아서는 정호가 장 간호사 다리에 걸려 넘어질 뻔했다.

“아이쿠!”

“어머나! 죄송해요. 제 다리가 왜 거기에 있었을까요.”

장 간호사는 영혼이 없는 사과를 하고 이내 다리를 회수했다.

“지금 일부러 다리 걸었습니까?”

“네? 일부러라니요.”

“보아하니 재욱이 자식…… 병원 식구들 같은데. 그 자식이 시킵디까? 나 엿 먹이라고?”

“네에??”

“하! 하여간 유치하기 그지없어서. 학교 때부터 한결같네.”

“이것 보세요. 우리 원장님은 그런 분 아니시고요. 엿을 먹인 건 원장님이 아니라 그쪽 아닌가요?”

박 간호사가 장 간호사를 붙잡고 말렸으나, 이미 열이 오른 장 간호사는 보이는 게 없었다.

"그게 무슨 소립니까. 내가 무슨 엿을 먹여?"

"아우…… 장간! 그만해. 죄송합니다. 실수였어요. 실수."

"어어!! 진짜 이상한 사람들이네. 무슨 소린지 말해 봐요. 어서!"

장 간호사는 허리에 손까지 올리고 작정한 듯 입을 열었다.

"그쪽이 마린 블루 매니저님한테 까이고 우리 원장님과 매니저님이 결혼한다는 소식 듣고 열받아서 우리 병원 신고한 거 모를 줄 알아요?"

"뭐라고요??"

주변에 있던 사람들이 씩씩대는 장 간호사와 얼굴이 붉으락푸르락해진 강정호 주변에 모여들었다.

의자에 기대앉은 재욱은 핸드폰이 마치 효진인 것처럼 바짝 귀에 붙이고 다정한 목소리로 통화 중이었다.

— 그래서 이제 어떻게 되는 거예요. 병원은?

"소명 자료 들고 내가 직접 들어가기로 했습니다. 잘못한 게 없는데 처벌할 건 있겠습니까?"

— 그런 자신감, 정말 마음에 들어요.

"당신 마음에 드는 게 그거뿐인가?"

— 설마요.

"매일 밤, 당신 마음에 들게 해 주고 있는 건 왜 인정 안 하지?"

— 옆에 아무도 없는 거 맞죠?

"얼굴 빨개졌겠는데."

— 재욱 씨!

"지금 되게 예쁘겠다. 얼굴 빨개지면 꼭 잘 익은 복숭아 같더라."

— 전화 끊을까요?

"이럴 땐 꼭 마누라 같고."

— 정말 마누라 되면 달라질걸?

"모두가 다 그런 건 아닙니다. 당신은 좀 달라."

— 달라요? 뭐가요?

"후…… 당신은 내가 자꾸만 더 좋은 남자가 되고 싶게 만들거든."

전화기 너머 효진은 한동안 말을 잇지 못했다. 그리고 아주 옅게 그녀의 숨소리만 들려왔다.

"왜 아무 말이 없습니까."

— 나 지금 감동받았어요.

"뭐…… 그깟 말로 감동을 받아. 앞으로 어떻게 하려고."

— 그래서 내가 당신과 있으면 늘 사랑받는 기분이 들었나 봐요.

"지금 안고 싶네."

— 난 당장 하고 싶어요.

의자에 깊숙이 기대앉았던 재욱이 벌떡 일어나며 몸을 곧추세웠다.

— 지금 놀란 거예요?

"그럼 안 놀라겠습니까. 그런 설레는 말을 듣고. 나 그리 갈까요? 아니, 잠깐 집으로 갈까?"

키득거리며 웃는 소리가 핸드폰 너머에서부터 들려왔다. 장난을 치고 또 그 반응을 듣고 그녀가 아픔이 다 사라진 것처럼 웃는다. 재욱은 가슴이 따뜻해지는 것 같았다.

— 거기 점심시간 끝났어요. 이제 일하세요. 김 원장님!

"아니, 이러는 거 있습니까? 사람 마음 다 흔들어 놓고!"

— 이따 집에서 봐요. 오늘 소명 자료 들고 들어가려면 많이 바쁘잖아요.

"사랑해요. 무진장."

— 풋! 나도요. 무진장.

그렇게 끊을 수 없을 것 같던 전화를 겨우 끊고 재욱은 흐뭇한 미소를 지었다.

재욱과 설레는 통화를 마치고 막 레스토랑 안으로 들어서는 효진을 미애가 불렀다.

"매니저님! 저기!"

미애가 가리키는 쪽에 정호가 앉아 있었다. 더는 볼 일 없을 거라 생각했는데 뜻밖의 방문에 좀 의아했다.

“절 보자고 하셨다면서요.”

“아…… 효진 씨!”

그는 평소와 달리 좀 불안하고 초조해 보였다.

“무슨 일 있으세요?”

“저는 아닙니다.”

다짜고짜 아니라니…… 뭐가?

“재욱이 병원 신고! 내가 한 거 아니라는 소립니다.”

“아…… 그걸…… 왜 저한테 말씀하세요.”

“다른 사람들이 다 뭐라고 해도 효진 씨가 오해하는 건 원치 않습니다. 나 건달이지만 그런 짓은 안 합니다.”

재욱의 말이 맞았다.

‘엉뚱한데 또 순진한 구석도 있고 똘똘한 것 같은데 좀 어리숙한 구석도 있고…… 재밌는 친구였습니다. 악한 척 굴었지만 사실 마음 여린 놈이었는데…… 애들이 그걸 잘 몰랐지. 그런 짓 할 녀석 아닙니다.’

재욱이 말하는 정호는 그런 사람이었다. 그리고 지금 그런 사람이 맞다는 걸 확인했다.

“재욱 씨도, 저도, 강정호 씨가 신고한 것 아니라는 거! 알고 있어요. 그러니 괜한 오해 할 거라는 걱정 안 하셔도 돼요.”

크게 안도하는 것 같았다. 그게 뭐라고, 자기가 뭐라고.

“그럼 신고한 사람은 알아낸 겁니까?”

“비밀이 보장되는 신고예요. 알아낼 필요도 없고요. 감사받았는데 문제없다고 했어요. 소명 자료 제출도 오늘 한다고 들었고.”

“후…… 두 사람 정말 결혼합니까?”

저 남자의 눈동자가 저리 깊었을까?

숨죽이고 묻는 얼굴을 본 순간 재욱의 말이 떠올라 괜히 안쓰러웠다.

“결혼식을 올리게 될지 모르겠지만…… 그렇게 되면 꼭 와서 축하해 주세요. 재욱 씨가 강정호 씨 좋은 분이라고 얘기 많이 했어요."

"네? 재욱이가요……?"

어쩌면 강정호는 효진보다 재욱을 더 좋아했던 걸까? 그 말에 정호의 얼굴에 미소가 걸리는 걸 보고 혹시 잘못 본 게 아닌가 싶었다.

아니면 저 남자도 사랑이 필요한가? 사람의 관심? 뭐 그런 거? 이런……! 사랑과 관심이 필요한 건 강산만이 아니었던가 보다. 좀 안됐단 생각이 드는 건 뭐지.

효진은 해맑은 정호를 보며 복잡한 생각들로 머릿속이 엉망이 됐다.

* * *

막 브레이크 타임에 접어들 무렵 미애가 효진을 다급하게 불렀다.

"매니저님! 어서요. 사장님 전화요."

효진이 서둘러 달려가 전화를 받았다.

— 박 매니저, 왜 핸드폰 안 받아.

"아! 무음이라 몰랐어요, 무슨 일 있으세요?"

— 어떡해. 유치원에서 전화가 왔는데…….

"산한테 문제 생겼어요?"

— 아니야. 이번엔 강이! 강이가 애를 때렸대.

"네?"

— 나 지금 원주야. 친구 만나러 왔거든. 가려면 세 시간은 걸릴 텐데…… 재욱인 소명 자료 들고…….

"알아요. 협회 들어갔어요. 제가 가 볼게요. 지금이요."

— 그래 줄래? 어떡해! 무슨 일이야, 이게.

효진은 전화를 끊고 그길로 주차장으로 뛰어갔다.

효진이 유치원에 도착했을 땐 다급한 상황은 마무리된 뒤였다. 원장실로 찾아가니 이미 도착한 피해 아이 엄마가 원장과 얘기 중인 듯했다.

"저…… 김강! 보호잡니다."

원장이 자리에서 일어서며 효진을 맞자 마주 앉아 있던 아이 엄마도 덩달아 일어나며 고개를 돌렸다.

"박효진!"

"선화야!"

효진과 선화는 카페에 마주 앉아 속이 타는 듯 아이스아메리카노를 나란히 죽 들이켰다.

"일단 사과부터 정식으로 해!"

선화가 잔을 '탕' 내려놓으며 말했다.

"강이 먼저 때렸다니까 사과할게. 아이들 일인데 너무 날 세우진 말자."

"아니! 그거 말고."

"어?"

"나한테 너의 신상에 관해 보고하지 않은 점 사과하라고."

"뭐?"

"대체 얼마나 진행된 거면 아이 보호자로 네가 유치원엘 와? 그리고 그 지경이 되도록 왜 난 몰라? 이게 말이 된다고 생각해?"

말이 안 된다. 그렇지. 선화에게 이래서는 안 되는 거지. 선화 말이 백번 옳다.

"너! 잤니?"

"야!"

"잤네. 잤어. 자도 여러 번 잤어."

"우리가 애들도 아니고…… 그럼…… 뭐 손만…… 잡니……?"

"어쭈! 헛! 이것 봐라! 언제부터야? 태풍 왔을 때야? 태풍과 함께 사랑이 훅! 찾아온 거냐고."

"사실은…… 유럽 여행 갔을 때 만났어……."

"뭐어!!"

이럴 줄 알았다. 이젠 죽었다! 생각하고 꺼낸 말에 선화의 격한 반응이 나올 줄 알았다.

효진은 그간의 일들을 이실직고했고 선화는 아이스아메리카노를 리필 받아 마시며 끓는 속을 식혀야 했다. 모든 고백이 끝났을 때 선화에게서 날아온 말은 예상외였다.

"자리 만들어!"

"뭐?"

"김 원장이랑 자리 만들라고."

"?"

"우리 아들 때린 사과 제대로 받고, 내 친구 소리 소문 없이 빼앗아 간 사과도 제대로 받아야겠어."

"야아……!"

"뭐야? 너 지금 편드는 거니?"

"아니…… 그런 건 아니고…… 애들 일은 아까 다 털기로 했잖아."

"그럼 너와 관련된 일은? 그건 사과받아도 되고?"

"같이 밥 한번 먹자. 준기 씨도 같이."

"좋냐?"

"?"

"좋으냐고. 사랑하니까."

선화 때문에 잠시 긴장했던 얼굴이 갑자기 평온해졌다.

선화는 알았다. 효진의 표정과 목소리만으로도 지금 얼마나 좋은지, 얼마나 행복한지.

"응. 좋아. 나…… 행복해, 선화야."

좋다면서, 행복하다면서 울먹일 건 또 뭐람. 선화는 괜히 눈시울이 뜨거워졌다.

"김 회장님 반대한다면서! 그런데 행복해?"

"그런데도 행복하네…… 이상하게도."

"그럼 됐어. 김 원장! 너 지켜 줄 것 같아. 믿음직해!"

"응! 나도 그래."

오랜만에 두 친구는 마음이 따뜻해졌다.

함께 소파에 앉은 재욱과 효진 앞에 와인이 한 잔씩 놓여 있었다.
"선화여서 얼마나 다행인지 몰라요."
"선화 씨 아이 얼마나 다친 겁니까?"
"손등이 좀 긁히고 눈 아래 멍이 좀 들었더라고요."
"강이 그렇게 세게 때렸단 겁니까?"
"잘못은 선화 아들이 먼저 했어요. 산을 멍청이라고 놀렸다잖아요. 아무리 어린애들이지만 놀리면 못쓰지. 강은 자기 동생을 놀리는 데 가만있을 수 있었겠어요. 형제인데. 어우…… 무슨 애가 어린 동생을 놀려. 말은 안 했지만 사실 선화 아들도 좀 혼나야 해!"
재욱은 겨우 한 마디 던져 놓고 효진의 폭풍 열변을 들어야 했다.
효진은 재욱이 자길 너무 빤히 보고 있단 걸 알았다.
하아! 내가 무슨 짓을 한 거지?
"당신! 애들 엄마 다 됐는데!"
"네?"
"나 방금 가해자 아버지 된 줄 알았습니다."
효진은 괜히 얼굴이 뜨거워졌다.
"선화 씨한테 제대로 사과한 건 맞습니까?"
"네! 사과만 했게요? 커피도 사고, 밥 같이 먹자고 약속도 하고, 손이 발이 되게 빌기까지 했다고요."
재욱은 자꾸만 비집고 나오는 웃음 때문에 가만히 있을 수 없었다. 자꾸만 그녀가 예뻐서, 자꾸만 그녀를 안고 싶어서 가만히 있을 수가 없었다. 그래서 그녀를 와락 안아 버렸다.
"고마워요."
"왜 이래요."
"난 이제 당신 없이 못 삽니다."
"이제요? 난 벌써 오래됐는데. 어쩐지 좀 손해 보는 기분이 드네요."

효진이 안은 그를 밀어 내고 일어나려 하자 재욱이 그녀를 잡아당겨 무릎에 뉘었다. 깜짝 놀라는 그녀의 입술을 머금었고 밀어 내는 그녀의 손을 꽉 움켜잡았으며 뛰어 대는 그녀 심장의 주인이 되었다.

* * *

창문을 밀고 들어오는 아침 햇살에 눈뜬 김 회장은 침대 밖으로 나와 평소처럼 스트레칭을 했다. 스트레칭을 마친 그는 욕실로 들어가 샤워를 했고, 말끔하게 옷을 차려입고 거실로 나섰다. 아침 식사를 마치면 오늘의 외출 준비도 완벽하게 끝난다.

하지만…… 집 안은 고요했다. 지금쯤 된장찌개든 뭇국이든 뭔가 구수한 냄새가 나 줘야 했고 하다못해 하평댁이 도마 두드리는 소리라도 나야 했는데, 냄새는커녕 숨소리 하나 들리지 않고 조용했다.

"여보! 강산 할머니!"

큰 집을 가득 채운 김 회장의 목소리는 메아리도 없이 사그라들었다.

"하평댁!"

종종걸음으로 아이들 방으로 향한 김 회장은 문을 벌컥 열며 아이들을 불렀다.

"강아! 산아!"

집에 자신 말고는 아무도 없다는 걸 알아차린 김 회장은 다시 거실로 나왔고 이내 테이블 위 쪽지를 발견했다.

[오늘이 그날이에요. 보름간 자유롭게 잘 살아 봐요.]

김 회장은 그 작은 쪽지를 마구잡이로 구겨 바닥에 내동댕이쳤다.

"이러면 내가 뭐 겁먹을 줄 알고? 흥!"

호기롭게 큰소리쳤는데 하필 딱 배 속에서 '꼬르륵' 소리가 났다. 그리고 인정하고 싶지 않았지만, 세상에 홀로 남겨진 기분이었다.

"제기랄. 힘들게 돈 벌어 잘 먹고 잘살게 해 줬더니 나를 이렇게 배신해?"

아주 잠깐 뼛속 깊이 외로움이 스미는 것 같은 착각이 일었다.

* * *

아이들을 유치원에 넣어 주고 막 나온 재욱이 차에 오르며 효진에게 전화했다.

"애들 이제 막 유치원에 들여보냈습니다. 당신은 어디예요?"

— 어머니 막 공항에 내려 드리고 나도 출발했어요.

"아침부터 고생했습니다. 내가 해야 하는데."

— 내가 할 수 있어서 더 좋았어요. 애들은 아빠랑 같이 가서 정말 좋았겠다.

"강은 목소리가 더 커진 것 같고, 산은 많이 밝아졌습니다."

— 강산은 좋겠어요. 멋진 아빠 있어서.

"곧 예쁜 엄마도 생기니까 더 좋을 겁니다. 이제 운전에 집중합시다. 위험해."

— 이따 봐요.

"안전 운전 해요."

— 네.

분노의 아침을 시작한 김 회장과 달리 재욱과 효진은 바쁘지만 행복한 아침을 시작하고 있었다. 효진과 통화를 마친 재욱은 바로 다시 전화했다.

"나 김재욱입니다."

— 그러게요. 놀랍게도 선배더라고요. 핸드폰 화면 보고 잠깐 스탑 모션이었어요.

"오늘 점심에 잠깐 볼 수 있습니까?"

— 식사를 같이 하자는 건가요?

"피차 시간 낼 수 있는 게 그때뿐이니 밥은 내가 사겠습니다. 지난번 그 해장국집에서."

— 아뇨. 거긴 싫어요. 점심 말고 저녁으로 하고, 장소 정해서 문자 할게요. 거기서 봐요.

재욱은 원치 않았지만, 협회에 들어갔을 때 협회장의 입을 통해 신고자의 정체를 알게 되었다. 비밀이 지켜져야 하는 게 자명한데 아버지의 영향력이 이런 곳까지 미쳐 있다고 생각하니 가슴이 갑갑했다.

장 의원 측에서 움직였다는 말을 들으니 이번 혼사와 연관되어 있겠단 판단이 섰고, 장 의원을 만나기 전에 하영에게 먼저 정중히 사과하는 게 맞다고 생각했다.

효진이 마린 블루에 도착한 건 피크 타임이 지나고 나서였다.

"별일 없었어요?"

효진은 급히 들어서며 미애에게 물었다. 하지만 미애는 얼굴이 하얗게 질려 답을 하지 못한 채 효진을 붙잡았다.

"왜요. 무슨 일 있었어요?"

"저기, 회장님이 오셨어요."

하아! 드디어 올 것이 왔구나.

양 여사가 여행을 떠나겠다고 했을 때 이미 예상했던 일이었다. 방패막이 되어 줄 양 여사가 없는 상황, 김 회장에게는 효진을 제대로 보고 제대로 겁박할 수 있는 기회가 될 테니까.

"미애 씨!"

"네."

"회장님 다녀가신 거, 원장님 귀에는 들어가지 않았으면 해요."

"아…… 그게……."

"부탁할게요."

효진의 애원에 가까운 눈빛에 미애는 입을 잠그는 표시를 해 보이며 안심시켰다. 그제야 효진은 김 회장이 앉은 테이블로 발걸음을 옮겼다.

"안녕하십니까. 회장님! 전에 몇 번 뵈었습니다."

"박 매니저군. 앉아요."

마린 블루에 올 때 몇 번 봤지만, 그 기억에 미처 발견하지 못했던 새로운 정보를 찾아내려는 듯 김 회장은 음험한 안광을 빛내며 효진을 주시했다.

"식사 전이시면 준비시키겠습니다."

"아침을 건너뛰어 점심을 좀 일찍 먹었어요."

그 말이 '다 너 때문에 이런 일을 겪는 중이야.' 라고 탓하는 것 같아 불편했다.

김 회장은 가만히 효진을 뜯어보는 것 같더니 이내 입을 열었다.

"난 사업가요. 어려서부터 그렇게 키워졌지. 부모님 덕분에 호의호식하며 살았고 그 덕분에 내 가족도 힘든 일 없이 살 수 있게 이 자리를 지키고 있어요."

"네."

"아들이 둘만 됐어도 이렇게 애가 타지는 않았을 건데 알다시피 재욱이가 3대 독자지. 한데 애석하게도 그 녀석은 사업할 성품이 못 돼서…… 그래서 매우 속상했어요. 의대를 가게 한 것도 다 그래서고."

효진은 그저 묵묵히 그의 말에 귀 기울였다.

"그런데 그 녀석! 아들이 둘이고 그 아이들도 다 내 핏줄인데 그 꼬마 녀석들 장성하고 자기 앞가림하게 해 주려면 내가 아직 느슨해지면 안 되거든. 또 해야 할 일이 많기도 하고. 그래서 난 내 나름의 계획을 세워 하나하나 이뤄 가고 있어요."

짐작은 했지만 정말 생각이 많고 계획이 확실한 분이었다.

"그런데 박 매니저가 날 난처하게 만들고 있어요."

드디어 본론으로 접어들었다. 절대 흔들리거나 기죽지 않아야 하는데…… 이미 그의 말은 설득력이 다분했다.

"가진 게 많으면 잃을 게 많아서 늘 불안한 법입니다. 가진 걸 지키기 위해 혼신의 힘을 기울여야 하는데 주변에서 도와주지 않으면 그게 또 힘든 법이거든. 난 내 가족을 지키기 위해 내가 가진 모든 것을 지킬 생각이에요. 내 생각 내 의지가 잘못됐나요?"

"아닙니다. 옳으신 말씀이세요."

"말귀를 잘 알아들으니 우리 집사람이 박 매니저를 좋아하는가 봅니다."

"과분한 칭찬이십니다."

"재욱이는 내가 생각해 놓은 혼처가 있어요. 그 혼사가 틀어지면 난 많은 걸 놓쳐."

미소를 머금은 그의 얼굴은 처음부터 지금까지 단 한 번도 달라지지 않았다. 하지만 그런 그를 바라보는 효진은 그가 수십 가지의 얼굴을 하고서 효진을 어르고 달래고 회유하고 설득하고 협박하는 것처럼 보였다.

제게도 저렇게 든든한 아버지가 있었다면 어땠을까? 생각했다. 가족을 버리고 가정을 망가트린 채 아쉬울 때만 연락하는 그런 아버지 말고, 자식의 뒤에서 묵묵히 앞길을 지켜 주는 그런 아버지.

"말씀 끝나셨으면 저도 몇 말씀 드려도 될까요?"

"그럼요. 말해요."

"저는 가진 것도 없고 회장님과 사장님처럼 뒷배가 되어 줄 든든한 부모님도 없습니다. 세상에 소중한 게 하나도 없이 살았어요. 그래서 잃을 것도 없었고요."

김 회장은 눈빛 하나의 미동도 없이 효진을 봤고, 효진은 그런 그의 눈동자를 피하지 않고 덤덤히 말을 이었다.

"그런 저에게 잃고 싶지 않은 소중한 것이 생겼습니다. 그건 너무나 소중해서…… 그냥 갖고 싶은 것이 아니라 지켜 주고 싶기도 하고요."

효진은 울컥 치미는 감정을 꾹꾹 누르려 마른침을 삼켰다.

언제 닥칠지 모를 이 상황을 준비하며 누누이 다짐했다. 절대 나약해지지 않겠다고. 절대 눈물 보이거나 주눅 들지 않겠다고.

"지켜 준다?"

"재욱 씨에 대한 저의 사랑이 부모님의 사랑만 하겠습니까. 강과 산에 대한 저의 사랑이 조부모님의 사랑만 할까요. 하지만 그 사람이 원하는 삶을 살게 해 주고 싶습니다. 그 아이들의 안식처가 되어 주고 싶고요."

눈빛 하나 흔들리지 않고 자신의 뜻을 다부지게 말하는 효진이 당돌해 보였다. 정말이지 이런 아이가 장 의원의 딸이었다면 천군만마를 얻은 듯 든든할 것 같단 생각마저 들었다. 하지만 김 회장의 큰 그림에는 백해무익한 존재였다.

"제가 회장님 사업에 아무 도움 안 되는 하찮은 존재라는 것 압니다. 그렇다고 재욱 씨의 두 번째 인생을 또다시 부모님 뜻에 따라 휘둘리게 둘 수는 없어요. 그게 제가 그 사람을 지켜 줄 수 있는 방법 같습니다."

어리숙한 녀석이 사람 보는 눈은 있었던 모양이다. 주변에 둔 제 사람들이 하나같이 저를 닮아 일이 되겠나 싶었는데 병원 일도 나름의 방식으로 잘 꾸려 가는 게 사람을 잘 둔덕임을 모르지 않으니 기특했다. 그런데 여인 보는 눈도 제법이란 생각이 들어 다행이라 여기면서도 이 상황에는 속이 답답했다. 그래서 말은 냉혹하고 냉정하게 한다.

"박 매니저 보기보다 꽤 맹랑한 사람이고만."

"언짢으셨다면 죄송합니다."

"하고 싶은 말이 있는 것 같아 내 듣기는 했지만, 주제를 잘 알고 있고 또 머리도 좋은 것 같으니 내 뜻이 뭔지 알아들었을 것으로 봅니다."

"회장님!"

"난 장 의원과 사돈을 맺을 생각이니 이쯤에서 재욱이 손은 놓아 주길 바래요."

"그럴 수 없습니다."

김 회장은 조용히 자리에서 일어났다. 이대로 그를 돌려보낼 수 없는 효진도 그를 따라 일어났다.

"이 혼사는 이 지역 발전과 나아가서는 강원도 발전에 크게 이바지할 혼사예요. 그런 하찮은 사랑 놀이로 그르칠 수 있는 일이 아니라는 소립니다. 내가 박 매니저를 내모는 일이 없었으면 합니다."

냉철하게 자기 뜻을 내뱉은 김 회장은 망설임 없이 마린 블루를 떠났다.

그가 떠나고 난 뒤에야 목구멍까지 올라왔던 눈물이 소리 없이 흘러내렸다. 쉽지 않을 거란 건 알았지만 눈앞에서 무시와 거절을 당하는 건 역시 마음이 아팠다.

하영이 정한 장소는 시내에 위치한 퓨전 일식집이었다. 병원 일을 마치고 늦지 않기 위해 부리나케 준비해 나온 재욱이 이번엔 하영보다 먼저 도착해 있었다. 들어서던 하영이 재욱을 발견하고 환하게 웃었다.

"먼저 와 있을 거라곤 상상도 안 했는데."

"약속 시간을 어긴 일은 없습니다. 그날은 맞선인 줄도 몰랐고. 알다시피."

"네. 성격은 이미 알고 있어요. 그보다 절 보자고 한 이유가 궁금하네요."

"좀 앉아요. 숨도 돌리고."

"이렇게까지 배려하니까 더 궁금해지네요."

하영이 외투를 벗어 걸고 자리에 앉자 재욱은 정자세로 고쳐 앉으며 고개 숙여 사과부터 했다.

"우선! 미안합니다."

하영이 그의 태도에 놀라 눈을 동그랗게 뜨고 쳐다봤다.

"나의 의사와 상관없이 부모님들 간에 이루어진 혼사 문제라는 점 다시 한 번 말하고 싶군요. 정중하게 거절 의사를 밝혔지만 부모님으로서 기분 나쁘셨을 수 있을 거라고 생각합니다. 찾아뵙고 사죄드리기 전에 장하영 씨에게 사과하는 게 먼저라고 생각했습니다."

"어쩐지 너무 깍듯하고 너무 순순하시더라. 지금 너와 결혼할 수 없어 진심으로 미안하다! 라고 말하는 거잖아요."

"사랑하는 사람이 있습니다."

결국, 이 소리를 그의 입을 통해 듣게 되다니…… 기분 더러웠다.

"그 사람과 결혼할 겁니다. 장하영 씨와 맞선 보기 전부터, 아니 2년 전부터 그 사람을 기다렸습니다. 그러니 장하영 씨 잘못도 부모님 잘못도 아닌 셈이죠."

2년 전부터? 강 여사의 조사가 틀려도 많이 틀렸단 걸 확인하니 어쩐지 씁쓸했다. 손을 썼다더니 어머니도 별수 없구나 싶기도 했다.

"이 혼사 틀어져도 버텨 낼 수 있겠어요?"

"……."

"김 회장님 성품 이곳 사람들이라면 다 아니까."

"부모님들 사업에 이용되는 결혼! 장하영 씨는 상관없다는 소리로 들리는데……."

"!"

"충분히 매력 있고 영리한 사람이라고 생각합니다. 난 어리석어서 이제야 부모님에게 휘둘리지 않는 삶을 살겠다 결심했지만, 장하영 씨는 나보단 조금 더 일찍 그걸 깨달으면 좋겠고."

부모의 힘에 휘둘려서라도 그와 연을 맺고 싶었단 걸 그는 알 리 없다. 한 동네 대학을 다니면서 그의 학교, 그의 병원 근처를 수시로 들락거렸단 사실을 알 리 없고, 긴 세월 짝사랑이 얼마나 외롭고 힘든 것인지 그는 알 리 없다. 저리 올곧은 성품과 저리 바른 행동을 하는 사람을 어떻게 쉽게 포기할 수 있을까. 거절하려고 나온 자리에서조차 그는 하영의 선택이 틀리지 않았음을 증명해 보였다. 치졸한 짓을 해서라도 붙잡고 싶은 마음은 더 강해지기만 했다. 음식을 먹는 모습조차 반듯한 그를 바라보는 하영의 심장은 불규칙하게 뛰어 댔다.

마린 블루는 한창 바쁜 시간이었지만 효진의 몸은 좀처럼 빠릿빠릿하게 움직여지지 않았다. 김 회장이 다녀간 뒤로 괜찮다고 스스로 마음을 다잡아 보려 했지만 쉽지 않았다. 일에 집중하면 잊힐까 싶어 미친 듯 움직였지만 어쩐지 몸이 아픈 듯 힘이 없었다.

"매니저님! 쓰러질 것 같아요."

"아…… 미애 씨."

"오늘은 그냥 들어가세요. 여기 일 걱정하지 마시고요."

"그래도……."

"다 죽게 생기셨어요. 어서요. 들어가세요."

효진은 이곳에 더 있어 봐야 도움 되지 않을 것 같아 조기 퇴근을 선택했다.

차를 몰고 집으로 향하다 몸살약이라도 먹어야 내일 출근할 수 있을 것 같아 시내 약국으로 방향을 틀었다.

운전하는 효진의 귓가에 김 회장의 목소리가 왕왕 울렸다.

'재욱이는 내가 생각해 놓은 혼처가 있어요. 그 혼사가 틀어지면 난 많은 걸 놓쳐.'

"몸에 기운이 하나도 없고 열도 좀 나는 것 같아요. 식은땀도 좀 나고……."

약국으로 들어온 효진이 약사에게 증상을 말하곤 의자에 털썩 앉았다.

"아이고……! 많이 안 좋아 보이세요. 이거 한 병에 이거 한 포 드세요. 지금

드시고 하루 세 번 드시면 확 달라질 겁니다. 그래도 혹시 호전되지 않으면 병원 가시고요."

효진은 약사가 내미는 약을 그 자리에서 뜯어 먹었다.

"감사합니다."

약봉지를 들고나와 자동차로 가던 효진은 길 건너 일식집에서 나서는 재욱을 발견했다. 반가운 마음에 그를 향해 가려는데 뒤따라 나오는 하영을 보고 걸음을 멈췄다. 어둠이 내린 거리에서 행여 그가 자신을 보게 될까 봐 저도 모르게 효진은 몸을 돌려 세웠다.

"오늘 저녁 즐거웠어요."

하영의 밝은 목소리가 들려왔다.

"부모님은 따로 찾아뵙겠습니다."

재욱의 목소리도 넘어왔다.

대체 무슨 일로 저 두 사람이 만난 걸까. 재욱에게선 한마디 말도 없었는데.

'난 장 의원과 사돈을 맺을 생각이니 이쯤에서 재욱이 손은 놓아 주길 바래요.'

또다시 김 회장의 말이 효진의 귓가에 맴돌았다.

* * *

하영과 헤어지고 재욱은 마린 블루로 차를 몰았다. 늘 병원이 먼저 끝나고 집에서 그녀를 기다려야 하는 재욱이었지만 하영을 만나고 나자 효진을 보고 싶단 생각이 더욱 절실해졌다.

"매니저님, 몸이 안 좋아서 일찍 들어가셨어요."

미애는 더 많은 말을 하고 싶었지만, 낮에 한 효진과의 약속이 떠올라 꾹 눌러 담았다.

"어디가 안 좋습니까?"

"그냥…… 몸살 같아 보였는데 모르죠."

"고마워요. 수고해요."

그길로 재욱은 부리나케 집으로 향했다. 주차하며 바라본 그녀의 집은 빈집처럼 불이 꺼져 있었다. 평소의 그녀라면 집에 도착함과 동시에 모든 불을 켜놓았을 터인데. 혹시 아이들 때문에 자기 집으로 가 있는가 싶어 재욱은 대문을 힘차게 열고 집으로 향했다.

"아빠!"

재욱을 발견한 아이들이 이구동성으로 아빠를 외치고 달려들었다. 그 소리에 하평댁이 주방에서 손을 닦으며 나왔다. 하지만 효진의 모습은 어디에도 보이지 않았다.

"이제 와?"

"네. 혹시 박 매니저 여기 안 왔습니까?"

"아니. 마린 블루에 있어야 할 사람을 왜 여기서 찾아?"

분명히 차는 주차되어 있었다.

그렇담 집에 있다는 건가? 하아! 많이 아픈가?

"저, 잠깐 나갔다 와야 하는데 조금 더 계셔 주실 수 있을까요?"

"아이, 어떡해. 나 김 원장 올 때까지 기다린 건데."

"아! 가셔야 합니까?"

"응. 미안해."

"아닙니다. 제가 늦어서 죄송하죠. 어서 퇴근하세요."

"그래, 고마워. 내일도 아침 일찍 올게."

하평댁은 서둘러 앞치마를 벗어 놓고 집을 빠져나갔다.

"아빠, 우리 어디 가요?"

점퍼를 입는 강이 산에게 점퍼를 입혀 주고 있는 재욱에게 물었다.

"매니저 아줌마 집."

"왜요?"

강은 궁금했고.

"매니저 아줌마 집에 가요?"

산은 신이 났다.

"아줌마가 좀 아픈 것 같은데 아플 때 혼자 있으면 많이 힘들거든. 우리가 곁에 있어 주면 좋을 것 같아서."

"얼른 가요. 내가 아줌마 호 해 줄래요."

재욱은 기특한 산의 머리를 쓰다듬었다.

"아줌마 집이 멀어요?"

"어? 그게……."

집으로 돌아온 효진은 그대로 침대 위로 쓰러졌다. 약 기운 때문인지, 아픈 몸 때문인지, 조금 전 보게 된 장면 때문인지, 이유는 알 수 없었지만 몸이 천근만근이었다.

입은 옷 그대로 침대에 누워 이불을 끌어 덮었다. 이불을 목까지 덮었지만, 몸은 여전히 추웠다. 몸이 추워 죽겠는데 이마와 등에서는 식은땀이 흘렀다. 환절기 감기가 몸살과 함께 찾아온 모양이었다.

"와아!!!"

오랜만에 옛집에 들어온 강은 거실로 뛰어 들어오며 소리부터 질렀다. 재욱의 손을 꼭 붙잡은 산은 효진의 모습을 두리번거리며 찾는 듯했다.

"강! 쉿!"

"쉿!"

산이 입에 손가락을 가져다 대며 재욱을 따라 '쉿'을 했다.

재욱은 조심스럽게 침실 문을 열었다. 효진은 이불을 목까지 끌어 덮고 잠들어 있었다. 가만히 이마에 손을 짚은 재욱은 열이 높아 깜짝 놀랐다.

"산은 아줌마 곁에 좀 있을래? 아빠 물수건 좀 만들어 올게."

"네."

재욱이 가만히 문을 열고 나가자 산은 재욱이 했던 것처럼 조심스럽게 효진의 이마에 손을 얹었다. 고사리 같은 손이 효진의 이마에 얹어지자 효진이 끙 앓는 소리를 냈다. 산은 효진의 손에 볼을 가져다 대고는 슬며시 눈을 감았다.

목이 말라 눈이 떠진 효진은 머리가 지끈거렸다. 아픈 몸을 이끌고 어떻게 운전해 어떻게 집까지 왔는지 기억도 나지 않았다. 그와 하영이 함께인 모습을 보고도 아무것도 할 수 없었던 자신을 책망하며 침대에 쓰러졌다.

그냥 이대로 죽어 없어지면 그도, 아이들도, 그의 부모님도 일상을 찾고 몸에 맞는 옷을 걸친 듯 살아갈까? 그냥 나 하나 사라지면 그들은 평온한 삶을 살게 되는 게 아닐까?

몸이 아프니 마음도 약해지고 생각도 나약해졌다는 걸 알았지만 괜스레 그런 생각들로 혼자 속이 새까맣게 타들어 갔다.

그렇게 깊은 잠에 빠져들었는데 꿈속에서조차 재욱은 자신을 따뜻하게 보살펴 주었다. 그의 지극한 보살핌을 받으며 잠들기 전까지 했던 생각들이 얼마나 어리석었는지 깨닫고 얼른 그를 만나야겠단 결심과 함께 눈을 뜬 참이었다.

힘들게 몸을 일으키는데 머리에 얹어진 수건이 떨어졌다. 이게 어떻게 된 일인가 싶어 놀라 돌아본 효진은 눈물이 들어차고 가슴이 뭉클해져 숨을 쉴 수 없었다.

대체 지난밤! 무슨 일이 있었던 걸까.

이 비좁은 침대에 세 남자가 나란히 효진을 향해 모로 누워 잠들어 있었다. 심지어 바로 옆에 누운 산은 효진의 옷을 꼭 붙잡고 놓지를 않았다.

바보 멍청이! 무슨 허튼 생각을 한 거야.

어떻게 이 세 사람을 떠나.

어떻게 이 세 사람 없이 살아.

흐르는 눈물을 연신 닦아 내며 세상모르고 잠든 그들을 하염없이 보았다.

얼마 후 소파에 앉아 겨우 눈물을 추스르고 있을 때 재욱이 거실로 나왔다.

"언제 깼어요? 몸은 좀 괜찮아요?"

다가온 그는 효진의 이마부터 짚어 봤다.

"하아! 열은 떨어졌네. 어디가 아픈 겁니까? 많이 안 좋으면 응급실이라도 갑시다."

효진이 이마에 얹어진 그의 손을 내려 두 손으로 꼭 잡았다.

"이제 괜찮아요."

"얼굴이 많이 안 좋습니다."
"애들이랑 집 가서 편하게 자지 뭐 하러 이 고생을 해요."
"휴! 애들이 안 가겠다고 해서. 뭐…… 나도 당신 혼자 두고 가긴 싫었고."
머쓱한 듯 머리를 긁적이는 그를 효진이 말갛게 바라봤다.
"좀 안아 줄래요?"
그 목소리에 너무 힘이 없어…… 애처로워…… 재욱은 팔을 둘러 효진을 꽉 안았다.
"꿈인 줄 알았어요. 당신이 날 보살펴 주는 꿈."
"늦게 와서 미안합니다."
"아니요. 당신은 늘 내가 필요할 때 곁에 있어요. 늦는 법이 없어."
"조금 더 누워 있읍시다."
"당신과 하영 씨 함께 있는 거 봤어요."
"어떻게? 아니, 봤으면 부르지. 당신…… 화났습니까?"
"그러게요. 불렀어야 했는데 왜 도망친 건지 모르겠어요."
재욱이 효진의 얼굴을 들여다봤다.
"당장 내 남자 옆에서 떨어지라고 하고 싶었는데 그걸 못 해서…… 아팠나 봐."
말끝에 미소를 물었지만 쓸쓸해 보였다.
"그런 거 아닙니다. 미리 말하지 않은 건……."
"나 당신 믿어요. 만날 이유 있었겠죠. 먼저 말하지 않은 이유도 있을 거고. 그냥 몸이 안 좋으니까 나쁜 생각이 먼저 들었던 거야. 그래서 괜히 속도 상하고……. 그런데 다시 확인했어요."
"뭘 확인했습니까?"
"난 당신 없이는 이제 안 된다는 거."
말을 마친 효진이 고개를 떨군 채 낮게 한숨을 내쉬었다.
'나는 당신 없이 안 되겠는데 왜 우리 관계는 허락받는 게 이리 어려울까요.' 라고 한탄하는 것 같았다.
그런 그녀를 눈에 담기도 아까운 듯 바라보던 재욱이 목이 메어 오는 것을 겨우 누르며 입을 열었다.

"그럼 나 이제 박효진한테 완전히 코 꿰인 겁니까?"

"네. 이젠 내가 놔주지 않을 거거든."

재욱이 고개를 비스듬히 기울이며 다가왔다. 효진이 몸을 빼며 그의 가슴을 밀어 냈다.

"나 감기 몸살 같아요."

"압니다. 그런 것 같아."

그런데도 그는 하던 것을 멈추지 않겠다는 듯 다가오며 효진의 팔을 걷어 냈다.

"감기 옮으면 안 된다고요. 원장님."

"무슨 소리. 나도 같이 걸려서 병원 문 닫고 당신 간호 받고 싶다고."

"그런 소리가 어딨……."

재욱의 입술이 묵직하게 내려앉았다. 그의 키스는 그 어떤 날보다 더 감미로웠다. 침대 위에 잠든 아이들이 있다고 생각하니, 그들이 자신을 위해 밤새 간호를 했다고 생각하니, 그리고 그런 그들이 이제 내 가족이라 생각하니…… 그가 주는 키스가 달고 달았다.

그리고 그 밤. 재욱과 효진은 꼭 맞잡은 두 손 사이에 강과 산을 담고서 나란히 침대에 누워 잠이 들었다. 행복한 가족의 꿈을 꾸며.

* * *

— 혼자 총대 메게 하는 것 같아 미안해요.

재욱은 퇴근 준비를 하면서 걸어 두었던 슈트 상의를 집어 걸쳤다.

"누누이 말하지만, 당신이 미안할 일 아닙니다. 이렇게 만나고 해결해야 내 마음이 편할 것 같아서 이러는 거니까 괜한 걱정 하지 말아요."

재욱은 오늘 장 의원 부부를 만나기로 약속했다. 하영을 만났던 이유와 장 의원 부부를 만나야 할 이유까지 모두 알게 된 효진은 그런 자리까지 그가 가야 한다는 게 어쩐지 자기 때문인 것 같아 계속 미안했다.

— 기분 상하지 않게 잘 말해요. 그분들이 회장님 심기 건드리면 안 되니까요.

"압니다. 잘할게요."

— 전화해 줘요.

풀 죽은 목소리로 걱정을 가득 담아 말하는 효진의 목소리를 가만히 들은 재욱은 곁에 있다면 가슴 깊이 안아 줬어야 하는데 그러지 못함이 못내 아쉬웠다.

"전화할게요. 어서 끊고 일해요. 거기 바쁜 시간이잖습니까."

— 당신 먼저 끊어요.

"어허! 날 사랑하는 여자를 두고 먼저 휙 뒤돌아서는 나쁜 놈 만들 겁니까?"

잠깐의 침묵이 그녀의 미소라는 걸 안다.

— ……알았어요. 끊을게요.

그녀가 전화를 끊는 걸 확인하고서야 재욱은 길게 한숨을 내쉬곤 진료실을 나섰다.

늦지 않으려고 일부러 서둘러 한정식집에 도착한 재욱은 일행이 먼저 도착했다는 말에 반듯한 이마를 좁혔다. 직원의 안내를 받아 룸으로 들어선 재욱은 먼저 고개 숙여 인사부터 건넸다.

"서둘렀는데도 제가 좀 늦었습니다."

"아니에요. 우리가 일찍 왔습니다."

고개를 든 재욱의 표정이 굳었다. 분명 장 의원과 강 여사를 모신 자리였는데 김 회장과 하영이 그들과 함께 재욱을 맞고 있었다.

"아버지!"

"넌 이런 좋은 자리에 나는 왜 뺐어. 서운하게. 어서 와 앉아라."

"어서 와요. 선배."

아버지는 그렇다 쳐도 하영의 동석은 의아했다. 분명 충분히 알아듣게 설명했다고 생각했는데 어떻게 아무렇지 않은 표정으로 이 자리에 나설 수가 있는지. 어쩌면 하영은 처음부터 포기할 마음 같은 건 없었던 건지도 모르겠단 생각이 엄습하자 생각보다 일이 어려워지겠단 불길한 예감이 들었다.

"양 여사님도 함께 하셨으면 딱 상견례 자리가 될 뻔했어요. 호호호……."

김 회장과 식사 회동 후 장 의원은 강 여사에게 타박했다. 대체 남자들 하는 일에 왜 아녀자가 끼어들어 일을 추잡하게 만들었냐고. 그길로 강 여사는 김 회장에게 사죄했고 김 회장은 인심 쓰듯 선처했다. 그리고 재욱의 연락을 받은 장 의원은 그의 뜻을 간파하고 김 회장에게 긴급 지원을 요청했다. 오히려 이번 기회를 전환점으로 삼자는 그들만의 계략이 깔려 있는 걸 재욱만 몰랐다.

"사람 일은 정말 알 수가 없어요. 우리가 이렇게 사돈하자고 마주 앉을 줄 어떻게 알았어요. 호호……."

간드러지는 강 여사의 목소리가 귀에 거슬렸다.

"김 원장이 먼저 연락을 줘서 얼마나 반가웠는지 몰라요."

"제가 연락드린 이유를 아시면 그다지 반갑지 않으실 겁니다."

그들이 폭죽을 더 터트리기 전에 재욱이 제동을 걸었다.

"재욱아! 병원 신고 문제라면 이미 내가 여사님과 이야기를 끝냈다. 네가 생각해 봐도 우리가 좀 섭섭하게 해 드렸잖냐."

"아버지!"

"그래요. 미안해요. 여자들이 그래요. 자존심 상하는 일을 그냥 못 참아. 하영이도 이 양반도 전혀 몰랐던 일이에요. 내가 그냥 너무 화가 나서 그랬어. 다시 한번 미안해요."

"그 일이라면 이미 끝난 일입니다. 이미 협회 측에서 우리 병원에는 아무 문제가 없다고 한 상태이니까요. 덕분에 직원들이 일 처리를 깔끔하게 하고 있었다는 사실만 확인했습니다."

강 여사는 민망하고 어색해 씁쓸한 미소를 지어 보였다.

"제가 오늘 두 분을 모시고자 했던 건 진심으로 사죄드리고 싶어서였습니다."

"재욱아! 좋은 자리 기분 좋게 식사나 하자."

"그런데 이렇게 지원군을 대동해 오셨군요. 저는 이 결혼……."

"지금 추진 중인 해변 경관 개선 공사 마무리되면 고속도로 사업 추진하신다고 들었습니다. 회장님!"

재욱의 말을 자르고 들어온 건 하영이었다. 재욱의 날카로운 시선이 하영에게 꽂혔지만, 하영은 아랑곳하지 않고 말을 이었다.

"경관 개선 공사도 저희 아버지가 회장님 뜻 받들어 이뤄 내신 사업이라고 들었는데 언제나 회장님은 동해시 발전을 위해 누구보다 앞장서시는 것 같아요. 그 덕에 아버지도 좋은 정치인이라는 이미지도 얻으시고요."

"아이쿠! 장 의원 영애가 어째 장 의원보다 훨씬 저를 대우해 주는 것 같습니다. 하하하."

"우리 애가 저렇습니다. 허허허……."

"고속도로 사업도 아버지와 함께 준비 중이시라고……. 그 사업이 이뤄지면 회장님도 아버지도 큰 업적 이루시는 거죠."

"맞아요. 내가 장 의원 도움을 참 많이 받습니다."

모두가 돌아간 자리에 재욱과 하영만 남았다. 뜨거운 김이 올라오는 차를 사이에 두고 재욱은 짙은 한숨을 뱉어 냈다.

"그 한숨! 너무 무겁네요."

"복병이 장하영 씨일 줄 몰랐네."

"나, 선배 포기 못 해요. 오래 기다렸거든요."

"하! 내가 곁을 내어 준 적이 없는데 무슨 포기를 못 한다는 건지 모르겠군."

"두 분, 여러모로 깊게 얽혀 있는 분들이에요. 그분들 입장에서 우리 결혼이 아주 튼튼한 버팀목이 될 거고요."

"사랑하는 사람이 있다고 말했습니다."

"사랑이야 할 수 있죠. 2년 전부터면 꽤 오래된 건데. 이제 접어요. 이혼도 했는데 헤어지는 게 어려워요?"

"장하영 씨! 내가 생각했던 그런 사람이 아니었던 것 같습니다."

"네! 무슨 생각을 하셨는지 모르겠지만 아마 무엇을 생각했든 그보다 더한 여자일 거예요."

재욱은 눈도 하나 깜박이지 않으며 자기 뜻을 조곤조곤 피력하는 하영을 기가 막힌다는 듯 바라봤다.

"결혼 전까지만 정리해요. 그럼 저도 없던 일로 할게요."

도무지 말이 통할 사람 같지 않았다.

재욱의 불편한 시선이 허공으로 흩어졌다.

바쁜 시간이 지나가고 조금 여유로워진 효진은 이미 식사가 끝났을 텐데 전화가 없는 재욱 때문에 생각이 깊었다. 대화가 잘 안 된 모양이었다. 그래서 전화도 못 하고 혼자 애끓이고 있을 그를 생각하니 가슴이 아팠다.

장하영이 복병이었단 말을 어떻게 하나. 장 의원 일가가 똘똘 뭉쳐 덤벼드니 일이 쉽지 않겠단 소린 또 어떻게 하나.

비록 뜻을 꺾지 않은 재욱의 말에 식사 자리가 엉망이 되고 장 의원 내외가 자리를 박차고 나가 버렸지만 이렇다 할 성과를 내지는 못한 자리였다.

집으로 돌아온 재욱은 효진에게 전화도 하지 못한 채 서재에 앉아 있었다. 그래도 전화 기다릴 텐데…… 뭉글뭉글 피어오른 한숨이 방 안을 가득 채웠다.

그때 핸드폰이 울렸다. 화면 가득 환한 효진의 얼굴이 반짝이고 있었다.

하아! 사랑이 원래 이렇게 힘이 든 거지. 이 정도 역경쯤은 이겨 내 줘야 부부로 거듭나는 거겠지.

재욱은 애써 미소를 장착하고 핸드폰을 밝게 받았다.

"바쁜 시간 끝났습니까?"

— 네. 이제 좀 한가해져서 내가 먼저 전화했어요.

"이런, 내가 또 기회를 뺏겼잖아."

— …….

지금 그녀의 침묵은 다 아니까 애쓰지 말라는 뜻이다.

'이렇게 마음이 넓은 여자가 어떻게 내게 왔나……!'

"하아! 사랑합니다."

— 나도 사랑해요. 너무 보고 싶고요.

"그리 갈까요?"

— 애들 있잖아요. 곧 마무리되니까 서둘러 갈게요.

"집으로 와요. 그럴 수 있죠?"

— 그럼요. 난 언제나 당신이 있는 곳으로 가요. 당신이 있는 곳이 이제 집이야.

"후…… 이러는 거 반칙이라고 몇 번을 말합니까. 안을 수도 없는데 이러면 내 몸에 사리 쌓입니다."

— 사리 쌓일 정도로 금욕한 것 같지는 않은데요.

"나, 엄청나게 자제하는 중이라고 말했는데."

지금 그녀의 침묵은 또 미소다. 핸드폰 너머 그녀의 낮은 숨결이 꽃향기처럼 가슴으로 스며든다. 그녀가 웃는 게…… 하아! 그저 좋다.

"조심해서 와요. 기다리고 있을게."

— 네. 끊을게요.

통화는 끝났지만, 재욱은 한동안 핸드폰을 손에서 놓지 못했다. 그녀에게 기쁜 소식을 전하지 못함에 가슴이 묵직하게 아파 왔다.

깊은 밤.

희미하게 스탠드 조명만 밝혀진 재욱의 침실 침대 위에 강과 산이 대자로 누워 잠들었다. 어두운 거실과 그 복도를 따라 옅은 신음이 들려오는 곳은 재욱의 서재였다. 굳게 닫힌 문 틈새로 효진의 조심스러운 교성이 살짝살짝 새어 나왔다.

"으음……."

잠든 아이들 때문에 이를 악물고 버티는 효진이었다. 그녀의 은밀한 곳에 얼굴을 묻은 재욱은 혀끝으로 부드럽게 클리토리스를 핥았다.

"하읏……!"

"쉬잇!"

"하아…… 안 되겠어요…… 소리가…… 하아……."

허리를 휘고 목을 젖히며 밀려드는 황홀감을 참아 내려는 효진을 재욱은 즐기듯 더욱 파고들었다. 허벅지를 모아 붙이며 그의 애무를 중단시켜 보려 애썼지만 아무 소용 없었다.

"애들 깨면…… 하아…… 어떡해요…… 하윽……."

효진은 손으로 자신의 입을 막았다. 아무리 이를 악물어도 그가 주는 쾌감을 당해 낼 재간이 없었다. 그런 그녀를 보며 미소 지은 재욱이 이내 효진의 몸을 덮으며 그녀 안에 자신을 묻었다.

"아윽!"

애무에 정성을 쏟느라 그의 물건은 이미 오래전부터 터질 듯 부풀었고 상대적으로 찾아든 그녀의 몸속은 여전히 좁고 아늑했다. 효진은 갑자기 밀고 들어온 이물감에 저도 모르게 신음을 내뱉었다. 이미 그녀에게 중독된 듯 키스를 퍼붓던 재욱이 이깟 소리가 다 무슨 소용이냐는 듯 한숨을 뱉어 냈다.

"하아…… 나도 참을 수가…… 없다고……."

효진의 목에 얼굴을 묻고 미친 듯이 그녀를 취하는 그의 팔뚝과 등에 진하게 근육이 잡혔고 무릎을 접어 올린 채 그의 움직임에 맞춰 요분질 하는 효진 또한 밀려드는 쾌락에 정신이 다 혼미해질 지경이었다.

거실 소파보다, 침실의 침대보다, 턱없이 비좁은 소파였지만 둘이 하나가 되는 데는 아무런 장해가 되지 않는 듯했다.

알몸으로 담요를 덮고 누운 두 사람은 긴장감 넘치는 섹스를 나눠 그런지 다른 날보다 오르가슴의 여운이 더 오래가는 듯한 착각에 빠졌다.

"난 절대 우리 침실에서 애들 같이 안 재웁니다."

"절대? 그런 게 어딨어요. 둘 다 아직 너무 어리잖아요."

"애들은 강하게 키워야지. 그리고 어리긴 뭐가 어립니까. 유치원 다니면 다 큰 거지."

"헛. 김재욱 씨! 지금 좀 웃기는 거 알아요?"

"?"

"당신 일곱 살에 뭐 했는지 잘 생각해 봐요."

"뭐 하긴, 부모님 주무실 땐 내 방에서 곤히 잤지. 난 아버지 어머니 틈에 껴서 자고 그런 거 안 했습니다."

말도 안 되는 억지인 줄 알지만 이러는 그가 싫지 않았다.

"난 무서운 꿈 꾸다 잠에서 깨 아빠 엄마 방으로 달려간 적, 여러 번 있었어요."

꼬마 효진이 어땠을지 감히 상상이 안 된다는 듯 재욱은 미소를 물었다.

"근데…… 그때마다 아빤 없고 엄만 혼자 울고 계셨죠. 그리고 얼마 후부턴 항상 엄마랑 같이 잤어요."

재욱은 아무 말 없이 그저 효진의 팔을 쓰다듬었다.

"내가 같이 자면 엄마가 밤새 울진 않았거든요."

그녀의 한숨이 공기 중으로 사라지자 재욱은 그대로 품으로 안아 들였다. 이제 그런 아픔도 그런 한숨도 모두 재욱이 감싸 주고 싶었으니까.

"부모가 아이들에게 얼마나 중요한지 압니다. 난 벌써 우리 아이들에게 잘못을 저지른 아빠가 되었지만, 이제부터 우리가 그 아이들에게 좋은 부모가 돼 줍시다."

"그래요. 우리."

"나 혼자는 못 할 테지만 당신이 곁에 있으면 나도 잘할 수 있을 것 같거든."

"그럼…… 애들도 한 방에서 같이 자도 되는 거죠?"

순간 재욱이 숨을 멈추는 걸 알았다. 효진이 그의 가슴에 웃음을 묻는 것도 알았다. 하지만 꽉 끌어안은 팔은 서로를 놓지 않았다.

서로를 꽉 끌어안은 몸은 금세 다시 서로의 몸을 원했고 뜨거워진 몸은 본능에 충실했다. 이내 서재 안은 끈적한 신음과 살이 부딪히는 소리로 가득 찼다.

* * *

"여보세요!"

아침 6시였다. 도저히 궁금해서 못 견딜 지경이던 김 회장이 양 여사에게 전화를 한 시간이.

— 할루!

너무 명랑하고 밝은 여성의 음성이 넘어와 전화를 잘못했나 싶어 김 회장이 핸드폰 화면을 재차 확인했다. 분명 '양순정' 이라고 떠 있다.

"이거 양순정 핸드폰 아닙니까?"

— 어머! 여보!

'어머 여보? 헛. 방금 뭐라고 한 거야. 할루? 지금 독일말로 인사한 거야?'

기도 안 찼다. 그곳은 지금 야심한 밤일 텐데 잠도 안 자고 이 여자가 지금 뭘 하고 돌아다니는 건가 싶어 귀를 쫑긋 세웠다.

"당신 지금 뭐 해?"

— 호호호호…….

아니 이 여자가 지금 사람이 말을 하는데 귀 기울이지는 못할망정 핸드폰 너머 들려오는 사람들 말소리에 웃고 있네. 화가 났다.

"양순정! 당신 정말 이러기얏!"

— 어머, 여보, 미안해요. 가이드가 너무 재밌는 소리를 해서……. 호호호…….

"대체 이 밤에 잠들 안 자고 가이드랑 뭐 하는 건데?"

그때, 핸드폰 너머에서 어눌한 한국말을 쓰는 남자 목소리가 넘어왔다.

'어라…… 이것 봐라. 가이드가 남자야?'

— 여보! 잘 지내죠? 사골국 아직 많이 남았을 텐데 왜요? 뭐 필요해요?

헛! 자기는 지금 그 아름다운 나라에 가서 산해진미는 다 맛보고 돌아다니면서 사골국 아직 남았을 텐데? 하는 말마다 얄미웠다.

"이 사람아. 아내가 집을 나가서 일주일이 지났는데 지아비가 안 궁금하겠나?"

— 지……아비……. 호호호…….

'여행을 가 있으니 즐겁긴 한가? 뭔 말만 해도 웃네. 양순정 여사가.'

핸드폰을 귀에서 떼고 애꿎게 째려본다.

"당신! 애들 문제 신경도 안 쓰이나 봐? 그렇게 나가 있으면 여긴 내 세상이 된다는 것도 몰라?"

약 올라 최근 있었던 일을 죄다 말해 줄까 하다가 슬쩍 운만 띄웠다.

— 여보! 나 여기가 너무 좋아요. 나이 먹고 외국서 어떻게들 사나 했는데 살

만하겠어. 나 돌아가지 말까요?

뭐…… 안 돌아와? 기함할 노릇이군.

"아픈 데 없으면 됐어!"

김 회장은 말 같지 않은 소린 듣기 싫다는 듯 핸드폰을 신경질적으로 툭 끊어 버렸다. 집 떠나고 전화 한 통 없는 사람이 걱정돼 전화했다가 괜히 기분만 상했다.

김 회장은 오늘도 아침은 나가서 대충 사 먹어야겠다고 생각하고 외투를 걸치고 거실로 나섰다. 그때 주방에서 달그락거리는 소리가 들려왔다. 하평댁이 걱정돼 와 주었구나 싶어 얼굴에 화색을 띠고 냉큼 달려갔는데 운동복 차림의 재욱이었다.

"너! 여기서 뭐 하냐."

"벌써 나가시게요?"

"여기서 뭐 하냐는데도."

"아버지 아침 거르고 다니시는 것 같아서 챙겨 드리려고 왔습니다. 운동도 할 겸."

박 매니저를 찾아갔던 일에 지난밤 일까지, 따지고 들어도 모자랄 판에 아침밥을 챙겨 주러 왔다는 말에 김 회장은 좀 당황했다.

"아버지! 사골국, 먹지 않더라도 데워 놔야 합니다. 요즘 같은 날씨가 음식은 더 잘 상한다고요."

"차릴 것 없다. 밥이야 굶어도 그만, 한 끼 나가 사 먹으면 되는 거."

"밖에 밥 안 좋아하시는 거 압니다. 그냥 앉으세요. 준비 다 됐습니다."

재욱은 제집에서 하듯 능숙하게 반찬들을 꺼내 접시에 담고 잘 끓은 사골국에 파까지 띄워 식탁에 올려놓았다.

"아우…… 밥을 한 번도 안 드셨어요? 언제 해 놓은 밥이 아직도 그대로예요."

재욱은 제 것과 김 회장 것을 한 그릇씩 퍼 식탁으로 가져와 앉았다.

김 회장은 됐다고 했지만 차려진 밥상 위 더덕 무침으로 젓가락을 자연스럽게 가져갔다.

"넌 일이 제법 능숙하다?"

"이혼남으로 벌써 2년짼니다."

“그러니까 어서 결혼해.”

“장하영하고는 안 합니다.”

김 회장은 대꾸도 반응도 하지 않고 밥을 먹었다.

“아버지가 허락해 주실 때까지 기다리겠습니다. 그러니 그 사람에게 해만 가지 않게 부탁드립니다.”

“어리석은 녀석.”

“아프고 힘들게 산 사람입니다. 이런 일로 상처 주고 싶지 않아요. 그냥 허락해 주시면 더 감사하겠습니다. 아버지.”

‘탕’ 소리를 내며 숟가락을 내려놓은 김 회장은 자리를 박차고 일어났다.

“네가 아침 일찍 찾아와 밥상을 차릴 때부터 알아봤어야 했다.”

“그 사람이 가 보라고 해서 저도 어쩔 수 없이 등 떠밀려 왔습니다.”

자신에게 그리 면박을 당하고도 가 보라고 했다는 말에 김 회장도 좀 놀랐다. 게다가 재욱에겐 그 사실조차 말하지 않았다는 게 더 놀라웠다. 그래도 뜻을 꺾을 수 없는 김 회장의 입에선 독한 말이 나갔다.

“여인 치마폭에 둘러싸여 거참 보기 좋구나!”

“그 사람! 그런 사람이에요. 따뜻하고 정 많은 사람입니다. 전 아버지 허락 없이도 이 결혼 밀어붙일 생각이었지만 그 사람이 그걸 원치 않습니다.”

“넌 너무 여려. 그래서 내가 널 내 후계자로 키우지 못한 거지. 이 모든 것들을 나 없이 누가 지킬 수 있을 것 같으냐? 난 너와 강! 산! 내가 없어도 이 모든 것 지키며 살 수 있게 해 놓고 싶을 뿐이야.”

“아버지 재산, 아버지 권력! 없어도 저희 행복합니다.”

“뭐?”

“아버지 도움! 받지 않았다고는 안 합니다. 하지만 이제는 그 도움 없이 살 수 있다는 소립니다. 그러니까.”

“어리석은 놈! 모자란 놈! 넌 너밖에 몰라. 난 평생을 가족만 생각하고 지역 발전만 생각하며 살았다. 사내가 어찌 자기밖에 모르고 살아! 한심한 녀석!”

김 회장은 혀를 차며 그길로 돌아서 나가 버렸다.

신경질적으로 운동복을 벗어 젖히곤 침대에 털썩 주저앉는 재욱을 효진이 따라와 운동복을 받아 들었다.

"뭐 그렇게 화를 내요. 예상 못 한 것도 아닌데."

"고마워하는 기색 하나 없으시고, 미안해하는 기색 하나 없으시고! 정말이지 내 아버지지만 정 안 갑니다."

"애들 들어요."

재욱은 앞에 서 있는 효진의 허리를 감아 안으며 그녀 가슴에 얼굴을 묻었다.

"하아! 아버지가 당신의 본모습을 조금이라도 알아봐 주면 좋겠습니다."

"내 본모습이 중요한 게 아니잖아요. 회장님께는. 우리가 조금 여유롭게 생각해요."

"누가 누굴 위로하는 겁니까? 위로는 내가 당신한테 해 줘야지."

"당신은 항상 나에겐 위로가 되는걸요."

"허! 이 말 또 뭐지? 나 심장이 막 저릿해."

재욱이 또 심장을 부여잡는 시늉을 한다. 어이없단 듯 웃는 효진의 허리를 다시 부둥켜안고는 가슴 새로 파고들었다.

"애들 일어났어요. 이러지 말아요."

"애들 씻던데. 나 새벽 운동 나가느라 당신 안지도 못한 거 알죠?"

"하루아침 못 안았다고 큰일 나는 거 아니거든요."

"난 큰일 나는데. 이러고 가면 종일 일이 안 되더라고."

효진이 그를 밀어 내려 안간힘 썼지만, 재욱은 어느새 그녀의 셔츠를 풀어내고 손을 밀어 넣었다.

"하아…… 안 돼요."

"그냥…… 잠깐이면 되는데……."

어느새 그녀 가슴을 베어 문 재욱은 볼록하게 솟아오른 그녀의 유두를 혀로 부드럽게 핥고 있었다. 다리에 힘이 빠지는 듯 몸을 휘청이는 효진을 재욱이 꽉 잡아 안으며 그녀 치마 속으로 손을 밀어 넣었다.

"흐음…… 놔 줘……요……."

"가만히 있어요."

그때 복도를 달려오는 아이들 발걸음 소리가 들려왔다.

"애들이에요."

효진이 얼른 셔츠를 여미고 치마를 바로 내렸다. 그와 동시에 방문이 벌컥 열리고 강과 산이 뛰어 들어왔다.

"아빠!"

"어! 아줌마!"

강은 재욱에게, 산은 효진에게 달려들었다.

"아줌마, 언제 우리 집에 왔어요? 왔는데 왜 난 못 봤어요? 나 잘 때 왔어요? 그럼 깨우지."

산의 질문이 꽤나 집요하고 체계적이어서 순간 말문이 꽉 막혔다. 그리고 아이들이 헷갈리겠단 생각이 불현듯 들었다.

운전 중인 재욱과 출근 준비 중인 효진이 심각하게 통화 중이다.

"애들한테 그냥 말합시다."

"안 돼요. 부모님 허락받기 전까진."

"언제까지 애매한 관계로 지낼 순 없습니다."

"갑자기 엄마라고 하는 것도 말이 안 되잖아요. 아이들도 받아들일 시간이 필요해요."

"그러니까 사랑하는 사이라고 말하고, 곧 결혼 할 거라서 이제 엄마라고 불러도 된다! 라고 하면 되는 거 아닙니까."

"재욱 씨!"

"그러니까! 혼인 신고부터 하자는 것 아닙니까."

지난밤, 재욱이 효진에게 내내 했던 말이다. 그녀와 밤새 사랑을 나누며 몇 번이고 제안했지만, 그때마다 거절이었다. 달콤한 제안이지만 부모님 허락과 축복 없는 결혼은 더는 하고 싶지 않다는 게 효진의 마음이었다.

존중한다. 충분히! 하지만 속은 탔다.

"미안해요. 부모님 허락이 먼저예요."

"하아! 강산이 헷갈려 한다고!"

"매니저 아줌마로 있으면 헷갈릴 것 없어요."

"그럼 침실에서 같이 있다가 오늘 아침처럼 들키면 그땐 어떡할 겁니까?"

"그러니까…… 이제 함께 잘 수 없단 소리예요."

끼익!! 요란한 소리를 내며 재욱의 차가 갓길에 멈춰 섰다.

"여보세요. 재욱 씨! 괜찮아요?"

"안 괜찮습니다. 방금 뭐라고 했습니까? 같이 잘 수 없다고 했어요?"

"하아! 사고 난 줄 알았잖아요."

효진은 화장을 하다 말고 벌떡 일어나 가슴을 쓸어내렸다.

"어떻게 그런 말을 아무렇지 않게 하지? 그거 진심입니까?"

"진심이에요. 하지만 나도 원치는 않아요."

그제야 재욱의 얼굴이 좀 풀어졌다.

"사고 나겠어요. 위험하니까 전화 끊어요."

"끊지 말아요. 나, 이대로 출근 못 합니다."

"또 떼쓰는 거죠?"

"내가 앱니까 떼쓰게."

"떼쓰는 거 맞는데."

"헛! 사람 참!"

효진은 웃으며 테이블에 놓여 있던 핸드폰을 들고 옷장 앞으로 갔다.

"방법이 전혀 없진 않잖아요."

"방법이 뭡니까?"

재욱의 호기심 가득한 눈빛이 반짝 빛났다.

깊은 밤.

살며시 현관문을 열고 들어오는 효진의 손을 재욱이 서둘러 낚아채더니 뒤꿈치까지 들고 서재로 성급하게 향했다. 서재 소파 위 긴 머리를 늘어트린 효진이 재욱의 허벅지 위에 앉아 허리를 뒤채고 재욱은 그녀의 가슴에 얼굴을 묻은 채 황홀감에 빠져 있다. 영혼까지 내어 줄 열정적인 섹스를 나눈 두 사람은 소파에 서로를 꼭 끌어안고 잠이 들었다.

해도 뜨지 않은 새벽.

다시 살금살금 걸어 나온 재욱과 효진은 현관문을 살며시 열고 집을 빠져나갔고 효진의 집 현관 앞에서 뜨겁게 키스를 나누고는 다신 못 볼 사람처럼 아쉬운 이별을 했다. 집으로 돌아온 재욱은 아이들이 곤히 잠든 침대 한가운데로 들어가 강과 산을 양팔에 안고 잠을 청한다. 아무 일 없었던 듯.

피곤할 법도 한데 그의 얼굴엔 한가득 미소가 만개했다.

* * *

"사장님! 편찮으신 곳은 없으시죠?"

효진에게 근 10일 만에 걸려 온 양 여사의 전화였다.

— 아프긴. 있던 병도 없어지겠어. 나 여기 너무 좋아.

"다행이에요. 할슈타트는 다녀오셨어요?"

— 다녀오기만 해? 너무 좋아서 한 번 더 갔어.

"잘하셨어요."

— 있잖아. 나 한국 가기 싫어.

효진은 웃음이 나오려는 걸 겨우 참았다.

"그렇게 좋으세요?"

— 응. 우리 가이드해 주는 오스트리아 남자! 너무 좋아.

"사장님!"

— 어쩜 그렇게 멋진지 몰라. 우리나라 남자들이랑, 아니아니, 우리 집 양반이랑 달라도 너무 달라. 달콤하고 다정하고 매너 좋고 재밌어.

"음식은 입에 맞으세요?"

— 안 맞아도 좋아. 뭐 대충 먹어도 좋고. 그냥 다 좋아. 어떡해. 호호호호…….

전화기 너머로 그녀의 행복이 전염되는 것 같았다. 여행은 이렇게 사람을 들뜨게 만들고 잊었던 감성을 되찾게 만드나 보다.

— 우리 집 양반이 혹시 박 매니저 괴롭혀?

"네? 아니요. 왜 그런 걱정을 하세요."

— 아니, 어제 갑자기 전화가 와서 괜한 소릴 하는데 아차 싶더라고. 내가 없으면 그 양반 박 매니저 찾아가지는 않을까…… 싶어서.

"찾아오시면 어때요. 예비 며느릿감 만나고 싶으실 수도 있죠. 제가 잘할 수 있으니 걱정 놓으세요."

— 아우, 든든해! 우리 토끼들은 잘 있고? 아 참! 우리 애들 체육 대회 잡혀 있었는데. 어떡해. 내가 반항하느라 그 중요한 걸 잊었어.

"제가 챙길게요."

— 그래. 연습 삼아 해 보는 것도 좋지 뭐. 그치?

"그럼요."

— 나, 어서 오래. 저 남자가 아주 싱글싱글 웃으면서 부른다아. 호호호…… 나, 갈게.

"네! 재밌게 즐기세요."

효진의 마지막 말은 듣지도 않고 양 여사는 핸드폰 너머로 사라져 버렸다. 정말 좋은가 보다.

소파에 앉은 재욱과 효진은 내일 있을 아이들 유치원 체육 대회에 관해 얘기하고 있었다.

"어떻게 병원을 갑자기 쉬어요. 그럴 순 없죠."

"그래도 당신 혼자 보내긴 싫은데."

"나 혼자 보내는 게 싫은 거예요, 나랑 같이 가고 싶은 거예요?"

들켰다. 그걸 딱 꼬집어 묻다니. 하여간 예리하고 영민한 여자!

"둘 다면 안 됩니까?"

"원장님 믿고 오는 환자들에게 그건 옳지 않아요. 내가 아이들 엄마 노릇 잘할게요. 나 잘할 수 있어요."

"아니 무슨 유치원이 그런 큰 행사를 하면서 미리미리 여러 번 알려 주지도 않아!"

"미리미리 여러 번 알려 줬는데 우리가 놓친 거예요."

"하…… 씨!"

결국, 재욱은 병원으로 출근하고 효진은 월차를 내서 아이들 체육 대회 행사에 참석하기로 결론이 났다.

* * *

노란 운동복을 입고 운동장에 모인 아이들은 병아리들 같았다. 재잘거리는 소리와 참새들의 지저귐 같은 웃음소리가 운동장을 가득 메웠고 머리 위의 만국기는 오늘이 체육 대회 날임을 증명하듯 가을바람에 나부끼고 있었다. 티끌 하나 없이 높고 푸른 하늘은 덤이었다.

아이를 낳아 키웠다면 이제 네 살! 병아리 같은 아이들을 보고 있으니 가슴이 저며 왔다. 못난 엄마를 만나 세상 빛도 보지 못하고 떠난 그 아이에게 그저 미안할 뿐이었다.

어렵게 눈물을 삼키고 운동장으로 들어서니 입구만 보고 기다리고 있었던 건지 강과 산이 '아줌마'를 힘차게 외치며 달려오는 게 보였다.

'세상에…… 어떡해, 겨우 참은 눈물이 쏟아질 것 같아!'

효진은 마른침을 연신 삼키며 치솟는 눈물을 억지로 누르고 환하게 미소 지으며 강과 산을 한껏 안아 주었다.

"아줌마 기다렸구나?"

"네! 다른 애들은 다 엄마 아빠 왔는데 우리만 아무도 안 와서 짜증 날 뻔했어요."

형이라고, 한 살 더 먹었다고 강은 말을 제법 큰애들같이 했다.

"미안! 서두른다고 서둘렀는데 예쁘게 하고 오고 싶어서 조금 늦었어."

"예뻐요."

효진의 옷자락을 잡고 서 있던 산이 그 큰 눈을 동그랗게 치켜뜨고서 한 말이었다.

어쩜 제 아빠같이 말할까. 훗!

"우리, 어서 가자."

효진은 강과 산의 손을 양쪽으로 나눠 잡고 운동장으로 뛰어갔다. 뛰어가는 아이들의 뒷모습은 그 어떤 때보다 활기차고 명랑해 보였다.

무리 속으로 들어와 줄을 섰는데도 아이들은 효진의 손을 꼭 붙잡고 놓지 않았다. 강은 선화 아들 규호를 일부러 툭 건드리고는 효진과 맞잡은 손을 슬쩍 들어 보이기까지 했다. 그런 강을 본 효진은 피식 웃음이 났다.

"선화야!"

"야! 박효진! 뭐야. 이번엔 체육 대회까지 출동이야?"

"사장님이 해외여행 중이셔."

"애들 아빠는?"

"체육 대회 하는 줄 몰라서 미리 빼놓지를 못했어."

"좋아! 그럼 오늘 너랑 나랑 한 판 붙는 거야?"

"어?"

선화는 청색 팀에 서 있었고 효진은 백색 팀에 서 있었다.

이런, 머리채 잡히는 거 아닌지 모르겠다.

선화와 웃으며 얘기하는 효진을 몇몇 여자들이 힐끔거리며 바라봤다.

"규호 엄마! 이분은 누구?"

"아! 다들 인사해요. 여기 이분은 강과 산이 예비 새엄마!"

예비 새엄마라는 말에 모인 여자들이 술렁였다.

효진은 선화의 팔을 붙잡았다. 아직 그렇게 말할 처지가 못 된다는 눈치를 보냈다. 하지만 선화는 아랑곳하지 않았다.

"하하! 다들 좀 놀랐죠? 맞아요. 김 회장님 댁 며느리 될 분."

"아아! 하도 소문이 무성해서……."

"그러니까. 소문만 듣다 실물은 처음 보죠? 앞으로 잘 지내 봐요."

선화는 효진을 툭 앞으로 밀었다. 어서 인사하라는 뜻이었다.

"안녕하세요. 앞으로 잘 부탁드려요."

여자들은 효진의 인사를 받고는 하나둘 흩어졌다.

"이 싸한 분위기 뭐냐!"

다가온 선화가 효진에게 물었다.

"뭐 하러 그런 소리를 해."

"여기 여자들 지금 궁금해서 죽으려고 해. 어떻게들 알았는지 규호랑 강이 싸웠을 때 어떤 여자가 애들 보호자라고 다녀갔다던데 봤냐고, 누구냐고, 아주 난리도 아니었어."

하긴 좁고 소문 많은 동네, 어떻게 비밀이 지켜질 수 있겠는가. 그래도 아직 허락을 받은 것도 식을 올린 것도 아닌데…… 이러는 건 좀 오버 같아 마음이 안 좋았다.

체육 대회 시작을 알리는 호각 소리가 울리고 아이들의 함성이 높은 하늘로 올라갔다.

효진은 강과 공 굴리기를 했고, 산과 이인삼각을 했으며, 부모님 줄다리기에 나가 젖 먹던 힘까지 발휘했다. 아이들이 경기할 땐 그 누구보다 큰 소리로 아이들 이름을 불러 댔고 달리기에선 기필코 1등을 해 손등에 1등 도장을 받겠단 일념으로 죽을힘을 다해 뛰었다.

"앗싸! 1등!"

"와아!! 아줌마 최고!!"

1등으로 테이프를 끊고 달려 들어온 효진은 저도 모르게 환호성을 질렀고 그녀를 본 강과 산이 자리에서 펄쩍펄쩍 뛰며 만세를 불렀다. 효진과 강산은 손등에 찍힌 도장을 모아 놓고 사진도 찍었다. 1, 2, 3등이 나란히 손을 모으고 찍은 사진이 훈장이라도 되는 것마냥 좋았다.

손을 씻고 오던 효진이 바닥에 앉아 친구와 얘기 중인 강을 발견해 곁으로 다가갔다.

"너 엄마 없다고 했잖아."

"이제 있어."

"오늘 온 아줌마가 엄마야?"

"지금은 아닌데 이제 엄마 될 거야."

"정말?"

"응! 아빠도 아줌마 좋아하고 나랑 산이도 아줌마 좋아해."

"좋아한다고 엄마가 돼?"

"좋아하면 엄마 돼."

아이들이 헷갈리면 어쩌나 걱정했는데 괜한 걱정이었던가 보다. 어쩌면 아이들이 더 많이 엄마를 원하고 있는지도 모르겠단 생각이 들었다.

"강아! 이제 저쪽으로 가야지."

"네!"

벌떡 일어난 강이 효진의 손을 척 잡았다. '거봐. 엄마 맞지?' 하듯 친구를 쳐다보면서.

오늘 재욱에게 말해야겠다. 아이들에게 우리 둘 관계를 알리자고.

"오늘 즐거우셨나요?"

원장이 마이크를 잡고 모두에게 물었다. 아이들과 어른들이 입을 모아 '네!'라고 소리쳐 답했다. 강과 산도 얼굴이 빨개지도록 소리를 치며 답했다. 그 모습이 또 어찌나 귀여운지 웃음이 났다.

"오늘 경기는 모두 끝났습니다. 지금부터 간단하게 배 좀 채우시고 한 시간 뒤 우승팀 발표와 시상식을 하겠습니다. 그리고 오늘 우리 유치원 체육 대회를 위해 뷔페 차를 준비해 주신 학부모님이 계세요."

사람들이 웅성거렸다. 그 웅성거리는 사람들 틈에서 하영이 원장 곁으로 다가와 섰다.

"아시는 분들도 계실 거고 모르시는 분들도 계시겠지만 여기 시내 미래 안과 장 원장님께서 오늘 간식을 쏘셨습니다. 호호호……."

"아까 학부모라고 했잖아요. 원장님 미혼이신 거 뻔히 아는데."

듣고 있던 학부모 하나가 말을 보탰다.

"예비이긴 한데…… 호호호…… 김강, 김산의 엄마 되실 분이랍니다. 모두 박수로 감사의 마음을 전할까요."

아이들은 저들끼리 웃고 떠드느라 듣지 못했지만, 학부모들은 분명하게 들었다. 순간 효진과 선화의 얼굴이 하얗게 질렸고, 여자들이 수군거리기 시작했다. 삼삼오오 모여 대놓고 효진을 곁눈질했다.

"김 원장이 탐나는 거야 당연하지. 김 회장 아들인데."

"그러니까…… 그냥 아들이야. 3대 독자인데."

"이혼하고 도망쳐 온 거라며?"

"마린 블루에서 실실 웃으면서 남자들 후린다던데?"

"처음 이 동네 발붙였을 때부터 기분 나쁘더라고……."

자기들끼리 하는 말이었지만 효진에게까지 다 들렸다. 효진은 원장 곁에 서서 환하게 웃는 하영을 봤다. 당당하고 자신감 넘치는 모습에 구역질이 났다. 하지만 당장 효진이 할 수 있는 건 아무것도 없었다.

"어떻게 된 거야. 저 여자 뭔데? 김재욱 씨! 일 처리 똑바로 안 하니? 믿음직하다는 말 취소다!"

선화가 열받은 듯 효진에게 다그쳐 물었다.

"나도 좀 당황스럽긴 하다. 아직 애들 한 번 본 적 없을 텐데. 애들 들으면 어쩌려고……."

온몸이 얼어붙어 멍하니 선 채 선화의 말에 대꾸했다. 그때, 누군가 다가와 효진의 어깨를 둘러 안았다. 놀라 돌아본 효진의 눈이 휘둥그레졌다.

* * *

〈하루 전〉

유치원 출입구가 열리고 하이힐 구둣발이 복도로 들어섰다.

"어떻게 오셨어요?"

"원장님 좀 뵈러 왔습니다."

"무슨 일로…… 오셨다고 말씀드릴까요?"

"장하영이라고 하면 알 거예요."

잠시 후 하영은 원장실로 안내되었다.

"하영아! 이게 얼마 만이니."

원장이 자리에서 일어나며 하영을 반갑게 맞았다.

"너 시내에 안과 개업한 건 오래전에 알고 있었어. 안과 갈 일 없어서 내내 한 번을 못 가 봤네."

"그러게 나도 네가 여기 원장인 줄은 알았는데 애가 없어서 올 일이 있어야지."

두 사람은 고등학교 동창이다. 서로 친하지도 교류가 있지도 않았지만, 너무 아무렇지 않게 서로를 반갑게 맞고 있었다.

"그런데 애도 안 맡긴 네가 여긴 무슨 일로 왔어?"

"강, 산! 형제 있지? 김 회장님 손자들."

"어! 네가 걔들을 어떻게 알아? 아…… 혹시 그럼 소문이……."

"맞아. 곧 내가 걔들 엄마 될 거야."

"어머……! 그렇구나……!"

놀랍다는 듯 호들갑을 떨긴 했지만, 원장은 좀 의아했다. 어떤 소문이 진실인지 알 수 없었으니까. 분명 얼마 전 강이 규호를 때렸을 때 마린 블루 매니저가 찾아와 강산의 보호자라고 했다. 소문만 듣다 처음으로 얼굴을 보곤 깜짝 놀랐다. 여자들 입방아에 오르내렸던 쫙 찢어진 눈에 사나운 입술은 온데간데없는 선하고 품격 있는 미모의 여자가 나타나서. 그래서 이런 여자라 김 원장도 반하고 강정호도 침을 흘리는구나…… 했다. 열등감으로 온몸에 전기가 좌르륵 흐르는 것 같기도 했다.

규호 엄마의 말에 의하면 그녀가 곧 강산의 엄마가 될 거라고 했는데……. 어느 쪽이 믿을 만한 건지 헷갈렸다.

"내일 여기 체육 대회 한다면서?"

"어. 맞아."

"내가 애들 간식 좀 넣을까 하는데. 그래도 되지?"

"어머! 간식을?"

"뭐 별건 아니고 뷔페 차를 불렀어. 애들 뛰고 나면 배고프고 어른들도 힘들잖아. 여기서 간단히 먹고들 가면 수월할 것 같아서."

이쯤 되면 하영이 강산의 엄마가 되는 게 확실한 것 같았다.

"그러면야 너무 좋지. 엄마들이 좋아할 거야."

"그래서 말인데. 내가 아직 미혼이고 이 동네 사람들과 교류가 없잖니. 네가 엄마들한테 말을 좀 잘해 줬으면 해서."

"마……알?"

"뭐…… 곧 강과 산의 엄마가 될 거라는 것 정도면 좋지 않을까? 내가 시내에서 안과 하는 건 다들 알 거고."

"아우, 그럼. 네가 장 의원님 외동딸인 것도 웬만한 사람들은 다 알걸?"

"그런가? 김 회장님 며느리 되면 여기 주변 환경 개선 공사도 좀 추진해 달라고 말씀드려야겠다."

"아우! 정말? 안 그래도 유치원 주변 정비가 필요했는데……."

사특한 미소를 보내는 하영에게 원장도 응당한 미소를 띠어 보였다.

* * *

"물리 치료실 가시면 윤 선생님이 허리 만져 주실 겁니다. 치료 잘 받으시고 내일모레 다시 오세요. 아셨죠?"

"네. 다른 데는 도순가 뭔가, 엄청 비싸게 받아서 엄두도 못 내겠던데 여긴 왜 이렇게 싸게 받아? 우리 같은 노인네들 돈 없다고 봐주는 거야?"

"네! 보험도 안 되는 도수치료 어르신들께 선뜻 받으시라고 말 못 하는 게 안타까워서 저 손해 보고 장사합니다."

"에이! 그럼 쓰나? 병원 문 닫음 우리만 손해 아니야?"

"하하하…… 그런가요?"

영감님이 나가고 재욱은 자리에서 벌떡 일어났다. 환자 앞에선 기분 좋게 웃었지만 지금 마음은 운동장에 가 있었다. 시계를 한 번 보고 이리저리 왔다 갔다 하더니 결국 문을 열고 진료실 밖으로 나갔다.

그때 어디를 가는지 옷을 챙겨 입고 나서려는 박 간호사가 보였다.

"나, 얼른 갔다 올게."

"어! 박 간호사 어디 갑니까?"

재욱이 다급하게 불러 세웠다.

"유치원 체육 대회요. 우리 애 보호자가 저밖에 없어서요. 죄송합니다. 잠깐만 다녀올게요."

"어어! 거기 나도 갑시다."

"원장님은 진료 보셔야죠."

"아니 박 간호사는 체육 대회 행사 같은 거 알고 있었으면 나한테도 미리 말을 좀 하지."

이미 재욱은 가운을 벗고 있었다.

"양 여사님이 어련히 챙기시겠어요. 그래서 말 안 했죠. 아 맞다. 여사님 여행 중이시잖아요. 어떡해요."

"그러니까 내가 가 봐야 한단 말입니다."

"그럼 환자들은 어떡하고요."

"장 간호사! 환자분들 오시면 오늘은 물리 치료 그냥 좀 해 드려요. 혹시 진료 봐야 한다는 분 계시면 사정 설명 좀 잘해 주고."

"네?"

"어서 갑시다. 박 간호사!"

재욱은 뒤도 돌아보지 않고 먼저 병원을 빠져나갔다.

운동장으로 막 접어드는데 마이크를 탄 원장의 목소리가 들려왔다.

"예비이긴 한데…… 호호호……. 김강, 김산의 엄마 되실 분이랍니다. 모두 박수로 감사의 마음을 전할까요."

같이 걸어오던 박 간호사가 놀란 토끼 눈을 하고 재욱을 쳐다봤다.

"지금 저 원장이 뭐라고 한 거예요? 옆에 서 있는 여자! 장 의원 딸 아니에요? 저런 미친!"

걸음을 멈춰 선 재욱도 황당해 표정이 굳었다. 그리고 이내 아이들 손을 잡고 선 채 얼어붙은 효진이 보였다. 이렇게 된 이상 이제 한 발도 물러설 생각이 없었다.

"왜 이러고 있어요. 배고픈데 어서 먹으러 갑시다."

"아빠!"

강과 산이 재욱을 발견하고 소리쳐 불렀다.

재욱은 환하게 웃으며 효진의 어깨를 둘러 안았다.

"어떻게……."

"뭐야. 세 사람! 손등에 그 1, 2, 3 도장 뭐지?"

"아빠! 난 달리기 2등. 산인 3등 했어요. 그런데 아줌마는 1등 했어요. 짱 멋있었어요."

"오우! 정말?"

재욱이 산을 번쩍 안아 올렸다.

"아줌마가 아빠 대신 우리 아들들 기 살려 줬네."

그러곤 다른 한 손으로 효진의 손을 잡았다. 그것도 손가락 사이사이가 빠짐없이 맞물리도록 깍지 껴서. 사랑을 나누는 순간, 자신의 소유임을 확인하고 싶을 때, 더 깊이 갖고 싶을 때 그녀의 손을 깍지 껴 잡는 재욱임을 효진은 모르지 않는다. 지금 그는 모두가 보는 앞에서 '이 여자! 내 여자야!' 라고 온몸으로 말하는 중이다.

"열심히 운동했으니까 우리 이제 뭣 좀 먹을까?"

"네!"

재욱에 안긴 산이 재욱 목을 꼭 끌어안으며 답했다. 강은 효진의 다른 한 손을 잡았다.

"어머 어머, 손잡았어."

"그냥 잡은 게 아니야. 봐 봐. 깍지 꼈어. 깍지! 보통 사이 아닌데."

"저들이 가족인데! 가족!"

주변에 있던 사람들이 재욱의 등장에 놀라 입을 다물지 못했고 재욱의 태도와 그들의 행동에 기함해 동작도 멈춘 채 그들만 바라봤다. 재욱은 눈을 맞추는 사람들 하나하나에 고개 숙여 인사를 하는 여유까지 보여 주었다.

선화는 그제야 입가에 미소를 찾았고 효진의 뒷담을 다 들리게 했던 여자들을 향해 조소를 보냈다. 재욱과 효진을 지켜보던 원장은 옆에 선 하영의 눈치를 살펴야 했고 하영은 금방이라도 타 버릴 것 같은 눈빛으로 그들을 주시했다.

돗자리를 펴고 앉은 효진, 강과 산 앞에 재욱이 연신 음식 접시를 가져다 놓았다. 사람들은 자상한 재욱과 행복해하는 가족을 보지 않는 척하며 지켜봤고 그 시선을 몽땅 받아 내는 중인 효진은 불편해 미칠 것 같았다.

"이제 그만하고 와서 앉아요."

"안 그래도 이제 앉을 생각입니다."

재욱은 효진 옆에 착 붙어 앉으며 이번에는 그녀의 허리를 둘러 안았다.

"이것도 좀 그만하고요."

"왜 그만해. 사람들이 이렇게나 관심 갖고 좋아하는데. 이거 그만하면 저 사람들 실망합니다."

"헛!"

"강! 산! 많이 먹어! 꼭꼭 씹어서 천천히!"

"네!"

"병원은 어쩌고 온 거예요."

"그냥…… 뭐…… 대충……."

"네?"

"그래도 내가 와서 좋은 거 맞잖습니까."

좋다. 너무 좋다. 이 남자는 꼭 필요할 때 딱 맞춰서 슈퍼맨처럼 나타난다. 지금, 이 순간은 유난히 그가 더 든든했다.

"그게 목으로 넘어가요?"

"뭐 안 넘어갈 건 또 뭡니까."

음식을 너무도 야무지고 맛나게 먹는 재욱을 보며 효진이 한 소리 했다.

"장하영 씨가 준비한 뷔페 차예요."

"받아먹었다고 문제 될 거 있습니까? 잘 먹어 주면 더 열받겠지."

"그러게요. 열 좀 받네요."

그들의 등 뒤에서 들려온 목소린 하영이었다. 창피해서 줄행랑쳤을 줄 알았는데 하영은 그녀 말대로 상상 그 이상의 사람인 것 같았다.

"너희들이 강이 산이구나."

다람쥐처럼 두 볼을 볼록하게 해서 냠냠 먹는 아이들을 보며 하영이 말했다.

"허! 애들도 이제 처음 보면서 어떻게 애들 엄마 될 사람이란 소릴 합니까?

아니, 원장이 정신 나간 사람인가?"

"원장 잘못 없어요. 내가 그렇게 소개해 달라고 했거든요."

하영은 단란한 가족의 점심 자리에 드리운 따뜻한 햇볕을 가리고 선 채 눈을 내리깔고 바라봤다.

"재욱 씨! 사람들이 봐요. 애들도 듣고."

고운 말이 나갈 것 같지 않은 재욱을 보고 효진이 잡아 말렸다. 그러는 모습이 마치 정말 부부라도 되는 것처럼 보여 하영은 더 열이 올랐다.

"처음 마린 블루에서 봤을 때부터 기분이 별로 좋지 않았는데……. 결국 이렇게 내 뒤통수를 치게 되네요. 박효진 씨!"

뒤통수를 쳐? 대체 누가 누구의 뒤통수를 쳤다는 거지?

재욱이 더는 참기 어려운 듯 자리에서 일어나려고 하자 효진은 그런 재욱의 팔을 붙잡았다. 동그란 눈을 하고서 자신을 올려다보는 아이들이 시선에 들어왔다.

"오늘 우리 애들을 위해서 뷔페 차 준비해 줘서 고맙습니다. 장하영 원장님! 오늘의 친절은 아버지께 자알 전하겠습니다. 그럼 남은 체육 대회도 즐겁게 즐기다 가시죠."

재욱은 답을 듣기 위한 인사가 아니었다는 듯 하영의 대답을 듣지도 않고 그대로 몸을 돌려 앉았다.

"그렇게 맛있어. 입에 잔뜩 묻었네."

강의 입가에 묻은 케첩을 닦아 주며 재욱은 애써 끓는 속을 달랬다. 하영은 그런 재욱을 텅 빈 시선으로 바라보곤 이내 돌아서 가 버렸다. 사람들의 시선이 그런 하영의 뒤통수에 꽂혔지만, 그따위 신경 쓰이지 않는 것 같았다.

"안녕하세요. 강산 아버님!"

아우! 기지배. 꼭 그냥 넘어가는 법이 없어.

다가와 재욱을 요염하게 부른 건 선화였다. 효진은 그냥 좀 넘어가 달라는 신호를 연신 보냈지만, 선화는 보고도 보지 못한 척 재욱에게 시선을 고정했다.

"어! 선화 씨! 반갑습니다."

딸부잣집에서 한 번 봤다고 엄청 친한 척하는 재욱 때문에 선화의 얼굴엔 금세 화색이 돌았다.

"저번에 우리 강이 규호를 때렸다면서요. 정말 죄송합니다. 제가 직접 사과를 드렸어야 했는데 효진 씨가 대신 나가게 해서 면목 없습니다."

'뭘 또 이렇게 정중하고 깍듯하게 사죄를 해. 사람 고마워지게.'

효진은 친구인 선화에게 다정하게 대해 주는 그가 좋았다. 그의 다정함이, 그의 정중한 태도가 '나 이 여자를 위해서라면 그 어떤 일도 다 할 겁니다.' 라고 말하고 있는 것 같아 심장이 저릿했다.

선화는 대체 일 처리를 어떻게 하기에 우리 효진이 이런 꼴 당하게 만드냐고 따지려고 했다. 하지만 재욱의 태도에 따지려는 마음도, 믿음직스럽지 않다는 의심도 다 접었다.

그 의도와 그 표정을 읽었는지 재욱은 머쓱한 듯 미소 지었다.

"아뇨. 이제 됐어요. 속이 다 후련하네요. 언제 술 한번 사 주세요. 꼭 같이 술은 한번 먹어 봐야 할 것 같아서요."

"그럼요. 효진 씨랑 의논해서 연락드리겠습니다."

선화는 결국 그의 약속을 받아 내곤 아이들이 있는 곳으로 돌아갔다. 자리로 돌아온 선화에게 여자들이 벌 떼처럼 모여들었다. 어깨가 두 뼘은 올라붙은 선화의 뒷모습이 보기 좋았다.

잠든 아이들 이마에 입을 촉 맞춘 효진이 살며시 방문을 닫고 빠져나왔다. 2층에서 내려와 거실을 둘러보니 재욱이 보이지 않아 침실로 들어서는데 욕실에서 물소리가 들려왔다.

"물 받아요?"

"오늘 많이 피곤했죠?"

"네. 무지 피곤해요."

재욱이 효진을 품 안에 안았다.

"고생 많았습니다."

"고생 아니었는데."

"사진 보니까 안 뛴 경기가 없던데 뭘."

"애들이랑 뛰어서 재미있었어요."

"안타깝네. 내 애인 달리는 거 못 봐서."

"애들 달리는 거 못 본 게 안타까워야죠."

"애들이야 앞으로도 계속 달릴 텐데! 우린 점점 늙을 거니까 달릴 일 점점 줄잖습니까."

"후……! 그렇게 되나요? 우울하네."

"그 우울 내가 날려 줄게요."

"?"

재욱은 효진의 셔츠 단추를 풀어 내리기 시작했다.

"애들 깨면 어떡해요."

"다른 날은 몰라도 오늘은 아마 죽은 듯이 잘걸!"

"아!"

"오늘은 우리 밤새 같이 있읍시다."

셔츠 단추를 다 풀기도 전에 재욱은 효진의 목에 키스하기 시작했다. 목과 귀 뒤에, 볼과 콧등에, 이마와 입술에……. 그녀의 숨결 하나까지도 모두 들이마시고 싶은 듯 천천히 부드럽게 음미했다. 그렇게 이어진 키스는 효진이 숨을 헐떡일 때까지 계속됐고 키스로 예열된 몸은 빠르게 달아올랐다.

서로의 셔츠를 풀어 내리다 성급해진 마음은 각자의 바지를 풀어 내리게 했고, 알몸이 된 두 사람은 빈틈 하나 없이 맞물렸다. 그의 단단해진 페니스가 효진의 배 위에서 거칠게 비벼졌다.

"앗! 차가워요……."

갈급하게 밀어붙이는 재욱의 힘에 밀려 욕실 벽에 등이 닿은 효진이 몸을 움츠리며 말했다. 재욱은 효진의 등 뒤로 팔을 넣고 엉덩이 뒤로 손을 넣어 그녀의 몸이 벽에 닿지 않게 안은 뒤 그녀 몸 구석구석에 키스를 퍼부었다.

정신없이 키스를 해 대던 재욱이 슬며시 그녀의 은밀한 곳으로 손을 밀어 넣었고 촉촉한 애액이 흥건히 묻어나자 그대로 무릎을 접으며 앉아 그녀 가랑이 사이로 얼굴을 묻었다.

"우리…… 하아…… 샤워부터 해요…… 으음……."

하지만 재욱은 그녀를 놓아주지 않았다. 부드럽게 유영하는 그의 혀 때문에 효진은 똑바로 서 있기조차 힘들어 몸을 앞으로 숙여야 했다. 그의 부드러운 머리카락 새로 손을 넣고 자신을 향해 파고드는 그의 움직임을 느꼈다. 재욱의 애무는 점점 깊어지고 점점 강해졌다.

"하읏…… 나…… 느낄 것 같아요…… 하으……."

재욱의 정성 가득한 애무는 효진의 클리토리스를 자극했고 삽입도 없이 찾아온 오르가슴에 눈앞이 아득해졌다.

그녀에게 황홀감을 선물한 재욱은 몸을 일으키며 효진을 돌려 세웠다. 한 손으론 그녀의 가슴을 움켜잡았고 다른 한 손으로 그녀 질 속으로 페니스를 밀어 넣었다.

"하윽!"

금방 절정을 맛본 그녀였지만 한껏 부푼 그의 물건이 비좁은 질구를 헤집고 들어오자 짧은 고통과 긴 쾌락이 다시 또 밀려왔다. 벽에 손을 짚고 그를 더 깊이 받아들이기 위해 몸을 앞으로 기울이자 재욱이 그녀의 허리를 잡고 빠르게 뒤채기 시작했다.

"하아…… 하으……."

강하게 죄어 오는 그녀로 인해 재욱 역시 입술을 깨물며 새어 나오는 신음을 삼켜야 했다. 그녀의 두 가슴을 부여잡고 거칠게 밀어붙이던 재욱은 온몸으로 퍼지는 황홀감과 함께 그녀 안에 사정했다.

따뜻한 물에 담긴 몸은 하루 동안 쌓인 피로를 녹이듯 안온했다. 효진을 앞에 안은 재욱은 등을 가슴에 기대고 앉은 그녀의 어깨 위로 물을 끼얹어 주었다.

"하아…… 따뜻해요."

"오늘 그런 일 당하게 해서 미안합니다."

"당신이 슈퍼맨처럼 나타나 줬던 그 사건을 말하는 거라면 사과는 받지 않을래요."

"장하영 그 여자, 어디로 튈지 모르는 여잡니다."

"너무 뻔한 전개보다는 낫네요. 기대하게 만들어."

재욱은 안타까운 미소와 함께 효진의 목덜미에 입을 맞췄다.

"그보다…… 우리 얘기해요."

"무슨 말입니까?"

"애들한테 우리 관계 얘기하자고요."

"정말입니까?"

"오늘 보니까 강산에게 엄마 있어야겠더라고……."

"지금 애들 깨울까?"

"하하…… 아니요. 나 쉬는 날 애들이랑 같이 저녁 먹어요. 먹으면서 얘기해요. 우리."

"그럼 혼인 신고도 합시다."

"그건……."

김 회장의 허락 없인 하고 싶지 않은 일이어서 내내 거절했다. 하지만 오늘 엄마를 간절히 원하는 아이들을 보자 자신의 존재가 누구에게 더 필요한가를 생각하게 됐다. 그리고 굳건했던 의지가 흔들렸다.

"하자고. 아버지 허락은 내가 어떻게든 받을 거니까."

"하지만……."

재욱은 효진을 꽉 안았다. 어떻게든 축복받는 결혼을 할 수 있도록 만들어 주겠다는 의지이기도 했지만 재욱은 나름의 자신이 있었다. 김 회장이 효진을 인정할 수밖에 없을 거라는 자신!

* * *

김 회장은 텅 빈 집으로 들어섰다. 양 여사의 반기는 인사도, 강과 산의 재잘거리는 말소리도, 입맛을 돌게 하는 맛난 음식 냄새도 없는 집은 잠들어 있는 것 같았다.

휴!

그저 한숨이 나왔다. 그때 갑자기 누군가 뒤에서 목을 졸랐다.
"헉!! 커억!!"
숨을 쉴 수가 없어서 목을 잡고 어떻게든 숨을 쉬어 보려 안간힘을 쓰는데……!
꿈에서 깨어남과 동시에 익숙한 목소리가 들려왔다.
"그냥 콱! 죽읍시다. 당신이랑 나랑 콱 죽어 버려!"
얼굴을 누르고 있던 베개가 거둬지자 양 여사의 분노한 얼굴이 시야에 들어왔다. 날도 밝지 않은 꼭두새벽의 모습은 공포 그 자체였다.
"아니…… 당신 지금 뭐 하는 짓이얏!"
"그러는 당신이야말로 무슨 짓을 하고 다니는 거예요."
그러고 보니 양 여사가 돌아오려면 아직 사나흘은 족히 남았는데……!
"왜 벌써 온 거야?"
"당신이 허튼짓하고 다니는데 내가 안 오고 배기겠어요!"
대체 누가 그녀에게 그간의 일들을 얘기한 건가…….
김 회장은 밭은 숨을 토해 내면서도 머릿속이 복잡했다.

이십사 시간 전.
"어머, 박간! 어쩐 일이야? 거긴 별일 없지?"
즐거움에 들떠 있는 양 여사의 흐름을 끊은 건 박 간호사였다.
— 여사님! 지금 한가롭게 여행 즐기실 때가 아니라고요!
"무슨 소리야? 무슨 일 있는 거야?"
— 유치원 체육 대회 행사에 누가 온 줄 아세요?
"아우! 문제 내지 말고 어서 말해. 나 숨넘어가겠어."
— 글쎄 장 의원 딸, 장 원장이 자기가 양 여사님 며느리 행세를 하고 나타났어요. 뷔페 차까지 불러서요. 이게 말이 돼요?
"뭐어?"
— 미쳤죠? 미친 거죠. 어디서 감히.
"어디서 그런 발칙한 용기가 났지? 분명히 그 혼사 없는다고 말했는데. 누가 허락했다고 그런 짓……. 어머! 우리 집 양반 정말 엉뚱한 짓 하고 다니는 거 아냐?"

— 여사님! 이러다 우리 원장님 그 여우 같은 장 원장이랑 결혼하는 거 아니에요? 동네 여자들 지금 난리 났어요.

"일단 끊어 봐. 확인 좀 해 보게."

그길로 양 여사는 또 다른 정보원에게 전화했다. 요란하게 울리는 핸드폰은 다름 아닌 미애의 것이었다. 그리고 며칠 전, 그러니까 김 회장이 자신에게 대뜸 전화했던 바로 그날 즈음 해서! 김 회장이 효진을 찾아왔었더란 얘기를 듣게 되었다.

왜 그걸 진즉 전화하지 않았느냐고 괜히 미애를 잡도리할 뻔한 걸 효진의 신신당부가 있어 어쩔 수 없었다는 말을 전함과 동시에 양 여사의 분노 게이지가 빠르게 상승했다.

이런 망할 놈의 영감탱이!

그길로 양 여사는 가방을 쌌다. 지금 남아 있는 일정 따위가 중요한 게 아니었다. 어떻게든 지켜 주려고 한 재욱의 인생이 김 회장에 의해 또다시 난도질당하게 생긴 걸 막아야 한다는 사명감밖에 떠오르지 않았다. 그렇게 여행에서 중도 하차하고, 그 말 잘 통하는 가이드와도 아쉬운 이별을 하고 비행기에 올랐다.

"나, 이렇게는 못 살아요."

"뭐?"

"이혼합시다."

"뭐어? 이 사람이 미쳤나?"

"네. 미쳤어요. 내가 미쳤으니까 여태 당신하고 살았지. 제정신으로 어떻게 살았겠어요. 이혼하고 재욱이도 당신 호적에서 파고 내 아들로 살게 할래요."

말도 안 되는 소리를 분노에 젖어 쏟아 내는 양 여사를 김 회장은 기도 안 찬다는 듯 바라봤다.

"당신 그 잘난 사업! 그 잘난 애향심! 다 들어 주고 다 받아 줄 그런 여자 만나 행복하게 살아요."

"그래서! 당신은 다시 그 오스트리아 가이드 놈한테 가려고?"

허걱! 기가 차서!

무슨 생각을 하고 있었으면 저리되나 싶었다. 다 늙어서 지금 바람이라도 났다고 생각하나?

"그래요. 인심 좋고 마음 넓은 그 남자! 아주 내 속을 살살 녹입디다. 오기 싫은 거, 발이 안 떨어지는 거, 애들 때문에 달려왔어요. 그러니 이혼해욧."

양 여사는 말끝에 있는 힘껏 힘을 주곤 휙 돌아 방을 빠져나갔다.

"할머니!"

강과 산이 양 여사를 발견하고 한달음에 달려와 안겼다. 어떻게 이 눈에 넣어도 안 아플 손자들을 두고 그 긴 여행을 떠났던가 싶어 아이들을 보자 눈물이 치밀었다.

"어머니! 어떻게 벌써 오셨어요."

"네가 일을 똑바로 안 하니까 내가 여행도 중도 하차하고 이렇게 온 거지."

"네?"

"체육 대회 얘기 들었다. 대체 장 의원네는 무슨 생각이라니?"

"아!"

"아?"

재욱의 태도가 맘에 안 드는 듯 양 여사는 혀를 쯧쯧 찼다.

"너, 아버지가 박 매니저 찾아갔던 거! 모르지?"

"그랬답니까?"

너무 큰 소리로 대꾸해 아이들이 놀라며 재욱을 쳐다봤다.

"얘! 애들 놀라잖아. 어우 우리 강아지들, 어서 가서 씻고 유치원 갈 준비해야지?"

"네에!"

아이들이 쪼르륵 달려 욕실로 가자 양 여사가 재욱의 팔을 '찰싹' 때렸다.

"어우…… 어우…… 모지리. 넌 어쩌다 그런 진국 같은 여자를 만났니? 박 매니저는 이런 네가 어디가 좋다니?"

"하아! 아버지 정말."

"나 네 아버지랑 이혼할 거다!"

"어머니! 그렇게까지 하실 거 없어요."

"아니. 너희도 너희지만 나를 위함이기도 해. 나, 네 아버지랑 더는 같이 살기 싫어."

"아버지 머리 터지시겠네."

"그럴 거 뭐 있니. 깔끔하게 헤어지면 그뿐인 거!"

양 여사의 결심이 제법 단호해 보여 재욱은 심란했다.

샤워를 마치고 막 나오던 효진은 소파에 앉아 있는 재욱을 발견하고 깜짝 놀랐다.

"깜짝이야."

가운을 입긴 했지만, 앞섶으로 살짝살짝 그녀의 속살이 보여 괜히 마른침이 넘어갔고, 젖은 머리를 수건으로 말아 올린 모습이 꼭 '티파니에서 아침을'의 오드리 헵번 같았다. 아니 그보다 더 예뻤다.

"후! 아찔하네."

"출근 안 했어요? 애들은요?"

"어머니 오셔서 애들 어머니가 데리고 갔습니다."

"사장님 오셨어요? 왜 일찍 오셨어요? 헛! 어디 편찮으세요?"

소파에서 일어난 재욱이 성큼 효진 앞으로 다가와 효진은 저도 모르게 뒤로 한 발 물러서며 숨을 멈췄다. 하지만 이미 그의 팔이 효진의 허리를 감은 뒤였다.

"왜…… 이래요?"

"당신! 날 정말 나쁜 놈으로 만들 겁니까?"

"무슨…… 소리예요?"

"당신이 아버지 때문에 마음 다치는 거! 원치 않아요."

"……!"

"왜 아버지 만났단 얘기 안 했습니까?"
"아! 이런."
"아, 이런? 죽을 때까지 모를 뻔했단 소리로 들리네."
"굳이……."
"뭐라셨어요. 마음 상했죠? 아버지 무섭고 독한 분이라 사람 마음 같은 거 살피는 분 아니시거든. 내가 잘 알지. 그런 아버지를 혼자 상대하게 해서 미안합니다."
"그럼 초능력을 정말 한번 가져 보든가요."
"뭐라고요?"
"슈퍼맨은 다 알더라고. 로이스가 어디 있는지, 무슨 일을 당하는지. 그래서 위기의 순간마다 나타나잖아. 짠! 하고."
"그런 농담 하는 거 보니 뇌까지 상처 입은 모양인데?"
"아니요. 그냥 좀 아프긴 했지만, 또 틀린 말씀은 아니더라고요. 부모 측면에서 보면."
효진은 가만히 재욱의 가슴에 얼굴을 기댔다.
"내 아버지는 그런 역할을 해 주실 수 있는 분이 아니어서 그게 좀 슬펐어요. 자식 사랑, 가족 사랑, 고향과 지역 사랑이 각별하신 이 시대의 그런 아버지시더라고요. 회장님!"
"단단하네. 우리 효진이."
"음…… 듣기 좋다. 우리 효진이."
"그래요? 그럼 계속 그렇게 불러 줄까요?"
"아뇨. 뭐든 좀 부족한 듯해야 귀해지거든요."
"아! 그게 또 그렇게 되나?"
재욱은 효진의 목에 얼굴을 묻었다.
"출근 안 해요?"
"당신 이런 모습 보고 어떻게 그냥 나갑니까. 어젠 피곤하다고 건너오지도 않았으면서."
"지금은…… 안 피곤한데……."

효진의 말 한마디에 재욱은 금세 온몸이 뜨거워지는 걸 느꼈다. 묻었던 고개를 들어 얼굴을 살짝 붉히고 있는 효진을 바라봤다.

"하아! 그 말 책임질 수 있을까? 우리 효진이가."

"네?"

재욱은 그대로 효진을 번쩍 안아 올렸다. 깜짝 놀라며 팔로 그의 목을 감은 효진의 눈이 휘둥그레졌다.

"침실로 들어가면 다시 급 피곤해질 겁니다. 어쩌면 출근을 못 하게 될지도 모를 텐데…… 괜찮겠어요?"

효진은 말갛게 웃으며 그의 집요한 시선을 피하지 않았다. 당장 원한다는 그 신호가 또 너무 좋아 재욱은 얼굴 가득 미소를 물고는 효진을 안은 채 침실로 성급히 걸음을 옮겼다.

그들이 침실로 들어가고 얼마 지나지 않아 햇살이 밀려드는 집 안이 그들이 사랑을 나누는 음탕한 소리로 가득 들어찼다.

* * *

동해로 돌아온 양 여사는 바빴다.

제일 먼저 양 여사가 찾아간 곳은 아이들 유치원이었다.

"윤 원장! 사람 그렇게 안 봤는데. 아주 형편없는 사람이었더군요."

"어머! 양 여사님! 그건 오해세요."

"오해? 그날 윤 원장 말 들은 사람이 한둘이었어요? 대체 어떻게 그렇게 생각 없는 짓을 버젓이 할 수가 있죠? 혹시 뒤로 뭐 좀 챙겼어요?"

"아우, 아니에요. 정말 죄송합니다. 입이 열 개여도 드릴 말씀 없어요. 하영이가 그저 동창이라 그 애 말만 믿고……. 제가 생각이 너무 짧았습니다. 노여움 푸세요."

손이 발이 되게 빌고 허리를 폴더처럼 접어 가며 인사했지만 양 여사의 분노는 쉽게 사그라지지 않았다. 윤 원장은 행여, 두 아이를 유치원에서 빼고 경쟁 유치원으로 옮겨 갈까 두려웠고 그간 물심양면으로 지원을 받았던 혜택을 이대로 놓쳐 버리게 될까 전전긍긍했다.

유치원에서 나온 양 여사는 시내 미래 안과 앞에 차를 댔다.

배운 사람이라 그런지 말도 통하고 생각도 깊게 보여 놓치기 아까운 며느릿감이라고 생각했더랬다. 정말로 재혼 자리에 나선 게 아까운 사람이라고 생각했더랬다. 하지만 그런 짓을 서슴없이 자행했다고 생각하니 인생을 그리 살고도 사람 하나를 제대로 판단하지 못한 자신을 책망하며 하영을 찾았다.

"처음 오셨으면 접수부터 하세요."

간호사의 안내에도 아랑곳하지 않고 원장실로 직행하는 양 여사를 간호사들이 줄줄이 따라붙었다. 하지만 그들보다 먼저 원장실에 도착한 양 여사는 원장실 문을 벌컥 열고 들어갔다. 진료 중이던 하영의 얼굴에 당황한 기색이 역력했다.

"원장님! 죄송합니다. 말렸는데도 할머니께서 마구잡이로 밀고 들어오셨어요."

하영은 문제의 심각성을 깨닫고 앞의 환자에게 양해를 구했다.

눈이 침침해져 노안이 시작됐는지 걱정돼 찾아왔던 강과 산의 유치원 친구 엄마는 그렇지 않아도 체육 대회 때 일이 궁금해 미칠 지경이던 차에 기가 막힌 볼거리를 발견하고 눈이 휘둥그레졌다.

"장 원장! 사람 그렇게 안 봤는데 굉장히 경솔한 사람이었더라."

"여사님! 잠시 앉으시죠."

"어머! 안색 하나 안 변하고 다정하게 부르는 것 좀 봐. 내가 우리 혼사 엎자고 어머니께 정중히 사과까지 드렸는데 왜 포기를 안 해? 우리 애 사랑하는 사람 있고 나도 맞이하고 싶은 며느리 있어. 학식 있는 사람들이라 믿었는데, 이건 좀 너무하잖아."

"여사님! 부모님들끼리 얘기가 아직 끝나지 않았어요. 그래서……."

"어른들 사업 얘긴 어른들끼리 알아서 하는 거지 지금이 어떤 시대인데 그런 쌍팔년도씩 발상이야? 그건 그렇다고 쳐도! 어떻게 내 손자들을 입에 올리며 사기를 칠 수 있어? 그건 정말 해도 해도 너무하잖아."

쫓아온 간호사도, 진료를 보던 애 엄마도, 진료 대기 중이던 환자들도……

모두 원장실로 모여들어 하영이 양 여사에게 당하는 모습을 고스란히 지켜봤다.

얼굴이 붉어진 하영이 잠시 양 여사의 말을 듣고 있더니 입을 열었다.

“김 회장님께선 우리 혼사! 원하고 계십니다. 저도 마찬가지고요.”

“이젠 원하지 않을 거야. 그러니까 장 원장도 그 마음 접어. 혼자 하는 사랑은 슬프지만 아름다운 거야. 물론 그건 숭고하게 간직했을 때 더 빛이 나는 거고. 우리, 같은 여자니까 하는 말인데. 죽는 날까지 순수함은 잃지 말자.”

양 여사는 이 말을 끝으로 조용히 미래 안과에서 사라져 주었다. 하지만 컴백한 양 여사의 행보는 여기서 끝나지 않았다.

유치원 윤 원장은 양 여사가 다녀간 뒤 선화에게 전화해 시답잖은 얘기들을 늘어놓다 체육 대회 때 일을 은근슬쩍 실수였다고 털어놨다. 부디 그 말이 효진의 귀에 들어가고 양 여사 귀에 들어가길 바라는 마음에서 하는 행동이란 걸 선화는 모르지 않았다. 선화는 기꺼이 효진에게 전달했고, 효진은 돌아온 양 여사를 만나기도 전에 지금 동해에 한바탕 피바람이 불고 있단 걸 알게 됐다.

하영의 진료 의자에 앉아 있던 유치원 엄마는 오늘 자신이 보고 들은 핫한 뉴스를 유치원 엄마들을 불러 놓고 장광설을 늘어놓았고, 그 소식을 접한 박 간호사는 재욱에게 오늘 양 여사의 업적을 그대로 전달했다.

“그래서 어머니 지금 어디 계십니까?”

“그건 모르겠는데 여사님 차가 시청 앞 스크린 골프장 앞에 세워져 있대요.”

헉! CCTV로 확인을 하는 걸까? 어머니 차가 어디 세워져 있는지까지 대체 어떻게들 아는 거지? 하아! 시청 앞?

“지금 시청 앞이라고 했습니까?”

“네! 왜요?”

“거긴…… 고 변호사님 사무실이 있는 곳인데.”

여행까지 접고 아침부터 찾아와서 했던 말이 괜한 소린 아니었던 것 같다.

“어서 오십시오. 여사님!”

"고변! 나 우리 집 양반하고 이혼할 거예요."

"예?"

오랜 세월 재욱 집안의 변호사 일을 도맡아 해 오던 고 변호사는 갑작스러운 양 여사의 방문과 발언에 머리가 띵해졌다.

10. 힘들 때 생각나는 사람!

늦은 저녁, 현관으로 들어서던 김 회장은 밥하는 냄새를 맡으니 어쩐지 마음이 놓이고 안식을 찾은 것 같았다. 그래서 저도 모르게 입가에 미소가 지어졌는데 문뜩 지난 새벽, 꿈에서의 일이 떠올라 괜히 자신의 목을 쓱 한번 잡았다.

"할아버지!"

강이 김 회장을 발견하고 달려와 안기며 반가워하자 껄껄 웃으며 꿈이 아닌 현실임을 확인하곤 되찾은 일상에 안도했다.

"이제 와요?"

"시장하네."

"옷 갈아입고 나와요. 밥 먹게."

"알았어."

김 회장은 아무 일 없었던 듯 방으로 들어와 문을 닫고는 '휴!' 하고 한숨을 몰아쉬었다. 평소처럼 행동하는 양 여사를 보자 큰소리는 쳤지만 사실 별수 없었던 거지……. 라는 생각이 들며 괜히 웃음이 났다.

옷을 벗어 침대 위로 휙 던지는데 서류가 한 장 풀럭거리며 날렸다.

"이게 뭐야?"

다가서 서류를 들어 본 김 회장은 못 볼 걸 본 것처럼 서류를 휙 침대 위로 던져 버렸다.

"이혼 서류예요. 도장 찍어요."

언제 따라 들어왔는지 등 뒤에서 들려온 양 여사의 목소리에 김 회장은 화들짝 놀라며 돌아봤다.

"뭐얏?"

"내 말 어떻게 들은 거예요. 이혼하자고 했잖아요."

"이 사람이 정말!"

"난 다 찍었으니 당신만 찍으면 우린 아주 깨끗해져요."

"누구 마음대로?"

"내 마음대로요. 당신은 지금껏 당신 마음대로 다 하고 살아 놓고 나이 육십 넘어서 이제야 나도 내 마음대로 좀 하고 살겠다는데. 왜요? 그것도 불만이에요?"

"당신…… 말하는 학원 다녀, 요즘? 왜 이렇게 말이 늘었어?"

"이 양반이 정말. 내가 그동안 참고 말을 안 해서 그렇지, 나 원래 말 잘하는 사람이에요! 어우. 열받아!"

양 여사는 이혼 서류를 잘 펴서 테이블에 올려놓고 다시 휙 하고 나가 버렸다. 그런 양 여사를 보며 콧방귀를 뀌더니 김 회장은 서류를 보기 좋게 좍좍 찢어서 테이블에 올려놓고는 씻으러 욕실로 쏙 들어갔다.

씻고 개운해져서 나온 김 회장은 이제 저녁을 먹을 요량으로 문을 열려는데 저도 모르게 테이블 위로 시선이 갔다.

"아우! 이거 뭐야!"

분명 찢어 놓고 간 서류였는데 멀쩡한 이혼 서류가 놓여 있는 게 아닌가! 귀신에 홀린 듯 깜짝 놀라며 심장을 부여잡았다. 아니 이 여자가 정말! 짜증 난다는 듯 김 회장은 다시 박박 찢어서 손에 들고 거실로 튀어나왔다.

"이것 봐. 지금 장난해?"

손에 든 찢어진 이혼 서류를 들어 보이며 김 회장이 다짜고짜 소리부터 질렀다. 거실에서 할아버지를 기다리던 강과 산이 갑자기 소리 지르는 김 회장 때문에 놀란 눈이 되어 그를 봤다.

"강아! 할아버지께 그거 가져다드려야지?"

"네! 할아버지. 이거요."

강이 뭔지 보이지 않게 반을 접어 곱게 들고 와 김 회장에게 내민 건 이혼 서류였다. 받아 든 김 회장은 애들이 보는 앞이라 바로 찢지는 못하고 이를 악물고 양 여사를 쳐다봤다.

"당신이 찢어발겨도 소용없어요. 그럴 줄 알고 아주 많이 준비했으니까."

오래 한 이불 덮고 살다 보니 속속들이 모르는 게 없다. 젊은 날 순진하고 순수하고 바람에도 날려갈 것같이 여렸던 양순정은 이제 없었다. 세월이 순한 양이었던 양순정을 꼬리 아홉 개 불여우로 둔갑시켰다.

* * *

"집으로 바로 가서 쉬지 뭐 하러 이리 와요?"

창고 앞에서 기다리던 재욱을 발견한 효진이 다가서며 한 소리였다.

"애들도 없고, 당신도 없고…… 집에 가고 싶지 않아서……!"

효진은 재욱의 품으로 파고들며 허리를 둘러 안았다. 그런 효진을 품 안에 깊숙이 담으며 안은 재욱은 지그시 눈을 감았다. 하루의 피로가 다 풀리는 듯했다.

"오늘 부모님 집 괜찮을까요?"

"애들도 있고 이모님도 계시고, 무슨 일이 벌어지진 않을 겁니다."

"괜히 우리 문제로 부모님에게까지 불똥이 튄 것 같아 죄스러워요."

"나도 같은 생각입니다."

"여기서 이러고 있지 말고 부모님 댁으로 가요. 말려야죠."

"후……! 그래야겠죠?"

그때 효진의 옷 주머니에서 핸드폰이 징징 울려 댔다.

"누가 우릴 방해하네."

"안 받을래요."

"급한 전화인지 모르잖습니까."

말은 이렇게 하지만 재욱은 효진을 놓아 주지 않고 있었다. 그런 효진 또한 전화받을 생각을 하지 않는 것 같았다. 그런데도 끊어지지 않고 계속 울어 대는 핸드폰 때문에 재욱이 어렵게 효진을 놓아 주곤 대체 누가 이리 끈질긴 것인지 궁금하단 듯 효진을 봤다.

핸드폰을 꺼내 든 효진은 화면을 보고 얼굴이 굳었다.

"누군데요?"

물음에 답을 하지 않자 재욱이 핸드폰 화면을 들여다봤다. 민준이었다.

"아직도 전화합니까?"

"며칠 전부터 걸려 오기 시작했어요."

"왜 하는 겁니까?"

"몰라요. 계속 받지 않았어요."

전화는 계속 울어 대다 끊어졌다.

재욱은 언짢은 듯 미간을 찌푸렸다.

"받지 않으면 돼요. 신경 쓰지 말아요."

"계속 안 받으면 또 찾아오겠지. 그러고도 남을 사람이었습니다."

"여긴 마린 블루 식구들이 있으니 걱정 안 해도 되잖아요."

"하아!"

재욱의 한숨이 깊었다.

"집에선 당신이 있으니까 걱정 안 해도 되고."

"한 번 더 찾아오면 그땐 정말 가만두지 않을 겁니다."

걱정하는 그를 겨우 달랜 효진은 그의 자동차가 주차장을 빠져나가도록 지켜본 뒤 짧은 한숨을 내쉬었다. 며칠 전부터 걸려 온 민준의 전화가 신경 쓰였다.

재욱은 효진의 부탁으로 부모님 집으로 먼저 갔다.

"왜 이제 식사를 하세요?"

"할아버지랑 할머니가 종이 때문에 싸우셨어요."

재욱의 물음에 답한 건 강이었다. 그 말에 김 회장은 헛기침했고 양 여사는 아랑곳하지 않고 여상하게 밥을 먹었다.

기어이 이혼 서류를 들이밀었구나 싶었다.

"이게 다 너 때문인 것만 알아라!"

"착각하지 말고 핑곗거리 찾지 말아요. 이건 어디까지 당신과 내 문제라고욧!"

양 여사는 조금의 불똥도 재욱에게 튀게 하고 싶지 않아 한마디도 지지 않았다.

"네 엄마가 저런 사람이든? 변했어. 이게 다 너 때문이야."

"아니라고 했어요. 인간 김대길한테 지친 거라고요."

말을 말아야지. 하는 말마다 원초적인 문제를 들고나오니 김 회장은 먹었던 밥알이 고스란히 넘어오는 것 같았다.

"애들 보고 듣는데 이제 그만 좀 하시죠."

김 회장은 물을 들이마시곤 밥을 반이나 남김 채 일어나 나가 버렸다.

"아빠! 인간 김대길한테 지쳤다는 게 무슨 말이에요?"

헉! 이런!

"어머! 강아, 우리 강인 이제 다 컸으니까 할머니가 설명해 줄게."

"어머니!"

"할아버지도 할머니도 다 사람이잖아."

양 여사는 멈출 기미가 없어 보였다.

재욱은 한심하다는 듯 산을 데리고 거실로 나왔다.

"아빠!"

"응."

"나는 아줌마가 좋아요."

"어? 그래! 나도 아줌마가 좋아."

"그래서 생각했는데 아줌마가 혹시 엄마 아니에요?"

하아! 그런 생각을 할 수도 있겠다.

산은 선영의 얼굴을 전혀 기억 못 할 수도 있겠구나. 아니. 그러겠구나. 겨우 네 살 때 일이니까.

"산이 그렇게 생각하면 맞는 거야. 엄마 맞는 거야."

"정말이요?"

"응. 정말."

"그럼 우리 왜 같이 안 살아요? 저번에 아줌마 아플 땐 우리 같이 살았잖아요. 그때처럼 같이 살면 안 돼요?"

"이제 같이 살 거야. 조금만, 아주 조금만 기다리면 돼."

"나는 아줌마랑 같이 살고 싶어요. 아줌마가 안아 주면 좋은 냄새가 나요."

"그래?"

"아빤 아줌마가 안 안아 줘요? 그럼 아줌마 냄새 모르는데."

"아…… 하하…… 그런가?"

거참! 산은 정말 딱 재욱을 닮았다. 여인의 취향까지 닮았으니 이건 빼박이지.

늦은 시간 차를 몰고 막 언덕으로 접어든 효진은 집 앞에서 서성이는 재욱을 발견하고 가슴이 먹먹했다.

이런 게 가족이지.

이런 게 사랑이지.

감동과 함께 눈물이 차올라 시야가 흐려졌다. 하지만 얼른 눈물을 훔치고 환하게 미소 지으며 차에서 내렸다.

"왜 나와 있어요."

"오늘도 고생 많았어요."

효진의 어깨를 주무르는 그의 손길이 너무 따스했다.

"피곤한데 쉬고 있지."

"내 여자의 안전을 위해 이 정도쯤이야."

"돈 들여 보안 카메라까지 설치해 놓고선."

"그래서 설마 싫다는 건 아니죠?"

"그럴 리가요. 너무 행복해서 눈물이 찔끔 나려고 해요."

"들어갑시다."

재욱은 효진의 손을 잡았다. 그의 커다란 손이 효진의 작은 손을 꽉 움켜쥐었다. 이럴 땐 꼭 그가 아빠 같았다. 어린 시절 한때, 다정했던 그 아빠 같았다.

그의 손에 이끌려 그의 넓은 어깨를 보며 그를 따라 집으로 들어가는 그 길이 짧지만 행복했다.

샤워를 마치고 나온 효진은 그가 침실에 없어 의아해 가운을 걸친 채 거실로 향했다. 은은한 간접 등만 켜 놓은 거실은 무척이나 분위기 있어 보였다.

"재욱 씨!"

"거기 소파에 앉아요."

목소리가 들려온 곳을 보니 재욱이 서둘러 만든 와인 안주를 들고 거실로 나오고 있었다. 테이블엔 이미 와인과 와인 잔이 가지런히 세팅되어 있었다.

"이거 뭐예요?"

"오랜만에 분위기 잡고 여유롭게 한잔합시다. 애들도 없는데."

애들도 없는데……라는 말에 효진은 웃음이 났다.

"애들 있다고 뭐 딱히 조심한 것도 없으면서."

"그게 내 잘못인가? 당신 잘못이 90%, 내 잘못 10%쯤."

"어째서 내 잘못은 90%나 되고 당신 잘못은 겨우 10%예요?"

"이성적이지 못하고 인내하지 못한 잘못 10%는 내게 있으니까."

"그럼 난 뭘 잘못했는데?"

"그걸 정말 몰라 묻는 겁니까?"

재욱은 효진 옆으로 바짝 다가와 앉으며 그녀의 허벅지에 손을 올렸다. 효진은 그의 의도를 모르는 바 아니면서 일부러 '찰싹' 소리가 나도록 그의 손을 쳤다.

"지금 나 때렸습니까?"

"나쁜 손은 맞아 마땅하죠."

"이게 나쁜 손이라고?"

그의 손은 이번엔 효진의 허리와 엉덩이 사이 어디쯤 닿았다. 효진은 저도 모르게 허리를 곧추세우며 몸을 비틀었다. 그의 손길은 여전히 그녀를 긴장하게 만들었으니까.

"뭡니까. 이거. 지금 긴장하는 건가?"

얼굴까지 붉어진 그녀는 한없이 예뻤다.

"그럼 긴장 안 되겠어요?"

"기분 좋은데. 나 때문에 당신이 긴장한다는 거!"

그러면서 재욱은 그녀의 목덜미에 입술을 가져갔다.

"하아…… 내 잘못 90%…… 설명해야죠."

"지금 설명하잖아. 왜 당신 잘못인지."

"이게 무슨…… 설명……이에요…… 흐음……."

"설명 맞는데. 이렇게…… 당신의 온몸이…… 내가 이성을 잃게 만들거든. 그러니…… 모두 당신 탓이지."

목과 가슴, 턱과 볼에 입을 맞추던 재욱이 효진의 입술을 베어 물었다. 방금 마신 와인 향이 진하게 감돌았다. 그것이 효진의 것인지 제 것인지 알 길은 없었다.

키스로는 갈증이 채워지지 않았는지 재욱의 손은 어느새 그녀의 은밀한 곳을 더듬고 있었고, 이미 자신을 맞을 준비가 된 그녀로 인해 빠르게 몸이 달아올랐다.

"와인…… 하읏…… 마시자면……서……."

가운은 이미 오래전에 젖혀졌고 훤히 드러난 그녀의 속살은 먹음직스럽게 뜨거워져 있었다. 무릎을 접은 채 이미 그녀의 은밀한 곳에 얼굴을 묻은 재욱의 혀는 그녀를 맛보느라 이성을 잃어 가고 있었다.

"그래서…… 하아…… 싫어요?"

그녀의 클리토리스를 부드럽게 핥아 대던 재욱이 손등으로 입술을 쓱 닦으며 물었다.

"하아…… 더…… 해 줘요."

빙그레 미소를 지은 그는 원래 있던 그곳이 제 자리였던 듯 다시 그녀의 음부를 향해 입을 벌리며 달려들었다. 엉덩이를 들썩이며 몸을 비트는 그녀의 골반을 꽉 붙잡고 미친 듯 그녀를 빨아 댔다. 효진이 정신이 몽롱해져 숨을 헐떡이자 재욱은 기다렸다는 듯 소파 위로 올라와 그녀의 질 속으로 잔뜩 부푼 페니스를 찔러 넣었다.

"하윽!"

내내 애간장을 태우던 그가 예고도 없이 밀고 들어오자 강한 쾌감이 온몸으로 빠르게 퍼졌다.

"아파요?"

"아니…… 좋아요……."

재욱은 그녀의 답이 아주 마음에 든다는 미소를 짓곤 이내 물건을 귀두까지 빠져나오도록 완전히 빼내고 다시 한번 세차게 밀어 넣었다.

"아읏!"

"여전히 좋습니까?"

"하아…… 미칠 것 같아……."

그녀의 말이 마치 기폭제나 되는 것처럼 재욱은 미친 듯 그녀를 밀어붙이기 시작했다. 그녀의 신음이 끊어져 들려왔고, 그녀의 젖가슴이 사정없이 흔들렸고, 그녀의 은밀한 곳에서 애액이 흘러넘쳤다. 두 살이 비벼지며 외설적인 소리가 끊임없이 났고 그간 참아 왔던 탓에 재욱에게서도 만족과 황홀함의 신음이 흘러나왔다.

효진이 그의 허리에 다리를 감고 그는 그런 효진을 미친 듯 밀어붙이고……. 그렇게 서로가 서로를 한없이 갈망하며 몸에 열을 올릴 때 평온과 함께 극상의 오르가슴이 두 사람을 관통했다.

커다란 소파 옆으로 나동그라지듯 돌아눕던 재욱이 밭은 숨을 뱉어 내며 효진의 목 뒤로 팔을 넣어 그녀를 끌어당겼다. 아직도 황홀함에서 깨어나지 않은 듯 가슴이 오르락내리락할 정도로 가쁜 숨을 쉬어 대는 효진을 다시 가슴에 폭 안은 그가 입을 열었다.

"하아…… 하아…… 이제 혼인 신고 합시다."

"무슨 청혼을 이렇게 해요!"

"이보다 더 뜨겁고 짜릿한 청혼이 어딨습니까?"

효진은 농담으로 받았지만, 재욱이 진심으로 원하고 있다는 걸 알고 있다.

"지키지도 못할 약속을 난발하고 가늠할 수도 없는 깊이를 한낱 반지로 증명해 보이는 그런 청혼보다, 당신을 미친 듯이 사랑하고 당신을 온몸으로 원하고 당신을 죽을 때까지 지켜 주고 싶다는 마음이 훨씬 좋잖아!"

맞다. 그가 하는 지금, 이 순간의 현실 청혼이 지금껏 꿈꿔 왔던 그 어떤 청혼보다 아름답고 짜릿하고 감동적이다. 하지만…… 지금 그래도 될까? 하는 의문이 쉽게 사라지지 않았다.

"애들한테 말하면 우린 사실상 부붑니다. 아니, 벌써 오래됐지. 부부처럼 산지. 나는 당신하고 쭈욱 한 침대에서 한 이불 덮고 잘 거고, 내 곁에서 한시도 떨어트려 놓지 않을 생각입니다. 이쯤 되면 혼인 신고 해도 되는 거 아닙니까?"

"그렇게 따지면…… 굳이 혼인 신고 하지 않아도 난 당신 여자인걸요. 벌써 오래전부터."

두 눈을 반짝이며 길고 진한 속눈썹을 살짝 들어 올리는 효진을 넋을 놓고 봤다. 방금 미친 듯 가진 여자이지만 이럴 땐 또 심장이 벌렁거려 당장에라도 자신 아래 눕히고 싶어진다. 마치 깊은 바닷속에서 몽환적인 빛을 내는 심해어를 보며 홀린 듯 가만히 그녀를 바라보던 재욱이 막 정신을 차렸는지 갑자기 고개를 휘휘 저었다.

"이런! 달콤한 말에 또 넘어갈 뻔했잖아!"

"재욱 씨!"

재욱은 일어나 소파 옆 협탁으로 갔다. 이 와중에도 그의 벗은 뒷모습은 아찔하고 매력적이었다. 협탁에서 서류를 하나를 들고 온 재욱은 테이블 위에 살며시 내려놓았다.

"이게 뭐예…… 헛!"

"혼인 신고서입니다."

오늘 이 집안 모자가 정말 바쁜 하루를 보냈구나…… 싶었다. 종일 바빴을 텐데 이건 또 언제 가져온 걸까. 효진은 그의 정성이 갸륵해 심장이 뭉클했다.

"요즘 같은 세상에 혼인 신고가 뭐가 중요하냐고 할 수도 있겠지만 난 하고 싶습니다. 당신 남편이라고 당당히 말하고 싶고, 내 여자라고 당당히 말하고 싶다고. 친구들 모임에도 데려가고 싶고, 우리 병원 식구들 집으로 초대해 당신 자랑도 하고 싶고, 지난번 체육 대회 때처럼 당신 손 잡고 애들 손 잡고 동해 시내 활보하고 싶다고. 그러면서도 당신이 사람들 입에 오르내리게 하고 싶지 않고 뒷담의 표적이 되는 건 더더욱 원치……."

"해요."

"?"

"하자고요. 혼인 신고."

그의 진심에 효진은 더는 이 남자를 힘들게 하고 싶지 않단 생각이 번뜩 들었다. 재욱은 감격에 겨워 효진을 바라보더니 이내 와락 끌어당겨 안았다.

"잘 생각 했어요."

"……."

"정말 잘 생각 했어."

"그렇게 좋아요?"

"그럼 안 좋겠습니까? 내내 거절했는데. 하아……! 이제 됐습니다."

대체 맨날 뭐가 됐다는 건지. 매번 힘들고 어려운 일을 겪으며 하루하루를 살얼음판 위를 걷듯 걸어가고 있는데 그는 지치지도 않는가 보다. 그런 그가 안쓰럽기도 사랑스럽기도 믿음직스럽기도 했다.

"말 바꾸기 없습니다."

"말 안 바꿔요."

"그럼!"

갑자기 자리를 박차고 일어나는 재욱 때문에 효진이 놀라 올려다봤다.

"지금 갑시다."

"네?"

"지금 가자고."

"아니…… 지금 11시 넘었어요. 시청 문 닫았다고요."

"어서 옷 입어요."

재욱은 효진의 말은 듣지도 않고 황급히 침실로 들어갔다. 효진은 지금 대체 무슨 일이 벌어지는 건지 이해되지 않아 멍한 얼굴로 한동안 앉아 있다 저도 모르게 서둘러 침실로 따라 들어갔다.

재욱의 차가 아파트 앞에 멈춰 섰다.
"이건 아니에요. 재욱 씨!"
"나올 겁니다. 기다려요."
"지금 자정 넘었어요. 이건 실례예요."
"조 관장! 그래도 되는 막역한 사이입니다. 심지 굳고 마음 깊은 녀석이에요. 알잖아요."
"어차피 내일 날 밝으면……."
그때 아파트 현관에 센서 등이 켜지며 누군가 걸어 나오는 게 보였다. 자다 깼는지 파자마 차림에 좀비처럼 넋을 놓고 걸어 나오는 건 분명 조 관장이었다. 재욱은 그가 조 관장임을 확인하곤 재빠르게 차에서 튀어 나갔다. 빛의 속도였다.
"도장하고 신분증!"
"어! 하암……! 선배님!"
졸린 눈을 비비며 하품까지 하는 조 관장은 안쓰러워 보였다.
"대체 이 시간에 이러는 이유가 뭡니까? 형수님도 이 사실 알아요?"
"안녕하세요! 조 관장님!"
그의 볼멘소리에 미안한 효진이 인사 먼저 건넸다.
"앗! 혀…… 형수님!"
야심한 밤이고 황당한 상황인데 그의 깍듯한 형수님이란 소리가 참 듣기 좋았다. 딸부잣집에서 딱 한 번 본 게 다인데 그가 효진을 대하는 태도는 오래전부터 형수였던 듯 예의 발랐다. 재욱이 그간 조 관장에게 무슨 소리를 어떻게 해 왔을지 안 봐도 뻔했다.
"정말 죄송해요. 내일 찾아뵙자고 했는데 이 사람이 막무가내여서……."
"아우, 아닙니다. 제가 선배님 스타일 알죠. 마음먹으면 밀어붙이고 하나에 꽂히면 다른 건 돌아보지 않는 스타일. 괜찮습니다. 전 두 분 응원합니다!"
언제 졸렸던 사람이었나 싶게 말을 술술 뱉어 내는 그는 재욱의 말대로 심지 굳고 마음 깊은 사람 같아 보였다.

"그보다 증인 둘 필요한 것 아니에요? 우리 집사람도 부를까요? 아니…… 그냥 올라가실래요?"

"아니! 됐다. 한 사람은 따로 있어."

따로 있다는 말에 조 관장도 의아해했지만 효진은 더 의아했다.

"나를 죽일 거예요."

"그 반대일 겁니다."

재욱의 차가 멈춘 곳은 다름 아닌 선화의 집 앞이었다. 조 관장의 아내가 증인이 되어 줄 수 있다는데도 굳이 선화의 집으로 오자는 재욱 때문에 효진은 난감했다.

누가 증인이면 어떠냐는 효진의 말에.

'결혼식도 올리지 않고 하는 혼인 신고에 가장 친한 친구의 축복과 기원은 받아야 하지 않겠습니까?'

라고 똑 부러지게 답한 그였다.

호기롭게 말한 그였지만 막상 효진이 전화하고 선화가 나올 때까지 지금껏 보여 준 적 없는 긴장한 모습을 보여 주었다. 대문이 열리고 선화의 모습이 보이자 나지막이 그의 한숨 소리가 들려왔다.

"왜 그렇게 긴장해요?"

효진의 질문에 재욱은 효진의 눈을 가만히 응시하며 입을 열었다.

"나보다 당신을 더 잘 아는 사람이니까. 당신이 얼마나 힘든 시간을 지나왔는지, 당신이 얼마나 아픈 순간을 견뎌왔는지…… 나보다 더 잘 아는 사람이잖습니까."

"하아……."

"그런 사람에게 당신을 책임지겠다고 말해야 하니까. 나로선 긴장됩니다. 하하……!!"

그래서 그가 선화의 동의를 받고 싶어 하는 줄은 몰랐다. 효진은 그의 생각과 그의 배려에 그저 가슴이 저릿했다.

"나갑시다. 허락받으러!"

재욱이 자동차에서 내렸다.

효진은 선화를 향해 다가서는 그의 뒷모습을 바라보며 다짐했다. 죽는 날까지 저 남자를 사랑하겠노라고!

효진이 한차례 눈물을 훔치고 차에서 내려 두 사람에게 다가설 때 선화는 고개를 푹 숙인 채였다. 선화 앞에 마주 선 재욱 또한 고개를 숙인 채 아무 말이 없었다. 잠깐 사이 무슨 일이 벌어진 건가 싶어 의아한 듯 다가서는 효진에게 선화의 울음소리가 들려왔다.

"흑흑흑……."

"선화…… 우니?"

다가선 효진이 선화의 얼굴을 들어 올리니 선화의 얼굴이 어느새 흠뻑 젖어 있었다.

대체 뭐라고 했길래. 대체 무슨 말을 했길래…….

선화는 효진을 와락 끌어안았다.

"기지배! 너 이제 고생 끝났어."

"선화야. 왜 이래."

"난 김 원장님이 너무 마음에 든다. 이제 너 울지 않고 살아도 될 것 같아."

재욱은 오랜 세월 함께한 두 친구의 우정을 잠시 한 발 떨어져 지켜보기로 했다.

"내가 너 때문에 늘 마음 한구석이 응어리져 있었는데…… 이젠 안 그래도 될 것 같아. 이제 행복하게 살아. 이제 울지도 말고 슬프지도 말자. 저 남자 만나려고 그 먼 길 돌아왔나 보다. 효진아."

효진은 저도 모르게 맺히는 눈물 때문에 가슴이 먹먹했다. 좋은데, 기분이 너무 좋은데 왜 눈물은 나는지. 그 눈물을 흘리지 않으려 안간힘을 쓰니 명치가 다 아파 왔다.

"어머니도 이제 하늘로 훨훨 가시겠다."

효진은 그 말에 결국 눈물을 쏟고 말았다. 두 친구는 서로를 부둥켜안고 한참을 울었다. 재욱은 둘 사이에 끼어들지도 못한 채 먼발치서 가만히 그들의 감정이 추슬러질 때까지 기다렸다.

"부모님 몰래 사고 치는 10대도 아닌데 왜 이 오밤중에 이 난리인지 모르겠다!"

두 사람을 응원한다면서, 김 원장을 믿는다면서…… 투덜거림은 빼먹지 않는 선화였다.

그렇게 투덜거린 선화는 증인란에 이름 석 자와 주민등록번호, 주소를 적어 넣고 인감도장을 시원스럽게 찍어 주었다.

"우리 아버지가 절대 어디 가서 보증 서지 말라고 신신당부하셨는데……!"

"이거 보증 아니고 증인입니다. 선화 씨!"

재욱의 간결한 답변에 눈을 한 번 흘기곤 '조만간 술 사요!' 라는 말을 남긴 채 홀연 대문 안으로 사라졌다.

"집으로 가는 거 아니에요?"

새벽 2시. 이제 두 명의 증인으로부터 도장까지 받았으니 집으로 가는 거라고 생각했다. 하지만 재욱의 차는 반대 방향으로 향하고 있었다.

"시청 문 열면 첫 번째로 들어가 신고합시다."

"네. 그렇게 해요. 그래도 집에서 잠은 자고 와야죠."

"아니, 당신 마음 바꾸면 안 되니까 시청 앞에서 밤샐 겁니다."

아니…… 무슨 아이돌 콘서트 관람도 아니고……. 꼭 뭐 이렇게까지 해야 하나? 싶었지만 재욱의 얼굴은 진심이었다.

"나 마음 안 바꿔요."

"알아요. 그래도…… 이 밤은 잠을 이룰 수도 없을 것 같습니다."

그의 간절함이 고스란히 전달됐다. 이런 사람에게 내내 애만 태우고 기다리라 했던 자신을 자책했다.

"비엔나에서 물 사러 나가던 날 아침 말입니다. 침대에 누워 있는 당신을 보면서 다짐했었거든. 물 사 와서 다 말해야겠다. 나 장동건 아니고 김재욱이고 반포에서 정형외과 하는 아들 둘 딸린 이혼남이라고. 그리고 계속 만날 수 있겠는지 묻고, 계속 만나고 싶다고 말해야겠다고."

그때가 다시 떠오른 듯 재욱은 낮게 한숨을 몰아쉬었다.

"그런데 당신이 감쪽같이 사라졌더라고. 감쪽같이."

그랬다. 그렇게 헤어지고 근 2년이 다 되어서야 재회했다. 만일 그를 다시 만나지 못했다면 어땠을까. 그 생각만으로도 가슴이 아파 왔다. 효진은 운전하는 재욱의 볼에 손을 가져갔다.

"그래요. 우리 시청 앞에서 기다려요."

그는 자신의 볼 위에 얹어진 그녀의 손을 살며시 잡았다. 그저 손이 볼에 닿았을 뿐이었지만 그녀의 전부를 가진 듯 행복했다.

"아버지 허락은 내가 꼭 받을 겁니다."

"알아요. 당신 믿어요."

"다시는 당신 혼자 힘들고 외롭게 두지 않을 겁니다."

"그것도 알아요."

"지금의 감격을…… 하아…… 어떻게 표현해야 할지 모르겠습니다. 가슴이 벅차서 터져 버릴 것 같다고."

"아무 말 안 해도 알아요."

재욱은 갓길에 차를 세웠다. 노란 비상등이 어두운 밤길에 반짝였다.

"키스할 겁니다."

"여기서요?"

"네. 여기서."

그는 짧게 예고하고 깊게 파고들었다. 가벼운 입맞춤으로 시작된 키스였지만 역시나 그의 키스는 쉽게 끝날 줄 몰랐다. 급기야 벨트까지 풀고 몸을 덮어오는 그의 키스에 효진은 숨 쉬기조차 버거워졌고, 몸을 반쯤 덮은 그의 단단해진 몸이 보내는 신호에 효진은 고개를 돌리며 어렵게 그를 밀어 냈다. 야심한 밤이었지만 새천년 도로는 심야 데이트족이 꽤나 다니는 길이었다.

"더는 안 될 것 같아요."

"하아……."

그에게서 아쉬움의 한숨이 터져 나왔다. 그녀가 아니었다면 재욱은 또 이성을 잃었을 것이다.

"내 잘못 90%인 거 아니까 여기까지만 해요."

어둠 속이었지만 그녀의 입가에 맴도는 미소가 보였다. 놀리고 있다는 걸 알았지만 반박할 여력은 없었다. 이미 그녀로 인해 아래쪽은 묵직해졌고 허리까지 뻐근해 견디기 힘들었으니까.

"집으로 갔다가 아침 일찍 나오는 방법도 있어요."

"아니. 그렇게는 안 할 겁니다."

단호한 그가 귀엽기까지 했다.

"그럼 시청 앞으로 어서 가요. 우리."

"그럽시다. 일단 그곳으로 갑시다."

그제야 차는 다시 도로 위로 방향을 잡았다.

막 바다 위로 빛이 퍼지기 시작할 무렵. 시청 앞에 세워진 재욱의 차 뒷자리에서 손을 꼭 잡고 서로를 꽉 끌어안은 채 깊이 잠들어 있던 두 사람은 요란하게 울리는 효진의 핸드폰 소리에 잠에서 깼다. 깜짝 놀라 핸드폰을 들여다본 효진은 화면에 뜬 민준의 이름을 보고 표정이 굳었다. 핸드폰 소리에 깨어나기 전 꾸었던 꿈이 떠올랐다.

아빠 손을 꼭 잡고 커다란 아빠의 등을 바라보며 걸어가던, 햇살이 눈이 부셨던 어느 봄날의 기억. 그 햇살 속으로 사라지는 아빠의 모습을 보려고 손으로 햇살을 가리며 눈을 부릅떴지만…… 아빠의 모습은 자꾸만 멀어졌다.

"내가 받을까요?"

핸드폰을 들고 넋을 놓고 있는 효진을 보며 재욱이 물었다.

"아뇨. 내가 받아요. 여보세요!"

— 효진아!

민준의 목소리는 조금 격앙되어 있었다.

"무슨 일이에요. 이 시간에."

— 장인어른…… 중환자실에 계신다.

"그…… 그게 무슨 소리예요?"

— 말 그대로 중환자실 계신다고. 왜 내 전화 안 받아. 며칠 전부터 계속 전화했잖아.

"왜 아버지가 중환자실에 있어요?"

— 간암이셨대. 너 몰랐던 거구나!

하늘이 노래지는 것 같았다.

유년 시절을 끝으로 아버지의 손을 잡아 본 적도 없었다. 이따금 꿈에 나타나는 그 장면이 다정했던 아버지 모습의 전부였다. 성인이 되고부터는 돈이 필요할 때만 전화했고 결혼 후 전화를 피하자 어떻게 알았는지 민준에게 찾아가기 시작했다. 그렇게 유일한 혈육인 아버지는 효진에게 없느니만 못한 존재였다.

이혼한 사실을 몰랐으니 민준에게 연락했을 터였다.

간암이라고?

하아…….

엄마는 아버지 때문에 당뇨를 얻었고, 당뇨 합병증으로 신장의 기능을 잃으며 투석을 시작했다. 그렇게 투석을 시작하고 10년도 채 되지 않아 효진 곁을 떠났다. 그 겨울……. 텅 빈 장례식장에서 효진은 넋이 나간 채 사흘을 보냈다. 그 누구에게도 연락하지 않았지만, 아버지에게만은 연락했다. 엄마 가시는 길, 이제 사죄라도 하라고. 그래야 엄마가 눈감고 이승을 떠나실 것 같았으니까. 하지만 아버지는 나타나지 않았다. 하늘이 매정하지는 않은가 보다. 죄 많은 아버지에게 나름의 벌을 내리고 있는 것 같았다.

"같이 갑시다."

재욱이 차에 시동을 걸었다.

"나, 터미널에 좀 데려다줘요."

"내가 같이 가요."

"아뇨. 혼자 갈래요."

"당신, 이 상태로 혼자 못 보내."

"당신한테 아버지 보여 주기 싫어요."

"효진 씨!"

"평생을 힘들게 한 분이에요. 손에 잡히는 사람마다 아버지 필요에 의해 이용되고 버려졌어. 그런 아버지, 당신한테까지 손 뻗게 하고 싶지 않아요."

재욱은 효진의 고집을 꺾지 못했고 결국 효진은 그 이른 새벽, 혼자 고속버스에 몸을 실었다.

'난 아버지 사랑을 받았던 기억이 별로 없어요. 때론 아버지 그늘이 필요했던 때도

있었는데……. 강산은 좋은 아빠를 둬서 다행이에요.'

언젠가 효진이 했던 말이 떠올랐다.

버스 차장 너머로 비친 그녀는 핏기가 모두 빠져나가 금방이라도 쓰러질 것 같았다.

* * *

동서울버스터미널에 내리자 강 건너 아버지가 누워 있을 병원이 보였다. 엄마가 투석을 위해 내내 다녔던 그 병원에 아버지가 누워 있다고 생각하니 뭔지 모를 분노가 치밀었다. 택시 기사가 클랙슨을 누르지 않았다면 효진은 얼마간이고 그대로 서 있을 참이었다.

"박두희 씨 보호자인데요."

중환자실 데스크에 말하니 간호사가 효진을 안내해 주었다. 면회 시간이 되려면 몇 시간이 남았지만, 환자 상태가 위중하니 이곳에서 대기하라고 했다.

위중하단다. 그럼 아버지도 곧 이곳을 떠난다는 뜻인가? 머릿속이 왕왕 울었다.

"효진아!"

데스크에서 아무것도 묻지 않고 이리로 안내해 줄 때부터 알았다. 민준이 이미 모든 서류를 작성했을 것이고 효진이 도착하면 알리라는 지시까지 해 뒀을 터였다. 다가온 민준은 효진 곁에 앉았다. 효진은 그와의 거리를 유지하기 위해 살짝 옆으로 몸을 움직였다.

"간암 말기야. 마산에서 이미 판정받으셨더라. 너한테 전화한 적 없으셨어?"

"네."

효진의 무미건조한 대답에 민준은 적잖이 당황했다.

"면회 때 보면 알겠지만, 상황이 많이 안 좋아. 얼마나 버티실지 모르겠다."

"죽어요?"

"!"

"곧 죽냐고."

"그래. 곧 돌아가실 것 같아."

효진에게서 낮은 한숨이 새어 나왔다.

"일어나 뭐 좀 먹자. 너 쓰러지게 생겼어."

"아뇨. 민준 씨는 일 봐요. 여기 신경 쓰지 말고."

"어떻게 그래."

"이제! 그래도 돼요."

여전히 냉랭한 효진의 태도에 민준은 답답한 듯 머리를 쓸어 넘겼다. 하지만 효진이 미동도 하지 않자 한동안 바라만 보던 민준은 그대로 돌아서 나가 버렸다.

수많은 사람이 오가는 분주한 대기실이었지만 효진은 망부석처럼 앉아 있었다. 시선은 공허했고 표정은 건조했다. 가방 안에선 핸드폰이 연신 울려 댔지만, 효진은 꼼짝하지 않았다.

면회 시간이 됐는지 사람들이 일어나 중환자실로 들어가는 게 보였다. 멍하니 앉아 있다 인기척에 놀란 효진이 덩달아 자리에서 일어났다. 그렇게 면박을 줬는데도 시간에 맞춰 민준이 내려왔다.

"아버지 보고 너무 놀라진 마. 간암 말기 환자들이 다 그런 거니까."

대체 어떤 모습이기에 보기도 전에 저리 당부를 하나 싶었다.

커튼을 젖히고 병상 앞으로 들어서던 효진은 노랗게 변해 버린 아버지의 얼굴과 손을 보자마자 눈에 눈물이 들어찼다. 그 넓던 어깨는 어디로 간 건지 보이지 않았고 깡마른 몸이 퉁퉁 부어서 차마 바라보기조차 흉측한 모습이었다. 인공호흡기 덕분에 겨우겨우 숨을 붙이고 있는 것 같았다.

"날 찾아오셨을 땐 이 정도는 아니었어."

그가 전화하기 시작했던 그때를 말하나 보다. 그때 왔더라면 아버지의 사과를 받을 수 있었을까? 그동안 가장으로서 아버지로서 제대로 살지 못했음에 대해 사죄를 했을까?

항상 부재중이었던 아버지로 인해 늘 온전한 가정을 꿈꾸며 살아와야 했던 효진이었다. 그 온전한 가정을 이루고 싶어, 그 따뜻한 가정을 이루고 싶어, 서

두르느라 제대로 된 사랑을 찾지 못하고 현실과 타협했다.

혼자 받은 상처는 스스로 끌어안으면 됐지만 아픈 엄마가 겪어야 했을 모진 상황들이 미안해 하늘로 떠나보내는 엄마 앞에서 하염없이 울어야 했다.

효진은 알았다. 가정을 버리고 엄마를 버렸던 아버지였지만 엄마는 죽는 그 순간까지도 아버지를 사랑했었다는 걸. 아버지를 잊지 못해 늘 마음의 구멍을 채우지 못한 채 살다 갔다는 걸. 그런 아버지가 뭐가 좋았다고 평생을 그리워하며 살았던 건지…….

효진이 다가섰지만, 아버지는 눈도 뜨지 않았다.

"주무시나 보다. 깨울까."

"아니요. 그냥 둬요."

"널 기다리셨어."

그럴 리가. 이제 와서?

여기저기서 흐느끼는 소리가 들려왔다. 여기저기서 안타까운 한숨 소리가 들려왔다. 하지만 효진은 면회 시간을 다 채우지도 않고 밖으로 나가 버렸다.

마지막 면회까지 끝나자 대기실은 텅 비고 상태가 위중한 환자의 보호자들 몇과 효진만 남았다. 앞 의자 등받이에 몸을 기댄 채 머리를 부여잡고 있을 때 요란한 비상벨이 울렸다. 몸을 일으켜 빨간 불이 반짝이는 곳을 주시했다. 응급 상황이 발생한 것 같았다. 예감이…… 좋지 않았다. 의사와 간호사가 황급히 중환자실로 뛰어 들어가는 게 보였다. 그리고 얼마 지나지 않아 민준이 뛰어왔다.

"효진아! 박효진! 정신 차려!"

"하아! 왜…… 왜 그래요?"

"아버님 쇼크 왔어."

"쇼크?"

엄마도 투석 중에 쇼크가 와서 중환자실로 옮겨졌었다고 했다.

민준이 중환자실로 달려 들어가고 혼자 남은 효진은 패닉이었다. 엄마의 임종을 지키지 못했던 지난날이 떠올랐다.

이제 세상에 혈육 하나 없이 혼자가 되는 건가……! 결국, 아버지의 사과는 받지 못하고 아픈 어린 날의 기억을 가슴에 안은 채 살아가야 하는 건가……!
그때 달려 나온 민준이 효진을 잡아 세웠다.

"들어가자."

"왜……?"

"들어가. 임종은 지켜야지."

민준의 팔에 이끌려 아버지 앞에 섰다. 민준이 티슈를 내밀기 전까지 눈물이 흐르는 줄도 몰랐다.

왜 눈물이 날까. 아버지의 죽음 따윈 하나도 슬프지 않은데.

인공호흡기를 뗀 아버지의 얼굴은 알아볼 수도 없을 만큼 부어 있었다. 숨을 쉬기 위해 헐떡이는 모습에 기괴한 소리까지 더해져 죽음이 곧 임박했음을 알 수 있었다.

그때! 곧 죽게 생겼다는 사람이 손을 내밀었다. 이런 걸 사력을 다한다고 하는 걸까. 효진은 저도 모르게 그 손을 잡았다.

바람이 섞인 아버지의 목소리가 희미하게 들려왔다. 뭐라고 하는지 들리지 않아 몸을 가까이 기울였다. 그리고 그제야 아버지의 목소리가 들렸다.

"여……보…… 미안……해……."

효진의 볼을 타고 흐른 눈물이 아버지 얼굴에 톡 하고 떨어졌다. 그리고 심장이 정지되었음을 알리는 요란한 기계음이 들려왔다.

가정을 버리고 평생을 다른 여자들 품에서 살았던 아버지였다. 매일 밤, 잠을 이루지 못하고 울던 엄마의 모습을 보며 어린 시절을 보내게 했던 아버지였다. 그런 아버지가 숨을 놓으며 마지막으로 한 말은 평생 자신만을 바라보며 기다려 온 아내에 대한 사과였다.

효진에게 한 사과는 아니었지만, 그걸로 됐다. 재욱의 말처럼 이젠 됐다. 비록 엄마가 살아서 듣지는 못했지만, 그 마음 알았으니 됐다.

어둠이 짙게 내린 밤. 텅 빈 장례식장에 앉은 효진은 넋이 절반쯤 나가 있었다.

가장 작은 빈소를 빌렸지만, 그 흔한 근조 화환 하나 없는 쓸쓸한 장례식장이었다. 민준이 친구들을 부르겠다고 했지만, 효진이 죽일 듯 그를 노려봤다.

아버지 일은 고마웠지만 이제는 끝난 인연, 더는 엮이지 말자고 차가운 목소리로 읊조리곤 그에게 등을 보인 채 돌아섰다.

홀로 앉아 멍하니 있던 효진은 그제야 재욱이 떠올랐다. 어떻게 이제야 그를 떠올린 건지 효진은 가슴이 먹먹했다. 함께 오겠다고 할 때 같이 오자고 할걸. 곁에 있겠다고 할 때 그래 달라고 매달릴걸. 힘이 드니 그가 떠오르는구나…… 이기적이긴.

핸드폰을 열어 보니 그에게서 부재중 전화가 열 통이 넘게 들어와 있었고 문자도 수십 개가 들어와 있었다. 그의 이름만 봤을 뿐인데 또 금세 눈물이 들어찼다.

전화해도 될까? 전화하면, 그의 목소리를 들으면 엉엉 울 것 같은데.

그래도 이 세상에서 지금! 자신을 보듬어 줄 사람은 재욱뿐이라는 생각에 힘겹게 버튼을 눌렀다. 신호음이 울리는 소리만으로도 벌써 안온함이 찾아드는 것 같았다. 그가 전화를 받으면 당장 와 달라고 해야지. 지금 당신이 필요하니 하던 일 다 팽개치고 달려오라고 해야지. 항상 내 곁에 있겠다고 했으니까 지금 그 약속 지키라고 해야지. 그런 생각만으로도 마음이 따뜻해지는 것 같았다. 신호음이 길어지자 그에 대한 그리움이 자꾸만 더 깊어지는 것 같았다.

'왜 안 받아요. 나 지금 당신이 무척 보고 싶은데…….'

그래도 그가 전화를 받지 않자 초조해지기 시작했다. 그때, 익숙한 핸드폰 벨 소리가 가까운 곳에서 들려왔다.

"박효진!"

효진은 핸드폰을 여전히 귀에 댄 채 자신 앞에 서 있는 재욱을 멍하니 올려다봤다. 검정 슈트에 검정 넥타이까지 매고 온 그를 보자 효진은 걱정했던 대로 엉엉 울음을 터트리고 말았다. 재욱이 다가와 효진을 꽉 끌어안았다. 어깨를 들썩이며 우는 그녀가 너무 안쓰러워 아무런 말도 할 수가 없었다. 그의 가슴에 기대어, 그의 품에 안겨 이제야 목 놓아 울기 시작한 효진의 눈물은 오래도록 재욱의 가슴을 적셨다.

영정 앞에 절을 마친 재욱을 효진이 물끄러미 바라봤다.

"어떻게 알고 왔어요."

"나 의대 나왔는데. 이 병원에 선배, 친구, 후배 엄청 많고."

"아……."

"늦게 와서 미안합니다. 처리하고 올 일이 좀 있어서."

"아뇨. 늦지 않았어요."

재욱이 다시 효진을 안았다.

그때 장례식장 직원들이 우르르 들어왔다.

"무슨 일이세요?"

"빈소 넓은 곳으로 옮긴다고 하셨죠?"

"아닌데요."

"맞습니다. 넓은 곳으로 옮겨 주세요."

효진이 놀라 재욱을 봤다.

"올 손님 없어요. 아무에게도 연락 안 했고요."

"내 손님이 좀 많아요. 여긴 너무 좁다고."

"네?"

"김재욱 씨!"

갑자기 들려온 목소리는 근조 화환을 들고 온 배달원이었다.

"네!"

"여기 두면 됩니까?"

"아닙니다. 다른 방으로 옮길 거라서. 이리로 따라오시죠."

재욱이 그를 데리고 밖으로 나갔다.

효진은 대체 일이 어떻게 돌아가는 건지 알 수가 없었다.

"매니저님!"

재욱이 나가고 들이닥친 사람들은 마린 블루 식구들이었다.

"아니…… 어떻게……."

"왜 우리한테 연락을 안 하세요. 기쁜 일은 몰라도 슬픈 일은 함께 나눠야죠."

미애가 다가와 효진의 손을 맞잡았다.

그 뒤로 줄줄이 들어서는 마린 블루 식구들 얼굴 뒤로 석호도 보였다.
“원장님 연락 안 받았으면 아무도 모를 뻔했잖아요.”
“미애 씨! 빈소 여기 아닙니다. 특실 2호실로 가요.”
다시 돌아온 재욱의 말에 모두들 그리로 우르르 몰려갔다.
“우리도 갑시다. 가서 조문객 맞아야지.”
재욱의 손에 이끌려 바뀐 빈소로 온 효진은 낮게 한숨을 내쉬었다. 조금 전의 빈소와 비교도 되지 않는 크기에 입이 다 벌어질 지경이었다.
“여긴 너무…… 큰데요.”
“크지 않을 겁니다. 이제 당신은 아무 걱정 하지 말고 있어요.”
효진은 그의 말대로 그저 가만히 있었다.
줄줄이 들어오는 근조 화환은 전부 재욱의 지인들 것이었고, 잠시 후 도착한 총동문회 깃발과 의사협회 깃발에 이어, 동해시 의사회 깃발과 중고등학교 동문회 깃발까지 빈소 앞에 차곡차곡 놓였다. 그리고 그의 말대로 누군지 알지도 못하는 사람들의 조문이 줄줄이 이어졌다.
뒤늦게 입구 빈소 안내 모니터에 뜬 화면을 보고 효진은 미간을 좁혔다. 상주란에 재욱의 이름이 떡하니 올라가 있었기 때문이다. 아직 결혼을 한 것도 아닌데 이러는 건 나중에 문제가 되지 않을까? 걱정된 효진이 가만히 재욱에게 다가갔다.
“이러면 안 되잖아요. 우리 아직…… 혼인 신고도 못 했는데.”
그를 바라보는 효진의 눈동자는 아직도 젖어 있었다. 그 젖은 눈동자가 안쓰러워 또 목이 메는 걸 간신히 누르고 재욱이 주머니에서 무언가를 꺼냈다.
“시기가 좋지 않지만 그래도 우리 부부 된 날이니까.”
“네?”
재욱이 꺼내 든 건 금반지였다.
“혼인 신고 했습니다. 내가.”
“?”
“당신의 모든 일을 책임지고 싶더라고. 당신 돌아오면 같이 하고 싶었는데 아버님 부고 듣고 내가 혼자 가서 신고했습니다. 그러느라 좀 늦었어요. 혼자 가서 화났습니까?”

효진은 말도 하지 못하고 그저 고개만 저었다.

"이제 당신 법적으로 내 아내야. 그러니 이제 나한테 다 맡겨도 됩니다. 내가 다 알아서 한다고. 그래도 되는 거 맞잖습니까?"

또 말도 하지 못하고 그저 고개만 끄덕였다. 눈엔 눈물이 그렁한 채. 재욱은 그런 효진을 다시 지그시 안았다.

"울지 맙시다. 내가 자꾸 당신 울리는 못난 놈 같잖아."

효진은 그의 허리를 꽉 끌어안았다.

"돌아가신 장인어른 앞에서 죄송하지만…… 사랑합니다."

"나도…… 사랑해요."

* * *

〈여섯 시간 전〉

진료 중인 재욱의 핸드폰이 요란하게 울어 댔다.

"어르신, 정말 죄송합니다. 제가 좀 급하게 기다리는 전화가 있어서요."

"아…… 걱정하지 말고 받어!"

재욱은 황급히 전화를 받았다.

"어! 영현아! 좀 알아봤어?"

— 박두희 환자! 상태 안 좋다. 오늘 못 넘길 것 같아. 이미 마산에서 말기 판정받고 왔어.

"그래……."

— 중환자실인데 오늘 넘기기 힘들 것 같다.

"알았다. 혹시 무슨 일 생기면 바로 연락 좀 부탁하자."

— 어려운 일 아니지. 그런데 누군데 그렇게 신경 쓰는 거야?

"장인어른."

— 그래? 왜 이 지경이 되도록 방치했어.

"사정은 나중에 말할게. 잘 좀 부탁하자."

진료는 보지만 마음은 서울에 가 있었다. 틈틈이 효진에게 전화해 봤지만,

예상대로 받지 않았다. 틈틈이 문자도 남겼지만, 답장 역시 오지 않았다. 또 혼자 힘들어하고 있을 그녀를 생각하니 속이 타들어 가 미칠 것 같았다.

그리고 몇 시간 후 다시 영현으로부터 연락이 왔다. 이번 연락은 부고였다.

오후 5시 21분. 재욱은 다음 환자들에게 양해를 구하고 그길로 동해시청으로 달렸다. 숨을 헐떡이며 달려 들어가 혼인 신고서를 제출하고 초조하게 기다렸다.

"혼인 신고 완료되었습니다. 행복하세요."

'하아! 그래. 난 행복할 거야. 내 여자도 행복하게 해 줄 거고.'

시청 직원에게 서류를 받아 들고 재욱은 그길로 시내로 향했다. 그가 급하게 차를 세우고 달려 들어간 곳은 오랜 세월 자리를 지켜 온 금은방이었다. 금반지 두 개를 사서 가슴속에 품은 재욱은 설레는 마음으로 다시 차를 몰았다.

재욱은 운전하며 단 세 통의 전화를 했다. 그 처음은 선화였고, 그 두 번째는 조 관장이었다. 그리고 마지막으로 양 여사에게 전화했다.

"어머니! 효진 씨 아버지가 돌아가셨습니다."

— 아이코오! 그 불쌍한 걸 어쩌니. 혼자 어쩌고 있다니.

"어머니. 저 그 사람하고 혼인 신고 했습니다."

— 뭐?

"죄송합니다. 달리 방법이 없었습니다. 그 사람 제가 지켜 주고 싶습니다."

잠깐의 침묵에 재욱은 마음이 좋지 않았다. 그래도 응원해 준 어머니인데 의논이라도 먼저 했어야 옳았나 하는 생각이 스쳤다. 그때 양 여사의 한 톤 높아진 목소리가 들려왔다.

— 그럼 이제 공식적인 회동도 가능하단 거지?

"네?"

— 넌 어떡할 거야?

"저 지금 서울 갑니다."

— 그래. 넌 여기 걱정 말고 조심히 서둘러 올라가. 전화 끊는다.

정확히 한 시간 후 마린 블루 앞에 전세 버스 3대가 도착했고 조문하러 가기 위해 모여든 사람들로 휴무인 마린 블루 안과 밖이 시끌벅적했다. 선화와 선화

남편이 보였고, 수 정형외과 식구들이 보였고, 조 관장과 그 동기들이 보였고, 강정호와 그 동기들도 보였다. 유치원 윤 원장과 유치원 엄마들도 대거 모여들었고, 양 여사를 알은체하며 몰려오는 부녀회 여자들도 보였다. 상가 번영회에서 떼 지어 나타났고, 동해시청 문화센터 회원들이 줄줄이 도착했다.

골프 연습장에서 골프를 치던 김 회장은 갑자기 연습을 중단하고 나가는 재욱의 동창이자 세무 회계사인 이 회계사의 인사를 받고 깜짝 놀랐다.

"아우! 회장님! 여기 계신 줄 몰랐습니다."

"어! 이 회계사! 오랜만이네."

"조금 이따 빈소에서 뵙겠네요."

"빈소? 부고가 있나? 내가 핸드폰 확인을 안 해서."

"이런……! 아직 소식 못 들으신 겁니까? 재욱이 장인어른이 별세하셨답니다."

뒷골이 띵했다.

대체 누굴 칭하는 것인가 싶었다.

"그 부고장 좀 보여 줄 수 있겠나?"

"그럼요."

김 회장은 이름을 확인하고 목뒤를 잡았다.

"회장님! 괜찮으세요? 많이 놀라셨습니까?"

"아니……. 괘…… 괜찮네."

누구 맘대로 사위 노릇에 누구 맘대로 며느리가 된 건지 용납이 되지 않았다.

서둘러 집으로 돌아온 김 회장은 텅 빈 집을 보고 다시 한번 놀랐다.

"양순정! 양순정 당신 어디 있어?"

소리쳤지만 메아리도 돌아오지 않았다. 핸드폰을 들고 분노의 손놀림으로 전화했지만 그 전화 역시 받지 않았다. 또다시 낙동강 오리알이 되었다.

양 여사는 줄기차게 울리는 김 회장의 전화를 끊어 버리고 분주하게 사람들을 챙겼다.

"1호 차에 떡하고 음료수 실었나?"

"네! 사장님. 넉넉히 실었어요."

양 여사의 질문에 미애가 시원하게 대답했다.

"자…… 그럼 1호 차는 먼저 출발해요. 기사님! 안전 운전 부탁드립니다."

그렇게 1호 차가 마린 블루 앞을 떠나자 이번엔 2호 차 앞으로 간 양 여사가 인원 점검을 위해 차에 올랐다.

전세 버스 유리창에는 '김재욱 빙부상' 이라고 커다랗게 적혀 있었다.

* * *

속속 찾아드는 조문객들의 인사를 받으며 절하는 재욱을 효진은 그저 말없이 지켜봤다. 먼저 간 엄마가 이런 재욱을 보고 있다면 참 든든해했겠단 생각을 막 하고 있을 때 시끌벅적한 소리가 나더니 재욱 또래의 남자들이 우르르 들어섰다.

재욱과 알은체를 한 남자들은 줄줄이 서서 빈소에 예를 갖추었다. 돌아서 재욱과 효진에게 인사를 한 남자 중 한 명이 재욱에게 볼멘소리를 했다.

"자식! 재혼했으면 알렸어야지. 네 소식 얼마나 궁금해하는지 알면서. 매정한 자식. 이렇게라도 불러 줘서 다행이다."

"그렇게 됐다. 이런 자리에서 인사시켜 미안하다."

"제수씨! 상 잘 치르고 좋은 모습으로 한번 다시 뵙겠습니다."

"감사합니다."

효진은 예의 갖춰 묵례하며 감사의 마음을 전했다.

"이리로 와. 나가서 좀 앉자."

그렇게 재욱이 친구들로 보이는 남자들을 데리고 밖으로 나가며 효진의 손을 살며시 잡았다 놓았다. 그 손에 금반지가 나란히 반짝였다.

벌써 그의 친구들만 대여섯 번째 무리였다. 몰아치던 조문객들의 행렬이 잠시 뜸해져 효진은 가만히 자리에 앉았다. 환하게 웃고 있는 아버지의 영정을 보는데 저렇게 환하게 웃는 모습도 있었던가……? 싶어 씁쓸해하고 있을 때였다.

"아줌마아!!"

잘못 들은 게 아닐까 했다. 하지만 이내 다시 들려왔다.

"아줌마!"

세상에…… 강과 산이 왔다. 보고도 믿기지 않았다. 저쪽에서 검정 옷으로 위아래 맞춰 입은 두 꼬마가 효진을 향해 달려오는 게 보였다.

어떻게…… 어째서…… 저 아이들이…….

달려온 강과 산은 효진의 치마폭에 폭 안겼다.

"강산! 너희들이 여길 어떻게 왔어."

"아줌마! 아버지가 돌아가셨어요?"

"……응."

"할머니가 그러시는데 우리 외할아버지래요."

"하아……."

강의 말에 효진은 숨이 턱 막혔다.

"그래서 우리도 검정 옷 입었어요."

"그래……."

"아줌마 머리에 하얀 나비 예뻐요."

산의 해맑은 미소와 말에 효진은 울컥했다.

눈물이 맺히는 게 보였는지 산은 가만히 효진의 손을 잡았다.

"아줌마! 아빠가 하늘나라 가서 슬퍼요?"

효진은 말을 잇지 못하고 그저 고개만 끄덕였다. 그런 효진을 위로해 주려는 듯 꽉 안는 산 때문에 다 흘렸다고 생각했던 눈물이 후드득 떨어졌다. 그때 양 여사의 목소리가 들려왔다.

"우리 강아지들…… 외할아버지께 절부터 해야지."

"사장……님!"

다가온 양 여사는 네 맘 다 아니 아무 말 하지 말라는 듯 인자한 미소를 지어 보이곤 강과 산의 손을 잡고 아버지 영정 앞에 섰다. 조그만 손을 다부지게 모으고 절하는 아이들을 보는 순간 효진은 세상에 혼자가 아니었단 사실을 깨달았다.

'그래. 저 아이들이 있는데 왜 내가 혼자야.'

자기 연민에 빠져 중요한 사실을 잊고 있었다. 그러자 저도 모르게 입가에 미소가 번졌다.

친구들을 안내하고 돌아오던 재욱은 예쁜 강과 산을 보고는 무척이나 반가운지 번쩍 안아 올렸다.

“어이쿠! 우리 아들들! 외할아버지께 절까지 다 했어?”

“네!”

“장하네. 장해!”

“아줌마랑 같이 있어도 돼요?”

산이 물었다.

“아줌마 아니고 엄마라고 부르면 같이 있게 해 줄게.”

“정말요?”

“응! 정말.”

“엄마랑 같이 있어도 돼요?”

“당연하지.”

재욱의 말이 떨어지자 산은 자신을 빨리 내려 달라고 발을 동동 굴렀다. 강과 산을 바닥에 내려놓자 산이 쪼로록 효진에게 달려가 다시 치마폭에 안겼다.

“아빠! 정말 아줌마 이제 우리 엄마예요?”

재욱에게 확인을 해야겠다는 듯 꼿꼿이 서서 묻는 강이었다.

“그래. 이제 너희들 엄마야. 아빠 부인.”

“앗싸! 내가 그럴 줄 알았어.”

확인을 마친 강도 효진에게 달려가 효진의 손을 꼭 붙잡았다. 그 모습을 흐뭇하게 바라보는 재욱을 양 여사가 툭 쳤다.

“너! 내가 지금까지 본 모습 중에 지금이 제일로 멋있어.”

“설마요. 40년을 넘게 보셨는데 지금만요?”

“사진작가가 너라는 사실 알았을 때도 조금 멋있긴 했는데 지금이 더 멋있어.”

“헛!”

“내내 아들이었는데 이제 남자 같아. 너 남자야. 상남자!”

"어머니!"

"네 아버지가 널 반만 닮았어도…… 쯔쯔쯔……."

가슴 저릿한 말을 남기고 양 여사는 사람들 속으로 사라졌다.

재욱은 서로 손을 꼭 붙잡고 있는 효진과 강산에게 다가가 그들을 가만히 안았다.

아이러니하게도 아버지가 엄마 곁으로 돌아간 날 새로운 가족이 탄생하였다.

* * *

고인에게는 안타까운 일이었지만 축제 같았던 장례가 끝나고 모두 일상으로 돌아갔다.

아버지를 엄마와 같은 납골당에 모시고 효진은 모든 것을 용서했다.

'엄마! 아버지가 미안하대. 엄마도 들었지? 이제 마음 편히 지내. 나도 행복하게 살게.'

어린 날의 아픈 기억도 모두 그곳에 버려두고 왔다.

이제 새로운 가족과 아름다운 날들을 살고 싶다는 염원만 가득 담고서……!

돌아온 효진은 장례식장을 찾아 주었던 동해 사람들에게 인사하기 위해 떡을 맞췄다. 재욱이 그냥 넘기자는데도 그의 친구들에게는 효진이 직접 문자를 하나하나 작성해 보냈다.

유치원으로 떡을 들고 간 효진을 윤 원장은 버선발로 맞아 주었고, 수 정형외과 식구들은 새로운 원장 사모의 등장에 플래카드만 안 걸었지 격하게 반겨 주었다.

"시내 미래 안과는 손님이 뚝 떨어졌대요. 곧 문 닫게 생겼어요."

묻지 않았는데 장 간호사는 기쁜 듯 하영에 관한 소식을 전해 주기까지 했다. 마치 이 세상을 등지는 아버지가 그간 효진에게 잘못했던 것들을 한 번에 갚아 주고 간 듯 하나하나 순리대로 풀어져 갔다.

"대체 당신! 생각이 있는 사람이얏?"

3일 장을 치르는 동안 한순간도 효진 곁을 떠나지 않았던 양 여사가 집으로 돌아왔을 때 귀가 떨어져 나가게 소릴 지른 건 김 회장이었다.

"어우! 귀청 떨어지겠네. 당신 미쳤어요?"

미안해하기는커녕 되레 큰소리치는 양 여사를 보며 김 회장은 뒷덜미를 잡았다. 이제 살다 살다 미쳤냐는 소리까지 듣게 되다니. 60년 넘게 산 인생이 모두 허사가 된 기분이었다.

"누가 사돈이고 누가 장인이야. 당신이랑 재욱이는 지금 동해 사람들 상대로 사기극을 벌인 거라고. 알아?"

내막을 알 리 없는 김 회장의 말에 양 여사는 잠시 멈칫했다. 여기서 모든 사실을 털어놓느냐 그냥 모른 체하며 넘어가느냐.

짧은 순간! 아직 사실을 알리면 불리하겠단 생각에 이른 양 여사는 헛기침을 한 번 하곤 얼른 수습에 나섰다.

"곧 며느리 될 아이인데 무슨 사기요?"

"누가 곧 며느리가 된대. 누구 마음대로."

"길고 짧은 건 대 봐야 알죠. 흥!"

"흥?"

길게 대화해 봐야 득 될 거 없겠다 싶었던 양 여사는 그길로 방을 빠져나오는 것으로 위기를 모면했다. 열받아 얼굴이 불타는 고구마가 된 김 회장을 본 것만으로도 흐뭇해하면서!

잘 달리던 재욱의 차가 갓길에 비상등을 켜며 멈춰 섰다. 병원에서 함께 퇴근하던 재욱과 효진은 사소한, 아니, 조금 정정하자면 효진에게는 사소하지만 재욱에게는 엄청난(?) 문제로 말다툼 중이었다.

"내가 뭘 그렇게 잘못했습니까?"

"어떻게…… 애들이랑 떨어져 지내자는 말을 할 수가 있어요. 애들 아빠잖아요."

"누가 계속 그러잡니까. 그냥 뭐…… 딱 한 달만, 한 달만 단둘이 지내자는 게 그렇게 말 안 되는 바람입니까?"

"아이들이 얼마나 아빠 엄마와 함께 살길 바라는지 알잖아요. 산이 마음의 병도 하루빨리 고쳐야죠."

"그러니까. 그런 걸 다 안 하겠단 것도 아니고 그냥…… 신혼을 조금만 즐기자는 건데."

"안 돼요."

"효진 씨!"

"그럴 수 없다고요."

"당장 결정할 것 없어요. 조금만 더 생각해 보고……."

"생각할 필요도 없어요."

"박효진!"

첨예하게 대립하던 두 사람 사이에 침묵이 흘렀다.

효진도 그의 바람을 모르는 바는 아니었지만, 혼인 신고까지 하고 부부가 된 마당에 아이들을 할아버지 할머니 손에 맡겨 두는 건 있을 수 없는 일이었다. 효진으로선 물러서 줄 수 있는 사안이 아니었다. 다시 마음을 굳게 먹고 재욱을 돌아보는데.

"딱 한 달입니다. 당신과 둘만의 시간을 보내고 싶다고."

그의 간절한 음성이 넘어왔다.

효진도 원하지 않는 건 아니었지만…… 그래도…… 흔들려서는 안 된다. 다시 이를 악물고 돌아보는데.

"제……발……!"

꼭 이럴 땐 강과 산 같다.

하아! 항복!

"그럼 딱 한 주요."

"한! 주?"

"싫음. 말아요."

"아…… 아니…… 싫다니…… 무슨 그런."

"단, 어머니께 양해를 구하고요."

"그건 걱정하지 말아요. 내가."

"아뇨. 내가 말씀드릴래요. 이건 도리에 어긋나는 짓이니까."
"뭘 또 그렇게 거창하게 말하고 그래……."
또 자기만 애가 탄 사람 된 것 같아 뾰로통해진 재욱의 입이 한 줌은 나왔다.
"나도 당신과 단둘만의 시간 갖고 싶어요. 간절히!"
재욱은 효진을 아무 말 않고 바라봤다.
"안 믿는가 봐."
"믿기지 않네."
"사실인데."
"그런데 그렇게 단호하게 거절을 하나? 사람 무안하고 섭섭하게."
"화 풀어요."
"그건 집에 가서 당신 하는 거 보고."
"네?"
재욱은 그길로 다시 운전대를 잡았다. 차는 요란한 엔진음을 울리며 곧게 뻗은 길을 빠르게 달려 나갔다.

"하아…… 하으…… 흐음……."
효진의 신음이 점점 짙어졌다. 은은한 달빛만 스며드는 침실은 재욱의 입술이 효진의 몸을 탐하는 소리로 가득했고, 그가 주는 희열에 몸을 비틀며 연신 쏟아져 나오는 신음을 억누르려는 효진의 안간힘으로 가득했다.
"이렇게 좋은데…… 하아…… 겨우 한 주!"
내내 젖꼭지를 물었다 놓고 빨았다 놓기를 반복하던 재욱이 그녀의 배꼽 주변을 유영하더니 이내 은밀한 곳으로 찾아들었다.
"하윽……!"
허리를 활처럼 휘어 올리며 발끝에 힘을 주어 모아 봤지만 새어 나오는 신음은 어쩔 수 없었다. 이미 모든 신경이 곤두선 클리토리스를 그의 감미로운 혀가 스며들듯 어루만졌다.
"으음…… 하읏……."
아랫배에 잔뜩 힘이 들어간 채 입술을 악무는 그녀를 재욱은 벌주듯 더욱 깊숙이 빨아들였다.

"아윽…… 그만…… 그만이요……."

"정말 그만하길 바래요?"

"하아…… 미칠 것 같아."

"그래서 그만하라고?"

"아니…… 아니요."

"그럼. 원하는 게 뭡니까? 말을 해야 알지."

재욱은 그녀의 애액이 잔뜩 묻은 입가에 사특한 미소를 물고 다시 그녀의 음부에 입술을 묻었다.

"아윽…… 제발……! 하윽…… 하아……."

그녀가 원하는 게 뭔지 정확히 알면서도 재욱은 쉽게 그녀의 손에 사탕을 쥐여 주지 않았다. 자신을 애태운 만큼 효진도 애가 타기를 바랐다. 그것으로 그녀가 자신의 심정을 반의반이라도 알아주길 바랐다.

그녀의 앓는 소리가 거칠어지고 가슴이 오르락내리락할 정도로 숨 가빠진 걸 알면서도 재욱은 그녀의 허벅지를 들어 올리며 질 속 깊이 혀를 밀어 넣었다.

"하읏!"

엉덩이가 들린 채 그에게 꼼짝없이 잡혀 버린 효진은 밀려드는 흥분에 더 큰 쾌락을 요구하듯 보채기 시작했다.

"제발…… 이제…… 넣어 줘요…… 하윽……."

그녀에게 고통을 주기 위한 애무였지만 재욱도 이미 오래전부터 발기한 물건 때문에 허리가 다 뻐근할 지경이었다. 하지만 아직은 그녀에게 쉽게 원하는 것을 내어 주고 싶지 않았다. 그는 앙탈을 부리는 그녀의 허리를 휙 잡아 돌려 엎드리도록 한 뒤 사과같이 탐스러운 엉덩이에 입을 맞추곤 손가락 두 개를 거칠게 밀어 넣었다.

"하윽!"

원하는 것을 얻진 못한 데다 밀고 들어온 그의 손가락이 질 내벽을 스치자 효진은 애가 타 미칠 것 같았다.

"부족한가?"

"하아…… 정말…… 이럴 거예요."

"왜? 이제 속이 좀 탑니까?"

"이럴 거면…… 하읏…… 그만……."

하지만 효진은 말을 잇지 못했다. 재욱의 부풀 대로 부푼 물건이 그녀의 깊숙한 곳까지 밀고 들어왔기 때문이다.

"아윽!"

이제야 원하는 것을 얻은 효진에게서 만족의 신음이 터져 나왔다. 그를 더 깊이 받아들이기 위해 엉덩이를 세게 밀어 내던 효진은 갑자기 그가 물건을 빼내는 통에 허탈한 듯 한숨을 내쉬었다.

"더…… 해 줘요."

"이런 걸 원한 게 맞아요?"

"하아…… 그걸 말이라고 해요!"

재욱은 효진의 대답에 만족한다는 듯 미소를 물고 다시 페니스를 질 속 깊이 밀어 넣었다. 그러곤 그녀의 허리를 부여잡고 사정없이 그녀를 밀어붙였다.

"하윽…… 하아…… 아읏……."

두 살이 비벼지는 뜨거운 곳에서 음탕한 마찰음이 요란하게 울렸다. 그녀의 몸속 깊이 파고들었다는 쾌감에 재욱도 목을 젖히고 입술을 깨물며 밀려드는 사정감을 몇 번이고 참아 냈다.

미친 듯 그녀를 취하던 재욱은 다시 침대 위로 돌려 눕히곤 그녀의 허벅지를 들어 올린 채 뜨거워진 물건을 재차 찔러 넣었다. 효진은 숨을 헐떡이다 못해 더는 앓는 소리도 신음도 내지 못한 채 그가 주는 쾌락을 온몸으로 받아들였다. 그녀가 정신을 잃은 듯 환락으로 빠져들 때 재욱 또한 강한 오르가슴과 함께 그녀 안에 자신을 쏟아 냈다.

형벌 같았지만, 배로 느낀 쾌감으로 기절하듯 쓰러진 효진을 재욱이 가슴에 안고 누웠다. 열정적인 섹스로 뜨거워진 두 몸은 속살이 맞닿은 채 그 열기를 식히고 있었다. 효진은 그의 심장에 올려진 손으로 서서히 잦아드는 심장 박동을 느끼고 어렵게 입을 열었다.

"나…… 벌준 거예요?"

"당신을 벌주려고 시작하긴 했는데…… 후…… 내가 벌을 받은 것 같아. 참느라 심장이 타 버리는 줄 알았거든."

"당신을 미친 듯이 사랑하는 사람에게 벌을 주려고 하니까…… 당신이 벌을 받지."

"내가 더 많이 미친 것 같긴 한데, 그래도 그 말은 듣기 좋네."

"당신하고 잠시도 떨어져 있고 싶지 않아요."

그녀의 목소리가 혈관을 타고 심장 깊숙이 파고드는 것 같았다.

"먼 길 돌아서 찾아온 사랑인데 왜 아니겠어요. 당신 때문에 설레고 당신 때문에 기쁘고 당신 때문에 살아 있는 것 같아요."

그 어떤 고백보다 가슴 저릿했다.

"그런 당신의 아이들이라서 난 더 사랑해 주고 싶어요. 내가 당신에게 받은 사랑…… 우리 애들한테 돌려주고 싶어."

재욱은 효진의 머리에 입을 맞췄다. 이렇게 가슴 따뜻한 사람을 어떻게 당해낼까……!

"그래요. 그럽시다. 내 생각이 짧았네."

"그래도…… 오늘 받은 벌은…… 좋았어요."

그녀의 나른한 목소리와 미소가 가슴에 살포시 앉았다. 효진은 재욱을 더 꽉 안았다. 그의 온기가, 그의 살결이 그저 좋았으니까.

바다가 훤히 보이는 창가 테이블에 둘러앉은 재욱, 효진, 양 여사 사이에 잠시 정적이 흘렀다. 앞으로 팔짱을 낀 양 여사가 그 정적을 깨고 심각한 얼굴로 입을 열었다.

"그러니까 애들을 일주일만 봐 달라는 거야?"

효진은 죄스러운 표정을 감추지 못하고 고개를 끄덕였다.

"죄송합니다. 사장님!"

"사장님이 뭐야!"

"아…… 어머님!"

재욱은 효진과 달리 떨떠름하고 뭔가 못마땅한 표정이었다.

"넌! 표정이 그게 뭐야. 뭐 불만 있어?"

"난 한 달만 더 어머니가 애들을 봐 주셨으면 했거든요. 그런데 저 사람이……."

"재욱 씨!"

하고 싶은 말이 많은 듯 입을 달싹이던 재욱은 효진의 매서운 눈초리에 더는 말하지 못하고 입을 다물었다.

"한! 달!"

"아니에요. 딱 일주일이면 돼요."

양 여사의 고저 없는 목소리에 효진도 재욱도 긴장했다.

"너희들! 정말 생각 없다!"

그래…… 무리한 부탁이었다. 이래선 안 된다는 생각을 끝까지 꺾지 않고 재욱을 단념시켰어야 했는데……. 아뿔싸 싶었다.

"죄송합니다. 저희 생각이 짧았어요. 어머님!"

"얘! 너희 아버지는 지금 너희들 혼인 신고 한 거 몰라! 이런 상태로 애들 데려가면 다 탄로 난다고. 그다음은 어떡할 건데. 대책이 있긴 해?"

"네?"

"그 영감이 너희들 허락하기 전까진 애들 못 보내. 대체 생각이 있는 거야, 없는 거야."

효진은 난감함에 할 말을 잃었고 재욱은 쾌재를 부르느라 아무 말도 할 수 없었다. 절대, 절대로 애들을 떠맡기겠단 생각을 하는 건 아니다. 그저, 효진과 신혼을 좀 즐기고 싶을 뿐이다. 정말로.

"아하! 그런 문제가 있었네요. 역시 우리 양 여사님, 머리 회전이 남다르십니다. 브라보!"

양 여사는 능글맞은 재욱을 곁눈질해 봤다.

'어이구, 저런 한심이! 여자한테 폭 빠져 가지고! 그래도 기쁘니까, 좋으니까, 봐준다.'

"괜한 일로 고민하지 말고 회장님 마음 어떻게 돌릴 건지나 궁리 잘 해."

"네! 알겠습니다. 양 여사님! 아…… 저…… 말 나온 김에 그…… 박 매니저

주말 근무는 좀 빼 주면……."

"얏!"

거기까지만 하라는 듯 양 여사가 소리를 빽 질렀다.

그래, 많이 양보하셨지. 그건 좀 무리지. 아쉽지만 그건 다음 기회로 미뤄야겠다. 작전상 후퇴!

"그럼, 전 다시 병원으로 복귀합니다. 이따 집에서 봅시다. 어머니, 저 갑니다."

재욱은 실실 웃으며 마린 블루를 빠져나갔다. 그런 재욱을 어이없단 듯 바라보던 양 여사가 효진을 바라보며 미소 지었다.

"대체 애한테 무슨 짓을 한 거야?"

"네?"

"애가 나사가 하나 빠졌어."

"아…… 저…… 그게……."

"그래서 보기 좋아. 이제 사람 같아. 네가 복덩어린가 봐."

"네?"

"이제 나 이름 부를래. 너라고도 하고. 박 매니저 안 할래. 그래도 되지?"

"네…… 그럼요."

"아우, 좋다. 내가 며느리랑 같이 마린 블루에서 일하게 될 줄 누가 알았겠어. 왜 있잖아. 며느리들은 시어머니랑은 절대 뭐가 잘 안 되잖아. 난 그게 싫었다. 난 딸도 없는데 딸 같은 며느리 맞고 싶었는데 그게 어떻게 되냐고 다들 그러잖아. 나도 그건 안 된다고 봐. 딸이 아니고 며느린데 어떻게 딸같이 해. 대신 그 비슷하게는 할 수 있는 거잖아. 그치?"

"네…… 맞아요."

소녀 같은 양 여사가 그저, 어른에게 이런 표현 쓰면 안 되는 거지만 귀여웠다.

"너도 그냥 날 엄마 비슷하게 생각해 줘. 그러면 난 참 좋을 것 같아."

"그래도…… 돼요?"

"되기만 해? 제 마누라밖에 모르는 아들보단 시어머니 눈치 살짝 봐 주는 며느리가 나아."

효진은 양 여사와 마주 앉아 한참을 떠들었다. 재욱이 돋보기 실험을 하다 소파를 태워 먹을 뻔했던 이야기를 들었고, 의대를 가게 되었을 때 일주일간 방에 처박혀 나오지 않았었단 이야기도 들었다. 그에게 듣지 못한 얘기들을 들으니 어린 재욱이 그려져 가슴이 뜨거워졌다. 얘기하는 양 여사는 지난날의 기억을 더듬으며 눈물을 짓기도 미소를 짓기도 했고 듣는 효진은 마냥 좋았다.

* * *

"장례식장에 완전히 사위처럼 서 있더래. 상주만 차는 완장도 김 원장님이 차고 있었대."

"그럼 정말 사위 노릇 한 거야? 소문이 진짜야?"

미래 안과 간호사 중 한 명이 며칠 전 장례식 소식을 듣고 와선 신나게 떠들고 있었다.

"우리 원장님 그럼 어떻게 되는 거야?"

"어떻게 되긴 그냥 닭 쫓던…… 헛! 원장님……."

진료 시간이 끝나지도 않았는데 퇴근 준비를 하고 나서는 하영의 모습에 수다 떨던 간호사 얼굴이 하얘졌다.

"나, 먼저 퇴근해요."

건물을 빠져나와 차를 가지러 가는 그 짧은 시간 동안 지나는 사람마다 하영을 힐끗거렸다. 체육 대회 때 일로 이미 한바탕 입방아에 오르내렸는데, 장례식 이후 아예 대놓고 하영을 씹어 대기 시작했다. 그 누구의 눈치를 보거나 그 누구의 말에 상처 따위를 받는 사람이 아닌 하영은 그딴 시선쯤은 아무것도 아니었다. 하지만 길고 순결했던 짝사랑이 너덜너덜해지도록 짓밟혔다는 사실이 못 견디게 힘들었다.

하영의 차는 가끔 재욱이 출몰한다는 바닷가 포장마차로 향했다. 그를 만나기 위해 몇 번이고 갔던 곳이라 무척 익숙한 길이었다. 바람이 차가워져 밖에 앉는 손님이 아무도 없었지만, 하영은 밖에 홀로 앉았다. 우동과 소주 한 병을 놓고 막 첫 잔을 따라 마시려는데 정호가 다가와 앞에 앉았다.

"너도 참 딱하다."

"누가 내 앞에 앉으래."

"같이 술 마셔 줄 친구 하나 없냐?"

"그러는 선배는 이 시간에 왜 혼자 포장마찬데?"

"혼자 아닌데. 애들 막 들어갔어. 네가 혼자길래 술이나 받아 주려고."

"필요 없어."

"그래도 좀 앉아 있자. 너 혼자 이러고 있으면 여자들이 더 말만 만들어. 이 동네 몰라?"

알지. 아주 잘 알아. 그래서 지금 죽을 맛이라고.

"우리 둘이 같이 앉아 있으면 더 말 만들기 좋잖아. 김재욱한테 까인 여자랑 박효진한테 까인 남자랑!"

"그렇게 되나? 피! 그것도 별로네."

"선배! 박효진 포기했어?"

"그 자식이랑 내가 게임이 되냐? 그냥 놔준 거지."

"곧 죽어도 가오 잡기는!"

"남자는 가오지! 그러는 넌 재욱이 자식 포기한 거냐?"

"포기가 되겠어? 세월이 얼마인데. 그래도 나보단 부모님이 더 포기를 못 하시는 것 같아."

"네 어머니 좀 잘 알지. 이곳! 떠나는 건 어때?"

"그것도 내 마음대로 되겠어? 아버지 표밭인데. 아버지가 정치 안 하면 모를까."

정계에서 물러나면 그들의 꼭두각시 노릇도 끝낼 수 있지 않을까?

하영은 잠시 그런 생각에 빠져 봤다.

바다에서 불어오는 매서운 바람이 테이블 주위를 맴돌았지만, 마음이 얼어붙어 그딴 바람은 하나도 춥지 않았다.

서로의 잔을 채운 두 사람은 각자 쓰디쓴 소주를 목구멍에 털어 넣었다.

* * *

퇴근 준비를 하던 재욱의 핸드폰이 울렸다. 외투를 걸치며 핸드폰을 들여다보니 서울에서 유명 언론사 국장으로 있는 고등학교 선배 시형이었다.

— 재욱아!

"네, 선배!"

— 장 의원! 문제 터졌다.

"하아! 이번엔 또 뭡니까."

장 의원 집안과 혼담이 오가기 시작했을 무렵부터 재욱은 이쪽 방면에 소식이 빠른 선배에게 부탁했었다. 김 회장이 추진하는 혼사라면 분명 사업과 연관성이 있을 것으로 판단했고, 하필 그 대상이 이미 많은 추문으로 뒤가 구린 장 의원이라는 점 때문에 여러모로 불안했기 때문이다.

아버지 사업을 이어 할 만큼 그쪽 분야에 관심이 있는 것도 재능이 있는 것도 아니지만 적어도 문제가 될 만한 것을 알아보는 안목은 있었다. 이제는 정치인들 도움 없이도 얼마든지 사업을 유지하고 번창시킬 수 있음에도 불구하고 여전히 구시대적 방식을 고수하는 아버지가 이해되지 않았지만 설득할 재주도 없었다. 바꿀 수 없다면 그저 뒤에서라도 물심양면으로 돕는 게 방법이라고 판단했기에 동원할 수 있는 능력을 최대한 동원해 줄을 좀 댔었다.

— 불법 선거 혐의로 불거지긴 했는데 지난번 추문도 있고 해서 더 파고 있는 눈치더라.

"더 판다면?"

— 불법 정치자금 수수 혐의 쪽인 것 같아.

"그렇다면……."

— 그래서 회장님과 연관성 있는지 나도 알아보는 중이니까 다른 정보 더 나오면 다시 연락할게.

"고맙습니다. 선배."

— 나, 너희 부모님 재단에서 준 장학금으로 서울로 유학 오고 대학 다녔어.

뭐로든 돕고 싶다고.

통화를 마친 재욱은 깊은 한숨을 몰아쉬곤 비서실로 전화했다.

"김재욱입니다. 아버지 지금 어디 계십니까."

탁! 탁!

재욱의 큰 키와 다부진 체구는 김 회장에게서 물려받은 게 분명해 보였다. 스윙하는 김 회장의 피지컬은 아주 훌륭했고 오랜 세월 연마해 온 덕분에 스윙 자세 또한 쓸 만했다.

재욱은 가만히 다가와 김 회장 뒤에 멈춰 서 그의 스윙을 한동안 지켜봤다. 재욱이 온 줄도 모르고 스윙을 하던 김 회장은 한참 만에 뒤돌아서다 재욱을 발견하고 깜짝 놀랐다.

"네가 여긴 무슨 일이야. 그렇게 골프 좀 배우래도 한 번을 안 오던 녀석이. 뭐야! 이번엔 장모라도 죽은 거냐?"

"그간은 아버지도 아시다시피 제가 바빴잖습니까. 병원 정상 궤도에 올리는 데 신경 써야 했으니까요. 원하시면 이제 골프 배우겠습니다. 아버지 모시고 필드도 나가고요."

"필요 없다. 나도."

김 회장이 장갑을 벗으며 의자에 앉자 재욱도 다가가 앉았다. 그런 재욱이 이상한 듯 김 회장이 눈을 부라리며 쳐다봤다.

"하고 싶은 말이 뭐야?"

"장 의원과 얼마나 깊게 연루되어 있으십니까?"

"뭐?"

"내일 장 의원 검찰에 기소된답니다. 알고 계셨습니까?"

김 회장의 얼굴이 하얗게 질렸다.

"너 그게 무슨 소리야?"

"불법 선거 혐의는 시작일 뿐이고, 검찰에서는 불법 정치자금 수수 혐의 쪽 증거를 가지고 있는 것 같습니다. 아버지와 연관 있습니까?"

김 회장을 바라보는 재욱의 눈빛에는 걱정과 염려가 가득했다.

"기껏 그 집안과 혼인하랬더니 그 뒤나 파고 있었던 거야?"

"아버지 사업과 연관된 사람이라 시형 선배에게 그냥 부탁해 놨던 것뿐이에요. 장 의원 오래전부터 문제 많은 사람인 거 아버지도 아시잖습니까."

"그걸 아는 놈이 이런 걱정을 해? 너 나를 아주 우습게 봤구나!"

"네?"

혼자 된 재욱의 혼처를 물색하다 장 의원의 딸 하영이 눈에 띄었다. 좀 알아보니 아주 깨끗하고 흠잡을 곳 없는 아이였다. 그 부모는 구리고 냄새가 좀 났지만 그 정도는 김 회장이 곁에 두며 바르게 끌고 갈 자신쯤은 있었다. 그래서 여러모로 써먹을 수도 있을 카드라 생각하고 장 의원이 내민 손을 슬쩍 잡았더랬다. 사람을 붙여 예의 주시하고 있던 차라 모든 면에 신중을 기하던 중이었는데 결국 일을 터트리고 만 모양이었다.

"책잡힐 짓 한 것 없다."

재욱에게서 안도의 한숨이 새어 나왔다. 주도면밀한 분인 줄은 알지만 그래도 혹시나 하는 불안감이 늘 내재해 있었다. 하지만 지금의 대화로 그런 걱정은 기우였다는 걸 알았다.

"그럼 다행입니다."

"이제 장 의원 약점 잡았으니 그 혼사! 말도 꺼내지 말란 말이 하고 싶은 거냐?"

"그런 의도는 아니었지만, 아버지 말씀 듣고 보니 그것도 말이 되겠네요."

"헛!"

"조만간 그 사람과 집으로 인사 가겠습니다."

"누구 마음대로!"

꼭 토라진 애들같이 말하는 김 회장을 재욱이 잠시 바라보더니.

"제 마음대로입니다."

라고 뱉어 내곤 유유히 자리를 떠났다.

기도 차지 않는다는 듯 그런 재욱을 노려보는 김 회장의 입가에 미소가 걸렸다. 아무짝에도 쓸모없는 녀석이라고 생각했는데 알게 모르게 이런 곳까지 신경 쓰고 있었다고 생각하니 괜히 마음이 다 뿌듯해지는 것 같았다. 조금만 더 독한 구석이 있었다면 자신의 뒤를 이을 후계자로 키울 수 있었을 텐데, 심성이나 성품이 이 바닥과 어울리지 않아 늘 안타까울 뿐이었다. 겨우 포기하고 마음 돌렸는데 이따금 보여 주는 면들에 아쉬움이 묻어나는 건 어쩔 수 없었다.

* * *

퇴근해 돌아온 효진은 가슴에 책을 얹은 채 소파에 누워 잠든 재욱을 발견하고 뒤꿈치를 들었다. 곤히 잠들었는데 자신 때문에 깨어나면 미안해 어쩔 줄 몰라 할 게 뻔했으니까. 그를 깨우지 않으려 살금살금 침실로 들어갔고 최대한 숨죽여 샤워했다.

잠옷을 입고 이불을 들고나온 효진은 여전히 잠들어 있는 그의 곁에 살며시 다가가 이불을 덮어 주었다. 제법 쌀쌀해진 날씨에 거실에서 잠이 들면 좀 춥겠단 생각이 들어 조금만 앉아 있다 깨워서 데리고 들어가야겠다고 생각하고 소파 바닥에 가만히 앉았다. 잠든 그의 얼굴을 보고 있으니 하루의 고단함이 스르르 사라지는 것 같았다. 무릎을 접어 올리고 손을 모아 고개를 기댄 채 그와 눈높이를 맞추고 물끄러미 그를 바라봤다.

그의 숨결이 고스란히 효진에게 넘어왔다. 숨결만으로도 설렐 수 있단 걸 알게 됐다. 잠든 얼굴만으로도 안식을 얻을 수 있단 걸 알게 됐고, 이 사람의 존재만으로도 효진의 삶에 빛이 들었다는 걸 알게 됐다.

"그렇게 빤히 보기 있습니까?"

눈도 뜨지 않은 채 속삭이는 그의 음성이 온몸을 녹였다.

"언제 깬 거예요?"

"당신이 이불 덮어 줄 때부터."

"엉큼해. 그래 놓고 자는 척했어요?"

"날 너무 사랑스러운 눈빛으로 보는 것 같아서."

"여기서 자면 추워요."

"그럼 좀 안아 주든가."

"……."

"당신이 지금은 더 추워 보여. 어서 들어와요. 이리로."

재욱은 자신의 품속으로 들어오라며 팔을 벌렸다. 효진은 기다렸다는 듯 입에 미소를 물고 냉큼 그의 품속으로 달려들었다. 그의 품은 따스했다. 그리고 언제부터 깨어나 꿈틀거린 것인지 엉덩이에 닿는 그의 신체가 단단하게 올라붙어 있었다. 재욱은 일부러 더 몸을 밀착하며 효진을 자극했다.

"뭐예요. 잠만 깬 줄 알았는데 그게 아니었나 봐."

"그게 가능한가? 당신이 그렇게 속이 다 비치는 잠옷을 입고 빤히 보고 있는데 내 신체가 몽땅 안 깨어난다는 게 가능하냐고."

재욱은 그녀를 뒤에서 안은 채 이미 몸 구석구석을 더듬고 있었다. 막 씻고 나온 그녀는 한 입 깨물면 과즙이 터져 나올 복숭아같이 싱그러웠다.

"애 둘 엄마가 이렇게 예뻐도 되나?"

"애 둘 아빠가 이렇게 멋져도 되고요?"

"나 멋집니까?"

"엄청 멋진데. 그래서 맨날 불안하고."

"정말입니까?"

보이지 않았지만, 그는 얼굴 가득 미소를 품고 있을 게 뻔했다.

효진은 꼼지락거리며 몸을 돌려 재욱의 가슴으로 파고들었다.

"어어…… 나 지금 최대한 자제하는 중인데."

"당신, 정말 멋진 거 몰라요?"

"말을 해야 알지. 말 안 해 주는데 어떻게 아나?"

"그러니까 장하영이 그 긴 세월 짝사랑했겠죠."

"질투합니까?"

"질투는 아니고……."

"질투 아니면?"

"그냥…… 뭐…… 견제 정도?"

"하! 그거 기분 좋네."

"기분 좋다고요? 은근 즐기나 봐."

"대놓고 즐기는 중인데?"

"헛!"

효진이 그의 가슴을 밀어 내자 재욱은 더 세게 힘주어 안았다. 딱딱해진 물건을 그녀 배에 비비면서.

"이걸 보고도 불안합니까?"

"어우…… 좀 놔 줘요."

"당신한테 이렇게 열렬히 반응하는 내 신체를 보고도 불안하냐고."

빠져나가려는 효진을 꼼짝 못 하게 잡은 재욱은 어느새 그녀 몸 위로 올라와 지그시 누르고 있었다.

"왜 대답을 안 해."

이미 윗옷을 벗기 시작한 재욱을 바라보며 효진은 얼굴을 붉혔다. 대답을 안 하는 게 아니고 대답을 할 수가 없었다. 그로 인해 심장이 너무 뛰어 대고 숨이 막혀서.

"불안하지 않아요. 그러니까 놔줘요."

"이미 늦었어."

윗옷을 벗어 던진 재욱은 그대로 효진의 잠옷을 끌어 올렸다. 속옷 한 장 걸치지 않은 나신이 그대로 드러나자 재욱은 마른침을 꿀꺽 삼켰다.

"여기…… 조금 추워요."

"걱정하지 말아요. 내가 금방 더워지게 해 줄 테니까."

그는 말이 끝나기가 무섭게 효진의 목덜미에 입술을 묻었다. 아까부터 비강을 자극하던 그녀의 향기가 다시 몸속으로 파고드는 듯했다. 효진의 몸을 훑던 그의 키스는 점점 더 농염해졌다. 그리고 예고했듯 효진은 금방 몸이 뜨겁게 달아오르고 있었다.

"아직 춥나?"

"하아…… 아……니……."

재욱이 미소를 짓고 이내 효진의 입술을 베어 물었다. 서로를 탐하는 키스는 그 어느 때보다 뜨거웠다. 성급해진 효진의 손길이 그의 바지 앞섶을 풀자 재욱은 일어서 바지를 벗어 내렸다. 이내 다시 달려들려고 하는 재욱을 효진이 잡아 세우곤 무릎을 접으며 앉아 그의 잔뜩 부푼 물건을 손에 쥐었다. 재욱이 숨을 멈추며 긴장하는 게 보였다. 효진은 긴 속눈썹을 들어 올리며 농익은 눈빛을 보내왔다.

"그대로 있어요. 이번엔 내 차례예요."

"하아……!"

효진은 재욱의 엉덩이를 두 손으로 잡고 그의 페니스를 입 안 가득 담았다. 서 있는 재욱의 허벅지와 엉덩이에 잔뜩 힘이 들어갔고 그의 입에서 참을 수 없다는 듯 신음이 흘러나왔다.

수줍은 듯 얼굴을 붉혔던 효진은 한차례 각성을 거친 듯 요염하고 능숙하게 재욱을 깊은 쾌락으로 안내했다. 목을 젖히며 힘겹게 사정감을 참아 내던 재욱은 더는 버틸 수 없다는 듯 황급히 물건을 빼내고 그녀를 안아 올린 채 소파에 기대앉으며 그녀를 살며시 허벅지 위에 앉혔다. 그를 애무하느라 이미 흥건히 젖은 그녀의 음부로 재욱의 물건이 스르륵 빨려 들어갔다.

"하윽!"

한껏 뜨거워진 채 하나가 된 두 몸은 제어 불능이었다. 무릎을 접고 앉은 효진의 요분질은 속도를 높이고 있었고 허리를 쳐올리는 재욱 역시 이성을 잃어 가고 있었다. 그들이 뿜어내는 뜨거운 열기로 소파 주위는 후끈 달아올랐다. 효진의 앓는 소리가 재욱의 귓가에 강하게 맴돌 때 재욱 역시 낮은 신음을 토해 내며 그녀 안에 모든 것을 쏟아부었다.

"하아…… 완벽하게 다 가진 기분, 어때요?"

밭은 숨을 토해 내는 재욱이 가슴에 기대 누운 효진의 머리카락을 만지작거리며 물었다.

"하아…… 하아…… 기분…… 좋아요. 엄청."

짜릿했던 오르가슴의 여운으로 두 사람은 서로를 안은 채 한참 동안 숨을 골라야 했다. 조금 추울 것 같았던 거실은 그 후로도 오랫동안 뜨거웠다.

11. 이혼후애(愛)

곧 재욱의 집으로 합쳐야 하니 지금 집의 물건들을 정리할 필요가 있어 효진은 휴무일 아침부터 바빴다. 더 추워지기 전에 묵은 먼지도 털어 낼 겸 아예 문을 활짝 열어 놓고 대청소를 시작했다. 불필요한 물건들을 하나하나 버렸고 그의 집에 더 좋은 것이 있는 가전들도 나중을 위해 일일이 체크했다.

정신없이 정리를 하고 있을 때 누군가 현관으로 들어섰다.

"누구세요?"

"도우미가 바뀌었어요?"

처음 보는 여자가 아무렇지 않게 집 안으로 들어오며 효진에게 물었다.

"누구……신데……."

"애들 올 시간 됐죠?"

아! 이 여자는……!

직감적으로 알았다. 강과 산의 엄마, 재욱의 전처 선영이라는 걸.

다짜고짜 효진을 지나쳐 집 안으로 들어서는데 그녀에게서 희미하게 술 냄새가 나는 것 같았다. 들어와 두리번거리던 선영은 뭔가 이상한지 재차 효진에게 물었다.

"어떻게 된 거지? 애들 물건이 하나도 없네."

"저……."

어떻게 말을 해야 하나 입을 달싹이는데.

"여기 김재욱 씨 집 아니에요?"

"네. 여기 김재욱 씨 집 아닙니다."

"어머. 죄송합니다. 문이 열려 있어서 그냥 들어왔는데. 실례했어요."

선영이 서둘러 몸을 돌려 나가려고 할 때였다.

"저기……."

그런 선영을 효진이 다급하게 불렀다.

"어디로 가실 건가요?"

너무 뜬금없는 질문이었단 걸 안다. 하지만 효진은 알아야 했다. 이사 간 걸 모르는 그녀라면 재욱의 병원으로 가거나 아이들을 보기 위해 유치원으로 갈지 모르니까. 재욱을 만나러 간다면 그가 알아서 할 테니 걱정할 것 없었지만, 아이들을 보러 간다면 문제는 달라진다. 이제 겨우 마음을 잡은 아이들 앞에 친모가 나타나는 건 결코 아이들에게 좋지 않을 테니까.

"네? 그걸 왜 묻죠?"

"여기 살던 사람, 만나러 오신 거잖아요."

"아이들 만나러 온 거예요. 유치원 가면 되니까 걱정하지 마세요."

귀찮다는 듯 돌아서 이미 현관을 벗어나 마당으로 나서는 선영을 황급히 달려온 효진이 붙잡았다.

"왜 이래요?"

짜증 섞인 말투에도 효진은 아랑곳하지 않고 잡은 손을 놓지 않았다. 가까이 붙어 서니 술 냄새가 더 진하게 느껴졌다.

"유치원! 가면 안 돼요."

"뭐라는 거야!"

"강산! 이제 겨우 마음잡고 웃음 찾은 아이들이에요. 이제 와서 친모가 나타나는 거 아이들에게 좋지 않습니다."

"어떻게…… 당신……?"

선영은 재욱 동창 중 한 명의 아내로부터 며칠 전 재욱이 장인상을 치렀다는 소식을 전해 듣고 깜짝 놀랐다. 여자라곤 관심도 없고 사랑은 알지도 못하는 사람이라고 생각했는데 언제 재혼을 했는지 약이 올랐다.

재욱과 이혼하고 얼마 후 상호와도 끝났다. 어차피 유부남이었던 그는 가정을 버릴 마음이 처음부터 없었던 사람이었다. 늘 재욱에게 열등감을 가졌던 상호는 선영을 취한 것만으로도 재욱을 이겼다 생각했고, 선영은 그렇게 이용당한 후 헌신짝처럼 버려졌다.

이혼 후 어디에도 안주하지 못하고 방탕한 생활을 해 오던 선영에게 들려온 재욱의 재혼 소식은 잠잠했던 심장에 커다란 파동을 일으켰다. 남자에 빠져 아이들까지 등지고 떠났단 사실은 잊은 지 오래고, 자기 인생을 망친 게 재욱이라는 피해망상만 커져 오로지 그에게 보상받아야겠단 의지뿐이었다.

"그쪽이 새로운 희생양인 모양이군요."

"네?"

"김재욱 와이프!"

"네. 맞아요. 제가 아이들 새엄마입니다."

선영은 한 발 뒤로 물러나 효진을 위아래로 훑었다. 아주 기분 나쁜 눈빛이었지만 효진은 묵묵히 있었다.

"이 집안 돈이 탐났어요? 아니면 부모님이 사업하시나?"

"산인 상담을 받고 있어요. 이제 겨우 안정을 찾아서 마음을 열기 시작했고요. 강이도 전보다 많이 밝아졌어요."

"어떻게 김재욱이 이번 결혼도 쉽게 오케이를 했네요. 다시는 결혼 따윈 안 할 것처럼 굴더니."

"이것 봐요. 지금 애들 얘기하잖아요."

"그러니까. 당신이 무슨 자격으로 나한테 애들 얘기를 해."

"여기 온 이유 뭐예요? 이제 와서 애들이 보고 싶기라도 했어요?"

"친모가 애들 보고 싶은 거야 당연한 거 아닌가?"

"당연한 분이 어떻게 면접 교섭권을 포기했어요. 면접권 포기하고 이렇게 불시에 나타나면 안 되는 거 아닌가요?"

"엄마가 애들 보고 싶어 찾아온 걸 누가 뭐라고 해요?"

선영이 조소를 흘리며 돌아서 자동차로 향하자 효진이 달려가 그녀 앞을 막아섰다.

"애들한테 가지 말아요. 경고예요."

"왜? 애들이 엄마 보고 눈물 바람 하고 따라나설까 봐 겁나요? 아직 애들한테 신뢰를 못 얻었나 봐?"

효진은 선영의 말에 어이없었다.

"겨우 일곱 살, 여섯 살인데 그런 애들 마음도 못 얻고 뭐 했어요? 어린애들은 그냥 조금만 안아 줘도 다 따르잖아. 그걸 못했어요? 걔들 엄마 없어서 엄마 정! 엄청 그리웠을 텐데?"

차악!

효진에게 뺨을 맞은 선영의 얼굴이 절반은 돌아갔다. 뺨이 붉어진 선영의 눈이 희번덕거렸지만 그녀를 친 효진의 눈에는 눈물이 그렁한 채 핏대가 서 있었다.

"당신 지금 이거 뭐야? 나 폭행한 거야?"

"어떻게…… 엄마란 사람이…… 애들 마음을…… 하아……!"

"그래! 나 애들 엄마야. 내가 그 애들 엄마라고. 어디서 지금 엄마 노릇 하겠다고 나대. 나대기를."

"그렇게 애들 마음을 잘 알면서 어떻게 그런 애들을 놓고 바람을 피우고, 어떻게 그런 애들을 놓고 떠날 수 있어요. 어떻게 그래! 어떻게!!"

효진은 저도 모르게 악에 받쳐 소리를 지르고 있었다.

"애들이 받았을 상처! 생각은 해 봤어요? 그 천사 같은 애들이 마음에 병이 들었다고요. 알아욧?"

짝!

효진의 얼굴이 돌아갔다. 선영이 끼고 있던 반지 때문에 볼에 상처가 생기며 피가 났다.

"그게 왜 내 잘못이야? 나만 잘못했어? 왜 나한테 난리야!!"

그래. 잘못은 혼자 한 게 아니다. 어른들의 잘못이 아이들을 병들게 했다. 이제 그 병든 마음 보듬어 주고 안아 주며 치유해 주면 된다. 그러니 자격 없는 사람은 빠져 주면 된다.

"아이들 앞에 나타나지 말아요. 제발!"

"헛! 저런 미친!"

"나, 경찰 부를 거예요."

"잊었어? 폭력을 먼저 쓴 건 내가 아니고 당신이야. 어! 저기 카메라도 있네. 그리고 경찰, 법, 그런 거 좋아하나 본데. 나 아이들 볼 자격 있어! 면접 교섭권 포기 각서 썼지만, 법적 효력 하나도 없다고."

"가지 말아욧! 당신 술 마셨잖아!"

선영은 차에 올라 황급히 시동을 걸고 그곳을 벗어났다. 효진은 황망히 그 차가 떠나는 걸 지켜보다 서둘러 집으로 달려 들어가 재욱에게 전화했다.

"큰일 났어요."

— 무슨 일입니까.

"애들 친모가 왔어요. 지금 애들 유치원으로 갔다고요. 막아야 해요. 재욱 씨! 애들 못 보게 해야 한다고요."

진료를 보다 말고 벌떡 일어난 재욱이 진료실을 뛰쳐나갔다.

끼이익!

요란한 소리를 내며 유치원 앞에 멈춰 선 차에서 재욱이 뛰어내렸다. 정신없이 유치원으로 달려 들어간 재욱은 아이들이 놀이 중인 교실 문을 확 열어젖혔다. 재욱을 발견한 산은 신나게 놀이를 하다 말고 재욱에게 달려와 안겼지만, 교사는 눈이 휘둥그레져 재욱을 바라봤다.

상황을 설명한 재욱은 강의 교실에도 가 봤지만, 다행히 강도 수업을 잘 받고 있었다. 몇 번이고 사죄하고 원장과 교사들에게 신신당부한 뒤에야 재욱은 유치원을 빠져나왔다.

"다행이에요. 그리로 가지 않은 모양이네요. 어디로 간 걸까요? 혹시 당신 병원으로 간 거 아닐까요? 술 마신 것 같던데…… 하아……!"

소파에 몸을 잔뜩 웅크리고 앉아 있던 효진은 재욱의 전화를 받고서야 안도했다.

— 당신! 괜찮은 겁니까?

"난 괜찮아요."

— 정말 아무 일 없었던 거 맞아요? 내가 그리로 갈게요.

"진료 중이었잖아요. 환자들 팽개치고 나간 거잖아. 미안해요. 내가 갔어야 했는데."

— 이런 일 겪게 해서 미안해요.

"그런 말 하지 않기로 했잖아요."

— 끝나는 대로 바로 갈게요.

"그래요. 운전 조심하고요."

전화를 끊고도 효진은 심장께를 잡아 쥐었다. 아직도 심장이 빠르게 뛰어 대는 게 쉽게 진정되지 않을 것 같았다.

결국, 효진은 아이들이 끝나는 시간에 맞춰 유치원으로 갔다. 선영이 나타나지 않았다고는 했지만 불안해서 그대로 있을 수가 없었다. 이유를 알 리 없는 아이들은 효진을 발견하고 신이 나서 달려왔다.

"엄마!"

"엄마아!"

엄마라는 소리가 이렇게 감동적이었던가? 엄마가 된다는 게 이렇게 가슴 뭉클한 일이었구나! 자신을 향해 달려오는 강과 산을 보며 효진은 울컥 눈물이 치미는 걸 겨우 참았다.

"오늘 재미있게 놀았어?"

"네!!"

입을 모아 대답하는 아이들이 너무나 예뻤다.

"왜 엄마가 왔어요? 우리 어디 가요?"

"그냥, 오늘은 엄마가 쉬는 날이라 데리러 왔어. 우리 와플 사 먹고 들어갈까?"

"네에!"

아이들의 밝은 얼굴을 보니 상처 많은 선영의 얼굴이 떠올랐다. 이 예쁜 아이들을 등지고 산 그녀의 얼굴에 아버지의 얼굴이 겹쳤다. 부디 그녀는 아버지처럼 후회만 남을 삶을 살지 않기를 바랐다.

"강산! 엄청나게 좋아했겠네."

퇴근해 돌아온 재욱은 옷을 벗으며 효진의 이야기를 듣고 있었다.

"그거 알아요? 강이 초콜릿 먹으면 재채기해요."

"정말?"

"몰랐죠? 알아보니까 심한 알레르기는 아닌데 그런 경우가 좀 있대요. 간혹 아이들 약 중에도 초콜릿 성분 들어간 거 있는데 그걸 먹어도 재채기한대요. 산이랑 분명히 똑같이 줬는데 혼자 재채기해서 깜짝 놀랐잖아. 감기 든 줄 알고. 후……!"

낮에 겪은 일로 머릿속이 복잡하고 심란했을 텐데 아이들 얘기에 열을 올리고 있는 그녀가 안쓰럽기도 애처롭기도 사랑스럽기도 했다. 초보 엄마가 육아 보고를 하듯 재잘거리는 효진을 재욱은 옷을 벗다 말고 물끄러미 봤다.

"미안해요. 배고프죠. 말이 길었다."

내내 고개를 반쯤 숙이고 그에게 얼굴 전부를 보이지 않던 효진이 빤히 보는 그로 인해 당황했는지 고개를 들어 버렸다. 그러곤 아차 싶었는지 서둘러 밥 차리러 나가기 위해 몸을 돌리는데 재욱의 팔이 효진을 잡아챘다.

"왜요?"

"얼굴 왜 이래요?"

효진은 다시 고개를 숙이며 몸을 빼내려 했지만 역부족이었다. 결국, 그의 손에 턱을 잡히고 그대로 얼굴을 내보이고 말았다.

"얼굴 이거 왜 이러냐고."

"별거 아니에요. 그냥 짐 정리하다 긁혔어요."

재욱이 그런 거짓말로 넘어갈 생각 하지 말라는 듯 효진을 무섭게 쳐다봤다.

"아니…… 내가 먼저 뺨을 때렸거든요. 너무 화가 나서 나도 모르게…… 애들 마음 뻔히 알면서 너무 못된 말을 막 하잖아. 그래서 때렸더니……. 그냥 서로 한 대씩 치고받았어요. 내가 더 세게 때렸는데 그쪽은 반지를 낀 손이어서…… 그래서 상처가 생겼어요. 나도 반지 낀 손으로 때릴 걸 그랬나 봐. 난 오른손잡이잖아요. 그게 다예요. 별거 아니라고요."

재욱은 붙여 놓은 반창고를 살짝 떼어 보더니 인상을 구겼다.

"흉 지겠네."

"아이, 무슨 흉이 져요. 금방 없어져요. 요즘 약 좋잖아요."

"하아……!"

재욱은 깊은 한숨을 뱉어 내며 효진을 그대로 가슴에 안았다.

"미안해요. 미안해……."

"당신이 사과할 일 아니잖아요."

가슴이 아파 죽겠는데 그녀는 되레 재욱을 위로한다.

"머리채는 안 잡았나? 여자들 화나면 머리 잡고 막 그러던데."

효진은 웃으며 그를 밀어 내는 척했다. 하지만 그는 절대로 놓아 주지 않겠다는 듯 더 가슴 깊이 당겨 안았다.

"오늘 놀랐을 텐데 애들한테 신경도 쓰고…… 고마워요."

"음…… 이거 애들 엄마가 들을 소린 아닌 것 같은데요."

"그래도. 좀 합시다. 이거라도 해야 내 마음이 편해질 것 같아서 그래요."

효진은 자신의 목덜미에 얼굴을 묻은 재욱의 허리를 꽉 끌어안았다. 아이들과 보낸 그 짧은 시간이 너무나 행복했고, 그 행복을 재욱이 가져다준 걸 아니까 고마움을 표현하고 싶은 건 오히려 효진 쪽이었다. 그 마음을 담아 있는 힘껏 그를 안았다.

"핸드폰 울려요."

"거참! 중요한 순간에 꼭 훼방꾼이 있더라."

"어서 받아요."

재욱은 하는 수 없이 주머니에서 핸드폰을 꺼내 들었다.

"김재욱입니다."

— 여기 동해경찰서입니다. 최선영 씨 아십니까?

"네……!"

— 서로 좀 와 주셔야겠습니다.

소회의실 창밖을 보고 선 재욱은 답답했다.

경찰서에 도착하자 경찰서장의 지시를 받았다면서 전화했던 경찰이 재욱을 이리로 안내했고 짧게 상황 설명을 해 주었다.

'낮에 신고가 들어와서 긴급 출동해 길에서 체포했습니다. 혈중 알코올 농도가 처벌 기준에는 조금 못 미쳤지만, 지난밤 늦게까지 술을 마신 상태로 운전했던 것 같습니다. 잡아 둘 상황까지는 아니었는데 서장님 지시로 붙잡아 뒀습니다. 지인의 부탁이 있으셨던 것 같습니다. 아마 시간을 벌어 주려는 생각이었던 것 같습니다. 보호자 부르라고 했더니 김재욱 씨를 불러 달라고 해서 연락드렸습니다.'

그래서 애들 유치원에 선영이 나타나지 않았던 모양이었다. 경찰서장의 지인, 그리고 지시라……. 그렇다면 아버지가 알고 있다는 뜻이다.

그럼 신고도 아버지가 하신 건가? 어떻게 알고?

그때 소회의실 문이 열리고 선영이 경찰의 안내를 받아 안으로 들어왔다. 경찰이 나가고 문이 닫히는 걸 확인하자 선영은 의자를 빼고 앉았다.

"이런 일로 부모님을 부를 순 없어서 당신한테 연락한 거예요."

"동해엔 왜 온 거야?"

"얘기 못 들었어요? 애들 보려고 온 거였는데. 그 여자가 말 안 했나 봐?"

"그러니까 왜 애들을 보러 온 거냐고."

"엄마가 애들 보러 오는 데 이유가 있어야 해요?"

"이제 와서 애들이 그리웠다. 뭐 그런 소린가? 그걸 믿으라고?"

"당신, 재혼했더라. 여자는 돌아도 보지 않을 사람처럼 굴더니……. 왜, 이번에도 회장님 성화에 원치 않는 결혼 동맹이라도 맺었어요?"

비아냥거렸지만 선영은 자신의 바람을 말했다. 제발 그저 집안끼리 동맹을 위해 이뤄진 결혼이길 바랐다. 그게 아니라면 버려지고 내쳐진 자신이 너무나 비참해질 것 같았으니까.

"아이들 이제 겨우 밝아지고 있어. 우리 두 사람이 지은 죄로 아이들 마음고

생했다고. 이제 웃으면서 살 수 있게 해 주고 싶어. 강산!"

"뭐야. 정말 사랑이라도 하겠다는 소리로 들리네."

"사랑하는 사람 만나 재혼했어. 그러니 당신도 방탕한 생활 그만 정리해. 그게 당신에게도 아이들에게도 좋아."

"헛. 여전히 설교네요."

"우리 둘 다 원치 않는 결혼으로 힘든 시간 보냈잖아. 이제 원하는 삶을 살아. 당신도 나처럼."

"당신은 원하는 삶을 살기 시작했다……. 뭐 그런 소린가요?"

"술을 못 끊겠으면 알코올 중독 치료를 받아."

"왜! 치료받은 이력 남겨 아예 면접 교섭권 박탈시키게?"

"당신이 온전한 삶으로 돌아오면 아이들은 내가 먼저 만나게 해 줄 생각이야. 어찌 됐든 당신이 아이들 친모니까."

"……."

"하지만 이런 식으로 술에 취해 다시 아이들 앞에 나타나려고 하면 그땐 나도 가만있지 않아. 당신 생각해서 모든 일을 비밀로 했던 거지만 그땐 고개 들고 다닐 수 없을 거야. 그러니 정신 똑바로 차리고 살아."

할 말을 끝낸 재욱이 곁을 휙 지나쳐 나가 버리도록 선영은 아무 말도 할 수 없었다.

경찰서 복도를 걸어 나오는 재욱의 마음은 착잡했다. 서로 인연이 거기까지밖에 되지 않아 헤어졌지만, 이왕 사는 거 잘 살았으면 좋았을 텐데 술에 절어 빛을 잃은 눈동자를 보니 마음이 무거웠다. 하긴 재욱도 이혼하고 한동안 수많은 생각들로 온전한 삶을 살지는 못했었다. 그래도 남아 있는 삶도 자신의 것인데 망가트리며 사는 건 득 될 게 하나 없는 선택이다. 아이들이 나중에라도 친모를 찾을 때 부디 건강하고 밝은 모습이기를 바랐다.

집에서 초조하게 기다리던 효진은 현관문 열리는 소리에 소파에서 벌떡 일어나 재욱을 맞았다.

"무슨 일이에요? 왜 경찰서에 있는 거예요? 당신 괜찮아요?"

조금 전 선영의 태도나 상황으로 미루어 짐작하건대 낮에 효진은 선영에게 모진 말을 듣고 모진 꼴을 당했을 게 뻔했다. 그런데도 아이들 걱정에 전전긍긍했고 지금은 자신을 걱정하며 조바심 나 있는 걸 보니 그녀가 안쓰러워 미칠 것 같았다.

"당신은?"

"네?"

"당신은 괜찮은 거 맞냐고."

"난 괜찮다니까요. 뺨은 나도 때려서 속이 다 후련해."

재욱은 효진을 살포시 안았다.

"음주 운전으로 경찰서에 있었던 거였어요. 다행히 사고를 내지는 않았더군."

"하아…… 그랬구나. 다행이네요."

"오늘 하루 참 스펙터클 했네."

재욱은 효진의 목과 어깨에 얼굴을 묻으며 더 깊이 파고들었다.

"그러게요. 배고프죠. 어서 밥 먹어요."

"아니…… 밥은 됐고. 당신이 필요해."

"그런 게 어딨어요. 밥 먹어요."

"밥 먹을 힘도 없다고."

"그런 사람이 나는 필요해요?"

재욱을 밀어 내려 해 봤지만, 꽉 안은 팔을 풀지 않았다.

"그거야 당연한 거 아닌가? 밥은 못 먹어도 당신은 먹을 수 있거든."

"배에서 방금 꼬르륵 소리 나던데."

"당신 고파서 나는 소리야."

재욱은 안았던 효진을 놔 주며 그대로 손을 깍지 껴 잡고 침실로 향했다.

그리고 얼마 지나지 않아 효진의 앓는 소리가 들려왔다.

"하으…… 밥 먹을 힘도…… 없다면서…… 하아……."

하루의 고단함을 씻어 내듯!

애태웠던 심장을 쓸어내리듯!

그리고 그녀의 오늘 하루를 치하하듯!

그렇게 재욱은 효진을 정성스럽게 어루만지고 진심으로 보듬었으며 열정을 다해 갖고 또 가졌다.

* * *

거울 앞에서 어떤 옷을 입어야 하나 한참 고민 중인 효진을 보며 재욱이 다가와 두 팔을 잡았다. 거울 속 효진은 잔뜩 상기된 얼굴이었고 그 뒤에 선 재욱은 그런 효진이 귀엽다는 눈빛이었다.

"그렇게 긴장할 거 없어요. 아버지 우리가 가면 그대로 외출해 버리실지도 모릅니다."

"그래도요. 그래도 예의는 갖춰야죠. 이 건 좀 색이 너무 밝죠? 안 되겠다. 이 옷은. 그럼…… 이건 어때요? 아! 너무 짧다. 무릎이 다 나오잖아."

재욱의 말에도 효진은 쉽게 진정하지 못하는 것 같았다.

오늘 효진은 재욱의 집으로 인사를 하러 간다. 그리고 오늘 두 사람은 김 회장에게 이미 혼인 신고를 마쳤단 사실을 알리기로 했다. 불호령이 떨어질 거고 찬바람이 불 거고 한바탕 난리가 날 것이란 시뮬레이션은 이미 다 해 놓은 상태였지만, 그래도 불안함은 어쩌지 못했다.

여유로운 휴일 정오를 맞은 김 회장은 정원에 가득한 정원수들이 겨울을 날 수 있도록 정성 들여 손질하고 있었다. 할아버지를 따라 정원으로 나온 강과 산은 잔디 위를 이리저리 뛰어다니며 늦가을 따사로운 볕을 온몸으로 맞고 있었다. 아이들을 이따금 바라보는 김 회장의 얼굴엔 미소가 한가득이었다.

3대 독자인 재욱이 강을 낳았을 때 하늘에 감사했다. 1년 뒤 산을 안겨 주었을 땐 세상을 다 얻은 것 같았다. 이왕 이렇게 된 거 예쁜 딸아이 하나 더 나왔으면 했는데 그 뒤로 아이 소식이 없어 못내 아쉬웠다. 그러다 재욱이 수술을 했다는 말을 듣고 크게 호통쳤던 일이 떠올랐다. 그때가 떠오르는 듯 김 회장은 회한의 눈빛으로 아이들이 뛰노는 모습을 바라봤다. 그래도…… 강과 산을 얻었다는 것으로 더할 나위 없이 좋았고 기뻤다. 그때 대문이 열리고 재욱이 들어서는 게 보였다.

"어! 아빠!"

강이 먼저 재욱을 발견하고 달려가자 산도 제 형을 따라 신나게 달려가더니 뒤따라 들어오는 효진을 발견하곤 어느새 방향을 틀어 효진에게 가 안겼다.

"엄마!"

엄마? 아니 저 녀석들이!

가만히 보고 있던 김 회장은 기가 찬다는 듯 노려봤다.

"아버지! 나와 계셨어요?"

"안녕하세요. 회장님!"

잔뜩 긴장한 모습의 효진이 고개 숙여 인사를 건네자 김 회장은 헛기침하곤 집 안으로 들어가 버렸다.

"휴!"

효진의 긴 한숨을 본 재욱이 그녀의 어깨를 가만히 안았다.

"걱정하지 맙시다. 원래 저런 분이시니까."

"보자마자 내쫓지 않으셔서 지금 안도 중이에요."

"하! 그런가? 그런 긍정적인 자세! 아주 좋습니다. 들어갑시다."

"강! 산! 우리 같이 들어갈까?"

효진은 강과 산의 손을 각각 나누어 잡았다. 지금, 이 순간만큼은 어쩐지 아이들이 커다란 방패가 되어 주는 것만 같아 위로되었다.

"어머! 어서들 와. 기다렸어."

양 여사의 톤 높은 환영이 그나마 효진의 마음을 안정시켜 주었다. 집 안 가득한 맛난 음식 냄새도 어쩐지 아늑한 분위기를 만들어 주었다. 집으로 먼저 들어간 김 회장은 어디로 갔는지 보이지 않았다.

"아버지, 손 씻으러. 걱정하지 말고 편히 있어."

김 회장을 찾는 재욱과 효진을 알아보고 양 여사가 먼저 귀띔해 주었다.

"우리 강아지들도 이제 엄마 손 놓고 손부터 씻어야지?"

집 안으로 들어와서도 계속 효진의 손을 잡고 있는 아이들을 보며 양 여사가 눈을 가늘게 뜨곤 말했다. 다른 날 같으면 '네!' 하고 쏜살같이 욕실로 뛰어가야 할 녀석들이 효진의 손을 잡은 채 부동이었다.

"아니 이 녀석들 봐라. 나 갑자기 엄청 섭섭해지려고 하네."

"엄마랑 같이 가자. 엄마도 너희들 손 잡아서 손에 세균 엄청 많이 묻었겠다. 그치?"

"네! 같이 가요."

그렇게 효진의 손을 꼭 잡은 채 아이들은 욕실로 향했다.

"애들이 딱 너야."

"그럼 제 아들인데 어디 가겠어요?"

"그래. 효진이한테 딱 달라붙은 껌 같은 게 빼다 박은 너다."

"네?"

"넌 가서 아버지 모셔 와. 방에 틀어박혀 안 나올라."

양 여사는 재욱의 등을 '짝' 소리가 나게 때리곤 주방으로 들어갔다.

'똑똑' 노크 소리와 함께 안방 문이 열렸다. 김 회장은 창가 의자에 앉아 신문을 보고 있는 듯 보였다.

"아버지, 함께 식사하시게 나가시죠."

"……."

"신문 안 보시는 거 다 압니다."

"안 보긴 뭘 안 봐!"

"돋보기도 안 쓰시고 그 작은 글이 보인다고요? 이거 왜 이러세요. 제가 아버지랑 하루 이틀도 아니고."

"험!"

들킨 게 창피한 듯 괜히 헛기침을 큰 소리로 한 김 회장은 신문을 접어 테이블에 탁 올려놓았다.

"넌 대체 무슨 생각으로 애들이 박 매니저를 엄마라고 부르게 놔두는 거야?

아니, 시켰냐? 그럼 내가 승낙해 줄 줄 알고?"
"제가 무슨 양아칩니까? 애들 데리고 그런 말도 안 되는 계략이나 꾸미게."
"애비 앞에서 말본새하고는."
"아이들도 본능적으로 아는 거죠. 누가 자기들을 사랑해 주고 보살펴 줄 사람인지."
김 회장은 일어나더니 걸려 있는 외투를 집어 들었다.
"아버지!"
재욱은 김 회장이 집어 든 외투를 빼앗아 들었다.
"내가 너희들을 허락할 것 같냐?"
"허락을 떠나서 어떤 사람인지 알아는 보셔야 할 것 아닙니까. 사람 됨됨이도 보지 않고 무작정 아니라는 거! 아버지답지 않습니다."
"흠!"
"식사만 함께 하세요. 그러고 난 뒤에는 나가셔도 붙잡지 않겠습니다."
"뭐?"
"어차피 오늘 단박에 허락받을 생각 없었으니까요. 길게 보고 있으니 아버지도 우리도 서로 서두르지 말자는 얘깁니다."
"길게 봐? 그럼 애들은? 애들을 엄마랑 언제까지 떨어져 지내게 할……."
아차 싶었다. 엄마라니. 계획은 이게 아니었는데……!
김 회장의 당황하는 눈빛을 본 재욱은 잠시 상황을 곱씹었다. 의중에 없는 말을 허투루 내놓으실 분이 아닌데. 하지만 일단은 모른 척 은근슬쩍 넘어가 주기로 한다.
"식사하시면서 묻고 싶은 것도 좀 물으시고, 알고 싶은 것도 좀 알아보시고 그러시라고요. 그래서 저 사람 오늘 마린 블루 출근도 안 하고 온 겁니다."
노회한 김 회장을 다그치듯 밀고 끌고 재욱이 겨우 안방을 나섰다.

식탁 주변 공기는 찌릿찌릿했다. 효진 곁에 왜 산이 앉느냐며 강의 불만이 심각했기 때문이다. 6인용 식탁에 강과 산이 마주 보고, 재욱과 효진이 마주 보고, 김 회장과 양 여사가 마주 보게 세팅을 했던 차라 효진 곁에 앉지 못한 강의 입이 어디까지 튀어나와 있었다.

"강! 입이 왜 그래?"

들어서던 재욱이 묻자 억울한 듯 강이 입을 열기 시작했다.

"왜 산만 엄마 옆에 앉아요. 난 왜 아빠 옆에 앉아요?"

엄마란 소릴 너무 자연스럽게 하는 아이들을 보며 효진은 김 회장의 눈치를 살피지 않을 수 없었다. 허락을 받지도 않았는데, 사실을 알리지도 않았는데, 김 회장 입장에서 보면 참으로 어처구니없다 여길 상황이었으니까.

"너, 아빠 옆에 앉기 싫어?"

"그런 게 아니고, 엄마 옆에 앉고 싶다고요."

"그러니까 아빠 옆에 앉기 싫다는 거네."

"아니, 나도 산이처럼 엄마 옆에 앉고 싶단 소리라고요."

"되게 섭섭하다. 아빠."

재욱은 일부러 상처받은 척 슬픈 표정을 지었다.

김 회장은 그런 재욱을 보며 혀를 차더니 고개를 저으며 자리로 가 앉았다.

"아우, 알았어. 그럼 강이 너 나랑 자리 바꿔. 이제 살다 살다 자리 때문에 싸우게 생겼네. 얘, 너랑 나는 이제 찬밥이야."

양 여사가 일어나며 강 곁으로 왔고 강은 금세 얼굴이 밝아지며 쪼로록 효진 곁으로 가 앉았다. 모두가 그런 상황을 보며 즐거워하는데 김 회장만 애써 무관심한 척, 애써 한심한 척 헛기침을 해 댔다.

"흠! 밥 먹자!"

김 회장이 숟가락을 들자 그제야 식탁 주변이 평온해졌다.

자리가 자리인지라 효진은 잘 차려진 밥상은 눈에 하나도 들어오지 않았다. 밥알이 넘어가는 건지 모래알이 넘어가는 건지 알 길이 없었고, 심장이 너무 세게 뛰어 대서 심장 뛰는 소리가 모두에게 들리는 건 아닐까 걱정이 될 지경이었다. 그런 효진을 바라보는 재욱의 마음도 편치 않았다. 옆에 가서 어깨를 안아 주고 손도 잡아 주고 등도 쓸어 주며 안심시켜 주고 싶은 맘 굴뚝이었지만 그럴 수 없어 심장 언저리가 다 아플 지경이었다. 그런 둘을 눈여겨보는 김 회장은 아주 가관이 따로 없다는 듯한 눈빛으로 고개를 설레설레 저었다.

"엄마는 왜 잡채 안 먹어요? 나는 잡채 좋은데."

효진이 잘 먹지 않는 걸 본 건지, 제가 좋아하는 잡채에 젓가락을 한 번도 가져가지 않는 걸 본 건지, 산이 효진에게 물었다.

"우리 산! 잡채도 좋아해? 시금치랑 당근이랑 버섯도 다 먹어?"

"네. 그런 거 먹어야 키 큰다고 할머니가 그러셨어요."

"똘똘하네. 우린 산! 엄마도……!"

라고 하다가 문뜩 김 회장과 눈이 마주치자 효진이 마른침을 꿀꺽 삼켰다.

"잡채 좋아해."

"그런데 왜 한 번도 안 먹었어요."

"먹어. 막 먹으려고 했거든. 자 봐."

한 젓가락을 크게 떠서 앞접시로 가져온 효진이 입 안 가득 잡채를 넣고 꼭꼭 씹어 먹었다.

"잘 먹지? 엄청 좋아해. 강! 산! 또 뭐 좋아해?"

"저는 불고기 좋아해요."

강의 말에 효진은 불고기도 집어 한입 가득 넣었다. 무슨 맛인지는 하나도 느끼지 못했다. 하지만 아이들이 잘 먹는 효진을 보며 덩달아 밥을 맛나게 먹어 그걸로 족했다.

식사 내내 한마디도 하지 않던 김 회장은 밥 한 공기를 다 비우곤 먼저 자리에서 일어났고 아무 말 없이 외투를 들고 집을 나가 버렸다.

집으로 돌아온 효진은 변기를 잡고 다 게워 낸 후에야 소파에 널브러지며 한숨을 쉬었다. 몇 번이고 했던 시뮬레이션은 아무 소용 없었다. 그 어떤 말도 꺼내지 못하고 식사 자리가 끝나 버렸으니까. 양 여사는 밥상을 엎지 않은 것만으로도 큰 소득이라고 위로했고, 재욱은 겸상을 하신 것만으로도 절반의 성공이라고 했다. 하지만 효진은 김 회장의 관심조차 받지 못한 것이 아이들에게 그저 미안했다. 빨리 인정받고 허락받아 아이들의 엄마로 당당하고 싶었는데 그러지 못함이 못내 아쉬웠다.

겨우 잠을 청하려 누웠지만, 속이 좋지 않은 효진이 뒤척이고 잠을 이루지 못하자 재욱이 불을 켰다.

"왜 그래요. 아직도 속이 거북합니까?"

"미안해요. 피곤한데 못 자게 해서."

"앉아 봐요. 등 좀 두드려 보게."

재욱은 효진을 일으켜 앉히곤 등을 살살 두드렸다. 얼굴이 하얗게 뜨고 눈이 퀭하게 들어간 효진의 등을 두드리는 재욱의 손길은 걱정이 가득했다.

"많이 힘들어요?"

"혹시 손, 딸 줄 알아요?"

"바늘로?"

"네."

"해 본 적 없는데."

"체하면 꼭 따 버릇해서. 그래서 체증이 안 내려가는 것 같아요."

그런 건 절대로 할 수 없다는 듯 난감해하던 재욱이 실과 바늘을 가져와 효진 앞에 앉았다. 재욱의 표정이 너무 심각해 효진이 그에게 물었다.

"표정이 왜 그래요?"

"해 본 적도 없지만, 이 바늘로 당신 그 가는 손가락을 어떻게 찔러."

맙소사. 이 남자를 어쩌면 좋지.

"따끔하지만 아프진 않아요."

"그래도…… 그걸…… 내가 어떻게 해."

얼굴에 걱정을 한가득 담고서 효진을 애처롭게 바라보는 재욱 때문에 효진은 말도 나오지 않았다. 그렇담 방법은 하나.

"나…… 죽을 것…… 같아요."

어쩔 수 없었다. 앓는 소리를 해야 이 남자가 결심할 것 같았으니까. 죽을 것 같다는 말이 효과가 있었던 건지 재욱은 이를 악물었다. 짐짓 봉기를 일으키러 가는 민중의 우두머리인 줄!

효진의 설명에 따라 재욱은 등부터 두드리고 어깨를 두드리고 팔을 주무르며 정성스럽게 어루만졌다. 머리 좋고 공부 잘했다는 말이 틀린 말은 아니었던 것 같았다. 딱 한 번 설명했을 뿐인데 그는 되묻지도 않고 알려 준 대로 잘 이행했다. 손가락 마디에 실을 칭칭 동여맬 때는 오만 가지 인상을 쓰며 힘들어했다.

"너무 아프지는 않아요? 내가 너무 세게 당긴 거 아니야? 괜찮아요?"

김 회장이 재욱에게 사업을 맡길 수 없다고 하는 이유를 알 만했다. 이렇게 마음이 여려서야 나 원 참!

"이제 찌를 겁니다. 괜찮겠어요? 하아……!"

세상 심각하고 세상 진지한 모습으로 바늘을 꼭 거머쥔 그의 모습에 웃음이 나서 혼났다. 속이 거북해 죽겠는데 이 남자가 사람을 아주 웃겨 주고 있네!

"애들 이빨 뽑아 준 적 없죠?"

"그건 또 무슨 소립니까?"

바늘을 들고 찌르지 못한 채 시간을 끌고 있는 그에게 효진이 물었다.

"무릎 까진 상처에 소독약은 발라 줘 봤어요?"

그제야 질문의 취지를 알아차린 재욱이 눈을 가늘게 뜨고 효진을 쳐다봤다.

"그냥 찔러요. 그렇게 바늘 들고 시간 끄는 게 더 쫄려. 당신같이 마음 약한 사람이 어떻게 비엔나에서 호텔 방으로 날 데리고 올라갔어요? 지금 생각해 보면 당신 캐릭터랑 정말 매치 안…… 아얏!"

하얘진 재욱의 얼굴 앞에 빨간 피가 구슬처럼 맺히는 손가락이 보였다.

"괜찮아요? 아프죠?"

방금 자신이 대체 무슨 짓을 한 것인지…… 도무지 믿기지 않는다는 표정의 재욱이었다. 효진은 손에 들고 있던 휴지로 피를 닦았다. 여전히 안쓰러운 얼굴로 효진을 보고 있는 재욱의 표정은 잔뜩 구겨진 채였다. 손가락을 바늘로 찌른 게 미안해서인지, 체해서 몰골이 말이 아닌 효진이 안쓰러워인지는 알 수 없었다.

이제 다 끝났다고 생각했는지 안도의 한숨까지 내쉬는 그였다. 그때 효진이 다른 한 손을 마저 내밀었다.

"아니! 이 사람이 진짜."

그의 경악하는 모습은 아마도 영원히 잊히지 않을 것 같았다. 이제는 안 하겠다고, 절대로 못 하겠다고 바득바득 우기는 그를 겨우 달래 나머지 한쪽 손가락까지 따고 나서야 효진은 잠을 청할 수 있었다. 자신에게 그런 몹쓸 짓(?)

을 시켰다고 토라져 있던 재욱은 효진이 침대에 누워 스르르 눈을 감자 언제 그랬냐는 듯 다가와 팔베개를 해 주며 깊게 안아 주기까지 했다.

"너무 아프진 않았어요?"

"엄마가 따 준 것처럼 편했어요."

"이렇게 힘들게 해서 미안합니다."

"내가 너무 예민하게 굴어서 그래요. 다음번 뵈러 갈 땐 소화제 미리 먹고 가야겠어요."

죽을 만큼 힘들었으면서도 다음을 기약하며 다짐하는 그녀가 예뻐 재욱은 가슴이 뭉클했다.

* * *

일요일 아침, 뉴스를 보던 김 회장은 미간을 좁히며 한숨을 쉬었다. 검찰 조사 결과, 장 의원의 혐의가 인정되면서 새로운 국면을 맞게 되었다는 보도가 전해지고 있었다.

"저런 사람과 사돈을 맺자고 그 성화였어요?"

양 여사가 커피를 들고 와 앉으며 한 소리 하자 김 회장은 TV를 꺼 버렸다.

"애들 왔을 때 좀 살갑게 대해 주면 어때서 밥만 먹고 쏙 나가 버리고. 그러니까 애가 체해서 밤새 고생하지."

"……!"

"오늘도 그냥 쉬라는데도 책임감은 있어 가지고 꾸역꾸역 일하러 나갔다잖아요. 걔가 그런 애예요. 심하게 체한 것 같던데 걱정돼서 나 원 참!"

"그게 내 탓이야? 사람이 모자라서 체한 게 내 탓이냐고."

"뚱한 얼굴로 앉아 있는데 밥이 제대로 넘어가는 게 이상한 사람이지, 안 그래요? 애들이 그렇게 좋다는데, 저들끼리 그렇게 좋다는데 그냥 두 눈 딱 감고 허락해 주면 좀 좋아! 효진이 걔가 마음이 얼마나 불편했겠어요."

김 회장은 듣기 싫다는 듯 자리를 박차고 일어나 방으로 들어가 버렸다.

마린 블루는 바쁜 점심시간을 맞고 있었다.
"어서 오십시오. 예약하셨습니까?"
얼굴이 좀 핼쑥해지긴 했지만, 여전히 청량한 미소를 품은 효진은 가벼운 발걸음으로 레스토랑 안을 누볐다.
"미애 씨! 11번 테이블에 스테이크 소스 가져다드리고 7번 테이블에 냅킨 떨어졌어요."
"네! 매니저님!"
지시하고 주방으로 향하던 효진은 카운터에서 울리는 전화벨 소리를 듣고 서둘러 카운터로 갔다.
"마린 블루입니다."
— 거기 혹시 박 매니저라고 있습니까?
"네! 접니다만. 왜 그러시죠?"
— 허 참! 여기 북삼지구대입니다.
"지구대요?"
— 김강, 김산 엄마 되십니까?
효진은 갑자기 들려온 아이들 이름에 얼굴에서 핏기가 사라지는 것 같았다.
"네! 맞는데요. 왜 그러세요?"
— 아이들이 지금 여기 있습니다.
"네?"
그길로 효진은 마린 블루를 뛰쳐나갔다. 너무 황급히 뛰어나오느라 구두 굽이 계단 턱에 걸려 부러지는 줄도 모르고 정신없이 달려 주차장에 도착했고, 거친 엔진음을 내며 주차장을 빠져나갔다.

* * *

〈두 시간 전〉
"애들 왔을 때 좀 살갑게 대해 주면 어때서 밥만 먹고 쏙 나가 버리고. 그러니까 애가 체해서 밤새 고생하지."

“……!”

“오늘도 그냥 쉬라는 데도 책임감은 있어 가지고 꾸역꾸역 일하러 나갔다잖아요. 걔가 그런 애예요. 심하게 체한 것 같던데 걱정돼서 나 원 참!”

거실로 나오던 강과 산은 그만 할아버지와 할머니의 대화를 듣고 말았다.

“형아! 엄마가 아프대.”

산이 강을 보며 말했다.

“체했대. 체하면 할머니가 매실 주셨는데.”

이번엔 강이 말했다.

“맞아. 엄마도 매실을 먹어야 해.”

“그치. 그럼…… 우리가 갖다주자.”

“그래! 형아!”

점심 준비가 끝나 갈 무렵 재욱이 집으로 들어왔다.

“저 왔습니다. 강! 산! 아빠 왔다.”

재욱이 들어오는 소리를 듣고 안방에서 나온 양 여사가 재욱을 맞았다.

“애는 어때? 통화는 해 봤어?”

“이제 괜찮답니다. 너무 걱정 마세요.”

“어떻게 걱정을 안 해. 어제 그렇게 먹고 갔으니 체할 만도 했지. 하여간 너희 아버진 정말!”

양 여사는 괜히 서재를 노려보았다.

“식사 준비됐으면 애들 불러올게요. 노느라 소리도 못 듣나 보네.”

“그래, 네가 좀 데려와.”

“사모님! 냉장고에 매실청 어디로 치우셨어요?”

주방에서 들리는 하평댁 목소리에 양 여사는 주방으로 향했고 재욱은 아이들 방으로 다가가며 다시 한번 소리쳐 불렀다.

“강! 산! 점심 먹자!”

하며 문을 열었는데 갖고 놀던 장난감들이 다 내팽개쳐진 채 아이들은 보이지 않았다. 마당에 나갔나 싶어 다시 거실을 거쳐 마당으로 나가 봤지만, 그곳에도 아이들은 없었다.

"아니, 이 녀석들이 어딜 갔지."

거실로 들어온 재욱이 주방으로 향했다.

"애들 방에도 없고 마당에도 없는데요. 어디 있을까요?"

"없어? 어디 있지?"

양 여사는 화장실과 테라스를 둘러봤고 재욱은 뒤뜰로 나가 보았다.

"하평댁! 애들 못 봤어?"

"못 봤는데요."

안방으로 들어와 김 회장에게도 물었다.

"당신 혹시 애들 못 봤어요?"

"왜 애들을 여기서 찾아."

"이 녀석들이 어딜 간 거야?"

재욱은 뒤뜰을 살피고 다시 건물을 크게 돌아 마당으로 나왔지만, 어디에도 아이들은 없었다.

"어머니! 애들 없는데요?"

살짝 걱정이 됐는지 재욱의 목소리 톤이 높아졌다.

"그러게 애들이 없네. 어딜 숨었지?"

"애들이 없다니. 그 녀석들이 집 안에 없단 거야?"

김 회장이 안방에서 나오며 물었다.

"그러니까요. 애들이 왜 없어요?"

"사모님! 애들 외투도 없어요."

"뭐?"

"외투가 없다니요?"

재욱이 놀라 묻자.

"강이 파란 점퍼랑 산이 노란 점퍼! 둘이 똑같은 디자인 그 점퍼! 걸어 놓은 자리에 없어."

"그럼 애들이 옷 입고 나갔단 소리야? 대체 애들 나가는 것도 모르고 뭣들 한 거야?"

김 회장의 목소리가 커지고 눈이 휘둥그레졌다.

"놀이터에 갔나 보죠. 제가 나가 볼게요."

재욱이 외투를 걸치며 서둘러 현관을 뛰쳐나갔다. 불안함이 엄습한 양 여사는 다리에 힘이 풀리는 듯 소파에 주저앉았다. 김 회장은 다시 잘 찾아보자며 마당으로 나섰고 그 말에 하평댁은 집 안 구석구석을 다시 뒤졌다. 하지만 아이들의 흔적은 집 안 어디에서도 찾을 수 없었다.

파란 점퍼를 입은 강과 노란 점퍼를 입은 산은 두 손을 꼭 잡고 매실청이 든 병을 소중히 들고 유치원 버스가 가는 방향으로 부지런히 걸었다. 창밖으로 봐 왔던 익숙한 풍경을 따라 걷는 둘의 입가엔 미소가 한가득이었다.

"이 길로 쭉 가면 우리 유치원이 나와."

"알아."

"유치원에서 놀이터 있는 길로 쭉 가면 큰길이 나오잖아."

"응."

"거기서 큰길로 쭉 가면 바다가 보이고."

"맞아."

"그 길로 쭉 갔을 때 마린 블루가 나왔어."

"알아."

아이들은 나름의 계획이 다 있었다. 늘 유치원 차로, 할머니 차로, 아빠 차로 다녔던 그 길이었지만 그렇게 가면 마린 블루에 갈 수 있다는 계산 정도는 할 만큼 똑똑(?)했다. 분명 재욱을 닮았다. 하지만 유치원으로 가는 길 건널목 삼거리에서 아이들은 첫 번째 고비를 마주했다. Y 자형 갈림길!

"이 길로 쭉 가면…… 우리 유치원이…… 나와!"

"알……아."

잠시 멈칫했던 아이들은 그저 큰길을 따라 쭉 걷기로 했다. 그리고 의도와는 달리 유치원과 점점 멀어지고 있었다.

"형아! 우리 유치원이 이렇게 멀었던가?"

"생각을 해 봐. 차 타고 가니까 가깝게 느껴진 거지. 걸어가면 멀어."

"맞아."

그렇게 하염없이 걷고 또 걸었다.

"형아! 다리 아파."

산이 걷다가 멈춰 서더니 무릎을 접으며 주저앉았다.

"너 엄마한테 가고 싶지 않아?"

그 말에 산은 커다란 눈을 끔벅이더니 벌떡 일어났다. 그리고 둘은 다시 걷기 시작했다.

"우리 여기 조금만 앉아 있다 갈까?"

산은 고개를 주억거렸다. 그리고 둘은 길가 벤치에 잠시 앉았다.

"형아! 배고파."

"나도!"

잠시 고민에 빠져 있던 아이들이 서로를 바라보더니 매실청에 시선을 모았다.

"이거 좀 맛있었지?"

"응."

그리고 아이들은 매실청 뚜껑을 열고 한 모금씩 나눠 마셨다. 다시 뚜껑을 닫고 매실청 병을 소중히 들고 멍하니 앉은 아이들이 동시에 '끄윽' 트림을 했다. 잠시 본분을 잊었던 아이들은 트림과 함께 정신을 차린 듯했다.

"이거 엄마한테 빨리 갖다주자."

"응! 형아!"

의기투합한 아이들은 다시 일어나 걷기 시작했다. 그렇게 한참을 걷던 아이들은 결국 10분을 채 못 가 벤치에 다시 앉았다.

"유치원이 정말 이렇게 멀어?"

"형아가 아까 말했지……!"

강의 확신 없는 목소리는 아까보다 훨씬 작아져 있었다.

"얘들아! 엄마 아빠 어디 계셔?"

낯선 사람의 접근에 아이들은 경계 태세에 돌입했다. 강은 매실청을 가슴에 품으며 산의 손을 꼭 잡았다. 그리고 10여 분 뒤 아이들은 북삼지구대 순경에게 인계되었다.

“너희들 이름이 뭐야?”

“김강! 김산! 인데요.”

“둘이 형제야?”

“네!”

“강이는 몇 살이고 산이는 몇 살이야?”

“저는 일곱 살, 산은 여섯 살인데요.”

“집은 어디야?”

“…….”

“아빠 엄마 이름 알아?”

“아빠는 김재욱이고요, 엄마는…….”

“엄마는?”

“박…….”

“박?”

“박…… 매니저인데요.”

“뭐?”

“…….”

“엄마 안 계시는구나?”

“엄마 있어요!!”

순경의 마지막 질문에 두 아이는 입을 모아 악을 쓰듯 답했다.

* * *

지구대로 향하던 효진은 아무 생각도 할 수 없었다. 대체 왜 애들이 집에서 그 먼 지구대까지 가 있는 건지, 대체 아이들에게 무슨 일이 생긴 건지…… 머릿속이 복잡했다. 그러다 문뜩 재욱에게 전화해야겠단 생각이 들었다.

아이들을 찾아 동네 일대를 뛰어다니던 재욱은 갑자기 걸려 온 효진의 전화를 보자 숨을 고르며 받았다. 괜히 아이들이 사라진 사실을 알려 걱정하게 하고 싶지 않았으니까.

— 재…… 재욱 씨!

"무슨 일이에요. 이 시간에. 바쁠 때 아닌가?"

— 애들이 왜 북삼지구대에 있을까요?

"그게 무슨 소립니까?"

— 연락받고 지금 가는 중이에요. 집에 무슨 일 있는 거 아니에요?

"하아! 애들이 없어져서 지금 찾고 있던 중이었습니다."

— 네?

끼이익!

수화기 너머 들려오는 급정거 소리에 재욱이 효진을 다급하게 불러댔다.

"효진 씨! 여보세요! 박효진!"

— 하아! 괜찮아요. 애들이 집을 나갔어요? 왜요?

"무슨 이유인지 모릅니다. 지구대에 있다니 일단 안심합시다. 나도 그리로 갈게요."

— 알았어요.

"제발! 제발 조심해서 와요. 알겠죠?"

— 하아……! 네…….

지구대 주차장에 효진의 차와 재욱의 차가 거의 동시에 들어섰다. 효진은 차에서 정신없이 뛰어내리다 부러진 굽 때문에 넘어지고 말았다.

"효진 씨! 괜찮아요?"

"애들이요. 애들한테 어서 가 봐야죠."

재욱이 달려와 부축했지만, 효진은 그를 잡고 일어나 다리를 절룩이면서도 지구대 안으로 달려 들어갔다. 재욱의 차에서 내리던 김 회장이 깊은 눈으로 그 모습을 우두커니 지켜봤다.

"강산!"

"엄마!"

바나나우유를 하나씩 빨아 먹고 있던 아이들은 효진을 발견하자 갑자기 닭

똥 같은 눈물을 뚝뚝 흘리며 달려와 안겼다. 효진은 무릎을 접고 앉아 아이들을 가슴 가득 안으며 그제야 안도의 한숨을 내쉬었다. 엉엉 우는 아이들을 토닥이는 효진의 눈에도 눈물이 그렁했다.

순경으로부터 모든 설명을 들은 재욱과 김 회장은 집으로 돌아가는 차 안에서 아무 말이 없었다. 매실청을 꼭 붙잡고 지쳐서 잠든 아이들을 룸 미러로 보는 재욱은 씁쓸했고, 이따금 뒤돌아서 잠든 아이들을 확인하는 김 회장은 미안했다.

집에서 기다리고 있던 양 여사는 자동차 도착하는 소리에 정신 나간 사람처럼 달려와 아이들을 맞았고, 재욱의 설명을 듣고 난 뒤에는 한동안 눈물을 찍어 내느라 연신 곽 티슈를 써 댔다.

놀란 가슴을 쓸어내리며 힘들게 돌아온 효진은 마린 블루 주차장에 도착하고도 차에서 내리지 못한 채 운전대에 머리를 기대고 앉아 있었다.

아이들을 침대에 누이고 곁에 걸터앉은 재욱은 그제야 효진에게 연락을 했다. 그의 손에는 강이 내내 꼭 쥐고 있던 매실청 병이 들려 있었다.

"도착했어요?"

— 네. 지금 주차장이요.

"괜찮아요?"

— 이제 좀 괜찮아졌어요.

"녀석들이 엄마를 무척이나 사랑하는 것 같네."

— 좋은 사람을 만났으니 다행이지 큰일 날 뻔했어요.

"우리 집 남자들이 죄다 당신한테 빠져서 이거 큰일이군."

— 지금 그런 농담이 나와요?

"농담 아닌데……."

— 아버님 다시 찾아뵈어야겠어요. 이대로는 안 될 것 같아.

"!"

— 아이들에게 몹쓸 짓 하는 거잖아요. 그래도 되죠?

"그럽시다. 말씀드려 놓을게요."

우느라 기력이 다 빠진 양 여사를 침대에 누이고 김 회장은 조용히 안방을 빠져나와 오늘 사고를 친 아이들 방으로 향했다. 눈에 넣어도 안 아플 녀석들이 오늘 저지른 일이 어처구니없었지만, 큰일이라도 당했으면 어쩔 뻔했나 하는 생각에 당장 아이들의 안위를 확인하고 싶었다. 그때 방문이 열리고 재욱이 아이들 방에서 나왔다.

"애들은……?"

"잡니다."

"그……래……."

궁금한 아이들 얼굴은 보지도 못하고 괜히 어색한 대답을 하곤 되돌아서려던 김 회장이 뭔가 할 말이 있는 것처럼 입을 달싹이는데 재욱이 조금 빨랐다.

"그 사람이 다시 뵙고 싶어 합니다."

"!"

"수요일이 휴무이니 그날 집으로 함께 오겠습니다."

"뭐…… 그……."

"아버지도 좀 쉬세요. 놀라셨을 텐데."

재욱은 그대로 김 회장 곁을 지나쳐 갔다.

* * *

지난 주말과는 판이한 모습의 효진을 보며 재욱은 좀 놀랐다. 어떤 옷을 입을지 고민하는 모습도 없었고 떨거나 걱정하는 기색도 전혀 없었다. 오늘은 어쩌지 김 회장의 허락을 받아 내지 않으면 사달을 내고 말 태세였다.

"컨디션 어때요?"

재욱의 질문에.

"아주! 좋아요. 갈까요?"

효진의 당찬 대답이 날아왔다.

"아주 든든하네. 내가."

아이들이 유치원에 가고 없는 낮 시간. 식사 자리는 좋지 않겠다는 효진의 뜻에 따라 점심시간이 조금 지난 낮 1시, 현관문이 열리고 재욱과 효진이 집 안으로 들어섰다. 거실에 앉아 두 사람을 기다리고 있던 김 회장과 양 여사에게 효진은 예의 바르게 인사를 했다.

"시간 내주셔서 감사합니다. 아버님! 어머님!"

아버님? 어머님?

내내 회장님이라고 깍듯하게 부르던 효진의 갑작스러운 호칭 변화에 세 사람 모두 표는 내지 않았지만 당황하는 눈치였다.

한낮의 햇살이 눈부시게 쏟아지는 거실 소파에 둘러앉은 네 사람 앞에 김이 모락모락 올라오는 예쁜 찻잔이 놓였다. 양 여사는 일촉즉발의 분위기가 힘에 겨운 듯 주먹을 꽉 쥔 채 김 회장과 효진의 눈치를 살피고 있었다. 그런 자신에 반해 재욱의 표정은 너무 평온해 보여 '넌 뭐가 그렇게 평온해?' 라는 눈빛을 재욱에게 발사했다. 재욱은 그런 양 여사의 시선을 받고도 전혀 긴장도 걱정도 하지 않는다는 듯 그저 어깨만 으쓱할 뿐이었다. 양 여사는 어쩐지 약이 올랐다. 그때 효진이 침묵을 깨고 입을 열었다.

"아버님! 저 재욱 씨와 결혼하고 싶습니다."

차를 한 모금 입에 막 가져갔던 재욱은 차를 뿜을 뻔했다. 작정하고 온 줄은 알았지만 이렇게 단도직입적으로 나올 줄은 몰랐다.

휴! 이 여자가 이렇게 매력 덩어리라니까.

오늘 밤, 놀라게 한 죄를 물어 밤새 또 재우지 말아야겠단 생각을 막 할 때 효진이 다시 입을 열었다.

"재욱 씨의 남은 삶을 지켜 주고 싶고, 강과 산의 어린 날을 아프지 않게 해 주고 싶습니다."

아버지에게 받은 상처가 아로새겨진 효진의 심장은 가시로 찔리듯 따가웠다. 강과 산에게만은 그런 상처 없는 어린 시절을 만들어 주고 싶었다.

김 회장의 표정은 변화가 없었다. 그래서 읽을 수가 없었다.

양 여사는 효진의 말에 감동받은 듯 가슴에 두 손을 모으고 감상 모드로 전환한 상태였다.

"얘! 넌 어쩜…… 말도 그렇게 예쁘게 하니. 네가 이렇게 예쁘니 우리 재욱이가 혼이 다 빠져나갔겠지?"

칭찬이라 기분 좋게 듣다 졸지에 혼 빼 놓고 다니는 모지리가 된 재욱은 양 여사를 앙상하게 쳐다봤다. 복수의 일격으로 즐거워하는 양 여사를 보고 있자니 괜히 약이 올랐다.

"제가 아버님 마음에 차지 않는다는 것 압니다. 하지만 그 누구보다 아이들에게 잘할 자신 있습니다. 그리고 무엇보다 재욱 씨를 사랑하고요. 부족한 건 차차 채워 가도록 노력하겠습니다. 제가 두 분 곁에서, 그리고 재욱 씨 곁에서 그동안 받은 사랑! 갚으며 살 수 있게 허락해 주세요."

효진은 밀고 올라오는 눈물을 간신히 누르며 떨지 않고 흔들리지 않고 마음을 다해 말했다. 말을 마치고 눈시울이 뜨거워지는 걸 억지로 참느라 눈이 다 빨개지는 것 같았다. 그런 효진을 바라보는 재욱은 입술을 깨물며 안고 싶은 걸 참아야 했고, 그런 효진을 바라보는 양 여사는 이미 눈가가 촉촉이 젖어 있었다. 하지만 김 회장은 여전히 묵묵부답이었다.

숨 막히도록 길어지는 침묵을 깬 건 양 여사였다.

"당신! 지금 허락 안 할 거면 여기에 도장 찍어욧!"

'탕' 하고 테이블에 놓인 건 이혼 서류였다.

극으로 치닫는 상황에 눈이 휘둥그레진 재욱은 양 여사를 붙잡았다.

"어머니! 어머니까지 왜 이러세요."

"나! 너희 결혼 성사 안 되면 절대 네 아버지랑 안 살 거야. 나, 다시 비엔나로 갈래. 가서 그 핸썸하고 나이스한 가이드랑 연애나 하면서 죽을 때까지…… 엄마야!"

김 회장이 자리를 박차고 일어나는 통에 양 여사는 말을 마치지 못한 채 심장을 부여잡았다. 표정이 굳은 김 회장을 긴장 가득한 눈으로 바라보는 효진은 심장이 튀어나올 듯 뛰어 대 속이 다 울렁거렸다.

"거! 참! 시끄럽기는!"

모두의 시선이 김 회장을 향했다.

"건강 검진 기록하고 가족 관계 증명서 가져와라!"

"아버지!"

"여보오!"

"그거 들고 다시 와!"

김 회장은 이 말만 남기고 서재로 향했다.

"얘! 방금 네 아버지가 뭐라고 한 거니?"

"허락하신 겁니다."

"그치? 맞지? 나 잘못 들은 거 아니지?"

재욱은 김 회장의 뒷모습을 보며 미소 지었다. 어차피 허락은 내정되어 있단 걸 알았다. 그런데 건강 검진 기록과 가족 관계 증명서라니! 재욱은 자꾸만 웃음이 났다. 효진에 관해 이미 모든 정보를 가졌을 아버지란 걸 모르지 않았으니까. 김 회장은 뻘쭘한 허락 대신 자기만의 방식으로 마지막까지 모양 빠지지 않게 퇴장했다.

효진은 고개 숙인 채 말간 눈물을 뚝뚝 흘렸고 재욱은 그런 효진의 어깨를 감싸 안으며 등을 토닥여 주었다.

"당신이 해낼 줄 알았습니다."

"우리 정말 허락받은 거예요?"

"당신이 받아 낸 거야. 오롯이 당신 혼자!"

좋아서 어쩔 줄 모르던 양 여사가 두 사람 앞에 앉으며 떠들었다.

"어쩜 저러니. 하긴 자기도 입이 열 개라도 할 말 없었을 거야. 어디 가서 너 같은 며느리를 얻니. 아무리 생각해도 너만 한 애가 없었던 거지. 괜히 똥고집 부리다 방법 없으니까 꼬리 감추고 들어간 거야. 하여간…… 자존심만 있어 가지고."

"어머니! 아버지가 어떤 일이든 허투루 하시는 거 봤어요?"

"뭐?"

"아버지도 다 생각이 있으셨던 겁니다. 허락할 만한 계기도 있었을 거고."

"계기?"

계기라는 말에 효진도 양 여사도 재욱을 봤다.

* * *

〈며칠 전 — 선영이 효진의 집에 들이닥친 바로 그날!〉

"장 의원은 회생이 불가해 보입니다. 지난번 추문도 아직 잠잠해지지 않았는데 다시 불거진 이 상황에 당에서조차도 손을 놓은 눈치입니다."

보고를 받는 김 회장의 안광에 날이 서 있었다.

"이제 장 의원 손을 놓으시는 게 좋겠습니다. 그리고 말씀하신 박효진 씨! 자료입니다."

"알았네. 거기 놓고 그만 나가 봐."

효진의 파일을 펼쳐 들고 의자로 깊숙이 몸을 묻는 김 회장의 시선이 서류에 꽂혔다. 잠시도 눈을 떼지 않고 세세히 살피는 그의 눈빛은 예사롭지 않았다. 파일을 모두 검토한 김 회장은 생각이 깊은 듯 잠시 침묵했다. 어제저녁 골프 연습장으로 자신을 찾아왔던 재욱의 말이 떠올라 속이 시끄러웠다.

'아버지 사업과 연관된 사람이라 시형 선배에게 그냥 부탁해 놨던 것뿐이에요. 장 의원 오래전부터 문제 많은 사람인 거 아버지도 아시잖습니까.'

'조만간 그 사람과 집으로 인사 가겠습니다.'

'누구 마음대로!'

'제 마음대로입니다.'

화가 날 법도 한데 비실비실 웃음이 새어 나왔다. 그러곤 인터폰을 눌렀다.

— 네! 회장님!

"차 대기시켜!"

— 알겠습니다.

김 회장은 효진을 다시 만나 보고 싶었다. 집안과 동맹을 맺는 것도 아니고 일로 얽히는 것도 아닌 데다 천애 고아인 효진이었다. 그런 그녀가 과연 아이들의 엄마로 자격이 있을까 싶었다. 그런 그녀를 어찌 믿고 또다시 아이들의 엄마 자리에 앉히나 걱정되었다. 남녀 간의 사랑이야 저들끼리 하다 싫증 나 또 돌아서 버리면 그만인 거! 믿을 만한 게 못 되었으니까.

집 앞에 도착해 막 마당으로 들어서려는데 현관에서 튀어나오는 선영을 발견하고 급히 몸을 피했다. 그리고 선영과 효진의 대화를 고스란히 다 듣고 말았다.

"어떻게…… 엄마란 사람이…… 애들 마음을…… 하아……!"

"그래! 나 애들 엄마야. 내가 그 애들 엄마라고. 어디서 지금 엄마 노릇 하겠다고 나대. 나대기를."

"애들이 받았을 상처! 생각은 해 봤어요? 그 천사 같은 애들이 마음에 병이 들었다고요. 알아욧?"

짝!

효진의 얼굴이 돌아갔다. 끼고 있던 반지 때문에 볼에 상처가 생기며 피가 났다. 보고 있던 김 회장 입에서 저도 모르게 안타까운 한숨이 터져 나왔다.

"어허! 거…… 흉 지게 생겼네. 하여간 저 인사……."

"그게 왜 내 잘못이야? 나만 잘못했어? 왜 나한테 난리야!!"

"아이들 앞에 나타나지 말아요. 제발!"

"헛! 저런 미친!"

"가지 말아욧! 당신 술 마셨잖아!"

선영의 차가 막 집 앞을 떠나고 효진이 집 안으로 달려 들어가자 김 회장은 핸드폰을 들었다.

"최 서장! 부탁 하나 합시다."

— 회장님께서 일개 경찰서장에게 무슨 부탁을 하실 게 있으십니까. 하하하!

그렇게 선영은 사고를 치기 전에 경찰서로 연행됐다. 아이들 생모에게 좋지 않은 이력이 남길 원하지 않은 그는 술이 깰 때까지만 좀 데리고 있어 달라 부탁했고, 다행히 혈중 알코올 농도가 기준치를 초과하지 않아 서장은 그 부탁을 들어주었다.

이미 이날, 김 회장은 효진의 자격 검증을 마쳤다. 눈빛이 좋은 아이라고 생각했는데 사람 됨됨이까지 갖춘 심성 고운 아이였다. 좋은 부모를 만났더라면 더 나은 삶도 살 수 있었을 거란 생각을 하며 안타까운 마음이 들기도 했다. 제 아들 재욱이 사람 보는 눈 하나는 탁월하단 것에 대만족하며 이들의 결혼을 어떻게 승낙해야 하나 나름의 고민에 빠져 있었더랬다. 뭐든 어렵게 얻은 것이 더 소중한 법이니 적당히 애를 태우는 것도 나쁘지 않겠단 판단도 했다.

그간 했던 직장 생활 경력을 검토해 본 결과 효진은 김 회장의 사업 일부를 책임지고 맡을 만큼의 그릇이 돼 보이기까지 했다. 효진의 사업 능력을 확인해 보고 싶어 몸이 근질거렸다. 김 회장은 뜻밖의 대어를 낚았다는 기쁨을 누리기도 전에 조만간 새 식구를 들일 계획으로 분주한 하루하루를 보내고 있던 참이었다.

* * *

"하아……. 하읏……."

축배의 밤을 보내야 한다며 서둘러 퇴근한 재욱은 저녁도 먹는 둥 마는 둥 하곤 서둘러 효진을 침실로 데리고 들어갔다.

"당신은…… 하윽…… 어떻게…… 지치지도 않아요…… 하아……."

그의 뜨거운 애무를 받으며 얼마 전부터 유난히 더 자신을 원하는 재욱에게 물었다. 혼인 신고도 했고, 반지도 나누어 꼈고, 아이들은 이제 엄마라고 부르기까지 하는데도 그는 목마른 사람처럼 효진을 갈구했다. 그녀의 음부에 입술을 묻고 있던 재욱이 대답은 하지 않고 더 집요하게 핥아 대자 효진이 앓는 소리를 내질렀다.

"하읏……!"

"그래서 싫다는 건가?"

"아니…… 으읏…… 하으…… 그만 애태우고…… 넣어 줘요."

"오늘 당신 정말 사랑스러웠어."

"하아…… 오늘만……? 흐음……."

"물론 아니지."

그가 핏줄이 터질 듯 부푼 물건을 쓱 한번 쓸어 올리곤 이내 그녀 깊숙이 찔러 넣었다. 빠르지 않게 서서히, 강하지만 부드럽게…….

"아윽!"

빠듯하게 들어차는 이물감에 효진은 저도 모르게 입술을 깨물었다. 강하게 죄어 옴에 단 한 번의 삽입으로도 사정감이 몰려온 재욱은 천천히 물건을 빼냈다.

"하아! 다시…… 다시 넣어 줘요."

"천천히 가질 겁니다. 음미하면서…… 천천히."

이미 그녀의 애액으로 잔뜩 젖어 버린 물건은 쏟아지는 욕정으로 그녀에게 묻히고 싶어 꺼떡거리고 있었다. 그녀의 질구에 페니스를 슬쩍 가져다 댄 재욱은 넣을 듯 말 듯 그녀를 애태우다 이내 강하게 밀고 들어갔다.

"하읏!"

늘 계획은 천천히 음미하고 오래도록 쾌락을 즐기는 거였지만, 그녀 안으로 들어간 분신은 순식간에 뜨거워지기 일쑤였고 예상치 못한 환락에 빠져들기 일쑤였다.

"하아…… 아읏…… 천천히 한다면서…… 하앗!"

"그게…… 내 마음대로 되질 않는다고…… 하아…… 당신이 날 미치게 만들거든."

재욱은 미친 듯 밀어붙이다 이내 물건을 모두 빼내고 효진을 돌려 뉘었다. 그녀를 그대로 품고 질 속에 다시 부푼 물건을 찔러 넣은 그는 모든 근육이 진하게 잡히도록 그녀를 밀어붙였다. 뜨거운 살갗이 온전히 맞닿아 비벼지며 온몸의 감각을 일으켜 세웠다.

그녀에게 체중이 실리지 않도록 팔에 힘을 주어 핏줄이 터질 듯 굵어졌다. 다른 한 손으로 그녀의 젖가슴을 움켜잡고 목덜미에 키스를 퍼부으며 최대한 절제해 허리를 뒤채었지만 밀려드는 쾌락에 신음이 절로 났다. 자꾸만 커지는 정욕은 자꾸만 더 거칠어졌고 밀려드는 사정감에 다시 그녀를 바로 눕힌 재욱은 몸속에 담아 버릴 듯 달려들며 그녀를 취했다.

다리를 접어 올리고 그를 더 깊이 받아들이기 위한 효진의 요분질도 속도를 높였다. 그리고 얼마 후 시야가 흐려질 정도로 강하게 밀려드는 황홀감과 함께 두 사람 모두에게 극치의 오르가슴이 찾아왔다.
침대 위로 널브러진 두 사람의 심장은 좀처럼 잦아들지 않았다.
"하아…… 하아…… 행복해요."
효진이 밭은 숨을 토해 내며 고백했다.
"후우…… 나도 행복합니다."
재욱의 심장도 숨 가쁘기는 마찬가지였다.
"이제 아이들 데려와요. 우리."
"하아아!"
그의 입에서 새어 나온 소리는 숨 가쁨과 안타까움과 어쩔 수 없음의 복잡한 심경이 섞인 한숨이었다. 효진은 입가에 번지는 미소를 애써 감추었다.
"2주면 당신과 나의 조건 딱 절반이니까 서로에게 좋은 합의점이에요."
딱 2주간이었다. 김 회장이 생각보다 빨리 백기를 들어 신혼의 단꿈이 너어무 짧아졌다. 이걸 원망을 해야 하는지 감사를 해야 하는지……!
"그럽시다. 이제 데려와야지."
"결혼식은 하지 않을래요."
"안 하면 서운할 텐데."
"웨딩드레스를 안 입어 본 것도 아니고, 두 번째 하는 결혼까지 시끌벅적하게 하고 싶지 않아요."
"그럼 조촐하게 합시다. 동네에서."
"동네에서?"
"그냥! 동네에서."
그것도 나쁠 것 같지는 않았다.

동인병원 검진센터 대기실에 앉은 효진은 핸드폰과 복도 쪽 입구를 번갈아 바라보며 초조해 보였다.
"박효진 님! 보호자 아직 안 오셨어요?"
"네…… 금방 올 거예요."
수면으로 하는 대장 내시경과 내시경 검사 때문에 보호자가 있어야 한다고 해, 어쩔 수 없이 재욱을 불렀다.

보호자가 있어야 한다는 말에 단박에 그를 떠올렸다. 이제 그는 효진의 보호자다. 흔쾌히 달려오겠다는 그의 목소리를 듣고 가슴 가득 따뜻함이 번졌다. 그리고 저 멀리 점심시간을 이용해 황급히 달려오는 그가 보였다.

행! 복! 하! 다!

"간호사님! 보호자 도착했어요."

당당하고 큰 목소리로 말했다.

"그럼 준비하세요."

재욱이 효진에게 다가와 숨을 골랐다.

"내가 너무 늦었어요?"

"아뇨. 이제 들어가면 돼요. 금방 끝난다니까 병원으로 들어가기 전에 밥 먹을 시간 될 거예요."

"다른 검사는 다 했고?"

"네."

"하여간 아버지도 참 유별나."

"그래도 하고 싶어요. 아버님이 허락하시면서 원한 거 겨우 그거 두 가지뿐인걸요."

"어서 들어가요. 내가 밖에서 기다리고 있을 테니까 마음 푹 놓고 검사합시다."

침대에 누운 효진은 내내 입가에서 미소를 지우지 못했다. 이제 든든한 보호자가 생겼다는 것만으로도 좋았다. 언제든 연락하면 달려올 보호자. 언제든 나를 위해 곁을 지켜 줄 보호자. 그게 재욱이어서 효진은 너무나 기뻤다. 그렇게 그를 떠올리는 사이 스르르 눈이 감겼다.

"정신 들어요? 박효진! 내 목소리 들려?"

그의 다정한 목소리가 들려왔다.

눈을 깜박일 때마다 보이는 그의 얼굴에 미소가 걸려 있다. 그런데…… 눈물이 보인 것도 같다. 뭐지? 이 남자가 왜 울지?

"왜…… 울어요…… 나…… 어디가 안 좋대요?"
"하아! 나 너무 기쁜데 어떡하지."
뭐가 기쁘다는 거지? 검사가 잘 끝나서?
"당신…… 하아…… 강산한테 동생 만들어 주게 생겼어."
뭐라는 거야. 이 남자 제정신이야? 꿈인가? 나…… 불임인데……!

유치원 체육 대회 사건을 겪으며 재욱은 결심했다. 효진과의 결혼을 서둘러야겠다고. 아버지의 확실한 허락을 받아 내는 방법이 무엇인지 아는 그는 그 누구와의 의논도 없이 병원을 찾았다. 효진의 불임은 환경적인 요인이었다고 판단했기에 가능한 결심이었다.
정관 복원 수술을 하고도 재욱은 효진에게 말하지 않았다. 아이를 원하는 그녀라는 걸 알지만 자칫 괜한 기대를 하게 만들지 모른다는 걱정이 앞섰으니까. 기적같이 아이가 찾아온다면 더할 나위 없이 기쁠 것이고, 혹여 아이가 찾아오지 않는 다 해도 그녀는 모르고 지나가는 일이길 바랐다.
복원을 하고부터 재욱은 그녀를 갖는 일에 더욱 열정적이었다. 물론 아무리 가져도 그녀에겐 늘 목마른 본인의 탓이기도 했지만, 알게 모르게 나름의 노력이 들어가 있는 갈망이었다. 그런 걸 알 리 없는 효진은 재욱의 넘치는 정욕과 성욕에 농담을 던지곤 했지만, 그딴 건 하나도 신경 쓰이지 않았다. 지금은 그녀와의 섹스가 미치게 좋으니까. 그리고 둘은 쉬지 않고 사랑을 나눴다. 지칠 줄 몰랐고 만족할 줄 몰랐다. 아이가 찾아온다면 그건 두 사람의 사랑을 축복한 기적이라고 생각하기로 했다.

효진이 검사를 위해 들어가고 얼마 후, 간호사가 효진을 찾아왔다.
"박효진 님! 박효진 님?"
"지금 내시경 검사 들어갔습니다. 무슨 일 있습니까?"
"저…… 산부인과 소견이 좀 있어서요."
"네?"
간호사를 따라 산부인과 진료실에 온 재욱은 듣고도 믿기지 않는 말에 어안이 벙벙했다.

"초음파 다시 찍어 봐야 알겠지만, 임신 같습니다. 워낙 초기이긴 한데 3주쯤 된 것 같습니다."

문뜩, 부모님 집에 처음 갔던 날이 떠올랐다. 그날 효진은 심하게 체한 게 아니었던가 보다. 아이를 가진 것도 모르고 그 가는 손가락을 바늘로 찔렀다고 생각하니 등골에 소름이 돋는 것 같았다.

기적이 일어났다. 욕심내지 않고 크게 바라지 않고 살았다. 아니, 크게 바란 게 한 가지 있다면 그 겨울 할슈타트에서 처음 만났던 그녀를 다시 만나게 해 달라고…… 간절히 바랐던 거? 그 바람이 이루어진 것만으로도 존재하는 모든 신에게 감사하고 싶은 심정이었는데 축복과 같은 아이까지 보내 주다니. 감정이 복받쳐 숨이 쉬어지지 않았다.

"왜 그래요. 무슨 일 있어요? 나…… 아프대요?"

겨우 정신이 돌아오기 시작한 효진은 재욱에게 재차 물었다. 우는 것 같으면서 웃는 것 같기도 한 그의 얼굴을 자세히 보고 싶어 계속 눈을 감았다가 떴지만, 여전히 그의 표정을 읽을 수가 없었다.

"당신 임신했다고. 당신이 우리 아이를 가졌어."

"네? 그게…… 무슨…… 어떻게…… 그게 가능해요."

마취에서 완전히 깨어나고, 재욱은 효진을 산부인과 진료실로 다시 데리고 갔다. 그리고 초음파를 통해 팥알보다 작은 아이를 마주했다. 효진은 아무 말도 하지 못하고 계속 울기만 했다. 겨우 울음을 그쳤나 싶으면 어느새 다시 눈물이 주르륵 흘러내리고 있었다.

"그런데…… 어떻게 임신이…… 당신 수술했잖아요."

집으로 돌아가는 차 안에서 효진이 묻자 재욱은 아무 말 없이 운전만 했다.

"뭐예요. 내가 모르는 뭐가 있는 거예요?"

"사실…… 복원 수술 했습니다."

"네?"

"말 안 하려고 했는데…… 일이 이렇게 돼 버려서…… 하하하……."

눈동자에 다시 들어찬 눈물이 볼을 스치지도 않고 후드득 떨어졌다.
이 남자의 사랑을 어떻게 다 갚을 수 있을까. 사랑은 서로 똑같을 수 없다는 그의 말이 맞는가 보다. 그는 효진이 생각하는 것 이상으로 효진을 사랑하고 있었다.

"어머, 여사님! 오늘은 무슨 떡이에요? 강이 산이 생일은 아직인데……?"
양 여사는 뜨거운 김이 모락모락 나는 떡을 유치원에 들고 나타났다. 재욱에게 효진의 임신 소식을 듣고 양 여사는 잠시 고민을 했더랬다. 강과 산을 위해 동생은 없는 편이 낫다고 판단했던 그녀였기에 임신 소식이 마냥 즐겁지만은 않았던 게 사실이었다. 하지만 그 고민도 잠시. 재욱과 효진의 지난 모습들을 미루어 보아 자신의 걱정이 기우였음을 일찌감치 깨달았다. 그리고 이 기쁨을 주체할 길 없어 떡집에 전화를 넣었다. 온 동네에 떡이라도 돌려야 성이 찰 것 같았으니까.
"그냥! 요즘 내가 기분이 너어무 좋아서. 그 좋은 기분 표현할 방법이 있어야지. 그래서 떡이라도 해서 돌리는 거야."
입이 방정이라고…… 괜히 배 속 아이가 잘못되기라도 하면 안 되니까……!
차마 말은 하지 못하고 기분 좋은 마음만 여기저기 베푸는 것으로 달랬다.
상가 여자들도 무슨 일인지는 모르겠지만 기분 좋아 좋겠다며 떡을 한 덩어리씩 받아 들고 하하 호호 웃어 댔고, 문화센터 사람들도 양 여사에게 좋은 일은 동해시에 좋은 일 아니겠냐며 함께 즐거워해 주었다. 그렇게 알게 모르게 효진의 임신은 동해시 모두의 즐거움이 되었다.

* * *

미애를 태우고 온 동네를 활보하던 양 여사의 차가 장 의원 집 근처를 지날 때였다.
"저 사람들 다 뭐야?"
"기자들이요."

"아……!"

"벌써 서울 집으로 도망가 있는 거! 저 사람들은 모르나 봐!"

"서울 집으로 갔어?"

양 여사도 금시초문인 듯 미애에게 되레 물었다.

"모르셨어요? 뉴스 보도되자마자 도망치듯 갔어요. 아! 미래 안과도 휴업 붙었어요."

"그래?"

"장 간호사 얘기 들어 보니까 말이 휴업이지 병원 문 닫을 것 같다고 하더라고요."

"저런."

"부모도 그런 상태지, 본인도 얼굴 다 팔렸지. 여기서 어떻게 살아요. 진작 떠났어야 맞지."

양 여사 마음은 착잡했다. 부모의 잘못은 부모의 잘못이고 하영이 잘못한 건 혼자 힘든 사랑을 했던 것밖에 없는데……. 이 좁은 동네가 때론 사람들을 힘들게 한다는 걸 모르지 않기에 더 씁쓸했다.

막 저녁 식사를 마무리하려던 가족들은 갑자기 들어온 재욱을 보고 놀랐다.

"아빠!"

"강산! 밥 다 먹었어?"

"네!"

"아주 잘했어. 이제 거실로 나가서 놀아."

"네!"

아이들이 신나게 거실로 나갔다.

"너 요즘 여기 자주 온다."

김 회장은 밥숟가락을 내려놓으며 재욱에게 물었다.

"드릴 말씀 있습니다."

"누구한테? 이젠 네가 할 말 있다면 겁부터 난다."

"두 분께요."

"뭔데! 어서 말해. 뜸 들이지 말고."

양 여사가 재촉했고 김 회장은 듣고 싶지 않다는 듯 딴청 했다.

"그 사람! 출산까지 출근 못 시킵니다."

어라! 죽고 못 살겠다는 것들 못 이기는 척 허락해 준 게 겨우 며칠 전인데 이젠 임신 유세까지 하겠다? 김 회장도, 양 여사도 재욱을 바라보는 시선이 곱지 않았다.

"두 분은 잘 모르시겠지만, 그 사람 유산 경험 있고 그 뒤로 임신이 안 돼서 불임인 줄 알고 지냈습니다."

"왜 몰라. 나도 효진이한테 다 들었어."

양 여사가 알은체하며 재욱의 효진 사랑에 제동을 걸었다.

"아신다면 더 다행이고요. 기적처럼 찾아온 아이잖습니까. 그 사람은 강산만 있어도 충분하다고 생각했겠지만, 축복처럼 찾아온 아이 무사히 낳아 잘 키우고 싶습니다."

"그래…… 키워. 누가 뭐래?"

"그러니까! 출산 전까진 집에서 안정을 취하며 지내게 하고 싶다는 말입니다."

절대 물러서지 않겠다는 듯 단호하고 강경하게 발언하는 재욱을 노부부는 한심스럽다는 듯 바라봤다.

"제는 정말 당신 안 닮았어요."

양 여사의 말에.

"날 닮았으면 저런 팔불출이 됐겠어?"

김 회장이 받았다.

"두 분 뭐 하시는 겁니까?"

"너 효진이랑 사이 안 좋지?"

"네?"

몇 시간 전.

브레이크 타임을 맞은 마린 블루에 양 여사가 찾아왔다.

"사장님! 나오셨어요?"

효진이 양 여사를 반갑게 맞았다.

"왜 또 사장님이야? 어머님 소리 좋은데."

"여긴…… 직장이니까요."

말끝에 미소를 짓는 게 여간 예뻤다.

"너 여기 좀 앉아 봐. 나 할 얘기 있어."

그렇게 효진을 테이블 앞에 앉히고 양 여사는 찾아온 이유를 얘기했다.

"그렇게 할 수는 없어요."

"그냥 그렇게 해. 힘들게 생긴 아기잖아. 너 강산 볼 때 얼마나 사랑스러운 눈빛인지 모르지?"

효진이 얼마나 아이를 원했을지 보지 않아도 훤했다. 그런 아이가 책임감 때문에 일을 놓지 않겠다고 우기는 것도 알 만했다. 이러니 어떻게 안 예쁠까! 이러니 재욱은 효진이 얼마나 사랑스러울까!

"그래도……."

"내 뜻 거절하면 너 이 아이가 그냥 네 아이라고만 생각해서 거절한다고 치부할 거야. 엄연히 따지면 이 아이 지분 나한테도 좀 있어. 알아?"

"어머님……."

"유산하면 너 또 마음 아파. 강산에게 동생 생기는 일인데 우리 온 가족이 도와야지."

"죄송하고…… 감사해요."

"죄송하진 말고 감사는 해도 돼. 나 생색 낼 거야. 재욱이한테. 너라면 끔뻑 죽는 거 꼴 보기 싫어."

효진은 마음 씀이 고마워 가슴이 먹먹한 와중에도 소녀 같은 양 여사 때문에 자꾸 웃음이 났다.

"그런 일이 있었으면 나한테 제일 먼저 알렸어야지. 아버지 어머니 앞에서 팔불출 됐잖습니까."

본의 아니게 출산 전 마지막 근무를 마치고 돌아온 효진의 벗은 외투를 받아

걸며 재욱이 앓는 소리를 했다.

"먼저 알리지 않은 게 서운한 거예요? 팔불출 된 게 억울한 거예요?"

눈을 똑바로 뜨고 묻는 효진이 유난히 섹시해 보였다. 안고 싶고 갖고 싶어 미치겠는데 의사의 말 때문에 그러지 못하는 재욱은 지금 짜증 게이지 최고치다.

"둘 다! 둘 다라고. 내가 왜 당신과 관련된 일을 다른 사람 입을 통해서 들어야 하는지 모르겠고, 난 팔불출이 아니라 아내 사랑이 지극한 거라고. 그런 걸 애처가라고 하지. 아닙니까?"

"다른 사람 아니고 어머님이요. 부모님! 그리고 아내 사랑 지극한 남자들을 간혹 팔불출이라고도 해요. 그럼 된 거죠?"

"하! 지금 이거 뭐지? 왜 나 찬밥 되는 기분이지?"

"그건 또 무슨 이론이에요?"

"당신 지금 부모님 편듭니까?"

"점점……."

"점점 뭐?"

"점점 유치해진다고요."

효진이 그를 놀려 먹는 게 재밌다는 듯 피식 웃고는 욕실로 들어가려 하자 재욱이 그녀의 허리를 확 낚아채 잡았다.

"지금 나 약 올리고 도망치나?"

"도망은 무슨…… 어우…… 이거 놔요. 씻어야 해요."

"당신이 잘 모르는 게 있는 거 같은데."

"?"

"사랑은 원래 유치한 거야."

재욱은 그대로 효진의 목에 키스를 퍼부었다.

"이러지 않는 게 좋을걸요."

"이러지 않고는 못 배기겠는데 어떡합니까."

"그래도 여기서 멈추는 게 당신에게 도움 될 텐데요."

"이미 멈추긴 그른 것 같은데?"

목과 턱에 키스를 퍼붓고 귓불을 빨아 당기고 그러다 그의 과열된 입술이 어느덧 젖무덤까지 다가와 있었다.

"의사가 한 말 설마…… 잊었어요?"

"그럴 리가. 그래서 더 미치겠는데…… 그걸 어떻게 잊어."

"그런데 이렇게 몸을 뜨겁게 만들어서 어쩌려고요?"

"내 말이. 하아…… 이제 어떡하지? 나 벌써 이 꼴인데."

재욱이 효진의 손을 가져와 자신의 물건 위에 턱 하니 얹어 놓았다. 이미 묵직해진 그의 앞섶에 효진은 피식 웃음이 났다.

"그러니까 나 만지지 말라고 했잖아요."

하지만 재욱은 포기할 수 없다는 듯 그녀의 셔츠 속에 손을 넣어 가슴을 끄집어낸 후 입 가득 베어 물었다. 안 된다면서도 효진은 그의 머리를 끌어안고 머리카락을 어루만졌다.

"내가 알아서 멈출 테니까 제발…… 지금은 그냥 이대로…… 좀 있어요."

멈춰야 하는데 멈추기는커녕 자꾸만 더 단단해지는 그의 물건을 효진에게 밀어붙이며 재욱은 지금 자신이 얼마나 애가 타 있는지 증명해 보이고 있었다. 효진 역시 일어서는 감각에 온몸이 나른해지고 있었고 가슴 여기저기에 진한 키스 마크를 남기는 그로 인해 저도 모르게 신음이 쏟아져 나왔다.

"하아…… 그만…… 그만요."

"조금만…… 더…… 후우!"

효진을 벽에 밀어붙인 채 정신없이 빨아 대던 재욱이 거친 한숨과 함께 겨우 그녀를 놓아 주었다. 눈빛은 이미 탁해져 있었고 더는 나아가지 못한다는 안타까움이 얼굴에 가득 들어차 있었다.

"하아…… 어서 들어가 씻어요. 내가 더 붙잡기 전에."

효진은 그런 재욱을 물끄러미 봤다.

"어서 들어가래도."

"같이 들어가요."

"하! 잔인하네. 날 벌줄 셈인가?"

"벌이라뇨. 아내 사랑 지극한 남자에게 상을 내려야지."

"?"

효진은 재욱의 손을 잡아끌고 욕실로 들어갔다. 그리고 얼마 후 그녀의 입술이 그의 분신을 빨아 당기며 나는 물기 어린 소리가 들려왔고 곧이어 재욱의 거친 신음이 욕실 밖으로 흘러나왔다. 욕조에 걸터앉은 그의 물건은 효진의 입 속에서 최고의 황홀경을 맛보았다.

* * *

〈이듬해 10월〉

"하아…… 하아…… 하아……."

동도 트기 전 이른 새벽의 침실은 뜨거운 정사로 하루를 시작하는 재욱과 효진의 신음으로 가득했다.

"쉬잇!"

"하아…… 당신이…… 하윽…… 내 입을…… 아읏…… 좀 막아요…… 하아!"

하지만 효진의 두 손을 깍지 껴 잡은 채 있는 힘껏 밀어붙이는 재욱은 멈출 마음이 없어 보였다. 그의 등골을 타고 땀방울이 주르륵 흘러내렸다. 그녀를 찍어 누르는 그의 엉덩이에 진한 근육이 잡힐 때마다 효진의 앓는 소리는 점점 높아졌다.

"하아…… 하아…… 하읏!"

"하아!"

그 누가 출산 후 부부관계가 소원해진다고 했던가. 재욱은 그녀를 취함에 있어 지칠 줄 몰랐고 효진은 그의 넘치는 사랑을 받아 냄에 소홀하지 않았다. 참으로 한결같은 부부였다.

"하아…… 미치게 좋네."

겨우 숨을 고른 재욱이 꺼낸 말이었다.

"섹스가 좋다고요?"

"그거야 당연한 거고!"

"그럼?"

"오늘도 좋고 기분도 좋고."

"하아! 잠을 잘 자야 화장도 잘 받는데."

"화장 잘 안 받아도 충분히 예쁘다고."

"그래도 나이 많은 신부인데 화장발이라도 제대로 받아야지."

"다른 놈들한테 예뻐 보여 뭐 하게. 나한테만 예쁘면 됐지."

"아우! 하여간 말은."

그때 잠에서 깬 아기 울음소리가 들렸다.

"막내 깼……."

효진이 말을 마치기도 전에 벌떡 일어난 재욱이 잠옷을 챙겨 입고 방을 튀어 나갔다. 그런 그의 뒷모습을 바라보는 효진의 입가에 옅은 미소가 번졌다.

오늘은 재욱과 효진의 결혼식 날이다!

"당신! 그러는 건 반칙이죠. 효진이 걔가 지금 휴직 중이지 사직한 게 아니잖아. 그럼 엄연히 내 식구인데 왜 걔한테 당신 일을 시켜요?"

양복을 말끔하게 차려입고 있는 김 회장 옆에서 화장하는 양 여사가 연신 불만을 토로하는 중이었다. 출산하고 쉬고 있는 효진에게 사업 계획서를 하나 검토하라고 던져 주었다는 소리를 재욱에게 듣고 기도 차지 않았다.

"죽어 가는 점포 살려 낸 것만 십여 차례야. 어쩔 수 없어 그만둔 거지 그만두지 않았으면 지금쯤 벌써 차, 부장급은 됐을 재원이라고. 그런 애를 일개 레스토랑 매니저로 쓰는 걸 인력 낭비라고 하는 거야."

"여봇!"

"잔소리 그만하고 어서 준비하고 나와. 결혼식 늦겠어. 왜 그렇게 행동이 굼떠! 쯧!"

효진에게 맡겼던 사업 계획서 검토 결과가 어제 도착했다. 김 회장은 효진의 검토서를 확인하며 내내 웃음을 거두어 낼 수가 없었다. 똘똘한 재욱에게 사업을 물려주지 못함이 내내 목에 걸린 가시 같았는데 말년에 이런 복덩이가 굴러 들어올 줄 그 누가 알았을까. 게다가 손이 귀한 상산 김씨 집안에 떡하니 세 번째 아들까지 안겨 준 효부가 아니던가.

재욱의 집에 도착한 김 회장은 강과 산의 동생 들을 먼저 보러 갔다. 효진이 들을 낳았을 때 재욱과 강, 산을 비롯해 양 여사까지 모두 아쉬움의 한숨을 내쉬었다. 모두가 여자아이이기를 기원했으니까. 유일하게 껄껄껄 소리까지 내며 웃은 사람이 김 회장이었다.

'아들이 둘이나 있는데 설마 당신! 또 아들을 바랐어요?'

양 여사의 어처구니없단 질문에 김 회장은 이렇게 말했다.

'아들이면 어떻고, 딸이면 어떤가! 자손이야 많으면 좋은 거지. 딸이 갖고 싶으면 또 나으면 되지 않아! 하하하!!'

재욱의 집 마당과 효진의 집 마당은 하객들을 맞을 준비로 분주했다. 비치동해 그랜드볼륨에서 그럴싸하게 식을 올려야 한다는 김 회장과 동네에서 조촐하게 하겠다는 재욱이 첨예하게 대립할 때 눈치를 살피던 효진이 가만히 입을 열었다.

'아버님! 두 번째 하는 결혼이잖아요. 아이가 셋이나 있고요. 집 마당에서 아이들도 함께 즐길 수 있게 편하게 하고 싶어요.'

김 회장은 헛기침을 한 번 하곤 '그래라. 그럼!' 이라고 했다. 양 여사와 재욱은 밀려드는 허탈감과 배신감으로 한동안 밤잠을 이루지 못했다는 후문이다.

아무튼. 그렇게 성사된 집 마당 결혼식은 애초 조촐하게 하겠다는 계획과 달리 찾아올 손님들을 위해 뷔페 차를 부르고 야외 테이블을 세팅하며 그 규모가 상당해지긴 했다. 그래도 동네잔치라는 취지를 잃지 않기 위해 오는 모든 이에게 대문을 활짝 열어 두었다.

재욱과 똑같은 슈트를 말끔하게 빼입은 강과 산이 들의 침대 옆에서 실랑이를 벌이고 있었다.

"안 돼!"

산이 단호하게 소릴 질렀다.

"쉿! 조용히 해! 아빠 엄마 들어."

"그러니까 하지 말라고."

"넌 어려서 잘 모르나 본데 나 초등학생이야. 들이 안을 정도 힘은 있다고!"

"형아가 모르나 본데 나 유치원에서 최고 형이야. 원래 최고 형 말은 잘 들어야 한다고 선생님이 그러셨어."

그런데도 강은 들을 안기 위해 몸을 숙였고, 그런데도 산은 그런 강을 막기 위해 잡아당겼다.

"어어!! 이 녀석들. 거기서 뭐 해?"

들려온 목소리는 김 회장의 것이었다. 딱 봐도 들을 안아 보려고 한다는 걸 알 수 있었던 김 회장은 얼굴 가득 미소를 품고 다가와 들을 번쩍 안아 올렸다.

"아이고! 형들이 들이 보려고 모여 있었구나!"

"할아버지! 저도 한 번 안아 볼래요."

강의 부탁에도 아랑곳하지 않고 김 회장은 들을 안고 싱글벙글 웃고만 있었다.

"할아버지!"

강이 재차 불렀을 때야 몸을 낮추며 강에게 들을 안겨 주었다.

"조심! 아기는 목을 잘 받치고 안아 줘야 하는 거야. 이렇게."

"잘할 수 있어요."

들을 받아 안은 강은 어설프지만 단단하게 아이를 안았다. 산은 그런 강이 부럽기도 불안하기도 한 듯 큰 눈을 동그랗게 뜨고 주시했다.

"산인 안 안아 보고 싶어?"

"저는 형아처럼 힘이 세지면 그때 안을래요. 지금은 떨어트릴까 봐 겁나요."

김 회장은 산을 보며 너털웃음을 터트렸다. 산은 얼핏 보면 겁 많고 소심하게 보이지만 사실 신중하고 생각이 깊은 아이다. 뭐든 마음이 앞서고 의욕이 충만한 강과 달리 예의 주시했다가 필요한 순간 원하는 것을 얻어 내는 똘똘한 아이다. 머리 좋음은 제 아빠 재욱을 닮았지만, 나머지는 전부 자신을 닮았다고 생각한다. 장차 뒤를 이을 똘망한 녀석들이 줄줄이니 김 회장은 그저 즐거운 웃음이 술술 흘러나왔다.

두 집 마당이 빈자리를 찾아볼 수 없게 동네 사람들로 꽉꽉 들어차고 예식이 시작되었다. 사회자도 주례도 없는 결혼식에 김 회장은 불만이 차고 넘쳤지만 '효진이 뜻이래요.' 한마디에 그냥 다 넘어갔다. 한 번 마음을 주면 모든 걸 바치는 건, 이 집안 남자들 내력인가 보다.

착석한 사람들의 기대 속에 행복한 신랑과 신부가 나란히 손을 잡고 등장했다. 우레와 같은 박수와 함성으로 언덕 위가 시끌벅적했다. 신랑과 신부 뒤로 두 꼬마 신사가 나란히 따라 들어왔고 그 모습을 지켜보는 양 여사 품에 잠든 들이 안겨 있었다. 수많은 소문을 뿌리고 수많은 관심을 모았던 두 사람은 이제 수많은 사람의 축복을 받으며 부부가 되었다.

이 부부가 오늘 하루 가장 많이 들은 말은 '행복하세요!' 가 아니었다.

'에우! 이제 딸 나아야지. 아들 셋! 어떡할 거야!'

'아들 둘 키운 엄만 심판도 안 받고 바로 천당행이래. 자긴 천당은 떼 놓은 당상이야.'

'손 귀한 집안 3대 독자 맥 딱! 끊고…… 정말 장해!'

'아들 낫겠다고 딸 줄줄이 나아서 우리 집이 딸부잣집 아냐. 딸 낫겠다고 아들 줄줄이 낫는 거 아냐?'

그러게. 이제 두 사람의 아이들은 독자 소리 안 듣고 살게 됐다. 꼬리처럼 따라다니던 3대 독자 소리! 그렇게 듣기 싫어하더니 이제 아들 부자 소리 듣게 생겼다.

결혼식 축제는 밤늦도록 계속됐다. 준비한 음식이 모두 떨어지고 받아 놓은 술까지 모두 떨어지고서야 대문이 닫혔다.

텅 빈 집에 재욱과 효진, 단둘만 남았다. 신혼여행을 가지 않겠다는 두 사람을 위해 양 여사가 아이들 모두를 집으로 데려갔기 때문이다.

"일주일만 갔다 옵시다."

"안 갈래요."

"그래도 신혼여행인데."

가지 않겠다는데도 뜻을 접지 않고 계속 압박하는 재욱을 효진이 눈을 가늘게 뜨고 쳐다봤다.

"왜 그렇게 봅니까?"

"우리에게 신혼여행이 굳이 필요해요?"

낮이고 밤이고 시도 때도 없이 효진의 품으로 파고들었던 그다. 들을 임신하고는 그의 정성이 고마워 떠올릴 때마다 눈물이 났었는데, 꼭 복원 수술을 했기 때문에 그녀를 미친 듯 원했던 게 아니었던 것 같단 의심이 들기 시작한 건 임신이 안정기에 접어들면서부터였다. 의사의 오케이 사인이 떨어지기 무섭게 그는 효진을 원했다. 원하면 가졌고 갖고 나서도 돌아서면 다시 눈빛이 변해 있곤 했다.

'다 사랑하니까 이러는 거지. 모든 남자가 나처럼 아내를 사랑하는 줄 아나?'

그의 지극한 사랑은 타의 추종을 불허한다. 그런 그가 효진도 너무나 좋다. 그래도 아이들을 다 두고 떠나는 신혼여행은 허락할 수 없었다.

"오케이! 그럼 내일 하루만 뺍시다."

"빼다니요?"

"내일 하루만 단둘이 보내자고."

"?"

"그거면 내가 양보한다잖아. 빨리 오케이 해요!"

효진은 뭔가 석연치 않다는 표정을 지었지만, 그의 간절함을 무조건 무시할 수는 없었다.

"어딜 가는 거예요."

"가 보면 압니다."

차를 모는 재욱은 신나 보였다. 맡겨 놓은 아이들 걱정은 어쩐지 효진 혼자만 하는 것 같았다. 그러는 사이 자동차가 도착한 곳은 안목항이었다.

"여긴 왜 온 거예요?"

"프라이빗한 신혼여행을 위해!"

"네?"

효진이 얼떨떨해하는 사이 재욱은 차에서 내려 문을 열며 손을 내밀었다. 어서 이 손을 잡지 않고 뭐 하냐는 듯. 효진은 조심스럽게 그의 손을 잡았고 그는 손가락 하나하나를 꽉 끼워 잡은 뒤 천천히 요트들이 정박해 있는 곳으로 향했다.

"설마 요트도 있어요?"

"요트는 없고, 요트 면허는 있습니다."

"네?"

누군가 열심히 출항 준비를 하는 요트로 다가온 재욱이 소리쳐 불렀다.

"정호야!"

강정호?

정말로 정호가 몸을 돌리며 손을 흔드는 게 보였다. 세상에……!!

"요트는 정호가 제공했습니다. 저 녀석이 보기보단 가진 게 많아."

"두 사람! 언제부터 친했어요?"

"친하지 않습니다."

"네?"

"동네 친구가 다 그런 겁니다. 뭐 꼭 친해야 하나? 어려우면 돕고 힘들면 위로하고 필요하면 빌려주고…… 뭐 그런 거지."

알다가도 모를 남자들의 세계였다.

정호는 준비를 마치고 재욱과 한동안 이야기를 나누더니 효진에게 깍듯이 인사까지 하고 사라져 주었다. 그리고 정말로 재욱이 몇 가지 장치를 만지자 요트는 경쾌한 엔진음을 내며 움직이기 시작했다.

무슨 프라이빗한 신혼여행이야……라고 속으로 비웃었던 거! 취소. 요트가 출발하고 넓은 바다를 향해 뻗어 나가자 효진은 조금 전 재욱에게 가졌던 의심이 미안해졌다. 뭘 이렇게까지 해……! 라며 그의 유난스러운 의미 붙이기에 고개 저었던 것도 미안해졌다. 효진은 키를 잡은 재욱을 뒤에서 살포시 안았다.

"이런 낭만적인 신혼여행을 계획한 줄도 모르고…… 미안해요."

"이제 바다 위에 당신과 나 둘뿐인데…… 정말 그저 낭만적이기만 할까?"

사특한 미소를 지으며 웃는 재욱의 모습이 유리에 그대로 비쳤다. 효진도 그의 등에 미소를 묻었다.

"그럼 나 이제 입 안 막아도 돼요?"
재욱은 바다 한가운데 요트를 정박하고 몸을 돌려 효진을 안았다.
"그런 말이 날 얼마나 흥분되게 하는지 당신은 모를 거야."
"겨우…… 말 하나로?"
"내가 당신한테 얼마나 미쳐 있는지 아직도 잘 모르는군."
재욱은 효진의 허리를 끌어안으며 키스했다.
"으음……? 저기…… 혹시 마린 블루예요?"
재욱의 뜨거운 키스를 받아 내던 효진은 저 멀리 보이는 마린 블루를 확인하고 놀라며 물었다. 대체 이 여자는 이 숨 막히는 순간에 그런 게 보이나? 그녀는 항상 어디로 튈지 모르는 얌체공 같았다.
"맞을 겁니다. 그 정도 남쪽으로 내려왔으니까."
"떨어져 있지만 그리 멀지 않은 곳에 아이들이 있는 거잖아요."
"그런 셈이지."
"하아…… 이제 안심된다."
"?"
"그럼 우리 침실 구경 가요."
이런 앙큼한 여자 같으니라고. 사람을 아주 들었다 놨다 가지고 노는 게, 딱 선수라니까. 그래도 뭐, 몸이 달아 애가 타는 건 재욱이니 군말 말고 따르는 수밖에. 재욱은 효진을 번쩍 안아 올렸다.
"어맛! 뭐 하는 거예요."
"진정한 허니문을 즐기러 갑시다."
효진을 안은 채 침실로 온 재욱은 문을 활짝 열며 들어섰고 두 사람은 정호가 준비해 놓은 꽃과 와인에 웃음이 빵 터져 버렸다. 저렇게 세심하고 다정한 남자가 왜 결혼을 두 번이나 실패했는지 이해 안 된다는 효진에게 재욱이 말했다.
"올겨울에 할슈타트로 여행 다녀오라고 해야겠네!"
그 말에 미소 짓고 보는 효진의 입술을 지그시 베어 문 재욱은 그녀의 맛과 향기를 양껏 들이켜고 다시 말을 보탰다.
"혹시 또 압니까. 그 자식도 인생 최고의 사람을 그곳에서 만나게 될지."

효진은 재욱의 목을 감아 안으며 그의 입술에 제 입술을 묻었고 꼭 맞물린 두 사람은 이내 침대 위로 살포시 쓰러졌다. 요트는 밤새 그곳에 정박한 채 움직이지 않았고 침실로 들어간 그들도 밤새 문밖으로 나오지 않았다.

"그런데…… 하아…… 하아…… 피임은…… 해야 하지 않을까요?"

"아버지 말씀 못 들었어요…… 자손은…… 많을수록…… 좋다고……!"

"하아…… 하읏…… 그래도…… 아읏……!"

그리고 해가 뜰 무렵 가판 위에서 일출을 기다리자며 담요를 칭칭 감고 나온 두 사람은 담요를 덮은 채 또다시 뜨거운 사랑을 나누었다. 어두운 바다 위에 일렁이는 파도 소리 사이사이 그들의 뜨거운 신음이 출렁였다.

"하아…… 하읏…… 해…… 떠요."

가쁜 숨을 뱉어 내며 돌아누운 재욱은 효진을 품에 안으며 담요를 깊게 덮어 주었다.

새롭게 떠오르는 태양은 그 어떤 날의 태양보다 아름다웠다. 불어오는 바람이 태양을 온전히 품지 못해 매서웠지만, 꼭 안은 두 사람은 하나도 춥지 않았다. 그 어떤 바람이 불어와도 그 어떤 파도가 밀려와도 지금의 온기를 잊지 않는다면 다 이겨 낼 수 있을 거란 확신이 들었다.

해가 뜨기 바로 전 새벽이 가장 어둡듯 서로를 만나기 전 그 시간이 가장 힘들었던 두 사람에게 지금 뜨는 태양은 새로운 시작이고, 더없는 행복이고, 벅찬 사랑이었다. 그걸 아는 지금, 이 순간이 그들에게는 너무나 소중했다.

— *Fin*

외전 1. 내 남자의 질투

퇴근길, 운전대를 잡은 재욱의 입에서 절로 콧노래가 흘러나왔다. 그러다 문뜩, 텅 빈 집으로 퇴근해야 했던 지난날이 떠올라 피식 웃음이 났다. 꿈같은 나날을 보내고 있음에 감사하는 마음이 들자 어서 가 이 행복을 안겨 준 가족들을 봐야겠단 생각이 절실해졌다. 가속 페달을 밟는 재욱의 차는 경쾌하게 도로를 달렸다.

막 언덕길로 접어드는데 마침 집 앞에 태권도 셔틀버스가 도착해 강과 산이 내리는 게 보였다. 셔틀에서 내린 아이들은 효진의 품으로 파고들며 안겼고 효진은 그런 아이들을 환하게 웃으며 맞아 주었다. 저렇게 아름다운 여자가 내 아내라니, 저렇게 행복한 가족이 내 가족이라니……. 그저 가슴이 벅찼다.

그때 태권도 관장이 효진을 향해 뭐라고 얘기하는 게 보였다. 가만히 보니 아주 좋아서 입을 다물지 못하고 효진을 보고 있는 게 아닌가. 헛! 저 자식 영 마음에 안 드네. 저도 모르게 클랙슨에 손이 얹어졌지만, 꾹 참고 차를 셔틀버스 뒤에 바짝 갖다 대곤 서둘러 차에서 내렸다.

"아빠!"

아이들이 재욱을 발견하고 신나게 달려와 안겼지만, 재욱의 시선은 관장에게서 떨어지지 않았다.

"지금 와요?"

효진도 재욱을 반갑게 맞았지만, 재욱의 매서운 눈초리가 관장을 향해 있어 의아했다.

"안녕하십니까. 원장님!"

재욱을 향해 관장도 예의 갖춰 인사를 했다. 손가락 때문에 병원에 종종 와서 알고 지내는 얼굴이지만 지금 보니 키도 크고 몸집도 훌륭한데 심지어 젊고 잘생겼다.

"무슨 문제 있습니까?"

"네?"

재욱의 뜬금없고 공격적인 질문에 효진은 당황하고 관장은 놀라는 것 같았다.

"아니, 집사람에게 웃으면서 뭐라고 얘기하시는 것 같아서."

예의를 갖췄지만 어금니를 사리물었다.

"아……! 다음 주에 강이 승급 심사 있다고 말씀드렸습니다. 더 남아서 하겠다는 걸 억지로 데리고 오느라 애 좀 먹었습니다. 하하하……."

그게 뭐 그리 웃으면서 할 얘긴가? 왜 내 여자 앞에서 끼를 부리지?

얘기를 듣는 내내도 재욱의 눈빛이 사그라지지 않아 효진은 '왜 그래요?' 라는 시선을 보냈다. 하지만 재욱은 그녀의 시선을 외면한 채 관장이 어서 이곳을 떠나 주길 바란다는 듯 날카로운 눈빛을 보낼 뿐이었다. 어색함을 느낀 관장이 서둘러 차를 몰고 떠나자 아이들은 대문을 열고 집으로 달려 들어갔다.

"지금 이 상황 뭐예요?"

효진이 어이없어하며 물었다.

"이 상황? 뭐?"

"관장님한테 그 태도가 뭐냐고요."

"내 태도가 어땠는데요?"

재욱은 아무 일 없었다는 듯 딴청을 했다.

"혹시 관장님 견제해요?"

"뭐라고요? 내가 왜? 하하……. 나랑 게임이나 되나 저 어린 관장이?"
"어리니까. 게다가 잘생기기도 했고."
"쓰읍!"
결국, 효진의 도발에 재욱은 본색을 드러내고 말았다.
"누가 집에서 이렇게 예쁘게 하고 있으랍니까."
"네?"
"애들 엄마면 애들 엄마답게 좀 옷도 후줄근하고 뭐도 좀 묻어 있고 어! 그래야 하는 거 아닌가?"
"헛! 설마 진짜 그러길 바래요? 당신 취향이 그런 쪽인지는 몰랐네요."
"그렇게 예쁘게 하고 있으니까 저런 어린것들이 당신 보면서 헤벌쭉 웃고 그러는 거 아닙니까."
효진은 기가 찼다. 기가 차 말도 나오지 않는 효진의 허리를 훅 끌어안은 재욱이 그녀의 몸을 자신에게 최대한 밀착시켰다.
"예쁜 모습은 나만 보자고. 나만."
"미쳤나 봐!"
"어허! 몇 번을 말해야 알지? 이미 오래전부터 미쳐 있다고 말했는데."
효진이 눈을 가늘게 뜨고 재욱을 노려봤다.
"하늘 같은 지아비를 그렇게 본다는 거, 오늘 밤 또 잠 한숨 안 자도 된다는 소리인가?"
"정말 유치하다니까. 어떻게 점점 수준이 강산이에요?"
"나를 강산한테 비교하면 안 되지. 그래도 난 아이들이 줄 수 없는 색다른 행복을 주는 사람인데."
재욱은 효진이 다른 말을 할 틈도 주지 않고 그대로 손을 잡아끌고 마당으로 들어갔다. 그의 손에 이끌려 들어가면서도 효진은 어이없단 표정을 지우지 못했다.

"아하…… 하읏……."
어둠이 짙게 내린 밤, 그들의 침실은 어느덧 뜨거워져 있었다.

"어때요. 이제 반성이 좀 되나?"

재욱은 효진의 온몸을 덮은 채 그녀 깊숙이 물건을 밀어 넣으며 앓는 소리를 내는 효진에게 물었다.

"이거…… 벌 아닌데…… 하으……."

"물론 이걸로는 안 되지."

"그……럼…… 하아…… 하아……."

침대를 짚은 그의 팔에 정맥이 도드라지게 튀어나오고 그녀를 밀어붙이는 등과 엉덩이에 쉬지 않고 근육이 잡혔다.

"잠 안 재운다고 했는데."

"그럼…… 하아…… 당신도…… 힘들 텐데……."

그때 재욱이 몸을 빼내더니 효진을 그대로 돌려 누이곤 허리를 잡아끌어 무릎을 세워 엎드리게 했다. 잘 익은 복숭아 같은 그녀의 엉덩이에 입을 맞추던 재욱이 이내 페니스를 질 속 깊이 밀어 넣으며 황홀한 듯 신음을 흘렸다.

"하아…… 내 체력을 지금까지 지켜보고도…… 모르나?"

"하윽…… 하아…… 아읏……."

그녀를 향해 사정없이 허리를 뒤채는 재욱 때문에 효진은 말을 하지 못한 채 앓는 소리만 내질렀다. 문밖으로 소리가 새어 나가지 못하게 최대한 자제한다고 자제했지만 소용없었다.

"애들…… 깨겠어…… 아윽……."

"내가 그 어리고 잘생긴 관장! 하아…… 보기 싫지만…… 애들 태권도장에 보내는 건…… 다 이유가 있다고."

효진은 입술을 깨물며 버텨 봤지만 다가서는 절정과 넘치는 그의 힘에 비집고 나오는 신음을 어쩌지 못했다.

효진의 신음이 짙어지자 재욱은 다시 효진을 돌려 눕히곤 빠르게 그녀 깊숙이 페니스를 찔러 넣었다.

"하아…… 나…… 너무 좋아요……."

"나는 당신 속에 들어가면 미칠 것 같아."

"하아…… 하읏…… 읍……."

"사랑해요."

재욱은 절정에 이르는 그녀의 아름다운 얼굴을 보며 한껏 미소를 짓곤 미친 듯 허리를 뒤채며 그녀를 황홀경으로 인도했다. 그리고 길게 참아 온 자신에게 보상하듯 그녀 안에 모든 것을 쏟아 냈다.

"왜 항상 나만 당신을 원하는 것 같지?"

함께 침대에 누워 재욱이 불만인 듯 토로했다.

"이제 와서 그게 불만이에요? 언제는 한쪽이 더 많이 사랑하는 게 당연하다면서."

"누가 당연하지 않데? 다만 내가 당신에겐 그다지 매력적이지 않나…… 싶어서 그러는 거지."

효진은 답을 회피한 채 슬쩍 미소 지었다. 그녀의 미소를 그는 보지 못했다.

"그런데, 비엔나에서 돌아와서 정말 나 한 번도 안 찾았나? 궁금하지 않았어요? 찾고 싶지 않았냐고."

왜 안 그랬을까. 이 남자는 정말 아직도 내 마음을 모르는가 보다.

"왜 찾아. 이름도 직업도 아는 게 하나도 없는데. 찾아봐야 헛수고지."

"거참! 매정하네. 서운하게."

재욱은 자리를 박차고 일어나 욕실로 갔다.

"물 받아 놓을 테니 조금 이따 들어와요."

"오늘 밤 안 재운다더니 씻고 자게요?"

"그럴 리가! 아님, 뭐 이번에는 욕실에서 특별한 시간을 가져 보든가."

그는 해사한 미소를 지어 보이곤 욕실 안으로 사라졌다.

바보! 그를 얼마나 애타게 찾았었는지 꼭 말해야 아나? 그를 찾기 위해 힘들었던 시간을 다 털어 버리고 일어설 수 있었단 걸 꼭 말해야 아느냐고!

효진은 아련한 기억이 떠오르는 듯 깊은 눈동자를 하고서 창밖에 높이 떠 있는 달을 봤다. 달은 오늘따라 유난히 밝고 예뻤다.

비하인드 스토리 1. 동해에서의 재회 1년 8개월 전

침대에 이불을 푹 뒤집어쓰고 누운 효진 옆에서 핸드폰이 징징 울어 댔다. 하지만 효진은 미동도 하지 않았다. 끈질기게 울어 대던 핸드폰이 끊어지고 다시 징징 울어 댔다. 그러기를 여러 차례. 다시 핸드폰이 울기 시작하자 그제야 이불이 걷어지며 효진이 몸을 일으켜 앉아 핸드폰을 들여다봤다. 선화였다. 힘겹게 통화 버튼을 누르자 선화의 고함 소리가 넘어왔다.

— 너! 나 죽는 거 볼래! 왜 이렇게 전화를 안 받아. 내 속 새까맣게 타들어 가는 거 몰라?

엄마의 장례를 치르고 한 달째 칩거 중인 효진 때문에 선화는 애가 탔다.

— 일자리 안 구해? 밥은 먹었어? 대체 어쩌고 있는 거야? 나, 지금 짐 싼다. 애들 시어머니한테 맡기고 올라갈 거야. 가서 널 데리고 오든지 내가 거기서 너 사람 만들고 오든지 결판을 낼 생각이다. 이것아.

"그러지 마. 나 괜찮아."

— 괜찮긴 개뿔! 지금 터미널로 간다고. 너 딱 거기 있어. 가서 아주 잡도리를 해 버릴 테니까.

"선화야."

— 왯!

효진은 다 죽어 가는 목소리로 선화를 불렀고, 선화는 화딱지 난다는 목소리로 날카롭게 답을 했다.

"사람 찾아 주는 데 있지."

— 뭐?

"나…… 찾고 싶은 사람이 있어."

— 누굴 찾아? 무슨 소리야?

"꼭 찾아야 해. 그래서 내일은 툴툴 털고 일어날 거야."

— 야! 너 괜찮은 거 맞아? 너 제정신 아닌 거 아냐?

"그 사람 찾기 위해서라도…… 이제 정신 차릴래."

당장 달려오겠다는 선화를 찾고 싶은 사람이 있다는 말로 겨우 달래고 효진은 자리를 털고 일어났다. 며칠 전 직장 동료가 소개해 준 레스토랑에 면접도 보러 가야 했지만 지금 그녀에게 가장 중요한 건 장동건을 찾는 일이었다.

사진작가는 죄다 검색해서 찾아봤고 혹시 몰라 여행 작가도 검색해 봤지만, 얼굴을 확인할 수 있는 사람이 몇 없어 쉽지 않았다. 광고 쪽 사람인가? 아니면 사진학 교수? 하지만 장동건이라는 가짜 이름밖에 모르니 그를 찾을 길이 없었다.

이렇게 황당한 관계가 있을 수 있다니. 이름도 나이도 직업도 사는 곳도 모르는 그런 사람을 무슨 수로 찾나. 그런 사람과 보낸 짧은 시간이 그리워 이렇게 애가 타다니. 한심하기 그지없었다. 그래도 어딘가에서 사진전을 한다고 하면 저도 모르게 전시장에 도착해 있곤 했다.

인사동 갤러리에서 사진 전시회를 둘러본 효진은 역시 그의 전시회가 아니라는 사실만 확인하고 씁쓸하게 돌아섰다. 화장실에서 손을 씻고 바라본 거울 속 자신이 너무나 한심해 보였다.

'그래도…… 그래도 그리운 건 어쩔 수 없으니…… 앞으로도 이 짓을 몇 번이고 반복하겠지.'

허탈하게 미소 짓고 막 화장실을 나서는데 한 꼬마와 부딪혔다.

"여긴 숙녀들 화장실인데요. 신사분!"

효진은 밖에 아이의 부모가 있는지 살폈다. 복도 끝에서 창밖을 향해 선 남자가 이 아이보다 조금 더 작은 남자아이의 손을 잡은 채 통화에 열중하고 있는 모습이 보였다. 너무 멀어 무슨 내용인지는 알 수 없었지만 좀 다급해 보였다.

"지하철 아니고 2번 트램이 지나는 곳이라고 했습니다. 네……. 그러니까 게스트 하우스 말고 여행자 임대 아파트 위주로 확인 부탁합니다."

아이 아빠로 보이는 그를 부르는 건 지금 의미가 없어 보였다.

"급한데 신사 화장실엔 사람이 다 있어요."

자신의 말을 그대로 받아 대꾸하는 아이가 참 영특해 보였다. 엉덩이를 엉거주춤한 자세로 붙잡고 있는 모습이 너무 귀여워 웃음이 났지만, 지금은 웃고 있을 때가 아닌 것 같아 효진은 아이를 여자 화장실로 데리고 들어가 비어 있는 칸 문을 열어 주었다.

"문 앞에 서 있을게. 천천히 볼일 보고 나오세요."

"감사합……니……."

곧 나올 것 같은지 아이는 감사의 말도 끝까지 잇지 못한 채 서둘러 문을 닫았다. 그게 또 귀여워 효진은 문밖에 서서 미소 지었다. 시원하게 볼일을 마친 아이가 나와 손까지 야무지게 씻고는 효진에게 꾸벅 인사를 했다.

"감사합니다."

아이는 부끄러운지 인사를 하곤 서둘러 화장실 밖으로 뛰어나갔다.

'부모가 어떤 사람인지 모르지만, 예의 바르게 잘 키웠네……!'

효진은 달려 나가는 아이를 애정 가득한 시선으로 바라보았다.

뒤따라 나온 효진은 이내 출구를 향해 걸었다. 그리고 잠시 후 창가를 향해 달려가는 아이의 목소리가 희미하게 들려왔다.

"아빠! 산아!"

효진은 미소를 머금고 출입문을 빠져나왔다.

외전 2. 어찌 사랑하지 않을 수 있을까!

점심 식사 내내 서비스 불만이 접수된 매장에 관한 이야기로 썩 기분 좋지 않은 시간을 보내고 막 회사로 들어서는 효진을 동행하던 직원이 불렀다.

"부장님! 저기……!"

직원이 가리키는 쪽으로 시선을 향한 효진은 자신을 언제부터 지켜본 건지 흐뭇한 미소를 품고 서 있는 재욱을 발견하자 금세 입가에 미소가 걸렸다.

"원장님! 또 오셨네요. 부장님, 기분 언짢은 거 아셨나 보다."

"미안, 먼저들 올라가요."

효진은 직원들을 먼저 보내고 재욱에게 빠르게 다가갔다.

"밥은 어쩌고 여기로 왔어요. 미리 온다고 전화하지. 그럼 안 먹고 기다렸을 텐데."

회사까지 찾아오는 재욱에게 유난스럽다고 찾아오지 말랄 때는 언제고 그를 맞는 효진은 이미 얼굴 가득 애정이 들어찼다.

"불시에 와야 한눈파는지 안 파는지 확인하지."

"당신처럼 멋진 남자를 두고 어떻게 한눈을 팔아요."

"그 거짓말! 참 달콤하네."

여유가 생긴 효진이 이따금 던지는 농담에 재욱은 그저 심장이 저릿저릿했다. 그런 그녀를 마냥 사랑 가득한 시선으로 바라보니 그녀는 또 살짝 얼굴을 붉히기까지 한다. 이러니 어찌 사랑하지 않을 수 있을까! 재욱은 이곳이 어디든 누가 보든 신경 쓰이지 않는다는 듯 효진의 허리를 두 팔로 둘러 안았다.

"왜 이래요. 여기 회사예요."

"그래서 뭐! 싫다고?"

그의 팔을 억지로 떼어 내 보려 안간힘 쓰며 분위기 전환을 시도했다.

"밥 안 먹었죠. 나가요. 잠깐 앉아 있을 시간 되니까."

"아버지가 일 너무 빡빡하게 시키는 것 같은데? 무슨 부장이 시간도 마음대로 못 써."

"이런! 팔! 불! 출!"

점심 식사를 마치고 들어오던 김 회장이 하필 딱 요 대목에서 이들의 이야기를 듣고 말았다.

"아버지!"

"회장님!"

재욱의 팔을 얼른 잡아 뺀 효진이 얼굴을 붉히며 고개를 숙였다.

"집에 가면 볼 사람 뭣 하러 여길 또 와? 병원 그렇게 한가해? 손님 떨어졌냐?"

"아버지, 집사람 너무 혹사하는 거 아닙니까?"

"헛! 이제 듣다 듣다……!"

"아니에요. 아버님은 출근 3일만 하라시는 거 내가 매일 나오는 건데……."

효진이 말끝을 흐리며 재욱의 팔을 잡았다. 더는 말을 못 하게 저지하려는 의도였다.

"정말? 왜 말 안 했어요. 3일만 나오랬으면 3일만 나와야지, 왜 매일 나와. 이 사람 안 되겠네."

효진은 일부러 재욱에게 말하지 않았다. 이럴 게 뻔했으니까.

"일을 어떻게 그렇게 해요. 같이 뛰어 줘야 직원들도 파이팅 하는 거지."

"봐라! 네 안사람 생각하는 거. 이래야 사업하는 사람이지. 넌 글렀어."

재욱은 효진의 속내가 빤히 보여 좀 섭섭했다.

"너, 저 녀석 데리고 나가 밥 사 먹이고 와. 밥 같이 먹을 시간도 안 줬다고 네 시어머니한테 가서 또 이른다. 아우! 나 잔소리 듣기 싫어."

김 회장은 혀를 차며 자리를 떴다.

효진은 사라지는 김 회장의 뒷모습을 지켜보는 재욱에게 팔을 걸며 가슴을 착 갖다 붙였다. 이건 잘못한 거 아니까 애교로 봐 달라는 신호다. 또 이렇게 위기를 모면해 보겠다는 걸 재욱도 모르지 않지만, 이러면 정말이지 아무 말도 할 수가 없다. 동해에 소문난 팔불출, 아내 바보, 애처가…… 이딴 게 그에게 따라다니는 수식어니까.

재욱이 밥 먹는 동안 효진은 그의 앞에 앉아 재잘재잘 아이들 이야기를 했다.

"이모님이 그러시는데 둘이 오늘 아침에 몸을 뒤집었대요. 그걸 못 봐서 어떡해."

오늘 놓친 위대한 장면에 대해 안타까움이 뚝뚝 묻어나는 그녀의 말을 재욱은 사랑이 뚝뚝 묻어나는 얼굴로 바라봤다.

"우리 있을 때도 뒤집겠지? 강산 뒤집는 건 봤어요? 어땠어요? 아우…… 그 몸을 뒤집으려고 얼마나 애를 썼을까? 얼굴이 새빨개지도록 용을 쓰더래요. 그 장면을 동영상으로 찍어 놔야 하는 건데. 그래야 애들 컸을 때 그런 거 보여 주면서 웃고 울고 하지. 그쵸?"

밥을 입에 넣고 씹는 재욱은 앞에 앉은 효진이 예뻐 미칠 것 같았다. 어쩜 저렇게 어린애 같지. 흥분해서 얘기하는 모습이 가만 보면 강산들보다 더 어린애 같다.

"나 당신 닮은 딸 꼭 갖고 싶어요."

그 모습이 하도 예뻐 내내 가슴속에 담아 두었던 말을 저도 모르게 툭 꺼내고 말았다.

"네?"

"당신이 이렇게 예쁜데 당신 닮은 딸은 얼마나 예쁘겠어."

"!"

"당신은…… 싫은가?"

"그런 건 아닌데…… 알다시피 생기지 않잖아요. 우리 피임도 안 하는데."

하긴, 둘을 출산하고 재욱은 효진을 거침없이 가졌다. 신혼여행을 핑계 삼아 떠났던 요트 여행에서도 그냥 한곳에 정박한 채 둘은 침실 밖을 나오지 않았다. 아이들이 늦게까지 잠이 들지 않는 날은 수단과 방법을 가리지 않고 재우는 탁월한 능력을 보이면서 그녀와의 시간을 확보하는 데 공을 들였다. 그런데도 임신이 되지 않아 어쩌면 효진이 일을 시작하고 결혼을 하며 또 다른 스트레스로 힘들어하고 있는 건 아닌가 걱정이 되었다. 그래도 마음 여유롭게 또 다른 축복을 기다리기로 해 놓고, 이렇게 한 번씩 그녀에게 빠져들 땐 저도 모르게 자꾸만 딸을 갖고 싶다는 욕심이 생겨나는 건 어쩔 수 없었다.

"하늘의 뜻에 맡기는 거지. 둘 때처럼. 생기면 감사하고 안 생겨도 감사하고…… 하하…… 이미 우리에겐 믿기지 않는 기적이 여러 번 일어났으니까."

"그래요. 우리 기적을 믿어 봐요."

자신을 향한 사랑이 지극한 그의 고백에 효진은 가슴이 다 먹먹했다. 그가 원하는 일이라면 무엇이든 해 주고 싶은 마음이 굴뚝같았다. 그에게 말하지는 않았지만, 부인과를 찾아가 나름 검사도 받고 문제가 뭔지 알아보려 노력도 해 봤다. 아무 문제 없다는데도 임신이 되지 않고 있다는 사실을 저렇게 희망을 품고 있는 그에게 털어놓을 수는 없었다.

"저녁에 회식할 건데 당신이 와 주면 좋을 것 같아."

식사를 마치고 다정하게 손을 맞잡고 회사로 걸어오던 두 사람은 재욱의 말에 걸음을 멈춰 섰다.

"병원 식구들 회식에 내가 왜 껴요."

"그 병원 식구들이 나보다 당신을 더 좋아하니까."

"그래도 그건 좀 아닌 것 같아요."

"와요. 집들이하곤 제대로 만난 적 없잖아. 당신은 병원으로 간식도 보내 주고 과일차도 만들어 보내 주고 시시때때로 챙겨 주는데 다들 인사할 기회 없다고 미안해한다고.”

“알았어요. 그럼 느지막이 잠깐 들를게요.”

그녀의 대답이 만족스러운 듯 재욱은 근사하게 미소 지으며 효진을 바라봤다. 그의 미소에 효진의 주책없는 심장은 또 마구마구 뛰어 댄다. 언제쯤 이 남자의 미소에 이 심장이 둔감해질까.

“이제 가요.”

“그냥 가라고?”

“그냥 안 가면요?”

재욱은 볼을 내밀었다.

“안 돼요.”

“그냥 볼에 하는 입맞춤이라고.”

“집에서 해요.”

“그건 그거고.”

“아이, 정말!”

그런데도 재욱은 볼을 거두지 않고 더 갖다 밀었다. 효진은 주변을 살피고 사람이 없단 걸 확인하고서야 조심스럽게 그의 볼에 입술을 가져갔다. 하지만 그 순간 고개를 돌린 재욱 때문에 본의 아니게 두 입술이 촉 소리를 내며 살포시 포개졌다. 그 순간을 놓칠세라 재욱은 그녀의 허리를 훅 감아 안으며 놀라 벌어진 입술 새로 이미 뜨거워진 혀를 밀어 넣었다.

“으읍!”

가슴을 쳐 봤지만, 소용없었다. 이미 그의 손길은 허리와 목뒤를 강하게 그러잡고 있었으니까. 양껏은 아니지만, 기습으로 그녀를 취한 재욱은 약간의 아쉬움을 남기며 그녀를 놓아 주었다.

“뭐예요!”

“디저트 못 먹었으니까.”

“미쳤어!”

“맞아요. 미쳤어. 좋잖아. 벌건 대낮에!”

본 사람도 없는데 효진은 얼굴이 홍당무처럼 빨개졌고 짧은 순간의 뜨거운 키스로 배꼽 아래로 열기가 고였다.

재욱은 큰 성과를 이룬 듯 즐거워하며 돌아서 갔다. 노려보는 그녀의 시선이 따라붙는다는 걸 알고는 손을 번쩍 들어 힘차게 흔들어 보이기까지 하면서.

정말 미워할 수 없는 남자다.

병원 사람들은 술이 거나하게 취해 왜 효진이 오지 않는지 재욱에게 다그쳤다. 시계를 보며 효진을 기다리던 재욱 또한 나타나지 않는 그녀 때문에 애가 탔다. 그때 식당 문이 열리고 효진이 들어서는 게 보였다.

"어! 사모님!"

제일 먼저 그녀를 알아본 건 장 간호사였다.

"왜 이제 오세요. 얼마나 기다렸는데요."

"왜 기다려요. 회식을 즐겁게 해야지, 제가 오면 재미없잖아요. 원장님도 이제 그만 좀 빠지라고 하시고."

자리로 와 앉으며 미소를 한껏 물고 얘기하는 그녀를 재욱은 넋을 놓고 보고 있었다.

"침 좀 닦으세요."

박 간호사가 또 일침을 놓는다.

"아니 어떻게 하면 남편을 원장님처럼 만들 수 있어요?"

효진에게 정말 궁금하다는 듯 묻는 박 간호사의 질문에 모두가 고개를 끄덕이며 동조했다.

"하……! 그게……. 제가 뭘 어떻게 하는 게 아니라서……. 저 사람이 원래 저렇게 다정해요."

그 말에 야유가 쏟아져 나왔다.

"자자, 이제 2차들 갑시다."

재욱이 그들의 야유를 잠재우려 소리쳤다. 2차라는 말에 흥분한 간호사들이 자리를 박차고 일어섰다.

"오늘 2차는 나이트클럽입니다. 원장님!"

"네? 또 나이트? 그럼 우린 여기서 퇴장하겠습니다. 카드는 주고 갈 테니 마음껏 재미있게들 놀아요."

이참에 잘됐지 싶었다. 술이 얼떨떨하게 취한 차에 효진을 보자 어서 그녀를 안고 싶단 생각에 저도 모르게 이 회식 자리가 빨리 끝나기를 기다렸으니까.

"무슨 말씀이세요. 사모님 이제 오셨는데 같이 가야죠."

장 간호사와 물리 치료실 선생들이 끈질기게 매달리는 통에 어찌어찌하여 결국 나이트클럽까지 오게 되었다.

"여길 또 오네."

"언제 와 봤어요?"

효진의 한숨 섞인 말에 재욱이 놀라며 물었다.

"예전에 선화네 부부한테 꼬여서 한 번 왔었어요."

"이런 덴 쳐다도 안 볼 사람처럼 생겨서."

"왜요? 이런 덴 오면 안 되나?"

"여자가 이런 델 왜 와? 어떤 놈 꼬시려고."

"헛! 이것 보세요. 김재욱 씨! 그때 난 솔로였거든요. 어떤 놈이든 꼬셨어야지."

"지금 뭐라고 했어요? 뭘 꼬셔?"

"어우, 어우! 두 분 좀 그만하시죠? 옆에서 듣고 있기 상당히 민망하거든요."

결국, 곁에 있던 박 간호사의 눈치로 둘의 아옹다옹이 일단락되었다. 그때, 스테이지에서 실컷 흔들어 대던 병원 식구들이 우르르 자리로 돌아와 앉기 시작했다.

"왜들 들어옵니까?"

"블루스 타임! 이런 땐 쉬어 줘야 맛이죠."

나이트클럽 안은 'Run To You'가 흐르고 있었다. 맥주잔을 들어 막 마시던 효진은 눈앞에 내밀어진 손을 보고 하마터면 방금 마신 맥주를 뿜어낼 뻔했다.

"오!!"

사람들이 함성을 내뱉은 이유는 효진에게 손을 내밀고 선 재욱 때문이었다.

"뭐 하세요. 원장님 손 잡으셔야죠."

박 간호사가 효진을 툭 밀었다. 온몸이 빨개지는 것 같았다. 이 사람 많은 데서 대체 이 남자가 왜 이러나 싶었다. 그런데도 재욱은 손을 거두지 않고 버텼다. 그렇게 효진은 그의 손을 잡았고 둘은 사람 없는 스테이지로 나갔다. 거리를 두고 그의 손을 잡은 채 뻣뻣하게 서 있던 효진을 재욱이 훅 잡아당겨 품에 안았다.

"핫! 왜……. 이래요. 사람들 다 본다고요."

"보면 어떻습니까. 내가 내 아내랑 블루스도 못 추나?"

"아우……. 제발요. 나 지금 창피해서 미치겠다고요."

"난 당신이 얼굴 붉힐 때가 미치게 좋더라."

말을 말지. 그에게 빌미만 주고 있었다. 어느새 그의 품에 안겨 서로를 꼭 부둥켜안은 채 음악에 맞춰 몸을 움직이고 있었다.

"그래서……. 그때 나이트 와서 재미있게 놀았어요?"

"아뇨. 몰래 도망쳤어요."

재욱의 입가에 미소가 걸렸다.

"도망은 왜 쳐. 신나게 놀아야지."

"그 도망도 어렵게 쳤어요. 술 취한 남자가 붙잡고 놔 주지 않아서."

"어떤 자식이?"

재욱은 몸을 멈추고 놀라며 효진을 쳐다봤다.

"뭐 그렇게 정색해요."

"어떤 자식이냐고."

"몰라요. 그냥 취객. 다행히 어떤 사람이 도와줘서 별일 없었어요. 도망치고 보니 고맙단 인사도 못 했더라고요."

"어떤 사람인지 모르지만 참 고맙네."

"그러게. 당신처럼 슈퍼맨 기질이 있는 사람이 또 있었더라고요. 동해 참 좋은 동네야."

재욱은 다시 효진을 품 안으로 안아 들었다. 그녀의 머리를 쓰다듬으며 지그시 눈을 감는 그는 지금, 이 순간이 너무나 행복했다.

비하인드 스토리 2. 동해에서의 재회 6개월 전

"원장님! 2차는 나이트요! 나이트!"

"나이트! 나이트!"

술이 살짝 올라온 장 간호사의 말에 물리 치료실 선생들이 동조하며 나이트를 외쳐 댔다. 박 간호사는 인상을 구기며 고개를 저었는데 어쩐 일로 재욱이 흔쾌히 수락했다.

"그럽시다. 나이트도 한번 가 보는 거지."

"원장님!"

박 간호사가 놀라 재욱을 쳐다봤지만, 재욱은 미소 띤 얼굴로 이미 그들보다 앞장서 호텔 나이트로 향하고 있었다.

안주가 세팅되고 맥주와 양주가 테이블에 놓이는 동안에도 박 간호사의 인상은 펴지지 않았다. 반면 장 간호사를 비롯한 다른 사람들은 물 만난 고기처럼 춤추는 사람들 틈으로 스며들었고 뻘쭘하게 자리를 지키는 건 재욱과 박 간호사, 그리고 윤 선생뿐이었다.

"이러고 계실 거면서 뭐 하러 나이트클럽엔 오자고 하셨어요. 치킨집 가서 치맥이나 하면 될걸."

"나도 춤출 겁니다."

박 간호사의 비아냥에 재욱이 자리를 박차고 일어났다. 함께 나가자는 신호를 보내자 박 간호사와 윤 선생은 약속이라도 한 듯 술을 벌컥벌컥 마셨다. 그 모습이 웃긴 듯 피식 웃은 재욱이 정말로 사람들 틈으로 사라졌다. 보고도 믿기지 않는 장면에 박 간호사가 고개를 절레절레 젓는데 입구 쪽에 효진이 들어오는 게 보였다.

"어우! 왜 이렇게 힘은 세."

선화의 손에 이끌려 들어오는 효진은 들어오기 싫은 듯 엉덩이를 뒤로 쭉 빼고 끌려오다시피 하고 있는 형국이었다.

"그냥 좀 들어가자. 맥주 한잔 하자는데 뭘 그렇게 뻗대."

"선화야! 그냥 가자. 여기서 뭐 해. 춤출 것도 아니잖아."

"그냥, 춤도 추고 한 잔 마시고 놀자고. 너 그렇게 살면 죽어. 이혼이 뭐 죄야? 네가 뭘 그렇게 잘못했다고 죽은 듯이 살아. 이 멍충아!!"

효진은 선화와 선화 남편 준기에게 하는 수 없이 끌려 들어와 소파에 앉았다.

"조금만 있어. 규호 아빠가 직장 후배 불렀어."

"뭐?"

"괜찮아. 그 사람도 돌씽이야. 사람 좋아. 순하고."

"선화야. 나 그냥."

"어머! 노래 좋다. 자기야. 우리 나가서 춤출까?"

그렇게 선화는 효진의 입을 막고 그대로 스테이지로 향했다.

효진의 손까지 부여잡고서.

1차만 하고 조용히 사라졌어야 했는데……. 이렇게 따라나서는 게 아니었는데……. 후회가 막 밀려들었다. 스테이지로 나오긴 했지만 꿔다 놓은 보릿자루마냥 박수나 좀 치고 있던 효진은 슬그머니 뒷걸음질 쳐 빠져나와 자리로 향했다. 다시는 저들과 술은 마시지 말아야겠다 다짐하면서. 가방을 들고 눈치를 살피다 몸을 최대한 낮추고 막 도망치려는데 취객이 효진의 앞을 막아섰다.

"어! 왜 가요? 우리랑 놀기로 했잖아."

"저기…… 사람을 잘못 보신 것 같아요."

"아닌데. 맞잖아. 곱상하게 생긴 게 딱 맞는데. 내가 찜한 아가씨!"

"저는 여기 손님인데요. 좀 비켜 주세요."

하지만 취객은 효진의 팔을 확 잡아챘다.

"아얏! 이거 놓으세요. 사람 잘못 보셨다고요."

취객의 팔을 확 뿌리치느라 가방이 바닥에 나동그라졌다. 효진은 가방을 주워 들려 몸을 숙였고 취객이 그런 효진을 덮칠 듯 달려들려는 때 누군가 그의 어깨를 잡아당겼다.

"많이 취하신 것 같은데."

"아잇! 당신 뭐얏!"

효진은 가방을 집어 들며 들려오는 소리에 지금이 기회인 것 같아 얼른 몸을 돌려 나이트클럽 복도를 빠져나갔다. 그런 뒷모습을 보며 취객이 소릴 질렀다.

"이봐! 이거 놔! 저 여자 가잖아."

"여기 놀러 오신 손님이라던데……. 이러시면 안 됩니다."

직원들끼리 재미있게 놀라고 카드를 쥐여 주고 막 나오는 길이었다. 술 취한 남자에게 팔이 잡힌 여자가 겁에 질려 하는 소리가 들려 그냥 좀 도와줘야겠단 생각뿐이었다.

겨우 취객을 떼어 내고 밖으로 나온 재욱은 대리 기사에게 전화하며 저 멀리 조금 전 그 여자가 택시를 타고 사라지는 모습을 지켜봤다.

"여기 동해 관광호텔 나이틉니다. 언덕길 갈 거고요."

그토록 그리워한 효진인 줄은 꿈에도 모른 채.

외전 3. 간절한 소원

"아이들도 데려올 걸 그랬어요."

차창 밖을 바라보는 효진이 한숨을 길게 내뱉었다. 재욱은 그런 효진과 달리 입가에 미소를 머금은 채 흥겹게 운전 중이었다.

"우리 근 두 달 만의 외출이에요. 어머니도 등 떠밀며 가라고 하시는 거 못 봤어요? 당신 너무 일에만 매달려 있는 거, 어머니도 안쓰러워하십니다."

"힘들지 않아요. 좋아서 하는 일이고. 게다가 애들이 자꾸 걸리는……."

"쓰읍!"

어렵게, 정말이지 몇 날 며칠을 사정사정해 얻은 백만 년 만의 여행 기회였다. 일도 좋고 아이들도 중요하지만, 재욱에게는 그녀의 육체적, 정신적 건강한 삶도 중요했다.

어젯밤까지도 효진은 그냥 날씨 따뜻해지면 애들 다 데리고 함께 가자고 하는 걸 사진 찍고 싶은데 그러지 못하는 자신이 불쌍하지도 않냐며 읍소했다. 종국에는 '당신은 애들만 보이고 나는 안 보이나?' 라는 유치한 말까지 하고서야 효진의 마음을 돌리는 데 성공했다.

못 이기는 척 넘어와 준 거! 안다. 아이들을 향한 그녀의 사랑이 차고 넘치는 것도 안다. 하지만 일과 육아에서 잠시 떨어져 나오게 만들고 싶은 재욱의 소소한 바람을 이번에는 꼭 관철하고 싶었다.

"가 보면 당신도 아주 마음에 들 겁니다."

재욱은 여전히 아이들 때문에 마음을 편히 갖지 못하는 효진의 손을 지그시 잡았다.

"당신과 비엔나에서 그렇게 헤어지고 마음 힘들 때 처음 왔다가 많은 위로 받고 갔던 곳이라고."

"그래요?"

"그 뒤로도 강산 데리고 두 번 더 다녀갔지. 그곳 사장님 내외분이 참 좋으십니다."

"?"

"어쩌면 그분들 덕에 당신과 재회하게 되었는지도 몰라요."

그의 설명을 듣는 효진은 호기심에 눈이 동그래졌다.

자동차는 쭉 뻗은 고속도로를 달려 나갔다.

"파랑?"

"이름 예쁘죠?"

"이런 외진 곳에 게스트 하우스가 다 있네요."

"외진 곳인데 게스트 하우스가 있다는 것도 놀랍지만 안에 들어가 보면 더 놀랄 거예요."

재욱은 효진의 손을 잡고 마당을 지나 파랑 안으로 들어섰다.

"하아!"

작고 아담해 보이는 카페로 들어왔는데 상상도 하지 못한 창문 너머로 펼쳐진 바다 풍경에 효진은 입을 다물지 못했다. 동해에서도 내내 바닷가 절벽 위 마린 블루에서 일했지만 그곳과는 또 다른 풍경에 심장이 쿵쿵 뛰어 댔다.

"어서 오세요. 딱 1년 만이네요."

밝은 톤의 여자 목소리가 들려왔다. 앞치마를 정갈하게 두른 모습에 해사한 미소가 일품인 단아한 얼굴이었다.

"잘 계셨어요? 여긴 여전하네요."
"이번엔 일행이 있으시네요?"
파랑의 사장, 이정의 표정에는 '혹시 전에 말한 그분?' 이냐고 묻는 듯한 궁금함이 잔뜩 묻어 있었다. 재욱은 이정의 표정을 읽고 환한 미소를 지어 보였다.
"제 아내입니다. 할슈타트에서 첫눈에 반했던 바로 그 여자요."
효진은 그의 말에 놀라 재욱을 봤다. 두 사람의 인연을 아는 사람이 있다는 게, 그걸 얘기한 사람이 있다는 게 놀라운 눈치였다.
"세상에! 그럼 다시 만나신 거예요? 어떻게? 어떻게 그게 가능했어요?"
이정이 놀랍다는 듯 흥분된 목소리로 물었다. 그때 도어 종소리가 들리며 무열이 들어왔다.
리조트에서 업무를 보고 돌아오는 길인 무열은 이미 넥타이를 풀어 손에 말아 쥐고 와이셔츠 단추를 몇 개 풀며 들어오는 중이었다.
"나 왔습니다. 어! 손님이 오셨습니까?"
"사장님! 저 왔습니다."
재욱을 발견한 무열이 입가에 미소를 문 채 반갑게 다가서며 악수를 청했다. 손을 마주 잡은 두 남자는 격하게 반기지도 다정하게 눈빛을 주고받지도 않았지만 묘한 끈끈함이 느껴졌다. 악수를 나누며 효진에게 시선이 향한 무열은 궁금해도 묻지 못했다. 오래전 자신이 이정을 파랑 사장의 안사람인 거로 착각했던 일이 문뜩 떠올라 등골에 소름마저 돋는 것 같았다. 그런 그의 마음을 알아차린 이정이 먼저 입을 열었다.
"그분이래요."
"?"
"할슈타트에서 만난 그분!"
무열의 눈도 이정만큼이나 휘둥그레지는 게 보였다.
"하! 정말입니까?"
그들의 놀라워하는 모습을 지켜보던 재욱이 그제야 끼어들며 입을 열었다.
"보리암 기도발이 정말 효험이 있었던 것 같습니다. 사장님 말씀대로."
그들의 대화에 녹아들지 못하는 건 효진뿐이었다.

비하인드 스토리 3. 비엔나에서 돌아온 1월

유럽에서 돌아온 재욱은 쉽게 마음을 잡지 못했다. 현지 여행사 직원에게 비용을 주고 효진을 찾는 일에 매달렸다. 여행자 임대 아파트를 돌며 그 기간 혼자 여행 온 여자의 명단을 어렵게 얻었다.

'현지 게스트 하우스 주인들이 연락처를 줄 수 없다고 해서 어렵게 받긴 했습니다만…… 이게 다입니다. 더는 어렵겠습니다.'

그렇게 얻게 된 연락처에 재욱이 일일이 전화까지 하며 확인했다. 하지만 그녀는 없었다. 굳이 질문도 필요치 않았다. 그저 수화기 건너 넘어오는 음성만으로도 그녀가 아니란 걸 알 수 있었으니까. 짧은 시간 나눈 사랑이었고 짧게 가진 그녀였지만 그녀가 귓가에 속삭이듯 읊조렸던 음성, 말끝을 흐릴 때의 여운…… 전부 고스란히 심장에 새겨졌으니까.

기대에 부풀어 일일이 전화할 때만 해도 그녀를 찾을 수 있을 것 같았다. 하지만 넘겨받은 연락처에도 그녀가 없다는 것을 확인하자 재욱은 무너지고 말았다.

잘 마시지 않는 독한 술을 바에 앉아 죽도록 들이켰다. 그런 다음 날은 깨질 듯 무거운 머리로 병원까지 나가지 못했다. 이러다 죽겠구나! 싶었다. 그래서 정신 차리자고, 이제 이쯤에서 그녀를 잊자고 마음먹고 여행길에 올랐다. 그렇게 찾아간 곳이 남해였고 인적 드문 곳에 자리한 '파랑' 이었다.

"방 있습니까?"

"네. 도미토리 있고 2인실 있는데 혼자세요?"

애써 미소 짓지 않아도 얼굴 가득 따스함이 배어 있는 표정을 가진 사장님이었다. 쏟아지는 햇살 아래 하얀 앞치마를 두르고 선 모습에 저도 모르게 안온함까지 느껴졌다.

'이곳에서 며칠 묵어도 좋겠구나!'

막 그런 생각을 할 때 바깥양반으로 보이는 남자가 내실에서 나왔다.

"바다가 보이는 방이면 좋겠습니다."

"우리 집은 모든 방에서 바다가 보여요. 혼자 쓰고 싶으신 거면 2인실을 쓰세요."

"네. 그러겠습니다."

"방 안내해 드릴게요."

이정이 재욱의 곁을 스치며 지나자 재욱을 가만히 바라보던 무열이 입을 열었다.

"아직 식사 전이면 같이 식사하십시다. 우리 집사람이 해물 된장찌개 아주 맛있게 끓이거든요."

안으로 들어올 때부터 솔솔 풍겨 오던 음식 냄새가 그 해물 된장찌개였던가 보다. 새벽부터 곡기라곤 입에도 대지 않았으니 시장할 만도 했다.

"그러세요. 비수기에 찾아오신 반가운 손님이니 밥값은 받지 않을게요."

부부라 닮는 걸까? 인심 넉넉하고 마음 씀이 따뜻한 두 사람은 마치 남매라 해도 믿을 만큼 분위기가 닮아 있었다.

"감사합니다. 그럼 신세 좀 지겠습니다."

재욱의 카메라 가방을 유심히 보던 무열이 밥을 먹다가 조심스럽게 물었다.

"혹시 사진 찍으십니까?"

"아…… 뭐 그저 취미로……."

"이곳에 아주 아름다운 곳이 있는데 혹시 그런 장소 찾고 있는 거면 말씀하세요. 역시 소개비는 받지 않겠습니다."

암울한 재욱의 심정을 간파한 듯 부부는 농담도 친절도 표 나지 않게 던져 주었다.

"알려 주시면 저야 감사하지요."

식사를 마친 재욱은 무열을 따라 바닷가 언덕으로 향했다. 나무들을 지나고 숲을 헤치고 인적 드문 길을 지나 걸었다. 얕은 숨소리와 마른 나뭇잎을 밟으며 나는 바스락거리는 소리, 그리고 멀리서 들려오는 파도 부서지는 소리가 전부인 그곳은 평온 그 자체였다.

"다 왔습니다."

앞서던 무열이 몸을 비켜서며 재욱을 향하자 재욱은 숨 막히는 광경을 접하게 되었다.

"하아!"

아무 말이 필요 없는 비경이었다. 막 지기 시작하는 태양이 일렁이는 바다에 유리 조각을 던져 놓는 듯 눈이 부셨다. 빨갛다 못해 선홍빛을 띤 지는 태양의 강렬함에 재욱은 넋을 놓았다. 차마 사진기를 꺼내 들 엄두도 내지 못한 채 한참을 멍하니 서서 그곳을 바라봤다. 근 한 달간 그녀로 인해 가졌던 괴로움이 그 순간만큼은 모두 잊혀진 듯했다. 서서히 바다로 모습을 감추던 태양이 온전히 사라지고 난 뒤에도 부동이던 재욱을 무열이 조심히 불렀다.

"이런! 사진을 못 찍었습니다."

"네! 못 찍었어요."

"이제 알았으니 내일 다시 와 찍으면 되지 않겠습니까?"

"그래야겠네요."

"그만 돌아갑시다. 더 어두워지면 칠흑이라 초행인 분에겐 좀 어렵습니다."

그렇게 재욱은 무열을 따라 숲을 빠져나왔다.

"내가 아내를 사랑하게 된 곳이 바로 이곳입니다."

뒤따르는 재욱에게 무열이 나지막이 말했다.

"처음엔 몰랐는데 어느새 사랑하고 있더라고. 하하……."

겨우 이틀의 인연. 사랑하게 될 줄 몰랐다. 잊으려고 왔는데…… 그녀의 얼굴, 그녀의 음성이 더 또렷해지는 것 같았다.

추운 몸 좀 녹이자고 시작한 술자리가 밤이 깊도록 계속됐다. 편한 분위기를 만들어 주는 주인 부부에게 이끌려 재욱은 할슈타트에서의 일부터 비엔나의 일까지 모두 털어놓고 말았다. 두 사람의 인연과 사랑에 이정은 손까지 모으고 안타까워했고 무열은 무언가 심각하게 생각하는 듯했다.

"어떻게 찾아야 할지 모르겠습니다."

"수단과 방법을 가리지 않는다면……! 보리암을 추천합니다."

"네?"

무열의 말에 이정도 동의한다는 의미의 눈빛을 강렬하게 보냈다.

"그곳 기도발이 전국에서 손꼽힌다는 소문 있습니다. 실제로 우리도 그 기도가 이뤄지는 진귀한 경험을 하기도 했고."

이 말을 하는 무열의 시선은 이정에게 닿아 있었다. 어렵게 만나 어렵게 사랑하게 됐다는 부부의 얘기를 들은 재욱은 어쩐지 그가 말하는 보리암이 마지막 보루처럼 느껴졌다. 그리고 밤새 잠을 이루지 못하고 뒤척이던 재욱은 결국 해가 뜨기 전 일찌감치 파랑을 나서 보리암으로 향했다. 그들 부부처럼 뜨는 해를 본 뒤 소원을 빌어 보기로 마음먹었으니까.

누군가 그랬다. 간절히 바라면 이루어진다고!

재욱은 뜨는 해를 보리암에서 맞았고 아무도 없는 그곳에서 홀로 간절히 소망했다.

'그녀를 꼭 한 번만 다시 만나고 싶습니다.'

* * *

바닷가 언덕에 서 있는 두 사람은 손을 꼭 맞잡은 채였다. 재욱의 이야기를 모두 들은 효진의 눈가는 어느새 촉촉이 젖어 있었다.

"이곳이군요."

"아름답죠?"

"네. 아름다워……."

불어오는 바람이 제법 쌀쌀했지만 두 사람은 한동안 그곳을 벗어나지 못했다.

"그런데…… 아까 그 파랑 사장님이요. 남자 사장님!"

"……!"

"많이 본 얼굴인데. TV에서. 아닌가?"

"맞아요. 많이 본 얼굴."

"그쵸? 서인그룹 최무열 대표!"

"여자 사장님도 아는 얼굴일걸?"
"아! 맞아! 한참 난리 났었던 강우 아내! 세상에."
효진은 기가 막힌다는 듯 두 손으로 입을 막았다.
"두 분, 다 버리고 이곳에서 저렇게 평온하게 살고 있었더라고."
"그러네요. 행복해 보였어."
"사랑의 힘이 그런 거지."
"인정! 사랑의 힘!"
세상을 떠들썩하게 했던 인물들이었다. 무열은 모든 걸 버리고 사랑을 택했고 이정은 힘든 시간을 보내고 사랑을 택했다. 사람들의 손가락질이 매섭고 아팠을 텐데 두 사람의 얼굴엔 그저 평온함만 가득했다. 그게 다 그 누구도 범접할 수 없는 두 사람만의 유대와 두 사람만의 사랑 때문이란 걸 이제 효진도 안다.
효진은 재욱의 허리를 감으며 그의 품에 얼굴을 묻었다. 차가운 바닷바람이 매섭게 불어왔지만, 사랑하는 남자의 품은 여지없이 따뜻했다.

"하으읏."
파도 부서지는 소리가 간간이 들려오는 어두운 새벽. 이미 잠에서 깬 두 사람의 침대 위는 뜨겁게 달아올랐다. 별이 총총 박혀 있는 창밖을 향해 누운 두 사람의 몸은 한 치의 오차도 없이 맞물려 있었다. 효진이 신음을 흘리며 몸을 비틀 때마다 재욱의 배에 닿는 그녀의 말랑한 엉덩이 때문에 사정감이 더 강하게 밀려왔다. 재욱은 손을 뻗어 이미 딱딱하게 달아오른 그녀의 클리토리스를 문질렀다.
"아읏!"
"쉬잇! 모두 깨울 셈인가?"
"당신이…… 날 미치게 만들잖아요……. 하으음."
새어 나오는 신음을 최대한 억누르는 중임을 모르지 않았다. 한 손으로는 가슴을 움켜쥐고, 다른 한 손으론 은밀한 곳을 비비는 그 때문에 효진은 숨 가쁜 절정에 다가서고 있었다. 소리를 죽여 보려 창밖 별들에 시선을 고정했지만, 그가 주는 쾌락은 딴생각을 할 수 없을 만큼 강력했다. 입술을 깨물며 목을 젖힐 때 재욱의 거칠고 낮은 신음이 그녀의 귓가에 스며들었다. 미치게 야했다. 그리고 몸속 깊은 곳이 따뜻하게 채워졌다.

"하아…… 나도 보리암에 가고 싶어요."

"정말?"

"응……. 정말!"

질펀한 정사를 나눈 뒤 후희를 여유롭게 즐기며 창밖을 향해 나란히 누웠던 두 사람은 효진의 말에 갑자기 분주해졌다. 뒤꿈치까지 들고 살금살금 카페로 나서는데 이미 진한 커피 향이 감돌고 있다는 사실에 놀란 재욱과 효진은 서로를 바라보며 눈이 동그래졌다.

"일찍…… 일어나셨네요."

재욱이 머쓱하게 이정에게 먼저 인사를 건넸다.

"조식 준비를 해야 해서요."

"아……. 맛있는 아침 식사. 하하……."

"어디 가시게요?"

"보리암에 가려고 합니다."

"저도 빌고 싶은 게 있어서요."

효진이 미소를 입에 물고 이정을 봤다. 지난밤, 함께 차를 마시며 재욱이 했던 말이 문뜩 떠올라 이정은 그들이 이 새벽 보리암으로 향하는 이유를 알 것 같았다.

'이 사람 닮은 딸 하나 있으면 참 좋겠습니다. 하하하.'

"커피 싸 줄게 가져가서 마셔요."

"괜찮은데요."

"그러지 말고 가져가요. 보온병에 담아 가면 그곳이 세상에서 가장 멋진 카페가 될 거예요."

이정은 서둘러 커피를 보온병에 담아 내주었다. 어서 다녀와서 아침 식사를 함께하자는 말도 잊지 않았다. 그렇게 재욱과 효진은 아직 세상이 잠들어 있어 칠흑같이 캄캄한 시간, 파랑을 나섰다.

외전 4. 그 후로도 오랫동안

"이 잠꾸러기들! 이제 일어나야지."

방문을 열고 들어온 재욱은 강과 산의 옆구리를 간지럽히며 깊은 잠에 빠진 아이들을 깨웠다.

"아응…… 더 잘래요."

피곤했는지 강은 칭얼거렸고 산은 벌떡 일어나 거실로 나갔다. 깨우러 온 아빠는 돌아도 보지 않고 엄마부터 찾아 나선 거겠지. 그러나 어쩐다! 오늘 엄마는 집에 없는데.

"아빠아!!"

아니나 다를까 제 엄마가 집에 없음을 확인한 산이 재욱을 우렁차게 불러 젖혔다. 그새 다시 방까지 달려온 산이 금방이라도 울 것 같은 얼굴로 재욱을 쳐다봤다.

"엄마 어딨어요? 왜 엄마 없어요? 오늘 토요일인데."

이럴 줄 알았다. 그래서 극구 말렸는데도 효진은 뜻을 굽히지 않았다.

"엄마, 할머니 레스토랑에 가셨어."

"왜요?"

"회사 때문에 할머니 레스토랑을 못 살펴 드린 게 죄송하다고 잠깐 들러 살펴보고 온다고 했어."

"그래도 오늘은 토요일인데. 엄마랑 하루 종일 같이 있는 날이잖아요. 월요

일부터 금요일까지 매일 회사에서 일하고 늦게 온다고 토요일, 일요일은 우리랑 같이 있겠다고 약속했잖아요."

"그러니까. 아빠도 말렸는데 엄마 고집이 어디 아빠가 사정한다고 꺾이냐!"

말을 하면서도 참 모양 빠졌다. 명색이 가장인데 애들 엄마 고집 하나를 꺾지 못하고 아이들에게 궁색한 변명이나 늘어놓고 있다니……. 쩝!

"그럼! 엄마한테 우리가 가요."

"어?"

"우리가 할머니 레스토랑으로 가자고요."

순간 잠이 덜 깬 강도, 아무것도 모르는 들도, 울분에 찬 산도…… 모두 재욱만 바라보고 있단 걸 알았다.

이제 아빠의 결단만이 남은 것인가? 이 무서운 녀석들!

"좋아! 가자!"

그렇게 네 부자의 화려한 외출이 시작되었다. 효진이 함께일 때는 잘 몰랐는데 혼자 세 명의 아이들을 챙기고 씻기도 입히려니 여간 힘든 일이 아니었다. 그래도 딸이 꼭 갖고 싶은가? 라고 누군가 묻는다면……. 그래도 Yes! Yes! 격하게 Yes다.

오픈 준비로 정신없는 마린 블루 문이 열리며 앞으로 들을 안은 재욱과 빼앗긴 엄마를 찾겠다는 집념이 잔뜩 묻어 있는 얼굴을 한 강과 산이 힘차게 들어왔다.

"어머! 너희들이 여긴 무슨 일이야?"

양 여사의 반가워 한껏 높아진 목소리에 창가에 앉아 장부를 정리하던 효진이 고개를 들어 바라보곤 금세 밝은 표정이 되어서는 다급하게 달려왔다.

"어떻게…… 여길 다 왔어요? 아들들…… 잘 잤어?"

"엄마! 너무해요."

"?"

"토요일은 우리랑 함께 보내기로 했잖아요."

"아……!"

산의 말을 들은 효진과 양 여사는 난감한 듯 서로 바라봤다.

"이런! 할머니가 너희 엄마를 빼앗았구나!"

"네!"

미안해서 꺼낸 말에 아니라고 하진 않고 대뜸 '네!' 란다. 손주는 키워 줘 봐야 아무 소용 없다는 말이 이래서 하는 말인가 보다. 서운했지만 기뻤다. 아이들이 이렇게나 엄마를 따르고 사랑하는데 어떻게 기쁘지 않을 수 있을까.

뾰로통하게 말하는 산을 가슴 깊이 안아 주자 곁에 있던 강도 달려들었고, 재욱에게 안겨 있던 들마저 제 엄마에게 가고 싶다고 몸을 비틀어 댔다. 이렇게 서운할 수가!

"나 원 참!"

"왜? 서운하니?"

재욱의 허탈한 목소리에 양 여사가 자조 섞인 음성으로 물었다.

"네! 서운하네요."

"쌤통이다. 얘!"

"네?"

"나도 너 때문에 서운한 적 많거든. 흥!"

양 여사는 고소하다는 듯 웃음을 흘리고 주방 쪽으로 사라졌다.

테이블에 둘러앉은 가족은 마냥 행복해 보였다. 효진을 사이에 두고 강과 산이 앉았고 재욱은 유아용 의자에 앉은 들 곁에 앉아 불만 가득한 시선으로 그들 세 모자를 바라봤다.

"엄마가 미안! 할머니를 오래 못 도와드려서 어쩔 수 없었어."

"내일은요? 내일도 마린 블루 나와야 해요?"

산의 원망 섞인 질문에 효진이 난감한 듯 재욱을 바라봤지만, 재욱은 당해도 싸다는 듯 어깨만 한 번 으쓱해 보일 뿐 그 어떤 도움의 손길도 내밀지 않았다.

"아빠! 아빠는 엄마가 토요일인데 출근하는 거 좋아요? 왜 아무 말도 안 해요?"

뭐, 매일 집에 있어 주면 더 고맙겠지만 사실 재욱은 밤이면 한 침대에 누울 수 있다는 것 하나만으로도 크게 불만은 없었다. 힘들게 일을 하고 온 날도 쉬고 싶다는 그녀를 위해 슬쩍 애무만 하는 척 건드려 결국 열띤 밤을 보내고 마는 그로선 그녀가 토요일에 출근하든 일요일에 출근하든 크게 불만이 있지는 않았으니까.

"아빠도 싫지. 당연히."

얄미워! 효진은 재욱의 속내가 빤히 보인다는 듯 눈을 가늘게 뜨고 노려보았다. 그것 보라는 듯 강과 산은 효진에게 항복을 바라는 따가운 시선을 계속해서 보냈다.

"내일은 우리 에디슨 박물관 갈까?"

"와아! 네!"

"가요. 가고 싶어요."

두 아이가 좋아서 환하게 웃는 걸 보니 효진은 그간 일 때문에 아이들과 많은 시간을 함께하지 못한 게 미안해졌다.

씻고 나와 침대에 몸을 누이는 효진을 재욱이 가슴 안으로 당겨 안았다. 하지만 효진은 그를 슬쩍 밀어 냈다. 이럴 줄 알았다. 낮의 일에 대한 보복이 이런 형태로 날아오리란 걸 모르지 않았으니까.

"나도 어쩔 수 없었다고. 아이들이 엄마를 그토록 원하는데 난들 뭐 방법이 있나?"

"그래도 애들 앞에서 바쁜 엄마를 이해시켜 줄 생각은 하지 않고 동조를 해요?"

"그러니까 바쁘지 말라고. 아버지, 당신 믿고 지금 일 하나둘 놓으시잖아요. 이제 당신 편히 누울 시간도 없어질걸!"

"그런 말이 어딨어요. 우리 집안 일이잖아요."

"그럼 나는? 애들은? 우린 우리 집안 일 아닌가?"

재욱은 다시 효진을 안으려고 시도했다. 하지만 여지없이 떠밀어졌다.

"몰라요! 벌이야. 한 달 동안 굶어 봐요."

"헛! 지금 뭐라고 한 거지? 한 달? 굶어?"

효진은 스탠드를 탁 끄고 재욱에게 등을 보이고 돌아누워 버렸다. 토라지는 것도 이렇게 예뻐서야……! 재욱은 입가에 미소를 머금은 채 잠시 숨죽이는가 싶더니 이내 이불 속으로 그녀의 허리에 손을 밀어 넣었다. 탁! 소리가 나도록 재욱의 손등을 때린 효진은 그의 팔을 걷어 내 버렸다.

그래도 포기를 모르는 재욱은 몸을 그녀 등에 착 갖다 붙이곤 목덜미에 입을 맞췄다. 그리고 그녀가 느끼고도 남을 만큼 부푼 물건을 엉덩이에 살짝 비볐다. 얼굴을 볼 수는 없었지만, 몸을 비트는 그녀는 지금 입술을 악물고 참고 있으리란 걸 안다.

목덜미에서 떨어진 그의 입술은 이내 효진의 귓불을 빨아 당겼다. 그의 뜨거운 열기가 목과 얼굴로 고스란히 넘어왔다.

"이러지…… 말아요……!"

이미 탁해진 그녀의 음성에 재욱은 회심의 미소를 지었다.

한 달? 어림없지.

그녀를 몰아붙이는 그는 멈추지 않고 가슴을 움켜쥐었다. 손가락 사이에 유두를 넣고 부드럽게 어루만졌다.

"하지…… 말라고요……."

"정말?"

"하아…… 정말……."

"그런데 왜 당신이 떨고 있는 것처럼 느껴지지?"

재욱의 손은 어느새 그녀의 은밀한 곳을 훑고 있었다.

"아…… 아니거든요……. 흐읏……."

"아니……. 이런……. 벌써 젖었는데?"

효진은 놀리는 듯한 그의 음성이 너무나 알미웠지만 흥건하게 젖고 있단 걸 인정하지 않을 수 없었다.

아직도 그의 손길은 효진을 빠르게 달아오르게 한다.

아직도 그의 숨결은 효진을 빠르게 환락으로 끌어들인다.

아직도 그와의 섹스가 미치게 좋다.

한 달간 굶어 보라던 효진의 단호함은 순식간에 사라지고 그들의 침대 위는 더할 나위 없이 뜨거워졌다.

에디슨 박물관에 있는 수많은 발명품을 아이들은 무척이나 좋아했다. 축음기 전시실에 들어섰을 때는 아이들보다 효진이 더 좋아했다. 음악 감상실에서 콘서트 실황을 감상하고 나온 효진은 아이들보다 더 흥분한 목소리로 소리의 아름다움, 소리의 위대함을 떠들어 댔다.

"애들 때문에 온 건지, 당신 때문에 온 건지 모르겠네."

"정말 대단하잖아요. 우리도 음악 감상실 하나 만들어요. 다 같이 매일 밤 음악 감상을 하는 거야."

"어허! 그럼 우리 둘만의 시간이 줄어서 난 별론데."

"네?"

"자자……. 점심 먹으러 갈까?"

재욱은 유모차를 능숙하게 끌며 아이들과 앞서 걸어갔다. 정말이지 지칠 줄 모르고 식을 줄 모르는 남자다.

여기까지 왔으니 초당두부는 먹어 보고 가야 한다며 재욱은 종종 찾았던 순두부집으로 가족을 데리고 왔다. 아이들도 배가 고팠는지 음식이 나오기만을 목 빠지게 기다리는 듯했다. 보글보글 끓는 전골이 막 테이블로 놓이는데 효진은 갑자기 속이 거북해졌다.

"읍!"

"왜 그래요?"

"잠깐…… 화장실 좀……."

효진은 서둘러 자리에서 일어나 밖으로 나갔다. 재욱은 들 때문에 자리를 비울 수 없어 효진이 나간 쪽을 걱정스럽게 바라보고 있었다. 한참 만에 자리로 돌아온 효진은 음식은 입에도 대지 않고 그저 먹는 아이들을 시중들며 바라볼 뿐이었다.

"왜 안 먹어요. 별로야?"

"아니요."

"그럼 왜……? 속이 불편해요?"

"아니요."

뭔가 안 좋아 보이는데 표정은 밝다. 뭔가 불편해 보이는데 입가에 미소가 머문다.

"하아…… 당신……?"

"어쩌면……."

"정말?"

"아직 몰라요."

재욱은 들고 있던 숟가락 내려놓고 마른세수를 해 댔다. 좋아 죽겠는데, 소리도 지르고 싶은데, 그러지 못함에 몸이 근질거렸다. 당장 병원에 가자고, 아니 당장 테스트라도 해 보자고 말하고 싶었지만, 주말이라 모든 게 어려웠다.

집으로 돌아오는 차 안은 고요하게 음악이 흘렀다. 실컷 논 아이들은 모두 잠이 들었고 운전하는 재욱은 효진의 손을 꼭 잡고 있었다. 해안 도로를 따라 달리는 차의 창밖은 눈부신 일몰이 펼쳐지고 있었다.

9개월 후. 9월의 어느 날.

"아아윽! 후우…… 후우……."

"잘하고 있습니다. 조금 더 힘줍시다."

"아흣!"

어두운 분만실 안은 의사와 간호사와 효진과 효진의 손을 꽉 잡은 재욱이 숨 막히는 순간을 함께하고 있었다.

분만실 밖은 김 회장과 양 여사가 초조하게 기다리고 있었다.

"당신 설마 또 아들 바래요?"

"거 아들이면 어떻고 딸이면 어때!"

"아니 이 양반이 진짜."

"며늘아기가 많이 힘들어하는 것 같지?"

"그러게요. 처음하고는 또 좀 다르네. 어…… 달라? 그럼 이번엔 딸인가?"

"흠……. 재욱이 녀석이 욕심이 과했어."

"자손 많으면 좋다던 사람이 누군데 그래요."

안에서 들려오는 소리에 노부부는 걱정이 이만저만이 아니었다. 며느리 사랑이 깊은 김 회장은 혹여 효진에게 탈이라도 날까 걱정이었고, 손녀 보고 싶은 욕심에도 차마 말 한번 속 시원히 꺼내 놓지 못한 양 여사는 입 안이 바짝바짝 마르는 것 같았다.

"하윽!"

"하아……. 다시는! 다시는! 임신하지 맙시다. 내가 미안해요."

효진의 이를 악물고 애쓰는 걸 보며 재욱은 눈가가 다 빨개졌다. 급기야 힘을 주는 효진의 눈에서 눈물이 또르르 흘러내리자 재욱은 저도 모르게 그녀를 따라 울고 있었다.

'내가 미친놈이지. 왜 딸은 바래 가지고 이 사람을 이렇게 아프고 힘들게 하나……!'

손에 땀이 척척하게 들어차는 것도 모르고 눈을 질끈 감고 기도했다.

제발 이 사람, 아프지 않게 해 주세요.

제발 이 사람과 아이 모두 건강하게 해 주세요.

그때 효진이 재욱의 손을 바스러질 듯 꽉 움켜잡는가 싶더니 효진에게서 안도와 함께 큰 한숨이 새어 나왔다.

"하아아……!"

"아이 나왔습니다. 나왔어요. 잘했어요."

"네?"

대답도 할 수 없을 만큼 녹초가 된 효진 대신 재욱이 놀라며 물었다.

"어여쁜 공주님입니다."

"하아! 하느님!!"

강산들의 동생은 배 속에 자리를 잡았을 때부터 하늘이라 불렸다. 강과 산이 지어 준 태명이었다. 재욱이 그렇게도 바라고 원했던 넷째 공주님은 그렇게 하늘이란 예쁜 이름을 갖게 되었다.

효진이 몸조리를 하는 동안 재욱은 다시 정관 수술을 했다. 더는 효진이 고통을 감내하는 걸 지켜볼 수 없어 딸 하나를 더 바라는 마음을 어렵게 접고 병원으로 향했다.

강, 산, 들, 하늘, 그리고 바다!

딸 하나 더 낳아서 완전체를 만들고 싶었던 꿈은 그렇게 접었다.

어둠이 짙게 내린 새벽. 달빛으로 물든 침실은 음탕한 소리로 가득했다. 지난밤 이미 질펀하게 나눈 사랑으로도 부족했던 듯, 그들은 하루를 여는 섹스로 새벽을 맞고 있었다.

"하아…… 아흐…… 흐음……."

몸을 반쯤 일으켜 침대 헤드에 기대앉은 재욱은 자신의 허벅지 위에 올라앉아 미치도록 야릇한 소리를 내는 효진의 젖가슴에 얼굴을 묻고 그녀의 향기를 양껏 들이켜는 중이었다.

하늘을 출산하고부터 효진의 성욕은 재욱의 그것과 비교도 되지 않을 만큼 높아졌다. 언제나 자신만 애가 타 억울했던 게 언제였던가 싶게 그녀의 간절함에 밤잠을 설치고 새벽잠을 설친 게 숱했다. 그래서 행복해 미칠 것 같았다.

그녀의 가슴을 입 안에 담고 혀로 유두를 둥글게 핥으니 그녀의 신음이 더 짙어졌다. 꽉 맞물린 곳에선 질퍽한 마찰음이 쉬지 않고 들려왔다.

"으음!"

꽉 죄어 오는 그녀 때문에 참고 있던 재욱에게서도 짧은 신음이 터져 나왔다.

"좋아요?"

"좋냐고? 하아! 미칠 것 같아."

그의 말이 촉진제라도 되는 양 그녀의 요분질이 더 빠르고 깊어졌다. 몰려드는 사정감에 치골이 다 아플 지경이었다. 효진은 그의 어깨를 꽉 잡고 목을 젖히며 걷잡을 수 없다는 듯 허리를 뒤채었고 재욱 또한 더는 참을 수 없다는 듯 그녀를 향해 허리를 쳐올렸다.

"하윽…… 하아앗!"

"하으……!"

서로를 향한 뜨거운 교류는 심장이 빠듯하게 조여 오고 온몸에 흥건하게 땀이 차고서야 폭발하듯 황홀경으로 인도했다.

두 사람의 뜨거운 숨이 한데 엉겼다. 터질 듯 뛰어 대는 심장이 잦아드는 데만도 한참이 걸렸다.

"하아…… 하아…… 혹시 파랑에 전화했어요?"

여전히 뛰어 대는 심장 때문에 밭은 숨을 몰아쉬는 효진이 침대에 돌아누우며 재욱에게 물었다.

"전화했는데…… 두 분 지금 포카라에 있답니다."

"아…… 파랑 2호점?"

"맞아요. 두 분 덕분에 얻은 예쁜 딸인데 좀 아쉽네."

"그러게요."

"오지는 못하지만, 너무 기쁘다고, 축하한다고 전해 달랬어요. 두 분 사장님이."

"아쉽다. 다음에 애들 데리고 한 번 가요."

"그럽시다."

재욱은 몸을 일으켜 욕실로 향했다. 벌거벗은 그의 뒷모습은 언제 봐도 섹시했다.

"물 받을 테니까 조금 있다 들어와요."

"그냥 같이 들어가서 물 받으면 안 되나?"

효진의 말에 재욱이 웃음을 머금은 목소리로 말했다.

"당장 들어와요. 한 번 더 하게. 오늘을 또 자축해야지."

효진은 빙그레 웃으며 이불을 걷어 내고 욕실로 따라 들어갔다.

오늘은 하늘의 돌잔칫날이다.

작가 후기

『사랑에 빠지는 그 짧은 순간!』을 연재하던 8월 어느 날!

재욱과 효진을 마음속에 품고는 조금씩 조금씩 키워 갔더랍니다.

연재가 끝나고는 이들의 이야기를 어디서부터 시작해야 하나 고민하느라 오래전 기억을 더듬어 동해도 다녀오고 마린 블루의 모델이 된 카페도 다녀오며 숙고했습니다.

그렇게 『이혼후애(愛)』가 만들어졌네요.

연재를 시작하면서 전작만큼 재미가 없으면 어떡하나, 독자들의 기대를 저버리면 어떡하나…… 그 두려움도 깊었습니다.

하지만 독자님들의 관심과 사랑으로 다 해결되었죠.

코로나가 시작되기 직전 다녀온 유럽으로의 여행이 저에게는 아주 큰 힘이 되었습니다.

할슈타트와 핸드폰 배터리 사망 사건도 모두 그 여행길에서의 경험이었답니다.

그 파란만장 여행길을 가능하게 해 준 승현에게 진심으로 감사의 마음을 전합니다.

역시 로맨스는 진리입니다.
로맨스를 꿈꾸고 로맨스를 찬양하는 그대들은 모두 청춘입니다.
저 역시 로맨스 바보이니 청춘 맞고요.

마지막으로 항상 제 소설의 첫 번째 독자이자 묵묵히 뒷배를 봐주며 아낌없이 믿어 주는 현실 남편에게 사랑의 마음을 전합니다.

— 마담로그인 드림

이혼후애

愛

1판 1쇄 찍음 2021년 6월 17일
1판 1쇄 펴냄 2021년 6월 25일

지은이 | 마담로그인
펴낸이 | 정 필
펴낸곳 | (주)뿔미디어

기획 · 편집 | 이영은, 권지영, 김선희
표지 · 디자인 | 차소정

출판등록 | 2002년 9월 11일 (제1081-1-132호)
주소 | 경기도 부천시 원미구 소향로17, 303(두성프라자)
전화 | 032)651-6513 팩스 | 032)651-6094
E-mail | dahyangs@naver.com
블로그 | http://blog.naver.com/dahyangs
비북스 | http://b-books.co.kr

값 12,000원

ISBN 979-11-6713-274-1 03810

※파본은 구입하신 서점에서 교환하여 드립니다.

※이 책은 (주)뿔미디어를 통해 독점 계약되었습니다.
저작권법에 의해 보호를 받는 저작물이므로 무단 전재와 무단 복제를 엄금합니다.